ro
ro
ro

ro
ro
ro

Michael Römling, geboren 1973, gründete nach Geschichtsstudium und Promotion einen Buchverlag und schrieb zahlreiche stadtgeschichtliche Werke sowie historische Romane. Der Renaissance fühlt er sich seit einem achtjährigen Aufenthalt in Rom verbunden. Nach «Pandolfo» (2019) widmet er sich mit «Mercuria» nun erneut dieser Zeit.

«Mitreißend!» *Hörzu*

«Indem Römling sein Buch mit einer geschickten Figurenmischung von El Greco über eine Köchin und einen konvertierten jüdischen Arzt bis zu einer Satirikerin ausstattet, kann er unterhaltsam und oft humorvoll ein buntes, jedoch nie verlogenes Gemälde von Rom in diesen Jahren entwerfen.» *Münchner Merkur*

«Ein überwältigender Lesetrip.» *Buch-Magazin*

Michael Römling

MERCURIA

Historischer Roman

Rowohlt Taschenbuch Verlag

Veröffentlicht im Rowohlt Taschenbuch Verlag,
Hamburg, Januar 2022

Redaktion Susann Rehlein
Karte Peter Palm, Berlin
Covergestaltung FAVORITBUERO, München
Coverabbildung PRISMA ARCHIVO / Alamy Stock Photo
Satz aus der Dante, InDesign
Gesamtherstellung CPI books GmbH, Leck, Germany
ISBN 978-3-499-00161-1

Die Rowohlt Verlage haben sich zu einer nachhaltigen Buchproduktion verpflichtet. Gemeinsam mit unseren Partnern und Lieferanten setzen wir uns für eine klimaneutrale Buchproduktion ein, die den Erwerb von Klimazertifikaten zur Kompensation des CO_2-Ausstoßes einschließt.
www.klimaneutralerverlag.de

MERCURIA

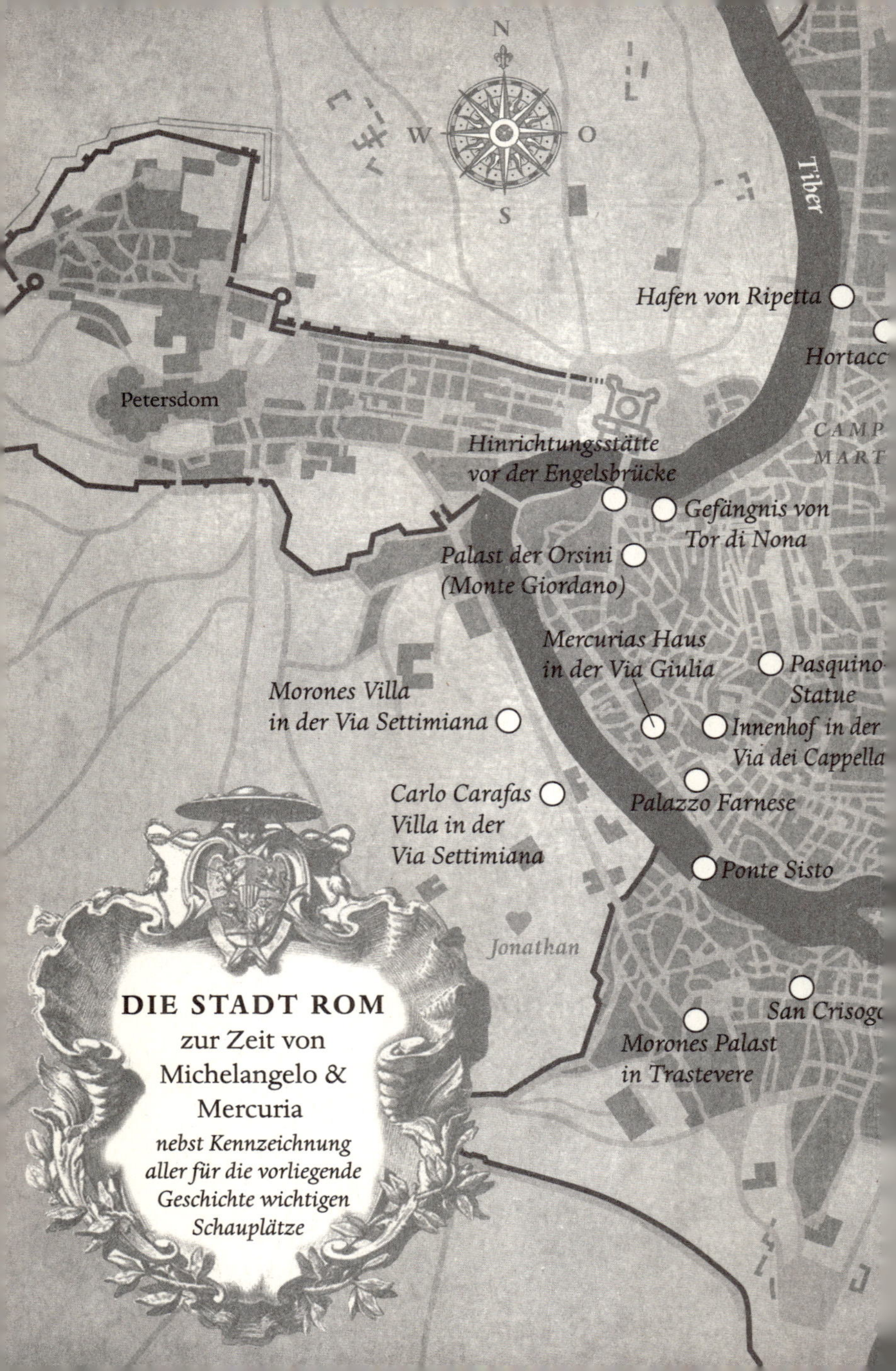
N
W
O
S
Tiber
Hafen von Ripetta
Hortacc
Petersdom
CAMP
MART
Hinrichtungsstätte
vor der Engelsbrücke
Gefängnis von
Tor di Nona
Palast der Orsini
(Monte Giordano)
Mercurias Haus
in der Via Giulia
Pasquino-
Statue
Morones Villa
in der Via Settimiana
Innenhof in der
Via dei Cappella
Carlo Carafas
Villa in der
Via Settimiana
Palazzo Farnese
Ponte Sisto
Jonathan
San Crisogo
Morones Palast
in Trastevere
DIE STADT ROM
zur Zeit von
Michelangelo &
Mercuria
nebst Kennzeichnung
aller für die vorliegende
Geschichte wichtigen
Schauplätze

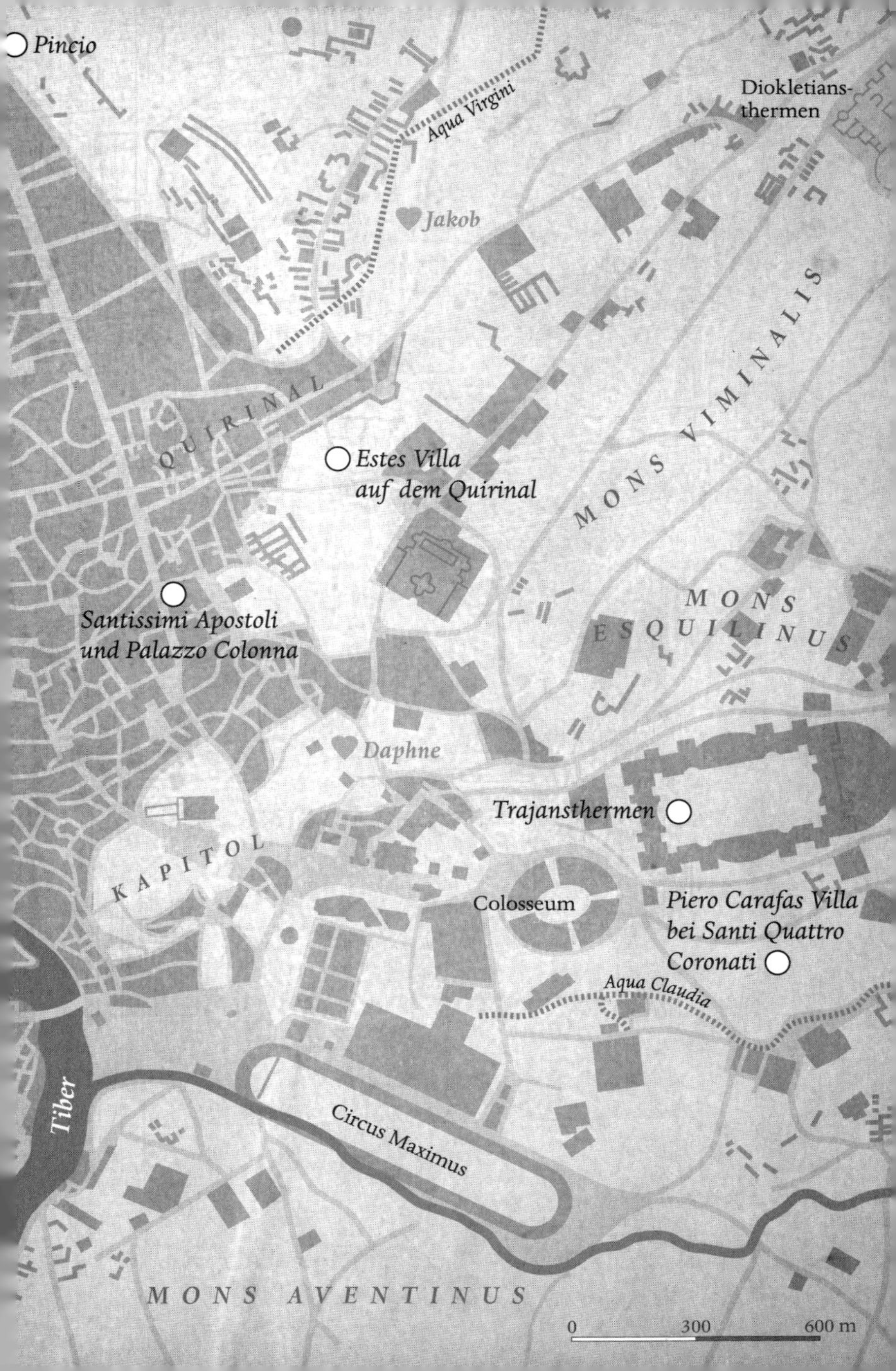
Pincio
Aqua Virgini
Diokletiansthermen
Jakob
QUIRINAL
Estes Villa auf dem Quirinal
MONS VIMINALIS
Santissimi Apostoli und Palazzo Colonna
MONS ESQUILINUS
Daphne
Trajansthermen
KAPITOL
Colosseum
Piero Carafas Villa bei Santi Quattro Coronati
Aqua Claudia
Tiber
Circus Maximus
MONS AVENTINUS
0
300
600 m

Personen

Die Namen von Personen, die wirklich gelebt haben, sind kursiv wiedergegeben.

Die kleine Gesellschaft von Mercurias Mietern in der Via dei Cappellari und deren Freunde:

Michelangelo	Gazettenschreiber und Erzähler der Geschichte
Gennaro	Steinmetz, Bildhauer und Raubgräber
Bartolomeo	Priester und alter Vertrauter von Mercuria
Antonella	Schauspielerin, spezialisiert auf Teufelsaustreibungen
Gianluca	Schauspieler, spezialisiert auf Geißlerprozessionen und Wallfahrten
Antonio	vom Judentum zum Christentum konvertierter Arzt
Domenikos	aus Kreta stammender Maler
Giordana	Dichterin und Tochter aus dem Haus Orsini

Personen, die durch Mercurias Erinnerungen geistern:

Stefano	junger und verwöhnter Bischof
Isabella Gonzaga	Markgräfin von Mantua und zwischenzeitlich Hausherrin im Colonna-Palast
Alessandro di Novellara	italienischer Hauptmann
Alonso de Córdoba	spanischer Hauptmann
Domenico Venier	Botschafter der Republik Venedig beim Papst
Giovanni Maria della Porta	Botschafter des Herzogs von Urbino beim Papst
Francesco Mazzola, genannt Parmigianino	Maler
Graziano Santacroce	altgedienter Verehrer Mercurias
Severina	Mercurias Tochter

Wichtig, obwohl im Roman ohne Sprechrollen, sind die folgenden drei Päpste, deren Papstnamen sich ärgerlicherweise so sehr ähneln, dass sie in der Geschichte fast immer mit ihren Familiennamen genannt werden:

Gian Pietro Carafa	(Paul IV., 1555–1559)
Gianangelo Medici	(Pius IV., 1559–1565)
Michele Ghislieri	(Pius V., 1566–1572)

Von der weitverzweigten Familie Carafa sind hier nur die drei Neffen von Gian Pietro Carafa (Paul IV.) von Bedeutung:

Carlo Carafa	Kardinal, 1561 hingerichtet
Giovanni Carafa	Militär, 1561 hingerichtet
Antonio Carafa	Militär, † 1588

Die große Gruppe der Nebenfiguren, die für den Fortgang der Handlung sorgen:

Antonietto Sparviero	Novellant und Michelangelos Onkel, † 1566
Luparella	legendäre Kurtisane
Bona la Bonazza	Kurtisane
Pasquale	venezianischer Botschaftssekretär
Diomede Padovano	Hausverwalter des venezianischen Botschafters Domenico Venier
Niccolò Franco	Dichter und Publizist, 1570 hingerichtet
Bonifacio Caetani	Gennaros Auftraggeber
Giovanni Morone	Kardinal
Kaplan	von Giovanni Morone, taub
Alessandro Pallantieri	päpstlicher Spitzenbeamter, 1571 hingerichtet
Piero Carafa	Neffe des Kardinals Carlo Carafa
Laura	Köchin von Piero Carafa
Beatrice	Lauras Mutter, ebenfalls Köchin
Alessandro Farnese	Kardinal, Enkel von Papst Paul III.
Arzt	von Alessandro Farnese
Giorgio	Leibwächter von Alessandro Farnese
Sebastiano Bentrovato	Vollzugsbeamter des Gouverneurs
Girolamo	Maler
Fulvio Orsini	Alessandro Farneses Antikenverwalter
Alberto	Gärtner von Kardinal Este

1561 Als die Kälte ihr langsam in die Knochen kroch, wachte Mercuria auf. Die Seidendecke war vom Bett geglitten. Die Vorhänge wehten im leichten Wind, und über den Dächern bimmelte eine kleine Glocke. Inzwischen kam es seltener vor, dass sie mitten in der Nacht hochschreckte, aber ganz hatten die Albträume nicht aufgehört.

Früher hatte sie wie ein Stein geschlafen, ganz gleich ob nach getaner Arbeit einer ihrer Freunde, Favoriten oder Kunden neben ihr gelegen hatte oder nicht.

Über die Schlafgewohnheiten dieser Herren hätte sie ein Buch schreiben können: Die einen wälzten sich hin und her, die anderen lagen regungslos da wie die Mumien; es gab die Nimmersatten, die noch im Schlaf ihre Hände nicht bei sich behalten konnten, und die Reumütigen, die sich irgendwann in ihre Ehebetten zurückstahlen, nur um am nächsten Tag schon wieder vor ihrer Tür zu stehen; es gab die Ungenierten, die meinten, sie hätten gleich das ganze Bett bezahlt, und sich unter den Laken breitmachten wie die Kuckucksküken im Nest des Wirtsvogels; es gab die Anschmiegsamen mit ihrem Klammergriff und die Verschämten, die so weit vor ihr zurückwichen, dass sie bald auf den Boden kullerten. Einige von denen hatten am Abend zuvor noch schnell das Kruzifix über dem Bett mit einem Tuch verhängt, um ihre Gelüste nicht unter den Augen des Erlösers zu stillen, während sie ihren Beichtkindern bei jeder Gelegenheit damit drohten, dass dem Herrn nichts verborgen bliebe. Manche schnarchten, dass die Scheiben klirrten, oder sie murmelten im Traum vor sich hin, andere waren so still, dass Mercuria schon nach dem Pulsschlag getastet hatte. Einer war tatsächlich mal neben ihr dahingeschieden, ein hochbetagter Mönch aus einem nahe gelegenen Kloster. Du liebe Güte, das war ein Zirkus gewesen, im Morgengrauen waren zwei seiner Mitbrüder erschienen, die genau gewusst hatten, wo der Schlawiner zu finden war; der Abt machte seine Kontrollrunde, und dem konnten sie ja schlecht erzählen, wo der alte Lustmolch mal wieder die Nacht verbracht hatte. Dass er tot war, das hatte denen natürlich nicht ins Konzept gepasst, und von seiner Angewohnheit, sich in Frauenkleidern aus dem Klausurbereich zu stehlen, hatten sie nichts gewusst. Also hatte Mercuria ein Hemd hervorgekramt, das ein anderer Kunde eine Woche zuvor auf der Flucht vor seiner an die Haustür hämmernden Frau bei ihr liegengelassen hatte, ein ziemlich großes Hemd, das sie dem Mönch trotz der Leichenstarre ganz bequem über die morschen Knochen hatten ziehen können. Wie gesagt, ein Buch hätte sie über diese Zeiten schreiben können.

Mercuria zog die Decke wieder hoch, aber der Schlaf wollte nicht zurückkehren. Der Wind spielte mit dem fahlen Mondlicht Verstecken in den Vorhängen, und die Glocke bimmelte unbeirrt weiter. Was gab es um diese Zeit eigentlich zu läuten?

Sie stand auf und trat ans Fenster. Der Mond beleuchtete das schöne neue Pflaster im Innenhof. Die Zweige der Blumen in ihren Kübeln rekelten sich in alle Richtungen. Die Rosen mussten dringend zurückgeschnitten werden.

Sie zog das Nachthemd über den Kopf und kleidete sich an. Es hatte keinen Sinn, sich wieder ins Bett zu legen und das wimmelnde Schlangenbündel von Erinnerungen zu bändigen.

Wann immer diese Erinnerungen an jenen Tag vor über drei Jahren sie heimsuchten, hatte Mercuria sich mit irgendwelchen Verrichtungen abgelenkt, aber weil sie ja schlecht mitten in der Nacht an den Pflanzen herumschneiden konnte, beschloss sie, einen Spaziergang am Fluss zu machen und sich vom Rauschen und Gluckern des Wassers an den Brückenpfeilern einhüllen zu lassen.

Den Palazzo Farnese umrundete sie an der Westseite, um nicht an der Ecke vorbeizumüssen, wo es passiert war. Seit drei Jahren mied sie diese Stelle wie ein mit angespitzten Pfählen gespicktes Loch.

Auf das Wasser war Verlass. Kühl und gleichgültig zog der Fluss dahin. Eine schwimmende Mühle dümpelte als konturloser Koloss im Strom und zerrte an der leise klirrenden Kette. Die Glocke bimmelte immer noch vor sich hin. Je näher Mercuria der Engelsbrücke kam, desto vernehmlicher wurde sie. Vielleicht lag irgendein Würdenträger im Sterben.

Mercuria passierte den Palazzo Altoviti. Bindo Altoviti, auch ein ehemaliger Favorit, verschwenderisch wie ein Pharao war der gewesen, hatte sie mit Gold und Perlen zugeschüttet und auf Knien angefleht, das mit dem Ruhestand noch einmal zu überdenken; es hätte wohl nicht viel gefehlt, und er hätte in seinem toskanischen Gehauche noch einen Heiratsantrag hinterhergeschoben, aber dem alten Farnese war in den letzten Jahren seines Pontifikats offenbar der Heilige Geist erschienen und hatte ihn einen Blick ins Fegefeuer werfen lassen. Pünktlich zum Konzilsbeginn hatte der Papst auf einmal die Daumenschrauben der Moral angezogen; Bindo Altoviti musste fürchten, dass ihm mit einer solchen Mesalliance die Kredite bei der Kurie platzten, und so platzte stattdessen der Heiratsantrag, falls Bindo sich wirklich mit entsprechenden Gedanken getragen hatte. Ja gesagt hätte Mercuria ohnehin nicht.

Als sie vor der Engelsbrücke angekommen war, begriff sie, woher das Geläut kam: vom Gefängnis bei Tor di Nona. Da stand eine Hinrichtung bevor. Natürlich! Die ganze Stadt hatte ja von nichts anderem gesprochen die letzten Tage. Hatte Gianangelo Medici also tatsächlich ernst gemacht.

Am Eingang des Gefängnisses rumste es zweimal, als schwere Riegel an die Seite geschoben wurden. Auf dem Pflaster glomm Fackelschein auf, wurde stärker, erreichte die gegenüberliegende Hauswand und tanzte über das Mauerwerk.

Da kamen sie. Du liebe Güte, wie viele Knüppelmänner hatte der Gouverneur denn da zur Nachtschicht verdonnert? Rechnete der ernsthaft damit, dass noch irgendjemand einen Finger rühren würde, um Carlo Carafa und seine Verwandtschaft vor dem Galgen zu bewahren?

Nachdem an die zwanzig Bewaffnete aus dem Tor gequollen waren und sich zu einem Zug formiert hatten, erschien ein Priester mit einem verhängten Vortragekreuz.

Und dann kam er: Carlo Carafa. Zwischen zwei Bütteln schleppte er sich aus dem Tor, die Ketten an seinen Füßen klirrten, und die vor dem Bauch gefesselten Hände hatte er gefaltet, als ob das Beten ihm jetzt noch helfen könnte. Sein Kopf war unbedeckt, selbst das Kardinalsbirett hatten sie ihm also weggenommen, um ihm zu zeigen, dass er, der jahrelang den ganzen Kirchenstaat das Fürchten gelehrt hatte, inzwischen nichts weiter war als ein Verbrecher, dem gleich die Schlinge um den Hals gelegt werden würde.

Langsam kam die Prozession auf sie zu. Im Fackelschein sah Mercuria sein Gesicht: Den Bart hatte er sich zur Feier des Tages noch einmal gestutzt, und auch sonst sah er nicht aus, als hätte er sich im Kerker mit den Ratten um schimmeliges Brot gezankt. Vielleicht war er ein bisschen blass, aber das konnte man im Fackelschein ja nicht so genau beurteilen. Seine Gesichtszüge drückten vor allem Fassungslosigkeit aus, tiefste Erschütterung darüber, dass dieser Papst, der ihm seine Wahl verdankte, es tatsächlich gewagt hatte, ihn, Carlo Carafa, den Neffen und Staatssekretär seines verstorbenen Vorgängers, fallenzulassen.

Das Läuten erstarb mit ein paar letzten verirrten Schlägen des Schwengels gegen den Glockenkörper. Jetzt waren nur noch die Schritte der Büttel, das Klirren der Ketten und das Gemurmel des Priesters zu hören, untermalt vom immergleichen Rauschen des Wassers.

Die Spitze des Zuges bog auf die Brücke ein. Die Knüppelmänner warfen Mercuria einen misstrauischen Blick zu, als rechneten sie damit, dass sie sich gleich wie ein Greif auf den Verurteilten stürzen und ihn mit sich in die Lüfte reißen würde. Es war grotesk: Üblicherweise geleiteten zwei oder vier von ihnen am helllichten Tag die Todeskandidaten durch aufgebrachte Menschenmengen zum Galgen; hier dagegen war eine halbe Armee unterwegs, um eine einzige Zuschauerin auf Abstand zu halten, die wie verloren im Mondlicht auf dem Platz vor der Brücke stand. Vielleicht hielten sie sie auch für eine Unheilsbotin, abergläubisch wie sie waren, oder für einen Racheengel, der sich auf den Gefangenen werfen würde, um ihn zu erdolchen; es gab sicherlich genug Leute in der Stadt, die das liebend gern getan hätten.

Für einen kurzen Augenblick trafen sich ihre Blicke. Mercuria war dem Kardinal das eine oder andere Mal auf einem Fest begegnet, aber sie hatte sich von ihm ferngehalten. Carlo Carafa war ein jähzorniges, gewalttätiges Schwein; jeder wusste, was der auf dem Kerbholz hatte. Mercuria kannte die Gerüchte und die Geschichten von anderen Frauen, und abgesehen davon hatte sie es ihm angesehen, denn diese Sorte von Kerlen war ihr seit frühester Jugend vertraut. Außerdem war sie schon gar nicht mehr im Geschäft gewesen, als sein Onkel ihn aus dem Krieg geholt und vom Söldner zum Kardinal gemacht hatte.

Carlo Carafa war so sehr mit seinem Selbstmitleid und dem Entsetzen über seinen tiefen Sturz beschäftigt, dass es seinem Gesichtsausdruck unmöglich zu entnehmen war, ob er sie ebenfalls erkannte. Einen Augenblick später war er auch schon vorbei.

Ein Dutzend Büttel sicherte das Ende des Zuges. Ohne ein Wort überquerten sie die Brücke und hielten vor der Torbastion. Ein Kommando schallte über den Fluss, eine Antwort wurde zurückgebrüllt, dann öffnete sich das Tor, verschluckte die ganze Prozession, und der Spuk war vorbei.

Mercuria stand allein auf dem weiten Platz. Der Fluss rauschte vor sich hin, und plötzlich kam es ihr vor, als gäbe es in der ganzen Stadt nur noch sie. Hinter den Dächern des Borgo ragte der Apostolische Palast auf. In den oberen Fenstern brannte Licht. Stand dort jemand? Gianangelo Medici?

Sie spähte so angestrengt hinüber, dass sie gar nicht merkte, wie jemand sich von hinten näherte. Als sie sich umdrehte, stand er direkt hinter ihr: ein älterer Mann mit Bart und grauen Locken unter seiner Leinenkappe.

«So früh am Morgen schon unterwegs?»

Teufel auch, Antonietto Sparviero, der Novellant. Der schwirrte ja immer da herum, wo es was zu sehen oder zu erfahren gab, damit verdiente er schließlich sein Geld. Der hatte von seinen Zuträgern wahrscheinlich gehört, wann die Hinrichtung von Carlo Carafa und seinen drei Mitverurteilten stattfinden würde, und jetzt wollte er sich vergewissern, dass sie es auch zu Ende brachten, dass nicht plötzlich ein päpstlicher Bote mit der Begnadigung angaloppiert kam und Carlo

Carafa im nächsten Konsistorium wieder grinsend zwischen den anderen Kardinälen Platz nehmen würde.

«Und du? Schläfst du eigentlich irgendwann mal?»

Antonietto Sparviero lächelte sein hintergründiges Lächeln. «Gelegentlich.»

«Wirst du nicht langsam zu alt dafür?»

Er wiegte den Kopf. «Vielleicht. Aber mein Neffe ist noch nicht so weit.»

«Wie alt ist er denn?»

«Sechzehn.»

Mercuria lächelte. «In dem Alter war ich schon längst im Geschäft.»

«Sei froh, dass du's jetzt nicht mehr bist. Die Zeiten werden nicht besser.»

Sie wies mit einem Kopfnicken zum Papstpalast. «Kommt drauf an, wer als Nächster dort einzieht.»

«Ghislieri, wenn du mich fragst.»

«Bitte nicht der.»

«Wie gesagt. Die Zeiten werden nicht besser.»

Sie standen eine Weile nebeneinander und redeten. Es tat gut, in dieser merkwürdigen Nacht eine so angenehme Gesellschaft gefunden zu haben, auch wenn sie ihn bloß flüchtig kannte. Ihre Welten berührten sich eigentlich nur dann, wenn die Informationen, die er brauchte, in irgendeinem Bett ausgeplaudert worden waren.

Auf der obersten Plattform der Engelsburg regte sich etwas. Eine Fackel flackerte auf, zwei Schemen machten sich dort zu schaffen, dann wurde ein kleines Licht hinter einem Schirm entzündet.

«Das war's», sagte Antonietto Sparviero. «Carlo Carafa ist tot.»

«Was ist mit den drei anderen?»

«Schon vor zwei Stunden erledigt. Wahrscheinlich bringen sie gleich die Leichen raus, damit das Volk auf ihnen herumtrampeln kann.»

«Ich kann es ihnen nicht verdenken.»

«Ich bitte dich. Das ist doch würdelos.»

«Was sie getrieben haben, das war würdelos.»

«Stimmt.» Er gähnte. «Ich gehe jetzt nach Hause. Übermorgen geht der Bericht raus.»

«Schickst du mir den mal?»

Er zog eine Augenbraue hoch. «Warum interessiert dich das?»

Sie zuckte mit den Schultern. «Nur so. Ich will mal wissen, wie du arbeitest.»

Rom, 8. März 1561

Der Prozess gegen die Carafa und ihre Helfer ist mit der in der Nacht zum vergangenen Donnerstag vollzogenen Hinrichtung der Hauptbeschuldigten zu seinem Abschluss gekommen. Über den Verlauf des Verfahrens, das Schlussplädoyer des Fiskalprokurators Pallantieri und die vergeblichen Gnadengesuche der Anwälte der Beschuldigten wurde bereits berichtet.

Carlo Carafa beteuerte bis zuletzt seine Unschuld und gab an, in Ausübung seines Amtes stets im Auftrag und mit Wissen seines Onkels gehandelt zu haben. Wie es heißt, riss bei der Hinrichtung des Kardinals in der Engelsburg zweimal die Kordel, mit der er erdrosselt werden sollte. Als es endlich gelungen war, ließ der Henker auf der obersten Plattform der Festung ein Licht entzünden, um den Papst über die erfolgte Vollstreckung des Urteils in Kenntnis zu setzen. Die drei anderen Verurteilten wurden im Gefängnis von Tor di Nona enthauptet und ihre Leichen am nächsten Tag auf dem Platz vor der Engelsbrücke der Menge gezeigt, die sie beinahe zertrampelte. Die Bestattung fand in aller Verschwiegenheit statt, um weitere Tumulte zu verhüten.

1 Mein Name ist Michelangelo, und damit eins hier gleich ganz klar ist: Ich kann weder mit dem Meißel noch mit dem Pinsel umgehen. Als ich geboren wurde, war mein unsterblicher Namenspatron schon um die siebzig Jahre alt und hatte gerade das Jüngste Gericht an der Altarwand der Sixtina fertiggestellt, um das später so viel gestritten wurde. Mein Vater verehrte ihn wie einen Gott und hatte mir nicht zufällig diesen gewaltigen Namen mitgegeben, aber wenn er Hoffnungen auf eine entsprechende Laufbahn an diese Wahl geknüpft hatte, so wurden sie schon bald enttäuscht. Mein Talent liegt eher auf dem Gebiet des Erzählens, doch auch diese Gabe verschleuderte ich zunächst, so wie ich in meinen jungen Jahren als gedankenloser Tunichtgut alles verschleuderte, was ich in die Hände bekam, und ich kann noch nicht einmal anderen die Schuld dafür geben, denn es lässt sich beim besten Willen nicht behaupten, dass ich mich in schlechter Gesellschaft bewegt oder die falschen Freunde gehabt hätte. Kurz und gut: Ohne Mercuria wäre ich wahrscheinlich mein ganzes Leben lang der windige, durch sein Leben taumelnde Gazettenschreiber geblieben, der ich war, als diese Geschichte beginnt. Und darum ist sie ihr gewidmet, diese Geschichte.

Mercuria war der aufrichtigste Mensch, dem ich jemals begegnet bin; sie hasste die Lüge, und die Lüge war damals mein Beruf, wobei man, wollte man es etwas freundlicher formulieren, auch sagen könnte, dass ich den Leuten eben die Geschichten auftischte, die sie lesen wollten. Man könnte überdies einwenden, dass auch Mercurias Arbeit in ihren besten Zeiten zu einem guten Teil darin bestanden hatte, ihren Kunden zu sagen, was sie hören wollten, aber letztlich wurde sie im Gegensatz zu mir ja nicht für Worte bezahlt, sondern für Taten.

Als wir uns über den Weg liefen, hatte sie sich längst zur Ruhe gesetzt, schließlich war sie damals schon an die sechzig Jahre alt, aber im Gegensatz zu den meisten Frauen ihres Gewerbes hatte sie es zu Wohlstand gebracht, anstatt als menschliches Wrack im Armenhaus zu landen oder sich an einen Ehemann zu verkaufen, der sie behandelte wie den letzten Dreck. Nein, sie war mehr als wohlhabend, sie war reich: reich nicht nur an Geld, sondern auch an Freunden, die ihr die Treue hielten, während die Pharisäer begannen, über ihresgleichen die Nase zu rümpfen. Über Mercuria aber rümpfte man nicht die Nase. Kardinäle und Botschafter, die früher ihrer Schönheit verfallen waren, verfielen nun ihrer Klugheit, ihrem Witz und ihrer Liebenswürdigkeit. Klingt übertrieben? Ihr habt Mercuria nicht gekannt.

Ich dagegen habe sie gekannt, und wie. Sie mochte das Bett und später den Tisch mit Kardinälen und Botschaftern geteilt haben, aber das dunkle Geheimnis ihres Lebens teilte sie mit mir, der ich ihr Sohn hätte sein können. Mercuria hatte vom ersten Augenblick an Eigenschaften an mir erkannt, von denen mir selbst gar nicht bewusst gewesen war, dass ich sie besaß: die Fähigkeit, mich ernsthaft auf andere Menschen einzulassen, und das Verlangen, der Wahrheit zu ihrem Recht zu verhelfen, das mich am Ende dazu bewogen hat, ihre Geschichte aufzuschreiben. Und um diese ganze Geschichte verständlich zu machen, muss ich mit jenem Tag im November sechsundsechzig beginnen, an dem ich Mercuria zum ersten Mal sah.

Nun also. Es war auf dem Platz vor Santissimi Apostoli. Wir waren beide auf dem Weg zur Messe, kamen aus unterschiedlichen Richtungen und waren aus unterschiedlichen Gründen dort. Mercuria entstieg unter bewundernden und hier und da auch neidischen Blicken einem Einspänner und durchfloss wie Quecksilber das Spalier, das sich ganz von selbst vor ihr auftat und hinter ihr wieder schloss; ich dagegen kämpfte mich unbeachtet durch die Menge. Sie trug eine maßgeschneiderte Robe aus besticktem Brokat mit Spitzenkragen nach der neuesten Mode; ich steckte in einem zu engen geliehenen Kleid und schwitzte trotz der Novemberkälte wie ein Ackergaul unter meiner Perücke, während die Schminke mir die Augen verklebte. Sie war aus beruflicher Verbundenheit gegenüber den anderen Frauen gekommen, ich aus beruflicher Neugier.

Dass diese Messe überhaupt stattfand, das hatten wir Papst Pius zu verdanken, diesem verkniffenen Eiferer, der sein Leben der Inquisition und der Kirchenreform gewidmet hatte, hart wie Granit in Fragen von Moral und Glauben und dabei selbst so integer, dass einem übel werden konnte vor lauter Heiligkeit. Niemand hätte sich daran gestört, wenn er sich nur darauf beschränkt hätte, die Ketzerei ordentlich niederzuknüppeln, denn die Lutheraner krakeelten immer lauter von Deutschland aus herunter und scheuchten mit ihrem Gestänker die halbe Welt auf. Aber Pius, immerhin schon der Fünfte dieses Namens, wenngleich wohl der Erste, der ihn auch verdiente, wollte mehr: Er meinte die Maßstäbe, nach denen die Schafe zu leben hatten, auch an die Hirten anlegen zu müssen. Auf dem

Stuhl Petri hatte er zehn Monate zuvor Platz genommen, und in der Zwischenzeit dürfte sich manch ein Kardinal gefragt haben, was den Heiligen Geist wohl geritten haben mochte, als er dem Kollegium einflüsterte, Michele Ghislieri zum Papst zu wählen. Schon zu seiner Krönungsfeier spendete dieser das Geld, das zu solchen Gelegenheiten säckeweise unter das Volk geworfen wurde, für fromme Werke. Kaum im Amt, warf er Dottor Buccia, den wegen seiner deftigen Zoten berüchtigten Hofnarren seines Vorgängers, aus dem Palast und schickte den Schatzmeister auf die Galeere, weil die Rechnungsbücher nicht korrekt geführt waren. Von da an rollten fast täglich Köpfe. Bischöfe, die sich kurz zuvor noch in ihren Palästen atemberaubenden Festen hingegeben hatten, wurden von einem Tag auf den anderen in ihre Diözesen geschickt, um sich dort um die Seelsorge zu kümmern. Ein Hagel von Edikten gegen Simonie, Blasphemie, Sodomie, Entheiligung der Feiertage und Missachtung der Fastengebote prasselte auf die Geistlichkeit herab, Priester sollten plötzlich die Liturgie beherrschen und ihr Keuschheitsgelübde einhalten. Kirchliche Würdenträger wurden mitsamt ihren Mätressen von den Leuten des Gouverneurs aus den Kutschen gezerrt und mit Razzien in ihren eigenen Häusern schikaniert. Sodann knöpfte sich Pius die Kurtisanen vor. Sie wurden ausgepeitscht, ausgewiesen oder eingesperrt und gezwungen, zu bestimmten Zeiten in bestimmten Kirchen zu erscheinen und Predigten über sich ergehen zu lassen, in denen Priester ihnen hektisch erregt ins Gewissen redeten. Und auf einer solchen Veranstaltung, es war, wie gesagt, im November sechsundsechzig, begegnete ich Mercuria.

Was ich dort verloren hatte? Nun, ich bin Novellant, obwohl sich mein Onkel Antonietto sicherlich im Grab herumgedreht hätte, wenn ich diese Bezeichnung damals für mich in Anspruch genommen hätte. Denn er, Antonietto Sparviero, war einer der Größten dieser Zunft, die sich im Wesentlichen auf den Handel mit Nachrichten gründete; seine Kunden saßen in Bologna, Mailand und Venedig, in Avignon, Genf, Nürnberg und Wien. Über ein jahrzehntelang geknüpftes Netz von Zuträgern aus den höchsten Kreisen sammelte er täglich Meldungen und Gerüchte, prüfte und bewertete sie, stellte sie zusammen, formulierte sie um, schnürte sie zu Bündeln und schickte sie mit der Post auf die Reise. Alles schrieb er mit eigener Hand ab, den Kopisten vertraute er nicht und dem gedruckten Wort noch weniger, denn was die Zensur passiert hatte und von Tizio, Caio und Sempronio gelesen wurde, war für seine anspruchsvollen Auftraggeber wertlos und überdies oft noch nicht einmal wahr. Nichts entging ihm, und insofern teilte er mit dem Heiligen Vater zumindest zwei Eigenheiten: Beide hatten einen Namen, der zu ihnen passte, und beide fühlten sich ihren Wahrheiten verpflichtet und handelten danach mit einer Konsequenz, die ihresgleichen suchte.

Nach dem Tod meines Vaters hatte Onkel Antonietto mich bei sich aufgenommen und mit Ernst und Geduld versucht, mich in sein Gewerbe einzuführen, war jedoch an meiner Oberflächlichkeit verzweifelt: Als es ihn schließlich dahinraffte, war ich einundzwanzig Jahre alt, interessierte mich für süßen Wein, halbseidene Unternehmungen, leichtfertige Mädchen und das, was man mit ihnen machen konnte, wenn ihre Eltern zu Bett gegangen waren. Was Kurialen und Diplomaten hinter verschlossenen Türen miteinander vereinbarten, das kümmerte mich ebenso wenig wie Zolltarife, Verordnungen, Ämtervergaben, Truppenanwerbungen, Heiratsprojekte gekrönter Häupter und Gerüchte über die Kandidaten für bevorstehende Kardinalserhebungen; wenn ich mich überhaupt für Nachrichten interessierte, dann waren sie anstößig, schlüpfrig und skandalös. Ich übertrieb und verdrehte, was ich aufschnappte, dichtete Unwahres hinzu und ließ Entscheidendes weg. So belieferte ich die Drucker, die Onkel Antonietto mir vorgestellt hatte, mit Gazetten voller Räuberpistolen, die Schadenfreude und Sensationsgier bedienten, und ich hoffe bis heute, dass es nicht die Enttäuschung über seinen missratenen Neffen war, die ihn ins Grab gebracht hat, aber ganz sicher bin ich mir da leider nicht.

Nicht dass ich nicht erfolgreich gewesen wäre: Meine Gazetten erfreuten sich großer Beliebtheit, sie lagen in den Geschäften der Drucker aus, wurden von Ausrufern auf der Straße verkauft und bisweilen sogar in andere Sprachen übersetzt. Je unsinniger sie waren, desto besser verkauften sie sich. Und weil das Geschäft mit dieser Art von Nachrichten so gut lief, glaubte ich es mir leisten zu können, mich zwischendurch wochenlang Müßiggang und Lotterleben hinzugeben.

Nun, wie auch immer. Trotz der genannten Gemeinsamkeiten schien die Stadt nicht groß genug zu sein für Antonietto Sparviero und Michele Ghislieri, nachdem Letzterer Papst geworden war. Oder sollte es Zufall gewesen sein, dass meinen Onkel der Schlag traf, während er in der Menge auf dem Petersplatz stand und das Ergebnis der Wahl vernahm? Ich stand neben ihm, als er zusammenbrach, und ich erinnere mich noch genau, wie zögerlich der Jubel der Gläubigen ausfiel, als der Kardinalprotodiakon den Namen von der Benediktionsloggia aus über den Platz rief, denn alle wussten, dass mit einem Papst von diesem Kaliber nun andere Zeiten anbrechen würden. Auch Ghislieri selbst scheint das übrigens nicht entgangen zu sein: Angeblich äußerte er bald darauf, er hoffe, das Volk werde seinen Tod dereinst mehr betrauern als seine Wahl.

Man trug meinen Onkel in sein Haus und rief einen Priester für die Letzte Ölung, er aber grunzte nur ungehalten und lebte einfach weiter. Seine rechte Seite war fortan gelähmt, er sprach wie ein Betrunkener und konnte ohne Hilfe keinen Schritt mehr machen, doch mit unerhörter Willensanstrengung empfing er immer noch seine Zuträger und schrieb mit der linken Hand weiter, bis ihn im Spätsommer der zweite Schlag traf. Diesmal kam der Priester zu spät.

Drei Monate darauf, am besagten Tag im November sechsundsechzig, waren dagegen alle pünktlich: der Priester, ein gemütlicher Fettsack mit rotem Gesicht und Weinflecken auf der Albe, der sich unter dem Portal der Kirche aufgebaut hatte und mit einer Mischung aus Milde und Beschränktheit die Ankommenden musterte, dann die Neugierigen in den Fenstern des benachbarten Palastes der Colonna und auf den Dächern der umstehenden Häuser, ferner die Männer des Gouverneurs, die eine Absperrkette gebildet hatten, um die Gaffer wenigstens vom Platz fernzuhalten, sowie die besagten Gaffer selbst, fast ausschließlich Männer, die schwatzend, johlend, pfeifend und applaudierend herandrängten.

Pünktlich waren schließlich auch die Damen, die fürwahr einen atemberaubenden Anblick boten: glänzend herausgeputzt, auf hohen Absätzen, in leuchtenden Kleidern und mit ins Haar geflochtenen Perlen stolz einherschreitend, nach tausend Wässerchen gegen den aus der Kirche herausquellenden Weihrauch anduftend, so formierten sie sich für den Einzug in das Haus des Herrn, offensichtlich nicht gewillt, es als dessen Bräute wieder zu verlassen. Obwohl die Schikanen und Ausweisungen der letzten Monate ihre Reihen ausgedünnt hatten, waren sie immer noch zahlreich genug, um die Kirche zu füllen, und man sah eine ganze Reihe von stadtbekannten Gesichtern. Die Männer hinter der Absperrkette zeigten bald hierhin, bald dorthin, riefen laut jubelnd die Namen ihrer Angebeteten herüber und bekamen Handküsse als Antwort zurück: Biancarossanera stolzierend wie ein Klapperstorch, Gianna la Gazza Ladra ganz in Samtschwarz, Bona la Bonazza betont vulgär mit einem Ausschnitt, der allein schon zwanzig Peitschenhiebe gerechtfertigt hätte, Pasqualina Faccia d'Angelo die Unschuld selbst mit keusch gesenktem Blick und in Wahrheit angeblich doch das größte Luder von allen, Venusia Vanesia schließlich in einem bodenlangen grünen Kleid, das vortrefflich mit der Stola des Priesters korrespondierte. Während wir in einer langen Reihe die Kirche betraten, ebbte das angeregte Schwätzen und Schnattern ab. Der Weihrauch stand als dichter Nebel im Mittelschiff und geriet in Wallung, als die vielköpfige Schar sich auf die Bänke verteilte, niederkniete und schließlich die Plätze einnahm. Das große Apsisfresko mit dem Bild des inmitten von Engelschören zum Himmel auffahrenden Erlösers schimmerte dunkel im Licht der Kerzen.

Der Zufall wollte es, dass ich neben Mercuria Platz fand, die mich zunächst nicht beachtete, sondern leise mit ihrer Nachbarin zu plaudern begann. Zu meiner anderen Seite hockte ein junges Ding in einem billigen Kleid. Ihre traurige Laufbahn stand ihr schon ins Gesicht geschrieben: nicht hübsch genug als Bettgenossin und nicht geistreich genug als Tischgenossin zahlungskräftiger Kunden; man konnte nur hoffen, dass wenigstens sie und einige andere von ihrer Sorte, die mein umherschweifender Blick nach und nach erfasste, der Empfehlung folgen würden, die uns hier gleich erteilt werden sollte.

Doch die erste Empfehlung des Tages kam nicht vom Altar, vor dem der Priester inzwischen Aufstellung genommen hatte, nachdem er zu den Klängen der Orgel unter dem Vortragekreuz mit schwerem Schritt den Mittelgang durchmessen hatte. Sie kam von hinten und war an mich gerichtet. Stoff raschelte, als sich hinter mir jemand vorbeugte.

«Wenn du gelernt hast, dich vernünftig zu schminken, geh zu Kardinal Cornaro», zirpte es mir ins Ohr. «Bist ein leckerer Happen für den alten Lumpensack.»

Ich verzichtete darauf, mich umzudrehen, und fand dementsprechend auch nicht heraus, ob das ein ernst gemeinter Ratschlag oder reine Gehässigkeit sein sollte. Dafür mischte sich nun Mercuria ein, die die Bemerkung offenbar gehört hatte. Sie wandte mir das Gesicht zu. Kluge blaue Augen, die Wimpern tadellos getuscht, musterten mich von oben bis unten. Ein Lächeln huschte über ihre Mundwinkel, spöttisch und dennoch wohlwollend.

«Tu das bloß nicht», sagte sie. «Lass den Blödsinn und such dir ein Mädchen.»

«Aber Cornaro zahlt gut», insistierte die Stimme.

Mercuria wandte sich nach hinten. «Eben nicht. Er schickt seine Diener los und lässt sie halbe Kinder von der Straße holen. Cornaro ist ein altes Schwein, und außerdem hat er die Franzosen, also spar dir solche Ratschläge. Oder halt zur Sicherheit am besten ganz den Schnabel.»

Von hinten beleidigtes Schweigen.

«Dominus vobiscum», sang der Priester.

«Et cum spiritu tuo», schallte es zurück.

Mercuria wandte sich nun wieder ihrer Nachbarin zu, einer eleganten Dame im mittleren Alter, die offenbar ebenfalls vor Zeiten in den Ruhestand getreten war. Die anderen Frauen in der Kirche – ich schätzte ihre Zahl auf etwa hundertfünfzig – waren mindestens fünfzehn Jahre jünger.

Während der Priester ein Gebet sprach und ein Ministrant das Lesepult zurechtrückte, betrachtete ich Mercuria aus dem Augenwinkel. Sie war durch und durch eine vornehme Dame. Die schwarzen Haare hatte sie mit Lack zum Glänzen gebracht und zu einem Knoten gebunden, aus dem ihr eine Strähne ins Gesicht fiel. An ihrem Hals schimmerten Perlen, an den Fingern goldene Ringe, die sie über die schwarzen Seidenhandschuhe gezogen hatte. In den Wangen hatte sie kleine Grübchen, als ob sie sich pausenlos über etwas amüsierte. Wenn sie lachte, blitzten ihre Zähne auf.

«Starr mich nicht so an», sagte sie, wobei sie den Kopf ganz leicht in meine Richtung neigte, ohne sich von ihrer Nachbarin abzuwenden. Ich zuckte ertappt zusammen und ließ meinen Blick weiter durch die Kirche wandern, während der Zelebrant verkündete, die Homilie der heutigen Messfeier über die Sünde halten zu wollen.

«Na, was für eine Überraschung», kam es halblaut von einer der hinteren Bänke, gefolgt von unterdrücktem Gekicher.

Falls der Priester den Zwischenruf gehört hatte, ließ er sich nichts anmerken und verkündete, für die Lesung sei das Buch des Propheten Hesekiel ausgewählt worden.

«Dann hol mal deinen Hesekiel raus», meldete sich wieder die Stimme von hinten. Erneut wurde gekichert, ein paar Köpfe wandten sich um.

Mercuria knurrte leise: «Was soll denn das hier werden?»

Der Ministrant hatte derweil den schweren Buchdeckel der Bibel auf dem Lesepult aufgeschlagen und blätterte darin herum. Ein magerer und blasser Lektor trat dazu und räusperte sich. Dann begann er mit dünner Stimme vorzutragen.

«Das Wort des Herrn erging an mich: Menschensohn, mach Jerusalem seine Gräueltaten bewusst!»

«Lauter!», rief eine schrille Stimme. «Hier hinten versteht man überhaupt nichts!»

«Dann setz dich doch nach vorn», nörgelte eine andere Stimme. «Oder hast du Angst, dass denen beim Anblick deiner faulen Zähne der Appetit vergeht?»

Verunsichert sah der Lektor auf und warf dem Zelebranten einen hilfesuchenden Blick zu, der schüttelte missbilligend den Kopf in Richtung der Gemeinde und wies den Lektor mit einer Handbewegung an, noch einmal von vorn zu beginnen.

Und das tat er, doch das Bemühen um mehr Lautstärke ging auf Kosten der Intonation, er hustete, verhaspelte sich, setzte abermals an und gab ein klägliches Bild ab, wie er da stand, seine renitente Zuhörerinnenschaft einzuschüchtern versuchte und doch nur das Gegenteil erreichte. Hesekiels donnernde Strafpredigt geriet zu einem derart heiseren Gestammel, dass der Prophet sich die Haare gerauft hätte. Selbst der Priester war peinlich berührt und schien zu überlegen, wie er die Sache abkürzen konnte.

«Du hast dich den Ägyptern, deinen Nachbarn mit dem großen Glied, hingegeben und mit ihnen unaufhörlich Unzucht getrieben.»

«Hört, hört, die Ägypter! Kann das jemand bestätigen?», fragte Gianna la Gazza Ladra laut.

«Nie im Leben! Den größten Hirtenstab hat immer noch der Ordensgeneral der Franziskaner!», rief Bona la Bonazza.

«Kann sein, aber er kriegt ihn nicht hoch!»

«Bei dir vielleicht nicht, du alte Schleiereule!»

«Wie bitte? Ich bin achtzehn!»

«Dass ich nicht lache! Du bist inzwischen öfter achtzehn geworden als ich meine Jungfräulichkeit verkauft habe!»

«Ruhe!», wetterte der Priester. Doch niemandem entging, dass seine Mundwinkel zuckten.

Dem Lektor blieb nichts anderes übrig, als mit der demütigenden Prozedur fortzufahren. Die Gesichter der Ministranten waren inzwischen knallrot.

«Darum, du Dirne, höre das Wort des Herrn!»

Während der Lektor stotternd weiterlas, breiteten Unruhe und Erheiterung sich von den letzten Bankreihen immer weiter aus. Einzig Mercuria schien nicht gewillt, sich davon anstecken zu lassen. Mehrmals beugte sie sich zu ihrer Nachbarin hinüber und flüsterte mit unverhohlener Gereiztheit auf sie ein.

Hesekiels schwächlicher Wiedergänger strebte derweil dem Höhepunkt der Tirade zu, verkündete, der Unzucht ein Ende zu bereiten, und drohte die fürchterlichsten Strafen an, während die Zwischenrufe in immer schnellerem Takt auf ihn niederhagelten. Einige Frauen waren aufgestanden und schüttelten die Fäuste, und je weiter der Aufruhr um sich griff, desto wagemutiger wurden sie.

«Schämt euch doch selber! Was glaubt ihr, wer diese Perlenkette hier bezahlt hat?», schrie eine.

«Der neue Kardinal?», fragte eine andere. «Der Kleine? Dieser Bonelli?»

«Nein, Kardinal del Monte!»

«Heilige Nafissa, du auch? Der jagt sein Frettchen aber auch wirklich in jeden Bau!»

«Allerdings! Und zwar am liebsten durch den Hintereingang!»

«Na, der steht bei dir ja mittlerweile weiter offen als das Hauptportal, wie man so hört!»

Diese letzte Bemerkung von Bona la Bonazza löste einen Sturm von Gelächter aus.

«Halleluja!», prustete der Zelebrant und wandte sich zum Altar um. Seine Schultern bebten.

In diesem Augenblick platzte Mercuria endgültig der Kragen. Sie hieb mit der Faust auf die Bank und erhob sich. «Mir reicht's!», schnaubte sie ihre Nachbarin an, die zunächst unschlüssig schien und schließlich nickend aufstand.

Was dann folgte, war der wahrscheinlich peinlichste und zugleich folgenreichste Moment meines Lebens.

Hätte Mercuria nicht diese natürliche Autorität und Erhabenheit ausgestrahlt, wäre es wohl gar nicht passiert. Aber so war sie: Allein durch ihr Erscheinen teilte sie jede Menschenmenge wie Moses das Rote Meer; ihr Auftreten genügte, um alle beiseitetreten zu lassen, die irgendwie im Weg standen. So auch hier. Es reichte, dass sie aufstand, und schon sprang das junge Ding neben mir demütig aus der Bank, um sie passieren zu lassen. Und weil ich einen Augenblick zu spät merkte, dass auch ich aufstehen musste, tat ich es umso eilfertiger, und da geschah es. Der Saum meines Kleides hatte sich in irgendeiner verdammten Ritze der Bank verfangen, und der Stoff riss entlang einer Naht, die vom Knöchel bis unter die Achsel verlief. Nicht genug damit, dass ich von einem Moment auf den anderen halbnackt in der Kirche stand: Die breite Bandage, die ich zur Vortäuschung weiblicher Konturen mit zwei prachtvollen Äpfeln ausgestopft und mir um die Brust gewickelt hatte, löste sich ebenfalls, und die Früchte, natürlich gleich alle beide, fielen heraus und kullerten über den Kirchenboden. Es gelang mir gerade noch, den lose über meiner linken Schulter hängenden Stoff zusammenzuraffen, um meinen entblößten Oberkörper zu bedecken, was allerdings auch nicht mehr viel half: Ich stand gut sichtbar im Mittelgang, und alle, die in Blickweite saßen, starrten mich an. Gelächter erhob sich, Köpfe wandten sich mir zu, Hälse wurden gereckt, eine stieß die andere an, einige standen auf, und bald waren die Blicke und Finger der ganzen Gemeinde auf mich gerichtet, alles gackerte und prustete.

Mercuria schob sich mit einer Mischung aus Spott und Mitleid im Blick an mir vorbei, ihre Begleiterin folgte ihr peinlich berührt.

«Du kommst mal besser gleich mit», raunte sie mir zu.

Was blieb mir übrig? Im Tumult des immer weiter anschwellenden Gelächters schritten wir zum Portal. Ich traute mich nicht mehr, den Blick zu heben, sondern achtete ängstlich darauf, nicht auch noch über die Reste meines Kleides zu fallen.

Die Türen der Kirche waren geschlossen. Einer der Männer des Gouverneurs, ein tumber Geselle mit unrasiertem Gesicht und struppigem Haar, stand davor und blockierte den Weg.

«Mach auf», sagte Mercuria nur.

«Darf ich nicht.»

«Junge, mach dich nicht unglücklich. Tür auf, aber ein bisschen plötzlich.»

«Der Gouverneur …»

«… ist nachher zum Essen bei mir. Willst du morgen im Steinbruch anfangen?»

Die Tür schwang auf. Das Licht der tief im Westen stehenden Sonne flutete herein. Als ich hinter Mercuria durch das Portal trat, blickte ich zurück: Das wunderbare Apsisfresko glomm auf, als glühte es von innen.

Der Platz war immer noch abgesperrt, aber die Menge der Gaffer war auf ein paar schwatzende Tagediebe zusammengeschmolzen. Mercurias Kutsche wartete mitten auf dem Platz. Das Pferd schlug ein paarmal mit einem Vorderhuf auf das Pflaster. Der Kutscher fummelte und zerrte am Geschirr herum.

Mercuria holte tief Luft und stieß sie wieder aus. «Gott, was für ein würdeloses Spektakel!», ereiferte sie sich. «Die haben wirklich kein bisschen verstanden, was die Stunde geschlagen hat. Auf so was wartet die Inquisition doch nur.»

Ich war dermaßen damit beschäftigt, das ruinierte Kleid um meinen Körper zu wickeln, dass ich kaum zuhörte. Willenlos ließ ich es geschehen, dass sie mir kopfschüttelnd einen Stoffzipfel aus der Hand nahm, mich unsanft herumdrehte und hinter meinem Nacken irgendetwas zusammenknotete.

«Was hattest du eigentlich da verloren? Schicken die ihre Spitzel jetzt schon in Frauenkleidern durch die Gegend? Wie heißt du überhaupt?»

«Michelangelo.»

«Ach was.» Sie kniff die Augen zusammen. «Der Neffe von Antonietto Sparviero?»

Ich war völlig überrumpelt. «Ja.»

«Mein Beileid.»

«Wie …»

«Mein Gott, den kannte hier doch wirklich jeder. Ich bin Mercuria.»

«Lucrezia», sagte die Nachbarin.

«Luparella», korrigierte Mercuria.

«Das ist lange her», wiegelte Lucrezia ab.

«Sei nicht so feige.»

«Die Zeiten sind vorbei.»

«Warum bist du dann hier?»

Ich war sprachlos und versuchte, mir nichts anmerken zu lassen. Luparella. Die berühmte Luparella, die ihre Liebhaber bis aufs Blut ausgesaugt und mit dem Geld eine Bank gegründet hatte.

«Krieg dich wieder ein», sagte Mercuria.

Die beiden plauderten noch eine Weile, ohne das Wort an mich zu richten. Ich fühlte mich überflüssig wie ein kleiner Junge, der mit den großen Kindern spielen will, eine Weile herumsteht und langsam erkennt, dass sie sich nicht um ihn scheren. Ich hatte gerade zu überlegen begonnen, wie ich beiläufig und ohne weiteren Gesichtsverlust den Ort des Geschehens verlassen könnte, da kam Lucrezia mir zuvor, verabschiedete sich und ging über den Platz davon. Sie sprengte die Absperrkette mit einer lässigen Handbewegung und verschwand zwischen den Häusern.

«Wo wohnst du?», fragte Mercuria.

«Parione», sagte ich unsicher.

«Soll ich dich mitnehmen?»

«Das wäre sehr freundlich.»

«Freundlich», wiederholte sie spöttisch. «Freundlichkeit ist weiß Gott nicht die Währung, mit der diese Kutsche bezahlt wurde.» Ihre blauen Augen musterten mich wieder, wie in der Kirche, zwischen Wohlwollen und Spott changierend. Dann stiegen wir ein.

Im verglühenden Tageslicht ratterten wir durch die Stadt. Ich bin normalerweise nicht auf den Mund gefallen, aber bis heute ist mir nichts Vernünftiges eingefallen, was ich in dieser Situation hätte sagen können.

«Dein Onkel war ein anständiger Mann», stellte sie fest, während wir das Pantheon passierten. Eine Antwort schien sie nicht zu erwarten, also lächelte ich nur schief.

«Mal im Ernst, was wolltest du da?»

«Ich schreibe», sagte ich zögerlich und hoffte, meine Tätigkeit nicht näher erklären zu müssen, erst recht nicht, nachdem der Name meines Onkels gefallen war. Mein Auftritt war schon lächerlich genug gewesen, und ich legte keinen Wert darauf, jetzt auch noch für meine Arbeit mit den Maßstäben von Antonietto Sparviero gemessen zu werden.

Mercuria runzelte die Stirn. «Im Ernst? Berichte für das Heilige Offizium, oder was?»

«Nein», erwiderte ich entrüstet. «Gazetten.»

Ich muss dazu vielleicht sagen, dass mir meine Arbeit keineswegs peinlich war, obwohl ich dafür in den Kreisen, in denen mein Onkel verkehrt hatte, immer wieder irritiert angesehen worden war. Das überhebliche Nicken, das ich nun von Mercuria für meine knappe Erklärung erntete, kam mir sehr vertraut vor. Normalerweise hätte mich das nicht gestört, denn die Leute, mit denen ich mich sonst so herumtrieb, fanden meine Tätigkeit äußerst amüsant und stachelten mich eher noch an. Ein guter Teil der Geschichten, die ich später den Druckern übergab, entstand an langen Abenden in Wirtshäusern. Doch nach meinem Auftritt in der Kirche empfand ich kein Bedürfnis, mir vor Mercuria weitere Blößen zu geben. Sie saß mir in der Kutsche gegenüber und strahlte eine Überlegenheit aus, die in mir ein unerklärliches Verlangen auslöste, das ich in ihrer

Gegenwart noch öfter empfinden sollte: Ich wollte mir ihre Achtung verdienen. Doch weil es in diesem Augenblick nichts gab, was ich zu diesem Zweck hätte sagen können, schwieg ich lieber. Und da sie das zu spüren schien und mich nicht weiter in Verlegenheit bringen wollte, schwieg auch sie.

Als wir vor dem Haus meines Onkels hielten, war es fast dunkel. Ich bedankte mich und stieg aus. Es sollte mehr als drei Jahre dauern, bis ich sie wiedersah.

Eine halbe Stunde später saß ich beim Schein einer flackernden Kerze am Tisch und nippte an einem schlechten Wein. Nach dem ersten Glas schämte ich mich schon ein bisschen weniger. Nach dem zweiten konnte ich über das Missgeschick mit dem Kleid, das wie eine abgeworfene Reptilienhaut hinter mir auf dem Boden lag, schon herzlich lachen. Und nach dem dritten kam mir die Idee, wie die Erlebnisse des Tages sich zu einer hübschen Gazette verarbeiten ließen.

2 *Kurzer Bericht über ein Wunder, das sich am Tag der Heiligen Katharina von Alexandria in der römischen Kirche Santissimi Apostoli ereignete & für großes Erstaunen & Verblüffung in der Stadt Rom & weit darüber hinaus sorgte*

Also kehrt um & tut Buße, damit eure Sünden getilgt werden! Dieses Wort des Evangelisten Lukas aus dem dritten Kapitel der Apostelgeschichte fand am Tag der Heiligen Katharina von Alexandria des Jahres MDLXVI in der Kirche Santissimi Apostoli zu Rom seine wundersame & herrliche Bestätigung. Der Heilige Vater nämlich, betrübt & erschüttert ob des Ausmaßes von Sünde & Unzucht, die seit Jahren wie eine Pestilenz in der Stadt um sich griffen, hatte in den vergangenen Monaten bereits zahlreiche Strafmaßnahmen zur Bekämpfung dieses vielgestaltigen Übels & zur Rettung der verführten & geblendeten Seelen ergriffen. Im Vertrauen auf die Kraft der Worte unseres Erlösers aus dem achten Kapitel des Evangeliums nach Johannes – Geh & sündige von jetzt an nicht mehr! – beschloss er, die besagten Übel nicht nur durch die Furcht vor den angedrohten Strafen, sondern auch durch Einsicht & Umkehr zu überwinden & beauftragte zu diesem Zweck einige seiner treuesten & redegewandtesten Diener, den Kurtisanen der

Stadt das Evangelium zu predigen & ihnen die Erlösung & das ewige Leben in Aussicht zu stellen, sofern sie von ihrem sündigen Treiben abzulassen gelobten. So fanden sich am besagten Tag in besagter Kirche zahlreiche Frauen von zweifelhaftem Lebenswandel ein, um, teils dem päpstlichen Gebot folgend, teils der Einsicht nachgebend, das Wort des Herrn zu hören. Während der Lesung über die Ermahnungen des Propheten Hesekiel erfrechten sich nun einige besonders verstockte & uneinsichtige Subjekte, von den Bänken aufzuspringen & den Vortrag durch anstößige & schamlose Zwischenrufe zu unterbrechen, wobei sie noch nicht einmal davor zurückschreckten, einige der höchsten Amtsträger der Kirche & damit den Herrn selbst auf eine Weise zu schmähen, die wiederzugeben sich verbietet. Im Augenblick des größten Tumults aber sandte der Allmächtige ein Zeichen & wandelte ihre Unverfrorenheit in Demut. Während nämlich einige besonders dreiste Frauen, stadtbekannte Sünderinnen allesamt, sich bereits anschickten, den Zelebranten vor dem geweihten Altar zu bedrängen, durchstrahlte unversehens ein Licht das köstliche Freskengemälde des zum Himmel auffahrenden Erlösers, das der große Meister Melozzo vor vielen Jahren dort angebracht hatte. Die musizierenden Engel zu seinen Füßen gerieten in Bewegung, zupften & strichen die Saiten ihrer Instrumente, erhoben ihre Stimmen, & eine göttliche Melodie durchströmte die gesamte Kirche, sodass die Versammelten unverzüglich von ihrem Treiben abließen & sich zu Boden warfen. Gleichzeitig ertönte eine Stimme: Schwört ab! Kehrt um! Tut Buße! Das weiße Gewand des Erlösers geriet in Bewegung wie wogendes Wasser & begann immer stärker zu leuchten, sodass das Licht bald den ganzen Raum erfüllte. Schon wurden Tränen vergossen, Ausrufe der Ver-

zückung erklangen, & wie auf ein Zeichen hoben die versammelten Frauen an, das von den Engeln angestimmte Tedeum zu singen, wie es nie zuvor inbrünstiger zu hören gewesen ist. Niemand kann sagen, wie lange sie so verharrten, & als das göttliche Licht endlich erloschen & die letzten Töne des Gesangs verklungen waren, bedrängten die Frauen den Priester erneut, jedoch nicht wie noch kurz zuvor mit Lästerungen & Schmähungen, sondern mit flehentlichen & demütigen Bitten, ihnen das Keuschheitsgelübde abzunehmen, während andere den Rosenkranz betend verharrten & wieder andere ihre Perlenketten, Ringe & Broschen in den Opferstock warfen, um sich auf diese Weise ihrer durch die Sünde erworbenen Reichtümer zu entledigen. So wirkte an diesem Tag durch die Fürsprache des Heiligen Vaters die Gnade Gottes ein Wunder, von dem die Anwesenden bald überall Zeugnis ablegten, sodass der brennende Wunsch, Laster & Ausschweifung zu entsagen & den Versuchungen des Teufels fortan entschlossen zu widerstehen, die ganze Stadt ergriff. Gelobt sei Jesus Christus, in Ewigkeit, Amen.

3 «Ist der von dir, dieser Scheiß hier?», schnauzte Mercuria mich zur Begrüßung an, als wir uns drei Jahre später erneut gegenüberstanden.

Eins, zwei, drei Jahre, tatsächlich. Drei Jahre waren ins Land gegangen, in denen sich bei mir nichts verändert hatte: Ich hatte mich herumgetrieben, war den Mädchen hinterhergestiegen und hatte Gazetten voller wilder Geschichten verfasst. Die Kontakte zu den Zuträgern meines Onkels waren eingeschlafen, stattdessen hatte ich sein bescheidenes Vermögen verprasst und schließlich sogar das Haus belastet. Von Antonietto Sparviero war mir nur ein Dutzend Kisten voller Notizen, Nachrichten, Flugblätter und Gazetten aus vier Jahrzehnten geblieben, die seit seinem Tod in einer Ecke standen. Sollte den Gläubigern der Geduldsfaden reißen, würde ich bald auf der Straße stehen. Das Haus musste verkauft werden, um den letzten Rest des Erbes zu Geld zu machen. Ich war vierundzwanzig, abgebrannt und nichtsnutzig. Ich wusste, dass sich in meinem Leben etwas ändern musste. Und ich brauchte eine neue Bleibe.

Ein entfernter Bekannter hatte mir erzählt, dass eine entfernte Bekannte von ihm, eine gewisse Mercuria, eine Wohnung zu vermieten hatte. Oder war es ein Haus? So genau wusste er das nicht.

«Mercuria?», hatte ich gefragt. «Die Kurtisane?»

«Genau die. Sag bloß, du kennst die?»

Die Messe in Santissimi Apostoli fiel mir wieder ein, das gerissene Kleid, der Tumult in der Kirche, meine Heimfahrt in ihrer Kutsche, die Gazette, die ich noch in derselben Nacht betrunken am Schreibtisch verfasst hatte. Sie hatte sich damals ganz gut verkauft.

Und ausgerechnet diese Gazette war es nun, die Mercuria mir gleich zum Auftakt unter die Nase halten musste, nachdem der Bekannte einen Termin zur Besichtigung des Hauses vermittelt hatte. Ich war mir nicht sicher gewesen, ob sie sich überhaupt noch an mich erinnern würde. Nun stellte sich heraus, dass sie sich offenbar besser erinnerte, als mir lieb sein konnte. Das fing ja gut an.

Mercuria erwartete mich am vereinbarten Treffpunkt in der Tordurchfahrt zu einem Innenhof in der Via dei Cappellari, zwischen den Hutmacherwerkstätten, nur einen Steinwurf vom Campo dei Fiori entfernt. Es war ein Samstag, und der Pferdemarkt auf dem Platz ging seinem Ende zu. Menschen drängelten sich an uns vorbei, Händler holten ihre in den Seitenstraßen abgestellten Karren ab und schoben sie rücksichtslos durch das Gewimmel in der ohnehin schon schmalen Straße, über der sich kreuz und quer die Wäscheleinen spannten. Ein Pferd stieg und riss dabei den Ständer eines Mützenmachers um, überall wurde geschrien, gelacht und gepfiffen, während vom Platz her das Wiehern und das Hufgeklapper der Gäule herüberschallte und über den verwinkelten Dächern ein vielstimmiges Glockengeläut wehte. Ich kannte die Gegend ganz gut, weil einer meiner Drucker seine Werkstatt am Campo dei Fiori hatte und weil ein paar Straßen weiter das Bankenviertel begann, wo mein Onkel einen guten Teil seiner Zeit verbracht hatte, um Gazetten und Berichte auswärtiger Novellanten zu kaufen, seine Zuträger zu treffen oder sich einfach nur umzuhören. Ich hatte ihn manchmal begleitet, jedenfalls in der ersten Zeit, als er noch gehofft hatte, mich zu seinem Nachfolger machen zu können.

Da stand sie also, ungezwungen an den Torpfeiler gelehnt, in den die Radnaben der durchfahrenden Wagen im Lauf der Jahre tiefe Scharten gewetzt hatten. Sie trug ein schlichtes Wollkleid und hatte die Haare lose zusammengebunden, und selbst in dieser lässigen Aufmachung war sie eine Erscheinung, ja, gerade in dieser Aufmachung, die einen so deutlichen Kontrast zu ihrem feinen Gesicht mit den strahlenden Augen darstellte. Ihr ganzer Körper war eine fließende Drehung, als posierte sie für ein Gemälde von Parmigianino, aber sie posierte eben nicht: Was andere in eitlem Bemühen einstudierten, war seit Jahrzehnten ihre natürliche Haltung, als wäre dieser abgewetzte Travertinpfeiler eine hochkant gestellte Polsterliege, auf der eine Königin die Bittsteller empfängt. Und genau das war sie: eine Königin. Und genau das war ich: ein Bittsteller.

Ihre Augen blitzten mich an, und ich vermochte nicht zu sagen, ob sie ernsthaft wütend war oder nur spotten wollte; erst später lernte ich, das zu unterscheiden. In der rechten Hand hielt sie also meine drei Jahre alte Gazette. Oben auf dem Blatt prangte ein grobschlächtiger Holzschnitt mit ein paar knienden Gestalten, die sich vor einem in einer Engelswolke schwebenden Heiland niederwarfen – eine Darstellung, die der Drucker damals in seinem riesigen Fundus von Bildern aufgestöbert, für halbwegs passend befunden und über dem Bericht eingefügt hatte, weil illustrierte Blätter sich auf der Straße nun einmal besser verkaufen. Zugegeben, alles in allem war das weder eine geistige noch eine handwerkliche Meisterleistung gewesen, aber der Text hatte die Zensur ohne Beanstandungen passiert. Wie hatte Mercuria sie ausgerechnet jetzt in die Finger bekommen, in diese Finger, die ich nun erstmals ohne Handschuhe sah, auch sie schmal und weiß, wie von Parmigianino gemalt?

Sie stieß voller Verachtung die Luft aus, holte mit dem Blatt aus, als wollte sie es mir um die Ohren hauen, um mich dafür zu bestrafen, dass ich unser damaliges Kennenlernen durch die lügenhafte Darstellung der Umstände entwertet hatte.

«Ja, dieser Scheiß ist von mir», sagte ich und versuchte meinem unbeholfenen Grinsen einen resignierten Ausdruck zu geben; als hätten höhere Mächte mich gezwungen, einen solchen Unsinn zu Papier zu bringen.

«Antonietto Sparviero würde sich im Grab umdrehen», setzte sie nach.

Ich erinnere mich sehr deutlich, dass sich bei diesen Worten ein leichter Trotz in mir regte. Was gab ihr eigentlich das Recht, meinen verstorbenen Onkel als Zeugen gegen mich aufzurufen? Ausgerechnet ihr, einer Person, die ihr Geld ja wohl mit weitaus anstößigeren Tätigkeiten verdient hatte? Später, als ich besser wusste, was ich mir bei ihr erlauben konnte, fielen mir natürlich alle möglichen Antworten ein. Allerdings begriff ich später auch, dass das Kurtisanengeschäft für sie eine durch und durch ehrenwerte Arbeit war, im Gegensatz zur gewerbsmäßigen Verbreitung von Lügen, wie ich sie betrieb.

Mercuria hatte offenbar beschlossen, mich nicht weiter zu triezen, und sie schlug einen versöhnlicheren Ton an. «Bist ein hübscher Kerl ohne dieses Kleid.»

Wie sie es sagte, klang es kein bisschen zweideutig, eher

wie ein Befund als wie eine Schmeichelei. Ich darf hinzufügen, dass ich oft Komplimente dieser Art bekam, und das sage ich nicht aus Eitelkeit, sondern nur zur Erklärung.

Mit einem Nicken stieß sie sich vom Pfeiler ab und winkte mir, ihr in den Innenhof zu folgen. Wir durchquerten den Tordurchgang, Mercuria mit federleichtem Gang vorneweg. In ihrem hellen Wollkleid wirkte sie wie ein Engel, der mir durch das Dämmerlicht voranschwebte. Eine Katze, die in einer Ecke gekauert hatte, schoss als Schatten davon wie ein bei finsteren Umtrieben aufgescheuchter Dämon.

Ich war aufgeregt. Vielleicht bilde ich mir das im Nachhinein auch nur ein, aber ich glaube, ich spürte schon in diesem Moment, dass hier nun endlich ein neuer Abschnitt meines Lebens beginnen und dass Mercuria eine wichtige Rolle darin spielen würde. Die Via dei Cappellari bildete die Grenze zwischen Parione und Regola, und das gefiel mir: Parione, die gediegene Welt meines Onkels, der Stadtteil der Literaten, Notare und Verleger, der Kardinalspaläste und Botschafterresidenzen; und Regola, das im Süden bis zum Flussufer reichende Viertel der Handwerker und Tavernenwirte, wo Pilger aus allen Ländern der Christenheit auf einheimische Raufbolde, Beutelschneider und Prostituierte trafen. Streng genommen war die Via dei Cappellari nicht so sehr eine Grenze, sondern eher eine Naht, die nicht trennte, sondern verband, was ohnehin ineinanderwucherte: An Markttagen strömte das Volk auf der Piazza Navona zusammen und erinnerte die feinen Herren in Parione daran, dass die Stadt ihnen nicht allein gehörte, während der allerfeinste dieser Herren, Kardinal Farnese, die Bevölkerung von Regola im Glanz seines fast fertiggestellten Palastes baden ließ, dessen prachtvolles Gesims die verschachtelten Dächer der Umgebung überragte. Ich kannte den Palazzo Farnese und seine Umgebung aus meiner Kindheit, denn mein Vater hatte eine Zeitlang für den Kardinal gearbeitet, worauf ich gleich noch zurückkommen werde.

Mercuria geleitete mich in den schönsten Innenhof, den ich je gesehen hatte: Um die freie Fläche, die tatsächlich gepflastert und überdies sauber gefegt war, drängte sich ein halbes Dutzend Häuser. Winzige Balkone, schiefe Treppen und Anbauten auf hölzernen Stelzen. Überall Blumenkübel. Die Ziegelmauern waren an vielen Stellen mit Bruchstücken antiker Bauten ausgebessert und ergänzt worden; je länger man hinschaute, desto mehr Skulpturfragmente entdeckte man, eine Hand, ein Eierstabrelief, ein halbes in makelloser Capitalis eingemeißeltes Wort. Gegenüber der Durchfahrt lag ein flaches Gebäude, in dem sich offenbar eine Steinmetzwerkstatt befand: zwei breite verschlossene Holztore und davor ein Granitblock, auf dem ein Hammer und mehrere Meißel herumlagen, umgeben von einem bunten Gesprenkel aus Steinsplittern. Rechter Hand wurde der Hof durch ein größeres dreistöckiges Haus abgeschlossen, vor das ein auf zwei ungleiche Säulen mit nachträglich aufgesetzten Kapitellen gestützter Altan gestellt war. Ein Spalier von Blumenkübeln verriet, dass sich darüber eine Terrasse befand.

Mercuria blieb stehen und wies in die Runde. «Bitte sehr», sagte sie mit einem strahlenden Lächeln.

«Alles deins?», fragte ich.

«Alles meins, bis auf das Vorderhaus. Marcello, der alte Raffzahn, will nicht verkaufen. Ich habe schon überlegt, ob ich ihm nicht einfach ein paar Schläger vorbeischicken soll.»

Ich nahm nicht an, dass die letzte Bemerkung ernst gemeint war, obwohl Mercuria keine Miene dabei verzog.

«Du kannst dir nicht vorstellen, wie das hier vorher ausgesehen hat. Alles verfallen und heruntergekommen. Das waren zwei Jahre Arbeit. Nachdem die Ratten ausgeräuchert waren, habe ich zehn Karren Dreck aus den Kellern geholt. Dann habe ich die Wände abgestützt und ausgebessert, die Kamine aufgemauert, die Balken ausgetauscht, die Zwischengeschosse eingezogen, die Dächer gedeckt und den Hof gepflastert.»

Sie sprach, als hätte sie alle diese Arbeiten selbst erledigt. Natürlich hatte sie das nicht, aber die Art, wie sie darüber redete, sagte viel über sie aus: Sie war stolz darauf, auf niemanden angewiesen zu sein und die Dinge selbst in die Hand zu nehmen. Erst viel später, als ich ihr Geheimnis kannte, begriff ich, dass sie sich in dieses Vorhaben auch deshalb gestürzt hatte, weil sie nur so ihre Untätigkeit in einer anderen Sache ertragen konnte.

Sie wies auf den Altan. «Die Säulen hat Pirro von der Bauhütte abgezweigt. Du glaubst gar nicht, was sie da alles in die Fundamentgruben kippen.»

Es war nicht zu überhören, dass sie den Namen fallengelassen hatte, um mir zu zeigen, mit wem sie so verkehrte: Sie meinte nicht irgendeine Bauhütte, sondern die des Petersdoms, und Pirro war nicht irgendein Maurermeister, sondern Pirro Ligorio, der große Architekt. Trotz ihrer Selbstsicherheit hatte Mercuria gelegentlich das Bedürfnis zu demonstrieren, dass ihr in dieser Gesellschaft, die in den letzten Jahren mehr und mehr auf Distanz zu ihresgleichen ging, immer noch der verdiente Respekt entgegengebracht wurde.

«Gefällt es dir?»

«Und wie.»

Mercuria wies auf ein schmales Häuschen zur Linken: «Das da steht leer. Wenn du willst, kannst du gleich einziehen.»

Ich war sprachlos. Ein warmes Gefühl durchströmte mich beim Anblick dieses wunderschönen Innenhofes, über dessen Dächern der Palazzo Farnese in der Abendsonne glühte. Ich spürte, wie dringend ich Heilung brauchte, und ich ahnte, dass ich sie hier finden würde. Mein Onkel war trotz seiner herben Art das Fundament und der Kompass meines Lebens gewesen, auch wenn ich erst nach seinem Tod zu ahnen begonnen hatte, was ich ihm bedeutet und mit welcher Redlichkeit er mich auf den richtigen Weg zu bringen versucht hatte. In den vergangenen drei Jahren hatte ich mich schlingernd durch mein Dasein bewegt wie ein Rad mit einer Unwucht. Und jetzt hatte ich plötzlich das Gefühl, behutsam auszurollen. Es war wie ein Wunder, und Mercuria verstand das. Sie wusste, was es hieß, Heilung zu suchen, auch wenn ich das damals noch nicht ahnen konnte.

Und darum machte sie auch nicht mehr viele Worte, sondern ging voraus, die Gazette immer noch in der Hand. Sie schloss das kleine Haus auf, ließ mich eintreten und zog sich zurück, damit ich mich in aller Ruhe mit den Räumen vertraut machen konnte, die in diesem Augenblick mein Zuhause wurden, ohne dass dafür weitere Erklärungen erforderlich waren.

Das Haus war winzig. Es bestand aus zwei übereinanderliegenden Zimmern, die im hinteren Bereich über eine Treppe verbunden waren. Unter der Treppe verbarg sich eine kleine Tür, die zu einem Hinterhof mit Holzlager führte. An der Längsseite des unteren Raumes befand sich ein Kamin, dessen Schacht nach oben durchgemauert war, um die Wärme des Feuers auch in den oberen Raum abzugeben. Die Wände waren ockerfarben verputzt, der Boden bestand unten aus festgestampfter Erde, oben aus frisch abgehobelten Holzdielen. Unten standen ein Tisch, ein paar Schemel und eine Truhe, oben ein Bett und ein kleines Schränkchen.

«Die Möbel kannst du übernehmen, wenn du willst!», rief Mercuria von draußen, als hätte sie durch die Wand gesehen, was ich gerade betrachtete.

Ich blickte aus dem Fenster. Da stand sie, weiß und strahlend, zwischen den Säulen ihres Altans.

«Vielleicht verlegt Gennaro dir unten ein paar schöne Steinplatten», fügte sie hinzu. Und wie um dieses Vorhaben gleich in die Tat umsetzen zu lassen, trat sie an eins der breiten Holztore und schlug ein paarmal mit der Faust dagegen.

«Gennaro! Meinst du nicht, du könntest deinen Hintern mal langsam aus dem Bett wuchten?»

Als Antwort kam mit kurzer Verzögerung ein dumpfer Schlag, als hätte jemand etwas Schweres von innen gegen die Tür geworfen. Dann rührte sich nichts mehr.

«Ja?», fragte Mercuria, als ich wieder vor ihr stand.

«Ja», sagte ich feierlich.

Ich kann kaum beschreiben, wie glücklich ich war, als wir uns kurz darauf bei ihr gegenübersaßen, jeder mit einem kleinen Glas vor sich. Im Kamin brannte ein Feuer, die Fenster zum Innenhof und die Tür zum Altan waren geöffnet, um das letzte Tageslicht hereinzulassen. Alles in diesem Zimmer war kostbar: Der Tisch mit den Intarsien, der dazu passende Sekretär, die Stofftapeten, die Kristallkaraffe mit dem funkelnden Wein, die hüfthohe Marmorstatue eines nackten Fackelträgers in einer Ecke. An den

Wänden hingen Gemälde, ein paar Votivbilder, dazu ein halbes Dutzend Porträts von Männern, allesamt hervorragend ausgeführt nach der Manier Raffaels und Sebastiano del Piombos. Während ich die Bilder betrachtete, betrachtete Mercuria mich.

Hatte ich schon gesagt, dass ich mich mit Bildern auskenne? Nein? Dann muss ich das hier noch einmal kurz erläutern. Mein Vater war Maler. Seinen Namen wird man bei Vasari vergeblich suchen, obwohl er ein ehrenwerter Künstler mit solidem Gespür für die Wünsche der Kundschaft und die Manier seines Arbeitgebers war. Dieser Arbeitgeber war jahrelang niemand Geringeres als Francesco Salviati. Die Begabung und die Anpassungsfähigkeit meines Vaters empfahlen ihn immerhin dafür, unter Salviatis Anleitung einige Nebenfiguren auszuführen; sodann folgte er dem Meister nach Florenz, wo ich geboren wurde, während mein Vater sich die Trauer über den plötzlichen Tod meiner Mutter von der Seele malte, die im Kindbett gestorben war. Bald darauf zogen wir wieder nach Rom. Salviati war sehr gefragt, ein Auftrag folgte auf den anderen, und trotz seiner Undankbarkeit und Arroganz hielt mein Vater ihm die Treue. Und so sehe ich meinen Vater in meinen frühesten Erinnerungen immer am Zeichentisch über Entwürfe gebeugt oder farbverschmiert auf den Gerüsten. Ohne Leute wie ihn hätte Salviati einpacken können; als er gekränkt nach Frankreich ging, folgten wir ihm ebenso wie knapp zwei Jahre später, als er noch gekränkter nach Rom zurückkehrte. Farnese gab ihm den Auftrag, seine Familie in einem großen Saal des neuen Palastes zu verherrlichen, und noch heute sehe ich diese Bilder in allen Einzelheiten vor mir: Schlachtgetümmel, Triumphe, Audienzen unter

Baldachinen, Fahnen und Lorbeerkränze, Herren in Rüstung und Herren im Bischofsornat, umrahmt von Festons, Posaunenengeln und Muskelmännern, die in aberwitzigen Verrenkungen das Lilienwappen hochhalten. Mein Vater arbeitete wie ein Besessener, und dieses eine Mal erwies Salviati ihm eine Gunst: Auf einem der Bilder lehnt ein blond gelockter Junge an einem Pfeiler neben der Treppe zum päpstlichen Thron. Dieser Junge bin ich. Und als hätte mein Vater sein ganzes Leben lang nur darauf hingearbeitet, der Nachwelt neben seinem Sohn auch dessen Bildnis zu hinterlassen, fiel er kurz darauf von einem Gerüst und brach sich das Genick.

Es ist bezeichnend für die fast schon unheimliche Vertrautheit, die sich zwischen Mercuria und mir vom ersten Moment an einstellte, dass ich ihr an jenem Abend zwischen ihren Bildern gleich diese ganze Geschichte erzählte. Mir entging nicht, dass sie ein paarmal die Zähne zusammenpresste, als ich vom Tod meines Vaters sprach, wie jemand, dem der Verlust etwas Vertrautes ist.

«Und dann?», fragte sie behutsam.

«Mein Onkel nahm mich bei sich auf. Da war ich vierzehn Jahre alt.»

Sie seufzte und drehte ihr Glas in der Hand, als müsste sie mir möglichst schonend etwas beibringen. Schließlich griff sie nach der Gazette, die sie neben sich auf einem Schemel abgelegt hatte, und schob sie zu mir über den Tisch. Draußen war es inzwischen dunkel geworden, und das Kaminfeuer war die einzige Lichtquelle, sodass der Text kaum noch zu entziffern war und der Blödsinn, den ich da zusammengeschrieben hatte, mir nicht gleich Wort für Wort entgegensprang.

«Aber es war wohl kaum Antonietto Sparviero, der

dir das hier beigebracht hat», sagte sie eher mitleidig als tadelnd. «Es wird dich wahrscheinlich wundern, aber ich habe ihn gekannt. Ich habe ihm gelegentlich Kontakte zu Mädchen vermittelt.»

«Ach was.»

«Nicht das, was du denkst. Dein Onkel brauchte Informationen, die gewisse Herren bei den Mädchen im Bett ausgeplaudert hatten.» Sie sah mich prüfend an. «Ich nehme an, er hat sich redliche Mühe gegeben, dich in sein Metier einzuführen.»

Ich nickte traurig.

«Aber es ist ja nicht zu spät.»

«Er ist tot.»

«Du aber nicht.»

Draußen rumpelte es. Angeln quietschten.

Mercuria stand auf und trat zur Tür, die auf den Altan führte.

«Und der da offenbar auch nicht. Noch so einer, der seine Begabung nicht ausschöpft.» Sie trat in die kühle Abendluft und räusperte sich. Von unten waren schlurfende Schritte zu hören. «Ah, Gennaro! Kannst du schon wieder Wein trinken?»

«Klar», schallte eine Stimme herauf.

«Na, dann komm rauf. Der Neue ist da.»

Die Treppe knarrte. Jemand mühte sich stöhnend nach oben. Dann erschien ein Riese in der Tür, der offenbar tatsächlich gerade erst aus dem Bett gekrochen war: zerzauste Haare, verquollene Augen und ein Hemd, das bis zum Bauchnabel offen stand. Er rieb sich den Kopf und stöhnte erneut. Trotz seines Zustandes schien er guter Laune zu sein. Sein Mund, der von einem kurzen Bart umrahmt war, verzog sich zu einem Grinsen, als er mich erblickte. Wie

Mercuria gehörte er zu den Leuten, denen man ansah, dass sie viel und gerne lachten. Er gefiel mir sofort.

Mercuria schenkte uns ein. Gennaro setzte sich, wir erhoben die Gläser und tranken. Er hatte schwielige Pranken mit abgebrochenen Fingernägeln.

«Gennaro ist Bildhauer», sagte Mercuria. «Er hat jede Menge Talent, aber was ihm fehlt, sind Aufträge, bei denen er das beweisen kann. Er könnte der neue Michelangelo werden. Stattdessen schlägt er sich die Nächte um die Ohren, schläft bis zum Nachmittag und kopiert für ein paar Münzen antike Statuen.»

Gennaro verdrehte die Augen. Es war nicht zu erkennen, ob er geschmeichelt wegen des Vergleichs war oder peinlich berührt wegen des Tadels.

«Und dieser Michelangelo hier», sagte Mercuria und wies zuerst auf mich, dann auf das Blatt auf dem Tisch, «schreibt für ein paar Münzen Gazetten, die unter seiner Würde sind.»

«Na, ein Glück, dass wenigstens eine Person hier am Tisch ihre Talente genutzt hat», knurrte Gennaro – eine Unverschämtheit, die mir verriet, wie vertraut die beiden waren.

«In der Tat», gab Mercuria gutgelaunt zurück. «Denn sonst würden wir hier keinen feinen Grenache trinken, sondern den Fusel aus Korsika, den du da unten bei der Arbeit immer säufst.»

«Ich saufe nicht bei der Arbeit.»

«Ach, darum arbeitest du nie. Damit du immer saufen kannst.»

«Können wir das heute vielleicht mal beiseitelassen?»

«Na gut. Dann erzähl unserem Michelangelo doch mal, wer alles zu unserer kleinen Hofgesellschaft gehört.»

Gennaro grinste und nahm noch einen Schluck, offensichtlich erleichtert, dass seine Arbeitsmoral und seine Trinkgewohnheiten nicht länger das Thema des Gesprächs sein sollten. Er rieb sich erneut den Kopf, als müsste er nachdenken.

«Also», sagte er schließlich und wies mit dem Daumen hinter sich, zum Innenhof, der inzwischen in völliger Dunkelheit dalag. «Erstes Haus links: Gianluca aus Pesaro und seine Schwester Antonella.»

«Die natürlich nicht seine Schwester ist», ergänzte Mercuria. «Sie sind zusammen durchgebrannt und werden gesucht, aber niemand weiß, dass sie hier sind.»

«Inzwischen weiß eigentlich jeder, dass sie hier sind», korrigierte Gennaro.

«Pesaro ist weit.»

«Auch wieder wahr. Zweites Haus links: Michelangelo, der Gazettenschreiber.» Gennaro warf einen kurzen Blick auf die Gazette auf dem Tisch und zog eine Augenbraue hoch.

«Wer hat da eigentlich vorher gewohnt?», fragte ich schnell.

«Francesco. Ein Opfer der Residenzpflicht», erklärte Gennaro.

«Er hat eine gutdotierte Pfarrei in Gaeta», ergänzte Mercuria. «Vor ein paar Monaten haben sie ihn vor die Wahl gestellt, auf die Stelle zu verzichten oder abzureisen und sich um seine Schäfchen zu kümmern. Bis dahin hatte das ein Vikar für ihn erledigt, der nicht einmal lesen konnte. Solche Sachen gehen jetzt nicht mehr. Das hat er Ghislieri zu verdanken.»

«Er hat es einfach zu toll getrieben», warf Gennaro ein.

«Das sagt der Richtige.»

«Ich habe keine Priesterweihe.»

«Es ist ja nicht das Saufen, was sie ihm verboten haben. Ich rede von den Damenbesuchen.»

«Ach das», winkte Gennaro ab. «Da waren aber auch manchmal ein paar Früchtchen dabei.»

«Sagt schon wieder der Richtige. Aber seit sie die Frauen weggesperrt haben, war kaum noch was los. Zu meiner Zeit gab es so was nicht. Da wurde unsereins noch geachtet.»

Erneut verdrehte Gennaro die Augen. Dann fuhr er fort, an mich gewandt: «Na, jedenfalls wohnt rechts von dir gleich der nächste Priester. Bartolomeo. Einer, der seine Arbeit ernst nimmt. Der anständigste Mensch, den ich kenne.»

«Was bei dir nicht viel heißen will.»

«Schönen Dank auch. Im Haus an der Ecke, neben meiner Werkstatt, wohnt Antonio. Ein hervorragender Arzt, falls du mal einen brauchst. War früher Jude und hieß Abraham ...»

«Moses», korrigierte Mercuria.

«Vielleicht auch Salomo, keiner weiß das so genau. Wir nennen ihn mal so, mal so. Jedenfalls hat er sich taufen lassen und ist hergezogen, weil er es im Ghetto nicht mehr ausgehalten hat. Alle haben ihn dafür schief angesehen, aber unsere Mercuria hat ein Herz für Geläuterte und Ungeläuterte aller Art.»

«Sei froh, sonst wärst du gar nicht hier, bei deiner Zahlungsmoral», sagte Mercuria und hob ihr Glas. Dann sah sie zu mir. «Wo wir gerade von Geld reden: vier Scudi im Monat. Kannst du das aufbringen?»

Ich musste lachen. Der Wein und das gelöste Geplauder der beiden hatten mich mutiger gemacht. Ich klopfte auf die Gazette auf dem Tisch, die damals sogar in verschiedene Sprachen übersetzt worden war. «So schlecht verdient man damit nicht.»

«Umso schlimmer. Sind wir uns einig?»

Ich nickte.

«Dann herzlich willkommen, Michelangelo.»

Wir tranken uns zu. Es war ein Augenblick, den ich nie vergessen werde. Eine unglaubliche Ruhe erfasste mich. Und ohne dass ich Mercuria kannte, verstand ich, mit welcher Sorgfalt sie die Menschen ausgesucht hatte, die rund um diesen Innenhof zusammenlebten. Die Selbstverständlichkeit, mit der ich plötzlich dazugehörte, überwältigte mich. Ich hoffe, es ist irgendwie verständlich, wenn ich sage: Alles Vorherige erschien mir unfertig. Das Leben mit Salviati, dem ungnädigen Tyrannen, die Bemühungen meines Vaters, dieses Dasein dennoch erträglich zu machen, die erdrückenden Erwartungen meines Onkels, das ziellose Herumtreiben nach seinem Tod. Dieser Ort war eine Burg, deren Eingang man leicht verteidigen konnte und die dennoch mitten in einer Umgebung voller Möglichkeiten lag.

«Kannst du ihm unten den Fußboden machen?», fragte Mercuria, an Gennaro gewandt.

«Sicher.»

«Wo kriegst du die Steine her?»

Gennaro lachte unternehmungslustig. «Die klauen wir natürlich auf irgendeiner Baustelle.»

4 *Rom, 17. August 1566*

Die Maßnahmen gegen die Kurtisanen sind mit der Zuweisung eines Wohngebietes, des sogenannten Hortaccio, zum vorläufigen Abschluss gekommen. Seit die Kurtisanen Ende Juni unter Androhung polizeilicher Gewalt aus dem Borgo geholt worden waren, schwelte der Streit zwischen der städtischen Verwaltung und den Reformern aus dem engeren Kreis des Heiligen Vaters, wie nun weiter mit ihnen zu verfahren sei. Die vor drei Wochen erfolgte Ausweisung der bekanntesten unter ihnen hatte bereits einigen Unmut ausgelöst; die Maßnahme wurde von vielen als zu drastisch empfunden, und hier und da waren Stimmen zu vernehmen, die nicht ohne Spott auf die guten Dienste verwiesen, die diese Frauen der Kirche in der Vergangenheit geleistet hätten. Ein in der Nacht zum vergangenen Sonntag an die Statue des Pasquino angeheftetes Sonett, das diese Anspielungen mit einer ganzen Reihe bekannter Namen verbindet, löste neben erheblicher Heiterkeit auch ein Ermittlungsverfahren aus, bei dem allerdings wahrscheinlich auch diesmal wieder kein Täter ausfindig gemacht werden dürfte.

Den in der Stadt verbliebenen Kurtisanen wurde die Umsiedlung nach Trastevere befohlen, woraufhin sich erneut Unmut regte: Die Bürger von Trastevere zogen in

Kompaniestärke zum Palast von Kardinal Morone und baten ihn, sich für eine andere Unterbringung einzusetzen. Gleichzeitig sprach eine Abordnung von vierzig Kurtisanen beim Heiligen Vater selbst vor und ersuchte um die Aufhebung der Anordnung. Von einem Teilnehmer der Audienz war zu erfahren, Pius habe sie mit barschen Worten abgewiesen; Rom möge sich entscheiden, ob es Sitz des Apostolischen Stuhles oder ein Tümpel voller Huren sein wolle, im letzteren Fall sei er bereit, die Stadt zu verlassen.

So fiel nun in dieser Woche die Entscheidung, den Kurtisanen den Hortaccio zuzuweisen. Die Konservatoren haben bereits mit der Umsiedlung begonnen, wobei es vereinzelt zu Tumulten und Handgreiflichkeiten kam, zum einen wegen der überraschenden Schnelligkeit und Entschlossenheit der Durchführung, zum anderen weil es sich um ein schlecht erschlossenes Gelände auf dem Marsfeld, südlich des Augustusmausoleums, mit minderwertigem Baubestand handelt. Gleichzeitig legten die Konservatoren einen Bericht vor, nach dem tatsächlich bereits dreihundert Kurtisanen die Stadt verlassen haben; andere haben in aller Eile geheiratet oder ihrem Erwerbsleben durch Eintritt in ein Kloster ein sichtbares Ende gesetzt. Ob die Maßnahme erfolgreich ist oder nicht, wird sich zeigen. Wie man hört, haben die Zollbehörden bereits Bedenken wegen der zurückgehenden Einnahmen angemeldet. Außerdem herrscht Verunsicherung, welche weiteren Schritte bevorstehen. Offenbar wird bereits seit einiger Zeit über eine Kennzeichnungsvorschrift für Kurtisanen und über die Verpflichtung zum Besuch von Bekehrungsmessen beraten.

Sonett

So sticht das Schiff der frommen Damen nun in See.
Am Ufer stehn verzweifelt und gebrochen,
Die eben noch gern selbst in See gestochen.
Die goldnen Kugeln schmerzen schon. Oh weh!

Steif bläst der Wind, und steif sind ihre Glieder:
Madruzzo, Lomellini, Comendone,
Gambara, Bordisiera und Morone,
Wohin mit all dem Purpursaft nun wieder?

Sirleto, Simonetta und Delfino,
Cicada, Sforza und Alessandrino:
Die Mäßigung tut ihnen gar nicht gut,

Den feinen Herren mit dem roten Hut:
Salviati, Este, Reuman und Crivelli,
Colonna und Farnese und Savelli.

Mercuria lachte laut, nachdem sie das Sonett gelesen hatte.

«Wo hat dein Onkel das denn her?»

«Keine Ahnung», sagte ich. «Das lag lose bei den Papieren.»

«Und du kanntest es auch nicht?»

Ich schüttelte den Kopf.

«Du bist mir ein Herzchen. Hättest dich wirklich ein bisschen mehr für seine Arbeit interessieren können. Alle haben damals von diesem Sonett gesprochen, aber keiner hat's rechtzeitig abgeschrieben, bevor es entfernt wurde. Und ausgerechnet Antonietto Sparviero schafft es, sich vom Bett aus eine Kopie zu besorgen.»

«Er lag nicht im Bett. Er saß in seinem Lehnstuhl», wandte ich gereizt ein. Wann immer Mercuria meinen Onkel erwähnte, glaubte ich, den leisen Vorwurf herauszuhören, dass ich die Möglichkeiten, die er mir geboten hatte, nicht genutzt hatte. Außerdem tat sie so, als hätte sie ihn besser gekannt als ich, und auch das ging mir auf die Nerven.

«Ach so», sagte sie spöttisch. «Das ändert natürlich alles.»

«Vielleicht kannte er den Verfasser», lenkte ich ab.

«Vielleicht», sagte sie nachdenklich und griff noch einmal nach dem Blatt.

«So verfasst man Nachrichten», sagte sie anerkennend. «Knapp und korrekt.»

«Das war die letzte, die er vor seinem Tod geschrieben hat», sagte ich und nahm ihr das Papier aus der Hand. Die Schrift war kaum zu entziffern, zittrig und ungelenk zog sie sich in schiefen Zeilen über das Papier. Man sah ihr die Mühe an, mit der Onkel Antonietto versucht hatte, auch mit der linken Hand noch einigermaßen leserlich zu schreiben, nachdem die rechte den Dienst verweigert hatte.

Es war der Tag meines Einzugs. Nur zwei Wochen waren vergangen, seit ich Mercurias Innenhof zum ersten Mal betreten hatte. Gennaro hatte mir einen Handwagen geliehen, mit dem wir die Hinterlassenschaften meines Onkels in mehreren Fuhren hergeschafft hatten. Neben dem Hausrat waren das vor allem die Kisten voller Papiere, die er in seiner langen Laufbahn gesammelt hatte: seine eigenen Nachrichten und die anderer Novellanten, dazu Hunderte von Gazetten voller Sensationsmeldungen von der Art, wie ich sie verfasste, sowie gedruckte Briefe und Berichte von Schlachten, Seegefechten, Belagerungen, Eroberungen, Plünderungen, Blutbädern, Friedensschlüssen, Triumphzügen, Prozessionen, Hochzeiten, Geburten, Ernennungen, Mordanschlägen, Hinrichtungen, Piratenüberfällen, Aufständen, Überschwemmungen, Erdbeben, Feuersbrünsten, Kometenerscheinungen, Bekehrungen und Wunderheilungen. Die Ränder der Blätter waren mit Onkel Antoniettos Kommentaren vollgeschrieben, mal hastig, mal sorgfältig, die Tinte mal blassbraun, dann wieder tiefschwarz. Hier und da fanden sich kleine Zeichnungen von Menschen, Tieren oder Gebäuden und schnörkelige Buchstabenübungen, hingekritzelt in zerstreuten Augenblicken. Jeder Tag in Onkel Antoniettos Leben hatte seine Spuren auf dem Papier hinterlassen. Was hier vor uns lag, aufgestapelt in Kisten, war ein Archiv aller bedeutenden, nebensächlichen und geheimen Ereignisse aus vierzig Jahren. Ich schäme mich, es zu sagen, aber erst in jenem Augenblick, mehr als drei Jahre nach Onkel Antoniettos Tod, erfasste mich zum ersten Mal wirkliche Ehrfurcht vor diesem Werk und vor der Ernsthaftigkeit und Sorgfalt, mit der all das zusammengetragen und geschaffen worden war.

Im Kamin brannte ein Feuer. Gennaro hatte sich zu irgendeiner zwielichtigen Verabredung verabschiedet, nachdem er alles ins Haus geschleppt hatte. Stattdessen war Mercuria gekommen, um mit mir ein Glas auf unsere Nachbarschaft zu trinken. Neugierig, wie sie war, hatte sie den Inhalt der Kisten sehen wollen. Und natürlich hatten wir uns festgelesen, sie mit wachsendem Eifer wegen der vielen Erinnerungen, die sie selbst mit den geschilderten Ereignissen verband, ich mit wachsendem Kummer wegen der übermächtigen Erkenntnis, dass dies hier alles war, was mir von Onkel Antonietto geblieben war. Als hätte er mir all das hinterlassen, damit ich etwas daraus machte.

Mercuria griff erneut in eine der Kisten, nahm ein gefaltetes Blatt mit sauber in Absätze gegliederten handschriftlichen Nachrichten heraus und überflog es – gestochen scharfe Schrift aus der Zeit, bevor Onkel Antonietto der Schlag getroffen hatte.

«Unglaublich.» Sie zeigte auf eine Passage. «Aus dem vorletzten Konklave, hör dir das an: *Im Anschluss an die gestrige Abstimmung kam es zu einer hitzigen Auseinandersetzung, als einige Kardinäle behaupteten, Medici habe den deutschen Protestanten Zugeständnisse in Aussicht gestellt, was dieser als Verleumdung zurückwies. Farnese sprang ihm bei, und es wäre wohl zu Handgreiflichkeiten gekommen, wenn Morone nicht dazwischengetreten wäre. Es stellt sich die Frage, was Farnese mit seinem Vorgehen bezweckt. Möglicherweise unterstützt er Medici nur zum Schein, um ihn mit Carafas Hilfe scheitern zu lassen und anschließend seine eigene Kandidatur zu betreiben.*»

Sie blickte auf. «Woher wusste dein Onkel das alles?»

«Er kannte eben viele Leute», sagte ich.

«Sicher. Aber das hier ist ein Bericht aus dem Konklave. Und er schreibt, als wäre er dabei gewesen.» Mercuria las die Meldung noch einmal und schüttelte versonnen den Kopf. «Farnese, dieser Halunke. Medici scheitern lassen und mit Carafas Hilfe Papst werden. Tja. Die Rechnung ist wohl nicht aufgegangen. Gianangelo Medici bestieg den Heiligen Stuhl und Carlo Carafa das Schafott.»

Ich erinnerte mich vage an die Geschichte, ein unerhörter Skandal mit der Hinrichtung des Kardinals als Höhepunkt. Ich war damals noch sehr jung gewesen, und mein Vater war gerade gestorben, aber ich weiß noch, dass die ganze Stadt in Aufruhr gewesen war und Onkel Antonietto Tag und Nacht gearbeitet hatte.

«Warum eigentlich noch mal?», fragte ich arglos.

Mercuria blickte eine Weile zum Fenster. Das Thema schien ihr nicht zu behagen.

«Weißt du, wer Carlo Carafa war?», fragte sie schließlich.

«Der Neffe von Paul dem Vierten.»

«Genau. Von Gian Pietro Carafa. Integer und unerbittlich, genau wie Ghislieri. Aber anders als Ghislieri interessierte Gian Pietro Carafa sich kaum für weltliche Angelegenheiten. Er trieb die Kirchenreform voran, baute die Inquisition aus und berief eine Schar von granitharten Theologen in die Gremien, die den Priestern Feuer unter dem Hintern machten. Mit den Alltagsgeschäften betraute er seinen Neffen Carlo, einen ehemaligen Söldner und Auftragsmörder. Er machte ihn zum Staatssekretär und überließ ihm die Führung des Kirchenstaates.» Mercuria blickte durch ihr Glas ins Feuer und lachte kopfschüttelnd auf. «Eine ganz schlechte Wahl. Carlo und seine Brüder Giovanni und Antonio besetzten alle Schlüsselpositionen mit ihren Getreuen, und zusammen machten sie sich den Staat zur Beute. Und weil Carlo den Zugang zum Papst kontrollierte, drangen die Beschwerden nicht durch. Alle Gerüchte über seine Verfehlungen wies Carlo als Verleumdungen zurück, und sein Onkel glaubte ihm. Bis im Januar neunundfünfzig die Vorwürfe überhandnahmen und der Papst endlich Nachforschungen anstellen ließ. Was dabei alles ans Licht kam, war so haarsträubend, dass er seinen Neffen kurzerhand alle Ämter entzog, sie enteignete und ins Exil schickte.»

Sie zeigte auf die Kisten. «Schau mal nach. So wie ich deinen Onkel einschätze, hat er doch bestimmt immer alles ordentlich abgelegt.»

Sie hatte recht. Es dauerte keine Minute, und das Blatt mit der entsprechenden Meldung lag vor uns auf dem Tisch. Die saubere Schrift meines Onkels aus der Zeit, als er noch bei Kräften gewesen war.

Rom, 4. Februar 1559

Am vergangenen Dienstag reiste Kardinal Carlo Carafa als erster der drei Neffen des Heiligen Vaters mit einem Gefolge aus dreihundert Dienern aus Rom ab, um im Exil auf bessere Zeiten zu hoffen. An den beiden folgenden Tagen verließen auch seine Brüder Giovanni und Antonio die Stadt. Damit ist der vorläufige Schlusspunkt unter eine Affäre gesetzt, die seit Wochen die Gemüter erregt.

Wie inzwischen allgemein bekannt ist, war es Anfang Januar bei einem Bankett zu Handgreiflichkeiten gekommen, weil einige Gefolgsleute der Carafa die stadtbekannte Kurtisane Martuccia mit bewaffneter Hand von dort zu entführen versucht und damit den Gastgeber brüskiert hatten. Der Vorfall wurde dem Heiligen Vater hinterbracht, und obwohl Kardinal Carafa seine ganze Autorität in die Waagschale warf, um die Sache zu vertuschen, meldeten sich nun etliche Zeugen und berichteten dem Papst von den Machenschaften der Brüder, die ihre Ämter jahrelang zur persönlichen Bereicherung und für würdelose Ausschweifungen aller Art missbraucht hatten. Innerhalb von wenigen Tagen stürzte die Mauer des Schweigens ein, die Kardinal Carafa vor dem Heiligen Vater errichtet hatte, und die zahllosen Vorwürfe versetzten diesen in solche Wut, dass er dem Kardinal die Geldmittel sperrte, ihn aus seiner Wohnung im Apostolischen Palast wies und ihm den Zutritt zum Konsistorium verwehrte. Am Freitag vergangener Woche verkündete er den versammelten Kardinälen, dass er Carlo, Giovanni und Antonio alle Ämter, Titel und Einnahmen entzogen und sie der Stadt verwiesen habe. Mehrere Kardinäle baten um Milde, doch der Papst zeigte sich unnachgiebig, auch wenn er offenbar sehr unter seiner eigenen Entscheidung leidet. Die Wohnung des Kardinals ließ er angeblich mit Weihwasser reinigen, und die Namen seiner Neffen gehen ihm seitdem nicht mehr über die Lippen. Derweil werden auf seine Anweisung hin Maßnahmen getroffen, die Beamtenschaft der Kurie von den Günstlingen und Schmarotzern der Brüder zu reinigen.

«Tja», sagte Mercuria, nachdem ich vorgelesen hatte. «Und ein halbes Jahr später war der Papst tot.»

«Und Carlo Carafa kam zurück und nahm am Konklave teil», sagte ich und zeigte auf die erste Nachricht.

«Richtig. Er hatte seine Posten verloren, aber nicht die Kardinalswürde, also hatte er das Recht dazu. Das Konklave dauerte von September bis Dezember, und es ging drunter und drüber. Carlo Carafa intrigierte in einem fort. Ihm war völlig egal, wer die Wahl gewann, er musste nur darauf achten, im entscheidenden Moment auf der richtigen Seite zu stehen, damit der neue Papst ihm verpflichtet war.»

«Um als Gegenleistung seine Rehabilitierung zu bekommen?»

«Genau. Nach vier Monaten war die Situation unerträglich geworden. In der Stadt trieben bewaffnete Banden ihr Unwesen, und es war kein Geld mehr für die Söldner da, die für Ordnung sorgen sollten. Die Stimmen, die das ganze Verfahren in Frage stellten, wurden immer lauter. Um das Ansehen der Kirche nicht zu beschädigen, musste man zu einer Entscheidung kommen. Medici war noch im Rennen, und als die Waage sich zu seinen Gunsten neigte, trat Carafa auf seine Seite über.»

«Also verdankte Medici ihm seine Wahl?»

«Unter anderem ihm.»

«Du weißt ja ziemlich gut Bescheid», sagte ich erstaunt.

«Ich kannte eben auch viele Leute.»

«Und Medici rehabilitierte die Carafa, nachdem er Papst geworden war», nahm ich den Faden wieder auf.

«Zuerst sah es so aus. Aber ein halbes Jahr später kam der Paukenschlag. Medici bestellte Carafa zu einer Audienz ein, um ihn auf dem Flur völlig überraschend festnehmen zu lassen. Während die Wachen Carafa in die Engelsburg schleiften, stürmten die Leute des Gouverneurs seinen Palast und die Häuser seiner Verwandten und Unterstützer, verhafteten alle, die sie antrafen, und beschlagnahmten sämtliche Dokumente.»

«Aber warum plötzlich dieser Sinneswandel?»

«Das weiß keiner so genau. Was man Carafa vorwarf, war damals ja gang und gäbe: Amtsmissbrauch, Unterschlagung, Erpressung und Rechtsbeugung, dazu ein paar Morde aus seiner Zeit als Söldner, für die er längst amnestiert worden war, und Häresie, das macht sich immer gut in solchen Prozessen. Medici war wild entschlossen, den Kardinal und seine Familie zu erledigen. Alessandro Pallantieri, damals Fiskalprokurator, wurde mit der Beweisaufnahme beauftragt. Der war von Carafa seinerzeit aus dem Amt gejagt worden und hatte über zwei Jahre im Kerker gesessen. Er war genau der richtige Mann für das Verfahren. Die Dinge nahmen ihren Lauf. Pallantieri bot alles auf, was er hatte. Carafa verteidigte sich mit einer Armee von Anwälten. Das Problem war, dass sie ihren Mandanten nicht reinwaschen konnten, ohne den Papst zu beschädigen.»

«Warum das denn?»

«Überleg doch mal. Die Sauereien waren unter einem Papst aus der Familie Carafa passiert. Man konnte Carlo

Carafa nicht entlasten, ohne seinem verstorbenen Onkel zu unterstellen, davon gewusst zu haben, mal ganz abgesehen davon, dass sich zwangsläufig die Frage stellte, warum der einen solchen Mann überhaupt zum Kardinal gemacht hatte. Das hätte das höchste Amt der Kirche besudelt, und daran konnte auch Medici kein Interesse haben. Also peitschte er den Prozess durch. Anfang März einundsechzig hielt Pallantieri ein siebenstündiges Plädoyer vor dem Konsistorium. Einige Kardinäle standen auf und baten um Milde. Aber der Papst blieb hart. Ein paar Tage später wurde Carlo Carafa hingerichtet.»

«Und seine Leiche öffentlich ausgestellt.» Ich erinnerte mich an den Auflauf auf dem Platz vor der Engelsbrücke. Mein Onkel hatte mir damals verboten, mir das makabere Spektakel aus der Nähe anzusehen.

«Nein, seine nicht. Aber sein Bruder Giovanni und zwei ihrer Verwandten, die sie am gleichen Tag hingerichtet hatten, wurden ohne Kopf der Menge präsentiert. Die Wachen mussten den Pöbel davon abhalten, auf den Toten herumzutrampeln. Alle hassten die Brüder.»

«Warum das ganze Schauspiel?»

Mercuria schüttelte energisch den Kopf. «Ich weiß es nicht. Gianangelo Medici war schwer zu durchschauen.»

«Kanntest du ihn?» Mich wunderte langsam gar nichts mehr.

«Ja.»

Natürlich wollte ich weiterbohren, aber sie bedachte mich mit einem Blick, bei dem mir die Worte im Hals steckenblieben, eine merkwürdige Mischung aus Härte und Traurigkeit, ganz kurz nur, dann gab sie sich einen Ruck und nahm wieder das andere Blatt zur Hand. Die letzte Meldung meines Onkels.

«Warst du eigentlich mal da?»

«Wo?»

«Na, im Hortaccio.»

«Nein.»

Sie lächelte hintergründig, fast ein wenig zweideutig. «Soso. Ein hübscher Kerl wie du hat das nicht nötig.»

Sie blickte mich auffordernd an. Sollte ich ihr jetzt von meinen Liebschaften erzählen? Von Sabina, die ich gelegentlich ins Haus meines Onkels geschmuggelt hatte, wenn er endlich im Bett war? Von Francesca, die mir das Kleid für die Messe geliehen hatte, nur um mir anschließend eine Szene zu machen, weil ich mich angeblich mit leichten Mädchen herumtrieb? Von den ganzen leichten Mädchen, mit denen ich mich in den drei darauffolgenden Jahren tatsächlich herumgetrieben hatte? Doch bevor ich antworten konnte, klopfte es. Ich blickte irritiert zur Tür.

Mercuria lachte amüsiert. «Herein musst du schon selbst rufen», sagte sie. «Es ist jetzt dein Haus.»

Eine Welle des Glücks überschwappte mich. «Herein!», rief ich gehorsam.

In der Tür stand ein älterer Mann im Messgewand. Seine weißen Haare hingen ihm ungepflegt in den Nacken, und die Bartstoppeln in seinem freundlichen Gesicht mit den wachen grauen Augen verrieten eine Zerstreutheit, die ihn irgendwie liebenswert machte, als wäre die Nachlässigkeit seinem eigenen Erscheinungsbild gegenüber ein Hinweis auf die Sorgfalt, mit der er sich den Nöten seiner Gemeinde widmete.

«Bartolomeo», sagte Mercuria. «Ich dachte, man zieht sich erst in der Sakristei um?»

«Die wird gerade umgebaut», sagte der Priester mit einer

leisen und weichen Stimme. «Ich will auch gar nicht lange stören. Ich hörte Stimmen, und …»

«Und da wolltest du dir gleich mal den Neuen anschauen?», vollendete Mercuria.

Er ging nicht darauf ein, sondern lächelte mir freundlich zu. «Novellant, wie man hört?»

Die Bemerkung war mir unangenehm. Was hatte Mercuria dieser kleinen Gesellschaft eigentlich alles über mich erzählt? Zum Glück lag meine Gazette nicht bei den Papieren auf dem Tisch.

«Auf jeden Fall der Neffe eines bekannten Novellanten», sagte Mercuria diplomatisch. «Antonietto Sparviero war sein Onkel. Und da hat er uns gleich mal dessen gesammelte Werke ins Haus geschleppt. Ein paar tausend Seiten voller Indiskretionen, die uns alle ins Gefängnis bringen werden, wenn man sie hier findet.»

Bartolomeo lächelte, antwortete aber nichts. Sein Blick fiel auf das Blatt mit dem Spottgedicht. Er begann zu lesen, es schien ihn aber eher zu verärgern als zu amüsieren.

«Das berühmte Sonett», sagte er. «Hat dein Onkel das verfasst?»

«Nein», sagte ich. «Er hat es nur abgeschrieben.»

«Umso besser.» Bartolomeos Miene hellte sich auf. «Das übliche Gestänker. Da hat einer einfach ein paar Namen zusammengeworfen, nur weil sie sich reimen. Hier: *Madruzzo, Lomellini, Comendone, Gambara, Bordisiera und Morone.* Was soll das? Giovanni Morone ist ein integerer Mann. Sein Name steht hier bloß, weil dem Schmierfinken kein anderer Reim auf Comendone eingefallen ist!»

«Und Comendone? Ist der genauso integer?», fragte Mercuria mit Unschuldsmiene.

«Den kenne ich nicht.»

«Ich aber. Ein Fest bei Este in Tivoli. Ein Mädchen links, eins rechts.»

«Das mag ja sein, aber …»

«Und weißt du was?», freute sich Mercuria und zwinkerte mir zu. «Das waren gar keine richtigen Mädchen.»

«Für Comendone kann ich nicht sprechen», sagte Bartolomeo. «Aber Morone pflegt keinen Umgang mit Kurtisanen.»

«Aber du. Zumindest mit einer.»

Das schien ihn mit einem Schlag zu erweichen. Bartolomeo beugte sich zu Mercuria hinab und strahlte sie an. Er nahm ihr Gesicht in die Hände und sah ihr lange in die Augen.

«Und nur die eine», sagte er voller Schmelz.

«Und Morone? Kennst du den wirklich?»

«Machst du Witze? Wir sind seit über dreißig Jahren Freunde!»

«Ernsthaft? Setz dich mal.»

Bartolomeo nahm stöhnend auf einem freien Hocker Platz. Mercuria stellte ihm ein Glas vor die Nase und schenkte ein.

«Also. Woher kennst du Morone?»

«Er war Bischof von Modena und ich Diakon an der Kathedrale. Ich war einer der wenigen, die zu ihm gehalten haben, als er Ärger bekam. Carafa hetzte ihm die Inquisition auf den Hals, weil er angeblich nicht entschieden genug gegen die Ketzer vorging. Modena hat einen schlechten Ruf in dieser Hinsicht.»

«Hört, hört», murmelte Mercuria. «Schon wieder Carafa.»

«Die Vorwürfe waren haltlos. Giovanni Morone war einfach nur der Meinung, dass man diese Lutheraner besser überzeugt als verbrennt. Er ist ein Mann, mit dem man reden kann.»

«Gutes Stichwort. Könntest du ihm unseren Novellanten hier mal vorstellen? Er kann ein paar Kontakte gebrauchen.»

Bartolomeo musterte mich kurz, dann nickte er. Ich musste mich zusammenreißen, um nicht aufzustöhnen. Gott im Himmel, versuchte sie jetzt etwa, Bartolomeo für ihren dämlichen Plan zu gewinnen, aus mir einen Novellanten zu machen, der ihren Vorstellungen entsprach?

«Könnte ich machen. Das kann aber dauern, Morone ist sehr beschäftigt.» Bartolomeo atmete tief durch und hieb mit der flachen Hand auf den Tisch. «Und das gilt übrigens auch für mich. Es gibt Leute, die bei mir beichten wollen.» Er erhob sich, ohne den Blick von Mercuria abzuwenden.

«Schau mich nicht so an. Ich beichte nicht bei dir.»

«Das würde ich auch gar nicht ertragen. Wann warst du denn das letzte Mal?»

Mercuria legte die Stirn in Falten und überlegte. «Nach der Krönungsfeier für Julius den Dritten. Da war's auch bitter nötig.»

«Zwanzig Jahre nicht gebeichtet?»

«Zwanzig Jahre nicht gesündigt.»

Mit einem kopfschüttelnden «Das zu behaupten, ist schon Sünde genug» und einem Nicken in meine Richtung verschwand er in der Dämmerung.

Eine Weile schwiegen wir. Ich ärgerte mich immer noch, dass Mercuria über meinen Kopf hinweg dieses Treffen mit dem Kardinal arrangiert hatte. Was ging es sie an, wie ich meine Arbeit machte?

Mercuria tat, als bemerkte sie meinen Ärger nicht. Mit einem Mal spürte ich die Kälte, die während unseres Gesprächs an mir hochgekrochen war. Mercuria schlang die Arme um ihren Körper. Ich ging zum Kamin und legte zwei Scheite auf das heruntergebrannte Feuer. Draußen stritten sich fauchend ein paar Katzen.

«Was soll das?», fragte ich schließlich, an den Kamin gelehnt. «Ich brauche keine Fürsprecher.»

Mercuria verdrehte die Augen. «Du bekommst einen Kardinal auf dem Silbertablett serviert und gehst nicht darauf ein. Was bist du denn bitte für ein Novellant? Ich habe bloß die Gelegenheit beim Schopf ergriffen, weil du es nicht getan hast, also krieg dich wieder ein.»

Dagegen konnte ich kaum etwas einwenden, ohne meine Berufsehre zu verraten, also schluckte ich meinen Ärger herunter.

«Kennst du Morone eigentlich auch?», fragte ich etwas versöhnlicher.

«Kaum. Wir haben selten die gleichen Feste besucht.»

«Was waren das denn für Feste?»

«Könnt ihr eigentlich alle immer nur im Stehen reden?», fragte sie ungehalten zurück. Ich zuckte mit den Schultern, drehte mich um und blies noch ein bisschen in die Glut, um Mercuria nicht in der Überzeugung zu bestärken, mich allzu leicht herumkommandieren zu können. Dann setzte ich mich ihr gegenüber.

«Und?»

Sie beugte sich vor. Ihre blauen Augen leuchteten im auflodernden Feuer, und ihre Haare schimmerten schwarz wie Kohle. Das weiche Licht strich ihre Haut glatt. Ihre Schönheit war plötzlich irritierend gegenwärtig, nicht mehr nur eine Ahnung von etwas, das einmal gewesen war, sondern so, als sei seit den Tagen, an die sie nun zurückdachte, gar keine Zeit vergangen.

«Noch nie von dem Pfingstfest in Santissimi Apostoli gehört?»

Ich schüttelte den Kopf.

«Da kannst du mal sehen, wie lange das schon her ist.»

«Wie lange ist es denn her?»

«Du liebe Güte, bist du jetzt auch noch Chronist, oder was? Ich weiß es nicht mehr ganz genau, es war auf jeden Fall vor dem Sacco. Danach war es mit solchen Späßen nämlich vorbei.»

«Mit welchen Späßen?»

Vielleicht muss ich mich an dieser Stelle einmal kurz unterbrechen. Inzwischen sind die letzten Augenzeugen gestorben, und auch damals waren die Ereignisse schon über vierzig Jahre her, und dennoch zeichnete die Erinnerung an den Sacco allen, die ihn erlebt hatten, das nackte Grauen ins Gesicht. Der Sacco von siebenundzwanzig. Zwölftausend Landsknechte, dazu spanische Söldner und italienische Glücksritter, hatten die Stadt erobert und verwüstet und fast ein Jahr lang ungehindert geplündert, vergewaltigt und gemordet. Tausende von Leichen hatten in den rauchenden Trümmern gelegen oder waren vom Tiber ins Meer gespült worden. Jeder hatte Freunde, Verwandte und Nachbarn verloren. Und bis heute sind viele überzeugt, dass diese Plünderung die Strafe Gottes für das Lotterleben der Kurie gewesen war. Es gab ein Rom vor dem Sacco und eins danach. Und es war nach dem Sacco gewesen, dass die Zeiten begonnen hatten, sich zu ändern. Es war klar, welche Art von Späßen Mercuria gemeint hatte. Ich hatte eigentlich nur nachgefragt, um ihr die Einzelheiten zu entlocken, nach denen der Gazettenschreiber in mir verlangte.

Mercuria hielt das Glas, das Bartolomeo nicht angerührt

hatte, gegen den Feuerschein und tauchte in ihre Erinnerungen ab.

1525 Die Menschenmenge drängte gegen Santissimi Apostoli an. Die Sonne brannte vom wolkenlosen Himmel, und ein leichter Wind löste glitzernde Tröpfchen aus der Fontäne, die von dem Brunnen in der Mitte des langgestreckten Platzes aufstieg. Zur Feier des Tages hatte Kardinal Pompeo Colonna, neben dessen Palast sich die Kirche wie ein Anbau ausnahm, die unterirdische Wasserleitung überbrücken und eine Pumpvorrichtung einbauen lassen, die den Brunnen aus einem riesigen Fass in seinem Keller mit Wein versorgte. An die Ausgießung des Heiligen Geistes konnte man ja schlecht mit Wasser erinnern.

Den Brunnen selbst sah man kaum, stattdessen türmte sich dort eine Pyramide aus Menschen, die sich an der Doppelschale aus Travertin festklammerten und umeinanderkrabbelten wie Bienen auf einer gerade aus dem Stock gezogenen Wabe. Hände krallten sich in den Stein oder zogen andere nach oben, Füße suchten Halt auf Schultern und Kanten, und wer keinen Becher zur Hand hatte, tauchte gleich den ganzen Kopf in eine der Brunnenschalen; andere schaufelten den Wein aus reinem Übermut mit beiden Händen in die Menge oder prusteten ihn mehr oder weniger gezielt in die weit geöffneten Schlünde derer, die es nicht bis nach oben geschafft hatten.

Auf der Galerie im oberen Stock der Kirchenfassade standen fünf oder sechs Kardinäle mit ihren Favoritinnen, schunkelten im Takt der Gesänge, schütteten noch mehr Wein aus großen Karaffen herunter oder warfen brennende Lumpenknäuel, lebendes Geflügel und dann und wann einen in der Luft zappelnden Hasen in die johlende Menge.

Sie schob sich in ihrem Kleid, in dem die Silberfäden glitzerten, durch die Menge zum Eingang der Kirche wie eine vom Olymp herabgestiegene Göttin. Ihr schwarzes Haar hatte sie zu einem Zopf geflochten, wie eine Krone um ihren Kopf gewunden und mit einer Haube aus falschen Perlen befestigt. Bald würden es echte sein, und der, der sie ihr schenken würde, stand wahrscheinlich da oben und hatte sie schon in den Blick genommen. Sie war siebzehn und damit für den Geschmack einiger dieser Herren schon zu alt, andererseits stellte sie sich im Bett auch nicht an wie eine dumme Gans.

Vor der Tür drängten sich die Leute, es ging nicht vor und nicht zurück, aber nicht für sie: Wo immer sie erschien, tat sich eine Gasse auf, und genau dafür war dieses Kleid ja nun einmal geschneidert worden. Ein Huhn ging neben ihr zu Boden und hüllte sie in eine Wolke aus Federn, die sie kokett zur Seite pustete.

In der Kirche ging es zu wie auf dem Jahrmarkt. Kannen wurden über den Köpfen durchgereicht, und das Gejohle hallte vom schimmernden Apsisfresko zurück, das den Erlöser inmitten einer Schar aus dümmlich dreinschauenden Engeln zeigte. Ein Spaßvogel hatte einen der Nebenaltäre erklommen und legte eine Arkebuse an, der Schuss löste sich in einer Wolke aus Feuer und Qualm, und die Kugel schlug in der Decke ein, dass der Putz in alle Richtungen flog.

«Darf ich auch mal schießen?», schrie einer, der sich an einem riesigen Osterleuchter festhielt.

«Sicher!», schrie der andere zurück und reichte ihm die Waffe hinunter. «Dafür ist sie doch da!»

Direkt vor dem Hauptaltar hatte man eine Stange aus aneinandergebundenen Holzstäben eingebaut, die vom Boden bis zum Gewölbe reichte. Dort hing der von Kardinal Colonna ausgelobte Hauptpreis: ein totes Schwein, das gleichgültig hin und her schaukelte, während der Nächste sein Glück versuchte, ein junger Bursche mit Ziegenbart, dem man ansah, dass es ihm mindestens ebenso sehr um den Applaus der Menge ging wie um den Festtagsbraten, von dem ihn nur noch ein paar Ellen trennten. Das Messer in der Faust, die Beine verschränkt, zog er sich mit vor Anstrengung verzerrtem Gesicht an der Stange nach oben, aber so leicht wollten die Zuschauer es ihm nicht machen: Von unten flogen Obst und Gemüse herauf; einen Apfel, der den Scheitelpunkt seiner Bahn genau vor seinem Gesicht erreichte, teilte er mit einem schnellen Hieb in zwei Hälften, was großen Jubel auslöste, ihn allerdings den Preis kostete, denn in dem kurzen unaufmerksamen Moment des Triumphs erwischte ihn ein scharfer Wasserstrahl mitten im Gesicht; er riss die Hände hoch, kippte nach hinten, klammerte sich noch einen Augenblick mit den Beinen fest, baumelte kopfüber, ruderte mit den Armen, versuchte, die Stange wieder zu greifen, verlor aber den Halt und stürzte nach unten, wo er ein halbes Dutzend Menschen mit sich zu Boden riss, ehe er aufgehoben und über die Köpfe nach draußen durchgereicht wurde.

Auf der Balustrade, die vom rechten Seitenschiff direkt zum Palast der Colonna führte, standen, Papageien und Affen auf den Schultern, die Barone einträchtig beisammen und wechselten sich mit der Bedienung einer großen Wasserspritze ab, um den Wettkampf spannender zu gestalten, indem sie die Kletternden von der Stange schossen.

Sie registrierte die Blicke, die sie trafen, die verstohlenen und die unverhohlenen, sie schlug einem Grapscher auf die Finger, nahm einem anderen eine Weinkaraffe aus der Hand und trank, damit das angenehme Schwindelgefühl nicht nachließ. Ihre Mutter hätte das unschicklich gefunden, aber die war ja nicht da, sondern saß zu Hause hinter dem Fenster wie die Spinne im Netz, um sich zu vergewissern, dass der Glückliche, den ihre Tochter früher oder später anschleppen würde, kein Habenichts, aber auch kein Mistkerl war.

Und da war er auch schon. Kaum älter als sie, zwanzig vielleicht, aber das Geld, für das er natürlich noch nie einen Finger gerührt hatte, das sah sie ihm gleich an. Er war hübsch mit seinem bartlosen, aber schon etwas kantigen Jungengesicht, schlank und biegsam, siegesgewiss, lebensgierig. Er wechselte ein paar Worte mit einem Knilch, der ihn gerade angesprochen hatte, aber er war nicht bei der Sache, sondern schielte die ganze Zeit zu ihr herüber, und leider erwischte er sie schon nach kurzer Zeit dabei, dass sie zurückschielte, also ließ er den anderen einfach stehen mit seinem neidischen Gesicht. Ihre Mutter hätte den Kopf geschüttelt. Zurückschielen, also ehrlich.

Aber jetzt war er nun mal da. Im Hintergrund brandete das Gejohle erneut auf, ein weiterer Kandidat schickte sich an, das Schwein loszuschneiden, wieder flogen Kohlköpfe und Äpfel, wieder zischten Wasserstrahlen.

«Wie heißt du?»

Du liebe Güte! Es gab Männer, die sich mit selbstverfassten Gedichten vorstellten, und der hier fragte einfach nach ihrem Namen, als hätte er die erstbeste Mamsell vor sich.

«Mercuria», sagte sie, weil ihr das gerade einfiel. Es klang gut, vielleicht sollte sie dabei bleiben. Hoffentlich gab es keine andere, die sich so nannte, sonst würde es früher oder später Theater geben.

Einfallsreicher wurde er vorerst nicht. Er stellte sich ebenfalls vor, es klang wie Stefano, bei dem Krach war das kaum zu verstehen, aber sie würde ohnehin später noch einmal nachfragen, um ihm zu zeigen, dass er so interessant nun auch wieder nicht war.

Er stellte ein paar einfallslose Fragen, auf die sie mit kleinen Frechheiten antwortete, und schließlich schlug er vor, sich nach draußen zu begeben, weil man da ungestörter sei. Sie willigte ein. Als er sich auf dem Weg durch die Menge erdreistete, nach ihrer Hand zu greifen, kniff sie ihn in den Arm.

Ungestört waren sie draußen natürlich kein bisschen, aber sie fanden tatsächlich einen freien Platz vor dem Brunnen. Er wand einem Betrunkenen, der vor dem Becken zum Nickerchen hingesunken war, den Becher aus der Hand, spülte ihn ein paarmal durch, kippte nachlässig einen Schwall hinter sich, schöpfte erneut und reichte ihr den Wein, den sie niemals angenommen hätte, wenn der Junge ihr nicht doch ein bisschen gefallen hätte mit seinem hübschen, unverbrauchten Gesicht und seinen schlanken Händen, von denen er jetzt einen kleinen Ring zog und ihr ungefragt an den Finger steckte, nicht fordernd oder besitzergreifend, sondern ehrfürchtig und etwas ungeschickt. Kurz hielt er ihre Hand fest, und als sie sie wegzog, ließ er es klugerweise geschehen und gab sich vorerst zufrieden, als wäre der Ring schon Preis genug für die kurze Berührung. Sie reichte ihm den Becher zurück. Er trank und verzog das Gesicht.

«Gerade gut genug für das Pack hier. Viel zu schlecht für dich.»

«Ich nehme an, bei dir gibt es besseren, Sbeffano?»

Er lachte über das Wortspiel. «Ja, bei mir gibt es besseren.» Er hatte das etwas zögerlich gesagt. Entweder er konnte sein Glück nicht fassen und war sich nicht sicher, ob die Frage wirklich als Einladung zu verstehen war, oder er konnte sich dort, wo er wohnte, mit einer wie ihr nicht blickenlassen. In beiden Fällen war es klüger, das Thema nicht zu vertiefen. Also schlug sie einen kleinen Spaziergang vor.

Sie schoben sich durch die Menschenmenge. Immer noch regnete es Hühner, Enten und Gänse. Stelzenläufer mit goldgeschminkten Gesichtern eilten vorbei, ein Schwertschlucker sprang auf den Rand des Brunnens und zeigte seine Kunst, einer führte einen Bären mitten durch die Menge, ein anderer einen Affen, der Lose aus einer großen Trommel zog.

In einer Seitenstraße liefen sie einer Gruppe stark angetrunkener Stutzer in die Arme. Ihrem angeberischen Geschrei war zu entnehmen, dass sie nach Parione ziehen wollten, um irgendein Fest zu sprengen. Sie wusste gleich, dass es Ärger geben würde. Und es gab Ärger.

«Hast du den Arsch gesehen? Die nehmen wir mit.»

«Wen? Den Arsch oder die Kleine?»

Großes Gejohle. Sie kannte diese Art von Männern. Die ließen nicht locker. Natürlich war die Bemerkung vor allem an ihren Begleiter gerichtet. Sie wollten sehen, ob er sich wehrte. Und natürlich wehrte er sich.

«Zieht Leine!», sagte er mit zusammengebissenen Zähnen, aber laut genug, dass alle es hörten. Damit war jede Möglichkeit vertan, die Unverschämtheit einfach zu ignorieren. Der, der die erste Bemerkung gemacht hatte, löste sich aus der Gruppe und plusterte sich auf, und das war auch nötig, denn er war ebenso klein und schmächtig wie großmäulig. Die anderen grinsten voller Vorfreude.

Es ging ein bisschen hin und her, man sprach sich gegenseitig die Männlichkeit ab, ging zu Tiervergleichen über, und bald zog der andere Kerl einen Dolch und fuchtelte damit herum.

«Der ist es nicht wert», raunte sie ihrem Favoriten zu.

«Der nicht, aber du», sagte er kampflustig, während die Klinge vor seiner Nase durch die Luft fuhr.

Es hätte ein böses Ende genommen, wenn sich nicht in diesem Moment ein Schwall Wasser aus einem der Fenster ergossen und den Angreifer getroffen hätte, der vor Überraschung den Dolch fallen ließ und dann wütend nach oben blickte, um zu sehen, aus welchem Fenster die Dusche gekommen war. Aber niemand zeigte sich.

«Schluss mit dem Scheiß!», schrie eine Frau von irgendwoher.

Die anderen hielten sich die Bäuche vor Lachen, und das war die Rettung. Der triefnasse Kerl warf einen erbosten Blick auf seine unloyalen Sekundanten und überlegte offenbar kurz, was die größere Demütigung wäre: sich zu bücken und den Dolch wieder aufzuheben, sich ohne Dolch auf seinen Gegner zu stürzen und wahrscheinlich eine Abreibung zu kassieren oder die Sache auf sich beruhen zu lassen. Seine Freunde waren klüger. Sie packten ihn am Arm und zogen ihn weg. Aus sicherer Entfernung schrie er noch ein paar Beleidigungen, dann bogen sie um die nächste Ecke.

Sie war erleichtert. Es gab Frauen, die damit hausieren gingen, dass man sich ihretwegen duellierte. Zu denen würde sie nie gehören.

Da er nun den Kampfplatz behauptet und ihre Ehre, wenn auch mit fremder Hilfe, verteidigt hatte, fühlte er sich berechtigt, den Preis dafür einzufordern. Sie ließ es zu, dass er sie küsste, aber als seine Hände auf Wanderschaft gingen, löste sie sich von ihm und zog ihn weiter. Sie gingen durch ein paar Gassen zur Tiberinsel und suchten sich einen Platz am Ufer, wo sie ihn ungestört ausfragen konnte. Er war Bischof irgendeines Ortes, dessen Namen sie im nächsten Augenblick schon wieder vergessen hatte, irgendwo in Campanien, wo jedes Dorf mit ein paar Weinbergen drum herum gleich eine eigene Diözese bildete, nicht sehr einträglich, aber als Grundstock einer hübschen Pfründensammlung schon mal ganz passabel. Sein Onkel war angeblich Kardinal, aber als sie nachbohrte, wand er sich wie ein Aal und flunkerte sich ein paar Ausreden zusammen, also ließ sie es gut sein. Wieder küsste er sie, und wieder fanden seine Hände dabei ihren Weg nach hier und da. Diesmal ließ sie ihn gewähren, immerhin hatte er ihr einen Ring geschenkt. Sie ahnte, dass sie es sich bald würde leisten können, solche Geschenke auch ohne Gegenleistung anzunehmen, aber so weit war es noch nicht, also schlug sie ihm vor, sie nach Hause zu begleiten. Die Via Giulia, wo sie mit ihrer Mutter lebte, war nicht weit. Immerhin ließ er wenigstens auf dem Weg die Finger bei sich.

Natürlich stand ihre Mutter bei ihrem Eintreffen in der Tür wie der Erzengel vor der Pforte des Paradieses. Natürlich sah sie den Ring sofort, natürlich ließ sie sich nichts anmerken, und natürlich musste er noch einmal bezahlen. Sechs Scudi. Es gab Frauen, die sich für sechs Scudi einen halben Monat lang aushalten ließen, und andere, die dafür noch nicht einmal den obersten Knopf geöffnet hätten. Nachdem die Formalitäten geregelt waren, gingen sie nach oben.

Er riss sich zusammen, spielte ein bisschen den erfahrenen Galan und machte ihr Komplimente, damit das Ganze nicht zu geschäftsmäßig wirkte, aber seine Erregung stand seinem Einfallsreichtum im Weg. Während sie sich auszog, zitierte sie ein paar Verse aus der Liebeskunst von Ovid, doch er verstand kein bisschen Latein, und irgendwann war seine Geduld erschöpft.

Kaum war es getan, schlummerte er auch schon weg.

«Du bist eine Göttin», murmelte er.

«Und was für eine», sagte sie, während sie ihren Körper im Spiegel betrachtete. «Ich bin Mercuria.»

«So fing das an», sagte Mercuria und lachte. Und in diesem ungezwungenen Lachen kamen all die Reize zum Vorschein, mit denen sie früher ihre Verehrer verrückt gemacht hatte.

Ich grinste verlegen. Natürlich kannte ich die Geschichten, die über diese Zeit in Umlauf waren, und ich hatte Aretino gelesen, bevor er verboten wurde, aber mit solch einer offenherzigen Selbstverständlichkeit hatte ich noch nie jemanden über dieses Gewerbe sprechen hören. Mercuria schien auch gar nicht auf die Idee zu kommen, dass mich das irritieren könnte. Kerzengerade, die Beine übergeschlagen, so saß sie da, schwenkte das Glas in der anmutigen Hand und lächelte versonnen.

«Wo hast du das gelernt?», fragte ich.

«Das Latein bei einem Priester. Das Gewerbe bei meiner Mutter. Man kann sich das heute kaum noch vorstellen, aber damals wurde man dafür nicht schief angesehen. Es reichte auch nicht, einfach nur schön auszusehen. Wie gesagt, wir begleiteten unsere Freunde und Favoriten auf Feste und Bankette, und keiner der hohen Herren wollte sich da mit einem kichernden Plappermaul blamieren. Meine Mutter war eine kluge Frau, darum schickte sie mich zu diesem Priester. Ich lernte Latein mit Horaz und Griechisch mit Homer. Wir lasen Aristoteles und Augustinus. Wenn ich heimkam, schlichen die Männer schon um unser Haus herum. Jeden Tag machten irgendwelche Diener ihre Aufwartung und brachten Kapaune oder Forellen, und bald standen die ersten Kutschen vor der Tür. Meine Mutter brachte mir bei, sie so abzuweisen, dass sie wiederkamen. Vor allem aber lehrte sie mich Vorsicht. Die Ersten, die über Nacht bleiben durften, wählte sie selbst aus, mit sechzehn konnte ich das allein. Seit damals erkenne ich sie sofort: die Grobiane, die Widerlinge und die Langweiler sowieso, aber auch die Eingebildeten, die Geizhälse, die Rücksichtslosen und die Angeber, außerdem die Verleumder, die Blender, die Schmeichler, die Eifersüchtigen und die Aufbrausenden. Die Verklemmten, die vorher dem Satan und hinterher dir die Schuld geben, die Sanften mit den blitzenden Augen, die plötzlich gewalttätig werden, und die Verwöhnten, die glauben, sich alles herausnehmen zu können. Nur ganz selten habe ich mich getäuscht. Meine Kundschaft bestand in aller Regel aus gesitteten Herren mit Geld und Verstand. Überhaupt, von Kunden redeten wir gar nicht, wir hatten Freunde und Favoriten. Meine Favoriten verehrten und beschützten mich. Das habe ich meiner Mutter zu verdanken.» Sie hob ihr Glas. «Auf meine Mutter.»

Wir tranken uns zu. In den folgenden Stunden gab sie weitere Erinnerungen und Anekdoten aus ihrem Leben zum Besten, die jedem frommen Christenmenschen die Schamesröte ins Gesicht getrieben hätten. Sie erzählte von Festen in Badehäusern und verschwiegenen Ausflügen in die Weinberge, von inszenierten Entführungen, von Kardinälen in Frauenkleidern, von Kupplerinnen und ihren Mittelchen, von Kunden, die im Hemd durchs Fenster flohen, von den speziellen Wünschen einiger vornehmer Herren und dem, was sie für deren Erfüllung zu zahlen bereit gewesen waren, von dem unglaublichen Luxus, in dem sie gelebt hatte. Wir tranken ziemlich viel dabei.

Nach einem ausgiebigen Überblick über den Inhalt ihres Schmuckkastens sah sie mich ernst an. «Aber so ein Glück hatten nicht alle. Auf eine, die das erreicht hat, was ich erreicht habe, kommen mindestens zwanzig, die sich in schäbigen Baracken anbieten oder mit zerschnittenem Gesicht in der Gosse gelandet sind. Bei einigen war klar, dass sie so enden würden. Bei anderen hätte ich es nie gedacht.»

«Was ist mit deinem Vater?», fragte ich, ermutigt durch ihre Offenheit.

Sie lächelte und schaute ins Feuer. «Senatus Populusque Romanus.» Sie trank einen Schluck und stellte das Glas ab. «Oder am Ende vielleicht doch dieser Priester. Ich habe mich immer gewundert, dass er es nie bei mir versucht hat.»

«Und hast du nie ans Heiraten gedacht?», wagte ich mich weiter vor.

Das Lächeln verschwand aus Mercurias Gesicht. «Nein. Heiraten wollten immer die anderen. Oder sie waren schon verheiratet. Meistens mit der Kirche.»

«Wolltest du keine Kinder haben?», fragte ich.

Wie hätte ich ahnen können, was ich mit dieser Frage anrichtete? Mercuria hatte mir Begebenheiten aus ihrem Leben erzählt, die andere sich noch nicht einmal auszumalen wagten, ohne anschließend beichten zu gehen. Woher hätte ich wissen sollen, dass sich ausgerechnet hinter dieser harmlosen Frage ein Abgrund auftun würde?

Mercurias Gesicht gefror. «Ich hatte eine Tochter», sagte sie mit belegter Stimme.

Und dann brachen Trauer und Verzweiflung mit einer Heftigkeit aus ihr heraus, die mich völlig unvorbereitet traf. Tränen stiegen in ihre Augen. «Sie wurde vor zwölf Jahren ermordet», sagte sie, dann schluchzte sie auf und lief hinaus.

Ich kann mein Entsetzen kaum beschreiben. Ich rannte ihr hinterher, fühlte mich schuldig und missverstanden zugleich. Ihre weiße Silhouette eilte in der Dunkelheit über den Hof, auf ihr Haus zu, sie stolperte, hielt sich an einer der Säulen ihres Altans fest und verharrte mit bebenden Schultern, den Kopf gegen den Marmor gelehnt. Mercuria, die elegante und lässige Mercuria, sie weinte laut und schmerzvoll, als brächen jahrelang aufgestaute Qualen aus ihr heraus. Ich wusste nicht, was ich tun sollte, auch mir standen die Tränen in den Augen. Vorsichtig trat ich heran und berührte sie an der Schulter. Ich rechnete damit, dass sie mich wegstoßen würde, stattdessen wandte sie sich mir zu und klammerte sich an mich, weinte leise weiter und kam schließlich in meinen Armen zuckend zur Ruhe.

Sie löste sich von mir. Wischte sich mit dem Ärmel über das Gesicht. Lächelte traurig. «Es tut mir leid», sagte sie.

«Nichts muss dir leidtun.»

«Ich gehe schlafen.»

«Soll ich dich hochbringen?»

«Danke. Ich schaffe das allein.»

Sie öffnete die Tür. Bevor sie im Haus verschwand, drehte sie sich noch einmal um. Sie lächelte schwach.

«Das hat mir schon lange keiner mehr angeboten.»

5 Ich saß noch lange am Kamin und leerte die Karaffe, die Mercuria auf dem Tisch zurückgelassen hatte. Am Ende war ich sturzbetrunken und starrte ins Feuer, während meine Gedanken im Kreis herumtaumelten. Mercurias Ausbruch hatte mich verstört, ohne dass ich hätte sagen können, was mich eigentlich mehr irritierte: die durch meine unbedarfte Frage ausgelöste Entladung ihrer Gefühle oder die verzweifelte Vertraulichkeit, mit der sie sich an mich geklammert hatte. Ihr Duft in meiner Nase, die Konturen ihres Körpers unter meinen Händen: Es hätte nicht viel gefehlt, und unsere beginnende Freundschaft hätte eine andere Wendung bekommen.

Stattdessen war ich nun mit nichts als einer dunklen Ahnung zurückgeblieben. Mercuria hatte eine Tochter gehabt und vor zwölf Jahren auf gewaltsame Weise verloren. Eine Tochter, die einen Vater gehabt haben musste, einen von Mercurias Freunden oder Favoriten, einen hohen Herrn wahrscheinlich, Bischof, Baron, Botschafter, Kardinal vielleicht sogar, was auch immer, jedenfalls einen, der wohl kein Interesse daran hatte, das Kind aufzuziehen oder auch nur anzuerkennen. Die Geburt dieser Tochter musste zwanzig oder dreißig Jahre zurückliegen, möglicherweise sogar vierzig. Wie von selbst begann mein vernebelter Verstand, die Zeit zurückzurechnen. Namen bekannter Persönlichkeiten aus den Unterlagen meines Onkels tauchten auf und verschwanden wieder, unwillkürlich klopfte ich sie auf die Möglichkeit ab, eine Rolle in Mercurias Geschichte zu spielen, versuchte mir etwas zusammenzureimen, rutschte ins Fabulieren ab, nur um mich gleich darauf für meine Neugier zu schämen, die hässliche, sensationslüsterne Neugier des Gazettenschreibers.

Ich widerstand also der Versuchung, die Papiere aus der in Frage kommenden Zeit aufs Geratewohl nach ermordeten Mädchen zu durchforsten. Ich wäre mir vorgekommen wie ein Aasgeier, ganz abgesehen davon, dass ich ohnehin kaum noch lesen konnte: Die Buchstaben tanzten vor meinen Augen, und die Namen auf den immer noch auf dem Tisch herumliegenden Blättern verdoppelten sich und schoben sich unkontrolliert übereinander. Farnese, Carafa, Morone, Medici. Irgendwann sank mein Kopf auf den Tisch. Wenn ich mich richtig erinnere, dann gelobte ich im letzten Schein des heruntergebrannten Feuers, mich Mercurias Freundschaft würdig zu erweisen, die ich in meiner trunkenen Glückseligkeit für ein Geschenk des Himmels hielt. Wäre mein Kopf nicht so schwer gewesen, ich wäre wahrscheinlich zu ihr hinübergewankt und hätte ihr sonst was geschworen. Guter Gott, hatte überhaupt schon einmal jemand in meinen Armen geweint?

Ich muss mich dann wohl irgendwann nach oben geschleppt haben, jedenfalls erwachte ich am nächsten Tag in meinem neuen Bett. Mir war übel und meine Zunge lag wie ein Stück Dörrfleisch in meinem Mund. Ich erhob mich stöhnend und klatschte mir kaltes Wasser ins Gesicht. Ich blickte aus dem Fenster. Bei Mercuria drüben waren die Läden geschlossen. Wie sollte ich ihr bloß gegenübertreten? Die ganze Sache war mir auf einmal peinlich, aber ich begriff erst später, warum das so war: Wir waren uns zu plötzlich zu nahe gekommen. Unsere beginnende Freundschaft war noch nicht reif dafür, dass die starke Mercuria mir gegenüber so viel Schwäche zeigte.

Die frische Luft tat gut. Zum Glück war es ein kühler, klarer Dezembertag, und ich beschloss, ein bisschen durch die Stadt zu streifen, um wieder einen klaren Gedanken zu fassen.

Doch es kam nicht dazu. Als ich in den Hof trat, standen die beiden Tore zu Gennaros Werkstatt offen, und das Klirren von Metall auf Stein durchschnitt den kalten Morgen.

Ich hatte die Werkstatt bisher noch nicht von innen gesehen und trat neugierig näher. Gennaro stand mit dem Rücken zu mir an einer Werkbank und meißelte an einer in einen Schraubstock gespannten Marmorbüste herum. Im Halbdunkel hinter ihm war ein Durcheinander aus aufeinandergestapelten Steinblöcken und Holzkisten zu erkennen, an den Wänden waren hüfthohe Regale mit Büsten, kleinen Statuen, Figurengruppen und Kapitellen aufgereiht, darüber waren Zeichnungen, Skizzen und Entwürfe angeheftet. Auf dem Boden lagen Werkzeuge herum. An der Rückwand des großen Raumes führte eine Treppe nach oben, und unter dieser Treppe stand eine merkwürdige hölzerne Trommel in einem Gestell. Im Kamin brannte ein Feuer.

Gennaro bemerkte mich immer noch nicht. Er arbeitete konzentriert weiter. Das Werkstück, an dem er sich abmühte, war eine Büste des Kaisers Hadrian, gut erkennbar an dem teigigen, von wallenden Locken eingerahmten Gesicht, den engstehenden Augen, dem schmalen Mund über einem leicht fliehenden Kinn, dem dichten Bart und dem kräftigen Hals, ganz wie in den Fresken von Perin del Vaga in der Engelsburg, die mein Vater mir vor Jahren gezeigt hatte. Gennaros Meißel flog über den Marmor, doch mit einiger Verwirrung stellte ich fest, dass er das Werk nicht etwa verfeinerte, sondern beschädigte. Er trieb kleine Kerben in die Wangen des Imperators, schlug ein paar Locken und einen Teil des linken Ohrläppchens weg, ließ schließlich den Meißel fallen und setzte den Hammer an der Nase an, um zu meinem Entsetzen mit einem gezielten Hieb die Nasenspitze abzuschlagen, die wie ein Geschoss durch den Raum flog und irgendwo unter der Treppe landete. Sodann trat er einen Schritt zurück und betrachtete sein Werk.

«Was zum Teufel machst du da?», fragte ich entgeistert.

Als hätte er die ganze Zeit gewusst, dass ich dort stand, drehte er sich noch nicht einmal um.

«Das größte Problem sind die Bruchkanten», sagte er.

«Bitte?»

«Die Bruchkanten», wiederholte er und wandte sich nun doch zu mir um. Er wies auf die verstümmelte Nase. «Sieht das aus, als wäre es vor, sagen wir mal, tausend Jahren abgebrochen?»

«Nein», antwortete ich irritiert.

«Eben», bestätigte er. «Frische Kanten sind scharf, alte sind rundgeschliffen und verwittert. Mein Kunde zahlt vierzig Scudi für einen echten Hadrian. Und der sollte wenigstens echt aussehen, wenn er's schon nicht ist. Oder?»

Ich nickte und sah dabei wahrscheinlich ein bisschen dümmlich aus.

«Gut. Versuchen wir also, uns vorzustellen, was mit dem guten Stück in den letzten tausendfünfhundert Jahren passiert ist, seit irgend so ein Grieche es aus dem Block gemeißelt und hübsch poliert beim Auftraggeber abgeliefert hat. Der Kopf wird auf eine Statue gesetzt, die schon Caesar, Nero, Titus und wen auch immer sonst noch dargestellt hat.

So steht er ein paar hundert Jahre bei Wind und Wetter auf dem Forum, dann kommen die Christen, stürzen den heidnischen Kaiser vom Sockel und trampeln ein bisschen auf ihm herum, wobei die Nase abbricht. Irgendwer findet die Büste, hält sie für ein Bildnis des guten Konstantin und stellt sie in seinem Garten auf. Ein paar Jahre später kommen die Barbaren, Goten, Vandalen, was weiß ich, plündern das Anwesen, schlagen alles kurz und klein und legen Feuer. Hadrian wird angesengt, fällt wieder vom Sockel, liegt ein paar Jahre herum, bis der Tiber über die Ufer tritt und die Flutwelle den Kopf eine halbe Meile durch den Schutt schleift. Irgendwo bleibt er im Schlamm liegen und setzt eine schöne Patina an. Schließlich wird er bei Ausschachtungsarbeiten gefunden, und hier ist er. Klar so weit?»

Ich hatte verstanden.

«Also. Diesen Hadrian hier» – Gennaro tätschelte den Kopf des Kaisers – «habe ich vor ein paar Wochen nach dem Gipsmodell eines echten Kopfes hergestellt. Meinem Kunden habe ich erzählt, ein mir bekannter Raubgräber habe da ein interessantes Stück gefunden, leicht beschädigt, aber ansonsten gut erhalten. Ein Einkäufer von Farnese sei auch interessiert und wolle dreißig Scudi zahlen, aber das sei noch nicht in Stein gemeißelt, im wahrsten Sinne des Wortes, haha. Kurz und gut, vierzig sofort auf die Hand, und wir reden nicht mehr davon. Verstanden?»

Ich lachte.

«Ja, lach du nur. Bis ich die Ware ausliefern kann, muss ich knapp tausendfünfhundert Jahre nachholen, also Verstümmelungen, Abschürfungen, Brandspuren, Verfärbungen, Verwitterungen, Verkrustungen und so weiter. Um so etwas in ein paar Tagen hinzukriegen, habe ich das da erfunden.»

Er zeigte stolz zur Treppe, löste die Büste aus dem Schraubstock, trug sie zu der hölzernen Trommel und legte sie hinein. Ich folgte ihm neugierig. Die Trommel hatte einen Durchmesser von etwa drei Ellen. Die Nabe war über einen Riemen mit einer Kurbel verbunden, die Gennaro nun drehte, um mir die Funktionsweise zu demonstrieren. Die Trommel begann zu rotieren. Die Büste kullerte polternd darin herum. Es tat fast weh, dabei zuzusehen.

Gennaro ließ die Kurbel los und fuhr mit einer Handschaufel in eine große Kiste, die neben der Trommel stand.

«An diesem Rezept habe ich jahrelang gefeilt», sagte er stolz. «Eine Mischung aus Sand, Kies, Basaltschotter, Eisenfeilspänen, Erde und Asche. Schotter und Kies ramponieren den Marmor, Sand und Späne schleifen die Kanten ab, Erde und Asche sorgen für die Patina. Dumm nur, dass man stundenlang kurbeln muss.»

Er schaufelte mit ein paar schnellen Handbewegungen die graubraune Mischung in die Trommel und begann, wieder an der Kurbel zu drehen. Mit einem prasselnden Geräusch geriet der Inhalt in Bewegung, wälzte sich voran, begrub die Büste, gab sie wieder frei. Nach ein paar Drehungen nahm Gennaro den Kopf heraus und hielt ihn prüfend in das Licht, das durch die geöffneten Tore hereinfiel.

«Hadrian ist eine sichere Sache, ähnlich wie Augustus oder Trajan, von denen sind so viele im Umlauf, dass keiner fragt, wo sie alle herkommen. Mit Nase bringt er natürlich mehr Geld, aber wenn man zu viele intakte Stücke anbietet, spricht sich das herum, und die Käufer werden misstrauisch.»

Gennaro stellte die Büste auf die Werkbank, kniete sich davor und betrachtete sie genau. Dass er sein Handwerk verstand, war trotz der Beschädigungen unübersehbar: Der Kopf war präzise herausgearbeitet und vollkommen in seinen Proportionen.

Ich sah mich in der Werkstatt um. Bei den meisten Skulpturen in den Regalen handelte es sich um Modelle und Abgüsse aus Ton und Gips, dazwischen lagen und standen halbfertige Arbeiten und Fragmente offenbar echter antiker Stücke. Einige der Zeichnungen über den Regalen stellten bekannte Werke dar: die Laokoongruppe, die Rossebändiger, ein Apollo, eine Venus, ein Herkules, einige Torsi. Andere zeigten Figuren aus unterschiedlichen Perspektiven, teils mythologische und teils biblische Szenen, die Gennaro offenbar selbst arrangiert hatte, jedenfalls entsprachen sie keinen mir bekannten Vorbildern, und vor allem die Darstellungen aus der Bibel gaben die bekannten Geschichten in ungewohnter Weise wieder: Moses beim Zertrümmern der Gesetzestafeln, Jesus beim Abreißen von Ähren, Abraham, der Isaak vom Opferstein losband, Petrus, der beim Anblick eines krähenden Hahns in Tränen ausbrach. Besonders beeindruckend war eine Darstellung der Versuchung Christi: Jesus stand auf einem Felsen, der Teufel hockte ihm auf dem Rücken, die Fledermausflügel ausgebreitet, einen Ziegenfuß um den Bauch des Erlösers gewunden, mit einer Hand in dessen Schulter verkrallt, mit der anderen nach vorn weisend. Der Blick des Gottessohns schien dem Finger zu folgen, sein Gesicht war konzentriert, und die Andeutung eines Lächelns umspielte seinen Mund.

Gennaro war nicht entgangen, was ich betrachtete. «Das alles will ich dir geben, wenn du dich vor mir niederwirfst und mich anbetest», zitierte er mit krächzender Stimme.

«Vor dem Herrn, deinem Gott, sollst du dich niederwerfen und ihm allein dienen», antwortete ich entschlossen.

«Genau», sagte Gennaro. «Aber könnte es nicht sein, dass der Herr einen kurzen Moment lang über den Vorschlag des Teufels nachgedacht hat? Nicht dass er ernsthaft erwogen hätte, ihn anzunehmen, um Himmels willen, aber könnte er sich nicht einen Augenblick lang vorgestellt haben, wie es wäre? Welche Möglichkeiten sich ihm geboten hätten, als Herrscher der Welt seine Botschaft zu verbreiten, anstatt vor Hungerleidern und Dirnen zu predigen und sich anschließend hinrichten zu lassen? Wäre es das nicht vielleicht wert gewesen? Sich einmal niederzuwerfen, die Gegenleistung einzufordern und anschließend seine Macht zu nutzen, um das Böse aus der Welt zu vertreiben? Gab es jemals eine bessere Möglichkeit, den Teufel zum Narren zu halten?» Gennaro funkelte mich an. «Du hast das Knie gebeugt und mich angebetet», sagte er in gespielter Empörung in seinem krächzenden Teufelston, und dann, mit normaler Stimme: «Habe ich nicht. Ich hab mir nur die Sandalen zugebunden und ein bisschen vor mich hingemurmelt. Zeugen hast du auch nicht! Pech gehabt, Satan! Und jetzt verschwinde!» Er lachte wild.

«Damit wird er sich nicht zufriedengeben», sagte ich skeptisch.

«Wer? Der Satan? Nein? Aber Gott soll sich damit zufriedengeben, dass wir einmal in der Woche der Form halber beichten gehen und uns die Absolution abholen, nur um anschließend fröhlich weiterzusündigen? Ist das nicht dasselbe?»

«Du klingst wie ein Lutheraner!»

«Warum?», fragte er in gespielter Unschuld.

«Weil sie der Kirche genau das vorwerfen und dabei vergessen, dass das Bußsakrament ohne echte Reue nicht gültig ist.»

«Das stört doch die Priester nicht.»

«Aber Gott vielleicht?»

«Interessant. Wer ist jetzt hier der Lutheraner?»

Ich gab mich geschlagen. Um ehrlich zu sein, hatte ich mich mit diesen Fragen noch nie ernsthaft beschäftigt. Meine letzte Beichte hatte ich nach dem Tod meines Onkels abgelegt. Und um es mit Mercurias Worten zu sagen: Da war es auch bitter nötig gewesen.

Gennaro betrachtete nun ebenfalls seinen Entwurf. «Die Flügel werden schwierig», sagte er nachdenklich. «Die brechen leicht ab. Und ich werde einen großen Block brauchen. Aber stell dir das mal vor, lebensgroß und in Marmor. Alle würden davon sprechen. Ich wäre der neue Giambologna.»

Dass dieser Name mir nichts sagte, trug nicht dazu bei, meine Skepsis zu mindern. «Der Teufel, der sich triumphierend über den Erlöser erhebt», sagte ich. «Schon für den Entwurf werden sie dir den Kopf abreißen. Niemand wird es wagen, dir dafür Geld zu geben, du neuer Giambologna.»

«Ich weiß», sagte er nachdenklich. «Geld geben sie mir für falsche Kaiserköpfe. Die Welt will betrogen werden, aber wem sage ich das.» Er sah mich resigniert an. «Machen wir nicht beide dasselbe? Wir bescheißen die Leute, um über die Runden zu kommen, anstatt zu tun, was wir wirklich wollen.»

«Woher wisst ihr eigentlich alle immer, was ich wirklich will?», fragte ich gereizt.

Gennaro hob entschuldigend die Hände. «Ich weiß nicht, was du willst. Ich weiß nur, was ich will. Dinge erschaffen.»

«Und ich will Geschichten erschaffen», sagte ich trotzig. «Genau das tue ich. Ich denke sie mir aus. Jeder weiß das, also bescheiße ich niemanden. Du dagegen fälschst Kaiserköpfe und gibst sie für echt aus. Also wer von uns beiden bescheißt jetzt die Leute? Und wer von uns macht, was er wirklich will?»

«Moment. Die Leute würden deine Gazetten doch nicht kaufen, wenn sie wüssten, dass das alles erstunken und erlogen ist! Du verkaufst es als Wahrheit, und sie glauben es!»

«Sie glauben es, weil sie es glauben wollen», sagte ich, als wäre das die passende Rechtfertigung. Und schon während ich es sagte, wusste ich, dass er es mir nicht durchgehen lassen würde.

«Genauso schlimm. Du bestätigst mit Lügen, wovon sie ohnehin schon überzeugt sind. Sie sollten stattdessen lieber zweifeln, um die Wahrheit zu erkennen!»

«Du klingst …»

«Jaja, wie ein Lutheraner. Na und? Tatsache ist, dass das, was du schreibst, nicht die Wahrheit ist.»

«Was ist denn schon Wahrheit?»

«Oho. Die Übereinstimmung einer Aussage mit der Wirklichkeit», sagte er und schob süffisant hinterher: «Thomas von Aquin. Und die Wahrheit ist, dass damals in dieser Kirche keine Stimme zu hören war und dass sich niemand zu Boden geworfen oder irgendwelche Perlenketten in den Opferstock geworfen hat. Aber genau das hast du in deiner Gazette behauptet.»

«Wie lange wollt ihr noch darauf herumreiten?»

«So lange, bis du zugibst, dass du die Leute bescheißt», sagte er gutgelaunt.

«Gut, ich geb's zu. Ich bescheiße die Leute. Und was tust du?»

«Dasselbe. Nichts anderes habe ich behauptet. Und im Übrigen wollen auch meine Kunden glauben, dass diese Kaiserköpfe echt sind. Aber der Unterschied ist, dass ich mit meinen Lügen ein paar reiche Männer ausnehme, die nur mit ihren Sammlungen angeben wollen, während du die ganze Welt für dumm verkaufst. Tut mir leid, aber so ist es.»

Ich rang noch um eine Antwort, da setzte er schon nach: «Außerdem werde ich damit aufhören, sobald mir einer diese Figur da abkauft.» Er wies auf den Entwurf von Christus und dem Teufel. «Aber solange das niemand tut, muss ich die Leute leider weiter bescheißen. Was glaubst du, wie oft Mercuria mir das vorgehalten hat? Die hat leicht reden. Ein Leben lang hat sie sich von den gleichen Herrschaften aushalten lassen, denen ich meine Kaiserköpfe andrehe, weil sie sich nicht trauen, sich etwas wie das da ins Atrium zu stellen.»

Er wandte sich wieder seinem Marmorkopf zu, nahm eine Bürste zur Hand und kratzte ein bisschen daran herum.

«Geh mal ein Stündchen an die frische Luft», empfahl er versöhnlich, ohne noch einmal aufzublicken. «Du siehst aus, als hättest du gestern ein paar Gläser zu viel gehabt.»

Der Rat war mir umso willkommener, als ein hämmernder Kopfschmerz sich durch meinen Schädel nach vorn arbeitete. Ich wandte mich zum Gehen.

«Was hältst du davon, heute Abend ein paar Steine für deinen Fußboden zu holen?», rief er mir nach.

«Gerne», sagte ich über die Schulter. «Wo denn?»

«Hinter Santissimi Apostoli. Beim Nerogiebel. Da liegt alles voll.»

«Ist dort nicht der Garten der Colonna?»

«Ja. Und?»

«Haben die keine Wachen?»

«Nur einen Köter. Der kennt mich schon.»

Für den Spaziergang ließ ich mir den ganzen Tag Zeit. Es war Sonntag, und überall läuteten irgendwelche Glocken. Ich umrundete den Palazzo Farnese und überquerte den Ponte Sisto, streifte kreuz und quer durch Trastevere, durch schmale Gassen und an verschwiegenen Gartenmauern entlang, bestieg schließlich den Gianicolo und blickte auf die Stadt hinab, während die Kühle meine Kopfschmerzen und damit auch die Gedanken an Mercuria und ihre finstere Geschichte vertrieb. Weit hinten an den Hängen des Quirinals ragten die Reste des Nerogiebels aus dem Häusermeer heraus. Das kann ja heiter werden, dachte ich. Gennaro und ich, beim Plündern im Garten der Colonna festgenommen. Wie hätte ich auch ahnen können, dass diese Nacht ganz andere Überraschungen für uns bereithalten sollte?

Als ich, durchgefroren, aber klar im Kopf, in der Abenddämmerung in die Via dei Cappellari zurückkehrte und durch den Torbogen in den Hof trat, empfand ich ein tiefes Glück darüber, dass dies nun mein Zuhause war.

Klar im Kopf sollte ich allerdings nicht lange bleiben, denn Gennaro hatte offenbar nicht die Absicht, unseren Ausflug nüchtern zu bestreiten. Ich fand ihn in seiner Werkstatt vor; mit der einen Hand drehte er die Kurbel seiner Vorrichtung, in der anderen hielt er ein Glas Wein. Das Rauschen und Prasseln von Schotter, Kies und Sand und das dumpfe Poltern der Büste in der Trommel erfüllten den Raum. Gennaro blickte mir gelangweilt entgegen.

«Nimm dir ein Glas!», rief er und wies auf eins der Regale.

Was soll's, dachte ich, nahm ein leeres Glas und füllte es aus einem kleinen Fass, das daneben lag. Wir stießen an.

«Ich dachte, du trinkst nicht bei der Arbeit.»

«Fängst du auch schon so an? Ich arbeite nicht. Ich drehe an einer Kurbel. Willst du auch mal?»

Widerwillig übernahm ich die Kurbel. Der Kopf des Kaisers wurde ein Stück nach oben getragen, kullerte zwischen den Bestandteilen der von Gennaro entwickelten Mischung wieder hinunter und wurde darunter begraben. Der Basaltschotter schlug klackernd gegen den Marmor, der Sand rauschte über Gesicht und Haare. Wenn man lange genug an dieser Kurbel drehte, würde irgendwann nur noch ein eiförmiger Klumpen übrigbleiben.

«Armer Hadrian», sagte Gennaro. «Wenn meine Maschine mit ihm fertig ist, sind seine Leiden noch lange nicht vorbei. Ich schmiere ihn mit Erde ein und röste ihn ein bisschen über der Glut im Kamin, damit sich der Lehm in die Ritzen brennt, aber vorsichtig, dass er mir nicht zerspringt. Und zum Schluss scheuere ich ihn mit einer rostigen Drahtbürste ab.»

Während ich weiterkurbelte, ging Gennaro zu der Wand mit den Entwürfen und nahm die Zeichnung mit der Versuchung Christi herunter. Das Thema schien ihn sehr zu beschäftigen.

«Mal ehrlich, was gibt es daran auszusetzen? Jesus ist völlig kanonisch, der Teufel auch. Nichts davon widerspricht dem Evangelium.»

Ich kniff die Augen zusammen. «Der Teufel trumpft zu sehr auf.»

«Natürlich tut er das! Er glaubt, dass er gewonnen hat!»

«Aber das darfst du nicht zeigen. Es gibt die Botschaft des Evangeliums irreführend wieder. Also unkanonisch.»

Wir betrachteten das Blatt.

«Er könnte ihn irgendwie abwehren oder wegschieben», sagte Gennaro schließlich.

«Das würde es noch schlimmer machen. So wie der Teufel ihn da im Klammergriff hält, sähe es nur verzweifelt aus. Unkanonisch.»

«Und wenn er ihm den Ellbogen ins Gesicht rammen würde?», fragte Gennaro halbherzig.

«Damit es aussieht wie eine Wirtshausschlägerei? Das wäre …»

«Jaja. Unkanonisch», vollendete Gennaro ungehalten.

Je länger ich den Entwurf betrachtete, desto besser gefiel er mir. Der Teufel war gut gezeichnet, er schraubte sich regelrecht auf den Schultern der Christusgestalt in die Höhe, sein ganzer Körper, von den Hufen über die Flügel bis hin zu den gewundenen Hörnern, schien unter Spannung zu stehen, und seine geballte Kraft entlud sich in diesem ausgestreckten Zeigefinger. Aber das war eben auch das Problem: Das Böse erdrückte hier das Gute.

«Es hilft nichts», sagte ich schließlich. «Er muss von den Schultern runter.»

«Dann kann ich's auch lassen.» Gennaro stürzte den Wein hinunter und starrte wütend ins Feuer.

Drei Stunden später überquerten wir mit dem rumpelnden Handwagen den Platz vor Santissimi Apostoli, umrundeten die Kirche und nahmen eine kleine Gasse. Der Vollmond beleuchtete das Pflaster. Wir passierten die Flanke des Palastkomplexes der Colonna, bogen in eine andere Gasse ein und landeten vor einer Gartenmauer mit einem Gittertor. Sofort begann ein Hund zu kläffen, und kurz darauf erschien er am Gitter: ein großer schwarzer Köter, er sprang an den Stäben hoch, seine Krallen schliffen am Metall entlang, und das Tor klackerte in den Angeln. Ich blickte mich ängstlich um.

Gennaro murmelte ein paar beruhigende Worte und

griff in eine Tasche, die ihm über der Schulter hing. Sofort stellte der Hund das Bellen ein, wedelte mit dem Schwanz und begann erwartungsfroh zu fiepen. Gennaro zog eine Wurst hervor und reichte sie durch das Gitter. Der Hund schnappte sie und verzog sich.

«So», sagte Gennaro zufrieden. «Jetzt ist Ruhe.»

«Und wenn er sie aufgefressen hat?»

«Keine Sorge. Wenn wir drin sind, kriegt er noch eine. Das machen wir immer so.»

Ich war noch nicht ganz überzeugt, aber er schien zu wissen, was er tat.

Gennaro begann, sich auf der Ladefläche des Handwagens zu schaffen zu machen, zerrte ein paar Lappen hervor und band sie mit Kordeln um die eisenbeschlagenen Räder des Wagens. Ich spähte derweil durch das Gitter. Der Garten war verwildert und stieg zum Quirinal hin an. Im hinteren Bereich ragte ein verwahrlostes Gebäude mit einer Loggia auf, in das in unregelmäßigen Abständen Fenster gebrochen worden waren. Flankiert wurde es von mächtigen und über und über mit Buschwerk bewachsenen Ziegelmauern, hinter denen im Mondlicht der Nerogiebel leuchtete. Irgendwo raschelte der Hund mit seiner Wurst herum.

Gennaro zog den Wagen zu einer Nische in der gegenüberliegenden Mauer. Das Rumpeln der Räder wurde von den Lappen vollständig verschluckt.

«Los geht's», sagte er halblaut, rieb sich die Hände und schob zwei kleine Spaten und eine Spitzhacke durch das Tor.

Wir benutzten das Gitter als Leiter. Es klirrte und klapperte ein bisschen, aber in den Gebäuden ringsumher blieb alles ruhig. Aus keinem der Fenster drang ein Lichtschein.

Der Garten lag tatsächlich voller Steine, vor allem im hinteren Bereich bei der Loggia.

Ich zuckte zusammen, als ich ein Geräusch hörte. Es war der Hund. Schwanzwedelnd trabte er heran, um sich die zweite Wurst abzuholen, dann verschwand er wieder.

Gennaro klemmte sich Spaten und Spitzhacke unter den Arm und ging voran. Vor der linken Ziegelmauer blieb er stehen. Der Boden war überwuchert, aber überall schauten Bruchstücke von Marmor und heruntergefallene Mauerbrocken hervor. Vor der Loggia stand ein Sarkophag.

«Also», flüsterte Gennaro. «Was wir suchen, sind vor allem Bruchstücke von Platten, nicht zu dick, sonst kriegen wir sie nicht durch das Gitter. Ziegel gehen auch, vor allem die alten sind schön flach. Alles schaffen wir heute sowieso nicht, das wird zu schwer.» Er wies in die Runde. «Diesen Teil des Gartens haben sie irgendwann mal mit Trümmern aufgeschüttet, um den Boden zu nivellieren. Hier kann also alles Mögliche liegen. Wenn wir richtig Glück haben, sind ein paar schöne Sarkophagteile dabei, vielleicht sogar mit Figuren dran, die man noch verkaufen kann. Alles, was wir gebrauchen können, schleppen wir auf einen Haufen und tragen es nachher zum Tor. Wenn jemand kommt, nehmen wir die Beine in die Hand. Alles klar?»

Irgendwo in der Ferne klappte ein Fensterladen. Während ich mich beunruhigt umschaute, begann Gennaro, mit der Spitzhacke einzelne Steinbrocken aus dem mit Gras und Dornengestrüpp bewachsenen Boden herauszustemmen. Darunter kam feuchte Erde zum Vorschein.

«Nun mach schon. Da ist keiner.»

Wir hackten, stemmten und schaufelten. Erdbatzen und unförmige Trümmerteile flogen zur Seite. Dann und wann stießen wir tatsächlich auf Reste von Platten. Alles, was mehr als handtellergroß war, legten wir beiseite. Zwischendurch trabte der Hund heran, schnupperte ein bisschen herum und trollte sich wieder, ohne noch einmal zu bellen.

Ich war gerade dabei, an einer besonders großen Platte herumzuruckeln, die senkrecht in der Erde steckte, als Gennaro, der ein paar Schritte neben mir grub, einen Laut des Erstaunens ausstieß. Er warf seinen Spaten weg und kratzte mit der bloßen Hand im Boden herum.

«Was ist?», flüsterte ich.

«Stoff», sagte er.

Ich trat näher. Tatsächlich. Zwischen Trümmern und Erde wurde ein Stück Stoff sichtbar, löchrig und halb vermodert. Mein Herz klopfte schneller.

Gennaro schaufelte weiter mit beiden Händen die Erde zur Seite, dann hielt er plötzlich inne. Sein Gesicht hatte einen entsetzten Ausdruck angenommen.

«Ich glaube, da liegt einer.»

Wir gingen nebeneinander in die Hocke und betrachteten den Stoff. Eindeutig Kleidung. Geschlitzt nach der Mode längst vergangener Zeiten, rot oder braun und hell unterfüttert. Gennaro griff mit sichtbarem Widerwillen in einen der Schlitze und zog daran. Sofort riss der Stoff und gab ein paar bleiche Rippen frei. Es roch nach der Erde, die wir aufgegraben hatten, aber nicht nach Verwesung. Der Tote musste schon eine ganze Zeit dort gelegen haben, vielleicht Jahrzehnte.

«Was machen wir?», fragte ich flüsternd.

Gennaro zögerte kurz. «Schauen wir doch mal, wen wir hier haben», sagte er schließlich und setzte die Arbeit fort, allerdings vorsichtiger als zuvor. Meine Neugier gewann die Oberhand über den Ekel.

Schwitzend und keuchend legten wir den Rumpf bis zu den Hüften frei, dann die Arme und die Beine. Zum Glück wurden die Knochen von Stoff und Geweberesten so weit zusammengehalten, dass keine Gliedmaßen abrissen. Schließlich gaben wir uns einen Ruck und gruben auch die Erde um den Kopf herum weg. Ein Schädel kam zum Vorschein. Die Zähne im leicht verrutschten Unterkiefer grinsten im Mondlicht.

Vor uns lag tatsächlich eine Leiche, deren Bekleidung trotz des schlechten Zustandes als Landsknechtsmontur zu erkennen war: Der Stoff hätte für drei gereicht, vor allem an den Ärmeln bauschte er sich in geschlitzten Lagen übereinander. Neben dem Kopf waren die Reste eines Baretts zu erkennen.

«Ein Deutscher», sagte Gennaro und erhob sich ächzend. «Der liegt wahrscheinlich schon seit dem Sacco hier.»

«Über vierzig Jahre», murmelte ich.

Wir betrachteten das Skelett, das in seiner altmodischen und übertriebenen Kleidung eher albern als furchteinflößend wirkte, gerade weil es sie mit seinen paar Knochen gar nicht mehr ausfüllte.

Gennaro ging neben dem Kopf in die Hocke und drehte ihn behutsam ein Stück zur Seite. «Schau mal. Den haben sie erschlagen.»

Tatsächlich. Die rechte Seite des Schädels war eingeschlagen. Ein dreieckiges Loch klaffte hinter der Schläfe. Das zugehörige Knochenstück war in die Schädelhöhle gefallen.

«Das passt. Wahrscheinlich ein Streit um die Beute», sagte ich.

«Wahrscheinlich. Wir werden es nicht herausfinden.»

«Was machen wir jetzt?»

«Wir decken ihn wieder mit Erde zu», bestimmte Gennaro. «Wenn sie merken, dass jemand hier herumgegraben hat, schaffen sie sich am Ende noch einen neuen Hund an.»

«Du willst wiederkommen?», fragte ich entgeistert.

«Was denn sonst? Der lag doch vorher auch schon hier. Wir sprechen jetzt ein Gebet für ihn und dann begraben wir ihn wieder. Das heißt, das mit dem Gebet können wir uns sparen. Der war wahrscheinlich sowieso Lutheraner.»

Zuerst konnte ich Gennaros Abgebrühtheit kaum fassen. Aber er hatte recht. Es gab niemanden, dem wir den Fund hätten melden können. Also konnte der Tote genauso gut dortbleiben. Wer wusste schon, wie viele Opfer des Sacco sonst noch über die ganze Stadt verteilt unter der Erde herumlagen?

Wir machten uns an die Arbeit. Ich bedeckte Füße und Beine mit Erde, bis sie nicht mehr zu sehen waren, dann schichtete ich ein paar Steine darauf, dann Erdbatzen mit Gras. Gennaro arbeitete sich von oben herunter.

«Das kann doch nicht sein», sagte er plötzlich.

Er kniete neben der rechten Hand des Toten und starrte angestrengt auf die Knochen, dann stand er auf, trat auf die andere Seite des Skeletts und nahm die linke Hand in Augenschein. Ich beugte mich hinüber, begriff aber zuerst nicht, was er meinte.

«Der hat sechs Finger!», murmelte Gennaro entsetzt.

«Nicht möglich!»

«Doch, hier: eins, zwei, drei, vier, fünf und der Daumen.»

Was der Fund der Leiche nicht vermocht hatte, bewirkte nun die Erkenntnis, dass Gennaro recht hatte: Mein ganzer Körper war eine einzige Gänsehaut.

Sechs Finger. Der hatte wirklich sechs Finger an jeder Hand.

6 *Kurzer Bericht über die wundersame Auffindung eines merkwürdigen Leichnams in einem Garten bei den Thermen des Kaisers Diokletian in Rom*

Du lässt deinen Frommen nicht die Verwesung schauen! So spricht der Evangelist Lukas im dreizehnten Kapitel der Apostelgeschichte. Die Wahrheit dieses köstlichen Wortes belegen auf treffliche Weise die vielen seit den Tagen der frühesten Glaubenszeugen auf uns gekommenen Schilderungen & Berichte über die Auffindung der unverwesten Körper von Heiligen & Märtyrern, die nicht als von Gewürm & Maden abgenagte Gerippe, sondern wie in friedlichem Schlummer ausgestreckt & von lieblichem Duft umweht in ihren Gräbern entdeckt wurden. Doch nicht nur in jenen vergangenen Zeiten, als die Welt vom Licht des wahren Glaubens erleuchtet & erfüllt war, sondern auch in unseren Tagen, in denen die Schlange der Ketzerei überall ihr keckes Haupt erhebt & die Menschheit durch Täuschung & List vom Pfad der wahren Religion abzubringen trachtet, lässt der allmächtige Gott uns allerlei Zeichen schauen. So geschah es im Jahre MDLXIX am Tag des Heiligen Sebastian, dass einige Arbeiter bei Ausschachtungsarbeiten in einem Garten unweit der Thermen des Kaisers Diokletian in Rom im Boden auf einen marmornen Sar-

kophag stießen, den sie zunächst für einen verschütteten Futtertrog hielten, allzumal das Grundstück vordem als Weide für Rinder & Schafe gedient hatte. Nachdem sie ihn aber aus der Baugrube gestemmt & von Erde & Schlamm gereinigt hatten, entdeckten sie darin zu ihrer großen Verblüffung den unversehrten Körper eines Mannes in Soldatenkleidung. Während die anderen noch staunend berieten, was zu tun sei, eilte einer der Arbeiter zu der kürzlich nach den Plänen des göttlichen Michelangelo in den Ruinen der besagten Thermen errichteten Kirche & holte einen Priester herbei, der den Leichnam untersuchte & dabei entdeckte, dass dieser an jeder Hand nicht fünf, sondern sechs Finger hatte. Sogleich sank er voller Ergriffenheit auf die Knie, dankte dem Herrn in glühenden Worten für dieses Wunder & verkündete dem zusammengelaufenen Volk, es handele sich unzweifelhaft um den Leichnam des Heiligen Hexadaktylus, dessen Geschichte im Martyrolog des Beda Venerabilis aufgezeichnet sei & folgendermaßen laute: Hexadaktylus, ein für Tapferkeit & Kampfesmut in der ganzen Legion bekannter Soldat, der sich zur Zeit des Kaisers Diokletian zum wahren Glauben bekehrt hatte, war aufgrund seiner beharrlichen Weigerung, den heidnischen Göttern zu opfern, den Folterknechten des besagten Kaisers vorgeführt worden. Er aber streckte den Schergen seine Hände entgegen & sprach unverzagt, Gott, der ein Zeichen an ihm getan habe, indem er ihm Finger entsprechend der Zahl der Apostel geschenkt habe, werde ihm nun auch die Kraft geben, allen Martern zu widerstehen; sie mögen nur fröhlich drauflosfoltern. So begannen die Knechte nun, ihm die Finger einen nach dem anderen mit glühenden Zangen abzutrennen, doch für jeden abgetrennten Finger wuchs sogleich ein neuer nach & so viel sie auch zwickten & kniffen, so blieb doch die Zahl seiner Finger immer gleich der Zahl der Apostel, & seine Stimme pries den Herrn nur umso lauter. Am Ende wussten sie sich nicht anders zu helfen, als ihm den Schädel einzuschlagen, & während die Engel seine Seele zum Vater emportrugen, erklangen aus dem Himmel die süßesten Harfentöne. Seinen Leichnam bestatteten seine Glaubensbrüder an einem unbekannten Ort, doch der Bericht über das Wunder verbreitete sich im ganzen Land, & Hexadaktylus wurde bald als Schutzpatron des Saitenspieles verehrt.

Also schloss der Priester seinen Bericht, & die versammelte Menge sank mit ihm auf die Knie & pries erneut den Herrn, der dieses Wunder gewirkt hatte. Halleluja!

7

«Wie zum Teufel hast du das nun wieder durch die Zensur gekriegt?», fragte Gennaro kopfschüttelnd und legte die frisch gedruckte Gazette auf das Kaminsims. Die Möbel und die Kisten meines Onkels hatten wir nach draußen geräumt, damit sie bei der Verlegung des neuen Steinbodens nicht im Weg standen.

«Keine Ahnung», antwortete ich. «Darum kümmert sich der Drucker.»

«Soso, der Drucker. Glaubt der diese Geschichten etwa?»

«Natürlich nicht. Aber er ist derjenige, dem sie den Laden zumachen, wenn er gegen die Vorschriften verstößt. Also sichert er sich ab.»

«Und die Vorschriften verbieten nicht, dass man nach Lust und Laune neue Märtyrer und die passenden Legenden erfindet und sie kirchlichen Autoritäten unterschiebt? Der Heilige Hexadaktylus! Ich bitte dich! So was hätte sich noch nicht mal Beda Venerabilis ausgedacht!»

«Der hat sich gar nichts ausgedacht, sondern nur bei anderen abgeschrieben. Die Geschichte passt wunderbar in seine Sammlung.»

«Die ohnehin kein Schwein kennt.»

«Und ebendeshalb wird sich auch niemand beschweren. Außerdem geht es gar nicht darum, ob der Bericht stimmt oder nicht. Er dient der Belehrung und Erbauung. Er zitiert die Heilige Schrift korrekt, enthält keine Obszönitäten, verleumdet niemanden, macht die Glaubenslehre nicht lächerlich und greift die Obrigkeit nicht an. Er hat eine klar verständliche Botschaft und ist dazu geeignet, die Gläubigen in ihren Überzeugungen zu bestärken. Das zu gewährleisten ist die Aufgabe der Zensur», belehrte ich ihn.

«Die Diskussion kommt mir bekannt vor.»

«Mir auch. Kommen wir mit den Steinen eigentlich aus?»

«Das zu gewährleisten ist meine Aufgabe. Hilf mir gefälligst.»

Er hockte sich hin, reichte mir einen lederbeschlagenen Hammer, und ich klopfte das Bruchstück einer Platte fest. In der Ecke neben der Tür lag ein Haufen weiterer Steine, die wir in vier Fuhren aus dem Garten der Colonna beim Nerogiebel geholt hatten. Die Stelle, an der das Skelett lag, hatten wir nach unserem ersten Besuch ausgespart und beschlossen, niemandem von der Sache zu erzählen. Dennoch beschäftigte mich der Tote die ganze Zeit, obwohl unser Fund nun schon zwei Wochen zurücklag. Immer wieder hatte ich beim Graben nach der Stelle geschielt, und im schwachen Mondlicht hatte ich ein paarmal geglaubt, eine Hand mit sechs Fingern schaue aus der Erde, als hätten wir diesen Landsknecht durch die Störung seiner Totenruhe auf die Idee gebracht, sich selbst auszugraben, um die Welt dazu zu zwingen, sich mit ihm zu befassen.

«Meinst du, wir können rausfinden, wer das war? An den müsste sich doch jemand erinnern! Vielleicht sollten wir ein bisschen herumfragen!»

«Daran denke ich auch die ganze Zeit. Aber wer könnte etwas über ihn wissen?»

Auf die naheliegende Idee, uns diejenigen vorzuknöpfen, die direkt vor unserer Nase lebten, kamen wir nicht von selbst. Hätten wir geahnt, was diese Geschichte noch für Kreise ziehen würde!

Die folgenden vier oder fünf Stunden widmeten wir uns der Arbeit. Gennaro hatte einen großen Kübel mit toniger Erde angerührt, die wir abschnittsweise auf dem festgestampften Boden verteilten, um dann die Marmorstücke einzusetzen und festzuklopfen, nachdem wir sie mit der Bürste von letzten Erdresten befreit hatten. In der Mitte sparten wir einen Bereich von zwei Ellen Durchmesser aus. Für diesen Teil hatte Gennaro ein kreisförmiges Muster entworfen, das wir aus Ziegelbruch legten und mit Marmor farblich absetzten.

Während er die letzte Feinarbeit erledigte, stieg ich ein paar Stufen die Treppe hinauf und betrachtete unser Werk. Und mehr denn je überwältigte mich beim Anblick dieses Fußbodens mit dem hübschen Medaillon in der Mitte das Gefühl, an einem Ort angekommen zu sein, an dem ich bleiben wollte.

Die paar Wochen seit meinem Umzug kamen mir vor wie ein halbes Jahr. Meine Befürchtung, das ungezwungene Verhältnis zu Mercuria könnte sich durch den verstörenden Abschluss des ersten Abends eintrüben oder abkühlen, hatte sich nicht bestätigt. Zwei Tage später hatte sie wieder vor meiner Tür gestanden, um meinen Einzug noch einmal zu feiern, diesmal zusammen mit den anderen Bewohnern des Innenhofes. Nach und nach waren sie eingetroffen, jeder beladen mit Kannen und Schüsseln voller Köstlichkeiten: Gennaro und Bartolomeo, Gianluca und seine angebliche Schwester Antonella, schließlich auch Antonio, den die anderen in Anspielung auf sein früheres Leben als Jude abwechselnd Abraham, Moses oder Salomo genannt hatten. Hocker waren geholt und Holzscheite nachgelegt worden, der Wein hatte gefunkelt und das Essen geduftet, und bald war mir die ganze Gesellschaft so vertraut gewesen, als hätten wir alle schon jahrelang hier zusammengelebt und getafelt.

Antonella und Gianluca waren ein Paar wie Venus und Adonis aus dem Musterbuch eines klassischen Bildhauers: makellos schön bis in die Fingerspitzen, anmutig in allen Gesten und einander seltsam ähnlich in ihrer leichten Geziertheit. Antonella, die, blond und üppig, wie sie war, von Gennaro ständig mit lüsternen Blicken bedacht wurde, verdiente ihr Geld als Schauspielerin in seichten Theaterstücken, die in den Palästen zahlungskräftiger Herrschaften aufgeführt wurden. Die Kunst des wohlkalkulierten Errötens und die zweideutigen Augenaufschläge hatte sie noch in Pesaro von ihrer Mutter gelernt, die bald darauf die Jungfräulichkeit ihrer Tochter an den Meistbietenden verschachert hatte. Ausgerechnet ein schmieriger alter Bock aus ihrer Straße, vor dem Antonella sich seit frühester Kindheit ekelte, hatte alle anderen überboten, und so hatte sie es vorgezogen, bei Nacht und Nebel mit dem schönen Habenichts von nebenan durchzubrennen. Gelegentlich nutzte sie ihr Talent, um einem stadtbekannten Exorzisten gegen gute Bezahlung als besessenes Flittchen zur Verfügung zu stehen, der ihr dann mit viel Getöse den Satan austrieb, wobei sie sich gegen Aufpreis die Kleider zerriss und mit verstellter Stimme derartige Schamlosigkeiten von sich gab, dass den Zuschauern, zumeist unbedarften Pilgern, die der Exorzist durch Ausrufer in seine Vorstellungen lotste, die Zunge bis zum Boden aus dem Mund hing. Angestachelt von Gennaro, hatte sie der Tischrunde anschließend eine Kostprobe ihrer Darbietung gegeben, allerdings ohne sich die Kleider zu zerreißen; sie hatte krächzend, rülpsend und gurgelnd in Zungen gesprochen und Schweinereien ausgespuckt, die sich unmöglich wiedergeben lassen.

Gianluca war groß gewachsen wie Gennaro und hatte braune Augen, die immer etwas verwundert dreinblickten und denen man alles glaubte. Wohl um dieses Merkmal noch besser zur Geltung zu bringen, hatte er sich die Haare kurzgeschoren. Er hatte in Pesaro eine Schneiderlehre abgebrochen und verdiente seinen Lebensunterhalt ebenfalls auf findige Weise: Die gleichen Herren, die Antonella für ihre Theatervorführungen buchten, bezahlten ihn als Stellvertreter für Wallfahrten und Geißlerprozessionen, um sich ihren Platz im Himmelreich zu sichern und ihre verlotterten Vorfahren aus dem Fegefeuer herauszukaufen. Für die Prozessionen hatte er sich eine raffinierte Peitsche angefertigt, an deren Riemen kleine Kapseln befestigt waren, die bei jedem Hieb ein paar Tropfen Taubenblut abgaben. Auf den Wallfahrten legte er einen guten Teil der Strecke in gemieteten Kutschen zurück, anstatt sich die Füße wundzulaufen, und nicht selten absolvierte er ein und dieselbe Reise für mehrere Kunden, die nichts voneinander wussten.

Antonio schließlich war ein würdevoller Gelehrter mit buschigen Augenbrauen und grauem Haar, dem man sein Alter erst auf den zweiten Blick ansah, weil sein Stoppelbart seinem Gesicht Fülle verlieh und die wachen Augen mit den langen Wimpern sehr jugendlich wirkten. Er hatte die wildwuchernden Gespräche aufmerksam verfolgt und ab und zu scharfsinnige Bemerkungen eingeworfen. Nur ein Mal an diesem Abend hatte er zu einem langen Vortrag ausgeholt: als nämlich Mercuria eine ihrer Anekdoten mit einem Hinweis auf die Franzosenkrankheit dekorierte.

Man hatte sehen können, wie sie sich nach einem Seitenblick auf Antonio am liebsten die Zunge abgebissen hätte, kaum dass das Wort gefallen war, und auch die anderen hatten die Augen verdreht, doch es war zu spät gewesen. Antonio hatte zu einem ausführlichen Vortrag über die Krankheitslehre von Hippokrates über Avicenna bis hin zu Paracelsus angesetzt und in einem vernichtenden Rundumschlag gegen die Lehre von den Körpersäften erklärt, warum sämtliche medizinischen Autoritäten der letzten zweitausend Jahre auf dem Holzweg gewesen seien. Die Franzosenkrankheit oder Syphilis, wie man sie neuerdings nenne, habe mitnichten astralische oder tellurische Ursachen, sondern werde, wie der ansonsten in vielen Punkten noch in alten Irrtümern verharrende Fracastoro sehr richtig vermutet habe, durch Keime übertragen. Nachdem Antonio eine Weile doziert hatte, hatte Mercuria ihn in liebenswürdigem Ton zum Schweigen gebracht und ihn eingeladen, seine Ausführungen fortzusetzen, sobald er die Beweise für seine Theorie beisammenhabe.

Das war also die Gesellschaft, in der ich mich nun befand: eine ehemalige Kurtisane, die anstößige Schwänke vortrug, ein Bildhauer, der ketzerische Werke entwarf, ein in offenem Konkubinat lebendes Paar, das Schindluder mit religiösen Praktiken trieb und reuelosen Sündern für Geld bei der Sakramentserschleichung behilflich war, und schließlich ein ehemaliger Jude, der heidnische Autoren studierte und wissenschaftliche Studien über Geschlechtskrankheiten betrieb. Bartolomeo hatte einen schweren Stand gehabt in dieser Runde. Mercuria und Gennaro hatten ihn mit Lästereien überzogen, und er hatte kauend und mit Hühnerbeinen gestikulierend zurückgekeilt, wortgewaltig und voller Witz. Ganz offensichtlich liebte er diese verirrten Schafe, wie der Heiland seine Hungerleider und Dirnen geliebt hatte.

Natürlich war es spät geworden. Nach und nach hatten sich meine Gäste empfohlen – bis auf Mercuria, die kein bisschen müde zu sein schien. Wir hatten weitergeredet, ungezwungen und überhaupt nicht befangen, und dennoch waren meine Gedanken immer wieder zu der schrecklichen Geschichte zurückgekehrt, die unseren ersten gemeinsamen Abend so plötzlich beendet hatte. Kurz war ich versucht gewesen, sie noch einmal darauf anzusprechen, nicht um etwas aus ihr herauszubekommen, sondern nur um ihr zu sagen, wie glücklich ich darüber war, dass es nichts gab, was unserer Freundschaft im Weg stand. Der Wein hatte mich wieder einmal gefühlsselig gemacht.

«Lass es», hatte sie gesagt.

«Lass es», sagte Gennaro.

«Was?»

«Hör auf, da rumzufummeln! Das muss erst mal trocknen!»

Gennaro erhob sich. Das ziegelrote Muster, ein System von Kreisen aus spindelförmigen Rauten, die sich zum Zentrum hin immer weiter verjüngten, war fertig und verlieh dem ganzen Raum eine verspielte Eleganz. Es war wunderbar.

Als wir die Möbel wieder ins Haus schleppten, lief uns Bartolomeo über den Weg, als hätte er hinter dem Fenster gelauert, um uns abzupassen. Natürlich ließ er sich nicht lange bitten, unser Werk zu bewundern. Und natürlich fiel sein Blick gleich darauf auf die Gazette auf dem Kaminsims.

«Aha», sagte er süffisant und griff nach dem Papier. «Neuigkeiten aus dem Märchenland.»

Ich hatte keine Lust, mich schon wieder für meine Arbeit zu rechtfertigen, aber da Gennaro offenbar umso mehr Lust hatte, sich mit Bartolomeo zu streiten, konnte ich ihm das Feld überlassen, anstatt mir den Kopf zu zerbrechen, wie ich am besten vom Thema ablenken konnte.

«Ist anstandslos durch die Zensur gegangen», sagte Gennaro.

Bartolomeo ließ das Blatt sinken und blickte ihn herausfordernd an. «Und? Stört dich das?»

«Nein», sagte Gennaro, dachte kurz nach und schob dann kampflustig hinterher: «Doch. Mich stört, dass ihr die Leute mit euren Heiligengeschichten für dumm verkauft.»

«Ihr? Was habe ich damit zu tun? Ich predige die Wahrheit!»

«Was ist denn schon Wahrheit?», fragte Gennaro mit einem Seitenblick zu mir. Doch anstatt Gennaro den Gefallen zu tun und Thomas von Aquin zu zitieren, wetterte Bartolomeo los.

«Komm mir nicht schon wieder so und spar dir dieses Zitat, das du irgendwann mal aufgeschnappt hast und bei jeder Gelegenheit an den Mann bringst. Die Wahrheit ist die Botschaft des Evangeliums: Kommt alle zu mir, die ihr euch plagt und schwere Lasten zu tragen habt. Die Wahrheit ist, dass diese Welt voll ist von Menschen, die meine Hilfe brauchen. Vorgestern war eine Frau bei mir und beichtete ihre Unkeuschheit, die darin bestand, dass ihr Nachbar sie begrapscht hatte, woraufhin ihr Mann sie verprügelte. Was glaubst du, was ich der gesagt habe?»

«Weiß nicht», sagte Gennaro unsicher. «Zwanzig Vaterunser wahrscheinlich.»

«Zwanzig Vaterunser, soll das ein Witz sein? Schick diesen Scheißkerl zu mir, habe ich ihr gesagt, und komm wieder, wenn du selbst was zu beichten hast! Verstehst du, was ich meine, du Idiot? Meine Arbeit besteht nicht darin, irgendjemanden für dumm zu verkaufen, ihm mit ewiger Verdammnis zu drohen oder ihm das Geld aus der Tasche zu ziehen. Mit Sicherheit hätte ich es in dieser Kirche weitergebracht, wenn ich das all die Jahre anders gehandhabt hätte. Aber ich bin Seelsorger! Meine Arbeit besteht darin, Trost zu spenden und Wege aus Nöten zu weisen, die du in deiner Leichtfertigkeit gar nicht ermessen kannst!»

«Ja, deine Arbeit vielleicht!», rief Gennaro, der sich nicht so einfach geschlagen geben wollte. «Aber was ist mit denen da oben? Farnese hat ein Dutzend Bistümer und ich weiß nicht wie viele Abteien. Este baut einen Palast nach dem anderen. Die scheren sich nicht um die Seelsorge!»

Bartolomeo zog eine Augenbraue hoch. «Dann freu dich doch, dass diese Zustände gerade abgestellt werden! Habt ihr Lutheraner die letzten fünfzehn Jahre eigentlich geschlafen? Oder fällt euch nichts mehr ein?»

«Ich bin kein Lutheraner!»

«Stimmt, du bist gar nichts. Wann hast du jemals an etwas geglaubt, Gennaro? Wann hast du jemals um etwas gekämpft? Du versuchst, mit Sprücheklopfen Beifall zu ernten, aber wenn es drauf ankommt, dann fällt dir nichts ein, was dein verdammter Luther nicht schon vor fünfzig Jahren gesagt hätte. Glaubst du ernsthaft, die Welt wäre auch nur ein Stück besser, wenn alle so wären wie du? Ich bin bei den Menschen, die meine Hilfe brauchen. Dich, mein Freund, braucht niemand. Und was die Reform der Kirche angeht, gibt es keinen besseren Papst als Ghislieri. Wer lässt die Beichtväter auf ihre Tauglichkeit überprüfen?

Wer hat diese Kommission eingerichtet, die den Bischöfen auf den Zahn fühlt? Wer greift gegen die Simonie durch? Wer hält seine Nepoten an der kurzen Leine? Wer zwingt die Kardinäle, ihre Einkünfte offenzulegen?»

«Das bringt doch nichts! Die lassen ihre Bistümer von Strohmännern verwalten und kassieren weiter. Und um den Schein zu wahren, bauen sie ein paar Kirchen.»

«Und sind die Maßnahmen deshalb falsch?»

«Nein, aber die Methoden! Ghislieri lässt Bücher verbrennen und die halbe Welt bespitzeln! Eine falsche Bemerkung, und man wird gleich von der Inquisition vorgeladen! Er verbietet den Leuten alles!»

«Er verbietet nichts, was nicht auch vorher schon verboten war, als du und deinesgleichen der Kirche vorgeworfen habt, ihre eigenen Regeln nicht zu befolgen. Und ich muss nicht alle seine Methoden gutheißen, um anzuerkennen, dass er grundsätzlich recht hat. Was ich hier» – Bartolomeo machte eine ausgreifende Geste in die Runde – «schon erlebt habe, würde reichen, um euch alle nach Ripetta zu bringen, wenn ich meiner Anzeigepflicht nachkommen würde. Und? Ist einer von euch schon jemals auch nur vorgeladen worden?»

«Nein.»

«Aha. Merkst du was? Entscheide dich! Sollen die Regeln jetzt für alle gelten oder für keinen? Hängst du dein Lotterleben an den Nagel, wenn Farnese seine Bistümer abgibt und Este seine Paläste zu Armenhäusern umwidmet?»

«Ach, leck mich doch», sagte Gennaro mit einem Grinsen und begann, seine Werkzeuge vom Boden aufzusammeln.

«Ungern», murmelte Bartolomeo. «Sehr ungern.»

Während Gennaro und ich aufräumten, nahm Bartolomeo wieder die Gazette zur Hand. Er las, zog die Augenbrauen zusammen, las weiter.

«Es gab hier ja tatsächlich mal jemanden, der sechs Finger an jeder Hand hatte.»

Gennaro und ich legten das Werkzeug beiseite und starrten ihn an.

«Wer?», fragte Gennaro mit offenem Mund.

«Einer der Sekretäre des venezianischen Botschafters.»

«Was ist aus ihm geworden?»

«Keine Ahnung. Es hieß damals, er sei in den ersten Tagen des Sacco verschwunden.»

«Und mehr weißt du nicht darüber?», fragte Gennaro.

«Mein lieber Freund, das ist über vierzig Jahre her», gab Bartolomeo zurück. «Warum interessiert euch das überhaupt? Habt ihr beim Graben seine Leiche gefunden, oder was?»

Gennaro und ich wechselten einen Blick. Er schüttelte fast unmerklich den Kopf, also schloss ich meinen Mund wieder, der fast schon von allein losgeplappert hätte.

«Na, weil das ja schon ein ziemlicher Zufall ist», sprang Gennaro in die Bresche. «Unser Michelangelo erfindet so einen Heiligen mit zwölf Fingern, und jetzt kommst du mit diesem Botschafter an.»

«Nicht der Botschafter selbst», sagte Bartolomeo leicht gereizt. «Der Sekretär.»

«Ist doch egal. Ich wusste gar nicht, dass es das gibt. Zwölf Finger. Was hat Gott sich dabei gedacht?»

Bartolomeo blickte ihn spöttisch an. «Wahrscheinlich wollte er euch lutherischen Hohlköpfen dabei helfen, euch wenigstens die richtige Zahl der Apostel zu merken.»

«Wie oft denn nun noch? Ich bin kein Lutheraner!»

«Aber ein Hohlkopf.»

«Von mir aus. Kannst du trotzdem noch mal scharf nachdenken?»

Bartolomeo machte eine hilflose Geste. «Das ist einfach zu lange her. Ich habe den selbst auch nie gesehen. Ich erinnere mich nur noch, dass Witze über ihn gerissen wurden. Wer weiß, wo der noch überall Finger hat und solche Sachen.»

«Das hat euch Priester natürlich interessiert», konnte Gennaro sich nicht verkneifen.

«Mich haben damals vor allem die Schriften der Kirchenväter interessiert», gab Bartolomeo spitz zurück. Dann schien ihm eine Idee zu kommen, und er wies auf die Kisten in der Ecke. «Schaut doch mal in Michelangelos Unterlagen nach, vielleicht findet ihr da was.» Und schließlich, zu mir gewandt: «Hat dein Onkel damals schon geschrieben?»

«Nein», sagte ich. «Aber er hat Berichte aus dieser Zeit gesammelt.»

Ich erinnerte mich undeutlich, die Unterlagen aus den ersten Jahren einmal flüchtig durchgesehen zu haben, und ich wusste noch, in welcher der Kisten sie steckten. Ich schleifte das sperrige Ding zum Tisch und nahm den Deckel ab: Gedrucktes und Handgeschriebenes, graue und braune Blätter, einige lose, andere mit Fäden oder Kordeln zusammengebunden oder in Mappen sortiert, Briefe mit und ohne Siegel. Bartolomeo und Gennaro rückten näher an den Tisch heran. Unter ihren ungeduldigen Blicken stapelte ich den Inhalt der Kiste auf dem Tisch auf. Ich weiß nicht, ob es eine Ahnung war oder eine Erinnerung, aber auf einmal war ich sicher, dass wir etwas finden würden.

Jeder von uns, auch Bartolomeo, griff sich einen Packen und begann die Nachrichten zu durchforsten. Ich erwischte einen Stapel mit Gazetten voller Meldungen über Himmelserscheinungen und Missgeburten; Kinder mit zusammengewachsenen Körpern und Kälberköpfen starrten mir glupschäugig aus plumpen Holzschnitten entgegen und dann, plötzlich, tatsächlich eine Hand. Aufgeregt zählte ich die Finger durch, aber es waren fünf, und der Text handelte von einem meineidigen Bauern, dessen Hand sich angeblich schwarz verfärbt hatte, nachdem er einen falschen Schwur damit geleistet hatte. Es folgte ein kleines Bündel mit hetzerischen Pamphleten aus Deutschland, grobschlächtig in den Druckstock geschnitztes Zeug voller Narren, Schelme und Popanze, aus deren Bäuchen grinsende Teufel purzelten; blanke Hinterteile, die Mönche und Nonnen ausschissen, Priester mit Eselsköpfen und Affen mit Bischofsmitren, aus deren Mäulern unleserliche Schriftbänder quollen, und über dem ganzen Gewimmel ein Papst mit Hörnern und Ziegenfuß, der unschuldigen Gläubigen die Köpfe abbiss.

Aus dem Augenwinkel sah ich, dass Gennaro sich in einem dicht bedruckten mehrseitigen Flugblatt ohne Bilder festgelesen hatte.

«Ach was», sagte er plötzlich.

8 *Bericht über die furchtbare & schändliche Plünderung der Stadt Rom durch Häretiker & Marranen, begangen im Mai des Jahres MDXXVII, & was sich danach in der Stadt ereignete, aufgezeichnet & beschrieben durch einen zuverlässigen & glaubwürdigen Augenzeugen des Geschehens*

Ehrwürdiger Herr! Verzeiht meine Schrift, denn noch immer zittert mir die Hand vom Schrecken & Leid der vergangenen Monate, denen allein durch Gottes unerschöpfliche Barmherzigkeit zu entkommen mir möglich war. Wie groß mag nur die Last der Sünden sein, die wir auf uns geladen haben, dass der Allmächtige ein so furchtbares Strafgericht über diese Stadt zu halten beschlossen hat? Und warum macht Er ausgerechnet diese Ketzer zu Seinem Werkzeug dabei? Die Welt ist auf den Kopf gestellt.

Am VI. Mai des Jahres MDXXVII erschien das kaiserliche Heer – wenn dieser zügellose Haufen aus Deutschen, Spaniern & Italienern, dazu ungezählte Trossknechte, Huren & Vagabunden aller Nationen überhaupt ein solches genannt zu werden verdient – unter der Führung des Erzverräters Charles de Bourbon im Morgennebel vor den Mauern des Borgo & setzte die Leitern zum Sturm an. Da die Verteidiger die Angreifer jedoch durch ver-

bissene Gegenwehr ein ums andere Mal zurückschlugen, ergriff Bourbon selbst eine der Leitern, setzte sie, entschlossen, die Männer durch sein Beispiel anzuspornen, bei der Porta del Torrione an die Mauer & hatte bereits die ersten Sprossen erklommen, als die Kugel aus einer Arkebuse ihn zu Boden riss. Während die Soldaten den Sterbenden eilig davontrugen, gelang es einigen Spaniern, unbemerkt durch die Kellerluke eines mit der Mauer verbauten Hauses einzusteigen, das benachbarte Tor aufzubrechen & den Verteidigern in den Rücken zu fallen. Als diese nun sahen, wie die Spanier, zusätzlich angestachelt durch die Wut über den Tod ihres Anführers, einer reißenden Flut gleich in den Borgo strömten, ließen sie ihre Waffen fallen & rannten in wilder Flucht zur Engelsburg. Der Heilige Vater konnte sich mit knapper Not & abgeschirmt von seinen Schweizern mit einigen Getreuen über den Verbindungsgang zum Kastell retten. Bald darauf gelang es einigen Kompanien der Landsknechte, in Trastevere einzudringen & die Verteidiger durch die Gassen & über die Brücken, deren Sprengung man versäumt hatte, auf das linke Flussufer zu treiben. Bald darauf stürzte das ganze Heer in Horden von zehn, zwanzig & fünfzig über die Brücken & ergoss sich in die Straßen der Stadt, deren Bewohner sich betend & zitternd hinter verschlossenen Fensterläden & versperrten Türen zusammendrängten. Doch schon barsten die ersten Türen unter Stiefeltritten & Kolbenhieben, Läden wurden mit Brecheisen aufgestemmt, & bald waren die Straßen erfüllt vom Krachen des splitternden Holzes, vom Widerhall der Schüsse, von den Schreien der Gepeinigten & vom Gebrüll ihrer Peiniger. Und so begann mit dem Untergehen der Sonne an diesem Tag auch der Untergang der Stadt Rom.

Goten & Vandalen konnten es nicht schlimmer getrieben haben als diese Ausgeburten der Hölle, die selbst ihre Verbündeten in der Stadt nicht schonten. So wurden die Paläste vieler Kardinäle, Bischöfe, Bankiers & Kaufleute gestürmt & ausgeplündert; alles, was den Barbaren in ihrer Unwissenheit nicht von Wert erschien, wurde aus den Fenstern geworfen, verstreut, verbrannt & zuschanden gemacht. Da vor allem in den Häusern der als Anhänger des Kaisers bekannten Herren zahllose Verzweifelte mit ihrer ganzen Habe Schutz gesucht hatten, häuften sich dort Geld & Reichtümer von gewaltigem Wert. Einige spanische Hauptleute boten ihren Schutz gegen ungeheuerliche Geldsummen an, mit denen nicht nur die Besitzer der Paläste, sondern auch alle, die dort Unterschlupf gefunden hatten, ihre Habe von der Plünderung loskaufen konnten. Isabella Gonzaga, Markgräfin von Mantua, deren Sohn Ferrante Gonzaga als Oberst beim kaiserlichen Heer diente, hatte an die zweitausend Flüchtlinge im Palast der Colonna bei Santissimi Apostoli aufgenommen, darunter die Botschafter der Herzöge von Urbino & Ferrara & der Republik Venedig mit ihren Familien. Da besagter Ferrante nun aber unglücklicherweise bei der Engelsburg mehrere Stunden lang aufgehalten wurde, kamen andere ihm zuvor: Die Hauptleute Alessandro di Novellara & Alonso de Córdoba drohten, den Palast den Landsknechten zur Plünderung zu überlassen, & boten ihren Schutz gegen die Zahlung eines Lösegeldes von sechzigtausend Scudi an, sodass viele der Schutzsuchenden um ihre gesamte Habe gebracht wurden. Manch einer, der im Angesicht dieses Unglücks sein Schicksal beklagte, verstummte beschämt, als die Nachrichten vom vollen Ausmaß der Frevel & Schandtaten im Palast eintrafen.

Denn die Landsknechte begnügten sich nicht damit, ihre unglückseligen Opfer auszurauben & ihre Häuser zu verwüsten; getrieben von unersättlicher Gier, versuchten sie sie durch unbeschreibliche Martern dazu zu zwingen, ihre Geldverstecke zu verraten. Sahen die Bestien schließlich die Vergeblichkeit weiterer Forderungen ein, erschlugen sie ihre Opfer oftmals aus bloßem Vergnügen oder um sich der lästigen Esser in den von ihnen besetzten Häusern zu entledigen. Dort trieben sie es wie die Hunnen & Tataren & noch schlimmer, zerschlugen & verbrannten die Einrichtung, fraßen alle Vorräte auf & verstreuten & verschütteten, was ihren barbarischen Mägen nicht bekam, & wenn die Frau oder die Tochter des Hauses ihnen gefiel, dann zwangen sie sie, ihre abscheulichen Gelüste zu stillen, dass gar nicht davon zu schreiben ist. Als Anhänger des Erzketzers Luther verspotteten & erniedrigten sie die wahre Religion, wo immer sie konnten; ihre Pferde stellten sie in den Kapellen der Heiligen unter, zerrissen die kostbaren Evangeliare & Lektionare & warfen sie als Streu zwischen die Hufe ihrer Maultiere, denen sie Weihwasser zu saufen & den Leib Christi zu fressen gaben; unter Schmährufen prügelten sie die Priester & Mönche durch die Straßen oder zwangen sie, rückwärts auf Eseln reitend die liturgischen Gesänge anzustimmen; im Hospital von Santo Spirito schlachteten sie die Kranken in ihren Betten ab; vor der Kirche des Heiligen Petrus, dem ehrwürdigsten Gotteshaus der Christenheit, krönte eine betrunkene, schändliche Lieder grölende Horde einen aus ihrer Mitte zum Papst; die Reliquien der Märtyrer rissen sie heraus & verrichteten ihre Notdurft in den heiligen Gefäßen, & einige, so heißt es, trieben Unzucht auf den geweihten Altären. So wurden Kirchen zu Pferdeställen & die Klöster zu Hurenhäusern; in den Straßen sah man Landsknechte mit den Perlenketten der Kurtisanen behängt um Beute & Geiseln würfeln; auf den Plätzen lagen die Toten & wurden von streunenden Hunden angenagt, & auf dem Fluss trieben aufgedunsene Leichen vorbei. All das habe ich mit eigenen Augen gesehen.

Vater im Himmel! Was nur, was haben wir getan, dass Du uns mit dieser Geißel gestraft hast, welche Prüfung erlegst Du uns auf? Wir werfen uns zu Boden vor Deinem Ratschluss, gerecht ist Dein Urteil, & Dein Wille geschehe, doch wenn wir auch alle Sünder sind, so flehen wir Dich an aus der Tiefe unserer Not: Erlöse uns von diesem Übel, nimm die Strafe von uns, es ist genug. Denn Dein ist das Reich & die Kraft & die Herrlichkeit in Ewigkeit, Amen.

9

Eine ganze Weile blickten wir ratlos auf die Gazette. «Der Botschafter hat mit seinem Anhang im Palast der Colonna vor den Plünderern Zuflucht gesucht», sagte ich und tippte auf die Stelle. «Also war dieser Sekretär wahrscheinlich dabei. Und anschließend ist er verschwunden.»

Wieder tauschte ich einen Blick mit Gennaro, der Bartolomeo nicht entging. Eine Weile sagte niemand etwas. Bartolomeo musterte uns aufmerksam.

«Ihr habt sehr wohl die Leiche gefunden», stellte er schließlich fest.

«Blödsinn», fauchte Gennaro.

«Erzählt mir nichts, ich bin Priester. Seit über vierzig Jahren versuchen die Leute, mich im Beichtstuhl anzulügen, und da sind noch ganz andere Früchtchen dabei als ihr beiden.»

«Na gut», sagte ich nach einem erneuten Blickwechsel mit Gennaro. «Wir haben ein Skelett gefunden, das an jeder Hand sechs Finger hatte. Keine Ahnung, ob es dieser Sekretär war.»

«Wo?»

«Im Garten der Colonna, beim Nerogiebel. Hinter dem Palast.»

«Interessant. Was habt ihr mit dem Skelett gemacht?»

«Wir haben es wieder vergraben», sagte Gennaro.

«Und dabei natürlich ein Gebet für seine Seele gesprochen.»

«Natürlich.»

«Schon wieder gelogen.»

«Mein Gott, das hätte auch nichts mehr gebracht! Es sitzt doch keiner vierzig Jahre lang im Fegefeuer!»

«Du, mein Lieber, wirst noch viel länger drinsitzen.»

«Wo warst du eigentlich damals?», lenkte Gennaro ab.

«Auf dem Pincio. Die Theatiner hatten da ein Haus und eine kleine Kirche. Ich kannte einen der Brüder, und der ließ mich dort unterschlüpfen. Ein frommer Mann versorgte uns mit Essen, aber natürlich stand nach ein paar Tagen auch bei uns eine Bande von Spaniern vor der Tür. Wir hatten uns in die Kirche geflüchtet. Sie traten das Portal ein und hieben mit ihren Schwertern die Lampenseile durch. Es war ein einziges Inferno: der ganze Boden voller brennender Öllachen, überall Rauch, aber wir beteten hustend und röchelnd zwischen den Flammen weiter. Sie schnappten sich Gian Pietro Carafa und folterten ihn, aber es gab nichts, was er hätte verraten können. Wir hatten kein Geld.»

«Moment», unterbrach ich ihn. «Gian Pietro Carafa? Der spätere Papst?»

«Natürlich. Er war die ganze Zeit bei uns. Es war schließlich sein Orden.»

«Du kennst ja Leute», sagte Gennaro. «War der damals auch schon so verkniffen?»

«Er war nicht verkniffen, sondern standhaft. Gian Pietro Carafa ließ sich nicht einschüchtern und bot den Plünderern die Stirn, so wie er später den Ketzern die Stirn geboten hat.»

«Und dann?», drängte ich, um den Streit zu ersticken, bevor er wieder aufflammen konnte.

«Zuerst brachten sie uns in ein Haus an der Piazza Navona, wo die Offiziere residierten, dann schleppten sie uns weiter zum Petersdom und sperrten uns in einen Raum über der Uhr in der Fassade. Wir warteten auf die Lösegeldforderungen, während die Landsknechte nebenan den Papstpalast auseinandernahmen und die Uhr ganz ungerührt die Stunden schlug. Und weil wir nichts zu tun hatten, sangen wir. Ein spanischer Oberst hörte den Gesang und war davon so gerührt, dass er unsere Freilassung erwirkte. Wir wurden zum Hafen geleitet und auf einem Kahn nach Ostia gebracht. Dort besorgte der venezianische Botschafter uns eine Galeere, die uns in Sicherheit brachte.»

«Ach was! Der venezianische Botschafter war mit euch in Ostia?»

«Ja. Isabella Gonzaga war übrigens auch dabei. Ihr Sohn, Ferrante Gonzaga, hatte dafür gesorgt, dass sie und ihr Gefolge Geleitschutz bekamen. Wir mussten in Ostia wegen des schrecklichen Wetters ein paar Tage auf die Schiffe warten. Domenico Venier, so hieß der Botschafter, spielte sich furchtbar auf. Dabei wäre er der Markgräfin auf der Flucht aus der Stadt vor Angst fast unter den Rock gekrochen, wie man hörte.»

«Und …»

«Nein, euer Sekretär war nicht dabei. Irgendjemand sagte, dass er spurlos verschwunden sei, aber danach wurde er nicht mehr erwähnt. In dem ganzen Durcheinander waren so viele Leute verschwunden, dass sich niemand weiter darüber wunderte. Alle waren damit beschäftigt, ihre Haut zu retten.»

«Und was wurde aus Venier?»

«Er wurde abberufen. Er war nicht nur ein Waschlappen, sondern hatte auch als Botschafter versagt. Angeblich hatte er sich im Vorjahr vom Papst bei den Bündnisverhandlungen über den Tisch ziehen lassen und Zugeständnisse gemacht, die nicht mit der Regierung abgestimmt waren. Er reiste mit der Markgräfin nach Mantua. Isabella hatte für sein Lösegeld gebürgt. Sein Dank bestand darin, dass er sich klammheimlich nach Venedig absetzte und in der Versenkung verschwand. Die Markgräfin schrieb ein paar wütende Briefe an die Signoria, aber das Geld sah sie nie wieder.»

Gennaro und ich debattierten ein bisschen hin und her, was dafür und was dagegen sprach, dass es sich bei unserem Skelett tatsächlich um den Sekretär von Domenico Venier handelte.

Bartolomeo ließ uns eine Weile reden und dachte angestrengt nach.

«Dass mir das nicht gleich eingefallen ist», sagte er schließlich leise. «Wisst ihr, wen ihr fragen könntet?»

«Wen?», fragte Gennaro.

«Mercuria. Die war auch bei den Colonna im Palast.»

«Im Ernst?»

«Ja, das hat sie mir mal erzählt. Jeder, der irgendwie Beziehungen hatte, war damals dort untergeschlüpft, und wenn unsere Mercuria eins ja wohl immer schon gehabt hat, dann waren das Beziehungen. Die Colonna waren die wichtigsten Verbündeten des Kaisers. Ihr Palast war das einzige sichere Gebäude in ganz Rom. Wenn ihr was darüber wissen wollt, dann müsst ihr Mercuria fragen. Vielleicht erinnert die sich noch an Venier und seinen Sekretär. Allerdings redet sie nicht gern über diese Zeit.»

Den letzten Satz bekam Gennaro kaum noch mit, so schnell war er zur Tür hinaus. Auch ich war neugierig, doch etwas hielt mich davon ab, ihm gleich hinterherzurennen. Ich dachte an meinen ersten Abend mit Mercuria, an ihren plötzlichen verzweifelten Ausbruch. Es gab tatsächlich Dinge, über die sie nicht sprechen wollte. Und auf keinen Fall wollte ich sie noch einmal in eine solche Lage bringen, indem ich in ihrer Vergangenheit herumbohrte. Als ich mich einen Augenblick später dann doch aufraffte und Gennaro in den Innenhof folgte, trieb mich weniger die Neugier als vielmehr die Sorge, Gennaro könnte mit seinen stürmischen Fragen Schaden anrichten. Ich hatte das Bedürfnis, Mercuria vor ihm zu beschützen.

Bartolomeo machte keine Anstalten, sich mir anzuschließen. Er blieb einfach sitzen. Wusste er mehr? Bereute er es schon, uns überhaupt diesen Hinweis gegeben zu haben?

Doch Mercuria war gar nicht da. Gennaro klopfte noch ein paarmal an ihre Tür, dann gab er es auf. Eine Weile standen wir unschlüssig herum. Gennaro schien keine Lust zu haben, zurück ins Haus zu gehen, nur um dort herumzusitzen und sich womöglich wieder mit Bartolomeo zu streiten. Also beschlossen wir, eine Runde über den Campo dei Fiori zu drehen und uns anschließend ein bisschen die Kehle anzufeuchten.

Kaum waren wir auf die Straße getreten, da merkten wir schon, dass auf dem Campo etwas vor sich ging. Leute strebten dem Platz zu, fast ausschließlich Männer, lüsternes Grinsen in den Gesichtern, Augen voller Schadenfreude und Geilheit.

«Gibt's eine Hinrichtung?», fragte Gennaro.

«Viel besser», antwortete einer im Vorbeigehen.

Gennaro machte ein angewidertes Gesicht. «Wollen wir uns das antun?»

«Haben wir das nötig?», fragte ich zurück.

«Gott bewahre. Aber manchmal schaue ich mir ganz gerne diese Schwachköpfe an und freue mich, dass ich nicht so einer bin. Nur deswegen.»

«Natürlich», sagte ich. «Nur deswegen.»

Vielleicht sollte ich das kurz erklären. Nach drei Jahren unter dem Pontifikat von Ghislieri waren die Leute damals schon einigermaßen abgestumpft gegen die Art von Theater, die uns nun wieder einmal bevorstand. In seinem Eifer, das Laster zu bekämpfen, begnügte sich Pius nämlich nicht damit, die Kurtisanen in den Hortaccio zu sperren, nein: Er ließ sie auch für jede Kleinigkeit inhaftieren und auspeitschen. Es reichte, dass eine bei Nacht das eingemauerte Wohngebiet verließ, an Feiertagen oder während der Fastenzeit ihre Dienste anbot oder gegen das Kutschenverbot verstieß. Die Züchtigungen wurden auf öffentlichen Plätzen vollzogen und hatten in den ersten Jahren noch viel Volk angezogen. Doch inzwischen waren wir so sehr an das routinierte Schnarren der Ankläger, das Knallen der Peitsche und die Schmerzensschreie der Verurteilten gewöhnt, dass sich immer weniger Schaulustige einfanden. Am Ende kamen nur noch die, die noch nie einen nackten Hintern zu Gesicht bekommen hatten, und solche, die sich nicht daran sattsehen konnten, wie diese Frauen, deren Dienste sie sich nie hätten leisten können, öffentlich gedemütigt wurden. Sie lungerten auf den Plätzen herum, brachten sich mit derben Kommentaren in Stimmung, kriegten Stielaugen, wenn es so weit war, und machten sich noch nicht einmal die Mühe, wenigstens ein bisschen empört zu tun.

Und genau zwischen dieser Sorte von Leuten standen wir kurz darauf in der ersten Reihe vor dem Gerüst in der Mitte des Platzes. Wie gesagt: nur, um uns diese Schwachköpfe anzuschauen.

Es war ein kalter Januartag. Atemwolken stiegen auf. Die Sonne stand im dunstigen Blau des Himmels über den Häusern, die den Platz säumten, und aus den Seitengassen roch es nach Feuerholz und Garküchen. Viele Leute waren nicht gekommen, vielleicht zweihundert Männer und eine Handvoll Frauen, dazu ein paar Priester, die sich am Rand der Menge herumdrückten. Einige hatten sich etwas zu essen mitgebracht und schmatzten vernehmlich. Der Gouverneur hatte ein paar Leute geschickt, die, auf ihre Knüppel gestützt, miteinander schwatzten. Gespräche waberten durch die Luft. Einer rülpste. Ein anderer antwortete mit einem lauten Furz.

Wie sich zeigte, war die Hauptperson des Spektakels eine alte Bekannte: Bona la Bonazza. Als der Wagen mit dem gelangweilten Büttel auf dem Bock sich aus der Richtung des Gefängnisses von Tor di Nona näherte, reckten alle die Hälse. Ich hatte sie seit der Messe in Santissimi Apostoli nicht mehr gesehen, aber das wäre auch nicht nötig gewesen, um sie zu erkennen. Sie war schön, auch ohne das prachtvolle Kleid mit dem unverschämten Ausschnitt, auch ohne Perlenketten und Schminke. Eigentlich brachte das lange Leinenkleid, das sie jetzt trug, ihre Reize nur noch besser zur Geltung, weil jeder sehen konnte, was sie auch ohne die ganze Ausstattung hermachte. Ihre prachtvollen dunkelbraunen Haare hatte sie mit einer Klammer im Nacken gebändigt. Bona la Bonazza war schlicht und einfach eine atemberaubende Frau, die sich die Rolle des vulgären, zu allem bereiten Luders zugelegt hatte, obwohl sie auch jede andere hätte spielen können. Jeder sah das, und einige der glotzenden Kerle schienen gerade deshalb das Bedürfnis zu verspüren, sie bestraft zu sehen.

Der Wagen pflügte langsam durch die Menge. Eigentlich hätte Bona la Bonazza frieren müssen, aber die Kälte konnte ihr offensichtlich nichts anhaben, oder die in ihr kochende Wut hielt sie warm. Mit vor der Brust verschränkten Armen saß sie auf dem Wagen und blickte angewidert zum Himmel. Sie zitterte kein bisschen. Und das war schon ihr erster Sieg.

Der Wagen hielt vor dem Gerüst. Bona la Bonazza würdigte den Pöbel immer noch keines Blickes. Der Büttel wuchtete seinen in einen dicken Wollmantel gehüllten Körper vom Bock und geleitete sie die Treppe hinauf. Ein zweiter Büttel schälte sich aus der Menge, klemmte sich seine Peitsche zwischen die Zähne, kletterte von der Seite auf das Gerüst und schwang sich über das Geländer. Er nickte zur Begrüßung und wies auf den schartigen Holzblock. Bona la Bonazza nickte mit spöttisch hochgezogener Augenbraue zurück. Einige der Schergen waren bekannt dafür, besonders hart zuzuschlagen, anderen wiederum war anzusehen, welchen Widerwillen ihnen die Misshandlung der Frauen bereitete. Dieser hier war offenbar einer von den Harmlosen.

Bona la Bonazza raffte ihr Kleid und beugte sich über den Klotz. Ein Aufstöhnen ging durch die Zuschauer, als ihr makelloses Hinterteil in der Nachmittagssonne aufglänzte.

«Lass knacken, zu Hause wartet Kundschaft», sagte sie über die Schulter.

Die paar Kerle, die mit uns ganz vorne standen, hatten es gehört und stießen sich grinsend an.

«Ich hol gleich auch meine Peitsche raus», sagte einer. Die Antwort seines Nebenmannes war nicht zu verstehen, denn der zweite Büttel hatte begonnen, stockend und mit jedem Buchstaben kämpfend, die Anklage von einem

Zettel zu verlesen, den er sich dicht vor die Augen hielt: Bona la Bonazza war nach dem Avemarialäuten außerhalb des Hortaccio aufgegriffen und für dieses Vergehen zu zwanzig Peitschenhieben verurteilt worden. Man werde nun zur Vollstreckung der Strafe schreiten, zur Läuterung der besagten Person und zur Mahnung an die versammelte Zuschauerschaft.

«Leg los!», schrie einer.

Die Vollstreckung vollzog sich in vollendeter Routine. Die Peitsche schwirrte durch die Luft und klatschte auf die nackte Haut, die Menge zählte mit, und einige machten sich einen Spaß daraus, jede Zahl doppelt zu grölen, um das Schauspiel zu verlängern. Obgleich der Büttel sich angestrengt konzentrierte, kam er am Ende durcheinander und blickte nach dem neunzehnten Hieb ratlos um sich.

«Einer noch», half ihm Bona la Bonazza.

Er verdrehte die Augen und schlug noch einmal zu, etwas fester diesmal, als wollte er bekräftigen, dass es nun aber auch gut war. Knallrote Striemen zogen sich kreuz und quer über die entblößte Haut, doch insgesamt war die Bestrafung vergleichsweise mild abgelaufen, ohne Blut und ohne Schreie, wobei Bona la Bonazza, stolz wie sie war, wahrscheinlich noch nicht einmal dann einen Laut von sich gegeben hätte, wenn man ihr bei lebendigem Leib die Haut abgezogen hätte. Mit gleichgültigem Gesichtsausdruck richtete sie sich auf. Das Kleid fiel herunter und bedeckte ihre Blöße.

«Ab heute kostet's doppelt», resümierte sie.

«Danke, du Arsch!», rief einer in Richtung des Büttels.

Und dann ging sie. Ohne irgendjemanden noch eines Blickes zu würdigen, stieg Bona la Bonazza kerzengerade und erhobenen Hauptes die Stufen hinab. Im Gehen griff sie sich in den Nacken und zog mit einem weit ausholenden Schwung die Klammer heraus. Die befreiten Haare flossen ihr die Schultern und den Rücken hinunter, ein Sturzbach aus dunkler Seide. Die Menge teilte sich vor ihr, und manch einer schien sich plötzlich zu schämen. Kurz darauf war sie verschwunden, und die Zuschauer begannen, sich schwatzend zu zerstreuen.

«Habt ihr das nötig?», fragte eine vertraute Stimme hinter uns.

10

Mercuria. Ich hätte darauf verzichten können, hier von ihr gesehen zu werden. Aber irgendwie schien sie mit ihrem spöttischen Lächeln immer dann zur Stelle zu sein, wenn anderen etwas peinlich war.

«Michelangelo sammelt Material für seine nächste Gazette», sagte Gennaro ungerührt.

«Und du, was sammelst du? Posen für deine nächste Skulptur? Die Geißelung der Heiligen Bona durch die Schergen des Kaisers Hadrian?»

«Hadrian hat keine Christen verfolgt. Aber du verfolgst offenbar uns.»

«Bartolomeo sagte, ihr sucht mich.» Sie blickte uns herausfordernd an. Hatte Bartolomeo ihr schon verraten, worum es ging?

«Wir wollten …», setzte Gennaro an.

«Ich weiß, was ihr wollt. Aber vielleicht besprechen wir das nicht hier.»

Eine Viertelstunde später saßen wir bei Mercuria am Kamin. Gennaro überließ mir das Reden, und das war wohl auch besser so, schließlich hatte er offenbar keine Ahnung, was man mit falschen Fragen bei Mercuria anrichten konnte. Ich berichtete von dem Skelett und von unserer Vermutung, um wen es sich dabei handeln könnte. Mercuria nickte ein paarmal ungeduldig. Offensichtlich war sie im Bilde.

«An den erinnere ich mich. Domenico Venier war mit einer Bekannten von mir befreundet und hat sie ein paarmal zu Gesellschaften mitgenommen. Ich konnte ihn nicht leiden. Der bildete sich sonst was ein auf seine Position, dabei wollten sie ihn in Venedig längst loswerden. Der Bote mit der Abberufung war auf dem Weg, aber er kam nicht mehr durch, weil überall bewaffnete Banden und versprengte Soldaten ihr Unwesen trieben. Venier war damals also eigentlich schon abgesetzt, er wusste es nur noch nicht.»

Wieder einmal staunte ich, wie gut Mercuria informiert war und wie genau sie sich nach all den Jahren noch erinnerte. Sie hätte wirklich Novellantin werden können.

«Und der Sekretär?», fragte Gennaro.

«Der hatte sich mit ihm zu Colonna in den Palast geflüchtet.»

Gennaro und ich beugten uns vor und hielten den Atem an. «Wie hieß er denn?», fragte Gennaro.

Mercuria verzog den Mund und wiegte den Kopf. «Vielleicht sollte ich meinem Gedächtnis mit einem Grenache auf die Sprünge helfen. Wollt ihr auch einen?»

Gennaro verdrehte die Augen, nickte dann aber. Mercuria erhob sich seelenruhig, verschwand im Nebenzimmer und kam mit drei gefüllten Kristallpokalen zurück.

«Antonio Francavilla», sagte sie. «Ich sehe ihn noch genau vor mir, wahrscheinlich wegen seiner Finger. Natürlich schielten alle immer nach seinen Händen. So einer bleibt einem im Gedächtnis.»

«Was ist dort im Palast passiert?», fragte ich.

Sie setzte sich wieder, trank einen Schluck und schloss die Augen.

1527 Mercuria stand am Fenster des Palastes von Pompeo Colonna und blickte hinaus auf den Platz, auf dem damals die Menschen in der prallen Sonne gefeiert hatten. Sie dachte an die Gesänge, an die Weinfontäne, die aus dem Brunnen hochgeschossen war, an das flatternde Geflügel und die brennenden Knäuel, die die Kardinäle von der Balustrade nebenan heruntergeschleudert hatten.

Auch jetzt drängte eine Menschenmenge sich dort unten. Aber heute herrschte nicht Ausgelassenheit, sondern Beklommenheit. Der Nebel, der am frühen Morgen durch die Straßen geschwappt war, lichtete sich langsam und gab den Blick auf ein Meer von Köpfen frei.

Seit Tagen war die Stadt in Aufruhr wegen des herannahenden kaiserlichen Heeres gewesen. Ein irrer Prediger war mit einem Totenschädel unter dem Arm durch die Stadt gezogen und hatte geifernd das bevorstehende Gottesgericht als Strafe für die verlotterten Sitten der Geistlichkeit beschworen, bis die Büttel ihn in den Kerker geschleift hatten, während der Papst Ausrufer durch die Straßen geschickt und alle Bewohner zu den Waffen gerufen hatte. Aber lange nicht alle waren gefolgt. Schließlich hieß es ja, Gott selbst werde die Ketzer vor den Toren der heiligen Stadt zerschmettern. Warum also sollte man seine eigene Haut riskieren? Und weil das Verlassen der Stadt verboten worden war, zogen die Leute es vor, sich in ihren Häusern zu verbarrikadieren oder mit ihren Habseligkeiten Schutz in den Palästen einflussreicher Herren der kaiserlichen Partei zu suchen, nur für den Fall, dass dieser Prediger doch recht gehabt und Gott beschlossen hatte, tatsächlich die Stadt zu strafen und nicht die Ketzer.

Mercuria hatte keine Angst. Sie hatte undeutliche Erinnerungen an die Ängste der Kindheit, vor knurrenden Hunden und knackenden Balken in der Dunkelheit, aber seit ihr alles gelang und die Welt ihr zu Füßen lag, hatte sie sich daran gewöhnt, sich für unverwundbar zu halten.

Und so hatte sie auch jetzt keine Angst. Sie wäre wahrscheinlich gar nicht hergekommen, wenn Giovanni Maria della Porta, der Botschafter des Herzogs von Urbino, nicht am Vorabend persönlich bei ihr erschienen wäre und sie fast schon angefleht hätte, sich in Sicherheit zu bringen. Sie mochte ihn. Galant in seinen Manieren, aufmerksam als Liebhaber, die pechschwarzen Haare in die Stirn gekämmt, um seine beginnende Kahlköpfigkeit zu kaschieren.

«Geh zu Kardinal Colonna.»

«Der ist doch gar nicht da.»

«Isabella Gonzaga ist da. Sie hat den Palast gesichert und Söldner angeheuert.»

«Ach, deshalb ist keiner zur Verteidigung auf den Mauern.»

«Nimm das nicht auf die leichte Schulter. Das Heer lagert vor der Stadt, die zimmern gerade die Sturmleitern zusammen. Wenn sie reinkommen, hauen sie hier alles kurz und klein.»

«Ich kann ganz gut auf mich aufpassen.»

Er blickte an ihr hinab. «In deinem Zustand?»

Sie seufzte. Vielleicht hatte er recht. «Also gut.»

«Geh hin. Jetzt. Ich habe dich angekündigt. Wir sehen uns da.»

«Ach, du auch? Willst du nicht die Stadt verteidigen?»

Kopfschüttelnd hatte Giovanni Maria della Porta sich verabschiedet. In der Nachbarschaft hatten sie schon die Fenster zugenagelt. Mercuria war ins Haus gegangen, das ihre im Vorjahr verstorbene Mutter ihr hinterlassen hatte, und hatte gepackt. Vom Fenster aus hatte sie eine Rauchwolke am Hang des Monte Mario gesehen. Die waren tatsächlich gerade dabei, die Villa des Papstes niederzubrennen.

Also gut, nun war sie hier. Die Fenster im unteren Stockwerk waren zugemauert, das Tor war verrammelt, und draußen stand diese verängstigte Menge und wartete darauf, eingelassen zu werden. Immer neue Menschen quollen aus den Seitenstraßen und stellten sich an, mit Handkarren, Kisten und Säcken, die Kinder an der Hand und auf den Rücken geschnallt, einige drängelten und wurden zurückgeschubst, aber die meisten standen einfach nur da.

Die Bediensteten der Markgräfin und die Söldner rannten von Zimmer zu Zimmer, kontrollierten die Waffen und schleppten Kisten mit Pulver hin und her.

Die Kanonen der Engelsburg hatten den ganzen Morgen über gefeuert. Niemand wusste, was dort hinten passierte; immer noch hofften alle, dass das Heer vor den Mauern ausbluten würde. Irgendwo wurde laut gebetet.

Unten rief eine Frauenstimme: «Lasst sie jetzt rein!»

«Alle?», fragte eine entgeisterte Männerstimme.

«Natürlich alle!»

Unten rumpelte es, und kurz darauf geriet die Menge in Bewegung wie Sand in einem Trichter. Die Leute schoben sich voran, rempelten und stolperten, und im Innenhof schwoll ein aufgeregtes Stimmengewirr an. Bald darauf polterten die Ersten schon die Treppen hoch und ergossen sich in die Zimmer, ein paar Bewaffnete regelten den Menschenstrom und verteilten Männer, Frauen und Kinder auf die Räume. Nach kurzer Zeit hockten auch in Mercurias Zimmer zwei Dutzend bebende Frauen auf dem Boden, Wäscherinnen neben Kaufmannsgattinnen, einige schwanger, andere mit weinenden Kindern. Eine stillte leise singend einen Säugling. Mercuria musste sich Mühe geben, sie nicht für ihre Angst zu verachten, dieses zittrige und verzagte Flehen nach Schutz. Bei ihr war es immer umgekehrt gewesen: Die Beschützer hatten Schlange gestanden, und sie hatte es genossen, ihnen zu zeigen, dass sie auf sich selbst aufpassen konnte.

Die Kanonen feuerten in immer schnellerer Folge, dazwischen das Geknatter der Arkebusen. Der Platz war bis auf ein paar heraneilende Nachzügler wie leergefegt. Plötzlich erschien ein Reiter in vollem Galopp, hielt vor dem Brunnen und brüllte: «Sie sind drin!»

Dann gab er dem Pferd die Sporen und verschwand. Der Ruf ging durch den Palast wie ein Feuer durch einen Heuboden. Im Hof wurde panisches Geschrei laut. Ein riesiger Kerl mit Augenbinde und Arkebuse in der Hand stürmte in den Raum.

«Alle raus! Hier knallt's gleich!»

Die Frauen rafften ihre Bündel zusammen und flohen nach draußen, wo ein anderer Söldner sie zum rückwärtigen Flügel des Palastes scheuchte. Einige blieben unschlüssig auf dem Gang stehen, ohne dass sie weiter beachtet wurden. Unten krachte es dumpf. Das Tor war geschlossen worden.

Mercuria trat an die Balustrade des zum Hof hin offenen Gangs und blickte hinunter. Männer mit Mörteleimern, Werkzeugen und Tragbahren voller Ziegelsteine bahnten sich ihren Weg zum Tor. Sie kamen kaum durch, so viele Menschen standen und hockten dort zusammen. Immerhin hatte die Panik sich etwas gelegt.

Plötzlich ging ein Raunen durch die Menge, und alle blickten zu einem Fenster hinauf. Dort stand eine Frau, aufrecht wie ein General, der gleich zu seinen Soldaten sprechen wird.

Isabella Gonzaga hatte sich selbst an einem solchen Morgen offenbar die Zeit genommen, sich mit aller Sorgfalt anzukleiden. Sie trug eine Samtrobe mit Spitzenmanschetten und eine Perlenhaube. Und sie strahlte eine Gelassenheit aus, die ihre Wirkung auf die Menge nicht verfehlte. Sie sah aus wie jemand, der auch mit dem Messer an der Kehle noch Bedingungen stellt.

Isabella Gonzaga hob die Hand, und es wurde still. «Es heißt, die Spanier hätten den Borgo gestürmt», sagte sie.

Sofort erhob sich wieder Gemurmel. «Sind die Brücken endlich gesprengt?», schrie einer. «Wann kommt Ferrante denn nun?», rief ein anderer.

Isabella Gonzaga ging nicht darauf ein. Stattdessen erklärte sie, der Palast sei sicher, niemand werde es wagen, sich dem Tor auch nur zu nähern. Ihr Sohn sei auf dem Weg. Bis zu seiner Ankunft werde sie persönlich dafür sorgen, dass keinem auch nur ein Haar gekrümmt würde. Es folgten noch ein paar Anweisungen zur Verteilung von Schlafplätzen und Vorräten, dann trat sie vom Fenster zurück.

Wieder setzte das Gerenne auf den Fluren ein, und noch immer machte Mercuria keine Anstalten, sich nach hinten zu begeben. Vom Gang aus konnte sie das Geschehen im Hof überblicken, und aus dem Fenster im Zimmer hinter ihr schaute man über die Dächer der Stadt. Der Söldner mit der Augenbinde hatte seine Waffe in Stellung gebracht und spähte über den Lauf hinweg auf die Häuser, hinter denen nun erste Rauchwolken aufstiegen. Vereinzelte Menschen flohen kopflos über den Platz. Die einzige Angst, die Mercuria spürte, war die Angst, etwas zu verpassen. Wer würde es wagen, sich an ihr zu vergreifen?

Plötzlich stand Giovanni Maria della Porta neben ihr. «Mercuria. Gott sei Dank.»

«Dir habe ich zu danken.»

Er zuckte mit den Schultern. Ein paar Männer schoben sich an ihnen vorbei in das Zimmer und schauten dem Soldaten über die Schulter.

Eine Weile standen sie stumm nebeneinander und blickten auf die Menge dort unten. Auf einmal erblickte Mercuria ein bekanntes Gesicht.

«Sag mal, ist das nicht Venier?»

Giovanni Maria della Porta schnaubte. «Allerdings. Und jetzt schau ihn dir an.»

Tatsächlich. Dort unten, am Rand einer kleinen Gruppe von Männern, die wie Stallburschen aussahen, stand der venezianische Botschafter. Mercuria erinnerte sich an ihn, eitel wie sonst was, Exzellenz hier, Exzellenz da, livrierte Diener, Wappen auf der Kutsche, und immer darauf bedacht, bei jeder Audienz vor Florenz und Ferrara zu sitzen. Jetzt stand er da herum und war als Pferdeknecht verkleidet.

«Grüß ihn bloß nicht, sonst nässt er sich noch ein», sagte Giovanni Maria della Porta verächtlich. «Der hat Isabella Gonzaga bekniet, ihn nicht zu verraten, weil er Angst hat, dass die Spanier ihm den Kopf abschneiden. Falls sie hier reinkommen.»

In diesem Moment richtete der Söldner sich hinter seiner Arkebuse auf. «Kommt mal her», rief er in einen Nebenraum. «Da tut sich was.»

Von nebenan kamen einige andere Männer angelaufen. Mercuria trat hinter sie und reckte den Hals. Unten auf dem Platz waren zwei Reiter erschienen, ein Dicker mit herunterhängendem Schnauzbart und Morion und ein glattrasierter Schlaks mit Federbarett. Der Dicke sprang vom Pferd, noch bevor es zum Stehen gekommen war. Er ließ seinen Blick kurz über die Fensterreihen schweifen, dann klatschte er ein paarmal in die Hände, als müsste er sein Dienstpersonal zum Appell rufen.

Giovanni Maria della Porta war ebenfalls hinzugetreten.

«Schau an, schau an», sagte er. «Alessandro di Novellara.»

«Welcher von beiden?», fragte der Söldner.

«Der auf dem Pferd. Ein Verwandter der Gonzaga. Vielleicht bringt er uns Neuigkeiten von Ferrante.»

«Die sehen eher aus, als brächten sie uns Ärger.»

Der Dicke dort unten warf noch einen misstrauischen Blick zu den Fenstern hoch, als müsste er sich vergewissern, dass nicht gleich auf ihn geschossen würde. Dann legte er die Hände zu einem Trichter zusammen und schrie mit spanischem Akzent: «Lasst uns mal rein!»

«Wie kommen wir dazu?», rief der Söldner zurück.

«Wir wollen verhandeln!»

«Und wenn wir nicht verhandeln wollen?»

«Dann steht hier in einer Viertelstunde eine Kanone. Wir schießen das Tor auf und schicken die Deutschen rein, und dann gibt's nichts mehr zu verhandeln, Freundchen!»

«Warte mal!», rief der Söldner nach unten, und dann, über die Schulter: «Holt die Markgräfin!»

Einer rannte los und kam bald darauf mit Isabella Gonzaga zurück, die die Männer unwirsch beiseiteschob und sich aus dem Fenster beugte.

«Wo ist mein Sohn?», schnauzte sie den Spanier an.

«Dauert noch.»

«Geht's auch in ganzen Sätzen?»

«Ihr Sohn ist bei der Engelsburg. Wir ziehen Gräben, damit der Papst uns nicht stiften geht.»

«Und was wollt ihr hier?»

«Euch beschützen.»

«Dann geht und bringt eure Leute zur Raison!»

«Zu spät. Die Deutschen lassen sich von keinem was sagen, auch nicht von Ihrem Sohn, mit Verlaub. Entweder wir kommen durchs Fenster oder die durch die Wand!»

Die Markgräfin seufzte entnervt. Sie wies einen der Soldaten an, ein Seil zu holen. Eine Minute später kletterten die beiden herein. Der Dicke stellte sich als Hauptmann Alonso de Córdoba vor und deutete spöttisch eine Verbeugung an. Alessandro di Novellara schien das ungehobelte Gebaren seines Kumpanen peinlich zu sein, und er bemühte sich, es durch besondere Ehrerbietung wettzumachen. Er verneigte sich tief.

«Hoheit», sagte er.

«Quoque tu, Brute», antwortete sie voller Verachtung.

Währenddessen hatte der Spanier seinen Helm abgenommen. Er sah sich neugierig um, mit dem Blick eines Mannes, der Teures von Billigem unterscheiden kann, aber nicht Erlesenes von Geschmacklosem. Was er sah, gefiel ihm: Fresken, kostbare Möbel, kannelierte Blendsäulen mit korinthischen Kapitellen.

«Das wird teuer», murmelte er befriedigt. Dann trat er auf den Gang und warf einen Blick in den Hof.

«Alessandro! Schau dir das mal an! Alles voller Weiber!»

«Lass gut sein», beschwichtigte der Schlanke.

Der Hauptmann machte eine wegwerfende Handbewegung und wandte sich wieder an die Markgräfin. Ihr verächtlicher Blick dämpfte seine Überheblichkeit wenigstens ein bisschen, auf jeden Fall begriff er, dass er mit Einschüchterung bei dieser Frau nicht weiterkommen würde. Vielleicht versprach er sich in seiner Bauernschläue auch mehr davon, hier tatsächlich als Beschützer aufzutreten und nicht als Erpresser.

«Die Deutschen haben die Brücken gestürmt», sagte er. «Es kann nicht mehr lange dauern, bis sie hier sind. Ich schlage vor, wir legen eine Eskorte in den Palast. Sie bezahlen meine Männer, und ich lege meine Hand dafür ins Feuer, dass kein Landsknecht seinen Fuß in dieses Haus setzt. Angesichts der gefährlichen Lage wird Sie das natürlich ein bisschen was kosten.»

«Alonso», flehte der Schlanke panisch. «So war das nicht abgesprochen!»

Der Spanier nickte beschwichtigend zu ihm hinüber und blickte dann wieder die Markgräfin an. «Natürlich nicht Sie. Ihre Gäste. Wenn jeder seinen Beitrag leistet, kommen wir zurecht.»

Isabella Gonzaga verzog keine Miene. «Wie viel?»

Der Spanier warf einen kurzen Blick auf die Söldner, die die Markgräfin mit drohendem Blick vor ihm abschirmten. Mercuria verstand genau, was er dachte: Er fürchtete nicht, dass sie ihm an die Gurgel gehen würden, sondern dass sie sich auf seine Seite schlagen könnten, um mitzukassieren.

«Können wir das woanders besprechen?»

«Ich bitte darum.»

Sie verschwanden in einem der Nebenzimmer und verschlossen die Tür. Mercuria wusste, was jetzt folgen würde: Córdoba würde unverschämte Forderungen stellen und Novellara den besonnenen Vermittler spielen, obwohl er genauso gierig auf die Beute war. Und sie würden schnell machen, denn natürlich hatten sie Angst, dass Ferrante Gonzaga doch noch rechtzeitig kommen und ihnen die Suppe versalzen könnte.

Tatsächlich kamen sie schon nach einer Viertelstunde wieder heraus: Isabella Gonzaga mit versteinerter Miene, Alonso de Córdoba sichtlich befriedigt und Alessandro di Novellara mit dem gequälten Gesicht eines Kinderschänders, der das doch alles nur aus Liebe tut.

Córdoba trat ans Fenster und pfiff hinaus. Und als hätten sie nur auf das Signal gewartet, erschienen im Laufschritt fünf Dutzend Soldaten auf dem Platz. Auf einen Wink des Hauptmanns wurden noch mehr Seile entrollt; die Kerle kletterten hoch wie die Affen, quollen durch die Fenster in den

Palast, ziemlich wilde Gesellen, Spanier und Italiener, allesamt schwerbewaffnet, und dazwischen ein Deutscher mit geschlitztem Wams und einem riesigen Barett voller Federn, was auch immer der hier verloren hatte. Einige musterten Mercuria mit unverhohlenem Appetit.

«Die Frauen lasst ihr bitte in Ruhe!», kreischte Novellara.

«Um die kümmern wir uns hinterher», war die Antwort.

Schon baute sich einer der Knilche vor Giovanni Maria della Porta auf. «Was bist du denn für einer?»

«Für dich immer noch Exzellenz.»

«Na dann komm mal schön mit, du Exzellenz, du», sagte der Soldat, fasste ihn am Arm und zog ihn hinter sich her.

«Geh nach hinten!», rief der Botschafter Mercuria noch zu.

Aber sie dachte nicht daran. Das hier war viel zu interessant, um es zu verpassen, und ihr Bauch machte sie nicht verwundbarer, wie alle dachten, sondern unantastbar. Ihre Mutter wäre stolz auf sie gewesen.

Sie trat wieder auf den Gang. Die Soldaten verteilten sich, durchkämmten den Innenhof und begannen, die Leute hin und her zu scheuchen. Alle, die irgendwie nach Geld aussahen, wurden abgeführt, um befragt zu werden, die anderen trieben sie in den Ecken des Hofes zusammen, damit sie nicht im Weg herumstanden. Dort drängten sie sich zusammen wie die Schafe im Angesicht des Wolfsrudels, klammerten sich aneinander, beteten oder blickten stumm zu Boden, um nicht aufzufallen.

Im Gewühl erblickte Mercuria den Deutschen, der in seinem Aufzug überall herausstach. Zusammen mit Córdoba knöpfte er sich gerade die Gruppe der Stallburschen vor, die verängstigt herumgestikulierten und hierhin und dorthin zeigten.

Und mittendrin auch wieder Venier. Der Botschafter gab ein erbärmliches Bild ab in seiner abgerissenen Kleidung, aber wenn er gehofft hatte, dass Córdoba ihn mit den anderen wenig einträglichen Bediensteten in die Ecke schicken würde, dann hatte er sich getäuscht. Zwanzig Generationen venezianischer Adel ließen sich nicht einfach hinter ein bisschen Sackleinen verbergen, und Córdoba sah auf einen Blick, was ihm da für ein Fisch ins Netz gegangen war. Er zog den schlotternden Venier aus der Gruppe und klebte ihm ein paar. Venier wimmerte herum, mitleidige und spöttische Blicke trafen ihn, dann wurde er weggeschleppt.

Mercuria sah sich das Geschehen noch eine Weile an, dann verspürte sie das Bedürfnis, sich zu setzen. Sie wanderte den Gang entlang und fand eine Truhe. Soldaten eilten an ihr vorbei, die Geiseln gruppenweise vor sich hertreibend. Und wie aus dem Nichts erschien Giovanni Maria della Porta wieder und ließ sich neben sie fallen.

«Schon gehört? Sie haben Venier erwischt.»

«Hab's gesehen. Wie viel hat er gekriegt?»

«Fünftausend. Geschieht ihm recht.»

«Und du?»

«Immunität. Hätte er auch haben können, wenn er nicht so feige gewesen wäre.»

Sie saßen gegenüber der Tür zu einer Schreibstube, in der ein weißhaariger Mann in langer Robe hinter einem Tisch stand, um den sich eine Gruppe von Soldaten mit ihren Geiseln drängte. Offenbar wurden hier die Verträge für die Lösegelder aufgesetzt, damit alles seine Ordnung hatte. In einer Ecke des Raumes stand der Landsknecht, das Barett immer noch auf dem Kopf, mit einem anderen Mann ins Gespräch vertieft.

«Was macht eigentlich dieser Deutsche hier?», fragte Mercuria.

Giovanni Maria della Porta grinste. «Das fragen sich alle.

Das ist aber gar kein Deutscher. Der heißt Gabriele Sannazaro, und dem Akzent nach zu urteilen, kommt er aus Neapel.»

«Woher weißt du das?»

«Aufgeschnappt.»

«Und warum diese lächerlichen Pluderhosen und das geschlitzte Wams?»

«Scheint ihm zu gefallen. Macht Eindruck.»

«Auf den da aber nicht», sagte Mercuria und wies auf den Mann, mit dem dieser Sannazaro ins Gespräch vertieft am Fenster stand. Ein unscheinbarer Kerl, der Mercuria bekannt vorkam. Wie die Verhandlung zwischen einem Geiselnehmer und seinem verängstigten Opfer sah das nicht aus.

Giovanni Maria della Porta lächelte spitzbübisch. «Der da? Weißt du, wer das ist?»

«Warte, ich hab's gleich. Der war mit Venier auf irgendeinem Fest.»

«Schau dir mal seine Hände an.»

Mercuria starrte angestrengt hin. Als der Kerl seine Hand hob, um irgendetwas zu verdeutlichen, sah sie es. Sechs Finger.

«Ach was. Der?»

Giovanni Maria della Porta nickte amüsiert. «Genau der. Antonio Francavilla. Veniers Sekretär. Wer weiß, was Gott sich dabei gedacht hat.»

«Schau mal. Die vereinbaren da irgendwas.»

Wieder grinste Giovanni Maria della Porta. «Also, wenn jeder seine Forderungen an den Fingern abzählt, dann ist Francavilla auf jeden Fall im Vorteil.»

Mercuria lehnte sich genüsslich zurück und schlürfte an ihrem Wein.

«Und dann?», fragte ich ungeduldig.

«Nichts. Sie verschwanden in einem Nebenraum. Aber als ich Francavilla ein paar Stunden später das nächste Mal über den Weg lief, hatte er Sannazaros Landsknechtsmontur an.»

Meine Gedanken rasten. Mercuria schwenkte wieder ihren Pokal.

«Wenn das mal nicht eine Geschichte für deine Gazetten ist», sagte sie, an mich gewandt. «Wenn ihr mich fragt, dann haben sie die Kleider getauscht, weil Francavilla in der Stadt noch irgendetwas erledigen wollte. In seinen eigenen Sachen hätte er nicht gehen können, die Soldaten hätten ihn sofort aufgegriffen. Die Verkleidung war perfekt. Er wollte etwas holen, ohne dabei aufzufallen, so muss es gewesen sein. Vielleicht wusste er von einem Geldversteck bei Venier und wollte mit Sannazaro teilen. Der Verdacht wäre niemals auf ihn gefallen, ganz abgesehen davon, dass Venier nicht mehr nach Rom zurückkehrte. Die Markgräfin half ihm eine Woche später sogar noch, aus der Stadt zu kommen, nachdem sie schon für sein Lösegeld gebürgt hatte. Wenn sie gewusst hätte, dass er sich anschließend einfach aus dem Staub machen würde, hätte sie ihn wahrscheinlich den Deutschen zum Fraß vorgeworfen. Die brachen nämlich einen Tag nach dem Abzug der Herrschaften das Tor auf und holten sich, was noch da war. Die Leute von Novellara und Córdoba rührten keinen Finger mehr, um den Palast zu verteidigen. Sie hatten ja bekommen, was sie wollten.»

«Wie bist du eigentlich da rausgekommen?», fragte Gennaro.

Mercuria holte tief Luft und hob den Blick zur Decke. «Ferrante Gonzaga besorgte mir eine Eskorte.»

«Gibt es eigentlich jemanden, mit dem du nicht bekannt warst?»

«Ich war nicht mit ihm bekannt. Seine Mutter hatte ihn darum gebeten. Ich stand unter ihrem Schutz.»

«Warum?», fragte ich vorsichtig. Ich spürte, dass das Gespräch sich nun doch einem sensiblen Thema zuneigte.

Mercuria ließ den Wein in ihrem Glas kreisen, dann blickte sie mir lange in die Augen. «Ich war im siebten Monat schwanger», sagte sie schließlich leise.

Zum Glück spürte selbst der ungestüme Gennaro, dass hier keine Nachfragen angebracht waren.

11 Ach, Mercuria! Im Nachhinein ist es viel einfacher, sich einen Reim auf all das zu machen: Ihre schreckliche Geschichte drängte an die Oberfläche; aus Gründen, die ich damals noch nicht kannte, war die Zeit gekommen, dass sie zuerst aufgeklärt und dann erzählt wurde, und möglicherweise hatte Mercuria von Anfang an geahnt, dass ich derjenige war, der ihr dabei zur Seite stehen würde. Ja, vielleicht kannte sie mich damals schon besser, als ich mich selbst kannte, denn letztlich war es diese Geschichte, die es mir ermöglichte, über mich hinauszuwachsen. Das wird mir erst jetzt klar, wo ich sie zu Papier bringe und bisweilen kopfschüttelnd auf den windigen Gazettenschreiber zurückblicke, der ich damals war.

Auf jeden Fall hatte ich durch meine belanglose Frage an unserem ersten Abend, ohne es zu wollen, den Riegel vor dem Verlies ihrer Erinnerungen weggesprengt. Dennoch schien sie beschlossen zu haben, die Tür dieses Verlieses nur Stück für Stück zu öffnen. Nach der Erwähnung ihrer Schwangerschaft hatte sie ihr Glas geleert und knapp und aufgeräumt von ihrer Flucht aus der geplünderten Stadt berichtet: auf einem Maulesel reitend wie die Muttergottes auf dem Weg nach Bethlehem, umgeben von einer Abteilung berittener Arkebusiere aus Ferrante Gonzagas Leibwache; durch Spaliere von glotzenden Landsknechten, die zum Gaffen kurz Würfelspiel und Saufgelage unterbrachen; in einen Mantel gehüllt und mit einem Tuch vor dem Gesicht, zum Schutz vor lüsternen Blicken und dem Gestank der überall herumliegenden Leichen. Vor der Porta Flaminia hatte eine Kutsche gewartet, die sie nach Viterbo ins Haus eines Beschützers gebracht hatte, dessen Namen sie uns nicht verriet. Dort endete ihr Bericht. Von einer Entbindung fiel kein Wort, was meine Phantasie natürlich nur umso mehr anstachelte. Die Schwangerschaft und die Geburt mussten ihr ganzes Leben auf den Kopf gestellt haben, nach Rom hatte sie nicht so schnell zurückkehren können, schon wegen der Anwesenheit der Soldaten, die bis zum folgenden Februar dort ihr Unwesen getrieben hatten. Und dennoch hatte sie kein Wort mehr darüber verloren. Siebter Monat. Irgendwann im Hochsommer siebenundzwanzig musste Mercuria ihr Kind zur Welt gebracht haben. Und dann? War der namenlose Beschützer in Viterbo der Vater dieses Kindes gewesen? War dieses Kind die später ermordete Tochter, von der sie gesprochen hatte?

Gennaro und ich saßen nach dem Besuch bei Mercuria noch lange in seiner Werkstatt zusammen. Es widerstrebte mir, mich mit ihm in munteren Spekulationen über Mercurias Offenbarung zu ergehen. Wahrscheinlich saß sie jetzt dort oben, wo wir sie zurückgelassen hatten, und malte sich genau das aus. Vielleicht bereute sie ihre Bemerkung schon.

Doch Gennaro machte es mir einfach. Wenn die Sache mit der Schwangerschaft ihn interessierte, dann ließ er es sich zumindest nicht anmerken. Vielleicht war er ähnlich befangen wie ich, obwohl Feingefühl ansonsten nicht seine größte Stärke war.

«Wusstest du das?», fragte er nur.

«Nein», sagte ich.

Er nickte stumm. Vielleicht stellte es ihn zufrieden, dass ich nicht mehr wusste als er, der Mercuria so viel länger kannte als ich. Dann wandte er sich wieder Antonio Francavilla zu, dem Sekretär mit den sechs Fingern.

Er murmelte den Namen vor sich hin.

«Ich wüsste gern, was die beiden zu besprechen hatten», sagte er. «Bestimmt ging es um einen Haufen Geld. Vielleicht liegt das noch irgendwo. Stell dir das mal vor!»

«Es muss wichtig gewesen sein», bestätigte ich. «So wichtig, dass Francavilla bereit war, sein Leben zu riskieren, indem er sich verkleidet noch einmal in dieses Inferno stürzte, anstatt im halbwegs sicheren Palast zu bleiben. Wahrscheinlich hat Mercuria schon richtig vermutet: Francavilla wusste von einem Versteck und wollte es ausräumen, bevor die Soldaten es finden würden. Und auf dem Weg wurde er erschlagen.»

«Auf welchem Weg? Auf dem Hinweg oder auf dem Rückweg?», hakte Gennaro nach.

«Gute Frage. Wenn er auf dem Rückweg war, dann gibt es zwei Möglichkeiten: Entweder er war fündig geworden und hatte dabei, was er gesucht hatte, oder er kam unverrichteter Dinge zurück. Und damit stellt sich gleich die nächste Frage: Hat ihm jemand aufgelauert, der von seinem Vorhaben wusste? Oder war er einfach nur zur falschen Zeit am falschen Ort?»

«Wo war die venezianische Botschaft damals überhaupt?», fragte Gennaro.

«Keine Ahnung», sagte ich. «Wahrscheinlich ein Mietpalast in Parione oder Campo Marzio.»

«Merkwürdig.»

«Warum?»

«Weil das nicht zum Fundort der Leiche passt. Das Skelett liegt im Garten der Colonna, am Hang des Quirinals, also hinter dem Palast. Weiter oben kommt nicht mehr viel, nur noch Villen und Weingärten voller Ruinen. Wenn Francavilla dort erschlagen wurde, wo wir ihn gefunden haben, dann war er nicht auf dem Weg nach Parione oder Campo Marzio und kam auch nicht von dort.»

Das stimmte. Wir dachten beide eine Weile angestrengt nach. Gennaro nahm einen Meißel in die Hand, warf ihn kreiselnd hoch und fing ihn wieder auf.

«Was hätte dein Onkel jetzt getan?», fragte er plötzlich.

Ich musste lachen, fragte mich aber sogleich, was es eigentlich zu lachen gab. Antonietto Sparviero hätte sich in diese Sache verbissen, so wie er sich in alles verbissen hatte, bis seine Fragen beantwortet waren. Und merkwürdigerweise regte sich angesichts dieses Rätsels, das uns da in den Schoß gefallen war, erstmals so etwas wie Ehrgeiz in mir. Die Sache kam mir vor wie eine Probe, die mein Onkel mir aus dem Grab heraus auferlegt hatte, damit ich mit meinen fünfundzwanzig Jahren endlich beweisen konnte, dass ich kein Nichtsnutz war. Jahrelang hatte er mich mitgeschleppt, ohne mich für die Entwirrung politischer Intrigen, die Aufdeckung geheimer Pläne und die Enträtselung verschlüsselter Botschaften begeistern zu können. Und nun, mehr als drei Jahre nach seinem Tod, stolperte ich in eine rätselhafte Angelegenheit, die mich herausforderte. Mit seiner unbedarften Frage hatte Gennaro, ohne es zu wollen, etwas in mir ausgelöst: die Ahnung, dass es nicht nur spielerische Neugier war, die mich antrieb, dem Skelett von Antonio Francavilla sein Geheimnis zu entreißen, sondern die Frage, ob ich es schaffen würde, wenigstens einmal der Wahrheit auf den Grund zu gehen, anstatt auf erfundene Geschichten auszuweichen.

«Hörst du zu oder träumst du?»

«Ich denke nach.»

«Sieht aber nicht so aus.»

«Mein Onkel hätte natürlich versucht, Zeugen aufzutreiben. Wir wissen, dass Sannazaro und Francavilla im Palast der Colonna die Kleider getauscht haben, und wir wissen, dass Francavilla wahrscheinlich kurz darauf im Garten hinter dem Palast erschlagen und verscharrt wurde.»

«Was ist mit Sannazaro? Könnte der noch leben?»

«Er war Soldat. Die leben selten lange.»

«Könnte er noch leben oder nicht?»

«Kommt drauf an, wie alt er damals war.»

Wir grinsten uns an. Keine Minute später hämmerten wir gegen Mercurias Tür.

«Seid ihr noch bei Trost?», fragte sie ungehalten durch den Türspalt.

«Wir sind gleich wieder weg», sagte Gennaro beschwichtigend. «Wie alt war dieser Sannazaro damals so in etwa?»

Die Tür schwang ein Stück auf. Mercuria stand mit gelöstem Haar und in einem Morgenrock aus grüner Seide vor uns im Dämmerlicht. Sie sah mich ungehalten an. «Wenn du dir wieder so eine Räuberpistole zusammenspinnst, dann möchte ich nicht, dass mein Name dabei fällt, haben wir uns verstanden?»

«Ja, ja. Wie alt war er denn nun?»

«Jung. Kaum älter als ich, würde ich sagen, genau wie die meisten anderen. Die ließen sich ja alle die Bärte wachsen, um älter und wilder auszusehen, aber die meisten von denen waren noch halbe Kinder. Lauter eitle Gecken von zwanzig Jahren, die sich für sonst was hielten, weil sie plötzlich mit beiden Händen in vollen Geldtruhen wühlen konnten und Herren über Leben und Tod von zweitausend

Geiseln waren. Sannazaro war auch so einer, das habe ich gleich gesehen. Einer, der sich in jedes Getümmel stürzt. Diese Sorte hat's nicht lange gemacht. Kaum vorstellbar, dass der noch lebt. Kugel, Dolch, Pest oder Strick. So oder so, es wird ihn erwischt haben. Aber viel Erfolg.»

«Was jetzt?», fragte Gennaro, nachdem Mercuria die Tür wieder geschlossen hatte.

«Räum den Tisch frei», sagte ich. «Wir wälzen ein paar Unterlagen. Wenn er mit zwanzig Jahren schon Leutnant war, dann ist er vielleicht aufgestiegen. Kann doch sein, dass er irgendwelche Spuren hinterlassen hat.»

Ich schleppte einige der Kisten meines Onkels in Gennaros Werkstatt und packte sie auf den Tisch. Bis zum Morgengrauen wühlten wir uns durch Gazetten und Meldungen, und es war schon ein ziemlicher Zufall, dass wir dabei tatsächlich auf Sannazaro stießen.

Rom, 6. August 1547

Am vergangenen Samstag zogen mehrere Kompanien päpstlicher Truppen durch die Porta Flaminia in Rom ein, die in Deutschland unter der Führung des Herzogs von Alba an den Kämpfen gegen die Protestanten teilgenommen hatten. Zwei Hauptleute, die sich dabei besonders ausgezeichnet hatten, wurden anschließend vom Papst in einer Audienz empfangen und durch goldene Ketten im Wert von jeweils zweihundert Scudi geehrt: Carlo Carafa, der mit seiner Kompanie in einem entscheidenden Augenblick der Schlacht bei Mühlberg die Elbe durchschwommen hatte, um eine Schiffsbrücke vor der Zerstörung durch den Gegner zu bewahren, und Gabriele Sannazaro, der den Kurfürsten von Sachsen unter den fliehenden Feinden entdeckt, gestellt und nach kurzem Zweikampf zur Aufgabe gezwungen hatte, wobei er durch einen Schwerthieb zwei Finger einbüßte.

Die Menge der Zuschauer beim Einzug der Soldaten hielt sich allerdings in Grenzen, weil am selben Tag zwei Statuen, deren Auffindung in den Caracallathermen im vergangenen Jahr viel Aufmerksamkeit erregt hatte, mit großem Aufwand zum fast fertiggestellten Palast des Kardinals Farnese gebracht wurden: eine sechs Ellen hohe Stierbändigergruppe und ein vier Ellen hoher Herkules, die der Kardinal angeblich in seinem Garten aufstellen lassen will. Für den von einer großen Menschenmenge bejubelten Transport wurde ein Gespann aus zwölf Ochsen eingesetzt. Wie es scheint, bringt das Volk der Schönheit antiker Bildwerke erheblich mehr Interesse entgegen als dem Kampf gegen die Ketzer.

Natürlich versetzte die Erwähnung von Sannazaro uns in helle Aufregung, aber was bedeutete unsere Entdeckung am Ende schon? Gabriele Sannazaro hatte zwanzig Jahre nach dem Sacco noch gelebt, war zum Hauptmann aufgestiegen und hatte eine kleine Heldentat vollbracht, wenn es überhaupt eine war, diesem von allen Seiten bedrängten Kurfürsten in einer ohnehin schon entschiedenen Schlacht zum Schluss noch die Waffen abzunehmen, oder besser gesagt, sie gegen zwei seiner Finger einzutauschen.

«Das ist schon komisch», sagte ich. «Die beiden Finger, die Francavilla von Geburt an zu viel hatte, hatte Sannazaro nach diesem Gefecht zu wenig.»

«Na, dann hatten sie zusammen ja wieder zwanzig», bemerkte Gennaro trocken.

Ich überflog noch einmal den Bericht. «Ist dir aufgefallen, dass da noch ein bekannter Name drinsteht?»

«Carlo Carafa? Der spätere Kardinal? Den sie hingerichtet haben?»

«Ich nehme an, dass er das ist. Er war Söldner, bevor sein Onkel ihn zum Kardinal machte.»

«Na und?»

«Nichts und. Bloß ein komischer Zufall. Über den habe ich neulich erst mit Mercuria gesprochen.»

Er zuckte mit den Schultern.

Leider blieb die kurze Nachricht das einzige Lebenszeichen von Sannazaro, das wir fanden. Gabriele Sannazaro. Ich versuchte ihn mir vorzustellen, wie er seinen Gefangenen abführte: überheblich grinsend trotz seiner Verletzung, voller Selbstzufriedenheit über die Aussicht auf einen Anteil am Lösegeld. Hatte er auch damals noch die Landsknechtstracht bevorzugt, oder war das eine Marotte seiner jungen Jahre gewesen, die er längst abgelegt hatte? Und wie war es mit ihm weitergegangen? Hatte der Krieg ihn zurück nach Italien geführt? Hatte er sich irgendwann zur Ruhe gesetzt? War er gestorben?

Weitere Hinweise fanden wir nicht, allerdings umfassten die Notizen, die mein Onkel nach den Gesprächen mit seinen Zuträgern verfasst hatte, und die Meldungen, zu denen er diese Notizen Woche für Woche zusammengefasst und ins Reine geschrieben hatte, um sie an seine Kunden zu versenden, Tausende von oft schwer leserlichen Blättern. Wenn dort tatsächlich weitere Hinweise versteckt waren, dann würde es Monate dauern, alles durchzusehen, ohne dass wir sicher sein konnten, überhaupt etwas zu finden.

In der nächsten Zeit hatte Gennaro überdies jede Menge anderes zu tun: Der Käufer wartete auf den Hadrianskopf, ein anderer Kunde verlangte eine Kopie von einer Philosophenbüste. Und dann hatte dieser Kunde auch noch eine Tochter, mit der Gennaro sich nachts in den Ruinen der Trajansthermen traf. Ob das zu dieser Jahreszeit nicht ein bisschen kalt sei, hatte ich ihn gefragt. Ob ich so verklemmt sei, dass mir nicht einfiele, mit welcher Art von Betätigung man sich aufwärmen könne, hatte er zurückgefragt, worauf mir nichts eingefallen war. Auf diesem Gebiet hatte ich in letzter Zeit ja nun wirklich gar nichts mehr vorzuweisen.

In den folgenden Tagen arbeitete ich mich also allein weiter durch die Unterlagen, wobei ich so manches Mal die Papiere sinken ließ, um mich zu fragen, wo zum Teufel Antonietto Sparviero diese ganzen vertraulichen Informationen eigentlich herbekommen hatte. Doch trotz stundenlangen Lesens fand ich nichts, was mich wieder auf die Spur von Francavilla oder Sannazaro gebracht hätte.

Wenn mir vom Lesen der Kopf rauschte, machte ich mich auf und durchwanderte die Stadt im Morgennebel, in der Mittagssonne und im Abendrot. Neuerdings wurde wieder an allen Ecken gebaut, gemeißelt und gemalt. Ich streifte durch neu angelegte Straßen, in denen sich die Baugruben für neue Mietshäuser aneinanderreihten, vorbei an eingerüsteten Fassaden und gerade in Betrieb genommenen Brunnen, und vorbei am Petersdom, dessen Tambour in den letzten Jahren in die Höhe gewachsen war, um bald endlich von der größten Kuppel der Welt gekrönt zu werden.

Während Straßenhändler und Taschendiebe mich anrempelten, Kutschen mit hohen Herren mich in Staubwolken hüllten und Gerüche von frisch gesägtem Holz und feuchtem Mörtel mich umwehten, wurde mir bewusst, dass es nicht nur mein Bedürfnis nach Zerstreuung war, das meine Schritte lenkte, sondern auch der Wunsch, mich meinem Vater nahe zu fühlen. In den Jahren der Rastlosigkeit nach seinem Tod hätte mich die Begegnung mit den Erinnerungen von den Füßen gerissen; ich war verloren gewesen in den vielen verwirrenden Anforderungen meines eigenen Lebens, den erwachenden Bedürfnissen, die mir niemand erklärte, dem drängenden Wunsch, mich irgendwie zu behaupten, ohne zu wissen, gegen wen oder gegen was. Nun aber hatte ich dank Mercuria einen Ort gefunden, an dem ich zur Ruhe kommen konnte.

Und als könnte ich die Zukunft erst dann richtig in Angriff nehmen, wenn ich mir die Vergangenheit noch einmal ins Gedächtnis gerufen und abschließend geordnet hatte, steuerte ich auf meinen Spaziergängen auch die Orte an, an die mein Vater mich geführt hatte, um mir seine Arbeit zu erklären. Und ich war überrascht, wie schnell die Erinnerungen an all seine Belehrungen über Zeichnung und Farbe zurückkehrten: In der Markgrafenkapelle der Animakirche, in der mein Vater voller Sorgfalt den eleganten Kopf eines Engels ausgeführt hatte, während Salviati seine Figuren einfach aus älteren Gemälden übernommen und sich dafür hatte feiern und bezahlen lassen; in der Kapelle des Kanzleipalastes, nur ein paar Türen entfernt von dem von Salviatis Busenfreund Vasari in kaum mehr als drei Monaten hingehudelten Prunksaal; im Audienzraum von Kardinal Montepulciano mit seinen Szenen aus dem Leben von König David: nackte Gestalten wohin man blickte, lasziv hingegossen, den Hintern dem Betrachter entgegenstreckend, Batsheba im Bad, befummelt von einer lüsternen Gespielin, ein Geräkel und Gespreize, das jetzt, nur fünfzehn Jahre später, niemand mehr zu malen gewagt hätte. Wie schnell die Zeiten sich ändern können: Man schaut ein paar Jahre nicht hin, und alles, was zuvor noch selbstverständlich war, ist plötzlich ein frecher Verstoß gegen Anstand und Sitte.

Erstaunt stellte ich fest, dass ich eine Gabe besaß, die mein Vater mir offenbar hinterlassen hatte und die ich bis dahin nicht bemerkt hatte, als hätte sie des jahrelangen Brachliegens zur unbemerkten Reifung bedurft: den Blick für Zeichnung und Farbe, für die Herausforderungen an eine Komposition und die Tücken der allzu gefälligen Harmonie, für die Gratwanderung zwischen routinierter Nachahmung und gewagter Erfindung, für die raffinierten Verzerrungen, Verdrehungen und Streckungen der Figuren und für die Balance zwischen diesen Figuren auf der Fläche und im Raum. Ich blickte auf den Engel in der Markgrafenkapelle, der sich über den vom Kreuz abgenommenen Erlöser beugte, die Konturlinien des toten Körpers weiterführte und flankierte, und ich begriff, warum er genau so und nicht anders gemalt worden war. Es war, als würde ich auf diese Weise meinen Frieden mit dem Verlust meines Vaters machen.

Gelegentlich traf ich auf meinen Ausflügen noch einige der Zuträger meines Onkels, die allesamt immer noch recht mitteilsam waren und mir im Plauderton erzählten, was im Bankenviertel so geredet wurde. Auf diese Weise erfuhr ich, dass man den Bischof von Rimini im Haus einer Frau von zweifelhaftem Ruf verhaftet hatte, dass eine Diebesbande in der Wohnung des päpstlichen Hausmeisters eine ganze Kiste mit Juwelen erbeutet hatte, dass gegen die Teuerung Getreide aus Frankreich herangeschafft wurde und dass der Papst unter Inkontinenz litt. Und ich erfuhr von dem Verfahren gegen Alessandro Pallantieri, der, wie Mercuria an unserem ersten Abend berichtet hatte, damals die Anklage im Prozess gegen die Carafa geführt hatte. Jetzt saß Pallantieri also selbst im Gefängnis und wurde beschuldigt, Niccolò Franco, einem landesweit bekannten Schandmaul und Verfasser obszöner Satiren und Sonette, seinerzeit die Akten des Prozesses zugespielt zu haben, damit er sie zu einem geharnischten Pamphlet gegen die Carafa verarbeiten konnte, das unter der Hand die Runde gemacht hatte. Franco saß ebenfalls in Haft, und unter den Eingeweihten gingen wüste Spekulationen um, wie die Verfahren ausgehen würden.

«Die werden sie beide aufhängen», prophezeite einer.

«Pallantieri ist ein Fuchs, der wird sich rauswinden», meinte ein anderer.

«Franco wird von Morone geschützt», wusste ein Dritter.

«Morone wird keinen Finger rühren, gegen den wird selbst gerade ermittelt», hielt ein Vierter dagegen.

«Ach was, wirklich?»

«Sag bloß, das wusstest du nicht!»

Das war die Art von Gesprächen, bei denen mein Onkel sein ganzes Leben lang zugehört und sich Notizen gemacht hatte.

Gleichzeitig ging mir natürlich auch das Skelett nicht aus dem Kopf. Und so machte ich mich daran, dem einzigen möglichen Anhaltspunkt nachzugehen, den ich hatte: der Frage, wo Domenico Venier seinerzeit residiert hatte.

Ich erinnerte mich, zusammen mit meinem Onkel einmal einen der Sekretäre des damaligen Botschafters getroffen zu haben. Da die Venezianer sich in der Zwischenzeit im Palast von San Marco breitgemacht hatten, war er nicht schwer zu finden. Er hieß Pasquale, hatte gierige Glupschaugen und war einer von der Sorte, die für alles eine Gegenleistung verlangt. Als er den Namen Venier hörte, verzog er gequält das Gesicht.

«Ach Gottchen, Domenico Venier, hör mir bloß auf mit dem. Der hat uns damals viel Ärger gemacht.»

Offenbar wollte Pasquale sich ein bisschen wichtigmachen, denn er war höchstens dreißig Jahre alt und kannte die Geschichte daher bestenfalls vom Hörensagen. Doch ich ließ ihn gewähren, denn eine der Lektionen meines Onkels hatte gelautet, dass man die Wichtigtuer unbedingt reden lassen muss. Wenn sie sich erst genügend aufgeblasen haben, können sie nicht mehr zugeben, dass die Gefälligkeit, die man von ihnen verlangt, außerhalb ihrer Möglichkeiten liegt. Und dann legen sie sich richtig ins Zeug.

Pasquale schwafelte also ein bisschen herum, während wir auf der Treppe zum Obergeschoss des Palastes von San Marco saßen. Er ließ Namen fallen, gab jovial und in schnodderigem Ton ein paar Anekdoten zum Besten, die belegen sollten, dass er mit allen auf vertrautem Fuß stand, die in der Botschaft ein und aus gingen. Währenddessen eilten die ganze Zeit irgendwelche Herrschaften an uns vorbei, die ihm keinerlei Beachtung schenkten.

«Also, kannst du mir helfen?», fragte ich, als ihm das Pulver langsam ausging.

«Sicher. Dauert aber ein paar Tage. Von den Leuten von damals ist keiner mehr dabei.»

«Schaffst du schon.»

«Wann gehen wir mal wieder was trinken?»

Ich musste ein Lachen unterdrücken. Wie gesagt, ich hatte ihn einmal getroffen, und getrunken hatten wir nichts.

«Bald», sagte ich.

«Vielleicht besuche ich dich mal. Du wohnst doch jetzt bei dieser Mercuria, wie man hört.»

Daher also wehte der Wind. Ich war erstaunt, dass er davon wusste, ließ mir aber nichts anmerken.

«Die hat doch bestimmt noch ein paar Kontakte, wenn du verstehst, was ich meine. Für mich darf's gern ein bisschen jünger sein. Die sehen das hier nicht so gerne, wenn wir uns im Hortaccio herumtreiben. Ist alles nicht mehr so einfach in letzter Zeit.»

«Wem sagst du das», heuchelte ich.

Als ich wieder in das Gewirr der Gassen zwischen Kapitol und Trajanssäule eintauchte, fühlte ich mich tatsächlich ein bisschen wie ein richtiger Novellant.

Ein paar Tage darauf überquerte ich spät in der Nacht auf dem Heimweg von einem Treffen mit einem der Bekannten meines Onkels, einem trinkfreudigen Bankier, die Piazza Navona. Todmüde trottete ich über die verlassene Fläche, vorbei an den Brunnen, in denen das Wasser vor sich hin plätscherte. Ratten stöberten in zusammengekehrten Abfällen. Eine Katze lauerte hinter einem zusammengeklappten Marktstand. Die Glocke von Sant'Agnese schlug.

Durch eine kleine Gasse erreichte ich den Platz vor der Statue des Pasquino. Am Sockel und an der Wand dahinter klebten Fetzen von abgerissenem Papier. Irgendwo begann ein Vogel zu zwitschern und kündigte an, dass der Tag nicht mehr fern war.

Ich bog in einen kleinen Innenhof ein, um mich zu erleichtern. In den Fenstern der umstehenden Häuser brannte kein einziges Licht. Nur die dichte Wolkendecke warf einen schwachen Schimmer zurück.

Plötzlich hörte ich leise Schritte. Ich lugte um die Ecke

und sah einen kleinen Kerl im Kapuzenmantel, der sich an der Statue zu schaffen machte.

Mit dem Pasquino ist es eine merkwürdige Sache: Seit die übel zugerichtete Figur vor siebzig Jahren gefunden und aufgestellt wurde, bekommt sie immer wieder nächtlichen Besuch von mehr oder weniger talentierten Satirikern, die sie mit Zetteln voller derber Zeichnungen, Schmähgedichte und gereimter Dialoge bekleben. Wenn diese Werke die Obrigkeit auf allzu beleidigende Weise durch den Dreck ziehen, werden sie am nächsten Tag entfernt und dem Gouverneur vorgelegt. Doch obwohl es einfach wäre, den Pasquino nachts bewachen zu lassen, geschieht gerade das eben nicht. Nach einem ungeschriebenen Gesetz gehört die Nacht dem Pasquino und seinen Dichtern, die nie jemand zu Gesicht bekommt.

Oder fast nie. Denn jetzt hatte ich offenbar einen von ihnen vor der Nase.

Die kleine Gestalt klebte mit schnellen Handgriffen etwas an den Sockel der Statue, dann wandte sie sich um. Ich zog den Kopf zurück und presste mich an die Wand des Durchgangs zum Innenhof. Hatte der Kerl mich gesehen?

Die Schritte näherten sich. Ich hielt den Atem an. Einen Augenblick später huschte er vorbei. Offensichtlich hatte er mich nicht bemerkt, denn er wandte noch nicht einmal den Kopf.

Meine Neugier war geweckt. Ich schlüpfte aus dem Durchgang, schlich zur Statue, löste den vom Kleister noch feuchten Zettel ab, faltete ihn und steckte ihn unter meinen Gürtel. Als ich mich umdrehte, sah ich gerade noch, wie die Gestalt hinter einer Biegung der Via di Parione verschwand. Ich schlich natürlich hinterher. Gelichter, das im Dunkeln herumhuscht, weckt meine berufliche Neugier.

Bald sah ich den Kleinen wieder. Mit zügigen Schritten, aber ohne übertriebene Eile, folgte er den Windungen der Straße und blickte sich nicht ein einziges Mal um, auch nicht, als er den Palast des Gouverneurs passierte, der als dunkler Klotz die umstehenden Häuser überragte. Offenbar war er sich seiner Sache sehr sicher, oder er wollte keinen Verdacht erregen, falls eine der dort einquartierten Wachen aus dem Fenster schaute und aus reiner Langeweile auf die Idee kam, verdächtige Passanten anzuhalten.

Ich hielt Abstand, drückte mich an die Hauswände und tauchte, wann immer das möglich war, hinter Vorsprünge und in einmündende Gassen ab. Ab und zu verlor ich ihn in der Dunkelheit aus den Augen, sodass ich meine Schritte beschleunigen musste, um aufzuschließen. Eigentlich hätte er mich hören müssen, aber vielleicht dämpfte seine Kapuze alle Geräusche.

Plötzlich blieb er stehen. Ich ließ mich hinter eine Säule gleiten und wartete ab. Ein Stück die Straße hinunter ragte einer der Ecktürme des Palastkomplexes von Monte Giordano auf, ein verschachteltes Ineinander von Gebäuden, Türmen und Innenhöfen. Hinter diesen Mauern herrschten die Orsini. Angeblich beherbergte und beschäftigte die Familie dort eine ganze Schar von Gesetzlosen und Verbannten, aber niemand wusste das so genau, denn die Schläger, die sie ihren Gegnern ganz ungeniert auf den Hals schickten, waren meistens maskiert.

Und ausgerechnet vor diesem Gebäude war der Kerl nun stehen geblieben. Zum ersten Mal blickte er sich um. Erneut tauchte ich hinter die Säule ab und hielt die Luft an, damit die Atemwolken aus meinem Mund mich nicht verrieten.

Als ich wieder hervorlugte, traute ich meinen Augen

nicht: Er kletterte tatsächlich an der Mauer hoch, und das wohl nicht zum ersten Mal, denn er war flink und schien genau zu wissen, wo er nach Vorsprüngen greifen und in welche Lücken er seine Füße stemmen musste. Auf der Mauerkrone blickte er sich ein letztes Mal um. Dann ließ er sich auf der Innenseite hinuntergleiten und verschwand aus meinem Blick.

Ich war verwirrt. War ich einem Einbrecher hinterhergeschlichen? Oder wohnte er dort? Aber warum stieg er dann über die Mauer? War er einer der Gesetzlosen, die da beherbergt wurden?

Nachdem sich eine ganze Zeitlang nichts mehr geregt hatte, beschloss ich, den Heimweg anzutreten, um mir den Zettel bei Licht anzuschauen. Während ich die Via di Parione entlangschlenderte, kehrte die Müdigkeit zurück. Die Wolkendecke war aufgerissen und gab den Blick auf einen ersten Hauch von Blau frei. Wieder begann ein Vogel zu zwitschern, ein anderer fiel ein.

Ich hatte gerade den Tordurchgang zu unserem Hof passiert, da hörte ich ziemlich dicht hinter mir ein Geräusch.

Ich unterdrückte den Impuls, ins Haus zu fliehen, und blickte mich um. Mein Herz klopfte schneller. Der Durchgang war so dunkel, dass man es eher ahnen als sehen konnte, und doch war ich sicher, dass dort jemand stand. Hatte er da gelauert, während ich halb benommen vor Müdigkeit an ihm vorbeigetappt war? Oder hatte er mich bis hierher verfolgt?

Ich weiß nicht, wie lange ich in die Schwärze des Tors starrte, bereit, einen Sprung rückwärts zu machen und einen der herumliegenden Steinbrocken zu ergreifen, um mich damit notfalls meiner Haut zu erwehren.

Als ich schon dachte, mich getäuscht zu haben, raschelte

es, und ein Schatten trat vor das Grau des Hintergrundes jenseits der Durchfahrt, eine kleine Gestalt mit einer großen Kapuze. Er war es. Er hatte den Spieß umgedreht, und offenbar hatte er mehr Talent als ich, andere unbemerkt zu verfolgen.

Eine ganze Weile standen wir so da und belauerten einander. Er schien mich nicht angreifen zu wollen, jedenfalls wirkte seine Haltung keineswegs sprungbereit, abgesehen davon, dass er kleiner war als ich, sodass er mir wahrscheinlich unterlegen gewesen wäre. Meine Anspannung ließ etwas nach. Ich trat wieder in den Torbogen zurück, und so standen wir eine Weile in der Dunkelheit voreinander.

«Gib das Gedicht wieder her», flüsterte er. Seine Stimme klang wie die eines Kindes.

«Warum sollte ich?», flüsterte ich zurück.

«Weil du's geklaut hast, du Blödmann», war die Antwort, jetzt nicht mehr geflüstert. Es dauerte einen Moment, bis ich begriff: Vor mir stand eine Frau. Ich war völlig perplex.

«Schau nicht so dämlich!»

Ich musste grinsen. Und weil von ihr offenbar keine Gefahr ausging, kam mir das Ganze auf einmal vor wie ein kleines Spiel. «Kannst du doch gar nicht sehen, ob ich dämlich schaue», sagte ich.

«Ich weiß es. Und jetzt grinst du auch noch. Gib's her!»

«Erst will ich's lesen.»

«Kannst du morgen machen, wie alle anderen auch. Her damit!»

Eine weiße Hand löste sich aus dem Umhang und streckte sich mir entgegen. Ich rührte mich nicht. Ihre Frechheit reizte mich irgendwie. «Hol's dir doch.»

«Den Teufel werd ich.»

«Dann nicht.»

«Pass auf, mein Freund, leg dich lieber nicht mit mir an! Mein Vater schickt ein paar Leute vorbei, die reißen dir den Kopf ab!»

Die Drohung klang irgendwie hilflos, und dennoch hielt ich kurz inne. Vielleicht wohnte sie auf dem Monte Giordano und war nur über die Mauer gestiegen, weil niemand wissen durfte, dass sie sich davonstahl. Wenn sie eine Orsini war, dann war das mit dem Kopfabreißen keine völlig aus der Luft gegriffene Aussicht. Andererseits: Wer auch immer ihr Vater war, er ahnte wohl kaum, dass sie nachts in der Gegend herumschlich.

«Weiß dein Vater denn, was du so treibst?», fragte ich also.

«Klar», sagte sie. Obwohl ich in der Dunkelheit ihren Gesichtsausdruck nicht sehen konnte, wusste ich selbstverständlich, dass das gelogen war. Doch ganz davon abgesehen hätte ich einiges darum gegeben, das Gesicht zu sehen, das zu dieser dreisten Stimme gehörte. Wenn ich sie lange genug hinhielt, würde es vielleicht hell genug geworden sein.

«Glaube ich nicht.»

«Willst du's drauf ankommen lassen?»

«Gerne. Wir können ja zusammen hingehen.»

Der Vorstoß war natürlich kein bisschen ernst gemeint, aber er brachte sie aus dem Konzept. Sie schwieg.

«So kommen wir nicht weiter», sagte sie schließlich.

«Und wie kommen wir weiter?»

«Du liest es und gibst es mir zurück.»

«Einverstanden. Morgen.»

«Nein. Sofort.»

«Hier ist kein Licht.»

«Gut. Morgen.»

Das Licht schien sie also zu scheuen. Und bevor ich noch einen Vorschlag machen konnte, wo und wann diese Übergabe stattfinden sollte, hatte sie sich auch schon umgedreht und war verschwunden.

Während ich ins Haus ging, fragte ich mich, warum sie sich überhaupt so plötzlich auf diese Abmachung eingelassen hatte. Wenn dieses Gedicht von ihr war, dann kannte sie es wahrscheinlich ohnehin auswendig; es gab also eigentlich keinen Grund für ihren Vorschlag. Außer einem vielleicht: Sie war genauso neugierig wie ich, zu erfahren, wer ihr da in der Dunkelheit gegenübergestanden hatte.

Ich ging also ins Haus, zündete eine Kerze an, legte das Blatt auf den Tisch und begann zu lesen. Es ging um Giulio Parisani, den kürzlich verhafteten Bischof von Rimini. Und es klang, als hätte Pietro Aretino sich aus dem Grab zurückgemeldet.

Sonett

Parisani, alter Bock! An deinen Rammlerohren
Hat man dich nun aus dem Karnickelbau gezerrt
Und in die Engelsburg bei trockenem Brot gesperrt.
Jetzt hockst du da und bist verzweifelt und verloren.

Zu blöd! Was musstest du dich auch erwischen lassen
Beim Saufen, Fressen, Schlemmen, Kopulieren
Mit Mann, Frau, Ziege, Schaf und andren Tieren,
Beim Lästern, Fluchen, Zocken, Schwelgen, Prassen!

Wärst du doch bloß im schönen Rimini geblieben!
Wo du es zwanzig Jahre ungestört getrieben
In deinem Schweinestall, in dieser Jauchegrube,

Die mal dein Bischofssitz war. Alter Lotterbube!
Jetzt geht's ins Kloster, und da wirst du gut verwahrt,
Du fette Sau! Viel Spaß beim Beten! Gute Fahrt!

12 Gennaro klatschte vor Vergnügen in die Hände, nachdem er das Sonett gelesen hatte. «Unglaublich! Wie sieht sie aus?»

«Hörst du nicht zu? Es war dunkel!»

«Egal. Wir werden es heute erfahren.»

«Wer sagt, dass sie kommt?»

«Natürlich kommt sie!»

«Und wieso wir?»

«Weil der ganze Innenhof in den Fenstern hängen wird, wenn Madama Orsini hier hereinspaziert. Ob's dir passt oder nicht.»

So etwas hatte ich befürchtet. Und weil ich, wie ich zugeben muss, selbst ein bisschen aufgeregt war, gefiel mir die Aussicht gar nicht, dass die ganze Gemeinschaft sich das Maul über meine nächtliche Begegnung zerreißen würde. Überhaupt, Madama Orsini. Es war gar nicht klar, ob sie zu dieser Familie gehörte, und im Übrigen war es mir auch egal. Ich wollte ihr Gesicht sehen.

«Wie war's in den Trajansthermen?», fragte ich Gennaro, um abzulenken.

Er verdrehte genießerisch die Augen. «Genau die Richtige für mich. Viel Talent und wenig Tugend.»

Den ganzen Tag über brachte ich kaum etwas zustande. Meine Gedanken kreisten um die gesichtslose Unbekannte, die derbe Gedichte schrieb. Um nicht enttäuscht zu werden, beschloss ich, nicht mit ihrem Kommen zu rechnen. Genau genommen hatte sie ja auch gar nicht gesagt, dass sie kommen würde. Kurz überlegte ich, selbst zum Monte Giordano zu gehen, und stellte mir vor, dass sie dort vielleicht vor dem Tor auf mich warten würde. Das war natürlich Unsinn. Egal wer ihr Vater war, er würde kaum dulden, dass seine Tochter allein auf der Straße herumstand, um auf irgendwelche Kerle zu warten. Und genauso wenig würde er dulden, dass irgendwelche Kerle auf der Straße herumstanden, um auf seine Tochter zu warten. Entweder sie kam, oder sie kam nicht.

Das Sonett, das mein Onkel für seine letzte Nachricht abgeschrieben hatte, kam mir in den Sinn. War das etwa auch von ihr? Seit wann machte sie das eigentlich? Und warum?

Ich versuchte, sie mir vorzustellen, aber es fiel mir schwer. Wahrscheinlich hatte ich in den letzten Wochen zu viele Bilder von Salviati betrachtet, denn immer wieder schoben sich Madonnen mit langen Nasen vor mein inneres Auge. Ich hätte sie gern als geheimnisvolle Schönheit gesehen, doch das passte nicht zum rohen Ton des Sonetts. Aber was hätte schon dazu gepasst? Ein feister Kerl mit Halbglatze, Bart und stechendem Blick vielleicht, ein Aretino eben, aber mit Sicherheit kein Mädchen aus vornehmem Haus, wenn sie das denn war.

Als sie dann wirklich kam, hatte ich kaum noch mit ihr gerechnet.

Es war schon dunkel, und niemand hing in den Fenstern. Bei Gennaro waren die Tore verrammelt, und bei Mercuria flackerte unstet das schwache Licht des Kaminfeuers. Die anderen waren offenbar nicht da.

Es klopfte. Ich öffnete. Da stand sie.

Wie soll ich meinen ersten Eindruck vom Gesicht unter der Kapuze beschreiben, die sie auch jetzt wieder trug? Katzenhaft sah sie aus. Gott sei Dank hatte sie nichts von den Modellen Salviatis, dafür umso mehr von denen Parmigianinos: ein dreieckiges Gesicht mit spitzem Kinn, schräge, etwas engstehende und ziemlich freche Augen, eine sehr schmale Nase und einen winzigen Mund. Alle Linien schienen auf diesen Kindermund zuzulaufen, unvorstellbar, dass diese Lippen beim Schreiben die Derbheiten vor sich hingemurmelt hatten, die Parisanis Umtriebe beschrieben.

Sie zog die Kapuze herunter. Die dunklen Haare hatte sie zu einem Zopf zusammengebunden. Die von der Kälte geröteten Ohren standen etwas ab, was den kindlichen Ausdruck noch verstärkte. Sie sah sehr jung aus, dabei war sie, wie ich später erfahren sollte, zwei Jahre älter als ich. Offenbar wollte sie diesem Eindruck und der Hilflosigkeit etwas entgegensetzen, mit der sie in der vergangenen Nacht erfolglos versucht hatte, mir das Gedicht wieder abzunehmen. Also ging sie gleich zum Angriff über.

«Her damit!», war ihre Begrüßung.

Ich wies auf den Tisch, auf dem das Sonett immer noch lag. Natürlich hatte ich eine Abschrift gemacht.

Sie schob sich an mir vorbei, griff sich das Blatt und steckte es unter ihren Mantel.

«Willst du dich setzen?»

«Ich bin gleich wieder weg.»

War sie wirklich nur gekommen, um das Sonett wieder abzuholen? Die neugierigen Augen, mit denen sie sich im Zimmer umsah, sagten etwas anderes. Und natürlich blieb ihr Blick auf den Kisten mit den Papieren meines Onkels haften.

«Was ist das?»

«Meine Arbeit», sagte ich wichtigtuerisch.

«Zeig mal her.»

Und dann setzte sie sich doch. Sie wollte es sich zuerst nicht anmerken lassen, aber die Unterlagen interessierten sie brennend. Sie erkannte sofort, auf was für einem Schatz ich da saß, und das machte sie gesprächiger. Sie fragte mich über meinen Onkel und seine Tätigkeit aus, und während wir sprachen, blätterte sie sich durch die Dokumente, las sich fest, zog die Augenbrauen hoch. Und immer wenn ich dachte, sie hörte mir gar nicht mehr zu, stellte sie eine Zwischenfrage.

Zugegeben, ich hatte ihr absichtlich als Erstes die Kiste zugeschoben, in der sich auch das Sonett über die Kurtisanen befand, um ihre Reaktion zu beobachten. Aber weil sie sich für alles zu interessieren schien, dauerte es eine ganze Weile, bis sie sich bis dorthin vorgearbeitet hatte.

«Ach das», sagte sie nur, als die Verse erschienen.

«Ist das auch von dir?», fragte ich bemüht unbedarft.

«Kann sein», antwortete sie, ohne aufzublicken.

«Wo hast du das gelernt?»

«Ich lese viel. Aretino, Berni, Franco, Vignali, solche Sachen.»

«Die stehen auf dem Index.»

«Da gehören sie ja wohl auch hin», sagte sie, ungerührt weiterblätternd.

Fast zwei Stunden verbrachten wir so. Sie überflog die Texte, las die eine oder andere Passage laut vor und stellte Fragen, wie sie ihr in den Kopf zu kommen schienen. Ich dagegen erfuhr nichts von ihr, noch nicht einmal ihren Namen. Ich beobachtete sie beim Lesen, registrierte jedes Hochziehen der Augenbrauen, jedes Stirnrunzeln und jedes kurze Aufleuchten ihres Lächelns und fragte mich, warum mir ihr Gesicht so bekannt vorkam.

Irgendwann raffte sie die Papiere zu einem sauberen Stapel zusammen und blickte auf. «So. Und was ist jetzt deine Arbeit?»

«Ich schreibe auch», sagte ich unbestimmt.

Sie verdrehte ungeduldig die Augen. «Und kann man das mal sehen?»

Ich kramte einige meiner Gazetten hervor und legte sie vor ihr auf den Tisch. Eine Weile war es still, während sie las. Schließlich blickte sie auf. Sie lachte, tatsächlich, zum ersten Mal sah ich diesen kleinen Mund lachen.

«Echt, so einen Scheiß denkst du dir aus?»

Was sollte ich darauf antworten? Stand mir die nächste Tirade voller Missbilligung und Belehrungen bevor? Wollte dieses Mädchen, das mich seit ein paar Stunden kannte, mir jetzt auch schon erzählen, dass ich schleunigst so zu werden hatte wie mein Onkel?

Aber das wollte sie nicht. Stattdessen begann sie erneut, mich mit Fragen zu bearbeiten, Fragen zu den Geschichten selbst, zur Zensur, zu den Druckern und zur Verbreitung der Blätter. Fast hatte es den Anschein, als wollte sie auch in dieses Geschäft einsteigen. Immer wieder zitierte sie kreuz und quer aus den Gazetten, offenbar hatte sie sich jeden Satz gemerkt, den sie einmal gelesen hatte, und immer wieder lachte sie ihr Kinderlachen. Nach einer Weile begriff ich, was ihr gefiel: Sie liebte die Ungeniertheit dieser Lügen, nicht die Lügen selbst, sondern die Dreistigkeit, mit der ich sie erfand und verbreitete. Dreistigkeit war die Eigenschaft, die sie offensichtlich am meisten schätzte. Das passte zu ihren literarischen Vorlieben: Aretino, Berni, Franco, und dann zu allem Überfluss auch noch Vignali, dessen vulgäre Ausscheidungen kein gesitteter Mensch lesen konnte, ohne sich in Grund und Boden zu ekeln. An diese Bücher kam man inzwischen gar nicht mehr heran; schon zu Carafas Zeiten hatten sie die karrenweise zu den Scheiterhaufen gebracht.

Das weitere Gespräch verlief völlig ungezwungen, wenngleich sie alle meine Versuche, mehr über sie zu erfahren, gekonnt ins Leere laufen ließ. Irgendwann bot ich ihr einen Becher von dem griechischen Wein an, den Mercuria zu einem der Abende mit den anderen Bewohnern mitgebracht hatte. Während ich einschenkte, stellte ich mich vor.

«Schöner Name», sagte sie, rieb sich die Hände und blickte zum Kamin. «Sag mal, kannst du's hier drin vielleicht ein bisschen wärmer machen?»

Ich hielt inne und tat nichts, sah sie nur an, die Karaffe noch in der Hand. Sie wiederum tat so, als bemerkte sie es gar nicht, und blickte sich interessiert im Raum um. Einmal zuckten ihre Mundwinkel ganz kurz, doch sofort hatte sie sich wieder im Griff und spielte das Spiel weiter. Sie ignorierte mich, als wäre ich ein Bediensteter, dem sie eine Anweisung erteilt hatte, mit der er nun eine Weile beschäftigt sein würde.

Schließlich gab sie sich einen Ruck. «Gut, von mir aus, bevor das hier albern wird. Ich heiße Giordana. Und jetzt mach es endlich wärmer!»

Während ich Holz nachlegte, fragte ich mich, ob sie wirklich so hieß oder sich den Namen nur ausgedacht hatte, und ob sie wirklich eine Orsini war. Sie aber hatte ganz offensichtlich nicht die Absicht, diese Fragen zu beantworten.

«Ist ja gut und schön, dass wir hier so angeregt plaudern»,

sagte sie schließlich. «Aber du bist ganz offensichtlich einer, der seinen Mund nicht halten kann.»

Ich wollte protestieren, doch sie hob beschwichtigend die Hände.

«Erzähl mir nichts. Ist auch überhaupt nicht schlimm. Aber du wirst verstehen, dass ich keine Lust habe, mich in einer deiner Gazetten wiederzufinden, damit nächste Woche die ganze Stadt weiß, von wem diese Sonette stammen. Belassen wir es bei Giordana.»

Ich nickte und setzte mich wieder. «Warum machst du das überhaupt?», fragte ich vorsichtig.

«Aus Wut.»

Diese brüske Antwort überraschte mich. Ich blickte sie fragend an.

«Du hast keine Vorstellung davon, wie ich lebe.»

Ich spürte, dass sie nicht weiter darüber reden wollte, dass es sie ärgerte, sich überhaupt diese Blöße gegeben zu haben. Ihr Gesicht nahm erneut den kampflustigen Ausdruck an, doch bevor sie wieder patzig werden konnte, klopfte es an die Tür, und Mercuria streckte den Kopf herein. Ihr Blick wanderte von mir zu Giordana und zurück. Ich sah, wie sie sich mühte, ihre Neugier zu bezähmen.

«Darf ich kurz?»

«Bitte.»

«Es ist was passiert.» Wieder musterte sie Giordana, als müsste sie schnell entscheiden, ob man ihr vertrauten könne, und ich fürchtete schon, sie würde sie vor die Tür schicken, doch dann kam sie herein, legte mir eine Hand auf den Arm und sagte: «Antonio ist weg.»

«Wie, weg?»

«Aus der Stadt.»

«Wann?»

«Heute Nacht. Gerade noch rechtzeitig.»

«Warum das denn?»

«Die Inquisition wollte ihn verhaften lassen. Irgendwer hat ihn angeschwärzt und behauptet, er sei nur zum Schein konvertiert, betreibe heimlich irgendwelche dunklen Praktiken mit geweihten Hostien und ähnlich blödsinnige Vorwürfe. Die waren heute Nachmittag hier und wollten ihn mitnehmen. Zum Glück hat ihn gestern jemand gewarnt. Sie haben sich im Haus umgesehen, aber nichts gefunden, weil er schon alles ausgeräumt hatte.»

«Wo ist er?»

«Je weniger Leute das wissen, desto besser. Vielleicht tauchen sie noch mal auf und stellen Fragen. Ich wollte dich nur vorwarnen.»

«Danke.»

«Dann hätten wir das ja geklärt», sagte Mercuria, doch anstatt wieder zu verschwinden, blickte sie nun erneut zu Giordana. Ich sah genau, dass sie im Bilde war. Gennaro hatte den Schnabel natürlich nicht gehalten, und Mercuria war jetzt so richtig neugierig. Sie stellte sich vor. Und dann gab sie mir eine eindrucksvolle Lektion darüber, wie sie Menschen um den Finger zu wickeln verstand.

Anstatt Giordana Fragen zu stellen, plauderte sie ein bisschen über ihre Häuser und über unser Kennenlernen, machte Giordana mit ein paar Witzchen auf meine Kosten zu ihrer Komplizin, griff dann weiter in die Vergangenheit aus, gab die eine oder andere Anekdote aus früheren Jahren zum Besten und ließ auf unaufdringliche Weise durchblicken, womit sie ihr Geld verdient hatte. Giordana hing an ihren Lippen, warf ab und zu etwas ein, und wer weiß, was sie Mercuria alles über sich verraten hätte, wenn ich nicht danebengesessen hätte, stumm wie ein Schaf. Die ungezwungene Vertrautheit zwischen den beiden irritierte mich, weil Mercuria so mühelos gelang, was ich stundenlang angestrengt versucht hatte: Giordana zum Lachen zu bringen, sie zu beeindrucken, ihr etwas zu entlocken. Andererseits freute ich mich über Mercurias Anteilnahme, fast so als wäre sie die Instanz, die darüber zu befinden hatte, welche Bekanntschaften gut für mich waren. Und da war noch etwas: Ich ahnte, dass ich von der Vertrautheit zwischen den beiden profitieren würde. Mercuria kochte Giordana für mich weich.

Und es kam noch besser. Nachdem Mercuria nämlich allerlei Geschichten über ihre Bekanntschaft mit den verschiedensten Künstlern vorgetragen hatte, hielt sie plötzlich inne, rückte ein Stück vom Tisch ab und betrachtete Giordana mit zusammengezogenen Augenbrauen.

«Jetzt weiß ich's!»

«Was?», fragte Giordana irritiert.

«Warum du mir gleich so bekannt vorkamst.» Sie kniff die Augen zusammen und musterte Giordana noch eine ganze Weile. «Je länger ich dich anschaue, desto unglaublicher kommt es mir vor», sagte sie.

«Was denn?», mischte nun auch ich mich ein.

«Ein Bild. Eine ganz erlesene Madonna mit Kind und ein paar Engeln von Parmigianino. Und einer dieser Engel bist du. Wirklich, als hättest du ihm Modell gestanden.»

Parmigianino. Insgeheim klopfte ich mir für meinen sicheren Blick auf die Schulter.

«Das hat mir irgendwann schon mal jemand gesagt», sagte Giordana. «Aber ich habe dieses Bild noch nie gesehen.»

«Wie auch, er hat's ja nie rausgerückt. Aber es gibt einen Stich davon.»

«Ach, tatsächlich?»

«Oh ja. Er hat mir mal ein Exemplar davon geschickt.»

«Wie? Du kanntest ihn?»

«Na ja, ich war damals viel in diesen Kreisen unterwegs, wie gesagt. Er hat mich sogar mal gezeichnet.»

«Wirklich?»

1530 Gott, dieser Maler, was für ein Schlingel! Der hatte es schon den ganzen Nachmittag auf sie abgesehen, aber Mercuria war sich nicht sicher, ob er sie als Modell wollte oder als Bettgenossin, das floss bei denen ja meistens ineinander, weil sie gar nicht unterscheiden konnten, ob ihr Begehren künstlerischer Natur war oder doch von weiter unten heraufpulsierte. Dummerweise bildeten sie sich dann oft ein, die Bettgenossin mit dem Modell schon mitbezahlt zu haben, es sei denn, sie interessierten sich nicht für Frauen, aber dann sahen ihre Werke auch entsprechend aus. Für eine dem Bad entsteigende Aphrodite nahmen sie die erstbeste Küchenmagd, aber für den Heiligen Sebastian, der sich lustvoll im Pfeilhagel seiner Peiniger aalte, konnte das Modell ihnen gar nicht anmutig genug sein.

Was der hier wollte, war nicht ganz klar. Auf jeden Fall redete er gern, wenn bloß sein Akzent nicht gewesen wäre, der ließ ihn immer ein bisschen empört und gepresst klingen, aber was der Maler zu erzählen hatte, war unterhaltsam; er kam gerade aus Bologna zurück, wohin er den Papst zur Kaiserkrönung begleitet hatte, und dort hatte er eine ganze Menge berühmter Leute kennengelernt, deren Marotten er in eleganter Plauderei zuspitzte und imitierte. Er war ja selbst eine Berühmtheit; die reichen Sammler rissen sich um seine Gemälde und die Künstler um seine Stiche, um die Posen der entzückenden Madonnen und Engel in ihre eigenen Bilder hineinzukopieren. Er kannte seinen Wert, und hübsch war er obendrein, ein bisschen schmal vielleicht, aber biegsam und unerschrocken wie der David von Donatello; keiner, der sich gleich in jeden Händel stürzte, sondern eher einer, der seinen Gegner elegant ins Leere laufen ließ und lächelnd zusah, wie der sich auf die Nase legte.

Gegner hatte er allerdings keine an diesem Frühlingsnachmittag, nur Bewunderer, die an seinen Lippen hingen, als er erzählte, wie er dort in Bologna zuerst den Papst und dann den Kaiser gemalt hatte, die sich jetzt, nur drei Jahre nach dem Sacco, schon wieder glänzend verstanden. Trotzdem oder gerade deshalb war es natürlich besser gewesen, die Krönung dort oben abzuhalten und nicht in Rom, dieser verwüsteten und entvölkerten Stadt, wo sie den Mann, der für die ganze Misere verantwortlich war, wahrscheinlich eher mit einem Steinhagel empfangen hätten als mit Jubelgeschrei, vor allem wenn er es gewagt hätte, mit seinen Landsknechten einzuziehen, die hier nun wirklich keiner mehr sehen wollte.

Der Gastgeber war ein bekannter Bankier aus Genua, der zuerst die Soldaten finanziert hatte, die die Stadt im Namen des Kaisers zerstört hatten, und jetzt die Maurer, die sie im Namen des Papstes wieder aufbauten. Ganz untypisch für einen Genuesen, warf er mit Geld nur so um sich, und das, obwohl man munkelte, dass er fast pleite war. Vielleicht wollte er mit Gesellschaften wie dieser auch gezielt solchen Gerüchten entgegenwirken, denn was hier an Edelfischen und Früchten aus fernen Plantagen aufgetragen worden war, das musste ein Vermögen gekostet haben, ebenso wie die Ausstattung der Gartenvilla: Vor der hohen und von Efeu überrankten Mauer reihten sich Faune und Nymphen aneinander, dazwischen als Prunkstück ein Satyr, der es mit einer Ziege trieb. In einer abgelegenen Nische des Gartens lag eine mit

Perlmutt ausgekleidete Grotte, in deren Mitte eine nackte Venus über einer Brunnenschale in die Arme von Adonis sank, um den Gästen eine Anregung zu geben, was man hier an lauen Abenden tun konnte.

Es war ein wunderschöner Frühlingstag, also hatte man draußen unter einem Baldachin gespeist: der Bankier, vier hohe Beamte aus der päpstlichen Verwaltung, ein paar junge Dinger, die ihren Marktwert nach oben treiben wollten, und sie, die das nicht mehr nötig hatte, weshalb der Bankier ihr eine Perlenkette als Einladung geschickt hatte. Und dazu dieser kleine Maler, der geschickt den richtigen Moment abgepasst hatte, um sie aus der Gesellschaft herauszulösen wie die Auster aus einer Miesmuschelbank, während die Herren, angenehm träge vom Essen und besäuselt vom Wein, über die Preise von Ämtern an der Kurie debattierten und die Mädchen auf ihren Stühlen dekorativ die Locken um die Finger wickelten.

Sie spazierten eine Weile durch den Garten, und sie hakte sich bei ihm unter, um die anderen auf Abstand zu halten. Die kleine Severina, die im Lauf des Nachmittags von einem Schoß zum anderen gewandert war, schlief jetzt im Schatten in einer kleinen Hängematte, die der Hausherr persönlich zwischen einem Orangenbaum und einer der steinernen Nymphen aufgehängt hatte; eigentlich hatte er spaßeshalber das Gemächt des Satyrs zur Befestigung verwenden wollen, aber da war Mercuria eingeschritten, man musste es ja nicht übertreiben.

Der Maler, Francesco Mazzola sein Name, blieb bei der Kleinen stehen und betrachtete sie. Sie schlummerte tief, eine verschwitzte Haarlocke klebte an ihrer Stirn, und die prallen Wangen waren immer noch gerötet vom Toben.

«Wie alt?»

«Drei.»

«Ein Engel wie die Mutter.»

«Ein Teufel.»

Wie der Vater?, hätte er jetzt fragen können, um dem Wortwechsel eine geistreiche Abrundung zu geben, aber dafür war er zu diskret. Er betrachtete das Kind.

«Willst du sie zeichnen?»

«Eigentlich will ich lieber dich zeichnen», sagte er. Klar, dass einer wie er den zugespielten Ball mühelos annahm. Aber ganz so leicht sollte er es auch nicht haben, also gab sie keine Antwort, sondern zog ihn weiter und verwickelte ihn in ein Gespräch über seine Erlebnisse während des Sacco. Ob es stimme, dass die Landsknechte ihn in seinem Atelier überfallen hatten und dass er sich mit einem Bild hatte freikaufen müssen?

«Stimmt.»

«Was für ein Bild war es denn?»

«Ein Porträt von Oranges.»

Philibert von Oranges hatte nach dem Tod von Charles de Bourbon das Kommando über das Heer übernommen und versucht, den außer Rand und Band geratenen Haufen der Landsknechte zu bändigen. Ein paar Wochen später hatte er sich bei der Inspektion der Gräben um die belagerte Engelsburg eine Kugel eingefangen.

«Haben sie dem nicht das Gesicht weggeschossen?»

Er lachte. «Allerdings. Das sollte man auf dem Bild aber nicht sehen. Ich musste nach der Vorstellung malen, dabei war ich nach Rom gekommen, um zu lernen, nach der Natur zu malen. Das liegt mir bis heute mehr.»

Mercuria hatte natürlich verstanden, dass er mit dieser Bemerkung wieder zu seinem Vorhaben zurückkommen wollte. Und weil sie keine Einwände machte, lotste er sie in einem weiten Bogen um das Gartenhaus herum.

Im hinteren Teil des Gebäudes lag das Schlafgemach, das der Bankier dem Maler für die Dauer seines Aufenthalts überlassen hatte. Sie betraten es durch eine Flügeltür. Vorhänge bauschten sich im Windhauch. Auch hier hatte der Bankier keine Kosten gescheut: der Boden aus glattpoliertem mehrfarbigem Marmor, ein vergoldetes Himmelbett mit Blick auf den rückwärtigen Teil des Gartens, Truhen mit Schnitzereien, ein Bronzeschemel mit Löwenfüßen. Die Wände waren mit pikanten Gemälden und Stichen bedeckt, überall unbedeckte Haut und durchsichtige Schleier, verrenkte Arme und Beine und halbgeöffnete Münder von Göttinnen und Helden. Falls den Bewohner dieses Zimmers vor dem Schlafengehen das Bedürfnis nach einem frommen Nachtgebet überkam, erledigte er das besser vor dem Eintreten.

Mercuria trat näher. An der Wand neben dem Bett hing eine Reihe von kleinen Stichen, die nackte Paare in allen möglichen Verschmelzungen zeigten, darunter deftige Sonette, die das Geschehen erläuterten. Sie kannte die Bilder. Die Entwürfe stammten von Giulio Romano, die Stiche hatte Marcantonio Raimondi angefertigt, und die begleitenden Verse waren von Pietro Aretino. Vor ein paar Jahren waren sie von Hand zu Hand gegangen, dann hatte es einen Skandal gegeben, und sie waren aus dem Verkehr gezogen worden. Marcantonio Raimondi hatten sie deswegen verhaftet, Giulio Romano war vorsichtshalber nach Mantua geflohen, und Pietro Aretino saß im sicheren Venedig und trieb die Ferkeleien dort unbehelligt weiter.

«Kennst du das?», fragte er.

«Natürlich», sagte sie.

«Künstlerisch gesehen ist das ein ziemlicher Schund.»

«Und moralisch gesehen?»

Er winkte ab. «Ach Gott. Die wollten die Sittenwächter halt

ein bisschen kitzeln. Und der Papst hat sie verboten, um zu zeigen, dass er die Unzucht nicht duldet. Ausgerechnet dieser alte Erzluderlich. Wusstest du eigentlich, dass sie in Venedig eine eigene Version davon für ihn angefertigt haben?»

«Nein.»

Er nickte genüsslich. «Kameen. Fast handtellergroß, in Gold gefasst und mit Perlen eingerahmt. Als kleines Geschenk für den päpstlichen Verbündeten in Rom.»

«Und wo sind sie geblieben?»

Er zuckte mit den Schultern. «Angeblich wurden sie abgeschickt, sind aber unterwegs verschwunden. Ging ja alles drunter und drüber damals.»

Sie blickte sich noch eine Weile im Zimmer um, während er sich im Hintergrund an einer Truhe zu schaffen machte. Aus dem Augenwinkel sah sie, dass er Papier und Rötelstifte auspackte. Der meinte es wirklich ernst und hielt es schon für ausgemacht, dass sie sich gleich nackt vor ihm aufs Bett werfen würde. Seine Dreistigkeit gefiel ihr, aber dass sie ihm hier gleich den Hintern hinstrecken würde, nur weil er sie mit ein paar Bildern in Stimmung gebracht hatte, das konnte er vergessen. Sollte er erst mal zeigen, was er mit dem Rötelstift konnte.

«Wollen wir?»

Sie zog sich aus, aber nicht wie für einen ihrer Favoriten. Wenn er es so geschäftsmäßig einfädelte, dann sollte er es auch geschäftsmäßig bekommen. Und tatsächlich war der Blick, mit dem er sie taxierte, während sie das Kleid abwarf und sich auf dem Bett positionierte, kein bisschen lüstern, sondern konzentriert. Mit ein paar Handzeichen scheuchte er sie von einer Pose in die andere. Schließlich nickte er, und jetzt mischte sich doch ein bisschen Begehren in seinen Blick. Dass sie nach der Schwangerschaft etwas runder geblieben war, das kam auch bei ihm gut an.

Er zeichnete schnell und sicher, das Kratzen des Stifts war das einzige Geräusch. Niemand störte sie. Entweder die anderen waren vom Essen wirklich so träge, dass sie sich nicht mehr vom Fleck bewegten, oder sie hatten gemerkt, dass hier etwas im Gange war, was nicht für alle Augen bestimmt war.

Nach einer Weile hielt er inne. «Was dagegen, wenn ich mich auch ausziehe?»

«Wenn's dir bei der Arbeit hilft.»

Wie er so ohne bemühte Verrenkungen aus seinen Kleidern schlüpfte, das war schon elegant. Seine Haut, unter der sich kaum Muskeln abzeichneten, war glatt und weich wie die eines Kindes.

«Parmigianino sollten sie dich nennen», spöttelte sie bei seinem Anblick.

«Unglaublich», sagte Giordana.

«Ich hab die Zeichnung drüben. Ich kann sie dir zeigen.»

Mit diesen Worten stand sie auf. Auch Giordana erhob sich. Und weil ich davon ausging, dass die Einladung ja wohl auch mir galt, stand ich ebenfalls auf.

Mercuria bedachte mich mit einem Blick, der mild und streng zugleich war. «Dir zeige ich sie nicht.»

«Warum das denn bitte?», fragte ich entrüstet.

Mercuria schenkte mir ein hinreißendes Lächeln. «Weil ich darauf wie gesagt nichts anhabe, mein Freund», hauchte sie.

Damit verschwanden die beiden im Hof. Also, es war schon echt eine Frechheit, wie sie mit mir umsprangen.

13 Tja. An jenem Abend bekam ich keine Gelegenheit mehr, von Giordana noch etwas zu erfahren. Sie blieb eine Stunde bei Mercuria, schaute noch einmal kurz bei mir rein und ging.

«Sehen wir uns wieder?»

«Sicher.»

Kein Ort, keine Zeit. Sie tauchte auf und verschwand, wie es ihr passte.

Und so beschloss ich, mich wieder einmal meiner eigentlichen Arbeit zuzuwenden, die ich in der letzten Zeit ein bisschen vernachlässigt hatte.

Es war inzwischen Februar geworden. Der Karneval hatte begonnen, und unter normalen Umständen hätte ich mir das Treiben in der Stadt angesehen, um anschließend meine Beobachtungen zu haarsträubenden Geschichten mit vom Himmel regnendem Feuer, zum Leben erwachten Statuen, tanzenden Dämonen, Schwefeldampf und Engelsgesang zu verarbeiten. Doch da war kaum etwas zu holen: Die Feierlichkeiten fielen in diesem Jahr so mager aus wie selten, denn der Papst hatte angesichts der neuerlichen Gefahr eines Krieges gegen die Türken wieder einmal Buße und Einkehr verordnet und den Karneval derart eingeschränkt, dass einige Lästermäuler bemerkten, unter Ghislieri sei inzwischen das ganze Jahr über Fastenzeit.

So streifte ich ziellos in der Stadt umher. Einmal sah ich

dabei tatsächlich den Papst, wie er während einer Prozession vor dem Lateran seine Schweizer zur Seite scheuchte, in die Menge eintauchte und mit den Gläubigen sprach; sein hageres Gesicht mit der Hakennase einem vor ihm knienden Handwerker zugeneigt, dessen schwielige Pranke in der weißen spinnenfingrigen Hand mit dem Fischerring: Dieser klapprige alte Mann, der den Leuten das Feiern vermieste und die Hunde der Inquisition jedem auf den Hals hetzte, der die Transsubstantation anzweifelte oder verbotene Schriften las, dieser Mann stand dort gebeugt in der Kälte vor der Basilika und hörte sich mit der größten Geduld an, was die Leute für Sorgen hatten.

Auf meinen täglichen Runden machte ich fast immer auch einen Abstecher zur Statue des Pasquino. Dort hing zwar immer wieder allerhand gereimtes und ungereimtes Zeug, doch keins der zumeist bestenfalls mittelmäßigen Machwerke las sich, als könnte es von Giordana stammen.

Gennaro war die meiste Zeit über mit der Tochter seines Kunden beschäftigt, jedenfalls in den Nächten. Die Tochter hatte inzwischen einen Namen: Flavia. Bisweilen brachte er sie mit nach Hause, aber ich bekam sie nie zu Gesicht; nur manchmal, wenn ich lange aufblieb, hörte ich das leise Quietschen des Tors zu seiner Werkstatt und sah, wie sie sich als verhüllter Schatten durch den Innenhof davonstahl. Konnte Giordana sich nicht auch mal wieder davonstehlen, verdammt noch mal?

Wenn Gennaro gerade nicht durch seine heimlichen Verabredungen verhindert war, suchten wir uns einen schönen Platz, tranken Wein und redeten über unsere Zukunftspläne. Meistens landeten wir auf einem der Hügel, wo uns die ganze Stadt zu Füßen lag, als zöge es Gennaro an einen Ort, an dem er die Versuchung Christi durch den

Teufel nachvollziehen konnte: *Das alles will ich dir geben, wenn du dich vor mir niederwirfst und mich anbetest!*

Denn seine Statue des Erlösers mit dem Satan auf der Schulter ließ ihn nicht los. Am liebsten hätte er sofort drauflosgemeißelt; die Entwürfe waren nach ein paar weiteren Überarbeitungen fertig, aber ihm fehlte das Geld für einen Marmorblock in der entsprechenden Größe.

«Flavias Vater hat Geld», sagte er nachdenklich, während wir am Hang des Pincio auf einem Stein hockten und zur Piazza del Popolo hinunterblickten. Es dämmerte. Vor dem Hintergrund des orangerot eingefärbten Himmels im Westen schossen riesige Vogelschwärme hin und her, fielen zu Knäueln zusammen, platzten auf, flossen zu geheimnisvollen Formen auseinander, rissen in Stücke und stürzten wieder zusammen. Die Glocken von Santa Maria del Popolo läuteten unablässig, und aus den Straßen, die auf dem Platz zusammenliefen, strömten Menschen heraus und strebten der Kirche zu. Die Porta Flaminia mit ihren wüst ineinandergeschachtelten Anbauten glühte im letzten Sonnenlicht.

«Und wie viele falsche Kaiserköpfe musst du ihm andrehen, bis du das Geld für deinen Marmorblock zusammenhast?», fragte ich.

«Er kauft keine Kaiserköpfe. Er sammelt Philosophen. Und er weiß, dass sie nicht echt sind. Ich muss ihn also noch nicht einmal bescheißen.»

«Was macht er noch mal?»

«Er macht nichts. Er hat Ländereien.»

«Und hat er auch einen Namen?»

«Bonifacio Caetani.»

«*Der* Bonifacio Caetani?»

«Ja, der.»

«Ach du Scheiße.»

«Warum?»

«Das fragst du noch? Wenn Bonifacio Caetani erfährt, was du nachts mit seiner Tochter treibst, dann schlägt er dich tot.»

«Im Gegenteil. Er ist ein fortschrittlicher Mann und würde in diesem Fall lediglich auf einer Hochzeit bestehen.»

«Der Rest der Familie sieht das vielleicht anders.»

«Flavia ist nur seine uneheliche Tochter. Die anderen können sich in Ruhe um das Erbe streiten, wenn's so weit ist. Damit hat sie nichts zu tun.»

«Sind wir schon beim Erben? Hast du sie geschwängert, oder was?»

Gennaro grinste. «So ganz genau weiß man das ja nie. Aber mal im Ernst. Caetani kennt meine Entwürfe. Und er ist einer der wenigen, die sich so etwas in den Garten stellen können, ohne dass sich jemand traut, sie anzuschwärzen. Er baut gerade eine neue Landvilla, und die muss ja mit irgendwas ausgestattet werden.» Gennaro nahm einen Schluck Wein und beobachtete eine Weile die Vogelschwärme. «Ich könnte deine Hilfe gebrauchen», sagte er schließlich.

Schon der Ton verriet, dass es nicht darum ging, in seiner Werkstatt an der Kurbel zu drehen oder irgendeinen Steinblock hochzuwuchten.

«Über welche Mauer müssen wir diesmal klettern?»

Gennaro grinste wieder. «Über die Gartenmauer von Alessandro Farnese.»

«Wozu das denn?»

«Caetani will einen Pythagoras.»

«Und beim Kardinal steht einer im Garten?»

«Nicht direkt. Er hat ein Gartenhaus, das als Magazin genutzt wird.»

«Bist du noch bei Trost? Du willst in Farneses Gartenhaus einbrechen und eine Büste klauen?»

«Nicht klauen. Ich will nur einen Abguss machen.»

«Ach so, wenn's weiter nichts ist.»

Die Ironie schien ihm entgangen zu sein. «Na ja, ganz so einfach ist es nicht. Wir müssen im Dunkeln arbeiten.»

«Wir?»

«Ja, wir. Du und ich.»

«Ich nehme an, der Wachhund kennt dich schon.»

«Da gibt's keinen Wachhund. Nur einen Nachtwächter, und der ist stocktaub.»

«Blind auch?»

«Nein, darum arbeiten wir ja im Dunkeln», sagte er ungerührt.

«Wunderbar», sagte ich, nahm ihm den Becher ab und trank ihn aus. Arm in Arm gingen wir durch die abendliche Stadt nach Hause.

Am nächsten Abend zog ein entsetzlicher Gestank durch den Innenhof. Es roch, als würde jemand abgeschnittene Fußnägel über dem Feuer rösten.

Als ich die Tür zu Gennaros Werkstatt öffnete, schlug der Geruch mir entgegen wie eine Brandungswelle. Ich bekam kaum Luft. Graue Schwaden durchzogen den Raum und entwichen in den Hof.

Draußen klappte ein Fenster auf. «Gennaro! Ich schmeiß dich raus!», rief Mercuria. Dann wurden die Läden wieder zugeknallt.

Gennaro schienen weder der Gestank noch die Drohung etwas auszumachen. Gutgelaunt stand er am Feuer, über dem ein kleiner Kessel mit einem weißlichen Brei vor sich hin köchelte.

«Knochenleim», sagte er und rührte kräftig mit einem Holzlöffel durch. Blasen stiegen auf, platzten und setzten neue Dämpfe frei.

«Widerlich», sagte ich, die Nase in die Armbeuge gepresst.

«Herrlich», erwiderte er und zog genießerisch die Luft ein. «Genau so muss das duften. Und schau dir die Konsistenz an!» Er schöpfte einen Löffel heraus und beobachtete mit fachmännischem Blick, wie die Masse in den Kessel zurücktroff. «Nicht zu dünn und nicht zu dick. Ist er zu dünn, reißt der Abguss beim Abziehen auseinander. Ist er zu dick, läuft er beim Auftragen nicht in die Vertiefungen. Schöne Fäden muss er ziehen, ohne Blasen zu werfen.»

«Ich hoffe, du erwartest heute Nacht keinen Besuch mehr», presste ich hervor.

«Machst du Witze? Wir sind bis morgen früh beschäftigt!»

Gennaro zog den Kessel ein bisschen höher und scheuchte mich mit einer Handbewegung nach draußen.

Bald darauf saßen wir, jeder mit einem Glas in der Hand, auf dem großen Steinblock vor dem Tor, das Gennaro gnädigerweise geschlossen hatte. Die Schwaden verzogen sich langsam. Gennaro war unrasiert, seine Haare standen noch wirrer ab als sonst und waren von Steinstaub gepudert.

Während wir tranken, erklärte er mir seinen Plan, als handele es sich um eine harmlose Besorgung und nicht um einen Einbruch bei einem der mächtigsten Männer der Stadt. Wir würden also über die Mauer in den Garten hinter dem Palazzo Farnese steigen und uns zum Magazin schleichen, das Schloss knacken, die Büste suchen und für den Abguss präparieren, den warmen Leim aufstreichen und aushärten lassen, aufschneiden, abziehen und wieder verschwinden.

«Später gieße ich die beiden Formen mit Gips aus, klebe die Hälften zusammen, und fertig ist der Abguss. Der Rest ist Bildhauerarbeit. Den Stein habe ich schon, Marmor aus Thasos, weiß wie Schnee, ganz leicht geädert. Wunderbar.»

«Warst du schon mal in diesem Gartenhaus?»

«Nein.»

«Woher weißt du dann, dass dieser Pythagoras da steht?»

Anstatt zu antworten, erhob sich Gennaro, verschwand in der Werkstatt und kam keine Minute später mit einem Buch in der Hand zurück, aus dem ein Lesezeichen aus Pappe hervorschaute.

«Aldrovandi», sagte Gennaro und warf mir das Buch in den Schoß.

Ich schlug es auf. Der Titel verkündete, dass ein gewisser Ulisse Aldrovandi das vorliegende Verzeichnis aller öffentlich ausgestellten und in privaten Sammlungen verwahrten antiken Statuen in Rom erstellt hatte. Ich blätterte vor bis zum Lesezeichen: *Im neuen Palast des Kardinals Farnese, zwischen Campo dei Fiori und Tiber.* Es folgte eine nüchterne Aufstellung der Bestände, Zimmer für Zimmer, Wand für Wand, Regal für Regal.

«Praktisch, oder?», fragte Gennaro. «Es gibt sogar ein alphabetisches Verzeichnis von Adonis bis Victoria. Du suchst dir raus, welchen Gott oder Kaiser du anschauen willst, schlägst die Seite auf, und schon weißt du, wo er steht. Ein Führer für Kunstfreunde und Diebe. Ich würde sagen, wir sind irgendwas dazwischen.»

Ich überflog die Aufstellung, und da war er, der Pythagoras: rechts von der Eingangstür des Gartenhauses, zwischen einem Faun und einer Nymphe, falls er noch dort stand. Dieser Aldrovandi hatte auch vermerkt, wo die Büste herstammte: aus dem Weingarten von Kardinal Este auf dem Monte Cavallo.

Wir tranken ein paar Gläser, bevor wir uns auf den Weg machten. Der Abend war mild, und die Vögel zwitscherten über den Dächern. Irgendwo sang jemand bei offenem Fenster. Gennaro gab ein paar Anekdoten von einem seiner Kunden zum Besten, dessen Leidenschaft für die Schönheit antiker Athleten ihn in einen peinvollen Konflikt gestürzt hatte, denn so unwiderstehlich die prallen Arme und Oberschenkel der Diskuswerfer und Ringer sein kunstverständiges Auge auch angesprochen hatten, so sehr hatte die allzu ungenierte Zurschaustellung anderer Körperteile seine Schamhaftigkeit auf die Probe gestellt, sodass Gennaro, der ansonsten vor allem für die Ergänzung fehlender Gliedmaßen bezahlt wurde, unter dem schmerzgeplagten Blick des Kunden das eine oder andere Teil hatte wegschlagen müssen.

«Und was hast du damit gemacht?», fragte ich.

Gennaro wies mit einem Kopfnicken hinter sich. «Mitgenommen natürlich. Wer weiß, wofür man die noch gebrauchen kann. Vielleicht stirbt der Knilch bald, und seine Erben lassen sie wieder anbringen. Dann hätte ich zweimal Geld damit verdient.»

Man kann sich denken, mit welcher Art von Witzen das Gespräch weiterging. Irgendwann, es dürfte gegen Mitternacht gewesen sein, machten wir uns bereit. Wir zogen dunkle Sachen an, Gennaro holte einen Sack mit Utensilien und den mit einem Deckel verschlossenen Eimer mit dem schwach vor sich hin dampfenden Knochenleim aus der Werkstatt, und wir machten uns auf den Weg.

Die Via Giulia lag im Dunkeln. Hinter den Häusern rauschte leise das Wasser an den Brückenpfeilern des Ponte Sisto. Ansonsten war es still. Es kam mir vor, als ob hinter jedem Fensterladen ein Augenpaar hervorlugte und uns beobachtete, während wir uns der Gartenmauer hinter Farneses Palast näherten, um sie zu überklettern.

Die Mauer war übermannshoch, doch Gennaro stieg trotz seiner schweren Statur geschickt und lautlos wie eine Eidechse daran hinauf. Als er rittlings auf der Mauerkrone saß, gab er mir ein Zeichen, ich reichte ihm Sack und Eimer hoch und ergriff seine riesige Pranke, die mich mühelos nach oben zog und auf der anderen Seite wieder hinunterließ, wo ich die Sachen entgegennahm. Kurz darauf landete er neben mir im Gebüsch.

Es war so dunkel, dass man kaum die Hand vor Augen sah. Der Palast mit der noch unvollendeten Gartenfassade türmte sich wie ein Gebirge vor dem wolkenlosen Nachthimmel auf. Der Haken irgendeiner Seilwinde klackerte im sanften Wind gegen das Gerüst.

Unter der Säulenloggia, die den Zugang zum Palast von der Gartenseite her bildete, tauchte ein Lichtschein auf.

«Der Nachtwächter macht seine Runde», sagte Gennaro, ohne die Stimme zu dämpfen, als wollte er mir die Schwerhörigkeit des Mannes beweisen, der dort als dunkler Schemen mit einer kleinen Fackel die Gartenwege entlangschritt. Ein paar Säulen mit Büsten und Bruchstücken von Statuen schimmerten auf.

Als der Nachtwächter vor unserem Busch vorbeikam, duckten wir uns tiefer hinter das Gewirr aus Zweigen und frischen Blättern. Und natürlich blieb der Kerl ein paar Schritte von uns entfernt plötzlich stehen.

«Was stinkt das denn hier so?», brummte eine Stimme.

Der Geruch des verdammten Knochenleims war wahrscheinlich schon durch das Gebüsch gekrochen und verteilte sich im ganzen Garten. Hatte Gennaro das auch bedacht? Mein Herz klopfte wie ein Schmiedehammer.

«Geh weiter», murmelte Gennaro, wofür er sich einen Ellbogenhieb von mir einhandelte. Ich sah sein Grinsen förmlich vor mir. Musste er es eigentlich immer bis zum Äußersten treiben?

Nachdem er noch einmal ratlos geschnuppert hatte, entfernte sich der Nachtwächter tatsächlich. Seine Schritte wurden leiser, der Lichtschein im Türrahmen des Palastes glühte auf, die Tür klappte, und weg war er.

Wir warteten noch eine Weile, dann erhob sich Gennaro mit einem vernehmlichen Stöhnen. Gebückt schlich er voran, vorbei an Säulen, Statuen und Blumenbeeten, bis das große Gartenhaus sich in der Dunkelheit abzeichnete. Der Leim schwappte und stank vor sich hin.

Gennaro brauchte noch nicht einmal eine Minute, um das Schloss mit einem kleinen Metallhaken zu öffnen. Es klickte und klackte ein paarmal, dann schwang die Tür auf, und Kardinal Farneses berühmtes Magazin verschluckte uns wie der Walfisch den armen Jona. Einen kurzen Moment lang standen wir in völliger Dunkelheit da, dann klirrte Feuerstahl, Zündwolle glomm auf, und bald züngelte die Flamme einer Öllampe hoch. Das gelbliche Licht floss durch den großen Raum. Was ich sah, verschlug mir den Atem.

Wir waren umstellt. Von allen vier Wänden des Gartenhauses blickten uns Statuen und Büsten an, in langen Reihen sitzend, stehend und liegend, auf Sockeln und Säulen, aufgebockt auf Holzgestellen und an die Wände gelehnt, dazwischen einzelne Gliedmaßen und Köpfe und mit Haken an der Mauer befestigte Tafeln mit Reliefs und Inschriften. Eine überlebensgroße Roma beugte sich auf ihrem Thron vor, Mars musterte uns unter hochgeklapptem Helmvisier, ein Hermaphrodit rekelte sich auf einer steinernen Liege, ein Gladiator zückte sein Schwert, zwei gefesselte Barbarenkönige blickten niedergeschlagen zu Boden; Athene und Aphrodite, Merkur und Minerva, Dionysos und Diana – der ganze Olymp schien sich hier zur Begrüßung versammelt zu haben. An der rückwärtigen Wand stand eine atemberaubende und bis bis zur Decke reichende Pyramide aus Leibern, ein Stier bäumte sich auf, zwei Männer versuchten ihn zu bändigen, Körper aus feinstem Marmor stemmten sich gegeneinander. Direkt daneben stand ein kolossaler Herkules in doppelter Lebensgröße, lässig auf seine Keule gestützt, über der das Löwenfell hing. Kein Zweifel: Das waren die beiden Statuen, von denen in der Meldung meines Onkels die Rede gewesen war und die Carlo Carafa und Gabriele Sannazaro bei ihrem Einzug in Rom die Schau gestohlen hatten.

«Mein Gott», murmelte Gennaro mit offenem Mund. Er ging zu der Gruppe mit dem Stier. Das Licht glitt über den Stein, strich durch Fugen und Falten, Schatten krochen als wandernde Konturen an den Wänden entlang.

Gennaro strich über den Marmor. «Das muss Gott selbst geschaffen haben», sagte er leise. Es hätte nicht viel gefehlt, und er wäre wohl niedergekniet.

Ich weiß nicht, wie lange er da stand und die Skulptur anbetete, und auch ich vergaß für eine Weile alles andere. Doch irgendwann erinnerte mich der Gestank des Knochenleims daran, dass wir hier noch etwas vorhatten. Schließlich gelang es auch Gennaro, sich loszureißen.

«An die Arbeit», sagte er nur. «Bevor der Leim kalt wird.»

Der Pythagoras, erkennbar an einer griechischen Inschrift auf dem Sockel, war im Vergleich zu der ganzen Pracht, die uns umgab, so unscheinbar wie eine Ringeltaube in einem Käfig voller Papageien und Pfauen, aber er war gut erhalten und sorgfältig gearbeitet.

Die folgende Stunde verbrachten wir damit, die Ohren und Nasenlöcher der Büste mit Lehm zu verstopfen, den ganzen Kopf mit Tonschlamm einzupinseln und dann den Knochenleim in mehreren Schichten aufzutragen, der nach und nach zu einer knorpelartigen Maske aushärtete. Gennaro hatte die Lampe auf eine winzige Flamme heruntergedreht. Wir redeten nicht viel dabei.

Und das war auch gut so. Denn sonst hätten wir wohl kaum die leisen Schritte gehört, die sich draußen auf dem Kies näherten.

«Da kommt einer», zischte Gennaro. Hektisch beförderte er das herumliegende Werkzeug mit ein paar Fußtritten hinter einen Statuensockel und löschte die Lampe. Von einem Augenblick zum anderen war es stockdunkel. Gennaros riesige Hand griff nach meiner und zog mich mit. Er bugsierte mich um etwas herum und drückte mich unsanft zu Boden. Direkt vor mir ertastete ich den massigen Sockel der Stierbändigergruppe. Es war erstaunlich, wie schnell und sicher Gennaro im Dunkeln den Weg gefunden hatte.

Wir hielten den Atem an. Die Tür öffnete sich, und ein Licht erschien.

«Können die eigentlich nie abschließen?», murmelte eine Männerstimme.

Ich spähte über den Rand des Sockels. Ein ehrwürdig aussehender Mann mittleren Alters mit gepflegtem Bart stand mit einer kleinen Lampe in der Hand im Eingang.

Einen kurzen Moment lang schien er noch irritiert wegen der offenen Tür, vielleicht auch wegen des Geruchs, dann aber hellte sein Blick sich auf.

«Da bist du ja», sagte er liebevoll und wandte sich der vorderen rechten Ecke des Raumes zu, die von uns aus nicht einzusehen war, weil sie von einer sitzenden Jupiterstatue verdeckt wurde.

«Das ist Fulvio Orsini», flüsterte Gennaro. «Farneses Antikenverwalter. Einer der größten Gelehrten unserer Zeit.»

Die Lampe verschwand hinter dem Jupiter, nur noch ein schwacher Lichtschein blieb übrig.

«Du kannst es ja kaum abwarten», säuselte die Stimme mit lüsternem Tremolo. Stoff raschelte. «Na, na, du alter Schlingel. Lass mal fühlen. Oho. Steinhart.»

Gennaros nächster Blick war eine Mischung aus blankem Entsetzen und äußerster Belustigung.

Aus der Ecke kam jetzt ein unterdrücktes Keuchen. Orsini schien sich ordentlich abzumühen. Gennaro kicherte lautlos vor sich hin.

Ich verkneife es mir, hier wiederzugeben, was genau Fulvio Orsini, einer der größten Gelehrten der damaligen Zeit, seinem Gegenüber noch so alles zuflötete und mit welchen lustvollen Schmähungen er es überzog; glaubte man seinem Gesäusel, dann war es jedenfalls nicht der berühmte Gelehrte, auf dessen Initiative hier zur Tat geschritten wurde, sondern der andere, der die ganze Zeit über kein Wort von sich gab, offenbar aber ganz erlesene Wonnen zu spenden in der Lage war.

Mit einem letzten Aufstöhnen kam Orsini zum Schluss.

«Hast du's mal wieder geschafft, du Strolch», sagte er, immer noch außer Atem. Dann raschelte es erneut, die

Lampe wurde aufgehoben, und Orsini schlurfte zur Tür. Dort drehte er sich noch einmal um und schaute in die gegenüberliegende Ecke, wo ein muskelbepackter Herkules mit seiner Keule zum Schlag ausholte.

«Jetzt schau nicht so», sagte er gereizt. «Nächstes Mal darfst du auch wieder.»

Dann schloss er leise die Tür hinter sich. Die Schritte entfernten sich auf dem Kiesweg.

Während Gennaro schon losprustete, das Gesicht in der Armbeuge verborgen, konnte ich immer noch nicht glauben, was offensichtlich war.

«Schauen wir doch mal, wer sein Favorit ist», sagte Gennaro zwischen zwei Lachanfällen und entzündete die Lampe wieder. Meine Augen hatten sich in der Zwischenzeit so sehr an die Dunkelheit gewöhnt, dass der gelbliche Lichtschein der Funzel mir vorkam wie ein Sonnenaufgang. Wir schlichen zur Jupiterstatue. Dahinter stand ein prachtvoller Priapos und zeigte sein göttliches Attribut.

«Eine statische Meisterleistung», kommentierte Gennaro.

Es folgte eine kurze Debatte darüber, welche Verrenkungen Orsini wohl hatte vollführen müssen, um in den Genuss der anatomischen Vorzüge des Fruchtbarkeitsgottes zu gelangen, dann besannen wir uns auf den Grund unseres Besuchs.

Mit geübten Handgriffen schnitt Gennaro die Maske aus Knochenleim, die in der Zwischenzeit über der Büste des Pythagoras ausgehärtet war, in zwei Hälften und löste sie vorsichtig ab. Wir verstauten alles, löschten die Lampe und machten, dass wir wegkamen. Der Garten lag still und friedlich da, doch beim eiligen Überklettern der Mauer passierte ein Missgeschick: Als Gennaro mir den Eimer herunterreichte, griff ich ins Leere, der Deckel löste sich und der ganze Rest der ekelhaften Masse ergoss sich über meinen Kopf und troff in meine Kleider. Zum Glück war ich nach den letzten Stunden einigermaßen abgestumpft gegen den Gestank. Ich fluchte ein bisschen und schalt Gennaro einen Idioten, aber die Freude über unsere gelungene Unternehmung überwog.

«Dir wird in den nächsten Tagen auf jeden Fall niemand zu nahe kommen», spottete er, während wir mit übermütig ausgreifenden Schritten nach Hause gingen.

Das war, wie sich schon am nächsten Abend erweisen sollte, ein Irrtum.

Ich hatte die anderen Bewohner zu einem Essen eingeladen. Diese Abende waren schon vor meiner Ankunft bei Mercuria eine Tradition in der Via dei Cappellari gewesen. Sie fanden in unregelmäßigen Abständen reihum statt. Wir tranken zu viel und zu schnell, wetteiferten, wer die größten Portionen verdrücken und die schärfsten Gewürze vertragen konnte, und lästerten herum. Gennaro zeigte das Gipsmodell der Philosophenbüste, die er im Lauf des Tages aus dem Knochenleimmodell abgegossen hatte. Natürlich konnte er es sich nicht verkneifen, auch von Orsinis Auftritt zu berichten, natürlich hatte Mercuria ein paar haarsträubende Anekdoten zum Thema beizutragen, die sich hier kaum wiedergeben lassen, und natürlich spielten Geistliche dabei die Hauptrolle, was Bartolomeo mit einem säuerlichen Lächeln über sich ergehen ließ.

Als dann irgendwann Antonios Name fiel, trübte sich die Stimmung. Mercuria beruhigte uns, er sei in Sicherheit, könne aber so schnell nicht zurückkehren, weshalb sie sich nach einem neuen Mieter für sein Haus umzusehen begonnen habe. Vorschläge seien willkommen, denn bisher hätten sich bei ihr nur Schwachköpfe und Langweiler vorgestellt. Auf unsere drängenden Nachfragen ließ sie sich schließlich entlocken, dass Antonio Unterschlupf bei Freunden in Ancona gefunden habe. Wir sollten uns also weniger Sorgen um ihn als um unsere Gesundheit machen, denn einen Arzt von seinem Kaliber werde man in ganz Rom vergeblich suchen.

«Also, fresst und sauft nicht so viel!», rief sie fröhlich und hob ihren Pokal. «Auf unseren Abraham!»

«Auf Moses!», schallte es zurück.

Am Ende dieses Abends schrammte ich dann haarscharf an unkalkulierbaren Verwicklungen vorbei, vor denen mich auch der angeblich so penetrante Geruch, über den alle Anwesenden pflichtschuldig die Nase gerümpft hatten, nicht bewahrte.

Es wäre gar nicht passiert, wenn Gianluca nicht wieder einmal auf Geschäftsreise gewesen wäre: eine kleine Wallfahrt nach Loreto, stellvertretend für einen Magister, der sich eines Morgens verlaufen hatte und versehentlich im Bett einer Prostituierten statt im Beichtstuhl seiner Pfarrkirche gelandet war. Seit zwei Wochen war Gianluca unterwegs, und zwei weitere Wochen würde er voraussichtlich noch fortbleiben. Und während auf diese Weise die Zeit, die der besagte Magister im Fegefeuer zu erwarten hatte, immer kürzer wurde, wurde Antonella offenbar die Wartezeit lang: Den ganzen Abend über hatte sie mir schon zweideutige Blicke zugeworfen, und als die anderen sich nach und nach verabschiedeten, blieb sie einfach sitzen. Mercuria war die Letzte, die schließlich aufbrach. Kaum hatte sich die Tür hinter ihr geschlossen, saß Antonella auch schon auf meinem Schoß, küsste mich und rieb sich an mir, dass man tatsächlich glauben konnte, sie sei vom Satan besessen, so viele Hände schien sie auf einmal zu haben. Wie sollte ich nach dem ganzen Wein meine eigenen Hände bei mir behalten, die nun überall so wunderbare Rundungen zu fassen bekamen? Schwankend stand ich auf, sie blieb an mir hängen, knöpfte hier, zerrte da; ich verlor fast das Gleichgewicht, bekam gerade noch das Treppengeländer zu greifen, doch kaum hatte ich den Fuß auf die erste Stufe gesetzt, um die atemlose Betätigung ohne Sinn und Verstand im oberen Stockwerk fortzusetzen, da ging die Tür noch einmal auf, und Mercuria erschien wieder.

Sie tat, als hätte sie uns bei einer harmlosen Plauderei unterbrochen, verzog noch nicht einmal das Gesicht, sondern machte zwei Schritte zu einem Hocker, auf dem sie, wie ich jetzt sah, ihre Pelzkappe liegengelassen hatte.

«Ist doch noch ein bisschen kalt um diese Zeit», sagte sie nur.

Ihr Auftauchen genügte, um Antonella den Satan auszutreiben. Sie ließ sich augenblicklich von mir heruntergleiten, raffte zusammen, was im Eifer des Gefechts an Stoff verrutscht und aufgegangen war, und huschte wie eine Katze an Mercuria vorbei ins Freie.

Mercuria setzte umständlich die verdammte Pelzkappe auf, die sie natürlich absichtlich vergessen hatte, und wandte sich zum Gehen. In der Tür drehte sie sich noch einmal um. Ihr Lächeln war eine Mischung aus Tadel und Mitleid.

«Ich will hier keinen Zirkus haben», sagte sie nur, und schon war sie verschwunden.

Kurz spielte ich mit dem Gedanken, mich zu Antonellas Haus zu schleichen, aber Mercurias Mahnung klang mir noch deutlich in den Ohren, sodass ich es unterließ. Stattdessen nahm ich wieder am Tisch Platz. Denn obwohl ich nicht klar bei Verstand war, würde es für eine kleine Gazette wohl noch reichen.

14 *Wie der fromme Michael Angelus den Versuchungen des Fleisches widerstand & mit der Hilfe der Heiligen Agathe den Satan vertrieb*

Mach dich nicht mitschuldig an fremden Sünden, bewahre dich rein! Dieser Ausspruch aus dem ersten Timotheusbrief sei all denen eine Mahnung, die da glauben, leichtfertiges Spiel mit ihrem Heil treiben & den Wonnen des Fleisches auf der Erde gegenüber den Freuden der Seele im Paradies um den Preis ihrer ewigen Verdammnis den Vorzug geben zu können. Doch weil die Worte der Prediger allein allzu schnell wie Blütenstaub im Wind verwehen, schickt uns der Herr von Zeit zu Zeit heilige Männer & Frauen, auf dass sie unter uns Sündern weilen & uns mit ihrem täglichen Beispiel an die Endlichkeit des irdischen Treibens & die Gewissheit des kommenden Strafgerichtes gemahnen.

So lebte einst in Rom ein frommer Mann mit dem Namen Michael, schön von Wuchs & Gestalt, der schon in jungen Jahren weit über die Grenzen der Stadt hinaus für die Reinheit seines Lebenswandels & die Weisheit seiner Worte geschätzt & geachtet wurde, so sehr, dass man ihm den Beinamen Angelus gab. Die Festigkeit seines Glaubens war so groß, dass er, anstatt in ein Kloster einzutreten & Einkehr in der Gemeinschaft frommer Brüder zu suchen oder als Eremit in der Einsamkeit des Waldes oder durch die Mühen der Pilgerschaft Erleuchtung zu finden, gleichsam als Lamm unter den Wölfen in der Stadt blieb, in der damals Sünde & Unzucht ihr Unwesen trieben & deren Bewohner des Herrn durch die Missachtung Seines Wortes spotteten. Dem Beispiel Jesu folgend, der unter Zöllnern & Dirnen geweilt hatte, da diese der Erlösung am dringendsten bedurften, lebte Michael Angelus in Gemeinschaft mit den übelsten Sündern & Lästerern, um sie durch das Beispiel seiner unerschütterlichen & gottgefälligen Frömmigkeit zur Umkehr zu bewegen. Dabei ertrug er ihren Spott in der Gewissheit, dereinst im Himmelreich den gerechten Lohn für seine Standhaftigkeit zu erlangen.

Doch der Satan, der sein verderbliches Werk in Gefahr wähnte, beschloss, Michael Angelus, der in seiner Kammer täglich durch Gebet & Geißelung die Begierden des Fleisches niederrang, in Versuchung zu führen, um auf diese Weise auch seine Hausgenossen vom Pfad der Tugend fernzuhalten. Denn wie sollten sie der Sünde überhaupt noch zu widerstehen gewillt sein, wenn ein so frommer Mann vor ihren Augen ins Straucheln geriete?

Und so erlagen diese allzu bereitwillig den Einflüsterungen des Teufels & beschlossen, Michael Angelus auf die Probe zu stellen. Eines Abends luden sie ihn zu einem Gastmahl, & nachdem sie ihn mit köstlichen Speisen & allerlei Spezereien betört & mit süßem Wein berauscht hatten, entfernten sie sich auf ein Zeichen & ließen Michael Angelus allein mit einer Frau zurück, die mit ihrer Schönheit schon viele ins Unglück gestürzt hatte & in der ganzen Stadt durch ihren liederlichen Lebenswandel bekannt war. Sie tanzte in durchsichtigem Gewand vor seinen Augen, warf sich ihm an den Hals & wisperte ihm schamlose Worte ins

Ohr, & obgleich er mit lauter Stimme den Herrn um Beistand anflehte, ließ sie nicht von ihm ab. Da Gott sah, dass sein Diener trotz aller Standhaftigkeit in schwere Nöte geriet, ließ er ihn zur Statue erstarren, kaum dass es der Dirne gelungen war, ihn gegen sein beharrliches Widerstreben zu entblößen. Sie aber setzte ihr Werk unbeirrt fort, entschlossen, wenigstens ihre eigenen abscheulichen Gelüste zu stillen, da sie schon nicht ihn auf den Pfad der Sünde zu locken vermocht hatte. Plötzlich aber erschien in strahlendem Licht die Heilige Agathe, welche einst als Märtyrerin in ein Freudenhaus gezwungen worden war & selbst an einem solchen Ort allen Lastern widerstanden hatte. Das bloße Erscheinen der Heiligen ließ den Dämon aus dem Leib der Dirne fahren, sie floh aus der Kammer, bereute ihre Sünden & erzählte allen, was ihr widerfahren war, sodass die ganze Hausgemeinschaft schon am folgenden Tag gelobte, fortan ein Leben in Demut & Enthaltsamkeit zu führen. Michael Angelus aber wurde alsbald von seiner Starre erlöst, pries noch viele Jahre den Herrn & bekehrte zahlreiche Sünder & Lästerer, dem Wort Gottes zu folgen.

15

Von jenem Abend an verhielt sich Antonella mir gegenüber deutlich zurückhaltender, was mir zunächst ganz recht war, zumal Gianluca früher als erwartet von seiner Pilgerreise zurückkehrte und mich mit einem gewissen Misstrauen beäugte.

Mercuria ließ sich in den folgenden Tagen nicht blicken. Nur ganz selten sah man spätabends den Feuerschein hinter ihrem Fenster. Dafür machte Bartolomeo mir bald erneut seine Aufwartung. Natürlich fiel sein Blick gleich auf die frisch gedruckte Gazette auf dem Tisch. Kopfschüttelnd las er den Unsinn, den ich vor ein paar Nächten zu Papier gebracht hatte.

«Wie ich sehe, hast du den Versuchungen des Fleisches widerstanden», sagte er spöttisch. Offenbar war auch ihm nicht entgangen, was sich da schon beim Essen zwischen Antonella und mir angebahnt hatte.

«Die Schreibfeder ist meine Geißel», sagte ich scheinheilig mit demutsvoll gesenktem Blick.

«Und die Heuchelei dein Gebet», ergänzte er ungnädig.

Ich versuchte es mit einem Gegenangriff. «Wie widerstehst du denn bitte schön den ständigen Versuchungen des Fleisches?»

Bartolomeo zog eine Augenbraue hoch. «Wer sagt, dass ich ihnen immer und überall widerstehe?», fragte er. Es war keine Bissigkeit in seiner Stimme, sondern eine entwaffnende Ehrlichkeit, die meine angriffslustige Frage ins Leere laufen ließ. Bartolomeo seufzte auf, als müsste er die Einleitungsworte für eine lange Rede sortieren, die er schon unzählige Male gehalten hatte. «Solche Fragen stellt Gennaro mir auch immer wieder. Ihr seid Eiferer, ohne es zu merken. Ihr suhlt euch in eurem Spott und seid dabei kein bisschen besser als die Inquisition. Ihr schnüffelt und stöbert ungnädig nach Verfehlungen und zeigt mit dem Finger auf uns Priester, wenn wir nicht leben wie die Heiligen. Aber ich bin kein Heiliger, und die Botschaft des Evangeliums wird dadurch kein bisschen weniger wahr. Ich versuche, der Sünde zu widerstehen, und mal gelingt mir das und mal nicht. Ich kämpfe mit der Versuchung, aber weil ihr dazu zu faul oder zu feige seid, macht ihr es euch in eurer hämischen Selbstgefälligkeit bequem. Und jetzt sag mir mal, was besser ist: diese Kämpfe auszufechten oder sich ihnen gar nicht erst zu stellen?»

«Ich habe auch meine Kämpfe auszufechten», sagte ich trotzig. Mir war bewusst, dass das eine ziemlich hilflose Bemerkung war, die nicht als Rechtfertigung für irgendetwas taugte.

Bartolomeo wies auf die Gazette auf dem Tisch. «Vielleicht fängst du mal damit an, es mit der Wahrheit etwas genauer zu nehmen. Das ist nämlich eine Krankheit unserer Zeit. Die Welt dreht sich immer schneller. Jeder versucht, lauter zu sein als die anderen. Immer raus mit den Nachrichten, ob sie stimmen oder nicht. Die Leute wissen überhaupt nicht mehr, was sie glauben sollen.»

Ich verstand genau, worauf er abzielte. Wollten er und Mercuria eigentlich nie Ruhe geben? Hatten sie sich vorgenommen, mir im Wechsel mit solchen Bemerkungen auf die Nerven zu gehen, bis ich endlich ein zweiter Antonietto Sparviero geworden war? Andererseits wusste ich natürlich, dass er recht hatte. Und so verspürte ich plötzlich den Drang, wenigstens meinen Onkel zu verteidigen.

«Mein Onkel hat mir mal genau das Gegenteil gesagt: Die Nachrichten werden immer fader und oberflächlicher, weil alle Angst vor Schnüfflern und Denunzianten haben, und das hat ihn wütend gemacht. Er wollte den Dingen immer auf den Grund gehen.»

«Ich weiß, und das ehrt ihn. Aber es sind zwei Seiten derselben Medaille. Und in beiden Fällen gerät die Wahrheit in Misskredit: Die Ehrlichen werden immer ängstlicher, die Unehrlichen immer dreister. Vielleicht ist es ganz gut, dass Antonietto Sparviero das nicht mehr erleben muss.»

Nun wollte ich doch protestieren, aber er hob beschwichtigend die Hand.

«Nimm das nicht persönlich. Ich weiß, dass du auch nur dein Geld verdienen musst. Eigentlich wollte ich dir bloß raten, vorsichtig zu sein. Den Novellanten geht es nämlich derzeit an den Kragen. Der Prozess gegen Niccolò Franco steht kurz vor dem Abschluss. Wahrscheinlich wird er hingerichtet.» Bartolomeo schwieg eine Weile, als müsste er sich durchringen, weiterzusprechen. «Und damit kommen sie auch ziemlich dicht an meinen Freund Morone heran», sagte er schließlich.

«Warum?», fragte ich, dankbar für die Gelegenheit, von meiner Gazette abzulenken.

«Franco hat jahrelang Unterschlupf bei Morone gefunden. Ich nehme an, dass er auch für ihn geschrieben hat.»

«Was soll er denn geschrieben haben? Seine Bücher sind seit Jahren verboten und eingezogen. Niemand würde auch nur einen einzigen Buchstaben von ihm drucken!»

Bartolomeo musterte mich mit seinen klugen Augen.

«Es geht nicht um Druckschriften, die würden sowieso zensiert. Es geht um Pamphlete, Flugblätter, Spottgedichte. Es geht darum, Nachrichten an die richtigen Stellen zu leiten, wenn es sein muss, auch falsche Nachrichten. Wenn man sich vor Verleumdungen schützen will, muss man bereit sein, auch mal andere zu verleumden. Hast du bei deinem Onkel eigentlich gar nichts gelernt?»

«Was hat das denn jetzt schon wieder mit meinem Onkel zu tun?», fragte ich, vielleicht ein bisschen zu patzig.

«Antonietto Sparviero hatte Kontakte in höchste Kreise. Glaubst du, die haben ihn aus reiner Freundschaft mit Informationen versorgt? Und glaubst du, irgendein Kardinal gibt auch nur ein einziges Wort aus dem Konsistorium an einen Novellanten weiter, wenn es ihm selbst nicht nützt? Sei nicht so naiv! Ich weiß, dass dein Onkel an der Wahrheit interessiert war, aber diese Wahrheit musste er immer aus dem zusammensetzen, was man ihm geliefert hat. Weißt du eigentlich, warum Niccolò Franco der Prozess gemacht wird?»

«Wegen dieses Pamphlets gegen die Carafa», sagte ich. Ich fühlte mich von Bartolomeo vorgeführt. Natürlich wusste ich von meinem Onkel, wie das lief. Andererseits hatte er seine Informationen immer sorgfältig überprüft, gerade deshalb hatte er bei den Kunden ja so hoch im Kurs gestanden.

«Genau», sagte Bartolomeo. «Das war so ein Stapel Papier!» Er zeigte die Stärke des Packens mit den Fingern.

«Hast du das mal gelesen?»

«Ja, habe ich. Es wurde natürlich alles beschlagnahmt, aber es kursieren hier und da noch ein paar Kopien und Auszüge. Franco hat dort alles verarbeitet, was er gegen die Carafa in die Hände bekommen konnte, unter anderem die geheimen Prozessakten, die ihm Alessandro Pallantieri zugeschanzt hat. Der sitzt jetzt auch ein, und wahrscheinlich wird er ebenfalls mit dem Leben bezahlen. Ausgerechnet Pallantieri, der als Gouverneur vor ein paar Jahren noch selbst allen Novellanten die Todesstrafe angedroht hat, wenn sie Verleumdungen und Falschmeldungen verbreiten!»

«Waren Francos Informationen denn falsch?»

«Das spielt keine Rolle. Wenn der Richter befindet, dass ihre Verbreitung Hochverrat war, dann ist Franco geliefert. Der Wind hat sich gedreht, die Carafa wurden rehabilitiert. Es geht nicht um die Wahrheit, die will keiner mehr hören.»

«Was ist denn die Wahrheit?»

Bartolomeo rückte nah an mich heran. «Die Wahrheit ist, dass Carlo Carafa und die anderen Angeklagten die Todesstrafe verdient hatten», sagte er leise. «Carlo Carafa war das größte Schwein, das jemals den Kardinalshut getragen hat. Jeder weiß das. Ich schäme mich, dass die Kirche, der auch ich diene, solche Leute hat gewähren lassen. Aber gerade deshalb ist es erstaunlich, dass es mit einem Todesurteil endete. Für seine Morde aus der Söldnerzeit hatte Carafa längst eine Amnestie bekommen, und der Häresievorwurf war lächerlich. Und dann die anderen Vergehen: Amtsmissbrauch, Unterschlagung, Erpressung, Rechtsbeugung, meine Güte, das haben doch alle gemacht, vielleicht nicht in dem Ausmaß, aber das hätten Carafas Anwälte schon hingebogen. Und dasselbe gilt für die anderen, die mit ihm verurteilt wurden.»

«Was wurde denen denn vorgeworfen?»

«Carlos Bruder Giovanni hatte während des Exils seine Frau ermordet, und deren Bruder, Ferrante d'Alife, und ihr Onkel, Lionardo di Cardine, hatten ihm dabei geholfen.»

«Das ist ja nun auch keine Kleinigkeit.»

«Mag sein, aber er hatte sie mit einem anderen im Schlafzimmer erwischt, und jemand wie Giovanni Carafa kann so etwas unmöglich auf sich sitzenlassen, zumal an der Pasquinostatue schon Zeichnungen aufgetaucht waren, die ihn mit Hörnern zeigten, und dazu ein paar Gedichte, die sich über ihn lustig machten. Diesen Leuten geht ihre Ehre über alles, und die Justiz hat dafür in der Regel wenigstens ein bisschen Verständnis. Außerdem wurde ja noch gegen eine ganze Reihe weiterer Familienmitglieder ermittelt, aber die kamen alle mit heiler Haut davon. Es ist schon auffällig, dass es am Ende ausgerechnet diese vier erwischte.»

«Was willst du damit sagen?»

Bartolomeo beugte sich vor und senkte die Stimme. «Ich persönlich glaube, dass es in diesem Prozess um Dinge ging, die nicht in den Akten stehen. Der Schlag kam völlig überraschend, ein halbes Jahr zuvor hatte Carlo Carafa dem Papst noch zur Wahl verholfen. Irgendetwas muss vorgefallen sein. Carlo Carafa, Giovanni Carafa, Ferrante d'Alife und Lionardo di Cardine. Gianangelo Medici wollte genau diese vier Köpfe rollen sehen, und genau diese vier Köpfe bekam er. Sein Hass war mit Händen zu greifen.»

Ich dachte eine Weile über Bartolomeos Worte nach. Ich hatte den Eindruck, dass er das Gespräch absichtlich auf dieses Thema gelenkt hatte. Ließ sich das vielleicht zu einer Gazette verarbeiten?

«Warum erzählst du mir das eigentlich?», fragte ich.

Bartolomeo zögerte. Schließlich sagte er: «Vor kurzem ist so ein windiger Neffe von Carlo Carafa aufgetaucht. Und der macht jetzt Ärger.»

«Wem macht er Ärger?»

«Meinem Freund Morone. Aber das soll er dir selbst sagen. Er wird dich demnächst rufen lassen.»

Was hatte das nun schon wieder zu bedeuten? Insgeheim hatte ich gehofft, dass die Sache mit Morone, die Mercuria ohne mich zu fragen eingefädelt hatte, einfach im Sand verlaufen würde. Ich wollte mich nicht ihren Erwartungen aussetzen, gefälligst auch etwas daraus zu machen, um dann gleich wieder mit den Maßstäben meines Onkels gemessen zu werden.

Doch nun war er es offenbar auf einmal der Kardinal, der etwas von mir wollte. Es war schon komisch.

Damit verschwand Bartolomeo. Und ich konnte es nicht lassen, noch einmal in den Unterlagen zu wühlen.

Rom, 8. Juni 1560

Der Fall der Neffen des verstorbenen Papstes, die nach der Wahl von dessen Nachfolger im Dezember rehabilitiert worden waren, hat eine unerwartete Wendung genommen. Papst Pius, der sich noch bis vor kurzem für die Carafa eingesetzt hatte, ließ Kardinal Carlo Carafa am gestrigen Freitag vor der Tür zum Audienzsaal verhaften und in die Engelsburg bringen. Es scheint, dass dieser Schlag bereits seit Wochen vorbereitet worden war, denn gleichzeitig stürmten die Leute des erst im März wieder in sein Amt eingesetzten Fiskalprokurators Pallantieri den Palast der Carafa an der Piazza Navona und verhafteten neben weiteren Verwandten, Freunden und Bediensteten auch Giovanni Carafa, seinen Schwager Ferrante d'Alife und den Onkel seiner im vergangenen August ermordeten Frau, Lionardo di Cardine. Dabei wurden auch zahlreiche Kisten mit Dokumenten beschlagnahmt. Antonio, der dritte der Brüder, weilte zu diesem Zeitpunkt in Neapel und entging so der Festnahme.

Ganz offensichtlich kam der Schlag für die Carafa überraschend: Giovanni war erst einen Tag vor der Verhaftung auf Einladung seines Bruders nach Rom gekommen, und wie es heißt, feierten die beiden seine Rückkehr noch am gleichen Abend in Anwesenheit einiger Damen von zweifelhaftem Ruf. Carlo selbst hatte die Monate nach seiner Rehabilitation unter Vernachlässigung seiner Amtspflichten für Jagdausflüge, Glücksspiel und ausschweifende Feiern im Kreis von Prostituierten, Freunden aus seiner Soldatenzeit und Gesindel aller Art genutzt.

Im Konsistorium wurde die Nachricht, je nach Partei, mit offener Bestürzung oder heimlicher Befriedigung aufgenommen. Während einige Kardinäle gegen das drastische Vorgehen des Heiligen Vaters protestierten, sehen andere in dem bevorstehenden Prozess eine Möglichkeit, das Ansehen der Kirche durch die exemplarische Bestrafung derer, die es in der Vergangenheit beschädigt haben, wiederherzustellen. Kardinal Ghislieri, Generalkommissar der Inquisition, hält sich bedeckt. Einerseits hält ihn die persönliche Freundschaft mit dem verstorbenen Papst davon ab, allzu deutlich Partei gegen dessen Familie zu ergreifen, andererseits scheint er bereit, Kardinal Carafa und dessen Brüder zu opfern, um den besagten Papst vor dem Vorwurf zu bewahren, von den Machenschaften seiner Neffen und ihrer Verwandten gewusst zu haben.

16 Kardinal Morone hatte es nicht eilig, sich zu melden. Eigentlich redete die ganze Stadt in diesen Wochen nur über ein Thema: die Erhebung von Cosimo de' Medici zum Großherzog und die Vorbereitungen für seinen Besuch in Rom, wo er feierlich gekrönt werden sollte.

Als der frischgebackene Großherzog dann endlich kam, stand ganz Rom kopf, als hofften die Römer, mitten in der Fastenzeit für den lauen Karneval entschädigt zu werden. Ich stand eingezwängt in der Menge, die die Via Lata säumte. Es war ein regnerischer Tag, doch trotz des Wetters war die ganze Stadt auf den Beinen, um hinter hölzernen Absperrungen dem Einzug des Mannes beizuwohnen, dessen Diplomaten halb Europa mit Geld und Zugeständnissen bearbeitet hatten, nur damit er sich endlich seine neue Krone abholen konnte, ohne dafür gleich wieder den nächsten Krieg vom Zaun brechen zu müssen.

Das Warten zog sich hin, und die Schänken und Garküchen entlang der Via Lata und in den Seitengassen machten gute Geschäfte. Zwischendurch sprengten immer wieder Reiter die Straße hinauf und hinab, saßen ab, ruckelten an den Absperrungen herum, bliesen sich auf und brüllten einander Kommandos zu. Dann erschienen in der Tordurchfahrt der Porta Flaminia die ersten uniformierten Herolde, gefolgt von Soldaten des Gouverneurs und Vertretern der dreizehn Stadtviertel. Sie sammelten sich auf der Piazza del Popolo; Pferde tänzelten, Ordner fuchtelten, Fahnen flatterten, Trommeln schlugen. Auf ein Trompetensignal formierte sich ein Zug und setzte sich in Bewegung. Die Leute reckten die Hälse, und die Sonne stach durch die Wolken, als wäre sie genau für diesen Augenblick bestellt worden.

Cosimo de' Medici zog in die Stadt ein, als gehörte sie ihm: Nachdem die Vorhut an uns vorbeimarschiert war, ratterte eine Kolonne von über hundert Kutschen unter Salutschüssen durch das Tor, dazwischen Reiter aus dem Gefolge der Kardinäle und Edelleute, die Cosimo entgegengezogen waren, Würdenträger in bodenlangen schwarzen Gewändern, kettenbehangene Abgesandte der Städte, Pagen in eigens entworfenen Kostümen. Vor allem die Vertreter der florentinischen Gemeinde in Rom zogen die Blicke der Schaulustigen hinter den Spalieren auf sich, zumeist junge Angeber mit silbernen Strümpfen und edelsteingeschmückten Baretten, die albern herumjubelten und vor Begeisterung über ihre eigene Großartigkeit gar nicht merkten, dass die Zuschauer nicht bewundernd mit den Fingern auf sie zeigten, sondern spottend. Derweil stolzierte Morgante, der im ganzen Land berühmte Zwerg des Großherzogs, mit aufgeblasenen Backen hinter ihnen her, warf ihnen übertrieben anhimmelnde Blicke zu, tanzte geckenhaft zwischen ihnen herum und griff sich dabei ständig in den Schritt.

Es folgte ein Wald aus Hellebarden: Cosimos deutsche Leibwache, bärtige Kerle in türkisfarbenen Uniformen, und schließlich der Großherzog selbst, flankiert von Kardinälen. Cosimo, dessen bärtiges Gesicht unter einem Samtbarett kaum zu erkennen war, trug einen mit Luchspelz gesäumten Mantel und blickte nicht nach rechts und nicht nach links, als ginge ihn das ganze Spektakel nichts an und als könnte er es gar nicht erwarten, endlich die für ihn bereitete Wohnung im Apostolischen Palast zu beziehen und die lästigen Gaffer auszusperren.

Während die letzten Nachzügler an mir vorbeizogen, ertappte ich mich dabei, dass ich die Menge hinter den Absperrungen absuchte, in der Hoffnung, das Katzengesicht von Giordana zu entdecken.

Als der Großherzog mit seinem Gefolge aus dem Blickfeld verschwunden war, setzte ein leichter Regen ein. Während Cosimo nun also zum Vatikan ritt, um dem Papst am nächsten Tag seine Aufwartung zu machen, zerstreute sich das Volk, um in den Schänken auf seine Weise weiterzufeiern. Hier und da wurde gemurrt, weil kein Geld unter die Leute geworfen worden war.

Plötzlich tippte mir jemand auf die Schulter. Für den Bruchteil eines Augenblicks hoffte ich, Giordana stünde hinter mir.

Stattdessen blickte ich in die gierigen Augen von Pasquale, dem venezianischen Botschaftssekretär. Gierig und ein bisschen vorwurfsvoll, um genau zu sein: Wahrscheinlich hatte er sich eingebildet, dass ich spätestens eine Woche nach unserem Gespräch wieder bei ihm an der Tür hätte kratzen müssen.

«Ich hab rausgefunden, wo Venier damals seine Residenz hatte», war seine Begrüßung.

Von einem Moment auf den anderen war meine Enttäuschung wie weggeblasen.

«Und es kommt noch viel besser», setzte er mit triumphierender Miene nach. «Sein Hausdiener von damals lebt noch. Uralt, aber angeblich noch klar im Kopf.»

«Wo?»

«Gib mir erst mal einen aus.»

Es kostete mich einen ganzen Abend. Pasquale schleifte mich durch die Tavernen bei Ripetta und ließ mich alles bezahlen. Je betrunkener er wurde, desto lauter schwätzte er daher, tat so, als sei er der Botschafter persönlich, und versuchte, unbeteiligte Gäste mit seiner Wichtigtuerei zu beeindrucken, bis ein korsischer Matrose ihm Prügel in Aussicht stellte, sodass ich dazwischengehen musste und mir selbst um ein Haar eine gefangen hätte, obwohl ich den Korsen am liebsten ermuntert hätte, sich keinen Zwang anzutun. Aber leider hatte Pasquale mir immer noch nicht verraten, wo dieser Hausdiener wohnte, sodass ich ihn noch eine Weile ertragen und für sein Wohlergehen sorgen musste. Und natürlich dauerte es nicht lange, bis er damit herausrückte, dass nicht nur der Wein es war, der dieses Wohlergehen gewährleistete.

«Rom ist ein Dreckloch», lamentierte er und blickte mich aus glasigen Augen an. «Die Weiber lassen einen nicht ran. Bei uns in Venedig kannst du mit denen machen, was du willst. Ich hatte mal eine, die …»

«Ich hole uns noch zwei», unterbrach ich ihn.

Von Ripetta bis zum Hortaccio war es nur ein Steinwurf, und nachdem Pasquale noch eine Weile die Verklemmtheit der Römerinnen bejammert und die Liederlichkeit der Venezianerinnen gepriesen hatte, schlug er vor, einen Abstecher in das ummauerte Viertel zu machen.

«Es ist Fastenzeit», wandte ich ein.

«Scheiß drauf», lallte er.

«Die lochen uns ein.»

Pasquale lachte dreckig. «Machen sie nicht. Ich hab diplomatische Immunität.»

«Wie hieß noch mal dieser Hausdiener?»

«Diomede Padovano. Warum?»

«Nur so. Und wo wohnt er jetzt?»

«Trastevere. Bei San Crisogono. Und jetzt ran an die Weiber!»

Kaum hatten wir die Taverne verlassen, da drängte der Wein aus seinem Körper. Er verschwand in einem Innenhof und übergab sich lautstark.

Und ich verschwand auch. In der Ferne hörte ich ihn noch rufen, aber er folgte mir nicht. Seine körperlichen Bedürfnisse waren offenbar stärker als das Verlangen nach meiner Gesellschaft.

Während ich am Tiberufer entlang nach Hause ging, fiel mir ein, dass der Hortaccio während der Fastenzeit nicht einfach geschlossen, sondern zugemauert war. Ich musste grinsen, beschleunigte aber meinen Schritt für den Fall, dass Pasquale mich nun doch verfolgen würde, um anderswo sein Glück zu versuchen.

Später erfuhr ich, dass ein Mitarbeiter der venezianischen Botschaft beim Überklettern der Mauer des Hortaccio erwischt und verhaftet worden war. Der Botschafter hatte seine Freilassung erwirkt, ihn anschließend aber nach Venedig zurückgeschickt. So hatte also jeder bekommen, was er wollte.

Es dauerte ein paar Tage, bis ich Gennaro endlich erwischte und ihm erzählen konnte, was ich erfahren hatte. Wenn ich geglaubt hatte, dass das Skelett von Antonio Francavilla ihn nicht mehr interessierte, dann hatte ich falschgelegen. Seine Freude an pikanten und skandalösen Geschichten war genauso groß wie mein berufliches Interesse daran, auch wenn es ihm an Ausdauer fehlte, weil er am Ende doch immer nur seine Statuen im Kopf hatte. Ein bisschen beneidete ich ihn darum. Er wusste immerhin genau, wo er hinwollte.

Gennaro ließ Hammer und Meißel fallen und griff nach seinem Mantel. Nur eine halbe Stunde später fragten wir uns im Gassengewirr um San Crisogono nach dem alten Hausdiener durch. Eine weitere halbe Stunde darauf hatten wir ihn gefunden.

Diomede Padovano wohnte in einem schäbigen kleinen Haus mit Blick auf die Fassade der imposanten Kirche. Der beißende Rauch von feuchtem Holz lag in der Luft. Vor der Tür häuften sich Abfälle, in denen es raschelte. Die Läden waren geschlossen.

Schon nach dem ersten Klopfen öffnete ein altes Männchen mit Glatze und gewaltigen Ohren, als hätte es hinter der Tür gelauert. Zwei misstrauische Augen lugten durch den Spalt.

«Ja?»

«Eine Frage.»

«Ich spende nicht.»

«Wir wollen keine Spende.»

«Was denn sonst?»

«Eine Auskunft.»

«Dann will ich eine Spende.»

«Die kriegen Sie.»

Er führte uns ins Haus. Wegen der geschlossenen Läden sah man kaum die Hand vor Augen, und vielleicht war das auch besser so, denn hier war offenbar seit Jahren weder aufgeräumt noch durchgefegt worden. Diomede Padovano machte keinerlei Anstalten, etwas Licht hereinzulassen.

«Erinnern Sie sich noch an Domenico Venier?», fragte ich.

Die Erwähnung des Namens hatte eine belebende Wirkung auf den Alten.

«Natürlich erinnere ich mich. Er war mein Dienstherr. Sagt bloß, der lebt noch! Wenn ihr ihn seht, dann richtet ihm aus, dass er mir noch was schuldet!»

«Wir wissen nicht, ob er noch lebt», sagte ich. War dem Alten klar, dass seit Veniers Flucht dreiundvierzig Jahre vergangen waren?

«Schade.»

«Was schuldet er Ihnen denn?», fragte Gennaro.

«Das wäre dann schon die zweite Frage.»

Pasquale hatte recht gehabt, Diomede Padovano war noch bei Verstand. Ich holte meinen Geldbeutel hervor und warf ein paar Münzen auf ein altes Fass, das er offenbar als Tisch benutzte und auf dem eine Holzschale mit Grütze stand. Langsam gewöhnten sich meine Augen an das Dämmerlicht. Diomede Padovano war mindestens achtzig Jahre alt, der Kopf mit den kohlblattgroßen Ohren saß auf einem dürren, kleinen Körper. An seinen Schläfen traten dicke Adern hervor. Er schielte nach den Münzen, nicht gierig, sondern eher ehrfürchtig. Es waren bloß ein paar Baiocchi, aber er würde davon wahrscheinlich zwei Wochen lang satt werden. Er tat mir leid.

«Er schuldet mir unter anderem noch den Lohn für Mai.»

«Mai?», fragte ich ungläubig. War er vielleicht doch nicht mehr so gut beieinander?

«Mai siebenundzwanzig. Venier hatte vor lauter Aufregung wegen der anrückenden Soldaten vergessen, mich auszuzahlen. Als sie dann da waren, zog er es vor, sich in den Palast der Colonna zu flüchten und ein paar Tage später von dort aus zu verschwinden. Ich kann's ihm nicht verdenken. Und um den Lohn geht's mir auch gar nicht.

Ich finde allerdings, ich hätte eine Entschädigung für die beiden Finger verdient, die ich seinetwegen verloren habe.»

Gennaro und ich tauschten einen entgeisterten Blick. «Finger?»

Padovano hielt seine knochige linke Hand hoch. Ich konnte kaum glauben, was ich sah: Der kleine Finger und der Ringfinger fehlten.

«Die haben mir die Landsknechte abgeschnitten, damit ich ihnen Veniers Geldversteck verrate. Aber ich hab die Zähne zusammengebissen und nichts gesagt. Ich dachte, Venier würde mich großzügig belohnen, wenn er zurückkäme. Es wurde ja später viel Schlechtes über ihn gesagt, aber geizig war er nicht.»

Wieder blickten wir uns an, völlig fassungslos diesmal. Nach Antonio Francavilla und Gabriele Sannazaro hatten wir hier nun schon zum dritten Mal mit einem Kerl zu tun, der entweder zwei Finger zu viel oder zwei Finger zu wenig hatte.

«Sie haben sich von denen zwei Finger abschneiden lassen und nichts gesagt?», fragte Gennaro ungläubig.

«Ich brauchte Geld», sagte Padovano völlig ungerührt. «Eins der Küchenmädchen war schwanger von mir. Oder jedenfalls behauptete sie das, aber ich nehme an, dass es stimmt. Angeblich trieb sie es zwar auch mit Venier selbst, aber wenn das Kind von ihm gewesen wäre, dann wäre sie ja schön blöd gewesen, es mir anzuhängen. Bei mir war schließlich nichts zu holen, bei ihm dagegen schon. Veniers Familie war steinreich.»

«Aber warum hat er sich dann mit dem Bezahlen des Lösegeldes so geziert?», fragte Gennaro. «Wie es heißt, hat Isabella Gonzaga für ihn gebürgt, aber sie blieb auf den Forderungen sitzen.»

«Das war was anderes. Da ging es ums Prinzip. Venier war der Ansicht, dass die Republik die Unversehrtheit seiner diplomatischen Immunität zu gewährleisten hatte. Und weil die Signoria nicht zahlte, zahlte er auch nicht. Er sah es einfach nicht ein.»

«Haben Sie denn später versucht, Kontakt zu ihm aufzunehmen?»

Padovano lachte freudlos auf. «Ihr macht euch falsche Vorstellungen davon, wie es hier damals zuging. Die ganze Stadt war ein Trümmerhaufen. Es war Krieg. Die Republik schickte zwei Jahre lang keinen neuen Botschafter. Und von Domenico Venier wollte in Venedig niemand mehr etwas wissen.»

«Und dafür haben Sie sich zwei Finger abschneiden lassen!» Gennaro war sichtlich erschüttert.

Padovano sah ihn an, als redeten wir über freundschaftliche Knüffe in die Rippen und nicht über abgetrennte Gliedmaßen. «Also, spätestens beim dritten hätte ich wahrscheinlich doch was gesagt, aber ich hatte mir schon gedacht, dass sie nach dem ersten oder zweiten aufhören. Diese Deutschen waren daran gewöhnt, dass man sich vor Angst in die Hose kackte, wenn sie nur zur Tür reinkamen. Und spätestens wenn sie die Kneifzange rausholten, hat eigentlich jeder geplaudert.»

«Also, damit ich das hier richtig verstehe», versuchte Gennaro die Befragung in geordnete Bahnen zu lenken. «Sie wussten von einem Geldversteck?»

Padovano nickte. «Ich wusste, dass es eins gab, aber ich wusste nicht genau, wo es war. Irgendwo im Keller, wahrscheinlich unter einer Bodenplatte.»

«Und Venier ging nicht an sein Versteck, bevor er zu den Colonna floh?»

«Nein. Er rannte wie ein aufgescheuchtes Huhn durchs Haus und raffte irgendwelche Sachen zusammen. Zwischendurch platzte jemand rein und schrie, dass die Spanier den Borgo gestürmt hätten. Da geriet er vollends in Panik und machte, dass er zu den Colonna kam. Seine Mitarbeiter und die Frauen flohen mit ihm. Warum hätte er sein Geld mitnehmen sollen? Das hätten sie ihm doch als Erstes abgenommen.»

«Und Sie blieben allein im Haus zurück?»

«Genau.»

«Warum, um alles in der Welt?»

«Na, einer musste ja auf das Haus aufpassen. Ich verrammelte die Fensterläden und schob einen schweren Schreibtisch vor die Tür. Aber das hielt sie natürlich nicht lange auf.»

Die Gelassenheit dieses alten Männchens war wirklich nicht zu fassen.

«Und nachdem Venier gegangen war und Sie die Fensterläden verrammelt und den Schreibtisch vor die Tür geschoben hatten – da kamen Sie nicht auf die Idee, selbst nach dem Geldversteck zu suchen?»

«Das wäre ja wohl Vertrauensbruch gewesen.»

Gennaro rang sichtlich um Fassung. «Vertrauensbruch … Und was passierte dann?»

«Sie brachen die Tür auf und durchsuchten das Haus. Fünfzehn Mann, mindestens. Zuerst beachteten sie mich gar nicht, aber als sie nichts fanden, wurden sie auf mich aufmerksam. Sie fesselten mich …»

«… und holten die Kneifzange raus», ergänzte Gennaro.

«Na ja, es war eher so eine Art Schere.»

Gennaro schüttelte sich angewidert und stieß mit aufgeblasenen Backen die Luft aus.

«Und als die Deutschen wieder weg waren?»

«Die gingen nicht weg. Die richteten sich häuslich ein. Und ein paar Tage später stemmten sie im Keller sämtliche Bodenplatten raus. Die Deutschen können richtig gründlich sein, wenn sie nicht gerade besoffen sind. Aber sie fanden nichts.»

«Sind Sie etwa dageblieben?»

«Wo hätte ich denn hingehen sollen? Venier und die anderen waren weg. Ich war verletzt und hatte Fieber. Und nachdem die Deutschen mir die Finger abgeschnitten hatten, behandelten sie mich gut, ehrlich gesagt. Ich glaube, denen tat das leid. Sie schleppten einen Chirurgen an, der mich verband und regelmäßig nach mir sah.»

Eine Weile sagte niemand etwas. Fast hätten wir vergessen, wonach wir eigentlich hatten fragen wollen.

«Sagen Sie», begann ich vorsichtig. «Kam von den Mitarbeitern in der Nacht noch mal einer zurück?»

Padovano blickte mich an, als hätte er die ganze Zeit schon auf diese Frage gewartet. Er lächelte listig. «Dachte ich mir doch gleich, dass ihr darauf hinauswollt. Ja, es war noch mal einer da.»

«Antonio Francavilla?», fragte ich ungeduldig.

Padovano nickte anerkennend. «Du weißt ja gut Bescheid.» Er machte eine Pause und tauchte in seine Erinnerungen ein.

«Das war schon ein merkwürdiger Auftritt», sagte er schließlich.

«Weil er wie ein Deutscher gekleidet war?», fragte ich.

Wieder das listige Lächeln. «Warum fragt ihr überhaupt, wenn ihr schon alles wisst? Ja, der sah aus wie einer von denen, und darum beachteten ihn die anderen auch nicht, abgesehen davon, dass das Saufgelage schon in vollem Gange war. Ich hatte ihn erst gar nicht erkannt, man konnte diese Landsknechte kaum auseinanderhalten, die bestanden ja nur aus gebauschtem Stoff voller alberner Schlitze und Federn. Außerdem war ich selbst ziemlich betrunken, denn die Deutschen hatten mir nach der Folter reichlich Wein eingeflößt, gegen die Schmerzen.»

«Sind Sie sicher, dass er es war?», fragte Gennaro.

«Ja. Er hatte ein unverwechselbares Merkmal.»

«Die Finger.»

«Genau. Könnt ihr euch das vorstellen? Mir hatten sie gerade zwei Finger abgeschnitten, und kurz darauf kommt einer rein, der zwei zu viel hat. Fast ein bisschen schade, dass meine neuen Freunde das nicht bemerkt haben. Das wäre ein Heidenspaß geworden.»

«Und was machte er?», fragte Gennaro.

«Na, was wohl?», fragte Padovano genüsslich. «Er ging runter in den Keller, kam nach kurzer Zeit wieder rauf und verschwand. Danach hat nie wieder jemand was von ihm gehört.»

Bevor ich weiterfragen konnte, sagte Padovano: «Und als Nächstes wollt ihr jetzt natürlich wissen, ob er etwas dabeihatte, als er wieder raufkam, stimmt's?»

«Hatte er?»

Padovano amüsierte sich königlich. «Nein, jedenfalls hatte er nichts in der Hand oder unter dem Arm. Allerdings sah er ziemlich zufrieden aus, und er hatte es einigermaßen eilig. Wenn da wirklich etwas war und wenn er es geholt hat, dann kann es nicht besonders groß und auch nicht besonders schwer gewesen sein.» Wieder lachte er.

«Was ist daran so lustig?», fragte Gennaro.

«Ihr stellt genau die gleichen Fragen wie dieser andere Kerl.»

Gennaro und ich blickten uns entgeistert an. «Welcher andere Kerl?», fragten wir wie aus einem Mund.

«Es war schon mal einer bei mir, der das alles wissen wollte. Der war übrigens ziemlich großzügig.» Er machte eine Kopfbewegung zu den Münzen auf dem Fass.

«Wann war das?», rief Gennaro.

«Ist schon lange her.» Padovano wirkte immer noch amüsiert. Offenbar machte er sich jetzt einen Spaß daraus, uns noch ein bisschen hinzuhalten.

«Wie lange?»

Der Alte wiegte den Kopf. «Zehn, zwölf Jahre vielleicht. Damals war Carafa noch Papst.»

«Geht's etwas genauer?», fragte Gennaro unfreundlich. Ich legte ihm beschwichtigend die Hand auf den Arm.

Padovano zog die Stirn in Falten und schien nun wirklich angestrengt zu überlegen. «Siebenundfünfzig. Ein paar Wochen nach der großen Überschwemmung. Da war hier noch alles voll mit getrocknetem Schlamm. Hat ja Monate gedauert, bis sie das weggeräumt hatten. Und da steht der auf einmal hier vor der Tür und stellt die gleichen Fragen wie ihr.»

«Hieß er zufällig Gabriele Sannazaro?»

«Das hat er nicht gesagt. Aber was wirklich lustig ist: Dem fehlten auch zwei Finger. Genau wie mir. Und das ist ja wohl mal ein Zufall, oder?»

Gennaro und ich starrten uns an.

«Wie alt war er denn ungefähr?», fragte ich.

«Nicht mehr ganz jung. Fünfzig vielleicht, dem Gesicht nach zu urteilen, aber kräftig wie ein junger Kerl. Der ging, als hätte er viel Zeit im Sattel verbracht.»

«Würden Sie den heute noch wiedererkennen?»

«Bestimmt.»

«Trug er Soldatenkleidung?»

«Nein. Kann aber gut sein, dass er mal Soldat gewesen ist, so wie der auftrat.»

Wir nickten uns zu. Sannazaro.

Wieder schielte Padovano nach dem Geld. «Das waren jetzt aber ganz schön viele Fragen.»

«Stimmt», sagte ich, schüttete den gesamten Inhalt meines Geldbeutels auf das Fass, bedankte mich und zog Gennaro nach draußen.

17 Zitternd vor Kälte machten wir uns auf den Heimweg. Es war unglaublich. Sannazaro war offenbar dreißig Jahre nach dem Sacco tatsächlich noch einmal in der Stadt gewesen. Was auch immer Francavilla in jener Nacht in Veniers Keller gesucht und vielleicht auch gefunden hatte: Ein halbes Menschenalter später war es immer noch so wertvoll oder so bedeutend gewesen, dass Sannazaro deswegen zurückgekommen war.

«Warum fängt er nach so langer Zeit wieder an zu suchen?», fragte Gennaro, als wir den Ponte Sisto überquerten.

«Vielleicht war es sehr viel Geld», sagte ich nachdenklich.

«So viel kann es nicht gewesen sein. Padovano hat nichts gesehen.»

«Er war schwerverletzt und benebelt.»

«Trotzdem. Das ganze Haus war voller Soldaten. Wenn da einer mit einem klimpernden Sack über der Schulter rausspaziert wäre, hätten sie ihn aufgehalten.»

«Also war es etwas anderes. Klein und wertvoll. Edelsteine vielleicht?»

Wir überquerten den Campo dei Fiori. Auch hier roch es nach Rauch. Der Pferdemarkt war in vollem Gange, sodass wir unser Gespräch unterbrachen, weil man sein eigenes Wort nicht verstand. Händler und Käufer schrien um die Wette. Ein Pferd scheute, schlug nach hinten aus und hätte

Gennaro um ein Haar erwischt. Er schnauzte den Händler an, der nach einem kurzen Blick auf Gennaros riesige Pranken die Lust verlor, sich mit ihm anzulegen, und stattdessen den Gaul anbrüllte.

«Und warum ist Sannazaro dann nicht gleich am nächsten Tag zu Veniers Haus gegangen, um sich zu erkundigen?», fragte Gennaro schließlich, als wir durch den Torbogen zu unserem Innenhof traten.

«Vielleicht hat er das ja versucht. Aber er fand nur Betrunkene vor, die ihm keine vernünftige Auskunft gaben.»

Wir setzten uns nebeneinander auf den großen Granitblock vor Gennaros Werkstatt.

«Und dann wartet er dreißig Jahre?», zweifelte Gennaro. «Obwohl er zwischendurch noch mal hier war, nachdem er mit Alba in Deutschland die Protestanten besiegt hatte? Das stand doch in der Meldung deines Onkels!»

«Vielleicht musste er damals bald wieder weg und hatte keine Zeit, um Padovano aufzustöbern. Der Krieg in Deutschland war vorbei, aber in Italien stand schon der nächste bevor. Zehn Jahre später war Sannazaro vielleicht nicht mehr im Dienst. Das hat Padovano doch auch gesagt: Er war nicht wie ein Soldat gekleidet. Außerdem spielt es keine Rolle, warum er so lange gewartet hat. Tatsache ist, er war da, und er hat etwas gesucht.»

Ich dachte an Padovanos Worte. *Kurz nach der großen Überschwemmung.*

«Kannst du dich eigentlich noch an diese Überschwemmung erinnern?», fragte ich.

«Nein. Ich war damals in Florenz in der Lehre. Aber Mercuria hat mir mal davon erzählt.»

1557 Mercuria blickte vom Fenster ihres Schlafzimmers in der Via Giulia auf den Fluss. Gott, dieses Wasser, das war ja noch schlimmer als damals, ein paar Monate nachdem dieser kleine Frechdachs sie in der Gartenvilla des Bankiers gezeichnet hatte, um dann schnurstracks wieder nach Bologna abzureisen und seine Aufträge für die Reichen und Mächtigen abzuarbeiten!

Noch am Morgen hatte die ganze Stadt gefeiert. Kardinal Carlo Carafa hatte Frieden mit den Spaniern geschlossen, und Rom war noch einmal mit einem blauen Auge davongekommen, denn nur zwei Wochen zuvor hatte der Herzog von Alba nachts plötzlich vor der Porta Maggiore gestanden, Sturmleitern im Gepäck und ein paar Kanonen im Schlepptau, ein Wald von Helmen im Fackelschein, und um ein Haar hätte es ein böses Ende genommen. Alle, die den Sacco noch erlebt hatten, hatten beim Klang des Trommelwirbels das große Zittern bekommen. Schon wieder ein göttliches Strafgericht? Wofür denn diesmal?

Am derzeitigen Papst, diesem Ketzerschreck, hatte es ja wohl nicht liegen können. Dann wohl eher an seinem verkommenen Neffen, dem besagten Kardinal, der diesen verdammten Krieg mit den Spaniern angezettelt hatte, um noch mehr Besitz für sich selbst und seine parasitären Brüder zusammenzuraffen, während sein Onkel alles abgenickt hatte, weil er glaubte, Carlo Carafa würde es schon richtig machen. Nichts hatte der richtig gemacht: unfähige Kommandeure eingesetzt, die Stadt nicht vernünftig gesichert und selbst die ganze Zeit Orgien gefeiert, anstatt sich um die Verteidigung zu kümmern. Aber dann hatten die Spanier ohne ersichtlichen Grund auf den Sturmangriff verzichtet und waren wieder abgezogen. Und der Kardinal hatte in letzter Minute diesen Vertrag geschlossen, den Alba ihm diktiert hatte und der sie alle teuer zu stehen kommen würde. Wenn die Römer in diesen Tagen einen Wunsch frei gehabt hätten, dann hätte der wahrscheinlich gelautet, Carlo Carafa am höchsten Glockenturm der Stadt aufgehängt zu sehen. Aber immerhin war seit gestern Frieden. Und diesen Frieden hatte Mercuria schon mit Blick auf ihre Tochter und die bevorstehende Geburt herbeigesehnt. In was für eine Welt sollte ihr Enkelkind denn hineingeboren werden? Sie selbst hatte Severina auf der Flucht vor Zerstörung und Plünderung entbunden. So etwas sollte ihrer Tochter doch nach Möglichkeit erspart bleiben.

Und nun stieg dort unten das Wasser in atemberaubender Geschwindigkeit. Der Ponte Sisto war an den Zugängen bereits überspült; die braune Brühe leckte an den Fundamenten der Häuser am Ufer und schwappte schon in die ersten Fenster. Mercuria hatte den ganzen Nachmittag damit verbracht, die Vorräte aus dem Keller nach oben zu tragen. Ihrem Diener, dem Kutscher und der Köchin hatte sie gestern zur Feier des Tages freigegeben, und danach hatten sie sich nicht mehr blickenlassen. Severina war vor ein paar Tagen mit der Hebamme aufs Land gefahren, der besseren Luft wegen. Gott sei Dank.

Mercuria war also allein in ihrem großen Haus, und unter normalen Umständen hätte sie das genossen, aber jetzt war niemand da, der ihr half, das ganze Zeug hochzutragen. Wie immer, wenn es darauf ankam, war sie auf sich selbst gestellt. Sie beschloss, kein Risiko einzugehen und alles in den zweiten Stock zu bringen. Damals hatte der Tiber das ganze Erdgeschoss überschwemmt, aber so schnell wie das Wasser diesmal anstieg, war es nicht ausgeschlossen, dass es noch schlimmer kommen würde. Die schweren Möbel hatte sie schon abgeschrieben, aber den Rest der Einrichtung, die Bücher, die Bilder, die Stiche, den Schmuck, die vielen Erinnerungsstücke, das alles konnte sie ja schlecht kampflos den Fluten überlassen.

Sie war inzwischen fünfzig Jahre alt, aber so fühlte sie sich nicht, und so sah sie auch nicht aus. Die vielen Spaziergänge an der frischen Luft, das Lachen in unterhaltsamer Gesellschaft, der sorgenfreie Schlaf, den ihr Geld ihr ermöglichte, das alles hatte dazu beigetragen, dass ihr auch jetzt noch Angebote gemacht wurden, die sie lächelnd ausschlug. Vor über zehn Jahren hatte sie sich zur Ruhe gesetzt, und immer noch drehte man sich nach ihr um, immer noch machte man ihr Anträge, immer noch wollte man sie malen. Einem dieser schmachtenden Meister hatte sie das sogar mal gestattet. Das Gemälde hing jetzt in irgendeiner Sammlung und würde wahrscheinlich eines Tages als Bildnis einer unbekannten Dame inventarisiert werden. Als sie die Kisten mit den Erinnerungsstücken aus diesen Jahren nach oben getragen hatte, hatte sie der Versuchung nicht widerstehen können, die Vorzeichnungen hervorzuholen, die der Maler ihr damals geschenkt hatte: In tadelloser Haltung saß sie da in ihrem Brokatkleid, die Perlenkette um den Hals, die schlanken Hände auf den Stuhllehnen, keine einzige Falte im Gesicht, die Augen aufmerksam und ein bisschen spöttisch auf den Betrachter gerichtet. Das Kleid war knallrot gewesen, das wusste sie noch.

Aber jetzt war wohl nicht der richtige Moment für Erinnerungen an vergangene Tage. Ein Blick aus dem Fenster genügte: Der Fluss hatte die Brücke inzwischen auf ganzer Länge überspült und strömte bedrohlich schnell dahin. Eine der schwimmenden Mühlen hatte sich losgerissen und war gegen das Geländer gekracht. Überall bildeten sich wandernde Strudel. Ein paar Tierkadaver trieben kreiselnd dahin.

Als sie nach zwei Stunden endlich alles nach oben gebracht hatte, strömte das blasige Wasser von beiden Seiten rasend schnell in die Via Giulia. Man konnte fast dabei zusehen, wie die Straße sich füllte. Wenn sie sich in Sicherheit bringen wollte, dann musste sie das jetzt tun. Andererseits konnte es dann passieren, dass Diebe sich über das Haus hermachten.

Während sie hin und her überlegte, stieg der Fluss in der Straße auf Kniehöhe. Das Rauschen und Gurgeln der in alle Kellerlöcher strömenden Wassermassen war ohrenbetäubend. Im Erdgeschoss wurden die ersten Stühle angehoben und dümpelten durch die Räume. Wenn sie jetzt ging, würde sie mit einem ruinierten Kleid durch die Stadt irren. Was für ein Bild, nein danke. Also blieb sie.

Nach einer weiteren Stunde, in der sie die kleineren Möbel im obersten Stock auf die größeren gestapelt und die Kisten mit den Papieren auf den Dachboden gebracht hatte, hatte die Flut das Erdgeschoss bis zur Decke angefüllt. Am gegenüberliegenden Ufer des Flusses versank lautlos ein Haus, ganz langsam verschwand ein Stockwerk nach dem anderen im Strom. Schon bei der letzten Überschwemmung waren einige Gebäude eingestürzt, weil Fundamente weggesackt waren und morsche Balken dem Druck nicht widerstanden hatten. Das konnte hier auch passieren. Vielleicht wäre es doch besser gewesen, rechtzeitig das Weite zu suchen.

Plötzlich klopfte es laut und vernehmlich an eins der straßenseitigen Fenster. War das möglich? Mercuria riss sich vom Anblick des versinkenden Hauses los und eilte nach drüben. Sie konnte kaum glauben, was sie sah: Da stand ein bärtiger Kerl mit vor Anstrengung verzerrtem Gesicht schwankend in einem Ruderboot, hielt sich mit der einen Hand am Fensterladen fest und hämmerte mit der anderen gegen die Scheibe. Sie öffnete.

«Steigen Sie ein, bevor es zu spät ist!», schrie er gegen das Getöse an. «Der Baron erwartet Sie auf dem Monte Cavallo!»

Was für ein Baron, dachte Mercuria. Aber wie hätte es ausgesehen, jetzt nachzufragen? Außerdem deutete nichts darauf hin, dass die Flut in absehbarer Zeit abschwellen würde, also kletterte sie mit der Hilfe des Bärtigen, der dabei um ein Haar ins Wasser gefallen wäre, aus dem Fenster und nahm Platz in dem Nachen. Er stieß sich von der Hauswand ab, ließ sich vorsichtig auf der Ruderbank nieder und legte sich in die Riemen.

Dunkle Wolken trieben über den Himmel und erzeugten eine unheimliche Dämmerung, die den Anblick der Stadt noch verstörender machte. Sie passierten überflutete Straßen, Gassen und Plätze; überall trieb Hausrat umher, Menschen mit panischen Gesichtern hingen in den Fenstern, und an einigen Stellen waren sie schon auf die Dächer geklettert.

Beim Palazzo Venezia wurde das Wasser seichter. Immer öfter überholten sie Männer und Frauen, die mit Bündeln und Kindern auf dem Arm in Richtung der höher gelegenen Stadtviertel wateten. Der Anblick erinnerte sie an den Sacco. Wer gewusst hatte, wohin er fliehen konnte, der hatte zumindest seine Haut retten können, wenn schon der Besitz verloren war. Und sie? Welcher Baron denn nun?

Vor der Einmündung einer Seitenstraße parkte eine Kutsche. Der Bärtige hielt keuchend und schwitzend darauf zu, und dann sah sie das Wappen auf dem Wagenschlag. Sie unterdrückte ein Lächeln. Santacroce, der alte Kavalier. Noch so ein Verehrer aus vergangenen Zeiten, der sie nicht vergessen hatte. Sie war gerührt.

Als hätten der Ruderer und der Kutscher sich mit der Flut abgesprochen, setzte das Boot genau vor dem geöffneten Wagenschlag auf. Mit einem großen Schritt stieg sie um. Samtpolster, Seidenvorhänge. Santacroce hatte es immer noch gern bequem.

Die Kutsche ruckte an und nahm die steile Auffahrt zum Quirinal. Vom Fenster aus sah Mercuria die gewaltigen Pferde, die dem Monte Cavallo seinen Namen gegeben hatten. Kurz danach passierten sie ein Tor und kamen zum Stehen.

Hier oben war es ruhiger. Mercuria stieg aus, die Kutsche drehte eine Runde in dem weitläufigen, von Fackeln erhellten Garten und fuhr durch das Tor wieder hinaus. Inzwischen war es so dunkel geworden, dass man meinen konnte, die Nacht sei bereits hereingebrochen. Ein paar Leute eilten hin und her.

Graziano Santacroce erwartete sie im Eingang der Villa. Das Kreuz durchgedrückt, den Hut in der Hand, so stand er da und lächelte ihr entgegen, als wären seit ihrer letzten Begegnung nur ein paar Wochen vergangen. Als sie auf ihn zutrat, breitete er etwas steif die Arme aus. Den schmalen Schnurrbart hatte er behalten, und die Lippen spitzte er immer noch genauso süßlich und affektiert wie damals. Nur seine hinter die Ohren gekämmten Locken waren dünner geworden.

«Mercuria.»

«Graziano. Wie lange ist das her? Fünfzehn Jahre?»

«Fünfzehn Monate, sagt mir dein Anblick.»

«Fünfzehn Tage, sagt mir dein Gesäusel.»

«Fünfzehn Jahrhunderte, sagt mir meine Sehnsucht.»

Er bot ihr den Arm und führte sie hinein. Im Haus herrschte reger Betrieb. Offenbar hatte Graziano Santacroce viele Gäste an diesem Abend. Aber er tat, als gäbe es nur sie.

«Hunger?»

«Durst.»

Eine Viertelstunde später standen sie am Fenster des Zimmers im oberen Stock, in das er sie geführt hatte. Ein Diener schenkte ein und zog sich zurück.

Zu ihren Füßen lag die Stadt im Licht des Halbmonds, der dann und wann durch die schnell und tief dahinziehenden

Wolken brach. Überall glommen schwache Lichter. Rauschen und Schreie waren bis hier oben zu hören. Die in der Nähe des Flusses liegenden Stadtviertel waren fast gänzlich verschwunden. Das Band des Tibers war zu einem langgezogenen See mit vielen kleinen Inseln aus Dächern angeschwollen. Irgendwo dort unten stand ihr Haus. Und mit einiger Verwunderung stellte sie fest, dass sie gar nicht so sehr an all den Sachen hing, die dort gerade vielleicht zuschanden wurden. Möglicherweise war es ohnehin Zeit für einen Umzug, ohne den ganzen Ballast der Erinnerungen an die Tage, als Leute wie Graziano Santacroce ihr den Hof gemacht hatten. Severina würde bald entbinden. Was sollten sie in diesem Haus, in dem ihre Mutter sie vor über dreißig Jahren in ein Metier eingewiesen hatte, das kaum eine Zukunft hatte?

Sie gähnte. Graziano Santacroce verstand.

«Das Zimmer gehört dir.»

«Und der Gastgeber?»

«Auch.»

Am nächsten Morgen erwachte sie früh. Sie schälte sich aus den Laken und trat zum Fenster. Die Sonne warf ihre ersten Strahlen auf die Stadt. Der Anblick war deprimierend. Die Flut hatte ihren höchsten Punkt irgendwann in der Nacht überschritten, aber noch immer standen die tiefer gelegenen Stadtviertel unter Wasser. Von einigen Gebäuden ragten nur noch die Giebel heraus, und an manchen Stellen waren halbe Häuserzeilen fortgeschwemmt worden. Der Ponte Santa Maria war weggerissen worden, und überall trieben dunkle Punkte auf dem Wasser; aus der Entfernung war nicht zu unterscheiden, ob es sich um die Kadaver von Tieren oder um die Leichen von Menschen handelte. Weit im Nordwesten ragte der Petersdom aus einem riesigen See auf, davor dümpelte ein Boot.

Plötzlich stand Graziano Santacroce wieder hinter ihr. «Manchmal glaube ich, Gott will uns zum Narren halten. Erst pfeift er die Spanier zurück, dann schickt er uns das da. Apropos Spanier. Man erzählt sich, dass Alba in ein paar Tagen dem Papst seine Aufwartung macht.»

Mercuria betrachtete die Wolken, die im scharfen Wind über der verwüsteten Stadt dahinzogen. Dahinter war der Himmel tiefblau, als wäre nichts geschehen. Sie würde so schnell wie möglich zu ihrem Haus zurückkehren müssen, um es vor Plünderern zu schützen. Wieder dachte sie an den Sacco.

«Bringt Alba die Landsknechte mit?», fragte sie.

«Gott bewahre. Nur ein paar verdiente Hauptleute. Er macht seinen Diener beim Papst, um die Demütigung erträglicher zu machen. Und dann fährt Carlo Carafa an den Hof nach Brüssel, um beim König zu retten, was zu retten ist.»

«Der sollte mal lieber seine eigene Haut retten.»

«Apropos Haut», sagte Graziano Santacroce und küsste ihre Schulter. Sie wandte sich um und blickte ihn an. Ein bisschen magerer und grauer als damals. Aber frech wie sonst was war der immer noch.

«Das passt zu ihr», sagte ich, als Gennaro geendet hatte. «Sie kommt immer allein zurecht.»

Gennaro wiegte den Kopf und nickte schließlich widerwillig. «Schon. Aber wenn es hart auf hart kommt, findet sie einen, der ihr aus der Patsche hilft. Della Porta, Santacroce, oder wie sie sonst heißen mögen.»

Auf den abfälligen Unterton seiner Bemerkung ging ich nicht ein. Ein anderer Name hatte meine Aufmerksamkeit erregt.

«Alba», sagte ich nachdenklich. «Mit dem hat Sannazaro doch schon in Deutschland gekämpft. Das ist bestimmt kein Zufall.»

«Stimmt», sagte Gennaro. «Wahrscheinlich war Sannazaro einer der Hauptleute, die nach der Überschwemmung mit Alba zur Audienz beim Papst gegangen sind.»

«Meinst du, er ist danach in Rom geblieben?», fragte ich. «Padovano hat gesagt, dass er erst Wochen nach der Überschwemmung bei ihm vor der Tür stand.»

Gennaro überlegte. «Vielleicht ist er nach diesem Friedensschluss einfach aus dem Dienst ausgeschieden. Der Krieg war vorbei, und er war nicht mehr der Jüngste.»

«Was, wenn er immer noch hier ist?»

Die Vorstellung war merkwürdig. Wenn Sannazaro tatsächlich noch in der Stadt war, dann würde man ihn an seiner verunstalteten Hand erkennen können.

«Du meinst, er hat sich zur Ruhe gesetzt? Weil er gefunden hatte, was er suchte?»

«Könnte doch sein, wenn es wirklich so wertvoll war.»

«Oder er sucht immer noch danach», wandte ich ein. «Von Padovano hat er jedenfalls nicht mehr erfahren als wir. Was hättest du an seiner Stelle als Nächstes getan?»

«Ich hätte versucht, herauszufinden, wo Francavilla nach dem Besuch bei Venier gewesen ist. Er kehrte nicht zum Palast der Colonna zurück. Denk an den Fundort des Skeletts! Francavilla wollte vielleicht gar nicht mit Sannazaro teilen. Stattdessen hat er das, was er geborgen hatte, irgendwo auf dem Quirinal versteckt.»

«Könnte sein», sagte ich. «Und Sannazaro wusste nichts davon. Francavillas Leiche hatte noch seine Kleider an, also haben sie sich wahrscheinlich nicht mehr getroffen, sonst hätten sie doch wieder zurückgetauscht.»

«Aber wie sollen wir Francavilla und seinem Versteck nach all den Jahren noch auf die Spur kommen?», fragte Gennaro.

Darauf hatte ich auch keine Antwort. Während wir angestrengt nachdachten, klopfte es an die Tür.

«Herein!»

«Bin schon drin.» Bartolomeo.

«Sag mal, hast du da irgendwo ein Loch zum Horchen reingebohrt?», fragte Gennaro und wies auf die Wand zwischen meinem und Bartolomeos Haus.

«Um Gottes willen! Ich will gar nicht hören, was du hier für lutherische Reden führst!»

«Ich bin kein Lutheraner!»

«Würdest du's denn zugeben, wenn du einer wärst?»

«Natürlich nicht.»

«Aha. Aristoteles würde dazu sagen ...»

«Es interessiert mich nicht, was Aristoteles dazu sagen würde.»

Bevor sie wieder beginnen konnten, sich zu streiten, schenkte ich uns Wein ein. Und weil Bartolomeo ja ohnehin schon über das Skelett im Bilde war, berichtete ich dem Priester alles, was wir über Francavilla und Sannazaro erfahren hatten. Die Namen sagten ihm nichts, und zur Zeit der großen Überschwemmung war er nicht in der Stadt gewesen.

«Fragt Mercuria. Die war hier.»

«Wo steckt die eigentlich?», fragte Gennaro.

Bartolomeos Gesicht verfinsterte sich. «Ich habe den Eindruck, sie geht uns in den letzten Tagen aus dem Weg», sagte er. Er blickt eine Weile vor sich hin, dann schüttelte er seufzend den Kopf. «Hoffentlich geht das nicht wieder los», murmelte er.

«Was?»

Wieder seufzte er. «Es gibt da so eine alte Geschichte, die sie manchmal einholt», sagte er leise. «Dann schließt sie sich tagelang ein. Das hatten wir schon öfter.»

Gennaro blickte mich fragend an, und ich zuckte mit den Schultern.

«Habt ihr's eigentlich schon gehört?», fragte Bartolomeo, der das Gespräch offenbar in eine andere Richtung lenken wollte.

«Was?»

«Du bist mir ja ein schöner Novellant. Franco ist zum Tode verurteilt worden, und Pallantieri wird der Nächste sein. Aber das scheint die Dichter nicht abzuschrecken. Neulich ist mal wieder eins dieser hübschen Sonette aufgetaucht, über Parisani.»

Wenn du wüsstest, dachte ich.

«Das ärgert euch Priester natürlich», schaltete sich Gennaro ein.

Bartolomeo sah ihn an und zog die Augenbrauen hoch. «Warum sollte es mich ärgern, wenn es einem alten Hurenbock wie Parisani an den Kragen geht? Jeder weiß, was er getrieben hat.»

«Angeblich hat diese Frau ja nur Näharbeiten für ihn gemacht», stichelte Gennaro weiter.

«Näharbeiten! Den Mund hätte sie ihm mal lieber zunähen sollen! Parisani redet sich im Verhör um Kopf und Kragen und schwärzt auch andere an. Und wenn ich deine Schadenfreude richtig deute, dann sind wir uns ja ausnahmsweise mal einig. Dass die Kirche solche Zustände nicht mehr duldet, ist das Verdienst des Heiligen Vaters. Einen Mann wie Parisani hätte Ghislieri niemals zum Bischof gemacht.»

Sie stritten noch eine Weile auf die gewohnte Weise weiter, und Bartolomeo brachte Gennaro am Ende so weit, dass dieser ein paar zähneknirschende Zugeständnisse machte: Sicher, ein Scheinheiliger sei dieser Papst nicht, der allen das Vergnügen verdarb, sich selbst allerdings auch keins gönnte. Dass er ein Heiliger war, das wollte Gennaro aber dann doch nicht zugestehen.

«Eines Tages werden sie ihn zur Ehre der Altäre erheben», sagte Bartolomeo und erhob sich ächzend von seinem Stuhl. «Denk an meine Worte.»

«Hoffentlich muss ich das nicht mehr erleben», murmelte Gennaro.

Bartolomeo war schon fast zur Tür hinaus, als er sich noch einmal umdrehte. «Weshalb ich eigentlich gekommen war …»

«Morone?»

«Genau. Nächste Woche hat er Zeit für dich. Wenn du klug bist, dann lässt du dir nicht anmerken, dass du keine Lust auf dieses Gespräch hast.»

Und weg war er. Ob ich Zeit für Morone hatte, das fragte er gar nicht erst.

18

Morones Palast befand sich unweit von Santa Maria in Trastevere. Es war schon spät, als ich mich dort einfand. Die Straße war wie leergefegt, und die meisten Leute hatten die Fenster verrammelt.

Bartolomeo hatte mich am Vorabend mit Auskünften über den Kardinal versorgt, die ich mir zunächst etwas widerstrebend angehört hatte. Ihm schien sehr daran zu liegen, seinen alten Freund ins richtige Licht zu rücken. Trotz der Unterstellungen, Priesterehe und Laienkelch befürwortet zu haben, häretischen Rechtfertigungslehren nahzustehen, ja, sich in heimlichen Zirkeln mit den Ketzern getroffen und diese vor Razzien gewarnt zu haben, war Giovanni Morone als ein Mann bekannt, der sich allen Fragen des Glaubens mit großem Ernst widmete und beständig auf der Suche nach der Wahrheit war. Und einem solchen Mann sollte ich nun gegenübertreten, ich, der Verfasser windiger Gazetten. Zum Glück war er es ja nun, der etwas von mir wollte. Mir war nämlich auch bei längerem Nachdenken nichts eingefallen, was ich von ihm hätte wollen können.

Ein Kaplan empfing mich am Portal, ein hagerer Mann mit Halbglatze, dessen heruntergezogene Mundwinkel eine schlechtgelaunte Gleichgültigkeit anzeigten, die man auch als Verachtung hätte deuten können. Wortlos winkte er mich herein und wies mich zu einem Treppenaufgang. Morones Palast verdiente den Namen kaum: ein großes, aus der Zusammenlegung einer unbestimmbaren Zahl von Häusern entstandenes Gebäude, das zwischen den Werkstätten und Geschäften des Viertels eingezwängt war – kein Vergleich zu den protzigen Bauten der Kardinäle Farnese, Este oder Medici mit ihren Innenhöfen voller Statuen, mit ihren freskierten Festsälen, Seidentapeten und Wandteppichen. In Morones Palast hatte man den knappen Platz offensichtlich nutzen müssen, anstatt ihn zu Renommierzwecken zu verschwenden: Der Kaplan führte mich schweigend durch enge Flure mit vielen Türen, hinter denen hier und da Stimmen zu vernehmen waren. Draußen jaulte der Wind. Ein paar Fensterläden klapperten.

Ich wurde in einen Raum mit einem großen Kerzenleuchter geleitet. Die Balken an der Decke waren mit verblassenden Rankenmustern verziert. Bis auf eine hölzerne Truhe in einer Ecke und eine Bank gab es keine Möbel.

Der Kaplan wies mir mit einer herrischen Handbewegung einen Platz auf der Bank an, dann durchmaß er den Raum mit ein paar Schritten, klopfte kurz an eine andere Tür und zwängte sich ohne eine Antwort abzuwarten hindurch, als wollte er unbedingt vermeiden, dass ich einen Blick in das dahinterliegende Zimmer werfen konnte.

Plötzlich brüllte von drinnen jemand aus Leibeskräften: «Wer ist da gekommen?»

«Dieser Novellant!», schrie eine andere Stimme zurück.

«Schrei nicht so!»

Die folgende Viertelstunde versuchte ich mir vorzustellen, was mich wohl erwartete. War Morone über meine bisherige Tätigkeit im Bilde? Würde ich in die peinliche Situation geraten, falsche Vorstellungen korrigieren oder dem Kardinal sogar davon abraten zu müssen, mir die Aufgabe anzuvertrauen, die er für mich vorgesehen hatte?

«Hol ihn jetzt rein!», brüllte die Stimme von drinnen.

«Was?»

«Den Novellanten! Hol ihn rein! Und schrei nicht so!»

Einen Augenblick später stand ich in einem quadratischen Eckzimmer, das von zwei Seiten durch große Fenster erleuchtet wurde, sodass das kraftlose bisschen Licht von draußen zusammen mit dem Schein eines großen Kaminfeuers ausreichte, das Durcheinander, das hier herrschte, in allen Einzelheiten sichtbar zu machen. Ich befand mich offensichtlich im Arbeitszimmer des Kardinals. Vor dem Kamin stand ein breiter Schreibtisch, auf dem sich Bücher und bedruckte und beschriebene Blätter stapelten, dazwischen Tintenfässchen, ein schlichtes Holzkreuz auf einem Sockel und ein paar Kerzenleuchter. Vor dem Schreibtisch lag ein Teppich mit orientalischem Muster, an den Wänden drängten sich Regale und Ablagen voller weiterer Bücher, Bündel, Mappen und Schachteln, Papier in gebundener, gefalteter und gerollter Form, dazu Statuetten und Vasen. Vor dem Kamin lag ein wolliges blondes Hündchen in einem Korb, hob kurz den Kopf und döste weiter.

Dann erst entdeckte ich Morone. Der Kardinal saß halb verdeckt von der Tür, durch die ich eben eingetreten war, im vollen Ornat, mit Soutane, Chorhemd und Mozzetta, in einem Lehnstuhl, das Birett im Schoß, als wollte er sich porträtieren lassen. Sein Gesicht war eins von denen, die man nicht ohne weiteres auf der Straße wiedererkennen würde, ebenmäßig, aber unauffällig, mit einem langen Bart, der bis zu seinem Pektorale herabfiel. Trotz seiner grauen Haare sah man ihm nicht unbedingt an, dass er fast sechzig Jahre alt war; er war gut genährt, aber nicht beleibt, und er wirkte gesund und ausgeschlafen.

Unter den missmutigen Blicken des Kaplans trat ich

auf den Kardinal zu und verbeugte mich. Eine Hand mit makellos gepflegten Fingernägeln hob sich mir langsam entgegen.

Während ich «Reverendissimo» murmelte und seinen Ring küsste, fragte ich mich, warum er nicht hinter dem Schreibtisch saß, wie ich es von den Männern seines Ranges gewohnt war, denen ich in Begleitung meines Onkels gelegentlich meine Aufwartung gemacht hatte. Meistens hatten wir dabei große Räume durchschreiten müssen, an deren Ende die Herren thronten und demonstrierten, wer sich hier um wen zu bemühen hatte. Morone aber schien es vorzuziehen, die Eintretenden einen kurzen Augenblick lang studieren zu können, bevor sie ihn erblickten.

«Setz dich», sagte er mit rauer Stimme und räusperte sich. Während ich in einem Lehnstuhl an der gegenüberliegenden Ecke des Schreibtisches Platz nahm, schob er hinterher: «Die Leute denken immer, wir Mailänder müssten an feuchte Kälte gewöhnt sein, aber ich konnte diesem Klima nie etwas abgewinnen. Ich bin bei so einem Wetter ständig erkältet.»

Er wandte sich an den Kaplan. «Danke!», brüllte er.

«Was?»

Morone verdrehte die Augen und wies zur Tür. Der Kaplan glitt hinaus.

«Mein Kaplan ist leider schwerhörig», sagte er und lächelte hintergründig. «Das muss allen klar sein, die bei ihm die Beichte ablegen wollen.»

Sein Mailänder Akzent klang auch nach vier Jahrzehnten, die er fern seiner Heimat verbracht hatte, deutlich durch. Er beugte sich vor und warf sein Birett auf den Tisch, und als hätte der Hund nur auf dieses Zeichen gewartet, erhob er sich schwanzwedelnd aus seinem Korb und sprang auf den Schoß des Kardinals, der ihn zu kraulen begann und mich dabei aufmerksam und freundlich musterte.

Morone schien es nicht eilig zu haben, das Gespräch zu eröffnen. Das Feuer knackte. Im Raum war es sehr warm.

«Nun also», sagte er schließlich und räusperte sich erneut. «Mein Freund Bartolomeo hat einiges von dir erzählt. Er scheint dich für einen vielversprechenden Novellanten zu halten, so wie dein Onkel einer war, den ich übrigens kannte. Deine bisherigen Arbeiten sind allerdings nicht das, was man sich unter einer solchen Tätigkeit vorstellt.»

Ich stöhnte innerlich auf. Offenbar hatten meine Gazetten ihren Weg auch auf diesen Schreibtisch schon gefunden. Verstohlen schielte ich nach den dort herumliegenden Papieren, konnte aber nichts entdecken.

Immerhin schien Morone beschlossen zu haben, mich nicht weiter zu verunsichern, sondern wechselte das Thema und plauderte eine Weile über Bartolomeo und ihre gemeinsame Zeit in Modena und Bologna. Ob ich schon einmal dort gewesen sei? Ich verneinte. Das müsse ich nachholen. Bologna sei ein Ort, an dem der Geist gedeihe. Wenngleich diese Freiheit des Geistes auch immer wieder zu Missbrauch eingeladen habe.

Der Tonfall dieser letzten Bemerkung zeigte mir, dass die zwanglose Plauderei sich dem Ende zuneigte und Morone offenbar zum Anlass meines Besuchs überschwenken wollte. Er blickte mich eine Weile prüfend an, als versuchte er, in meinen Gedanken zu lesen, was Bartolomeo mir verraten hatte und was nicht.

«Wie du wahrscheinlich weißt, wurden mir damals Kontakte zu ketzerischen Kreisen unterstellt, und damit eins ganz klar ist: Ich teile die Überzeugungen dieser Irrgläubigen in keinem Punkt. Es gibt allerdings unterschiedliche

Meinungen darüber, wie man sie in den Schoß der Kirche zurückholen kann, und ich gehöre zu denen, die das Heilige Offizium nicht für das geeignete Mittel dazu halten, jedenfalls nicht in der Form, die Gian Pietro Carafa und Michele Ghislieri ihm damals gegeben haben.»

Wieder musterte er mich eindringlich. Das Kaminfeuer knackte.

«Deren Überzeugungen in Fragen der Glaubenslehre ich ansonsten voll und ganz teile», schob Morone hinterher wie eine Bemerkung, die er ins Protokoll aufgenommen wissen wollte.

«Daran hat Bartolomeo keinen Zweifel gelassen», sagte ich.

«Schön. Aber es gab Kreise, die mir das Gegenteil unterstellten, obwohl ich meine Unschuld beweisen konnte und von allen Vorwürfen freigesprochen wurde. Diese Kreise haben niemals Ruhe gegeben und tun es auch heute nicht. Und darum bist du hier. Ich habe eine Aufgabe für dich, und die Sache muss verschwiegen behandelt werden. Meine Stellung an der Kurie hängt davon ab.» Morone strich ein paar Falten auf seinem Chorhemd glatt. Dann blickte er mir wieder in die Augen. «Ich werde erpresst», sagte er.

«Von wem?»

«Von einem Neffen des verstorbenen Kardinals Carafa. Na ja, verstorben …»

«Hingerichtet.»

«Erdrosselt», präzisierte Morone nickend. «Und ich kann nicht sagen, dass ich seinen Tod jemals bedauert hätte. Nicht aus persönlichem Groll gegen ihn, damit wir uns richtig verstehen. Sondern weil Carlo Carafa der Verbrechen schuldig war, die ihm zur Last gelegt wurden.» Morone machte eine Pause und schien nach den richtigen

Worten zu suchen. «Wie du weißt, wurde während des Pontifikats seines Onkels wegen Häresie gegen mich ermittelt», fuhr er schließlich fort. «Ich war zwei Jahre lang inhaftiert und hatte mich im Gefängnis mit haltlosen Vorwürfen zu befassen, anstatt der Kirche dienen zu können. Meine Gegner hatten der Inquisition belastendes Material gegen mich zugespielt.»

«Was für Material?», wagte ich zu fragen.

«Briefe vor allem. Abhandlungen zu theologischen Fragen. Belastend war daran eigentlich gar nichts, aber man drehte mir das Wort im Mund herum. Im Übrigen war man unter Gian Pietro Carafa schon verdächtig, wenn man nicht bei jeder Gelegenheit nach dem Scheiterhaufen schrie. Aber nachdem er gestorben war, stürmte das Volk den Palast des Heiligen Offiziums und brannte ihn nieder. Kurz darauf wurde ich freigelassen. Medici ließ den Prozess niederschlagen, und zwar nicht, wie ich ausdrücklich betonen will, weil er mein Freund war, sondern weil er um meine Unschuld wusste. Alle Unterlagen, die bei den Tumulten nach Gian Pietro Carafas Tod nicht vernichtet worden waren, wurden auf sein Geheiß eingesammelt und ins Feuer geworfen. Das dachte ich jedenfalls.»

«Aber es gibt Kopien», sagte ich.

«Ja. Vor einigen Wochen bekam ich Besuch von einem verkommenen Subjekt, dessen einzige hervorhebenswerte Eigenschaft darin besteht, ein Neffe zweiten Grades von Carlo Carafa zu sein. Piero Carafa, ein Taugenichts, der das Geld verschleudert hat, das sein Onkel ihm in den Rachen geworfen hat.»

«Und jetzt will er Geld von Ihnen», vermutete ich.

«Nein. Er will Geld, das der Kirche gehört. Wie du wahrscheinlich weißt, wurde der Besitz der Carafa nach dem

Prozess eingezogen. Genau genommen, wurde er nicht eingezogen, sondern zurückerstattet, denn dieser Besitz war zum größten Teil von Carlo Carafa unter missbräuchlicher Verwendung seiner Stellung entfremdet und ergaunert worden. Es war hinterher kaum noch festzustellen, wo das ganze Geld eigentlich gelandet war, aber Medici tat, was er konnte, um es zurückzubekommen. Doch nachdem Ghislieri beschlossen hatte, die Carafa zu rehabilitieren, traten Überlebende und Erben auf den Plan, legten alle möglichen Dokumente vor und meldeten Ansprüche an. Piero Carafa war entweder zu dumm oder noch nicht pleite genug, um das damals schon zu tun. Und jetzt will er es mit meiner Hilfe nachholen.»

«Und hat er die Kopien dieser belastenden Dokumente wirklich, oder behauptet er das nur?»

«Er hat mir einige davon vorgelegt und damit angegeben, dass er noch viel mehr besitzt. Angeblich hat er sie damals kurz vor der Konfiskation an sich genommen. Ob das stimmt oder nicht, ist unerheblich. Er hat sie offenbar.»

«Und sind sie echt?»

«Ja. Abgesehen davon wäre Piero Carafa auch viel zu dumm, irgendwas zu fälschen. Mit diesen Dokumenten könnte er mich in erhebliche Schwierigkeiten bringen. Beim Heiligen Offizium wird gegen mich intrigiert. Es gibt zwar noch keine amtliche Untersuchung, aber mit diesen Dokumenten würden die Aussichten dafür besser. Ich gehe davon aus, dass meine Gegner damit warten werden, bis es mit Ghislieri zu Ende geht, um das bevorstehende Konklave zu beeinflussen. Wie auch immer. Sie dürfen das Material nicht in die Hände bekommen.»

Verstehe, dachte ich. Du willst Papst werden.

«Ich weiß, was du denkst. Darum geht es nicht», sagte er

mit einem dünnen Lächeln. Mein Gott, konnte Giovanni Morone Gedanken lesen?

«Ich wünsche dem Heiligen Vater ein langes Leben», sagte er salbungsvoll. «Aber dennoch muss ich sicherstellen, dass ich auch unter seinem Nachfolger meinen Einfluss zum Wohl der Kirche nutzen kann.»

«Was soll ich tun?», fragte ich.

Er beugte sich zu mir vor. Seine klugen braunen Augen glänzten gefährlich. «Hefte dich an die Fersen von Piero Carafa. Finde heraus, wo er diese Dokumente aufbewahrt, und lass sie verschwinden.»

«Ich soll sie ihm stehlen», stellte ich fest.

«Ich würde es anders ausdrücken: Du sollst den Willen des verstorbenen Papstes vollstrecken. Gianangelo Medici wollte, dass diese Unterlagen vernichtet werden. Piero Carafa hat kein Recht, sie zu besitzen. Und schon gar nicht hat er das Recht, sie für erpresserische Zwecke zum Nachteil der Kirche zu missbrauchen. Diese Familie hat genug Schaden angerichtet.»

Morone betrachtete mich eine Weile, während das Feuer prasselte. «Du fragst dich, warum ich glaube, dass ausgerechnet du der Richtige dafür bist», sagte er dann.

Ich verzog den Mund, was er als Bestätigung verstand. Ich hatte eine Ahnung, warum er das glaubte. Aber weil ich davon ausging, dass er sich die Inanspruchnahme meiner Fähigkeiten etwas kosten lassen würde, beschloss ich, ihn erst einmal reden zu lassen.

Er nickte bedächtig. «Nun ja», sagte er schließlich. «Man hört, dass du jemand bist, der gelegentlich auch unkonventionelle Wege geht.»

Morone machte eine Pause und betrachtete mich aufmerksam. Ich ahnte schon, worauf er hinauswollte, sagte aber nichts. Bartolomeo hatte in seinem Bericht über mich offenbar nichts ausgelassen.

Ein feines Lächeln strich über sein Gesicht. «Messen in Frauenkleidern», sagte er, fast ein wenig genüsslich. «Heimliche Grabungen auf privatem Gelände.»

Du liebe Güte, gab es etwas, das er nicht über mich wusste?

«Ein nächtlicher Einbruch ins Gartenhaus meines Freundes Farnese», fuhr Morone ungerührt fort.

Ich musste unwillkürlich lachen bei der Vorstellung, dass der Kardinal mich demnächst vielleicht auffordern würde, in Frauenkleidern durch die Gegend zu schleichen oder bei fremden Leuten über die Mauer zu klettern.

«Außerdem wird dich niemand mit mir in Verbindung bringen. Also. Bist du dazu bereit?»

«Ja», sagte ich, ohne zu zögern. Das hörte sich nach einem Auftrag an, der ganz nach meinem Geschmack war. Und was für ein Gesicht würde erst Gennaro machen!

«Ich kenne jemanden, der mir vielleicht dabei helfen kann», sagte ich vorsichtig.

«Ist die Person vertrauenswürdig?»

«Absolut.»

Morone lächelte. «Dieser Bildhauer?»

Ich fragte mich, ob Bartolomeo eigentlich Berichte an den Kardinal schrieb. «Genau der.»

«Gut. Aber kein Wort zu jemand anders. Verstanden?»

«Verstanden.»

Morone griff zwischen die Papiere auf seinem Schreibtisch und zog einen kleinen Lederbeutel und ein paar zusammengefaltete Blätter hervor. Er reichte mir beides.

«Hier steht alles, was ich über Piero Carafa weiß. Wenn du Fragen hast oder mehr Geld brauchst, sag Bartolomeo, dass du mich sprechen willst. Komm nicht unangemeldet zu mir und betritt mein Haus nicht bei Tageslicht. Wollen wir so verbleiben?»

«So wollen wir verbleiben», sagte ich.

Er nickte. Das Gespräch war beendet. Ich erhob mich, küsste mit einem erneuten «Reverendissimo» seinen Ring und ging rückwärts zur Tür, die der Kaplan genau in diesem Moment öffnete. Keine Ahnung, wie er das gemacht hatte. Gelauscht hatte er ja wohl kaum.

Der Kaplan geleitete mich ohne ein Wort nach draußen. Der Wind, der durch die Straßen pfiff, kam mir nach dem Aufenthalt in Morones überheiztem Arbeitszimmer noch kälter und feuchter vor als auf dem Hinweg. Ich öffnete den Beutel und schaute hinein. Fünfzehn Scudi, mindestens. Geizig war der Kardinal nicht.

Auf dem Weg nach Hause dachte ich über meine neue Aufgabe nach und fragte mich, was Antonietto Sparviero wohl dazu gesagt hätte. War er jemals über irgendeine Mauer gestiegen, um an seine Informationen zu kommen?

Manchmal glaube ich, in Mercurias Innenhof hing damals eine unsichtbare Glocke, die leise läutete, wann immer ich mit irgendwelchen Neuigkeiten nach Hause kam, denn jedes Mal lief jemand wie zufällig über den Hof und passte mich schon draußen ab oder steckte seine Nase durch meine Tür, kaum dass ich sie hinter mir zugemacht hatte. Neugierig wie die Elstern waren sie ja alle.

So auch diesmal. Während ich mir das Gespräch mit Morone noch einmal durch den Kopf gehen ließ, klopfte es auch schon an der Tür. Bartolomeo schob sich herein.

«Wie war's?»

«Er hat mir einen Auftrag gegeben.»

«Dann hast du ihn wohl von dir überzeugt.»

«Ich hatte eher den Eindruck, jemand anders hat ihn von mir überzeugt.»

Bartolomeo lächelte zufrieden und setzte sich. «Lief der schwerhörige Kaplan da auch rum?»

«Ja.»

«Na, das wird ja ein schönes Geschrei gewesen sein. Manchmal glaube ich, der tut nur so taub, damit er umso ungestörter lauschen kann.»

Nachdem er gegangen war, wandte ich mich den Informationen über Piero Carafa zu, die Morone mir mitgegeben hatte. Viel war den paar Blättern nicht zu entnehmen. Piero Carafa war nach Rom gekommen, kaum dass sein Onkel zum Staatssekretär ernannt worden war. Das war nicht weiter ungewöhnlich, denn bei jedem Pontifikatswechsel zogen Schwärme von Verwandten des frisch gewählten Papstes an den Hof, um sich am reichgedeckten Tisch der Kirche ihre Plätze zu sichern wie die Ferkel an den Zitzen des Mutterschweins. Sehr ungewöhnlich dagegen war, dass Piero Carafa sich nie um einen Posten an der Kurie bemüht hatte. Normalerweise rissen sich diese Parasiten darum, so viele Ämter wie möglich an sich zu raffen, um Einnahmen zu kassieren, ohne etwas dafür zu tun. Unter Ghislieri war das schwieriger geworden, weil nun auf die Eignung der Kandidaten geachtet wurde. Carlo Carafa aber hatte dem Nepotismus eine letzte Blütezeit beschert: Priester ohne Priesterweihe, Notare, die kein Latein konnten, und Bischöfe, die nicht einen Fuß in ihre Diözesen setzten, hatten sich über den Gräbern der Apostel die Bäuche vollgeschlagen und die Taschen vollgestopft, und zwar so schnell und so gierig wie möglich, denn das Fest dauerte immer nur so lange, wie ihr jeweiliger Gönner auf dem Heiligen Stuhl saß. Piero Carafa aber war einfach nur da gewesen. Was auch immer seinen Onkel dazu bewogen haben mochte, ihn durchzufüttern – er hatte es getan, ohne Piero einen Posten zuzuschanzen oder eine erkennbare Gegenleistung dafür zu verlangen. Piero Carafa lebte in einem stattlichen Haus unweit von Santi Quattro Coronati. Und nun ging ihm offenbar das Geld aus.

Ich beschloss, dem Haus am nächsten Tag einen Besuch abzustatten, um mir einen Überblick zu verschaffen und zu schauen, wie viele Bedienstete dort lebten, was Piero Carafa für Gewohnheiten hatte und ob es eine Möglichkeit gab, dort einzusteigen.

Obwohl es schon sehr spät war, war ich immer noch zu aufgeregt, um ins Bett zu gehen. Also warf ich mir noch einmal den Mantel über und verließ das Haus, um eine kleine Runde zu drehen.

Ich atmete die kalte Nachtluft, überquerte den Campo dei Fiori, nahm die Gassen in Richtung Piazza Navona und war dabei so sehr in meine Gedanken an das Gespräch mit dem Kardinal vertieft, dass ich gar nicht merkte, dass es wieder einmal der Pasquino war, den ich in der Hoffnung auf Neuigkeiten von Giordana ansteuerte. Da stand er, hellgrau und fast konturlos im schwachen Mondlicht.

Wie gesagt, fast jeden Tag hatte ich einen Blick auf das Gesprenkel aus Blättern und Zetteln am Sockel der Statue und an der Wand dahinter geworfen. Und ausgerechnet in dieser Nacht hing dort tatsächlich ein neues Blatt, das schon aus ein paar Schritten Entfernung als Sonett zu erkennen war. Ich trat näher, kniff die Augen zusammen und las.

Ihre Schrift. Ihr unverkennbarer Tonfall. Giordana hatte sich zurückgemeldet.

Sonett

Es dankt, Ghislieri, dir ganz Rom für diesen Karneval
Ganz ohne Masken, Festumzug, Musik und Tanz,
Ohne Besäufnis, Keilerei und Mummenschanz,
Stattdessen Predigt, Einkehr, Reue, Buße überall!

Nun ja. Fast überall. Die Herren mit den roten Hüten
Ergötzen sich an Wachteln, Schnepfen, Enten, Hasen,
An Harfenzupfen, Geigenklang und Flötenblasen,
Und an den Brüsten junger Täubchen, zart wie Blüten.

Und wenn sie frieren, wärmt der edle Wein sie auf.
Und was wärmt uns? Ach ja: die Scheiterhaufen!
Und sind wir durstig, gib uns frisches Blut zu saufen

Von Carnesecchi, Monti, Franco, Pallantieri!
Das wird ein Freudenfest! Wir danken dir, Ghislieri!
Nicht warm genug? Dann leg noch ein paar Ketzer drauf!

19

Am nächsten Morgen, die Sonne schien, und der kalte Wind war abgeflaut, machte ich mich auf den Weg zu Piero Carafa. Das Haus lag schräg gegenüber dem wuchtigen Kirchenbau von Santi Quattro Coronati auf dem Celio und damit in einer Gegend, die fast nur von Gärten und Weinbergen bedeckt war. Eine vor wenigen Jahren vom Lateran in Richtung Colosseum angelegte, steil abfallende Straße durchschnitt die Grundstücke und war noch nicht überall von Mauern gesäumt, sodass man von der Straße aus an vielen Stellen in die Gärten schauen konnte, aber eben auch keinerlei Deckung hatte. Noch schlimmer war, dass so gut wie keine Menschen auf der Straße unterwegs waren, denn Geschäfte oder Werkstätten gab es hier auch nicht. Für meine Zwecke war das alles sehr ungünstig: Ich konnte nicht lange dort herumlungern, ohne aufzufallen. Also schritt ich ein paarmal mit gleichgültigem Gesicht die Straße auf und ab und schielte nach dem Anwesen.

Piero Carafas Haus war wie die anderen Gebäude in der Nachbarschaft eine schöne kleine Villa mit einem Garten. Vor dem Haus stand ein antiker Sarkophag als Brunnenbecken. Ein Gärtner schnitt an Rosen herum, ohne Notiz von mir zu nehmen. Bei meinem dritten Vorbeimarsch sah ich, wie eine junge Frau, schön wie eine Madonna, mit einem Korb das Haus verließ, vielleicht die Köchin, die

Besorgungen zu machen hatte. Auch sie würdigte mich keines Blickes.

Nach einer Runde um die Kirche kehrte ich noch einmal zurück. Diesmal trat ein kräftiger, gutgekleideter Mann vor die Tür, sagte im Vorbeigehen etwas zu dem Gärtner und ging mit energisch ausgreifenden Schritten in Richtung Lateran davon, wahrscheinlich ein Hausverwalter, dem herrischen Gebaren nach zu urteilen. Trotz der Sonne trug er Handschuhe. Piero Carafa konnte es nicht sein, der war noch keine vierzig Jahre alt, während der hier mindestens zehn Jahre älter war und kein bisschen nach dem verzogenen Neffen eines Kardinals aussah, sondern eher nach einem, der gerne auch mal ein paar Kopfnüsse verteilte.

Ich beschloss, es für diesen Tag gut sein zu lassen, und begab mich auf den Weg nach Hause.

Ich blieb nicht lange allein. Während ich vor dem Kamin auf und ab ging und darüber nachdachte, wie ich das Haus von Piero Carafa unbemerkt beobachten konnte, klopfte es an die Tür. Es war Mercuria. Sie trug ein helles Leinenkleid, hatte die Haare sorgfältig geflochten und zu einem Knoten gebunden, dennoch sah sie mitgenommen aus, übernächtigt, zerbrechlich.

«Was machst du?», fragte sie nach einem Blick auf den Tisch, wo immer noch die Blätter mit den Meldungen meines Onkels verstreut herumlagen. Normalerweise hätte sie sich die Papiere gleich gegriffen und ungefragt zu lesen begonnen, wie es eben ihre Art war, doch diesmal interessierte sie sich nicht dafür. Es kam mir vor, als hätte sie die Frage nur gestellt, um überhaupt etwas zu sagen. Ich beschloss, vorerst kein Wort über Morones Auftrag zu verlieren.

«Gennaro und ich haben den alten Hausdiener von Venier aufgespürt», sagte ich stattdessen.

«Ach, wirklich?» Mercuria blickte mich gleichgültig an.

«Ja. Und der hat erzählt, dass Antonio Francavilla nach Veniers Flucht tatsächlich noch mal im Haus war und etwas gesucht hat.»

«Was denn?», fragte sie matt.

«Das wissen wir nicht. Und wir wissen auch nicht, ob er es gefunden hat. Danach scheint ihn ja niemand mehr gesehen zu haben.»

«Bis ihr vor zwei Monaten sein Skelett ausgegraben habt.»

«Genau. Aber dafür ist Gabriele Sannazaro dreißig Jahre später bei diesem Hausdiener aufgetaucht und hat Fragen gestellt.»

Schwaches Interesse glomm in ihren Augen auf. «Woher wisst ihr, dass er es war?»

«Das Alter passt. Er wusste über Francavilla Bescheid. Und ihm fehlten zwei Finger.»

Mercuria lachte freudlos auf. «Immer diese Finger», murmelte sie. Dann zeigte sie auf die Papiere. «Und das da?»

«Wir hatten gehofft, dass Sannazaro irgendwo in den Unterlagen meines Onkels aus dieser Zeit noch mal auftaucht. Er scheint während der großen Überschwemmung mit Alba nach Rom gekommen zu sein, kurz nachdem Carlo Carafa den Frieden mit den Spaniern ausgehandelt hatte. Der wiederum läuft uns seitdem ständig über den Weg.»

«Und Sannazaro?»

«Bisher nicht. Aber es gibt noch einiges durchzusehen. Hab ja sonst nicht viel zu tun.»

Sie lächelte dünn. «Keine Gazette in Arbeit?»

«Mir fällt gerade nichts ein.»

Mercuria blickte im Raum umher, seufzte und schien nach einem Stichwort zu suchen. «Mir schon», sagte sie schließlich und erhob sich. «Lass uns an die frische Luft gehen. Ich habe lange genug im Haus gehockt.»

Als wir durch das Tor des Innenhofs auf die Straße traten, atmete Mercuria ein paarmal tief durch. Es war inzwischen Mittag geworden. Die Sonne hatte die Reste der Kälte vertrieben.

Nebeneinander überquerten wir den Campo dei Fiori, auf dem an diesem Tag kein Markt stattfand. Ein paar Leute standen herum und schwatzten, Fensterläden klapperten. Immer noch sagte Mercuria kein Wort, sondern setzte fast vorsichtig einen Fuß vor den anderen. Als ich zu ihr hinüberschielte, hatte sie die Augen geschlossen und genoss die Wärme. Die Sonne schien ihr ins Gesicht und ließ es leuchten. Wieder fiel mir auf, wie schön sie war. Und plötzlich fühlte ich mich ihr sehr nahe. Ein merkwürdiger Stolz ergriff mich, ihr Begleiter zu sein, ihr Vertrauter, mit dem sie ihre Wortlosigkeit ebenso selbstverständlich teilte wie das, was sie bewegte.

Wir näherten uns dem Ponte Sisto, allerdings nicht auf dem kürzesten Weg, sondern über die verwinkelten Gassen und Plätze von Regola, als wollte sie eine bestimmte Stelle umgehen.

Mitten auf der Brücke blieb sie stehen. Lehnte sich an das steinerne Geländer. Blickte hinüber zum Hospital von Santo Spirito, hinter dem der Tambour für die Kuppel des Petersdoms aufragte.

Mercuria sah hinunter. Der Tiber führte viel Wasser, die Regenfälle der letzten Wochen hatten den Fluss anschwellen lassen. Der schlammige Uferstreifen glänzte feucht in der Sonne, und kleine Wellen leckten an den Fundamenten der ans Wasser gebauten Häuser. Ein paar Frauen wuschen Wäsche. Ein Fischer zog langsam sein Netz ein. Die schwimmenden Mühlen drehten sich emsig in der Strömung.

«Als Kind bin ich oft hierhergekommen, wenn ich nachdenken musste. Das Wasser bringt meinen Verstand in Bewegung», sagte sie.

Ich spürte, dass es nicht nötig war, etwas zu erwidern.

«Wir wohnten nicht weit von hier, in der Via Giulia», fuhr sie fort. «Die ganze Nachbarschaft, alles Frauen des Gewerbes. Manchmal stand die ganze Straße voll mit Männern. Mein Gott, das war ein Gedränge, vor allem wenn sie mit ihren Kutschen kamen. Trotzdem gab es selten Ärger. Die wussten sich noch zu benehmen.»

Sie lachte, hob einen Zweig vom Boden auf und warf ihn ins Wasser, eine merkwürdige Geste der Verspieltheit, in der vielleicht die kleine Mercuria von damals kurz wieder auflebte. Erneut dachte sie nach. Es war, als müsste sie Anlauf nehmen.

«Später wohnte ich mit meiner Tochter allein dort», sagte sie schließlich. «Nach ihrem Tod habe ich die Häuser in der Via dei Cappellari gekauft und bin weggegangen.»

Wieder warf sie einen Zweig ins Wasser. Und wieder blickte sie mich an.

«Ich werde dir jetzt erzählen, was damals passiert ist», sagte sie mit belegter Stimme. «Kann sein, dass ich dabei anfange zu weinen. Ich habe das in den letzten Jahren viel zu selten getan.»

Sie schniefte. Es ging schon los. Unbeholfen legte ich ihr eine Hand auf den Arm.

«Gut», sagte sie schließlich. «Meine Tochter Severina war das hübscheste Mädchen, das jemals auf dem Antlitz dieser

Erde gewandelt ist. Sie war schön, sie war klug, und sie hatte vor nichts und niemandem Angst.»

Mercuria presste kurz die Zähne zusammen, dann fuhr sie fort: «Wie ich schon erzählte, sorgte Isabella Gonzaga während des Sacco dafür, dass ich aus der Stadt gebracht wurde. Man geleitete mich nach Orvieto zu einem Freund. Dort wurde Severina geboren, im August siebenundzwanzig. Im Jahr darauf, als die Soldaten abgezogen waren, kehrte ich mit ihr zurück nach Rom.»

Eine naheliegende Frage drängte sich mir auf, aber ich wagte es nicht, sie zu stellen. Sie sah mich an, und natürlich verstand sie.

«Ihr Vater? Ihr Vater war Notar an der Kurie. Hatte kurz zuvor seinen Abschluss in Bologna gemacht und spekulierte auf eine große Karriere.»

«Und?», fragte ich vorsichtig. «Machte er die?»

Sie lachte auf. «Allerdings», sagte sie. «Und er beschloss, sich ganz darauf zu konzentrieren. Nicht dass eine Tochter mit einer wie mir damals schon ein Problem gewesen wäre, die hatten ja alle Kinder, die irgendwo erzogen wurden. Man erkannte sie an oder schob sie irgendeinem Bruder unter. Aber dieser Notar hatte einfach genug von mir. Kann man sich das vorstellen?»

Wehmütig lächelte sie.

«Nein», sagte ich. Ich hätte sie am liebsten in den Arm genommen, aber sie stützte sich auf das Geländer und blickte ins Wasser, und ich konnte sie ja schlecht zu mir herüberzerren, um ihr meine Zuneigung zu bekunden.

«So war es aber. Er riet mir, Severina ins Kloster von Santa Caterina dei Funari zu bringen, wenn sie alt genug wäre. Da kamen solche Mädchen hin. Ich weigerte mich, das zu tun, und er weigerte sich, sie anzuerkennen. Aber das war mir egal. Ich brauchte seine Unterstützung nicht. Ich nahm mein Gewerbe wieder auf und verdiente viel Geld. Severina hielt ich da raus, so gut es ging. Viele Frauen haben das anders gehandhabt, aber ich wusste, dass meine Tochter nicht dafür gemacht war. Als Kind saß sie oft bei meinen Favoriten auf dem Schoß oder spielte mit einem meiner Freunde, während ich mit einem anderen oben war. Aber als die Ersten anfingen, ihr lüsterne Blicke zuzuwerfen, unterband ich das. Wie gesagt, sie war furchtlos, und das ist das Letzte, was eine Frau sich in diesem Beruf leisten kann. Und obwohl ich sie vom Gewerbe fernhielt, kostete ihre Furchtlosigkeit sie am Ende das Leben.»

Wieder schniefte Mercuria. Tränen traten in ihre Augen, sie bebte leicht, dann holte sie tief Luft und hatte sich wieder in der Gewalt.

«Mit achtzehn heiratete sie einen Bankier», fuhr sie fort. «Ein gutmütiger junger Kerl aus Florenz, der ihr den Hof machte, bis sie nachgab. Seine Eltern waren nicht begeistert, aber er war der Erste aus der Familie, der es bis ganz nach oben geschafft hatte, also konnten sie nicht viel sagen. Damals begannen die Zeiten für unsereins schwieriger zu werden. Das Konzil hatte gerade begonnen, und die Stimmen, die die Stadt von Sünde und Unzucht reinigen wollten, wurden lauter. Carafa und Ghislieri blähten die Inquisition auf. Die Gefängnisse füllten sich. Man begann, uns zu schikanieren, auch wenn ich davon nicht allzu viel zu spüren bekam, weil ich mich zur Ruhe gesetzt hatte und ein paar mächtige Beschützer ihre Hand über mich hielten. Nach acht Jahren starb Severinas Mann, und sie kehrte zurück zu mir. Sie trauerte nicht lange. Sie war ein lebensfroher Mensch, und ihr Mann hatte ihr wohl nie allzu viel bedeutet. Kinder hatte sie nicht bekommen.»

Ich spürte, dass Mercurias Bericht sich dem Punkt näherte, an dem es schmerzhaft wurde. Sie schluckte, atmete ein paarmal durch und sprach leise weiter.

«Wie gesagt, ich hatte immer noch viele Freunde. Eines Abends war ich zu einer kleinen Gesellschaft bei Kardinal Farnese geladen, und ich nahm Severina mit.»

Ich ahnte, was kommen würde.

«Farnese war entzückt von ihr. Das war keine Überraschung, denn er konnte schönen Frauen nie widerstehen, aber Severina brachte ihn regelrecht um den Verstand. Er überhäufte sie mit Geschenken, und sie genoss es. Alessandro Farnese ist ein ganz anderes Kaliber als dieser gutmütige Bankier aus Florenz. Ein überaus faszinierender Mann, der immer bekommt, was er will. Gutaussehend, gebildet, schlagfertig und unendlich reich. Er ließ ganze Häuserzeilen abreißen, nur damit man das Portal seines neuen Palastes von der Piazza Navona aus sehen konnte. So einer ist Alessandro Farnese.»

Sie wies in Richtung des Palazzo Farnese, der sich als gewaltiger Klotz über die Dächer der Via Giulia erhob.

«Ich weiß», sagte ich.

«Stimmt, dein Vater hat den Kasten ja ausgemalt. Mein Gott, ihr hättet euch dort begegnen können, du und Severina.»

Ich dachte an die langen Tage, die ich als Kind zwischen den Gerüsten im Palazzo Farnese zugebracht hatte, an Salviati und seine Gehilfen, die strammgestanden hatten, wenn der Kardinal hereingerauscht war, um den Fortschritt der Arbeiten zu begutachten. In Begleitung einer jungen Frau hatte ich ihn nie gesehen. Dennoch war der Gedanke befremdlich, dass Mercurias Tochter mir damals vielleicht begegnet war oder auch nur das von meinem

Vater in die Freskenpracht geschmuggelte Porträt von mir betrachtet hatte.

«Man konnte förmlich zusehen, wie Severina dem Kardinal verfiel. Was hätte ich tun sollen? Ich hatte sie in diese Gesellschaft eingeführt und konnte sie ja schlecht einsperren. Na ja, andere hätten das getan, aber das wäre nicht meine Art gewesen. Severina wurde seine Geliebte. Natürlich legte er Wert darauf, dass nichts an die Öffentlichkeit drang. Gian Pietro Carafa war inzwischen Papst, und Alessandro Farnese hoffte immer noch, dass er auch noch an die Reihe kommen würde. Er war es sogar gewesen, der Carafas Wahl maßgeblich unterstützt hatte, wahrscheinlich, weil der schon so alt war, dass Farnese bereits auf das nächste Konklave spekulierte. Und bis dahin konnte er keine Skandale gebrauchen. Wenn er meine Tochter sehen wollte, ließ er sie abholen und auf einen seiner Landsitze bringen. Ich hatte kein gutes Gefühl dabei. Erst recht nicht, als sie schwanger wurde.»

«Sie wurde schwanger?»

«Ja. Was dieser Florentiner Bankier in acht Jahren nicht geschafft hatte, das gelang Alessandro Farnese in acht Monaten. Mir war die ganze Zeit klar, dass es kein gutes Ende nehmen würde, ich hatte oft genug erlebt, wie solche Geschichten ablaufen. Aber das, was dann passierte …» Mercuria unterbrach sich und schluchzte auf. Diesmal konnte sie die Tränen nicht aufhalten. Sie schlug die Hände vor das Gesicht. «Severina war im neunten Monat schwanger, als sie ermordet wurde. Vergewaltigt und ermordet. Im neunten Monat.»

Und dann brach der ganze Schmerz aus ihr hervor, wie an unserem ersten Abend. Sie weinte entsetzlich, laut, krampfend und ohne noch weitere Versuche zu unternehmen, den Ausbruch aufzuhalten oder einzudämmen. Ich wandte mich ihr zu, wiegte sie in meinen Armen und weinte mit. Im Hintergrund rauschte der Fluss gleichgültig dahin.

Es dauerte lange, bis sie sich halbwegs beruhigt hatte. Durch den Schleier meiner eigenen Tränen sah ich ihr Gesicht, das, in einem merkwürdigen Kontrast zu ihren rot geweinten Augen, plötzlich hart geworden war.

«Sie war an diesem Abend noch einmal vor die Tür gegangen, weil das Kind in ihrem Bauch ihr keine Ruhe ließ. Eine Dienerin bot an, sie zu begleiten, aber sie wollte allein sein, furchtlos, wie sie war. Nur ein kleiner Sapziergang, sagte sie. Die Dienerin fragte, ob sie die Hebamme holen sollte, aber Severina meinte, es sei noch nicht so weit.» Ein würgender Laut kam aus Mercurias Kehle, als sie mit aller Macht einen neuen Weinkrampf niederrang. «Man fand sie vor dem Palazzo Farnese. Sie lebte noch. Man trug sie hinein und rief den Arzt von Alessandros Bruder Ranuccio, der sich damals im Palast breitgemacht hatte, aber der konnte auch nichts mehr tun. Meine Tochter Severina, mein schönes, kluges Mädchen, starb am zweiundzwanzigsten Oktober siebenundfünfzig. Vor zwölf Jahren.»

Mercuria wischte sich in einer fast ärgerlichen Geste mit dem Ärmel ihres Kleides das Gesicht ab.

«Und hat man …», fragte ich vorsichtig.

«Ja, hat man. Sofort am nächsten Tag wurde ein entlassener deutscher Söldner verhaftet und gestand, Severina erstochen zu haben, um sie auszurauben. Wie ich später erfuhr, hatte der Arzt festgestellt, dass sie vergewaltigt wurde, und zwar wahrscheinlich von mehreren Männern. Der angebliche Täter wurde noch in Tor di Nona gehängt, was schon merkwürdig genug war, denn normalerweise wurden solche Hinrichtungen öffentlich vollstreckt. Farnese kam am nächsten Tag dazu und wollte den Verdächtigen sehen, aber der war schon hingerichtet worden. Der Kardinal war außer sich und verlangte, den Beamten zu sprechen, der ihn vernommen hatte, doch der hatte sich in Luft aufgelöst. Man zeigte Farnese das Verhörprotokoll. Die Aussage des Beschuldigten ist voller Ungereimtheiten, und von einer Vergewaltigung ist gar nicht die Rede. Alle sagten, der Fall sei erledigt. Der Kardinal verlangte eine Kopie des Protokolls, aber auf dem Weg in die Schreibstube ging es plötzlich verloren. Farnese kochte vor Wut. Er drohte, Carlo Carafa zu informieren und die Sache weiter untersuchen zu lassen. Aber der Staatssekretär war in diplomatischer Mission abgereist.»

«Nach Brüssel», nickte ich.

«Ach ja? Na gut. Jedenfalls kam nichts mehr dabei heraus. Die ganze Sache stank zum Himmel, aber in der Strafjustiz herrschte damals ein großes Durcheinander. Ich war nicht in der Lage, irgendeinen klaren Gedanken zu fassen. Und dann habe ich alles tief in mir begraben. Das Haus war bei der Überschwemmung ruiniert worden, es war in jeder Hinsicht höchste Zeit für einen Neuanfang. Ich kaufte die Häuser in der Via dei Cappellari und baute sie um, um mich zu beschäftigen. Ich sah zu, dass mein Leben irgendwie weiterging. Und es ging weiter.» Wieder sah sie mich mit ihren blauen Augen von der Seite an. Ihr Blick war hart. «Ich bin sicher, dass die Männer, die das getan haben, noch frei herumlaufen. In der letzten Zeit habe ich angefangen, darüber nachzudenken. Ich will, dass der Mord noch einmal untersucht wird. Und vielleicht kannst du mir dabei helfen.»

«Wie?», fragte ich, zu allem bereit.

«Warst du nicht gestern bei Morone?», fragte sie.

Gab es in diesem Innenhof eigentlich nichts, was nicht innerhalb eines Tages alle wussten?

«Ja», sagte ich zögerlich.

Sie machte eine beschwichtigende Handbewegung. «Ich weiß, du sollst nicht darüber reden. Mich interessiert auch gar nicht, was er von dir will. Aber vielleicht kannst du über ihn etwas herausfinden. Er hat selbst im Gefängnis gesessen und kennt diesen Saustall aus nächster Nähe. Und glaubt man Bartolomeo, dann ist er ein durch und durch integerer und anständiger Mann.»

«Angeblich hat Morone gerade selbst Ärger», gab ich zu bedenken.

«Ich hörte davon», sagte sie. «Sein Freund Franco wird morgen gehängt.»

«Morgen schon?»

«Ja. Wie auch immer. Mich würde einfach interessieren, ob er sich an irgendetwas erinnert.»

«Warum sollte er uns helfen?» Uns, sagte ich tatsächlich schon.

«Weil er, wie gesagt, ein integerer und anständiger Mann ist.»

Wieder nickte ich. «Ich werde ihn fragen.»

Sie lächelte dankbar. «Das wäre ein Anfang.»

Eine Weile blickten wir wortlos von der Brücke hinunter. Und dann spülte das Wasser eine weitere Frage nach oben.

«Was wurde aus Severinas Vater? Diesem Notar?»

Sie lächelte amüsiert. «Fragt das der Gazettenschreiber?»

«Wer war er?», fragte ich, bemüht, nicht allzu neugierig zu klingen.

«Der kleine Notar aus Mailand», sagte Mercuria versonnen. «Ich lernte ihn auf einer Karnevalsfeier bei Kardinal della Valle kennen. Er war als Teufel verkleidet und ich als Türke. Mit angeklebtem Schnauzbart. Das machte ihn richtig rasend, seine Augen zuckten die ganze Zeit. Das passierte immer, wenn er nervös war. Seine Vorlieben gingen in eine gewisse Richtung.»

«Und dann?»

«Na, wie gesagt. Er verlor das Interesse an mir, nachdem er bekommen hatte, was er wollte.»

«Ja, aber später?»

«Severina wuchs heran. Man sprach von ihr. Und irgendwann begann er, sich doch für sie zu interessieren. Sie trafen sich manchmal. Sie mochte ihn, warum auch nicht, er war ihr Vater, und er konnte sehr liebevoll und herzlich sein. Ich hatte mich ja nicht mit einem Idioten eingelassen. Vielleicht hätte er sie sogar anerkannt, aber ich legte keinen Wert mehr darauf. Die Wunden waren verheilt. Und ihm war es ganz recht, dass ich nicht darauf bestand. Wie gesagt, er wollte ganz nach oben. Er war inzwischen Kardinal geworden.»

«Was?», fragte ich ungläubig.

Mercuria nickte. «Und das war noch nicht die letzte Sprosse auf seiner beruflichen Leiter.»

«Nein!»

«Doch. Aber als er zweiunddreißig Jahre nach der Geburt seiner Tochter den Heiligen Stuhl bestieg, da war sie schon nicht mehr am Leben.»

Ich starrte Mercuria mit offenem Mund an.

«Ja, schau du nur. Gianangelo Medici war Severinas Vater.»

20

Mercurias Geschichte ging mir den ganzen Rest des Tages im Kopf herum. Sie hatte eine Tochter mit dem späteren Papst gehabt, das wäre in der Tat etwas für Gazettenschreiber gewesen. Doch es war nicht die sensationelle Nachricht, die mich beschäftigte.

Gianangelo Medici musste Mercuria wichtig gewesen sein, er war mehr als ein Freund, Favorit oder Kunde gewesen. Sie hatte ein Kind mit ihm gehabt, und ich konnte mir nicht vorstellen, dass das nichts zu bedeuten hatte, denn in ihrem Beruf verstand sie sich ja wohl darauf, genau so etwas zu verhindern. Sie musste dieses Kind gewollt haben, und vielleicht hatte sie sich damals in einem Augenblick der Schwäche der Vorstellung hingegeben, dass ihr Leben auch eine ganz andere Wendung hätte nehmen können, wenn er es auch gewollt hätte. Es berührte mich, dass sie das mir gegenüber so unmissverständlich angedeutet und mich in den dunkelsten Abgrund ihrer Seele hatte blicken lassen. Ich war plötzlich ein Mitwisser ihres Schmerzes geworden, ein Verbündeter ihres Plans, den Tod ihrer Tochter aufzuklären, und vielleicht der zukünftige Komplize ihrer Rache. Nach ihrem Geständnis waren wir nach Hause gegangen, sie hatte wieder ihr Gesicht in die Sonne gehalten und dabei merkwürdig zufrieden gewirkt. Und ich? Ich fühlte den gleichen Stolz wie auf dem Hinweg. Ich hätte alles für sie getan.

Aber wie sollte ich es anstellen? Wenn damals tatsächlich etwas vertuscht worden war, dann musste es noch Leute geben, die darüber Bescheid wussten. Wer hatte dafür gesorgt, dass dieser Söldner gestanden hatte? Wer hatte seine Hinrichtung angeordnet, bevor jemand Fragen stellte? Wenn die ganze Sache nicht so traurig gewesen wäre, dann hätte ich es wahrscheinlich unterhaltsam gefunden, dass es sich hier schon um den zweiten alten Mordfall handelte, über den ich seit meinem Einzug bei Mercuria gestolpert war. Als hätten diese beiden Geschichten etwas miteinander zu tun.

«Darf ich Gennaro einweihen?», hatte ich gefragt. Der Gedanke, die Sache hinter seinem Rücken weiterzuverfolgen, behagte mir nicht. Wie richtig diese Ahnung war, das sollte sich bald herausstellen.

«Das mache ich selbst.»

Da saß ich nun also und dachte nach, wie ich die Sache bei Morone zur Sprache bringen sollte. Gleich beim ersten Mal? Oder erst, wenn ich ein paar Erfolge bei der Erfüllung seines Auftrags vorzuweisen hätte? Sollte ich Bartolomeo vielleicht um Rat fragen? Was wusste der eigentlich davon?

Am nächsten Tag war das Wetter so schön, dass ich gleich nach dem Aufstehen zu einem kleinen Spaziergang am Flussufer aufbrach, um mir frischen Wind um die Nase wehen zu lassen. Dass genau an diesem Morgen die Vollstreckung des Todesurteils gegen Niccolò Franco stattfinden sollte, fiel mir erst auf dem Weg wieder ein.

Eigentlich hatte ich diese Art von Veranstaltung satt. Unter Ghislieri verging kaum ein Monat ohne die traurigen Gestalten mit den spitzen Papierhüten auf dem Kopf, den Fesseln an Händen und Füßen und den Foltermalen auf den entblößten Oberkörpern: Lutheraner, Valdesianer, einige Calvinisten und dann und wann ein paar Wiedertäufer, außerdem angebliche Teufelsanbeter und Schwärmer aller Art sowie getaufte Juden, denen man vorwarf, heimlich in ihrem alten Glauben zu verharren. Dazu kamen die Vagabunden, Banditen und Straßenräuber, die entlassenen Söldner, die sich in der Campagna herumtrieben, die Diebe, Hehler und Betrüger, die Knochenbrecher und Auftragsmörder, die Meineidigen, die Gotteslästerer, die Sodomiten und die Wahrsagerinnen, und wenn es nach Ghislieri gegangen wäre, dann hätten sich auch die Ehebrecher eingereiht, aber davon hatten die Kardinäle ihn mit Mühe wieder abbringen können, sonst hätte der Scharfrichter wohl bald täglich zu tun gehabt.

Niccolò Franco war all das nicht. Er war wegen Hochverrats verurteilt worden, genauer gesagt, wegen der Verbreitung verleumderischer Schriften und lügenhafter Angriffe auf die Obrigkeit.

Und so fand ich mich an jenem Märzmorgen auf dem Platz vor der Engelsbrücke ein, wo der Henker auf Niccolò Franco wartete. Es war die alte Gewohnheit, die mich immer wieder dorthin trieb, wo die Dinge passierten, über die hinterher alle sprechen würden, die Lust, das Geschehen auszuschmücken und mit erfundenen Zwischenfällen zu garnieren. Man lässt eine schwarze Katze fauchend unter dem Scheiterhaufen hervorschießen, und schon kann das Volk aufstöhnen, weil der Beweis erbracht ist, dass der Teufel seine Hand im Spiel hat.

Doch an diesem Tag war ich eher beklommen, und das nicht nur deshalb, weil ich trotz meiner berufsmäßigen Freude an Spektakel und Radau keinerlei Genuss dabei empfand, anderen beim Leiden und beim Sterben zuzusehen. Mein Unbehagen erwuchs auch aus dem Umstand, dass es mit Niccolò Franco jemandem an den Kragen ging, der getan hatte, was auch ich tat: Schreiben, ob nun für Geld, um der Wahrheit willen oder einfach nur aus Freude an Wortgefechten voller saftiger Zoten, wie Franco sie sein Leben lang so gern ausgetragen hatte. Fragmente von Versen fielen mir wieder ein, in denen er, ein Priapos der Schreibfeder, Freund und Feind sein literarisches Gemächt um die Ohren schlug und es ihnen, den einen zum Lustgewinn, den anderen zur Bestrafung, in sämtliche Körperöffnungen rammte. Und diese Verse sollten Franco nun das Leben kosten.

Da kam er auch schon. Der schwere Wagen mit dem Gitterkäfig rollte von Ripetta aus heran, vorneweg eine kleine Schar Maskierter aus der Bruderschaft von San Giovanni Decollato, die ein mit einem schwarzen Tuch verhängtes Kruzifix vor sich hertrugen. Es wehte ein scharfer Wind an diesem sonnigen Morgen; Wolken schoben sich über den blauen Himmel, als wollten sie noch rechtzeitig den Schauplatz des Geschehens verlassen. Der Galgen stand in der Mitte des Platzes, in Verlängerung der Brücke zur Engelsburg, die im Hintergrund aufragte, wie um den Fluchtweg über den Fluss zu versperren.

Der Gouverneur hatte einiges an Knüppelmännern aufgeboten, um die Zuschauer auf Abstand zu dem Podest mit dem Galgen zu halten. Sie hatten eine Kette gebildet und waren offenbar auf alles gefasst. Anders als bei der Auspeitschung von Bona la Bonazza, der ich mit Gennaro knapp zwei Monate zuvor beigewohnt hatte, standen sie nicht gelangweilt herum, sondern suchten mit ihren Blicken die Menge ab, als hielten sie Ausschau nach Rädelsführern eines möglichen Aufruhrs.

Der Wagen hielt vor dem Galgen. Franco, den sie in ein viel zu weites knöchellanges Gewand mit Kapuze gesteckt hatten, stand am Gitter und hielt sich an den Stäben fest. Er sah wild aus mit seinem ungepflegten Bart, der in der Haft in alle Richtungen gewachsen war und ihm bis auf die Brust reichte. Sein eingefallenes Gesicht zeigte keine Regung.

Die Menge murmelte vor sich hin. Neben den üblichen Rindviechern, die es sich offenbar zum Beruf gemacht hatten, solchen Veranstaltungen glotzend beizuwohnen, sah ich eine ganze Reihe von Männern, die Franco wohl die letzte Ehre erweisen wollten: Notare und Sekretäre, die gleich wieder in ihre Kanzleien und Schreibstuben zurückkehren würden und ganz offensichtlich nicht einverstanden waren mit dem, was hier gleich geschehen würde. Empörung lag in der Luft, Empörung und ohnmächtige Wut.

Der Henker schob das Spalier der Knüppelmänner auseinander, ging zum Wagen und öffnete umständlich das Schloss. Die Tür schwang auf, und Franco mühte sich aus seinem rollenden Gefängnis. Er war an Händen und Füßen gefesselt – eine völlig überflüssige Maßnahme, die nur der Demütigung diente, denn dieser Mann, der nun unsicher einen Fuß vor den anderen setzte, wäre auch ohne die Ketten nicht weit gekommen. Am Arm des Henkers erklomm er das Schafott. Um seinen Hals baumelte ein Pappschild, das ihn als Verfasser von verleumderischen Schriften auswies.

Die Zuschauer rückten dichter zusammen. Neben mir standen zwei Knilche, die selbst aussahen wie Literaten, wirr und nachlässig gekleidet, der eine hager mit Spitzbart und Hakennase, der andere dick und rotgesichtig von durchzechten Nächten. Ein kleiner Kerl mit Kapuze tauchte von rechts auf und schob sich vor mich.

Als Nächstes trat ein feierlich gekleideter und überheblich einherschreitender Beamter des Heiligen Offiziums auf den Plan, erstieg ebenfalls das Schafott und erhob die Stimme. Die Menge verstummte. Im Hintergrund rauschte der Tiber. Die Sonne kam hinter einer der schnell dahintreibenden Wolken hervor und beleuchtete das Gerüst. Eine Taube ließ sich auf dem Galgen nieder, tippelte ein bisschen herum und flog wieder weg.

Während der Beamte, wohl ein Routinier in seinem Geschäft, in freier Rede vortrug, was Franco zur Last gelegt wurde, waren hier und da Äußerungen des Missfallens zu vernehmen. Plötzlich war auch ein Priester da, der sich vor Franco aufbaute und ihm das Kruzifix vor die Nase hielt.

«Die Priester stecken ihn sich gerne hinten rein», sagte der mit dem Spitzbart neben mir ziemlich laut.

«Dann muss die Sodomie wohl gottgefällig sein», antwortete der Dicke. Ein paar Köpfe wandten sich um. Einige nickten und grinsten. Das Zitat war offenbar bekannt.

Der Priester trat zurück. Der Beamte war fertig und übergab an den Henker, der Franco auf den Hocker unter dem Galgen half und ihm die Schlinge um den Hals legte. Franco schloss die Augen und nuschelte etwas; es war unmöglich zu sagen, ob es ein letzter bissiger Reim war oder vielleicht doch ein Gebet. Dafür, dass er es war, der hier im Mittelpunkt stand, wirkte er ziemlich unbeteiligt.

«Geht und verreckt, ihr Schafsköpfe, ihr dummen!», deklamierte der Spitzbart.

«Ersauft, erstickt, kurz: Lasst euch nicht mehr blicken!», antwortete der Dicke. Sie zelebrierten ihren Dialog regelrecht. Wahrscheinlich hatten sie vorher geübt.

«Ich bin euch leid. Ich werde jetzt verstummen.»

«Ein letzter Wunsch? Ja! Bringt mir was zu …»

Das letzte Wort ging im Aufstöhnen der Menge unter: Der Henker hatte den Hocker weggezogen. Ich wandte mich ab und ließ meinen Blick über die Umstehenden schweifen, die ganz unterschiedliche Reaktionen zeigten: demonstrative Gelassenheit, angewidert zusammengekniffene Augen, vor die Gesichter geschlagene Hände, Finger, die auf das Geschehen zeigten, Erregung, Erbitterung und dann auch ein bisschen Erleichterung, weil es schnell ging. Im Augenwinkel sah ich, wie der Körper kurz zuckte und dann schlaff am Strick hing. Das morsche Genick war offenbar sofort gebrochen, sodass Franco ein unschöner Todeskampf erspart geblieben war.

Als ich wieder nach vorn schaute, hatte der kleine Kerl mit der Kapuze sich zu mir umgedreht.

Ein dreieckiges Gesicht mit spitzem Kinn, schräge, etwas engstehende und ziemlich freche Augen, eine sehr schmale Nase und ein winziger Mund. Giordana.

«Ficken», vollendete sie den Vers. In ihren Augen blitzte die nackte Wut.

«Na, na», sagte der Spitzbart.

«Weg hier», sagte Giordana, nahm meine Hand und führte mich durch die Menge, am Galgen vorbei zur Brücke. Ich folgte völlig überrumpelt.

Das Wasser rauschte und gurgelte. An den Brückenpfeilern bildeten sich Wirbel, in denen Schaum und Abfälle tanzten. Giordana zog mich weiter, bewegte sich zielstrebig wie die Wolken über unseren Köpfen. Ihre schmale Hand lag warm und weich in meiner.

Wir überquerten die Brücke und wandten uns nach links, vorbei an der Torbastion der Engelsburg. Auf der Galerie oberhalb der Brücke gewahrte ich eine Traube von Gaffern: Wachsoldaten und Bedienstete, die sich dort versammelt hatten, um der Hinrichtung von oben zuzuschauen. Immer noch zog Giordana mich mit sich fort, als wollte sie außer Sichtweite des Toten kommen, während der Henker schon die Leiter anlegte, um ihn abzuschneiden.

Auf der Piazza Scossacavalli zog sie mich auf eine der Bänke vor dem Palazzo Campeggi. Eine Weile saßen wir nur da. Giordana blickte vor sich hin, und ich traute mich nicht, sie anzuschauen. Ich war wie benommen.

Und dann weinte sie. Giordana, dieses abgebrühte und zornige kleine Geschöpf, weinte still vor sich hin. Ich merkte es zuerst nur daran, dass da etwas zuckte, dann schielte ich doch zur Seite und sah, dass ihr die Tränen die Wangen hinunterliefen.

«Jetzt ist er hin», sagte sie.

Ich wusste nicht, was ich antworten sollte. Der Wind pfiff und jaulte über den Dächern. Wolkenschatten und Sonnenlicht wechselten sich ab, als klappte jemand im Himmel riesige Fensterläden auf und zu.

Sie wischte sich die Tränen ab und wusste nicht, wohin mit ihren feuchten Händen.

«Niccolò Franco war mein Freund.»

«Wirklich?»

«Also, eigentlich war er ein Freund meines Vaters. Er war öfter bei uns, und dann schaute er immer bei mir rein. Wir verstanden uns. Wir tauschten Gedichte aus. Ich habe einiges von ihm gelernt.»

«Ich dachte, er hat seit Jahren nichts mehr geschrieben?»

«Von wegen. Es ist bloß seit Jahren nichts mehr gedruckt worden.»

Das erklärte so einiges. Wahrscheinlich hatte Franco

nicht nur sein Talent, sondern auch seine Wut auf die Welt und die Beschränktheit seiner Mitmenschen mit Giordana geteilt. Ich versuchte, sie mir zusammen mit dem alten Mann in einer Studierstube vorzustellen, umgeben von Büchern und Papieren.

«Es gab nicht viele Leute, die ihn mochten. Er konnte ziemlich widerlich sein; es machte ihm Spaß, andere vor den Kopf zu stoßen. Er scherte sich nicht darum, was man von ihm dachte. Das gefiel mir.»

«Kann ich mir vorstellen», wagte ich zu sagen.

Sie blickte mich von der Seite an. «Was soll das denn heißen?»

«Du scherst dich auch nicht darum, was man von dir denkt.»

Ihr Gesicht wurde verschlossen. Sie funkelte mich an. «Was weißt du denn schon von mir? Ich hätte dich einfach da stehen lassen sollen.»

Ich schwieg eine Weile, damit ihre heranbrandende Wut sich totlaufen konnte. Aber eigentlich war sie gar nicht wütend. Sie war traurig.

«Es stimmt ja», sagte sie schließlich leise. «Ich stoße auch ständig Leute vor den Kopf.»

Ich schüttelte den Kopf, wollte sie beschwichtigen, aber sie fuhr fort: «Absichtlich.»

«Was meinst du damit?»

Sie seufzte auf, als fiele es ihr schwer, eine Antwort über die Lippen zu bringen. «Mein Vater stellt mir ständig irgendwelche Kerle vor, die mich heiraten sollen. Ich will aber nicht. Diese Schwachköpfe und Schwadronierer können mir alle gestohlen bleiben, und je eher sie merken, dass sie sich an mir die Zähne ausbeißen, desto besser.»

«Wer ist denn dein Vater?»

«Einer, der viel zu sagen hat.»

Mehr wollte sie offenbar nicht preisgeben, und ich beließ es dabei. Sie wohnte auf dem Monte Giordano. Das sagte schon einiges.

Doch sie schien noch etwas richtigstellen zu wollen.

«Mein Vater liebt mich sehr», sagte sie. «Nur dass du das weißt. Er zwingt mich zu nichts. Und wenn jemand mir weh tun würde, dann würde er ihn umbringen.»

Dass sie bei diesem Satz wieder meine Hand nahm, irritierte mich schon etwas.

«Wirklich umbringen», schob sie hinterher. «Persönlich.»

Zuerst dachte ich, sie hätte sich in ihren Gedanken verloren, aber sie war nicht in Gedanken. Sie war bei der Sache. Eine ihrer Fingerspitzen begann, ganz vorsichtig meine Handfläche zu kitzeln.

«Zuerst einen Finger nach dem anderen abschneiden.»

Ein zweiter Finger kam dazu. Ein dritter.

«Dann die Augen ausstechen.»

Ich wandte mich ihr zu. Sie hatte mich die ganze Zeit betrachtet.

«Und zuletzt das Herz rausreißen», sagte sie.

Mein Herz klopfte ein bisschen schneller.

Und dann beugte sie sich vor, sodass ihr Katzengesicht ganz dicht vor meinem war, und küsste mich mit ihrem kleinen Mund. Ganz selbstverständlich, auf einer Bank vor dem Palazzo Campeggi an der Piazza Scossacavalli. Ein paar Gesichter wandten sich uns zu.

«Die glotzen schon», sagte ich.

«Mir egal, was die von mir denken», nuschelte sie zwischen den Küssen. «Hast du selbst gesagt.»

Das stimmte, und mir war es auch egal. Ihre Lippen waren kühl wie frisches Wasser. Von mir aus hätte es ewig so weitergehen können. Aber nach einer Weile löste sie sich von mir und stand auf.

«Ich muss gehen.»

Ich schaute zu ihr hoch. «Sehen wir uns wieder?»

«Sicher.»

So war sie. Tauchte auf und verschwand, wie es ihr gerade passte.

Aufgewühlt ging ich nach Hause, aber nicht über die Engelsbrücke, sondern durch den Borgo und die Via Settimiana. Ich hatte keine Lust, mir das entwürdigende Schauspiel anzusehen, wie sie die Leiche von Niccolò Franco wegschafften.

21

Zu Hause angekommen, konnte ich zuerst kaum einen klaren Gedanken fassen. Giordana hatte sich weit vorgewagt, nur um sich dann gleich wieder in ihre uneinnehmbare Festung zurückzuziehen. Natürlich missfiel es mir, dass ich kein bisschen darüber mitbestimmen sollte, wann wir uns wiedersehen würden. Gleichzeitig war es gerade das, was mich reizte. Sie war nicht durch Zufall dort auf dem Platz vor der Engelsbrücke genau vor mir aufgetaucht. Und natürlich würde sie wiederkommen.

Ich hatte mir eigentlich vorgenommen, niemandem von den Erlebnissen dieses Vormittags zu erzählen, aber Gennaro, dem ich bei meiner Rückkehr im Innenhof über den Weg lief, sah mir gleich an, dass etwas im Busch war, und er bohrte so lange herum, bis ich ihm alles erzählt hatte. Immerhin war er feinfühlig genug, mir schlüpfrige Kommentare zu ersparen. Er musste wohl gemerkt haben, wie aufgewühlt ich war.

«Sie kommt wieder», sagte er zuversichtlich. «Aber natürlich wird sie dich ein bisschen warten lassen, wie sich das für eine feine Dame gehört.»

«Wer weiß, ob sie das ist.»

«Die unfeinen lassen einen auch warten. Und jetzt komm mal mit.»

Er zog mich ins Halbdunkel seiner Werkstatt, deren Boden mit Staub und Splittern bedeckt war. Auf einem hüfthohen Steinsockel stand der Gipsabdruck der Pythagorasbüste, festgeschraubt in einem Holzgestell. Dutzende von verstellbaren Halterungen waren daran befestigt und hielten filigrane Metallstäbe so in Position, dass diese den Kopf von allen Seiten umgaben, als wäre er mit Nadeln gespickt. Offenbar diente das Ganze dazu, die Proportionen des Modells auf die Nachbildung zu übertragen, die daneben auf der Werkbank thronte. Der fertige Kopf aus Marmor sah perfekt aus.

«Nicht vom Original zu unterscheiden», sagte Gennaro zufrieden.

Soweit ich das aus der Erinnerung beurteilen konnte, traf das zu.

«Und das hat mich auf eine Idee gebracht.»

Ich ahnte, womit er mir jetzt kommen würde.

«Für ein Original gibt's natürlich viel mehr Geld als für eine Kopie. Und Geld können wir ja alle gebrauchen.»

«Ich dachte, Caetani will kein Original.»

«Weil er davon ausgeht, dass ich keins habe. Aber so wie ich ihn einschätze, würde er nicht fragen, wo die Ware herstammt, wenn sie echt wäre.»

«Und wenn niemand das Original vermisst, wird sich auch niemand beschweren.»

«Richtig. Und wo das Original steht, das wissen wir ja jetzt. Wir müssten die beiden Büsten also nur noch austauschen.»

Gennaro griff in ein Regal, zog den Aldrovandi hervor und hielt ihn mir unter die Nase.

«Wir könnten uns nach und nach durch das Buch arbeiten. Wir könnten Bestellungen aufnehmen. Wir könnten unsere eigenen Hehler werden. Und streng genommen wäre das ja noch nicht mal Diebstahl.»

«Na ja.»

«Wie, na ja? Wenn einer nicht merkt, dass er bestohlen wurde, dann ist er ja nicht geschädigt. Und wenn es keinen Geschädigten gibt, dann gibt es auch keinen Diebstahl.»

«Sagt wer?»

«Thomas von Aquin. Wenn man ihn richtig liest.»

«Du hast sie doch nicht mehr alle.»

Gennaro setzte ein gelehrtes Gesicht auf. «Wieso? Nehmen wir die Eucharistie. Ist die Hostie nach der Wandlung immer noch ein trockenes Brot oder der Leib Christi?»

«Der Leib Christi natürlich, du Ketzer.»

«Na, eben. Und warum sieht sie dann noch aus wie ein trockenes Brot?»

Darauf hatte ich keine Antwort parat.

«Weil bei der Wandlung die Substanz ihre Gestalt wechselt, wie das Konzil ja erst kürzlich bestätigt hat. Nichts anderes tun wir. Wir wandeln die Gestalt der Büste. In der Substanz bleibt sie, was sie ist.»

«Aber wir klauen sie.»

«Du leugnest die Transsubstantation? Wer ist jetzt hier der Ketzer?»

Ich winkte ab. Auf einen Einbruch mehr oder weniger kam es ja schon bald nicht mehr an. Ich erzählte Gennaro von Morones Auftrag, und während ich berichtete, klatschte er vor Vergnügen in die Hände.

«Ich bin dabei. Wann steigen wir ein?»

«Nicht so schnell. Ich weiß gar nicht, ob er die Papiere bei sich zu Hause aufbewahrt. Ich muss das Haus erst mal beobachten, um zu sehen, wie viele Leute da wohnen, wann sie kommen und wann sie gehen.»

«Gott, wie langweilig.»

«Es gibt noch ein anderes Problem. Man kann sich da nirgendwo verstecken.»

«Gegenüber von Santi Quattro Coronati, sagst du?»

«Ja.»

«Hast du ein Glück. Da wird gerade allerhand renoviert, und ich kenne die Leute, die das machen. Ich kann dich einschleusen. Du quartierst dich im Glockenturm ein, da hast du einen guten Überblick, und keiner sieht dich.»

«Was willst du denen denn erzählen?»

«Mir fällt schon was ein», sagte Gennaro ungerührt. Dann breitete sich ein anzügliches Grinsen auf seinem Gesicht aus. «Außerdem sind die Ordensschwestern da angeblich gar nicht so keusch wie sie tun.»

«Sagt wer?»

«Thomas von Aquin. Wenn man ihn richtig liest.»

Noch am gleichen Nachmittag gingen wir hin. Die Kirche, umgeben von Gärten mit Obstbäumen und Weinstöcken, erhob sich wie eine Festung auf einem kleinen Hügel zwischen dem Colosseum und dem Lateran. Während wir den Bau umrundeten, schielte ich zum Anwesen von Piero Carafa hinüber. Das Haus lag still hinter seiner Mauer da. Nichts rührte sich. Niemand war zu sehen.

Wir betraten das Kloster durch einen Torbogen, über dem ein gedrungener Glockenturm aufragte. Das Tor führte in ein Atrium, in dem zahllose antike Fragmente vermauert waren. Unter den Bögen waren Inschriften und Reliefs angebracht, die Gennaro fast lüstern betrachtete. Wahrscheinlich rechnete er schon wieder aus, wie viel Knochenleim er für die Abgüsse brauchen würde.

Ein weiterer Durchgang führte in einen zweiten Innenhof, über den wir die Kirche betraten. Die Seitenschiffe waren durch Säulen abgetrennt, von denen keine zwei aus demselben antiken Gebäude zu stammen schienen. Auf den Altären brannten ein paar Kerzen. Dämmriges Licht fiel durch die Fenster oberhalb der Emporen herein. Der Boden war eine erlesene Arbeit aus weißen, roten und grünen Ornamenten, die ineinander verschlungene Kreise und Spiralen bildeten und mich ein bisschen an das Kreismuster erinnerten, das Gennaro und ich knapp zwei Monate zuvor bei mir verlegt hatten.

Zwei Männer knieten in einer Ecke und passten Marmortafeln ein, um schadhafte Stellen auszubessern. Gennaro kannte die beiden. Sie hießen Lorenzo und Matteo, waren unrasiert und wortkarg und derart in ihre Arbeit vertieft, dass sie kaum zuhörten, als Gennaro mich vorstellte. Er erzählte ihnen, ich sei Zeichner und solle im Auftrag eines bekannten Druckers ein paar Stadtansichten anfertigen. Und wenn es einen Ort gäbe, an dem einem Tiberinsel und Colosseum in ihrer ganzen Pracht zu Füßen lägen, dann sei das ja wohl der Glockenturm dieser schönen Kirche.

«Vom Oppio aus sieht man besser», brummte Matteo.

«Blödsinn. Da hat er die Sonne im Gesicht», knurrte Lorenzo, während er eine schmale Tafel festklopfte, offenbar eine Grabplatte aus einer Katakombe, wie sie zu Tausenden in allen Kirchen der Stadt zu Ausbesserungsarbeiten wiederverwendet wurden. Die ungelenken, in windschiefen Zeilen mehr eingeritzten als ausgemeißelten Buchstaben in fehlerhaftem Latein rührten mich an: eine über tausend Jahre alte Inschrift, mit der eine Familie, die sich keinen Steinmetz hatte leisten können, den Tod ihrer im Alter von einundzwanzig Jahren verstorbenen Tochter Tertulla betrauerte.

«Für welchen Drucker arbeitest du denn?», fragte eine Stimme. Der forsche Tonfall hallte vom Gewölbe wider.

Der Akzent klang venezianisch. Aber noch etwas anderes schwang darin mit, etwas, was ich nicht so recht einordnen konnte.

Hinter uns stand ein Mann mit schmalem Gesicht und Kinnbart, ein paar Jahre älter als ich. Er trug eng geschnittene Kleidung, die seine schlanke Gestalt betonte und ihn stutzerhaft wirken ließ. Er hatte einen leicht gelangweilten, affektierten Ausdruck im Gesicht, wie die jungen Aristokraten auf den Porträts von Pontormo oder Bronzino. Steinmetz war er auf keinen Fall.

«Salamanca», sagte ich und hoffte, dass er nicht zu viele weitere Fragen stellen würde. Salamanca war einer der Drucker, die ich mit Gazetten belieferte. Solange wir bei diesem Gewerbe blieben, konnte ich mithalten. Falls der Knilch ein paar Kostproben meiner Zeichenkünste sehen wollte, würde es peinlich werden.

«Der alte Halsabschneider», sagte er. «Zahlt immer mit Verspätung, dabei schwimmt er im Geld. Seine Stecher sind schlampig. Hauptsache, es wird schnell fertig.»

Er schien sich wirklich auszukennen und wollte das auch mitteilen. Aber irgendwie gefiel er mir trotzdem. Er war offenbar einer von denen, die aus gutem Grund von sich selbst überzeugt sind und dabei nur von Leuten, die selbst nichts können, für blasiert gehalten werden.

«Wollt ihr mal was sehen?», fragte er und winkte uns hinter sich her, ohne sich noch einmal umzudrehen.

Gennaro und ich folgten ihm über die beiden Innenhöfe und durch zwei kleine Türen in eine prachtvolle Kapelle, die vom Boden bis zur Decke mit uralten Fresken bedeckt war. Die Konstantinslegende, leicht angegraut vom Ruß, aber immer noch kraftvoll in den Farben. Überall brannten Kerzen.

An der Stirnwand der Kapelle war ein Stück Wand überputzt worden. Ockerfarbene Grundierung schimmerte matt vor sich hin. Ein paar Farbeimer standen davor.

Wir traten näher. An der Wand zeigten Ketten von kleinen Löchern an, dass ein Maler hier den Karton angesetzt hatte, um den Entwurf für ein neues Fresko auf die Wand zu übertragen. Konturen von Figuren zeichneten sich als feine Linien ab, die die Löcher miteinander verbanden. Ich fühlte mich an meine Kindheit erinnert.

«Ist das von dir?», fragte ich.

«Nein», sagte er. «Ich würde das ganz anders machen.»

Wir betrachteten den Entwurf. Es war das übliche Gerangel aus übereinanderstürzenden Leibern: Märtyrer und ihre Peiniger, zum Himmel verdrehte Augen, ein Durcheinander aus prügelnden, abwehrenden und betenden Händen.

«Wie heißt du?», fragte ich.

«Domenikos Theotokopoulos.»

«Und woher kommst du?»

«Aus Kreta.»

Wie hätte ich ahnen können, wen ich vor mir hatte? Inzwischen ist er berühmt und wird in Spanien mit Geld zugeschüttet. Aber als ich Domenikos Theotokopoulos in dieser Kapelle zum ersten Mal gegenüberstand, kannte ihn noch kein Mensch.

Wir stellten uns ebenfalls vor. Und dann gab er uns eine beeindruckende Darbietung seiner Kenntnisse. Seine gerade noch so gelangweilt unter den schweren Lidern hervorblickenden Augen waren plötzlich hellwach. Er erklärte uns den Gegenstand des Bildes: die Märtyrer, denen die Kirche geweiht war, vier Steinmetze, die sich geweigert hatten, eine heidnische Statue herzustellen. Er erläuterte

Bildaufbau, Perspektive, Tiefenstaffelung und Lichtführung und nannte die Vorbilder, aus denen der Künstler seine Figuren übernommen hatte.

«Und was passt dir daran nicht?», fragte ich. Sein abfälliger Ton war mir nicht entgangen.

«Er versteht nichts von Farbe. Wie Michelangelo und seine ganzen Nachahmer. Man sieht das auf den Zeichnungen natürlich nicht, aber ich weiß, was er vorhat. Er ist kein guter Maler.»

Gennaro lachte auf. «Und Michelangelo war auch kein guter Maler?»

«Nein», sagte Domenikos genüsslich.

Gennaro schnappte nach Luft. Es war, als hätte dieser überhebliche Grieche den Herrgott persönlich beleidigt.

«Michelangelo war ein hervorragender Zeichner, der aber leider nichts von Farbe verstand», setzte Domenikos ungerührt nach. «Er hätte bei der Bildhauerei bleiben sollen.»

«Und wer ist deiner Meinung nach ein guter Maler?»

«Tizian.»

Aha. Daher der venezianische Einschlag.

«Weil der im Gegensatz zu Michelangelo etwas von Farbe versteht, nehme ich an», sagte Gennaro schnippisch.

«Nicht etwas, sondern mehr als jeder andere. Aber das weiß hier natürlich keiner, weil alle nur die Stiche kennen.»

«Und du kennst die Bilder.»

«Allerdings.»

«Woher?»

«Aus seiner Werkstatt. Ich habe Dutzende davon kopiert. Ich war sein Gehilfe.»

Zugegeben, das machte einen ziemlichen Eindruck. Tizian wurde in ganz Europa verehrt wie ein Heiliger und in Venedig wie der Herrgott persönlich.

«Und was machst du hier in Rom?»

«Lernen.»

«Von Leuten, die angeblich nicht malen können?», fragte Gennaro spöttisch.

«Zeichnen können sie. Aus einer guten Zeichnung kann man alles machen. Man darf bloß nicht den Fehler begehen, sie einfach nur irgendwie mit Farbe zu füllen. Man muss das Bild mit der Farbe neu erschaffen. Sonst kann man auch gleich eine Skulptur danach fertigen.»

«Was soll das denn heißen?», fragte Gennaro empört.

«Ihr Bildhauer müsst euch nicht um die Farbe kümmern.»

«Woher weißt du, dass ich Bildhauer bin?»

«Schau dir doch mal deine Hände an.»

«Und du glaubst, dass das so leicht ist? Mal eben eine Skulptur machen?»

«Leicht ist es nie», sagte Domenikos versöhnlich und lächelte. «Aber ein Bildhauer bekommt den Raum mit dem Material gleich mitgeliefert. Licht und Schatten entstehen von selbst. Ein Maler muss auf einer Fläche die Illusion von Raum erzeugen, die Farbe beherrschen und Licht und Schatten erschaffen. Er hat ein paar Probleme mehr zu bewältigen. Also ist ein Bild anspruchsvoller als eine Statue.»

«Die Statue ist edler und beständiger!»

«Das liegt am Material und nicht am Können.»

«Für eine Skulptur zahlen die Kunden viel mehr als für ein Gemälde!»

«Was kann ich dafür, dass Marmor teurer ist als Leinwand?»

«Bei einer Statue muss jeder Schlag sitzen. Da kann man nicht einfach drüberpinseln, wenn was nicht passt!»

«Das ist ja wohl ein handwerkliches Problem und kein künstlerisches.»

So fochten die beiden noch eine ganze Weile den seit Jahrzehnten andauernden Streit mit altbekannten Argumenten durch. Domenikos hatte offensichtlich Freude daran, Gennaro zu reizen, und wehrte dessen Angriffe lässig ab. Ich war ganz froh, dass die beiden sich ineinander verbissen hatten, sodass meine Tätigkeit nicht mehr zur Sprache kam. Und ich merkte, dass sie sich trotz aller Streiterei mochten. Auch mir gefiel dieser Grieche, der zuerst etwas steif gewirkt hatte, nun aber immer lebhafter wurde und sich bei aller Überheblichkeit doch selbst nicht ganz so ernst nahm, wie es den Anschein gehabt hatte.

Am Ende des Gesprächs hatte ich seinen Namen schon wieder vergessen. Aber weil sich den ohnehin kein Mensch merken konnte, war er für uns von da an einfach nur der Grieche. So nennen sie ihn übrigens noch heute.

Es stellte sich heraus, dass der Grieche erst vor ein paar Wochen angekommen war und tatsächlich weder einen Auftrag in Aussicht hatte noch besonders dringend daran interessiert war, einen zu bekommen. Er war in einer nicht ganz billigen Herberge abgestiegen und lebte wohl von dem Geld, das seine Familie ihm von Kreta aus schickte. Seine Tage verbrachte er damit, durch die Stadt zu streifen und sich einen Überblick darüber zu verschaffen, was es in römischen Kirchen und Sammlungen zu sehen gab.

Schließlich trennten wir uns voneinander. Domenikos versprach, uns in der nächsten Woche zu besuchen, um die Scharmützel mit Gennaro fortzusetzen und sich dessen Entwürfe anzusehen.

«Wenn sein Talent nur halb so groß ist wie seine Klappe,

dann werden wir wohl noch von ihm hören», sagte Gennaro, als der Grieche verschwunden war.

«Vielleicht sollten wir Mercuria vorschlagen, ihn bei uns einziehen zu lassen», schlug ich vor.

«Na ja. Jeden Tag muss ich diesen Klugscheißer auch nicht sehen. Was ist jetzt mit dem Turm?»

Wir verließen die Kapelle und stiegen über ein paar Treppen in den Glockenturm.

Von wegen Aussicht. Der Blick auf das Colosseum wurde durch das Querschiff der Klosterkirche verdeckt, und vor dem Tiber lag die Kuppe des Celio. Offenbar waren Lorenzo und Matteo nicht ein einziges Mal hier oben gewesen. Dafür lag das Haus von Piero Carafa kaum mehr als einen Steinwurf entfernt unter mir da.

«Gott, wie öde», sagte Gennaro. «Warum gehen wir nicht einfach rein, schlagen diesen Carafa nieder, sperren ihn gefesselt in den Schrank, stellen das Haus auf den Kopf und nehmen die Dokumente mit?»

«Ich nehme an, bei Thomas von Aquin findet sich eine Stelle, nach der das streng genommen gar kein Raubüberfall wäre? Wenn man ihn richtig liest?»

«Wahrscheinlich. Müsste ich aber noch mal nachschlagen.»

In diesem Augenblick trat dort unten ein Mann im mittleren Alter vor die Tür und schickte sich an, das Grundstück zu verlassen. Die Selbstverständlichkeit, mit der er einen Apfelrest ins Gebüsch schleuderte, zeigte unmissverständlich, dass wir hier den Hausherrn vor uns hatten.

Am nächsten Tag kehrte ich ohne Gennaro zurück, der natürlich keine Lust hatte, von morgens bis abends auf dem Glockenturm zu hocken.

Viel passierte nicht. Die schöne Köchin machte sich mit einem leeren Korb auf den Weg und kam mit einem vollen zurück. Ein paar Stunden lang werkelte der Gärtner in den Beeten herum. Der muskulöse Verwalter mit den Handschuhen erschien, drehte eine Runde um das Anwesen und verschwand wieder. Gegen Mittag verließ Piero Carafa das Haus, schleuderte wie am Vortag einen Apfelrest ins Gebüsch und ging in Richtung Colosseum davon. Ich fragte mich, ob er irgendwo ein Depot für die Unterlagen hatte, und beschloss, mich demnächst an seine Fersen zu heften. Außer diesen vier Personen sah ich niemanden.

Um nicht die ganze Zeit untätig auf das Haus zu starren, hatte ich von den Unterlagen meines Onkels einen Stapel Papiere aus den Monaten nach der großen Überschwemmung mitgenommen. Vielleicht wurde der Mord an Severina dort irgendwo erwähnt. Es dauerte nicht lange, bis ich fündig wurde.

Rom, 23. Oktober 1557

Am gestrigen Samstag brach Kardinal Carafa nach Beichte und Kommunion und einem Abschiedsbesuch beim Papst gegen Nachmittag in Richtung Pisa auf, wo er mit dem Herzog von Florenz zusammentreffen wird. Der größte Teil seines Gefolges war bereits in der vergangenen Woche vorausgefahren. Anschließend wird der Kardinal für weitere Unterredungen mit dem Herzog von Alba nach Mailand weiterreisen. Von dort aus wird er an den Hof nach Brüssel aufbrechen, dem eigentlichen Ziel seiner Reise, um mit dem König die Bedingungen für den Frieden zu verhandeln.

Kaum jemand rechnet damit, dass er viel herausschlagen wird.

Im Prozess gegen Kardinal Morone, der vor zwei Wochen in einer Sondersitzung des Heiligen Offiziums eröffnet wurde, haben die Anwälte des inhaftierten Kardinals eine erneute Befragung der Belastungszeugen angekündigt. Es ist offensichtlich, dass der Papst eine Verurteilung wünscht. Die Untersuchung wird von Kardinal Ghislieri persönlich geführt, der auch zu früheren Gelegenheiten schon gegen Morone ermittelt hat und diesem alles andere als wohlgesonnen ist. Allerdings gilt Ghislieri auch als überaus korrekt, sodass mit einem schnellen Ende des Verfahrens nicht zu rechnen ist.

Die Festnahme des Fiskalprokurators Alessandro Pallantieri sorgt weiterhin für viel Gerede. Der Gefangene wird derzeit verhört. Ihm wird vorgeworfen, sich in Ausübung seiner Ämter durch Unterschlagung bereichert zu haben, was angesichts der allseits bekannten Gerüchte über die Machenschaften der Familie Carafa im Allgemeinen und des Staatsekretärs im Besonderen eher für spöttisches Kopfschütteln sorgt.

Noch immer sind in der Stadt die Folgen der Überschwemmung zu spüren. Zahlreiche Häuser, vor allem am Tiberufer, müssen abgestützt werden. Der Schlamm liegt an vielen Stellen noch mehrere Ellen hoch in den Straßen, und die Mühlen sind noch nicht wieder in Betrieb genommen worden, sodass Mehl aus Tivoli eingeführt werden muss. Der Getreidepreis ist auf bis zu acht Scudi pro Scheffel Weizen gestiegen. Es heißt, dass demnächst schwere Strafen für Preistreiberei verhängt werden sollen.

In der gestrigen Nacht wurde auf der Straße vor dem Palazzo Farnese eine schwangere Frau gefunden, die of-

fenbar Opfer eines Überfalls geworden war und vor Ort an ihren Stichverletzungen starb. Der im Palast anwesende Arzt wurde gerufen, konnte aber nur noch ihren Tod feststellen. Der Täter, ein deutscher Söldner, wurde bereits gefasst und unmittelbar nach seinem Geständnis am heutigen Nachmittag noch im Gefängnis hingerichtet. Die Nachricht verbreitete sich schnell und sorgte für viel Empörung über das Gesindel, das sich seit dem Ende des Krieges in Rom herumtreibt. Einige sind der Ansicht, dass man die nach dem Friedensschluss entlassenen Söldner gar nicht erst in die Stadt lassen soll. Immerhin zeigt die schnelle Verurteilung, dass die Strafjustiz sich auch nach der Absetzung von Pallantieri nicht auf der Nase herumtanzen lässt.

22

Eigentlich hätte ich am liebsten gleich mit Gennaro über den Fund gesprochen, aber ich wusste nicht, ob Mercuria ihm überhaupt von ihrer Tochter erzählt hatte, also ging ich mit der Nachricht meines Onkels zuerst zu ihr.

Ich traf sie in ihrem Zimmer vor dem Kamin an. Sie hatte einen ihrer schönen Kristallpokale mit Wein vor sich und betrachtete bei Kerzenlicht ein paar Stiche, die vor ihr auf dem Tisch ausgebreitet lagen: Päpste, Kardinäle und Monarchen, Gestalten aus der Mythologie und Akte, die sich nackt, in durchsichtigen Gewändern oder von ein paar Stoffschleiern notdürftig bedeckt auf Polsterliegen rekelten.

Tizian. War das Zufall?

«Danae», sagte sie und wies auf eine Nackte mit angewinkelten Beinen. Ein Tuch fiel lose über den rechten Oberschenkel und verbarg, was nur Zeus zu sehen bekommen hatte.

«Das Gemälde hat Farnese vor fünfundzwanzig Jahren in Auftrag gegeben. Das Modell war eine Freundin von mir. Angeblich hängt das Bild heute noch bei ihm im Schlafzimmer. Schau sie dir an. Schon ganz züchtig im Vergleich zu der Venus, die der gute Tizian zehn Jahre vorher in Venedig gemalt hat. Aber da war noch keine Rede vom Konzil.»

Sie zeigte auf einen anderen Stich. In der Tat: Diese Göttin zeigte alles.

«Inzwischen würde sich keiner mehr trauen, so etwas auf die Leinwand zu bringen. Und in der Zwischenzeit hat Farnese fünf Papstwahlen in den Sand gesetzt. Die ganze Heuchelei umsonst.»

Ich wusste nicht recht, was ich sagen sollte. Mercuria war in einer merkwürdigen Stimmung – eine Mischung aus Amüsiertheit und Bitterkeit, Härte und Spott. Sie stand auf, holte einen weiteren Pokal hervor und schenkte mir ein.

«Weißt du, was Michelangelo angeblich gesagt hat, als man ihm das Bild zeigte?»

«Nein.»

«Die Venezianer können nicht zeichnen.»

«Und Michelangelo konnte nicht malen.»

«Ja, ja. Das hat euch der Grieche erzählt.»

Klar. Sie wusste schon wieder Bescheid.

«Gennaro hat mir gesagt, dass dieser Grieche eine Wohnung sucht. Er scheint ihm zu gefallen. Was glaubst du, warum ich die ganzen Stiche rausgeholt habe? Ich will ja nicht als Ignorantin dastehen, wenn er sich hier vorstellt.»

Sie lachte auf, dann hob sie ihren Pokal in meine Richtung. Offenbar war sie ein bisschen angetrunken.

«Bei dir habe ich mich schließlich auch vorbereitet, du Gazettenkünstler. Ich muss ja wissen, wen ich mir ins Haus hole.»

Ich war mir nicht sicher, ob dies der richtige Augenblick war, ihr die Nachricht zu zeigen, die ich mitgebracht hatte, aber sie hatte das Blatt schon gesehen.

«Zeig her, ich kann mir schon denken, was das ist. Ich habe in den letzten Tagen genug geweint. Keine Tränen mehr übrig.»

Ich reichte ihr das Papier. Sie überflog es, ihr Blick sprang zwischen den Zeilen vor und zurück, zwischendurch nickte sie.

«Severina», murmelte sie fast unbeteiligt, als ginge es nicht um ihre Tochter, sondern um eine entfernte Bekannte. Aber sie war nicht unbeteiligt. Ihre Trauer war ausgehärtet und ihre Wut erstarrt.

«Das Datum stimmt. Da hatten sie ihren Täter. Noch nicht einmal dein Onkel scheint sich darüber gewundert zu haben, dass alles so schnell ging. Wenn selbst Antonietto Sparviero ihnen auf den Leim gegangen ist, dann ist es kein Wunder, dass niemand mehr nachgebohrt hat.»

Mercuria nahm einen Schluck aus ihrem Pokal und ließ den Wein mit einem schnalzenden Geräusch zwischen Zunge und Zähnen hindurchfließen. Ihre blauen Augen glänzten dunkel. Wieder stellte ich fest, wie schön sie war. Kein Wunder, dass man sich um sie gerissen hatte.

«Fällt dir was auf?», fragte sie und tippte auf den Text. «Morone und Pallantieri haben gleichzeitig im Gefängnis gesessen. Soweit ich weiß, waren sie in der Engelsburg, und die Haftbedingungen waren milde. Sie haben nicht den ganzen Tag in ihren Zellen gehockt. Sie werden sich getroffen haben.»

Ich verstand.

«Wann gehst du wieder zu Morone?»

«Ich weiß es noch nicht.»

«Es ist mir egal, was er von dir will. Mich interessiert nur, ob er über den Mord an meiner Tochter etwas weiß.»

«Hast du eigentlich mit Gennaro darüber gesprochen?», fragte ich.

«Ja, gestern. Er weiß Bescheid.»

Mercuria wandte sich wieder den Stichen zu, aber ich konnte sehen, dass sie aufgewühlt war. Sie nahm das oberste Blatt von einem Stapel. Darunter kam eine Darstellung der Schindung des Marsyas zum Vorschein. Der Satyr war kopfüber aufgehängt, und Apollo zog ihm genüsslich die Haut ab, während am linken Bildrand ein verzückter Musikant Geige spielte.

«Das werde ich mit ihnen machen», sagte Mercuria. «Genau das.»

In dieser Nacht träumte ich davon, wie Kardinal Morone mir die Haut abzog. Warum, das verriet er mir nicht.

Zum Glück glaube ich nicht an Traumdeuterei, andernfalls hätte ich wohl gar nicht geöffnet, als gleich am nächsten Morgen ein Bote des Kardinals vor meiner Tür stand. Ein recht ungewöhnlicher Bote, um genau zu sein, ein kräftiger Kerl mit plattem Gesicht, schwieligen Händen und Lederschürze, der sich seine Aufträge mit Sicherheit nicht im Studierzimmer des Kardinals abholte. Er war äußerst maulfaul.

«Komm mit zum Kardinal», grunzte er nur.

Mehr sagte er nicht, und unterwegs kam mir der Gedanke, dass er vielleicht gar nicht Morone gemeint hatte, sondern irgendeinen anderen Kardinal; an denen war ja in den Gesprächen der letzten Wochen kein Mangel gewesen.

Wir nahmen den Ponte Sisto. Das Wasser rauschte unter uns dahin, und als wir an der Stelle vorbeikamen, an der ich wenige Tage zuvor mit Mercuria gestanden hatte, war mir, als stünde die Geschichte ihrer Tochter noch immer wie eine finstere Wolke dort in der Luft.

Anstatt den Weg nach Santa Maria in Trastevere einzuschlagen, führte mein wortkarger Begleiter mich über ein paar Gassen und durch die Porta Settimiana in die schnurgerade, von Weingärten und verschwiegenen Anwesen gesäumte Via Settiminana zum Borgo, vorbei an Chigis Villa und Salviatis Palast. Er schaffte es tatsächlich, kein einziges Wort zu sagen, bis wir vor einem Tor standen.

Hinter dem Eingang lag ein gepflegter Garten mit einer kleinen Villa aus Ziegeln, offenbar das ehemalige Wirtschaftsgebäude irgendeines Anwesens, das mit einer bescheidenen Säulenvorhalle und einer winzigen Loggia an den Geschmack der Zeit angepasst worden war. Vor der Fassade, im Schatten der Überdachung, standen ein paar Statuen und Torsi: Zeus, Poseidon, Priapos, Artemis, dazwischen Büsten auf hohen Sockeln und ein paar mit eisernen Klammern an der Wand befestigte Inschriften. Ich dachte an Gennaro und seine neueste Idee. Ob hier alles echt war?

Zwischen den Säulen herrschte reger Betrieb: Ein paar Männer waren damit beschäftigt, mit mehreren Flaschenzügen die stark ramponierte Statue eines Diskuswerfers von einem Karren zu hieven, um sie vor der Fassade aufzustellen. Während die Arbeiter sich abmühten und schwitzend an den Seilen zerrten, standen einige andere Männer daneben und begutachteten das Werk.

Einer von ihnen war Morone, den ich erst auf den zweiten Blick erkannte: Er trug einen pelzgesäumten Mantel und eine Kappe aus Leinen, die seine Stirn verdeckte und seinem Gesicht eine andere Form gab als das Kardinalsbirett. Offenbar war er immer noch erkältet, denn während er den Arbeitenden mit Handzeichen Anweisungen gab, schniefte er ein paarmal vernehmlich.

«Dichter an die Wand!», rief er. Dann erblickte er mich und winkte mich heran.

Mein Begleiter reihte sich bei den Arbeitern ein, ohne mich noch eines Blickes zu würdigen.

Unter Ächzen und Stöhnen von Seilwinden und Arbeitern wurde die Statue heruntergelassen. Morone trat auf mich zu und begrüßte mich mit einem Kopfnicken. «Schön, dass du es einrichten konntest», sagte er, als hätte er mich um einen Termin gebeten, anstatt mir einen Kraftprotz mit Lederschürze vorbeizuschicken, der mich einfach mitschleppte.

Der Kardinal machte keine Anstalten, mir seine Hand zu reichen. Stattdessen wies er mich mit einer Geste an, ihm zu folgen. Überall schossen Knospen aus den von Bruchsteinen gesäumten Beeten.

Als wir außer Hörweite waren, blieb Morone stehen und beobachtete, wie die Statue abgesetzt wurde. Der Diskuswerfer war wie gesagt stark beschädigt, der Kopf fehlte, und wie durch ein Wunder war der Arm mit der Wurfscheibe nicht auch noch abgebrochen.

«Ein Geschenk von Este», erklärte Morone. «Das braucht schon einen Ehrenplatz.» Die Ironie in seiner Stimme war nicht zu überhören. Er wies auf die Statue. «Kein Feigenblatt», sagte er amüsiert. «Das soll ich wohl als Hinweis darauf verstehen, was sich nach der nächsten Wahl ändern wird, wenn ich meine Stimme dem Richtigen gebe. Das ist nicht das erste Geschenk dieser Art.»

«Warum schenkt er Ihnen die?», fragte ich.

«Wenn Este so viele Unterstützer im Konklave hätte wie Statuen in seinen Magazinen, dann wäre er schon dreimal Papst», antwortete der Kardinal lächelnd.

Die Arbeiter hatten die Skulptur abgestellt und begannen, die Seile zu lösen und die Polster unter den Armen des Diskuswerfers zu entfernen. Morone kniff die Augen zusammen und begutachtete das Werk aus der Distanz.

«Hast du dir das Haus angesehen?», fragte er.

Ich erzählte von meinen Beobachtungen. Gennaros Vorschlag, Piero Carafa einfach zu überfallen und das Haus auf den Kopf zu stellen, sparte ich dabei aus. Morone hörte sich meinen Bericht an und nickte ein paarmal fast ungeduldig, als hätte er sich das alles schon gedacht. Er wirkte nicht besonders zufrieden.

«So kommen wir nicht weiter», sagte er schließlich. «Erstens kann es ewig dauern, bis tatsächlich mal keiner im Haus ist, sodass du einsteigen kannst. Zweitens wissen wir gar nicht, ob er die Unterlagen wirklich dort aufbewahrt. Vielleicht sind sie woanders.»

«Den Gedanken hatte ich auch schon.»

«Und deswegen ist mir eine andere Idee gekommen», sagte Morone. «Wir werden ihm eine Falle stellen. Ich lasse ihm ausrichten, dass ich seine Dokumente für gefälscht halte, und verlange weitere Proben. Du verfolgst jeden seiner Schritte, bis er sie liefert. Dann wissen wir zumindest, ob er sie im Haus hat oder von woanders holt. Und anschließend überlegen wir uns, wie wir sie ihm abnehmen. Nicht dass wir sein Haus umsonst auf den Kopf stellen.»

Wir, sagte er. Eine schlichte und elegante Art, mein Vorgehen durch seine Komplizenschaft zu adeln. Dir, mein Freund, werden sie nicht die Ohren langziehen, wenn die Sache schiefgeht, dachte ich. Aber vielleicht war dieser Umstand für Männer in seiner Position so selbstverständlich, dass er gar keinen Gedanken darauf verschwendete.

«Was ist, wenn er Verdacht schöpft?», gab ich zu bedenken.

«Das wird er nicht. Piero Carafa ist ein Esel, der sich für einen Fuchs hält. Allein die Aussicht, mich noch einmal triumphierend angrinsen zu können, wird ihn anstacheln, mir die Echtheit seiner Dokumente zu beweisen.»

Die Arbeiter rollten die Seile zusammen. Kurz schien Morone versucht, ihnen etwas zuzurufen, dann ließ er es sein.

Stattdessen wandte er sich wieder an mich. «Ich gebe dir Bescheid, sobald ich den Köder ausgeworfen habe.»

Damit war das Gespräch für ihn beendet.

Für mich allerdings nicht. Und obwohl ich mir meine Worte genau zurechtgelegt hatte, fiel es mir schwer, den richtigen Einstieg zu finden, um mein Anliegen vorzutragen.

«Es gibt da noch eine Sache», sagte ich vorsichtig.

«Brauchst du mehr Geld?», fragte er.

«Nein. Einen Gefallen.»

Er zog eine Augenbraue hoch. Mir fiel auf, dass er das ziemlich gut konnte.

«Es hat nichts mit Piero Carafa zu tun.» Ich hatte beschlossen, Mercurias Namen nicht zu erwähnen. Vielleicht schreckte ihr Metier ihn ab.

«Komm zur Sache.»

«Vor zwölf Jahren wurde eine junge Frau ermordet.»

«Das passiert leider ziemlich oft.»

«Sie war schwanger.»

Morone legte die Stirn in Falten und nickte schließlich. «Ich erinnere mich. Worauf willst du hinaus?»

«Es scheint, dass der falsche Täter verurteilt wurde.»

Morone musterte mich prüfend. Erst jetzt fiel mir auf, dass die Arbeiter gegangen waren. Wir standen allein in seinem Garten. Die Vögel zwitscherten, und der kopflose Diskuswerfer wirkte plötzlich wie ein Bediensteter, der im Hintergrund darauf wartete, dass er einen Auftrag bekommt.

«Kann sein», sagte der Kardinal schließlich.

«Wissen Sie etwas darüber?»

«Nein. Ich war damals schon inhaftiert und hatte mit meiner eigenen Verteidigung mehr als genug zu tun. Die Inquisition hatte mir gerade die Anklageschrift überreicht. Mit der Strafjustiz hatte ich nichts zu schaffen.»

«Kannten Sie Alessandro Pallantieri?»

«Natürlich. Aber als die Sache mit dieser jungen Frau passierte, war er schon abgesetzt und verhaftet worden. Wir saßen zusammen in der Engelsburg und trafen uns manchmal im Innenhof. Wir genossen eine gewisse Vorzugsbehandlung.»

«Warum war er überhaupt verhaftet worden?»

Morone blickte zu der Statue, als müsste er sich bei ihr vergewissern, ob es ihm gestattet war weiterzureden. «Man erzählte sich da so dies und das», sagte er schließlich.

Du bist ja inzwischen fast so maulfaul wie dein Bote, dachte ich. Aber solange aus der Quelle noch ein Rinnsal floss, konnte ich auch genauso gut weiterbohren. «Was erzählte man sich?», fragte ich.

«Dass er heimlich ermittelt hatte.»

«Gegen wen?»

Morone atmete ein paarmal ein und aus. Schließlich sagte er: «Gegen Carlo Carafa.»

«Weshalb?»

Morone lachte freudlos auf. «Es gibt kaum ein Verbrechen, das Carlo Carafa nicht begangen hat. Aber wie gesagt, das waren nur Gerüchte. Mir gegenüber hat Pallantieri sich dazu nicht geäußert.» Und nach einem kurzen Zögern fuhr er fort: «Vielleicht ist er inzwischen gesprächiger. Er hat wenig zu verlieren.» Morone nahm seine Kappe ab und machte ein paar Schritte von mir weg, als müsste er sich ungestört mit sich selbst beraten. Dann wandte er sich mit entschlossenem Blick wieder mir zu. «Gut. Du willst einen Gefallen? Du bekommst einen. Ich vermittle dir einen Besuch bei Pallantieri. Stell ihm deine Fragen, aber erwarte nicht zu viel. Wie gesagt, er war bereits abgesetzt, als das passierte.»

Dafür, dass er zuvor so zögerlich gewesen war, schien ihm die fragliche Zeit plötzlich erstaunlich gegenwärtig zu sein.

«Warum willst du das eigentlich wissen?»

«Eine Freundin hat mich darum gebeten.»

Er lächelte. «Heißt sie zufällig Mercuria?»

Den Namen konnte er nur von Bartolomeo haben. Wieder fragte ich mich, wie viel der alte Priester von der Sache mit Severina wusste.

«Ja», gab ich schließlich zu. «Kennen Sie sie?»

Wieder das Lächeln. «Kaum. Wir haben selten die gleichen Feste besucht.»

23

Morone brauchte genau einen Tag, um sein Versprechen einzulösen. Schon am nächsten Morgen fand ich eine kurze Nachricht, die jemand mir unter der Tür durchgeschoben hatte. Ich wurde aufgefordert, mich zwei Stunden vor dem Avemarialäuten im Gefängnis von Tor di Nona einzufinden. Ein zusammengefalteter Passierschein war mit einer Nadel an das Papier gesteckt.

Eine halbe Stunde vor dem genannten Zeitpunkt machte ich mich auf den Weg. Auf dem Platz vor der Engelsbrücke scheuerten zwei abgerissene Gestalten eine Blutlache vom Pflaster, ein Dritter hielt mit einem Knüppel einen sabbernden Hund auf Abstand. Der Palazzo Altoviti warf seinen Schatten auf den Platz. Am anderen Ufer leuchtete die Engelsburg in der Nachmittagssonne.

Das Gefängnis stand gegenüber der Hinrichtungsstätte am Ufer des Tibers. Die Anlage setzte sich aus mehreren miteinander verbundenen Gebäuden zusammen und wurde von einem wuchtigen Turm überragt. Die Fundamente standen im Uferschlamm. Überall bröckelte der graue Putz ab und gab den Blick auf Ziegel und Bruchsteine frei, zwischen denen Gras hervorwuchs. Die Mauern waren mit kleinen vergitterten Fenstern übersät, die aussahen wie die aufgeplatzten Blasen auf der Haut eines Kranken.

Vor dem Tor herrschte reger Betrieb. Angehörige, vor allem Frauen, drängelten sich auf der Straße und warteten auf Einlass. Viele von ihnen hatten Körbe mit Essen dabei, und einige fluchten herum, weil es ihnen nicht schnell genug ging. Konnte es eigentlich so schwer sein, hier auszubrechen?

Ich schob mich, mit meinem Passierschein wedelnd, zwischen den wartenden Frauen hindurch, und natürlich wurde ich gleich als Hundsfott und Kanaille beschimpft.

Im Tordurchgang standen einige Büttel herum, kontrollierten Papiere und durchwühlten grob das mitgebrachte Gepäck. Der Zugang zum Innenhof wurde durch ein rostiges Eisengitter mit einer eingelassenen Tür versperrt, die jedes Mal kreischte, wenn ein Besucher durchgelassen wurde.

Einer der Büttel, ein Kerl mit platter Nase und Essensresten im Bart, warf einen nachlässigen Blick auf meinen Passierschein und tastete mich ebenso nachlässig mit fettigen Händen ab. Selbst mit einer Brechstange unter dem Mantel wäre ich an ihm vorbeigekommen.

«Hier kommt einer für Pallantieri!», schrie er über die Schulter in den Hof.

«Liegt der nicht gerade auf der Streckbank?», rief eine Stimme zurück.

«Wozu?», fragte der mit der platten Nase. «Länger wird er davon auch nicht mehr, und reden tut er auch so.»

Ein Kerl, der mir gerade bis zur Brust reichte und unablässig zwinkerte, kam hinter der Ecke hervorgeschlurft und nahm mich missmutig in Empfang. «Wie viele Anwälte hat der eigentlich?», fragte er, während er mich in den Hof schob. Aber der andere hatte sich schon einer der Frauen hinter mir zugewandt und begann, sie abzutasten, wobei er deutlich mehr Sorgfalt an den Tag legte als bei mir.

Im Innenhof hielten sich zwei Dutzend Personen auf, standen in kleinen Gruppen herum oder gingen auf und ab. Die meisten der Inhaftierten waren keine Schwerverbrecher, sondern Leute, die ihre Schulden nicht bezahlen konnten. Wenn Ghislieri im vergangenen Jahr nicht verboten hätte, Schuldner noch für kleinste Beträge inhaftieren zu lassen, wäre das Gefängnis wohl aus allen Nähten geplatzt. Wieder sah ich ihn vor mir, wie er vor dem Lateran seine Leibwächter zur Seite gescheucht hatte, um mit den Menschen zu sprechen. Bei allem Eifer, mit dem er Ketzer und Kurtisanen verfolgte, verstand sich dieser Papst doch als Beschützer der einfachen Leute.

Der Hof war ein schmaler Schlauch, der von mehrstöckigen Galerien gesäumt wurde, hinter denen sich die Zellentüren aneinanderreihten. In der Mitte des Hofes stand ein Podest mit einem Galgen und einem Hauklotz und erinnerte mich daran, dass es hier nicht immer so gemütlich zuging. Im unteren Geschoss, das wusste ich, gab es Verliese mit Gefangenen, die nie das Tageslicht sahen.

Pallantieri war im zweiten Stock untergebracht. Schnaufend mühte sich der Wärter vor mir die Treppen hoch und öffnete eine Tür. Sie war noch nicht einmal verriegelt.

Der Gefangene saß mit Blick zum Zelleneingang an einem Tisch voller Papiere, die er zur Seite geschoben hatte, um Platz für Teller und Schüsseln zu schaffen. Wie ein gebrochener Mann, der im Kerker vor sich hin schmorte, sah er nicht aus: Er hielt sich kerzengerade und war im Sitzen fast genauso groß wie ich im Stehen. In der hinteren Ecke des Raumes stand ein Bett mit einer Wolldecke. Die Wände waren mit eingekratzten Sprüchen und linkischen Darstellungen von Gesichtern und nackten Frauen übersät, dazwischen immer wieder Namen und Jahreszahlen.

Pallantieri aß nicht, er tafelte. Geflügel und Gemüse dampften in fetten Soßen vor sich hin, außerdem standen eine Schale mit Obst, ein Zinnbecher und eine Karaffe mit Wein auf dem Tisch. Pallantieris Appetit war genauso gesund wie seine Gesichtsfarbe. Er hatte einen kantigen Schädel und scharfe Falten zwischen Nase und Mundwinkeln. Die Haare waren kurzgeschoren und bildeten einen Kranz um seinen ansonsten kahlen Kopf.

«Ein bisschen mehr Pfeffer hätten sie schon drantun können», sagte er kauend zu dem kleinen Wächter. Seine Stimme klang etwas rostig, war aber tief und kraftvoll.

Dann zeigte er mit einem Messer auf mich. «Hol ihm mal einen Becher.»

Es war wirklich kaum zu glauben, wie er mit seinem Kerkermeister umsprang, der noch ein paarmal zwinkerte und sich dann trollte.

«Willst du auch was?», fragte Pallantieri und wies auf seine Mahlzeit. Ich nickte. Ich kenne diese ungenierte Sorte von Menschen. Sie schätzen es, wenn man ihre Einladungen annimmt und ihnen Gesellschaft leistet, anstatt sich aus falscher Bescheidenheit zu zieren und ihnen dann beim Essen zuzuschauen. Sie fassen Vertrauen zu Leuten, die zulangen können.

Er wischte sich achtlos die Hand an seinem Leinenhemd ab und reichte mir eine Schüssel mit Hühnerbeinen herüber. Ich bediente mich. Er schmatzte weiter.

«Verzeih meine Manieren», sagte er mit vollem Mund. «Man verlernt hier ein bisschen, was sich gehört. Wie du siehst, genieße ich Hafterleichterung. Keine Ahnung, welchem Umstand ich das verdanke. Aber das kann morgen schon wieder anders sein.»

Der Zwerg erschien tatsächlich noch einmal, stellte mir

wortlos einen Becher vor die Nase, zwinkerte und verschwand wieder. Das Hühnchen war saftig, aber in der Tat etwas schwach gewürzt.

Pallantieri blickte zur Tür. «Wie gesagt, wenn ich Pech habe, sperren sie mich morgen bei Wasser und Brot in den Keller. Und da ich hier wahrscheinlich sowieso nicht lebend rauskommen werde, genieße ich die Annehmlichkeiten, solange man sie mir gewährt. Auf dein Wohl. Wie heißt du?»

«Michelangelo.»

Er beugte sich vor und schenkte mir ein. Dann hob er seinen eigenen Becher und wies damit auf mich. «Und, Michelangelo? Bist du der, den Morone mir angekündigt hat?»

Es war wirklich erstaunlich, wie schnell der Kardinal alles in die Wege geleitet hatte.

«Ja.»

«Und du willst etwas über einen alten Mordfall wissen?»

«Ja. Eine schwangere Frau, die erstochen vor dem Palazzo Farnese aufgefunden wurde.»

Pallantieri hörte auf zu essen und wischte sich den Mund mit dem Ärmel ab. Er wirkte plötzlich geschäftsmäßig, als wäre er immer noch Fiskalprokurator.

«Wann genau ist das passiert?»

«In der Nacht vom zweiundzwanzigsten Oktober siebenundfünfzig.»

«Das war zwei Wochen nach meiner Verhaftung. Ich war nicht mehr zuständig. Hat Morone dir das nicht gesagt?»

«Doch. Aber ich hatte gehofft, dass Sie trotzdem etwas darüber wissen.»

«Warum sollte ich?»

«Kannten Sie Ihren Nachfolger denn nicht?»

«Nein, den kannte hier keiner. Den hatten sie aus Bologna geholt, und das war kein Zufall. Er wusste nicht, wie das hier läuft und an wen man sich wenden muss, wenn man etwas erfahren will. Er war genau der Mann, den Carlo Carafa auf diesem Posten haben wollte. Der tat, was man ihm sagte, und hielt ansonsten den Schnabel. Weißt du überhaupt, warum ich abgesetzt wurde?»

«Morone hat etwas angedeutet», sagte ich.

Pallantieri lachte spöttisch auf. «Angedeutet. Das ist Morone, wie er leibt und lebt. Immer schön vorsichtig.»

«Sie ermittelten gegen Carlo Carafa», setzte ich nach.

«Hat er das gesagt?» Pallantieri schüttelte den Kopf. «Ermitteln ist nicht das richtige Wort. Ich konnte ja schlecht offiziell gegen den Staatssekretär vorgehen. Sagen wir, ich ging Hinweisen nach. Aber das waren nicht die Dinge, wegen denen er später verurteilt wurde.»

«Worum ging es dann?»

Pallantieri beugte sich vor und blickte mich durchdringend an. Die Falten um seinen Mund wirkten aus der Nähe noch schärfer.

«Um etwas, das viel monströser war als Amtsmissbrauch, Unterschlagung, Erpressung und Rechtsbeugung.»

Ich legte den Hühnerknochen weg. Hinter dem Gitterfenster in Pallantieris Rücken setzte sich eine Taube nieder. Er blickte eine Weile zur Decke, als suchte er nach den richtigen Worten.

«Es ging um gewisse Feste, die im kleinen Kreis auf Carlo Carafas Anwesen in Trastevere stattfanden. Feste mit Frauen.»

«Prostituierte?»

Er lachte spöttisch auf. «Prostituierte! Wen hätte das denn stören sollen? Nein, diese Frauen waren nicht freiwillig da. Sie wurden entführt und hinterher wieder auf die Straße geworfen.»

Ich spürte, wie die Gänsehaut meinen Rücken hochkroch. Severina.

«Ich habe einige dieser Frauen aufgetrieben und befragt. Sie sagten aus, dass sie in eine vorbeifahrende Kutsche gezerrt, zu einer Gartenvilla gebracht und dort vergewaltigt wurden. Die Beschreibungen ließen keinen Zweifel daran, dass es sich um Carafas Villa in Trastevere handelte. Mir war klar, dass ich kein Verfahren einleiten konnte. Also beschloss ich, weiter Beweise und Aussagen zu sammeln und zu warten, bis der Papst sich von seinem Neffen abwenden würde. Damals war das noch undenkbar, man drang gar nicht bis zu ihm vor. Außerdem liebte er Carlo und dessen Brüder. Er wollte einfach nicht wahrhaben, was für eine Brut er da herangezogen hatte.»

«Und dann?»

«Es muss etwas über meine Nachforschungen durchgesickert sein. Ich wurde abgesetzt und inhaftiert. Man hängte mir ein Verfahren an. Es hieß, ich hätte mich im Amt bereichert und Ketzer für Geld aus dem Kerker entlassen. Meine Glaubwürdigkeit wurde untergraben. Die Zeuginnen wurden mundtot gemacht. Und das war nicht das erste Mal, dass das so lief.»

«Wie meinen Sie das?»

«Es gab vor meiner Zeit mal einen ähnlichen Fall. Das Opfer war eine Kurtisane, die von einem halben Dutzend Männer auf der Straße überfallen und in einen Stall gezerrt worden war. Einer der Verdächtigen gehörte einer der mächtigsten Familien im Umfeld der Kurie an.»

«Welcher?», wagte ich zu fragen.

«Wenn ich dir das sage, kriegen sie mich auch noch wegen Verleumdung dran. Der Mann ist inzwischen Kardinal.»

Was er sagte, klang unglaublich. Ich begann, im Kopf einige Namen durchzuspielen.

Er erriet meine Gedanken. «Du wirst nicht darauf kommen, und das ist auch besser so. Die Frau zog ihre Aussage zurück, und das Verfahren wurde niedergeschlagen.» Pallantieri rührte gedankenverloren mit einem Löffel in einer Soßenschüssel. Der Appetit schien ihm vergangen zu sein. «Zurück zu deinem Anliegen. Warum kommst du damit zu mir?»

«Diese Frau, von der ich sprach. Der Täter, der damals verurteilt wurde, war wahrscheinlich unschuldig.»

«Wer war es denn?»

«Ein deutscher Söldner.»

«Die waren selten unschuldig.»

«Aber an dem Verfahren war etwas faul. Von der Verhaftung bis zur Hinrichtung vergingen nur ein paar Stunden.»

«Gibt es ein Verhörprotokoll?»

«Es gab eins, aber das ist verschwunden.»

«Schlamperei. Unter meiner Aufsicht wäre das nicht passiert.»

«Es sieht eher so aus, als ob das Protokoll absichtlich vernichtet wurde. Angeblich fehlt in der Aussage des Verdächtigen ein wichtiges Detail.»

«Welches denn?»

«Die Frau wurde vergewaltigt.»

«Wer sagt das? Sie war tot.»

«Der Arzt des Kardinals.»

«Welches Kardinals?»

«Farnese. Wie gesagt, sie wurde vor seinem Palast gefunden.»

«Es gab damals zwei Kardinäle aus dieser Familie. Ranuccio oder Alessandro?»

«Ranuccio.»

Pallantieri dachte kurz nach und nickte dann. «Dann weiß ich, welcher Arzt das war. Der wurde nach Ranuccios Tod von Alessandro eingestellt, ein echter Könner, vor allem als Chirurg. Wenn er sagt, dass sie vergewaltigt wurde, dann wird das stimmen.»

«Sie war schwanger.»

«Das sagtest du bereits.»

«Wer tut so etwas?»

Pallantieri atmete ein, als müsste er seine Worte für einen längeren Vortrag sortieren. «Carlo Carafa war eine Bestie. Er liebte die Frauen nicht, er hasste sie. Was er tat, tat er nicht, weil er sie begehrte, sondern weil er sie erniedrigen wollte. Einige der Opfer, die ich befragt habe, waren Kurtisanen. Die hatten keine Scheu, in die Einzelheiten zu gehen, daher weiß ich ziemlich genau, wozu er fähig war. Und so unfassbar es klingen mag: Ich kann mir vorstellen, dass eine schwangere Frau nach seinem Geschmack gewesen wäre. Doppelt hilflos, doppelt verängstigt, doppelt ausgeliefert. Und doppelter Genuss, denn den Vater des Kindes hätte er gleich mit gedemütigt. Kurz und gut: Diese Tat hätte zu Carlo Carafa gepasst.»

«Aber er kann es in diesem Fall nicht gewesen sein», wandte ich ein.

«Warum nicht?»

«Weil er am Vortag abgereist war.»

«Stimmt, daran erinnere ich mich. Mein Erzfeind hatte die Stadt verlassen. Da atmet es sich selbst im Gefängnis gleich viel freier. Und was für eine Genugtuung erst, als sein Onkel ihn ein Jahr später endlich davonjagte!» Pallantieri gönnte sich einen Happen von seinem Gemüse. Sein Appetit war zurückgekehrt. «Und dennoch musste der Papst erst sterben, bevor ich freigelassen wurde. Das war ein halbes Jahr darauf. Was für ein Fest! Das Volk randalierte auf den Plätzen und in den Straßen. Die Statue des Alten auf dem Kapitol wurde zertrümmert und der Kopf durch die Gassen gekegelt. Das Wappen der Carafa wurde von allen Gebäuden abgeschlagen. Der Palast der Inquisition bei Ripetta wurde gestürmt und in Brand gesteckt.» Pallantieri gönnte sich einen tiefen Zug aus seinem Becher und lachte auf. «Du liebe Güte, was für ein Feuer! Die Prozessakten flogen aus den Fenstern und wehten brennend über den Fluss. Anschließend wurden die Gefängnisse aufgebrochen. An diesem Tag bekam auch eine ganze Menge Gesindel die Freiheit.»

«Und Sie.»

«Und ich. Vielleicht wird mir dieses Glück ja noch einmal vergönnt sein. Ich könnte mir vorstellen, dass Ghislieri sich zu Tode fastet.»

Er griff sich das vorletzte Hühnerbein und reichte mir das letzte. Alessandro Pallantieri würde sich auf jeden Fall nicht zu Tode fasten. Noch nicht einmal in der Haft.

«Was dein Anliegen angeht, kann ich dir leider nicht weiterhelfen. Wie du schon sagtest, Carlo Carafa war nicht mehr in der Stadt. Außerdem hielt er es gar nicht für nötig, seine Opfer umzubringen. Er wähnte sich allmächtig und unangreifbar. Und wenn er es getan hätte, dann hätte er es gleich in seiner Villa erledigt und die Leiche in den Tiber geworfen. Warum ausgerechnet vor Farneses Palast?»

«Wo war denn dieses Anwesen?»

«In der Via Settimiana. Schräg gegenüber von Chigis Villa. Aber natürlich gehört das längst jemand anderem.»

Pallantieri stand auf und streckte sich. Er war wirklich ein Riese.

Und als hätte er nur auf seinen Einsatz gewartet, erschien plötzlich der Wärter in der Tür.

«Du kannst abräumen», sagte Pallantieri herablassend. «Den Wein lass hier.»

Der Zwerg stellte Schüsseln und Teller zusammen und trug alles hinaus. Pallantieri ordnete die Dokumente auf dem Tisch. Ich sah mich in der Zelle um. In Kopfhöhe neben der Tür war ein breiter waagerechter Strich eingekratzt.

Er bemerkte meinen Blick.

«Das ist die Hochwassermarke von siebenundfünfzig. Der Gefangene, der hier einsaß, stand einen ganzen Tag lang bis zum Hals im Wasser, dann kam einer seiner Verwandten mit einem Boot, schlug ein Loch ins Dach und zog ihn raus. Im unteren Stockwerk sind sie alle ersoffen.» Er blickte zur Decke. «Das Dach. Das wäre eine Möglichkeit.»

Dann erhob er sich und kam hinter dem Tisch hervor. Ich war entlassen. Tatsächlich, so kam es mir vor: Alessandro Pallantieri strahlte mit seiner riesigen Gestalt und seiner rauen Stimme auch in seiner Zelle noch so viel Autorität aus, dass er, der Gefangene, mich, den Freien, entlassen konnte.

Als ich in der Tür stand, fasste er mich am Arm.

«Du solltest mit Sebastiano Bentrovato sprechen», sagte er. «Das war der Beamte, der damals für die Verhöre zuständig war. Wenn da wirklich etwas vertuscht worden ist, dann müsste er wissen, von wem der Befehl dazu kam.»

«Wo finde ich den?»

«Keine Ahnung. Das letzte Mal, dass sein Name fiel, hat

er immer noch für den Gouverneur gearbeitet. Du musst ein bisschen herumfragen. Schaffst du schon.» Pallantieri klopfte mir auf die Schulter, ging zurück zu seinem Tisch, setzte sich und vertiefte sich in die Unterlagen. Ohne aufzublicken, sagte er: «Wenn du das nächste Mal kommst, tu mir einen Gefallen und bring mir etwas Pfeffer mit.»

«Mache ich.»

«Danke für deine Gesellschaft.»

«Ich habe zu danken.»

Draußen wartete schon der Wärter. Missmutig geleitete er mich über den Hof bis zum Tor. Die Frauen waren verschwunden, und die Sonne tauchte den Himmel im Westen in leuchtendes Orange. Vor der Glut hoben sich die Baukräne für die Kuppel des Petersdoms wie Scherenschnitte ab.

24 Als ich von Pallantieri kam, schaute ich nach dem üblichen und auch diesmal ergebnislosen Abstecher zur Statue des Pasquino noch bei Gennaro in der Werkstatt vorbei. Mercuria hatte gesagt, dass sie ihn eingeweiht hatte, also gab es keinen Grund, ihm nicht zu erzählen, was ich erfahren hatte. Ich fand ihn in einer unguten Stimmung vor. Er hockte auf einem Holzbock vor seinem Mühlrad, in der einen Hand ein volles Glas, in der anderen einen Meißel, den er von Zeit zu Zeit in der Luft kreisen ließ und wieder auffing.

«Mercuria hat mir alles erzählt», sagte er ohne weitere Begrüßung.

«Ich weiß.»

Er lächelte mich schief an. «Du bist echt ihr kleiner Liebling, wie's scheint.»

Ich war verunsichert. Was sollte diese Bemerkung?

«Dass sie eine Tochter hatte, das wusstest du schon ziemlich lange, oder?»

«Ja», sagte ich zögerlich.

«Aber als ich dich damals gefragt habe, da hast du es abgestritten.»

«Du hattest nach der Schwangerschaft gefragt, nicht nach der Tochter.»

Er lachte spöttisch auf. «Eine interessante Variante unseres Gesprächs über Wahrheit und Lüge. Du wusstest, dass sie eine Tochter hatte, aber du wusstest nicht, dass sie schwanger gewesen war. Dem Wortlaut meiner Frage nach hast du die Wahrheit gesagt, dem Sinn nach hast du gelogen.»

Was sollte diese Wortklauberei? «Steht das so bei Thomas von Aquin?», fragte ich spitz.

Er seufzte schwer. «Ach, was weiß ich, wo das steht. Trink einen mit.»

Ich griff mir ebenfalls ein Glas und zapfte es aus seinem Fass voll.

Doch für ihn war das Thema noch nicht erledigt. «Ich bin nur überrascht, dass sie dich so schnell ins Vertrauen gezogen hat, während ich jahrelang von nichts wusste.»

«Sie hat mich nicht ins Vertrauen gezogen. Sie war betrunken, und da ist es ihr rausgerutscht.»

«Wahrscheinlich nicht halb so betrunken, wie ich sie schon erlebt habe, aber zu mir hat sie nie ein Wort darüber gesagt. Sie scheint wirklich einen Narren an dir gefressen zu haben. Vielleicht erinnerst du sie ja an einen ihrer Favoriten von damals.»

Es hätte ein Kompliment sein können, klang aber nicht danach. Eine merkwürdige Enttäuschung stand in Gennaros Gesicht, eine Mischung aus Kränkung und Frustration über die Erkenntnis, dass er kein Recht hatte, gekränkt zu sein.

«Sie hat mir ja keine Einzelheiten erzählt», wiegelte ich ab. «Noch nicht einmal den Namen.»

«Und vor allem nicht den des Vaters.» Gennaro schüttelte den Kopf. «Wie dumm ich war. Inzwischen ist mir so einiges klar.»

Wieder wirbelte der Meißel durch die Luft. Wie lange kannten die beiden sich eigentlich schon? Verwundert stellte ich fest, dass ich ihn nie danach gefragt hatte. Sie hatten immer sehr vertraut gewirkt, sich bei den freundschaftlichen Streitereien mit Bartolomeo die Bälle zugespielt, um einander bald darauf wieder mit kleinen Gemeinheiten zu traktieren.

«Wie hast du Mercuria eigentlich kennengelernt?»

«Endlich fragst du mal danach.»

1559 Mercuria hatte sich vorgenommen, an diesem Tag nicht vor die Tür zu gehen. Seit über vier Monaten stritten die Kardinäle sich nun in diesem Konklave, das den Namen gar nicht verdiente, weil die Botschafter der europäischen Mächte die Sixtina umschwirrten wie die Fliegen das Aas und manchmal durch in die Wände gebrochene Löcher bis zu den Zellen der Kardinäle vordrangen, um Parteigänger zu instruieren und Gegner einzuschüchtern. Es war ein einziger, endloser Skandal. Ständig sickerten neue Gerüchte durch, wer gerade wen mit wessen Hilfe auf den Stuhl Petri zu hieven versuchte, und Carlo Carafa, den sein Onkel erst zu Anfang des Jahres zum Teufel gejagt hatte, war bei dem elenden Geschacher natürlich wieder mittendrin dabei. Währenddessen schrie das Volk auf der Straße nach Farnese, wahrscheinlich aber nur deshalb, weil bei dem am meisten zu holen war, denn nach guter alter Tradition würde der Pöbel in der Gewissheit der bevorstehenden Amnestie nach der Verkündung des Wahlergebnisses im Palast des Neugewählten zur Plünderung schreiten. Sein Silbergeschirr hatte Farnese wahrscheinlich längst aus der Stadt bringen lassen, so sicher war sich der alte Halunke.

Mercuria hatte das alles satt. Es interessierte sie nicht, was bei diesem verdammten Konklave herauskam, noch nicht einmal dann, wenn es Medici würde, der sie nach dem Mord an Severina noch einmal besucht hatte, um ein paar Tränen über den Tod seiner Tochter zu vergießen. Dass er sich nach Einbruch der Dunkelheit zu ihrem Haus geschlichen und vor dem Eintreten einen misstrauischen Blick in die Runde geworfen hatte, das war ihr nicht entgangen. Klar, er wollte seine Karriere nicht dadurch gefährden, dass jemand Ghislieri hinterbrachte, wem er da bei Nacht und Nebel seine Aufwartung machte. Aber seine Heimlichtuerei hatte ihr einen Stich versetzt. Früher waren Herren von seinem Format am helllichten Tag im Zweispänner bei ihr vorgefahren, gerade damit es jeder sah.

Nein, sie wollte nicht vor die Tür gehen, zumal sich in den Straßen inzwischen allerhand Gelichter herumtrieb. Nicht dass sie Angst gehabt hätte. Sie war derzeit einfach zu dünnhäutig, um sich Blicken und Bemerkungen auszusetzen; die Idiotie dieser Hammelherde dort draußen, die früher ihre Spottlust gereizt hatte, ermüdete sie inzwischen. Sie wollte diese ganzen dummen Gesichter nicht mehr sehen.

Aber jetzt setzten plötzlich alle Glocken der Stadt ein, bis der ganze Himmel binnen Minuten ein einziges Geläut war. Überall wurden Fensterläden aufgeklappt, draußen auf der Straße krachten Türen, aufgeregtes Geschrei und Gerenne setzte ein. Die Luft vibrierte in fiebriger Erregung.

Sie hatten sich also tatsächlich endlich dazu durchgerungen, einen neuen Papst zu wählen. Seufzend stand Mercuria auf.

Kaum war sie durch das Tor getreten, da wurde sie auch schon fast über den Haufen gerannt. Wie eine rückwärts ablaufende Überschwemmung quollen die Menschen aus den Häusern und strömten in die Straßen; einige rannten gleich zum Petersdom, um die Verkündung des Wahlergebnisses nicht zu verpassen, andere liefen auf gut Glück zum Palazzo Farnese, um bei der Plünderung nicht zu kurz zu kommen. Überall wurden Namen geschrien, aber noch herrschte keine Gewissheit, weil das Geläut schneller von Turm zu Turm ging als die Stimmen von Mund zu Mund.

«Farnese!»

«Pacheco!»

«Medici!»

«Carpi!»

«Morone!»

«Gonzaga!»

Mercuria wandte sich nach links. Zum Palazzo Farnese wollte sie auf keinen Fall, schon um nicht in das Gedränge der Meute zu geraten, die in diesem Moment wahrscheinlich bereits das Tor aufzuhebeln versuchte. Doch das war nicht der einzige Grund: Sie würde es nicht ertragen, dem wildgewordenen Pöbel dabei zuzusehen, wie er auf der Stelle herumtrampelte, an der vor zwei Jahren ihre Tochter verblutet war.

Sie ließ sich eine Weile von der Menge in Richtung Petersdom treiben; immer noch schwirrten die Namen zusammen mit dem ohrenbetäubenden Glockengeläut durch die Luft, immer noch strömten Leute aus den Häusern.

Plötzlich schrie eine Stimme von oben: «Ha! Gleich wissen wir's!»

Einige verlangsamten ihre Schritte und blickten hoch, andere liefen weiter und rempelten die Stehengebliebenen an. Im ersten Stock eines schmalen Hauses stand ein alter Mann mit zitterndem Bart am Fenster und breitete die Arme aus, als erwartete er eine himmlische Eingebung. Dann sah Mercuria die Brieftaube. Sie flatterte über den Köpfen heran und landete nur einen Augenblick später in den geöffneten Händen des

Alten, der ihr kurz über den Kopf strich und dann ein winziges zusammengerolltes Papier von einer der Krallen des Vogels löste. Inzwischen stand die ganze Straße still.

Der Alte las und blickte dann lächelnd zum Himmel empor. Er genoss die Aufmerksamkeit und zog die Spannung in die Länge; vielleicht war dieser Augenblick der Höhepunkt seines bescheidenen Lebens, der Moment, von dem er seinen Enkeln erzählen würde.

«Medici!», rief er.

Erleichterter Jubel brach aus. Die monatelange Unsicherheit war beendet. Der Heilige Geist hatte seine Kirche nicht verlassen, und dieser Name war der Beweis dafür, wenngleich jeder andere dasselbe bewirkt hätte und genauso bejubelt worden wäre. Menschen fielen einander in die Arme, schickten Stoßgebete zum Himmel, einige sanken auf die Knie und stimmten das Tedeum an, und in den Fenstern stimmten sie ein, während die Glocken unablässig weiterläuteten.

Mercuria löste sich aus der Menge und trat in eine Seitengasse. Medici. Noch vor einer Stunde hatte sie sich eingeredet, dass es ihr gleichgültig wäre, wen sie da drin wählen würden, nun stellte sie fest, dass das nicht so war. Sie war plötzlich wütend auf Gianangelo Medici, der in diesem Augenblick alles bekommen hatte, was er wollte. Und obwohl er ja nie einen Hehl aus seinem Ehrgeiz gemacht hatte, war das nicht gerecht. Sie sah ihn vor sich, bei ihrer ersten Begegnung auf dem Karnevalsfest bei Kardinal della Valle, den kleinen apostolischen Notar in der Teufelsverkleidung. Er hatte es geliebt, wenn sie im Schlafzimmer in Männerkleidern vor ihm herumstolziert war, ihn angeschnauzt und ihm ein paar hinter die Löffel gegeben hatte, bevor die Kleider fielen, und auch danach hatte er nichts gegen ein bisschen Züchtigung einzuwenden gehabt. Macht hatte ihn fasziniert, Macht in jeder Gestalt, und die Macht, die er ihr für kurze Zeit über sich gegeben hatte, die hatte er sich jetzt vom Heiligen Geist doppelt und dreifach zurückerstatten lassen. Der Tod ihrer gemeinsamen Tochter, der sie in ein Loch ohne Boden gestürzt hatte, war für ihn nur ein Meilenstein gewesen, an dem er kurz angehalten und ein bisschen geweint hatte, um anschließend schnell weiterzureisen. Jetzt war dieser kleine Teufel von damals Papst, herzlichen Glückwunsch.

Sie tauchte tiefer in die Gasse ein, an deren Einmündung die Menge vorbeistürmte wie eine Viehherde auf dem Weg zur Tränke. Sie würde sich auf keinen Fall dorthin begeben, um Gianangelo Medici zuzujubeln, wenn er auf die Benediktionsloggia trat, um sich feiern zu lassen und dabei Bescheidenheit zu heucheln. Ihre Augen wurden feucht vor Wut. Konnten die verdammten Glocken das Gebimmel jetzt vielleicht mal einstellen?

«Haben sie's endlich geschafft.» Hinter ihr stand ein junger Mann im geöffneten Tor einer Steinmetzwerkstatt, groß, breitschultrig, unrasiert und mit verstrubbelten Haaren voller Steinstaub; den Hammer in der einen Hand, den Meißel in der anderen, so stand er da, als wollte er nur kurz nachschauen, wie das Wetter heute werden würde.

«Ja, sie haben's endlich geschafft.»

«Halleluja», sagte er betont gelangweilt. Gott, der war wirklich noch ziemlich jung, kaum zwanzig, unverbraucht und tollkühn, einer, der jede Menge unausgegorene Ideen in seinem hübschen Kopf hatte und keinerlei Vorstellung davon, was Verlust bedeutete.

«Und?», fragte sie, ohne näher zu treten. «Willst du nicht wissen, wer es geworden ist?»

Er warf den Meißel hoch, ließ ihn in der Luft kreisen und fing ihn wieder auf.

«Sehe ich aus wie einer, der vor Spannung gleich platzt?»

«Du siehst aus wie einer, der sich darin gefällt, so zu tun, als wäre ihm alles egal.»

«Und du siehst aus, als wäre dir gerade gar nichts egal. Hast du geweint? Was ist passiert?»

Beachtlich, was der für ein Selbstbewusstsein hatte. Vor ihm stand eine fünfzigjährige Frau, deren Kleid mehr kostete als er in einem Jahr verdiente, und er gebärdete sich wie ein mit allen Wassern gewaschener Witwentröster, anstatt die Augen niederzuschlagen und seine Phantasien, wie auch immer die aussehen mochten, zu späterer Stunde allein auf dem Strohlager auszuleben.

«Das geht dich doch wohl kaum etwas an.»

«Ich kann es nicht mit ansehen, wenn jemand weint.»

Kannst du sehr wohl, dachte sie. Wegen dir haben schon viele geweint in den paar Jahren, die du im Geschäft bist, du kleiner Herzenhenker.

«Ich weine nicht», sagte sie kühl.

Er hielt ihrem Blick unverschämt lange stand. Dass er sie genauso ansah wie die jungen Dinger, die wahrscheinlich Tag für Tag vor seiner Werkstatt vorbeiflanierten, das war zumindest bemerkenswert. Und es schmeichelte ihr, obwohl sie gar nicht in der Stimmung war, irgendjemandem zu gefallen.

Er legte den Kopf schief. «Ich bin sicher, er ist es nicht wert.»

Wie anmaßend wollte der eigentlich noch werden? Schoss Pfeile in die Luft und hoffte, dass ein Fasan vom Himmel fallen würde. Es war wirklich an der Zeit, diesem Grünschnabel seine Grenzen zu zeigen.

«Junge, mach mal lieber deine Arbeit, sonst kriegst du noch Ärger mit deinem Meister.»

Eigentlich hätte sie sich jetzt zum Gehen wenden müssen,

jedenfalls hätte ihre Mutter ihr das geraten. Aber sie blieb stehen.

Er lachte auf und wies mit dem Kopf in Richtung Petersdom. «Dreimal darfst du raten, wo der gerade ist.»

«Und? Hast du nichts zu tun?»

«Arbeit ist erledigt. Ich bin schnell.»

«Hoffentlich auch sorgfältig.»

«Willst du's mal sehen?»

Wieder dieser zweideutige Blick. Vorsicht, Freundchen, dachte sie. Treib es nicht zu weit.

Entweder er konnte Gedanken lesen, oder er hatte wirklich ein feines Gespür für die Sackgassen, in die solche Gespräche führen konnten. Anstatt eine Antwort abzuwarten, verschwand er in der Werkstatt und kam kurz darauf mit zwei Gläsern Wein wieder heraus. Eins behielt er in der Hand, das andere stellte er auf den kleinen Tisch vor dem Tor, auf dem ein paar Steintafeln mit Schriftmustern lustlos aufgereiht waren. Sehr geschickt. Sie musste einen Schritt vortreten, wenn sie die Einladung annehmen wollte. Und um es ihr leichter zu machen, trat er einen Schritt zurück.

«Ich brauche ein paar Kapitelle», sagte sie. Die Kapitelle brauchte sie wirklich, aber die Bemerkung hatte sie gemacht, um das Gespräch nicht stranden zu lassen, dieses Gespräch, von dem völlig klar war, wohin es führen würde, wenn sie den Dingen ihren Lauf ließ.

«Korinthisch?»

«Was denn sonst?»

«Wofür?»

«Für einen Altan.»

«Den müsste ich vorher mal sehen.»

«Natürlich.»

«Ist das ein Angebot?»

«Eine Anfrage.»

Er hob sein Glas. «Gennaro.»

«Angenehm.»

«Hast du keinen Namen?»

«Nicht mehr.»

«Was haben sie dir bloß angetan?»

Eine Stunde später standen sie in ihrem Innenhof. Gennaro war sichtlich überwältigt. Die Häuser waren fertig umgebaut, und die Stangen und Bohlen der Gerüste lagen zum Abtransport bereit auf dem frisch verlegten Pflaster. Der Altan war provisorisch mit zwei Balken abgestützt. Gennaro klopfte mit seiner riesigen Hand ein paarmal gegen das Holz.

«Ich brauche die Maße. Hast du die Säulen schon?»

«Die zweigt Pirro mir von der Bauhütte ab. Du glaubst gar nicht, was sie da alles in die Fundamentgruben kippen.»

Er verstand sofort, dass der Architekt gemeint war. Sollte er ruhig beeindruckt sein. Er blickte sich um.

«Muss ein Vermögen gekostet haben.»

«Allerdings. Das war viel Arbeit.»

Er nickte lächelnd. Die Zweideutigkeit dieser Bemerkung war ihm nicht entgangen, und natürlich ging er davon aus, dass er kostenlos bekommen würde, wofür andere bezahlt hatten. Na ja, nicht ganz kostenlos. Da waren ja immer noch die Kapitelle.

«Sind wir im Geschäft?»

«Wir sind im Geschäft.»

«Trinken wir darauf.»

Auf dem Weg nach oben legten sich ihre schlanken Finger wie von selbst in seine Pranke. Hinterher wusste sie noch nicht einmal, wer vorgegangen war. Sie schenkte ein, er griff zu, sie tranken, dann standen sie eine Weile am Fenster und blickten auf den Innenhof. Er nahm wieder ihre Hand und drehte sie unter seinem Arm hindurch wie bei einem Tanz, bis ihr Gesicht ganz dicht vor seinem war. So machte er das wahrscheinlich mit seinen Mädchen auch.

«Hier könnte ich's aushalten.»

«Red keinen Unsinn, Junge. Du weißt, dass das morgen vorbei ist.»

Er schob sie ein Stück zurück und betrachtete sie. «Nie im Leben.»

Sie küsste ihn. «Doch. Morgen verschwindest du.»

«Werden wir ja sehen.»

Ein paar Stunden später lagen sie nebeneinander und blickten an die Decke.

«Und?», fragte sie. «Willst du immer noch nicht wissen, wer es geworden ist?»

«Nein. Von mir aus können sie den Teufel persönlich wählen.»

Tja, dachte sie. Und genau das haben sie getan.

Ich konnte es nicht glauben. Mercuria und Gennaro, zusammengeworfen vom Zufall an dem Tag, an dem der Vater ihrer ermordeten Tochter die oberste Sprosse auf der Leiter seiner Karriere erklommen hatte.

«Und wie ging es weiter?»

«Am nächsten Tag war es vorbei, aber ich blieb ihr erhalten.»

«Verstehe ich nicht.»

«Ich zog bei ihr ein, ohne ihr Schlafzimmer jemals wieder zu betreten. Ich will hier keinen Zirkus haben, so hat sie das ausgedrückt.»

Der Satz kam mir bekannt vor.

«Dabei hätte es mit mir gar keinen Zirkus gegeben. In

Wahrheit wollte sie einfach nur keine Schwäche mehr zeigen. Sie hatte sich dieses eine Mal gehenlassen, und damit war es für sie gut. Ich für meinen Teil hätte nichts dagegen einzuwenden gehabt, die Sache fortzusetzen.» Gennaro überlegte, bevor er weitersprach, fast schien es mir, als müsste er sich einen Ruck geben. «Um ehrlich zu sein, hätte ich sogar einiges dafür gegeben, und umso mehr hat es mich gewurmt, dass sie so standhaft blieb. Als ich mich damit abgefunden hatte, wurden wir Freunde. Es ging fast wie von selbst. Sie erzählte mir viel aus ihrem Leben, aber ihre Tochter hat sie nie auch nur mit einem einzigen Wort erwähnt.»

Er nahm einen Schluck und grinste plötzlich. «Als du auftauchtest, dachte ich übrigens, es würde genauso laufen wie bei mir.»

«Und, hätte dich das gestört?»

«Kein bisschen. Hast du's in Betracht gezogen?»

Trotz des offenherzigen Umgangs, den Gennaro und ich pflegten, fand ich die Frage aufdringlich. Ich zögerte. Mercuria war schön, und sie spielte ihre Reize elegant aus. Natürlich hatte ich dann und wann daran gedacht.

«Sie könnte meine Mutter sein», wich ich aus.

«Meine auch», sagte er. «Aber sie hat es mir ziemlich leichtgemacht, das zu vergessen.» Er blickte lange und nachdenklich vor sich hin. «Es klingt vielleicht merkwürdig, aber ich fühle mich seitdem für sie verantwortlich, auch wenn sie das nicht will.»

«Du kannst es eben nicht mit ansehen, wenn jemand weint», sagte ich.

Er winkte ab. «Blödsinn, wegen mir weint ständig irgendeine. Aber bei Mercuria ist es anders. Ich wollte sie immer beschützen, wahrscheinlich weil ich doch irgendwie ahnte, dass sie etwas mit sich herumtrug. Manchmal ist es ein kleiner Makel, der schöne Dinge erst richtig schön macht. Eine schwarze Äderung im weißen Marmor. Man kann sie nicht herausschleifen, ohne die Vollkommenheit der Skulptur zunichtezumachen. Stattdessen sollte man sie polieren.»

«Schöner Vergleich.»

«In der Tat», sagte Gennaro und lächelte selbstzufrieden, bevor er wieder ernst wurde. «Und weil ich mir einbildete, alles über sie zu wissen, war ich so enttäuscht, dass sie dir etwas erzählt hat, was sie mir jahrelang verschwiegen hat. Dass sie dir diese dunkle Äderung gezeigt hat und nicht mir. Dabei würde ich mich für sie in Stücke hauen lassen. Und wenn ich irgendwie dazu beitragen kann, die Leute zur Strecke zu bringen, die ihrer Tochter das angetan haben, dann werde ich das tun.» Er lachte. «Ich habe schon mal einem die Knochen gebrochen, weil er ihr zu nahgekommen ist. Einen wie Carlo Carafa würde ich an den Haaren zu ihr schleifen, wenn er nicht schon tot wäre. Und dann könnte sie mit ihm machen, was sie will.»

«Ihm die Haut abziehen», sagte ich.

«Und zwar ganz langsam.»

«Aber er kann es nicht gewesen sein», wandte ich ein. «Carlo Carafa war nicht mehr in der Stadt.»

«Es könnte trotzdem auf diesem Anwesen passiert sein. Angeblich waren es mehrere Männer. Vielleicht haben die dort nach seiner Abreise einfach weitergemacht.»

«Aber Severina wurde nicht dort umgebracht, sondern vor dem Palazzo Farnese. Sie ist vor der Tür verblutet. So schwerverletzt kann sie sich unmöglich bis dorthin geschleppt haben.»

«Wo war denn dieses Anwesen?»

«Via Settimiana.»

«Das sollten wir uns morgen mal anschauen. Vielleicht läuft da noch jemand herum, der etwas weiß.»

«Und was machen wir jetzt?»

Gennaro grinste. «Wollten wir nicht den Pythagoras austauschen?»

25

Vier Stunden später trugen wir den Sack mit der von Gennaro angefertigten Büste durch die Via Giulia. Ich fragte mich, welches der Häuser auf der dem Tiber zugewandten Seite der Straße einmal Mercuria gehört hatte. Es war ein merkwürdiges Gefühl, an der Stelle vorbeizulaufen, an der sie ihre Kindheit verlebt, ihre Favoriten empfangen, ihre Tochter zur Welt gebracht und von deren Tod erfahren hatte.

Wie beim ersten Mal überwanden wir die Gartenmauer ohne Schwierigkeiten und warteten eine Weile im Gebüsch. Im Palast des Kardinals regte sich nichts. Hinter einigen Fenstern brannte Licht. War Alessandro Farnese anwesend? Brachte Fulvio Orsini sich für einen weiteren Besuch bei seinem steinernen Gespielen in Stimmung?

Wir schlichen durch den Garten. Tief im Osten war hinter einem dünnen Wolkenschleier der Halbmond zu sehen. Das bisschen Licht reichte für unsere Zwecke. Wir wussten ja, wo wir hinwollten.

Das Gartenhaus war diesmal nicht abgeschlossen, sodass wir ungehindert eintreten konnten. Gennaro entzündete die Lampe, wir fanden den Pythagoras, wuchteten ihn vom Sockel, zogen die Kopie aus dem Sack und tauschten die Stücke aus.

Als die Büste verstaut war, löschte Gennaro nach einem sehnsüchtigen Blick zur Stierbändigergruppe die Lampe.

Er nahm meine Hand und führte mich in Richtung der Tür, doch dann wich er plötzlich vom Weg ab, zog mich nach rechts und legte meine Hand auf etwas Langes und Kaltes.

«Fühl mal», kicherte er. «Steinhart.»

«Sehr witzig.»

«Wenn Orsini jetzt reinkommt, gibt's eine Eifersuchtsszene.»

«Und anschließend den Strick. Sehen wir zu, dass wir wegkommen.»

Wir schlichen zurück zur Mauer. Ich kletterte voran und warf einen Blick in die Straße. Niemand war zu sehen. Ich stieg auf der anderen Seite wieder hinunter und wartete, dass Gennaro mir folgen würde.

Und da passierte es.

Gennaro schwang sein linkes Bein über die Mauer, setzte den Fuß in eine Nische und hatte sich schon herübergewuchtet, als die Steine unter ihm wegbrachen. Gennaros Bein verschwand zur Hälfte in einem Loch, der Schwung und das Gewicht seines Körpers rissen ihn nach unten, der Fuß blieb stecken, er kippte kopfüber und begleitet von einem dumpfen Knacken nach unten und konnte gerade noch die Hände nach vorn reißen, um nicht mit dem Schädel auf das Pflaster zu schlagen.

Gennaro brüllte auf und rollte zur Seite. Und dann sah ich, was da geknackt hatte: Sein Schienbein war gebrochen, und zwar auf so grässliche Weise, dass der Knochen ein Stück aus der aufgerissenen Haut herausragte. Blut quoll pulsierend hervor und glänzte dunkel im Mondlicht auf dem Pflaster. Gennaro hörte überhaupt nicht mehr auf zu schreien; er wälzte sich hin und her, tastete nach seinem Bein, bekam den Knochenstumpf zu fassen, zuckte zurück und brüllte vor Entsetzen noch lauter.

Fensterläden klappten auf, ein paar Gesichter erschienen und schrien zu uns herunter.

«Schnauze da unten!»

«Macht, dass ihr weiterkommt!»

Dann wurden die Läden wieder zugeknallt.

Ich wusste nicht, was ich tun sollte. Gennaros Geschrei erstarb zu einem gepressten Keuchen. Er war viel zu schwer, als dass ich ihn hätte tragen können. Während ich noch überlegte, wie ich ihn wegschaffen könnte, knirschte ein Riegel, und eine Tür in der Gartenmauer schwang auf. Ein Kerl in einer kurzen Jacke trat auf die Straße, erblickte uns und machte misstrauisch ein paar Schritte auf uns zu, sprungbereit, als fürchtete er einen Hinterhalt.

«Was ist passiert?»

«Er ist gestürzt», sagte ich.

Der Mann war jung und muskelbepackt, wahrscheinlich ein Leibwächter des Kardinals, auch wenn er nicht besonders hartgesotten wirkte, denn der Anblick des vielen Blutes und des Knochens machte ihm sichtlich zu schaffen. Er hielt sich an der Mauer fest und war so entsetzt, dass er gar nicht auf die Idee kam, weiter nachzufragen, wie zum Teufel man sich einen solchen Bruch beim Umknicken auf dem Straßenpflaster zuziehen konnte.

Er zögerte kurz, wägte wohl ab, ob er es riskieren wollte, wegen einer eigenmächtigen Entscheidung seine Stellung zu verlieren.

«Wir bringen ihn rein», sagte er schließlich.

Wir packten Gennaro, der jetzt nur noch stöhnte, zogen ihn hoch, hängten uns seine Arme über die Schultern und schleppten ihn durch das Tor. Bis auf die wenigen Fenster, hinter denen vorher schon Licht gebrannt hatte, war im Palast alles dunkel.

Der Leibwächter, oder was auch immer er war, hatte Gennaro einen Arm um die Hüfte gelegt und trug ihn mehr oder weniger allein, ich stützte ihn nur seitlich ab, damit er nicht wegkippte. Wir brachten ihn durch die Loggia und über einen breiten Korridor in den Innenhof. Dunkle Pfeiler stützten die Galerie, die im oberen Stock einmal um den ganzen Hof lief.

Oben am Geländer erschien ein Schemen.

«Alles in Ordnung?», rief eine Männerstimme.

«Schick mal den Chirurgen runter!»

Der andere entfernte sich, ohne weitere Fragen zu stellen.

«Zweite Tür links», sagte der Leibwächter nur.

Wir trugen Gennaro in ein längliches, von einem großen Kerzenleuchter erhelltes Zimmer, vielleicht ein Aufenthaltsraum für die Wachen, jedenfalls standen dort vier Betten und ein Tisch mit einigen Hockern. Die Höhe des weiß getünchten Gewölbes war beeindruckend; es war fast, als befänden wir uns in einer Schlucht. Zwei Fenster lagen zum Garten hin, eins davon war geöffnet.

Der Leibwächter hatte einen für seine Statur winzigen Kopf mit einem Kindergesicht, das über dem athletischen Körper aussah, als hätte man eine zu kleine Büste auf eine zu große Statue gesetzt. Er wies mit einem Kopfnicken zu einem der Betten. Wir wuchteten den kreidebleichen Gennaro, der eine Blutspur auf dem Boden hinterlassen hatte, auf die Decke. Er zitterte. Der Knochen schimmerte bleich im Kerzenlicht. Ich nahm Gennaros Hand. Er presste meine Finger so fest zusammen, dass ich schon damit rechnete, der Chirurg würde gleich noch ein paar weitere Brüche zu richten bekommen.

Der Leibwächter, dem der Anblick der Wunde bei Licht

offenbar noch mehr zu schaffen machte, verließ das Zimmer.

«Was ist mit der Büste?», fragte ich flüsternd.

«Ins Gebüsch gefallen», hauchte Gennaro.

Von draußen waren Schritte und dann ein kurzer Wortwechsel zu hören. Einen Augenblick später rauschte ein untersetzter Kerl mit Schnauzbart und starkem Unterbiss herein, der eher wie ein Maurer aussah als wie der Leibarzt eines Kardinals. In seinem Mund steckte ein Holzstäbchen, das er zwischen den Zähnen herumschob. Der Leibwächter blieb in der Tür stehen.

Der Chirurg warf eine schwere Ledertasche auf eins der anderen Betten, nickte mir kurz zu und blickte dann den Verletzten an. Offensichtlich war er kein bisschen verärgert über die Störung; im Gegenteil, er schien hocherfreut zu sein, dass es endlich etwas für ihn zu tun gab.

«Hol mal den Leuchter ran», blaffte er.

Da der Leibwächter keine Anstalten machte, auch nur einen Schritt näherzutreten, zerrte ich den hüfthohen eisernen Kerzenständer zum Bett. Das Knirschen, das er dabei verursachte, rief unangenehme Vorstellungen von malträtierten Knochen hervor.

Der Schnauzbärtige besah sich den Bruch von allen Seiten, nickte ein paarmal, lachte zufrieden auf und sagte über die Schulter: «Herrlich, Leute, wie aus dem Lehrbuch. Schaut mal hier: sauber durchgeknackt, nichts abgesplittert.» Und dann, zur Tür gewandt: «Weißt du noch? Der Dachdecker, der letztes Jahr vom Gerüst gesegelt ist?»

Der andere nickte gequält.

«Klar weißt du das noch, du hast dir ja den Magen auf links gekotzt.» Und wieder zu mir: «Das war vielleicht eine Schweinerei. Der Oberschenkel sah aus, als hätten sie ihn durch die Mühle gedreht. Die Schlagader abgerissen, so eine Fontäne, die mussten hinterher das ganze Zimmer neu verputzen. Natürlich hatte keiner einen Gürtel zur Hand, ich also einfach einen Streifen vom Seidenvorhang abgerissen, das musste ja schnell abgebunden werden. Der Kardinal hat vielleicht geschäumt!» Er verdrehte affektiert die Augen. «Seide aus Persien! Ogottogott! Kriegt man gar nicht mehr nachgekauft!»

Er lachte vor sich hin, während er das gebrochene Bein betastete, wobei er unablässig auf seinem Holzstäbchen herumkaute, als förderte das seine Konzentration. Gemessen an seinem derben Gerede ging er bei der Untersuchung erstaunlich behutsam zu Werk. Trotzdem stöhnte Gennaro auf. Immerhin hatte die Blutung inzwischen nachgelassen.

«Giorgio, auf meinem Tisch steht eine Flasche», sagte der Chirurg in Richtung der Tür. «Hol die mal.»

Der Leibwächter schien ganz zufrieden zu sein, dass er einen Grund hatte, sich zu entfernen. Gennaro hatte inzwischen die Augen geschlossen. Sein Atem ging schwach, aber schnell.

«Kriegen Sie ihn wieder hin?», fragte ich ängstlich.

Er sah mich an, als wollte ich ihn auf den Arm nehmen.

«Den? Was gibt's denn da nicht wieder hinzukriegen? Das wird verbunden und geschient, und in zwei Monaten tanzt er wieder auf dem Tisch. Wie ist das überhaupt passiert?»

«Gestürzt», sagte ich vorsichtig und hoffte, dass er nicht weiter nachfragen würde.

«Bei so einem Bruch? Von wo ist der denn bitte runtergestürzt? Vom Mond, oder was?»

Glücklicherweise stöhnte Gennaro genau in diesem

Augenblick besonders laut auf, sodass der Chirurg nicht dazu kam, weiter nachzuhaken. Stattdessen strich er Gennaro über die Stirn, eine fast liebevolle Geste, die wirklich gar nicht zu ihm passen wollte.

«So, mein Freund», sagte er. «Das wird gleich ein bisschen weh tun.»

Gennaro nickte fast unmerklich.

Der Chirurg lachte auf. «Gott, ich muss schon wieder an diesen Dachdecker denken. Der Bruch lag so beschissen, dass ich die Knochenstümpfe zuerst gar nicht wieder voreinander gekriegt habe. Am Ende musste ich mir von einem seiner Kollegen einen Hammer borgen. Als würde ich einen Dachbalken in die Nut schlagen. Echt mies, Leute.»

Gennaro verdrehte die Augen.

«Schön, fangen wir an. In der Tasche ist eine Schere.»

Ich griff in die Tasche, in der allerhand schmerzverheißende Gerätschaften klimperten, kramte die Schere heraus und reichte sie dem Chirurgen. Er schnitt mit ein paar schnellen Handgriffen Gennaros Hose auf und löste vorsichtig den blutverklebten Stoff von der Haut, bis das ganze Bein freilag. In diesem Moment trat Giorgio wieder ein und reichte dem Chirurgen die gewünschte Flasche, wobei er es vermied, das Bein anzusehen.

Der Schnauzbärtige entkorkte die Flasche und kippte den Inhalt großzügig über die Wunde. Gennaro verkrampfte sich, hielt aber still.

Und dann begann der Chirurg mit seiner Arbeit, unterbrochen von kurzen, an mich gerichteten Anweisungen, ihm das eine oder andere Instrument anzureichen. Er tupfte mit dem Zeug aus der Flasche in der Wunde herum, zupfte mit einer Pinzette kleine Fremdkörper heraus, schabte hier, drückte dort und erzählte dabei unappetitliche Anekdoten von früheren Eingriffen, als wäre ich sein Lehrling: Von Zimmerleuten war die Rede, die sich mit der Balkensäge irgendwelche Gliedmaßen gekappt hatten, von in Köpfen steckenden Arkebusenkugeln, von Tischlerbeilen und Schmiedehämmern und von Ranuccio Farneses Bereiter, der einen Huftritt ins Gesicht bekommen hatte.

«Nur noch Brei, Leute! Dem hab ich die Zahnreste durch die Nase rausgeholt!»

Ranuccio Farnese. Mit einem Schlag fiel mir wieder ein, was Pallantieri mir im Gefängnis gesagt hatte. Alessandro Farnese hatte den Chirurgen seines Bruders Ranuccio übernommen. Und genau dieser Mann hockte jetzt vor mir auf der Bettkante und verarztete Gennaro. Unwillkürlich begann ich zu zittern.

«Reiß dich zusammen, wir haben's gleich. Pinzette noch mal.»

Mechanisch reichte ich ihm das Gewünschte, während meine Gedanken rasten. Ich musste ihn auf jene Nacht ansprechen. Aber wie?

«So», sagte der Chirurg. «Jetzt wird's lustig.» Mit einem Riemen aus seiner Tasche schnallte er das gesunde Bein am Bettgestell fest. Dabei kaute er die ganze Zeit auf seinem Holzstäbchen herum.

«Setzt euch mal auf ihn drauf. Wie auf ein Pferd.»

Wie benommen stieg ich auf Gennaros breite Brust, der Leibwächter nahm hinter mir Platz. Der Chirurg dirigierte uns in Position und steckte dem Gepeinigten ein Stück Holz zwischen die Zähne. Ich blickte in Gennaros entsetzte Augen.

«Stellt euch darauf ein, dass der Gaul ordentlich steigen wird. Ich hatte mal einen Hufschmied auf dem Tisch, der …»

«Ist ja gut jetzt», unterbrach ihn der zitternde Giorgio.

Der Chirurg kaute konzentriert auf seinem Hölzchen, dann ruckelte es einmal kurz, Gennaro bäumte sich auf, warf sich nach links und nach rechts und hätte uns wohl wirklich abgeworfen, wenn er nicht einen Augenblick später ohnmächtig zusammengesunken wäre.

«Das sitzt, ihr könnt absteigen. War doch gar nicht so schwierig, oder?»

Gott, der arme Gennaro. Da lag er unter mir, leichenblass und regungslos, bis auf die Brust, die sich hob und senkte.

«Jetzt wird genäht, verbunden und geschient.»

Während der Chirurg weitere Utensilien aus seiner Tasche hervorkramte, verzog Giorgio sich nach draußen in den Hof. Der Schnauzbärtige versorgte die Wunde und legte die Schiene an und plauderte dabei fröhlich weiter, sodass ich keine Gelegenheit bekam, das Thema auf Severina zu lenken. Irgendwann war er fertig. Wieder strich er Gennaro, dessen Bein nun mit einem dicken Verband umwickelt war und eine Holzschiene trug, über die Stirn. Es war rührend.

«Wo wohnt er?»

«Nicht weit von hier. Via dei Cappellari.»

«Gut. Ich rufe Giorgio, der trägt ihn rüber.»

Ich fasste den Chirurgen am Arm. Muskeln wie ein Hafenarbeiter. «Moment noch.»

Er zog die Brauen zusammen. «Ja?»

«Vor zwölf Jahren wurde vor diesem Palast eine junge Frau gefunden», sagte ich vorsichtig.

Sein Gesicht wurde hart. Er versuchte, sich nichts anmerken zu lassen, aber es war deutlich zu sehen, dass er sich genau erinnerte. Er tat, als ob er überlegte, aber ein talentierter Schauspieler war er nicht.

«Kann sein», sagte er knapp.

«Sie war schwanger.»

«Es hätte keinen Arzt gebraucht, um das festzustellen. Und weiter?»

«Man sagt, sie wurde vergewaltigt.»

«Wer sagt das?»

Sein abweisender Ton verunsicherte mich. «Ich wüsste nur gern, ob Ihnen sonst noch irgendwas aufgefallen ist, oder ob jemand anders aus dem Haus etwas gesehen hat.»

«Junge, sie wurde hier reingetragen und mir auf den Tisch gelegt. Sie war tot. Der Täter wurde gefasst, verurteilt und hingerichtet. Was gibt es da noch zu fragen? Wer bist du überhaupt? Sei froh, dass ich deinen Freund hier zusammengeflickt habe! Jeder andere hätte das amputiert! Giorgio!»

Der Leibwächter trat in die Tür.

«Bring ihn nach Hause. Der hier sagt dir, wo er wohnt.»

Giorgio packte Gennaro unter den Achseln und hob ihn vom Bett. Sie sahen aus wie eine Skulptur von Herkules und Antaeus.

«In zwei Tagen muss er neu verbunden werden», sagte der Chirurg. «Wer immer das macht, er soll darauf achten, dass kein Dreck in die Wunde kommt und dass die Schiene hinterher wieder richtig sitzt. Ich empfehle mich.» Mit diesen Worten packte er seine Sachen wieder in die Tasche.

Giorgio schleppte Gennaro über der Schulter nach Hause, ich ging nebenher. Auf dem ganzen Weg sagte er kein Wort. Nachdem wir Gennaro in sein Bett gelegt hatten, wälzte er sich auf die Seite.

«Verdammtes Schalenmauerwerk», murmelte er. «Kommt davon, wenn man da nur Schutt reinkippt und keinen Mörtel.»

Dann schlief er wieder ein.

Ich beschloss, auf dem Boden vor seinem Bett zu schlafen, für den Fall, dass er aufwachen sollte oder Fieber bekäme, aber dann fiel mir die Büste wieder ein. Ich musste den Sack aus dem Gebüsch bergen.

Nachdem ich mich überzeugt hatte, dass Gennaro fest schlief, kehrte ich in die Via Giulia zurück. Beim Überklettern der Mauer achtete ich darauf, dass sich nicht noch mehr Steine lösten.

Den Sack mit der Büste hatte ich schnell gefunden. Doch als ich mich gerade auf den Rückweg machen wollte, bemerkte ich, dass sich hinter dem Fenster des Zimmers, in dem Gennaro verarztet worden war, etwas tat. Im Licht der Kerzen sah ich den Chirurgen und einen stattlichen älteren Mann im Nachthemd, mit Vollbart und Stirnglatze. Er ging auf und ab, schüttelte ein paarmal den Kopf und schien sehr aufgebracht. Alessandro Farnese.

Ich konnte nicht anders. Geduckt rannte ich hinüber und schlich mit gesenktem Kopf bis zu dem erleuchteten Zimmer. Der Fensterladen stand immer noch offen. Ich kam gerade rechtzeitig.

«Warum kreuzt der hier auf?», fragte eine aufgebrachte Stimme.

«Ein Notfall. Der andere war verletzt», brummte der Chirurg.

«Was hast du ihm gesagt?»

«Nicht mehr, als er schon wusste.»

«Hat er danach Ruhe gegeben?»

Zögern. «Jedenfalls hat er nicht weitergefragt.»

«Verdammt. Und Giorgio hat die beiden nach Hause gebracht?»

«Ja. Die wohnen in der Via dei Cappellari.»

«Frag Giorgio, wo genau. Ich will wissen, wer das war. Und jetzt lass mich noch mal zur Ader.»

«Das bringt nichts. Die Körpersäfte …»

«Red nicht, lass mich zur Ader. Und mach das Fenster zu. Mir ist kalt.»

Das Fenster wurde geschlossen. Ich schlich zurück zum Gebüsch, schnappte mir den Sack mit der Büste und sah zu, dass ich über die Mauer kam. Als ich auf die Straße sprang, wäre ich fast in Gennaros Blutlache ausgerutscht.

26

Die Nacht verbrachte ich auf dem Boden vor Gennaros Bett, im Zimmer über dessen Werkstatt. Fieber bekam er nicht, aber nachdem er eine Stunde lang fest geschlafen hatte, wachte er stöhnend auf, sodass ich ihm schließlich einen großen Becher mit Wein einflößte. Danach dämmerte er wieder weg. Die ganze Nacht über warf er sich hin und her und murmelte dabei vor sich hin. Erst als die Sonne aufging, wurde sein Atem ruhiger.

Ich dachte über das Gespräch zwischen dem Kardinal und seinem Chirurgen nach. Was zum Teufel hatten sie zu verbergen? Wussten sie etwas über den Mörder? Deckten sie ihn? Hatte Farnese am Ende selbst damit zu tun? Nachdem meine Gedanken sich eine Weile im Kreis gedreht hatten, kam mir eine Idee, die so verwegen war, dass ich sie eigentlich gleich wieder verwerfen wollte, aber sie setzte sich in meinem Kopf fest: Was, wenn Severina gar nicht tot war? Hatte irgendjemand außer dem Chirurgen die Leiche gesehen?

Ich musste mit Mercuria darüber reden. Seit meinem Gespräch mit Pallantieri im Gefängnis hatte ich sie noch gar nicht getroffen, es gab also ohnehin einiges zu erzählen.

Mercuria war keine, die lange schlief. Sie saß am Tisch, frisch wie der Morgen selbst, angezogen, frisiert und geschminkt wie für eine zwanglose Gesellschaft, bei der sie glänzen, aber nicht strahlen musste, und schnitt sich ein paar Früchte auf.

«Du siehst aus, als hättest du überhaupt nicht gut geschlafen», sagte sie mitfühlend.

Ich wusste gar nicht, ob ich überhaupt geschlafen hatte. Ich hatte mich auf der Suche nach einer halbwegs bequemen Position auf dem harten Boden herumgewälzt und dabei die meiste Zeit über Gennaros vom Bett herunterhängende Hand gehalten.

«Was habt ihr wieder getrieben, du und Gennaro? Reichen euch die Mädchen nicht mehr? Seid ihr so unzertrennlich, dass ihr jetzt auch schon das Bett miteinander teilt? Du bist doch gerade bei ihm rausgestolpert, oder?»

«Gennaro ist verletzt.»

«Haha! Hat der alte Caetani ihm ein paar Klopffechter auf den Hals gehetzt, damit er seine Tochter in Frieden lässt?»

«Nein. Er hat sich das Bein gebrochen.»

«Mist. Hat sich das jemand angesehen?»

«Ja. Der Leibarzt von Kardinal Farnese.»

Bei diesem Satz wäre ihr fast das Messer aus der Hand gefallen.

Und dann berichtete ich ihr alles, was in den letzten beiden Tagen passiert war: mein Besuch im Gefängnis, unser erneuter Einbruch bei Farnese, der Unfall und das Gespräch zwischen dem Kardinal und seinem Chirurgen. Schließlich erzählte ich von meiner Idee. Sie schüttelte entschieden den Kopf.

«Unmöglich.»

«Hast du sie danach noch einmal gesehen?», fragte ich vorsichtig. Es widerstrebte mir, den Finger in die Wunde zu legen, aber es musste sein.

Sie blickte aus dem Fenster. Ihre Augen füllten sich wieder mit Tränen.

«Ja. Beim Bestatter. Sie lag schon im Sarg.»

«Und kann es sein …»

«Nein, verdammt. Sie war eiskalt und fahl wie eine Wachspuppe.» Mercuria barg das Gesicht in den Händen und schluchzte auf. Dann gab sie sich einen Ruck, blickte wieder auf, sammelte sich und schob mir den Teller über den Tisch. «Du solltest was essen.»

Ich nickte und griff zu. Den unerhörten Gedanken, dass der Bestatter ihr tatsächlich eine Wachspuppe präsentiert hatte, verwarf ich als zu abwegig und vor allem als zu verletzend, um ihn ihr gegenüber überhaupt zu äußern. Sie wollte das Bild ihrer toten Tochter nicht mehr vor sich sehen.

«Aber was haben sie dann zu verbergen? Vielleicht wissen sie etwas über den Mord. Vielleicht haben sie mitgeholfen, irgendwas zu vertuschen.»

Mercuria schüttelte wieder den Kopf. «Das kann ich mir nicht vorstellen. Farnese ist skrupellos, wenn es um seine Karriere geht. Aber Severina hat er sehr geliebt, obwohl er die Verbindung geheim gehalten hat. Ich habe ihn am Tag danach getroffen. Er war außer sich und hat den ganzen Gouverneurspalast zusammengebrüllt, um an dieses Protokoll zu kommen. Niemals hätte er Severinas Mörder gedeckt.»

Der Hinweis, den Pallantieri mir zum Abschied gegeben hatte, fiel mir wieder ein.

«Was ist mit diesem Sebastiano Bentrovato? Der war für die Verhöre zuständig. Ist der Name mal gefallen?»

«Nein. Aber Farnese hat sich jeden Beamten vorgeknöpft, der in dieser Behörde eine Schreibfeder richtig herum halten konnte. Es kam nichts dabei heraus. Keiner wusste etwas.»

«Vielleicht sollte man trotzdem noch mal mit Bentrovato reden.»

«Dann finde ihn. Einer, der so heißt, muss ja irgendwann auftauchen, wenn man nach ihm sucht.» Sie lächelte traurig. Viel schien sie sich nicht davon zu versprechen.

«Aber was zum Teufel hat Farnese zu verbergen?», insistierte ich.

Sie dachte eine Weile angestrengt nach, ordnete ihre Gedanken und begann schließlich zu sprechen. «Farnese ist am Tag nach dem Mord nach Rom zurückgekommen. Die Carafa waren nicht gut auf ihn zu sprechen.»

«Warum nicht?»

«Weil er während des Krieges auf der Seite der Spanier gestanden hatte. Es war wohl kaum Zufall, dass er genau zu dem Zeitpunkt nach Rom zurückkehrte, als Carlo Carafa die Stadt verlassen hatte.»

«Und was soll das mit dem Mord zu tun haben?»

«Wahrscheinlich gar nichts. Aber vielleicht gibt es in den Unterlagen deines Onkels irgendeinen Hinweis, was er damals getrieben hat und ob er mit irgendjemandem Ärger hatte. Vielleicht ist da irgendetwas vorgefallen, was er bis heute vertuschen will. Ich würde mir die Dokumente gern noch mal selbst anschauen. Vielleicht stolpere ich über irgendeinen Namen. Bist du so gut und holst mir die Kisten mal rüber?»

«Gerne.»

Eine Viertelstunde später standen die Kisten mit den Papieren sauber gestapelt neben Mercurias Tisch.

«Lass mich mal damit allein. Such Bentrovato, wenn du dir was davon versprichst.»

Ich wandte mich zum Gehen.

«Eins noch.»

«Ja?»

«Euer Grieche hat sich vorgestern bei mir vorgestellt, als ihr weg wart. Ich finde, der passt zu uns.»

Ich dachte an Gennaro. Die beiden Streithähne, Wand an Wand. Das konnte ja heiter werden.

Bevor ich mich auf die Suche nach Bentrovato begab, machte ich einen Abstecher zum ehemaligen Anwesen der Carafa an der Via Settimiana, das nur einen Steinwurf von Morones Grundstück entfernt lag. Das Tor war verrammelt. Durch das Gitter sah ich einen verwilderten und schmucklosen Garten. Alles, was an die ehemaligen Bewohner erinnerte, war entfernt worden. Die Villa lag verlassen da, ein paar Fensterläden hingen schief in den Angeln, und auf dem Dach waren etliche Ziegel verrutscht. Es war ein trostloser Anblick.

Als ich mich gerade wieder zum Gehen wenden wollte, schlurfte ein alter Mann an mir vorbei und schickte sich an, das Tor zum Nachbargrundstück aufzuschließen. Im Laufschritt holte ich ihn gerade noch rechtzeitig ein. Er zuckte zusammen, als rechnete er mit einem Überfall.

«Darf ich Sie kurz was fragen?»

Seine Augen waren klar wie Wasser, die Lider gerötet.

«Was denn?»

«Wie lange wohnen Sie schon hier?»

Sein misstrauischer Blick taxierte mich von oben bis unten. Der Schlüsselbund klimperte.

«Ich wohne gar nicht hier. Ich kümmere mich um den Garten. Die Herrschaften und ihre Gäste mögen es sauber und gepflegt.»

«Und wie lange machen Sie das schon?», insistierte ich.

«Schon eine Ewigkeit. Was soll die Fragerei?»

Er wandte sich wieder dem Tor zu. Der Schlüssel knirschte im Schloss.

«Mich interessiert das Grundstück nebenan», beeilte ich mich. «Vor zehn Jahren gehörte das mal den Carafa.»

«Es gehörte ihnen nicht. Sie hatten es gemietet.»

Der Alte öffnete das Tor, schlüpfte hindurch und schloss von innen eilig wieder zu. Wieder musterte er mich, diesmal durch die Gitterstäbe. Der Garten dahinter war tatsächlich tadellos gepflegt.

«Man erzählt sich, dass dort gewisse Feste stattfanden», sagte ich vorsichtig.

«Soso, erzählt man sich das. Allerdings fanden da gewisse Feste statt. Deswegen war ja auch die ganze Nachbarschaft heilfroh, als diese furchtbare Familie endlich rausflog.»

«Wissen Sie etwas darüber?»

«Kaum. Wie gesagt, ich wohne nicht hier. Aber es kam vor, dass die noch gar nicht fertig waren, wenn ich morgens ankam, um den Garten zu machen. Da wurde gesoffen und geschrien, Kutschen rein, Kutschen raus, und ständig kreischten irgendwelche Frauen. Manchmal prügelten sie sich oder schossen in der Gegend herum. Es war widerlich, aber natürlich traute sich niemand, den Mund aufzumachen, solange Carlo Carafa Staatssekretär war. Am schlimmsten war es, wenn der seine Söldnerfreunde zu Besuch hatte. Wenn die feierten, zogen alle die Köpfe ein.» Er blickte mich jetzt etwas freundlicher an. Es tat ihm offenbar gut, seiner Empörung Luft machen zu können. «Warum fragst du danach?»

Ich zögerte, beschloss dann aber doch, bei der Wahrheit zu bleiben.

«Vor zwölf Jahren wurde eine junge Frau ermordet.»

«Das ist ja nun schon ziemlich lange her.»

«Es könnte sein, dass das etwas mit diesen Festen zu tun hat.»

Er schüttelte den Kopf. «Da wurde niemand ermordet. Die waren durch und durch verdorben, das schon. Soweit ich weiß, ließen sie sich Frauen kommen, wenn es hoch her ging, aber warum hätten sie die umbringen sollen?»

«Haben Sie das mal mitbekommen? Das mit den Frauen?»

«Nein, und das ist auch ganz gut so. Und wie gesagt, die Nachbarn haben sich verkrochen, wenn die ersten Kutschen kamen.»

«Gibt es irgendjemanden, der sich vielleicht noch erinnert?»

Er blickte sich um, als wären die möglichen Zeugen irgendwo hinter den Büschen verborgen.

«Nein. Nachdem die Carafa erledigt waren, stand das Anwesen eine Weile leer, dann kam ein anderer Mieter, den man nie zu Gesicht bekam. Irgendwann zog der auch wieder aus, und seitdem hat sich dort nichts mehr getan.»

«Und die Angestellten?»

«Keine Ahnung. Das ist über zehn Jahre her. Die sind in alle Winde zerstreut. Sonst noch was? Ich müsste jetzt nämlich mal an die Arbeit.»

Enttäuscht machte ich mich auf den Rückweg, nachdem ich einen letzten Blick zur Mauer von Morones Grundstück geworfen hatte. Vielleicht sollte ich den Kardinal bei der nächsten Gelegenheit mal nach den Festen fragen. Doch fürs Erste würde ich mich an Sebastiano Bentrovato halten. Ich beschloss, im Palast des Gouverneurs nach ihm zu fragen. Also wieder zurück über den Ponte Sisto, vorbei am Palazzo Farnese und über den Campo dei Fiori in die Via di Parione.

Den Pasquino hatten sie am Morgen offenbar schon gereinigt. Der Sockel der Statue war leer bis auf die Reste abgerissener Zettel.

Beim Palast des Gouverneurs war wenig los. Zwei Wachen standen gelangweilt vor dem Eingang, pulten in ihren Zähnen herum und spuckten auf den Boden. Niemand behelligte mich, als ich eintrat.

Gleich im Gang lief ich drei jungen Beamten in die Arme, die nebeneinander an der Wand lehnten und sich gackernd über irgendetwas amüsierten, das garantiert nichts mit der Arbeit zu tun hatte.

«Habt ihr den Neuen schon gesehen?»

«Vergiss es, der ist verlobt.»

«Das arme Mädchen. Hast du gesehen, was der …»

«Ausgestopft. Sieht man doch sofort.»

Als ich auf ihrer Höhe angekommen war, verstummte das Gekicher.

«Noch so ein Hübscher.»

«Kann man helfen?»

«Wir helfen immer gerne.»

Ich beschloss, gleich zur Sache zu kommen. «Ich suche Sebastiano Bentrovato.»

Der mit dem Blick für ausgestopfte Hosen legte die Stirn in Falten. «Der ist schon seit Ewigkeiten aus dem Dienst. Warum sucht er ihn denn?»

Ich ging nicht auf seine Frage ein. «Weißt du, wo er wohnt?»

«Ich weiß, wo er zu finden ist. Was will er denn nun von ihm?»

Seine penetrante Art, mich in der dritten Person anzureden, ging mir jetzt schon auf die Nerven, außerdem hatte ich nicht die Absicht, die Pferde scheu zu machen, indem ich mein Anliegen bei diesen Tratschtanten vortrug, die wahrscheinlich gleich in der ganzen Behörde herumerzählen würden, dass einer in dieser alten Geschichte stocherte. Kardinal Farneses aufgebrachte Reaktion in der vergangenen Nacht war mir Warnung genug gewesen. Wer wusste schon, wer hier noch alles etwas zu verbergen hatte?

«Er will ihm eine Frage stellen, sonst nichts.»

«Vielleicht können wir die auch beantworten.»

«Könnt ihr nicht», sagte ich. «Also, wo finde ich ihn?»

Der Angesprochene kicherte und sah seine beiden Kollegen an. «Der wird ja richtig bissig.»

«Jetzt sag's ihm halt.»

«Na schön. Sebastiano Bentrovato ist im Ruhestand derselbe Langeweiler, der er auch im Dienst immer war. Und darum ist ihm in all den Jahren nie was anderes eingefallen, als fischen zu gehen. Fischen, kann man sich das vorstellen? Jeden verdammten Tag steht er beim Hafen von Ripetta am Fluss und hält die Angel rein. Keine Ahnung, was er mit den ganzen Fischen macht.»

«Schönen Dank», sagte ich und ging.

«Jetzt warte mal!»

«Lass ihn doch.»

«Gott, ist der verklemmt.»

Bis Ripetta war es nicht weit. Beim Monte Giordano warf ich einen sehnsüchtigen Blick zu den Fenstern des Palastkomplexes hoch. Saß Giordana irgendwo dort oben am Tisch und brütete über einem gedichteten Nachruf auf ihren alten Freund Niccolò Franco? Dachte sie noch an mich?

«Was glotzt du? Geh weiter!», fauchte mich der Wachposten vor dem Tor an.

Ich trollte mich. Dabei kam mir der Gedanke, dass ihr Vater vielleicht hinter ihre nächtlichen Ausflüge gekommen war und sie eingesperrt hatte. Während ich durch die Gassen wanderte, malte ich mir aus, wie ich sie befreien würde: Im Schutz der Nacht am Seil zu ihrem Fenster hochklettern und Hand in Hand mit ihr, Haken schlagend und die Wachen dicht auf den Fersen, über die Dächer türmen oder vielleicht besser am Seil wieder runter auf die Straße, wo schon das Pferd wartete, während ihr Vater oben am Fenster die Fäuste schüttelte.

Im Hafen herrschte der übliche Betrieb: schaukelnde Boote, wippende Masten, auf dem Kai alles voller Ballen, Kisten, Säcke, ein Wald von Kränen mit Treträdern, knarrende Seilwinden, klirrende Ketten. Arbeiter luden Ware aus, Zollbeamte prüften die Plomben, Matrosen standen herum und rissen ihre derben Seemannswitze.

Sebastiano Bentrovato erkannte ich sofort. Er war der einzige Angler weit und breit, stand regungslos wie eine Statue etwas abseits des Treibens und starrte auf die Stelle, an der die Angelschnur ins Wasser stach. Er war um die siebzig Jahre alt, hatte graue Haare und Hunderte von kleinen Fältchen im Gesicht.

Neben ihm standen ein Eimer und ein kleiner Kasten. Ich trat dazu und stellte die dümmste Frage, die man einem Angler stellen kann.

«Beißen sie?»

Er wies mit dem Kopf auf den leeren Eimer. «Sieht das aus, als ob sie beißen?»

Ich habe selten einen Menschen erlebt, mit dem ins Gespräch zu kommen derart mühselig war. Merkwürdigerweise schien Sebastiano Bentrovato aber gar nichts gegen meine Gesellschaft zu haben, jedenfalls machte er keinen

Versuch, mich loszuwerden, sondern gab einsilbige Antworten, während er dann und wann die Schnur aus dem Wasser zog, den Köder prüfte und die Angel erneut auswarf. Die Mittagssonne glitzerte auf dem Fluss. Im Hafen kamen Karren an, wurden beladen und ratterten wieder davon. Unsere Unterhaltung kroch von den Fischen über das Wetter zu den Getreidepreisen und weiter zu den Räuberbanden, die die Lebensmitteltransporte im Umland der Stadt überfielen. Geschickt nutzte ich eine Bemerkung von ihm über den Anstieg der Gewaltverbrechen, um den Bogen zu seiner Arbeit zu schlagen. Selbst als Alessandro Pallantieris Name fiel, regte sich kein Argwohn.

«Der sitzt jetzt ein», sagte er und wies mit dem Kopf flussabwärts in Richtung Tor di Nona.

«Ich weiß», sagte ich. «Ich war neulich bei ihm.»

«Ach was?»

«Ich brauchte eine Auskunft.»

«Soso.»

«Er nannte Ihren Namen.»

«Aha.»

So ging es eine Weile weiter. Einen Köder nach dem anderen warf ich ihm hin, aber Sebastiano Bentrovato biss nicht an, wie die Fische. Schließlich fragte ich ihn geradeheraus nach dem Fall der ermordeten Schwangeren.

Endlich zeigte er eine Regung. Er holte die Angel ein, wickelte umständlich die Schnur um die Rute, legte sie auf den Boden und sah mir zum ersten Mal direkt in die Augen. «Warum willst du das wissen?», fragte er leise.

«Ich will die Wahrheit herausfinden.»

«Ich kann nur mit der Lüge dienen.» Sebastiano Bentrovato rang mit sich. Er fuhr sich durch die Haare und blickte zum anderen Flussufer hinüber. Es war offensichtlich, dass er etwas loswerden wollte, was ihm schon lange auf der Seele lag, aber es schien ihm schwerzufallen, die Gelegenheit dazu auch wirklich zu ergreifen, als fürchtete er, dass es danach kein Zurück mehr geben würde.

«Ich wollte mich nicht zum Komplizen machen lassen», sagte er schließlich. «Aber ich hatte keine Wahl. Ich musste mitmachen.»

Erneutes Haareraufen. Ich spürte, dass die letzten Widerstände wegbrachen, mit denen er sein Gewissen jahrelang in Schach gehalten hatte.

«Wer schickt dich? Farnese?»

Interessant, dass das seine erste Vermutung war. «Nein. Eine Freundin.»

«Verstehe.»

«Wobei mussten Sie mitmachen?», nahm ich den Faden wieder auf.

«Einen Unschuldigen an den Galgen zu bringen, um einen Schuldigen davonkommen zu lassen.» Wieder blickte er auf den Fluss, als müsste er alle Kraft zusammennehmen, um seine Erinnerungen in die richtige Reihenfolge zu bringen.

«Das war alles ziemlich merkwürdig. Das Mädchen wurde in der Nacht vor dem Palazzo Farnese gefunden. Man holte sie herein, und der Arzt des Kardinals stellte ihren Tod fest. Am nächsten Morgen wurde uns das gemeldet, aber den Leichnam bekam niemand zu Gesicht. Stattdessen erhielt ich einen Brief mit genauen Anweisungen, wie in dem Fall zu verfahren war. Dem Schreiben lag ein vollständiges Verhörprotokoll mit Geständnis bei. Der Henker hatte Anweisung bekommen, den Beschuldigten hinzurichten, und als ich mich in Tor di Nona danach erkundigte, war es schon erledigt. Ein paar Stunden später stürmte Kardinal Farnese bei uns rein und machte einen Riesenzirkus. Man legte ihm das Protokoll vor. Der Kardinal forderte eine Kopie, aber er bekam sie nicht, und auf einmal fehlte auch das Original. Er knöpfte sich die Beamten vor und verlangte zu wissen, wer das Verhör durchgeführt hatte. Aber keiner konnte ihm eine Auskunft geben. Das Protokoll war nicht unterschrieben gewesen.»

«Kam der Kardinal auch zu Ihnen?»

«Natürlich.»

«Und was sagten Sie ihm?»

«Dass ich von nichts wüsste.»

Er zögerte kurz, bevor er weitersprach. Ich spürte, dass er sich schämte.

«In dem Brief war mir angedroht worden, mich ins Gefängnis zu werfen, wenn ich aus der Reihe tanzen würde. Mein Bruder war damals in Schwierigkeiten, so eine blöde Unterschlagungssache, und ich hatte ein paar Beweise gegen ihn verschwinden lassen. Damit erpresste man mich. Ich musste mitspielen.»

«Von wem kam dieser Brief?», fragte ich.

Sein Blick suchte auf dem gegenüberliegenden Ufer nach Halt. Und spätestens in diesem Augenblick wusste ich, was er antworten würde.

«Vom Staatssekretär.»

«Aber Carlo Carafa war doch gar nicht mehr in der Stadt.»

«Kann sein, aber der Brief war von ihm. Sein Siegel, seine Unterschrift.»

«Haben Sie den Brief noch?»

«Den habe ich sofort verbrannt. So lautete die Anweisung.»

«Gab es irgendwelche Hinweise darauf, wer die wirklichen Täter waren?»

«Nein. Aber warum *die* Täter? Wer sagt, dass es mehrere waren?»

«Der Arzt des Kardinals.»

«Dann weißt du mehr als ich. Wie kommt er darauf?»

«Sie wurde vergewaltigt. Er muss Spuren von mehreren Männern gefunden haben.»

«Gott, das ist ja furchtbar. Jetzt wird mir einiges klar.»

«Was wird Ihnen klar?»

Erneut zögerte er kurz. «Pallantieri ging damals Hinweisen wegen einer Reihe von Vergewaltigungen nach. Die Frauen beschuldigten Carlo Carafa und einige seiner Verwandten, Freunde und Gäste. Und dann wurde Pallantieri plötzlich abgesetzt und inhaftiert, angeblich wegen Bestechlichkeit und Amtsmissbrauchs. Aber das war nur ein Vorwand. Man wollte ihn fertigmachen, um seine Ermittlungen gegen Carafa abzuwürgen.»

«Warum wissen Sie das so genau?»

Diesmal blickte er noch länger über den Fluss. Schließlich sagte er fast unhörbar leise: «Weil ich ihn damals verraten habe.»

Aus dem Augenwinkel sah ich, dass er weinte.

«Ich konnte nicht anders. Sie hatten mich in der Hand wegen meines Bruders. Der hat schon als Kind immer nur Mist gemacht. Ständig musste ich ihn raushauen.» Bentrovato wischte sich mit dem Ärmel über die Augen. «Mehr weiß ich nicht. Vielleicht hilft dir das irgendwie weiter.» Er bückte sich, hob seine Angel wieder auf, rollte den Faden ab und warf den Köder mit einem geübten Schwung ins Wasser, um mir zu zeigen, dass es nichts mehr zu sagen gab. Und genau in diesem Augenblick biss tatsächlich einer an. Die Schnur zuckte ein paarmal, spannte sich, und Bentrovato schlug an. Es folgte ein kurzer und heftiger Kampf, dann schäumte das Wasser auf, ein schwarzglänzendes Gewimmel erschien, Bentrovato holte die Schnur ein, und kurz darauf zappelte ein armlanger Aal im Uferschlamm. Bentrovato löste den Haken aus dem Maul des Fisches und ließ ihn in den Eimer gleiten, ohne mich noch eines Blickes zu würdigen.

Auf dem Nachhauseweg dachte ich über seine Worte nach. Im Grunde hatte der alte Bentrovato nur bestätigt, was ich ohnehin schon wusste und was Mercuria die ganzen Jahre über geahnt hatte: Severinas Mörder waren ungeschoren davongekommen. Wer sie waren, das würde vielleicht gar nicht mehr herauszufinden sein. Wie hätte ich auch wissen sollen, dass ich auf dem Weg zur Beantwortung dieser Frage schon viel weiter war, als ich ahnen konnte?

Mercuria war nicht da, also sah ich gleich nach Gennaro. Er lag im Bett und lächelte schwach, als ich eintrat. Auf einem Schemel am Kopfende standen ein Teller mit Obstresten, eine halbvolle Karaffe mit Wein und ein Glas. Mercuria hatte ihn versorgt.

«Wie geht's?»

«Schlechten Leuten geht's immer gut.»

«Morgen muss das neu verbunden werden.»

«Schade, dass Antonio nicht mehr da ist.»

«Apropos. Hat Mercuria es dir schon gesagt?»

Gennaro verdrehte die Augen. «Ja, der Grieche.» Er zwinkerte mir zu. «Pass bloß auf, vielleicht wird der ja ihr neuer Liebling.»

Ich ging nicht darauf ein. Stattdessen erzählte ich Gennaro von meinem Gespräch mit Bentrovato.

«Und wie geht's jetzt weiter?», fragte er.

«Keine Ahnung.»

«Was ist mit Piero Carafa?»

«Da müsste ich mal wieder hin.»

Gennaro gähnte. «Dann verpasse ich ja nichts.» Er richtete sich auf und brachte stöhnend sein Bein in eine andere Position. «Übrigens war vorhin jemand da. Ich habe Schritte im Hof gehört, aber es ging keine Tür. Da ist jemand herumgelaufen. Hörte sich fast an, als hätte er sich umgesehen.»

Ich dachte an Kardinal Farneses Anweisung an seinen Chirurgen. Er hatte wissen wollen, wo wir wohnten. Vielleicht ließ er uns beobachten. Die Vorstellung war nicht gerade beruhigend.

Als ich mein Haus betrat, fand ich auf dem Boden einen Zettel vor, der unter der Tür durchgeschoben worden war. Mir war sofort klar, von wem er stammte. Verdammt, warum war ich nicht zu Hause gewesen? Giordana mal wieder. Tatsächlich, sie hatte ihrem Freund einen Nachruf geschrieben.

Sonett

Ihr Schulmeister, euch soll der Teufel holen,
Ihr, die ihr euch die Finger danach leckt,
Die süßen kleinen Hintern zu versohlen,
In die ihr sonst doch so viel Liebe steckt!

Ihr Priester habt wohl zu viel Wein gesoffen,
Dass ihr, betrübt von all den Sünden, weint,
Im Beichtstuhl, Augen zu und Hose offen,
So war das Kindleinkommenlassen nicht gemeint.

Ihr Henker, habt ihr selber kein Gewissen,
Dass ihr die Keuschheit köpft, die Unschuld hängt,
Die Tugend vierteilt und die Wahrheit steinigt?

Tut, was ihr tun müsst! Aber ihr sollt wissen:
Hier hängt mein Körper. Den kriegt ihr geschenkt.
Es ist mein Geist, der euch für alle Zeiten peinigt.

27

Ich las das Sonett so oft, bis ich es auswendig hersagen konnte. Dabei sah ich Giordana vor mir, wie sie sich mit zusammengepressten Lippen und zerfurchter Stirn ihre ganze Wut von der Seele schrieb. Ich dachte an unseren Spaziergang durch den Borgo, an ihre ohnmächtige Verzweiflung und daran, wie sie sich plötzlich hatte gehen lassen, als hätte sie sich für ein paar kurze Augenblicke der Vorstellung hingegeben, dass sie sich an meiner Hand aus der Gefangenschaft würde befreien können, in der sie zu leben gezwungen war und von der ich nicht viel wusste. War sie es leid, immer auf alles einschlagen zu müssen? Und hatte sie mir zwischendurch nur deshalb immer wieder zu verstehen gegeben, dass sie mich für genauso dumm hielt wie den ganzen Rest der Welt, damit ich nicht auf die Idee kam, dass diese zerbrechliche Hingabe etwas anderes war als die Kehrseite ihrer tobenden Wut, dass ich mir bloß nicht einbilden sollte, sie jetzt an der Angel zu haben und in aller Ruhe an Land ziehen zu können? Aber war in dieser Angelpartie nicht eigentlich ich der Fisch? Oder warum sehnte ich mich nach ihr und machte mir solche Gedanken, während sie die ganze Zeit abwechselnd an der Rute zog und wieder lockerließ, indem sie mir ihre Gedichte hinwarf, anstatt mir selbst gegenüberzutreten? Wäre das denn so schwer gewesen?

Bei diesem Gedanken legte ich das Blatt weg, trat ans

Fenster und ärgerte mich ein bisschen. Nicht dass man mich hier falsch versteht, es war ja nicht so, dass ich auf diesem Gebiet ein völliger Grünschnabel gewesen wäre. Ich kannte diese Spielchen und hatte ihnen noch nie viel abgewinnen können, auch wenn ich sie gelegentlich mitgespielt hatte. Aber anders als andere Mädchen war Giordana nicht so leicht zu ersetzen, und ich versuchte auch nicht, mir das einzureden.

Wie um mir diese Erkenntnis vor Augen zu führen, lief in diesem Augenblick Antonella über den Hof. Eingehüllt in ihre üppigen Reize, warf sie sich mit einem dekorativen Kopfschwung das wallende Haar in den Nacken, als wüsste sie genau, dass ich dort oben stand, obwohl sie mich hinter den halbgeschlossenen Fensterläden unmöglich sehen konnte. Antonella war das Gegenteil von Giordana: durchschaubar und im vollen Bewusstsein ihrer verlässlichen Wirkung auf Männer, mit der sie ihr Geld verdiente. Giordana dagegen gab sich keine Mühe, auf irgendjemanden reizvoll zu wirken. Und gerade das stachelte meine Phantasie so sehr an, dass ich mir schon seit Tagen immer wieder allerhand heimliche Verschmelzungen vorgestellt hatte, in denen es weiß Gott nicht nur um den Austausch von geistreichen Gedanken gegangen war.

Aber Selbstmitleid half ja nun auch nicht, also besann ich mich darauf, dass ich auch noch ein paar andere Dinge zu erledigen hatte. Ich machte mich auf den Weg nach Santi Quattro Coronati, um meinen Beobachtungsposten gegenüber dem Haus von Piero Carafa zu beziehen.

Gennaro hatte recht gehabt, als er gesagt hatte, dass er dort nichts verpassen würde: Der Gärtner machte sich den ganzen Nachmittag in den Beeten zu schaffen, karrte Erde von hier nach dort und gönnte sich dazwischen ausgiebige Pausen. Die Köchin, auch an diesem Tag wieder eine Augenweide, erledigte ihre Einkäufe und verschwand danach im Haus, wo bald darauf der Schornstein zu rauchen begann. Der muskulöse Verwalter, diesmal mit hellen Handschuhen, drehte ein paar Runden um das Anwesen und machte einen Holzlieferanten zur Schnecke, der seine Ware auf den sauber geharkten Kiesweg gekippt hatte. Der Hausherr selbst ließ sich nicht blicken. Wann wollte Morone eigentlich seinen Köder auswerfen?

Als es dunkel wurde, machte ich mich missmutig auf den Heimweg. Ich fand Mercuria bei Gennaro vor. In rührender Sorge saß sie am Kopfende seines Bettes und schenkte ihm Wein ein. Die Schmerzen schienen Gennaro nicht ernsthaft zu peinigen, obwohl er bei jeder Bewegung mit zusammengebissenen Zähnen herumstöhnte. Sie waren so vertraut, dass ich mir fast schon wie ein Störenfried vorkam.

Mercuria war bereits über meine Erkundigungen im Bilde. Sie ließ sich alles noch einmal von mir zusammenfassen und nickte dabei fast ungeduldig.

«Und jetzt?», fragte ich.

«Ich weiß es nicht», sagte sie ratlos. «Kein Protokoll, keine Zeugen. Wir wissen nur, dass die Mörder irgendwas mit Carlo Carafa zu tun hatten, aber das heißt nicht viel. Der war nur das größte Schwein in dieser ganzen Suhle.»

Ich war überrascht, wie wenig die Nennung dieses Namens sie aufwühlte. Als hätte sie die ganze Zeit geahnt, wer hinter der Vertuschung des Mordes steckte.

«Was ist mit den Papieren meines Onkels?», fragte ich.

«Bisher habe ich nichts entdeckt, aber ich bin noch nicht ganz durch. Farnese hat nach seiner Rückkehr einfach weitergemacht wie zuvor. Konsistorium, Audienzen, Geschäfte. Kein Ärger mit den Carafa. Entweder die haben tatsächlich Frieden geschlossen, oder er wollte sich bei den Reformern anbiedern, damit er bei der nächsten Wahl ihre Stimmen bekommt. Gian Pietro Carafa war ja schon über achtzig, und es konnte nicht mehr lange dauern. Also, entweder Farnese hatte wirklich keine Ahnung, was der Neffe des Alten da vertuscht hatte, oder er ist noch viel abgebrühter, als ich dachte. Jedenfalls gehörte er zu denen, die sich für Carlo Carafa eingesetzt haben, als es ihm an den Kragen ging.» Sie trank einen Schluck und starrte auf ihr Glas. «Was ist eigentlich mit eurem Sannazaro?»

Merkwürdig, dass ausgerechnet der ihr jetzt einfiel. Ich hatte mich schon seit Tagen nicht mehr mit ihm befasst. Noch so eine Sackgasse.

«Nichts», sagte ich.

«Zu dem ist mir neulich noch eine Idee gekommen», sagte Mercuria.

Gennaro und ich tauschten einen Blick.

«Und zwar?»

Sie lächelte Gennaro an und zog eine Augenbraue hoch. «Wie läuft's mit deiner Süßen?»

Er lachte auf. «Wie soll's denn laufen mit so einem Bein?»

«Die Frage war nicht, welche Glieder bei dir gerade steif sind und welche nicht.»

«Sondern?»

«Junge, Junge. Weißt du überhaupt, mit wessen Tochter du da ins Bett gehst? Bonifacio Caetani war in der fraglichen Zeit Generalkapitän der päpstlichen Miliz. Er hat für die Carafa gegen die Spanier gekämpft, auch wenn er sich dabei angeblich nicht besonders ins Zeug gelegt hat. Der kannte damals alle Hauptleute. Vielleicht weiß er, was

Sannazaro nach dem Ende des Krieges getrieben hat. Frag ihn doch mal.»

«Verdammt», sage Gennaro. «Dass mir das gar nicht eingefallen ist.»

«Du bist eben nicht der Hellste.»

«Schön, dass du für mich mitgedacht hast.»

«Ich denke seit Jahren für dich mit. Und wo wir gerade dabei sind: Morgen kommt einer, der sich dein Bein anschaut.»

«Einer deiner Freunde aus der guten alten Zeit?»

«Werd nicht frech.»

So ging es eine Weile weiter. Und weil die beiden auch ohne mich gut zurechtkamen, schweiften meine Gedanken wieder zu Giordana ab. Vielleicht sollte ich ihr auch mal eine Nachricht unter der Tür durchschieben, nur um ein bisschen Unruhe auf dem Monte Giordano zu stiften, damit sie mal merkte, wie das war.

«Was ist mit dem eigentlich los?», fragte Mercuria.

Ich begriff im ersten Augenblick gar nicht, dass ich gemeint war.

«Seine Dichterin war hier, und er hat sie verpasst», sagte Gennaro.

«Die kommt wieder.»

«Ja, und zwar dann, wenn es ihr passt», sagte ich bockig.

«Oho», spottete Mercuria. «Der Herr ist gekränkt.»

Ich wollte gerade protestieren, als unten in der Werkstatt die Tür aufging. Schritte erklangen, dann knarrte die Treppe, und einen Augenblick später erschien Bartolomeo.

«Wie ich hörte, liegt hier ein Verletzter.»

«Wirklich? Dem hier geht's bestens», sagte Mercuria ungnädig. «Er tut zwar so, als ob er sterben müsste, aber einen Priester braucht er noch nicht.»

«Und ob der einen Priester braucht. Aber nicht für sein Bein.»

«Du glaubst immer noch, dass du alle retten musst, oder?»

«Es reicht, dass ich dich damals gerettet habe.»

«Bitte?»

«Habe ich mich in den Fluss gestürzt oder du?»

«Habe ich dich gebeten hinterherzuspringen?»

1560 Mercuria hätte viel darum gegeben, diesen Tag einfach verschlafen zu können, zumal sie in der vergangenen Nacht wieder kein Auge zugetan hatte. Aber sie war nicht müde, und man konnte sich ja schlecht selbst niederschlagen, obwohl sie genau das manchmal gern getan hätte, um endlich wieder etwas zu spüren und dann nichts mehr. Nun war sie wach und genau in der richtigen Stimmung, um Gennaro wegen der Miete aufs Dach zu steigen. Der kleine Taugenichts bildete sich immer noch ein, sie um den Finger wickeln zu können, nur weil ihm das ein einziges Mal gelungen war, und das auch noch an einem Tag, an dem es wirklich nicht sonderlich schwierig gewesen war. Jetzt wohnte er bei ihr und hatte immer noch nichts als Blödsinn im Kopf und natürlich seine kleinen kichernden Mädchen, die ihn anhimmelten und ansonsten nichts von seinem Künstlergeschwätz verstanden, das er ja ohnehin nur von sich gab, um sie rumzukriegen. Und sie musste dann wieder dafür sorgen, dass er seine Arbeit machte, anstatt bis zum Nachmittag im Bett zu liegen und sich Träumereien über die großen Kunstwerke hinzugeben, die er eines Tages vielleicht einmal erschaffen würde. War sie vielleicht seine Mutter? Und war es kleinlich, ihn daran zu erinnern, dass er nicht kostenlos hier wohnte?

Aber Gennaro konnte ja auch nichts dafür, wie es ihr an diesem Tag ging. Und deshalb klopfte sie nicht an das Tor zu seiner Werkstatt, sondern machte sich auf den Weg zum Ponte Sisto, um ein bisschen frische Luft zu schnappen. Wobei die Luft über dem Fluss eigentlich ja gerade nicht besonders frisch war, vor allem nach trockenen Sommern, wenn der Wasserstand niedrig war, der Tiber träge vor sich hintrödelte und über den trüben Lachen im Uferschlamm die Mücken schwirrten. Aber auf der Brücke war wenigstens der Blick nicht versperrt.

Heute vor drei Jahren war es passiert. Ein schmächtiger Beamter mit einem Gesicht wie ein Nagetier hatte ihr die Nachricht überbracht, dass ihre Tochter in der vergangenen Nacht bei einem Raubüberfall erstochen worden war, nur ein paar Schritte vom Portal zum Palast ihres Geliebten entfernt. Ein Irrtum, hatte Mercuria gedacht, wer überfällt denn eine Schwangere, aber dann hatte der Beamte die Einzelheiten heruntergebetet wie für einen protokollierenden Gerichtsschreiber, sodass sie ihm schon für seinen gleichgültigen und respektlosen Ton eine Ohrfeige verpasst hätte, wenn sie noch die Kraft dazu gehabt hätte. Den Rest des Tages hatte sie sich wie an Fäden bewegt. Der Bestatter hatte das Tuch zurückgeschlagen und Severinas Gesicht freigelegt, nur ihr Gesicht, nicht den Körper, der sich dort unten wölbte, weil in Severinas Bauch noch ein zweiter Leichnam ruhte. Severina hatte friedlich ausgesehen, vielleicht hatte der Bestatter das gnädigerweise irgendwie zurechtmodelliert, aber das hatte es nur noch schlimmer gemacht, denn Severina war nicht friedlich gestorben, und Mercuria brauchte dieses von einem Fremden berufsmäßig arrangierte Wachspuppengesicht nicht, um sich daran zu erinnern, wie ihre Tochter gewesen war. Im Gegenteil: Es war eine Frechheit, eine Lüge, die den Auftakt zu einer ganzen Reihe von weiteren Lügen bildete, mit denen man sie abspeisen, ja verhöhnen wollte, weil sie nicht die Kraft aufbrachte, jeden einzelnen Beamten in dieser verdammten Behörde so lange in die Mangel zu nehmen, bis er die Wahrheit ausspuckte, falls einer von denen sie überhaupt kannte, die Wahrheit.

«Geh nach Hause, ich kümmere mich darum.»

Das hatte Farnese gesagt, das Birett in der Hand, die Arme über der Brust gekreuzt, Straßenstaub von der Reise im Haar, grenzenlose Wut in den Augen und dabei doch beherrscht wie immer, glattgeschliffen von den Intrigen an der Kurie, die er lächelnd überstanden hatte, weil sein Name wie eine goldene Rüstung war, weil er Geld gehortet hatte wie andere Getreide und weil er abwarten konnte, ehe er zuschlug. Gekümmert hatte er sich, aber es war nichts anderes dabei herausgekommen als das, was das Nagetier ihr berichtet hatte. Am Tag danach war der Kardinal bei ihr gewesen. Dass einer wie Alessandro Farnese auch weinen konnte, das hatte sie schon überrascht. Und kurz darauf war auch noch Gianangelo Medici aufgekreuzt, schon wieder Geheule, was wollten die ihr eigentlich beweisen? Dass man immer noch Gefühle haben konnte, obwohl man der oberste Schweinehirt in diesem Saustall werden wollte?

Das Wetter passte. Nieselregen, unentschlossener Wind, Wolken wie schmutzige Watte. Sie weinte. Auf einmal hatte sie ihr ganzes Leben satt. Sie hatte alles genossen, wonach andere sich verzehrten, alles geschenkt bekommen, wofür andere bezahlten, alles hinuntergeschlungen, was andere nur betrachten durften, und das Einzige verloren, was sie um jeden Preis hätte behalten wollen.

Nur wenige Leute waren unterwegs, und keiner nahm Notiz von ihr, wie sie da über das Geländer gelehnt stand wie in den Jahren ihrer Kindheit, als sie noch nicht verstanden hatte, was die Kerle da oben mit ihrer Mutter trieben.

Und dann war doch einer hinter ihr stehen geblieben.

Ein dummer Spruch, und ich breche dir alle Knochen, dachte sie.

«Kann ich dir helfen?»

Ein Priester, auch das noch. «Nein.»

«Doch.»

Ein Bibelzitat, und du beißt ins Geländer.

«Nein, verdammt.»

«Doch, verdammt.»

Schau an, einer von denen, die den Schäfchen nach dem Mund redeten. Weiße Haare, Stoppelbart. Er sah ein bisschen verwahrlost aus in seiner fleckigen Albe. War er auf dem Weg zur Messe und wollte unterwegs zur Einstimmung noch schnell eine Seele retten?

«Keine Angst, ich springe nicht.»

«Warum nicht? Spring doch, wenn es so schlimm ist.»

Tja. Das hätte er mal lieber nicht gesagt. Mercuria sprang. Ohne nachzudenken. Nicht dass sie ernsthaft die Absicht gehabt hätte, sich umzubringen, obwohl sie auch gut auf dieses Leben hätte verzichten können, das nur noch aus peinigenden Erinnerungen bestand. Wenn sie auch nur einen Augenblick darüber nachgedacht hätte, dann wäre ihr klar gewesen, dass bei diesem Wasserstand schon ziemlich viel Pech dazu gehört hätte, tatsächlich zu ertrinken. Aber sie hatte nicht nachgedacht. Im Nachhinein fiel ihr tatsächlich nur ein einziger Grund ein, warum sie sich über das Brückengeländer schwang und ihren Körper der Bodenlosigkeit überantwortete: Sie wollte im Fallen das dumme Gesicht dieses Priesters sehen. Einmal etwas tun, auf das diese Schlauberger keine Antwort hatten.

Den Gefallen erwies er ihr leider nicht. Stattdessen tat er das, was sie am wenigsten erwartet hätte: Er sprang hinterher. Ohne nachzudenken. Ohne ein dummes Gesicht zu machen. Als hätte er es so eingefädelt, um ihr zu zeigen, dass er es ernst meinte mit dem Seelenretten.

Ihr Körper durchbrach die Wasseroberfläche wie ein Stein, es klatschte, ihr Kleid wurde hochgerissen, die Kälte fuhr ihr mit einer kleinen Verzögerung in die Glieder, und als ihr Kopf untertauchte, klatschte es neben ihr ein zweites Mal. Die Flut schlug über ihr zusammen, es gurgelte und blubberte, als empörte sich der überrumpelte Fluss über dieses dreiste Eindringen in sein Hoheitsgebiet; ihre Füße trafen auf den Grund, sie stieß sich ab und tauchte wieder auf. Für einen kurzen Augenblick schnürte die Kälte ihr den Atem ab, dann strafften sich ihre Muskeln, und sie stand wie ein zwischen den Elementen eingerammter Pfahl.

Neben ihr tauchte der Kopf des Priesters prustend aus dem Wasser, und jetzt machte er endlich doch ein dummes Gesicht, aber eher aus Überraschung darüber, dass es hier seichter war, als er erwartet hatte. Fehlt nur noch, dass er gleich einen Fisch ausspuckt, dachte sie und lachte. Und er? Lachte auch.

Sie standen nebeneinander im kalten Wasser, das ihnen bis zur Brust reichte, und grinsten sich an wie zwei Schwachsinnige.

Die Strömung drückte gegen ihren Körper und wollte sie weiterziehen unter die Brücke. Es machte keine große Mühe, sich dagegenzustemmen.

«Können wir jetzt?», fragte er.

«Hier?», fragte sie zurück.

Sie wateten ans Ufer. Von oben glotzten ein paar Leute, kopfschüttelnd, wie beim Anblick von schlecht erzogenen Kindern, für die man zum Glück nicht zuständig war. Und auf einmal spürte sie, dass noch jede Menge Kraft in ihr war. Als der Priester das Gleichgewicht verlor, fasste sie ihn unter dem Arm und zog ihn mit sich zum Ufer.

Auf dem Weg zu ihr sagte er nichts. Wasser und Schlamm schmatzten in ihren Schuhen. Sie gab ihm ein Hemd von Gennaro, das über dem Bauch spannte und an den Schultern schlabberte. Während er sich im Nebenzimmer umzog, schürte sie das Feuer im Kamin und schenkte ein.

Mercuria hatte schon einige merkwürdige Kerle mit nach Hause genommen, aber so einen noch nicht. Er hatte nicht den geringsten Versuch gemacht, die Situation irgendwie auszunutzen.

Kurz darauf trat er ein, ging zum Fenster und sah beeindruckt hinaus, ein bisschen wie Gennaro damals, aber nicht nur aus Bewunderung für die Schönheit dieses Bauensembles, sondern so, als hätte er auf einen Blick begriffen, warum sie das alles geschaffen hatte.

Er setzte sich.

«Dann erzähl doch mal von deinem Gott», sagte sie.

«Erzähl lieber von dir.»

«Bin ich eigentlich der Einzige, der hier nicht Bescheid wusste?», fragte Gennaro gereizt.

«Nein», sagte Mercuria beschwichtigend. «Außer Bartolomeo wusste niemand Bescheid.»

Ich war sprachlos. Nicht nur weil Bartolomeo über Mercurias Geschichte die ganze Zeit über im Bild gewesen war, sondern auch weil sie plötzlich so unbefangen von diesen Erinnerungen sprach, die sie so viele Jahre über in sich verschlossen gehalten hatte. Es war, als hätte ihr Entschluss, das Rätsel um den Tod ihrer Tochter zu lösen, wie ein Vulkanausbruch auch die Schlacke weggeschleudert, die auf ihrer Seele gelastet hatte.

Gennaro drehte sich auf die Seite und verzog stöhnend das Gesicht.

«Zeit für die Letzte Ölung», sagte Mercuria.

«Schenk du mal lieber Wein nach», antwortete Bartolomeo.

28

Nur zwei Tage später zog der Grieche bei uns ein. Wie ein Feldherr kommandierte er die Träger, die seine Sachen ins Haus von Antonio schleppten.

«Gott, du hast ja mehr Zeug als der Papst», sagte ich.

«Zeug?», fragte er, als könnte er meine Ignoranz nicht fassen.

Das Gebäude füllte sich mit jeder Fuhre, die sie hineintrugen. Der Grieche, ganz in Schwarz gekleidet, stand lässig an den Türrahmen gelehnt und strich sich über den Kinnbart, während er die Arbeiter hierhin und dorthin dirigierte. Das Haus war etwas größer als meins, hatte aber ebenfalls nur zwei übereinanderliegende Zimmer. Das untere hatte er offenbar als Werkstatt vorgesehen.

«Nicht aufeinanderstapeln. Das sind Gemälde und keine Bauhölzer. Danke.»

«Das da bitte vorsichtig an die Wand lehnen. Herrgott, ist das vorsichtig?»

«Nicht schräg halten, das läuft aus.»

Er schüttelte fassungslos den Kopf und ging hinein, um selbst Hand anzulegen.

«Willst du mir helfen?»

«Gern.»

Wir packten Kisten aus, stellten Regale und Staffeleien auf, sortierten Farbtöpfe, Tiegel, Leinwände, Papier, Pinsel, Zeichenkohle und Rötelstifte ein und stellten eine Armee von kleinen Gipsfigürchen auf, die der Grieche verwendete, um seine Kompositionen zu arrangieren und die Wirkung des Lichteinfalls zu überprüfen, wie er mir erklärte.

«Tintoretto hat das auch immer so gemacht.»

«Aha.»

Während wir einräumten, erzählte er mir seinen Werdegang: Er war auf Kreta zum Ikonenmaler ausgebildet worden und hatte nach und nach über die zwischen den Künstlern der Insel herumgereichten Stiche der venezianischen Meister entdeckt, welche Möglichkeiten Perspektive und Komposition einem boten, wenn man bereit war, sich aus den Fesseln der Traditionen zu lösen. Am Ende war er nach Venedig aufgebrochen, wo er die Macht der Farbe kennengelernt hatte, Tizians Purpurrot, Tintorettos Azurblau, Bassanos Smaragdgrün. Tizian hatte ihn in seine Werkstatt aufgenommen und ihm einzelne Figuren und schließlich sogar ganze Aufträge anvertraut.

«Und warum bist du nach Rom gekommen?»

«Um die Antike zu studieren und von Michelangelo zu lernen.»

«Ich dachte, von dem kann man nichts lernen?»

Er lachte. «Ich sagte nur, dass man von ihm nichts über Farbe lernen kann.»

«Was dann?»

«Ich will begreifen, was ihn angetrieben hat.»

«Und?»

«Bisher habe ich nur gesehen, was seine Nachahmer daraus gemacht haben: bunte Muskelprotze vor beliebigen Kulissen. Und weil ihnen nichts eingefallen ist, haben sie immer neue Verrenkungen erfunden, um Einfallsreichtum wenigstens vorzutäuschen. Michelangelo hat sich gequält, und sie haben die Früchte vom Boden aufgelesen. Inzwischen erregt ja praktisch alles Anstoß, also trauen sie sich gar nichts mehr. Und weil ihnen weiterhin nichts einfällt, gehen sie zurück zu Raffael, anstatt voranzuschreiten. Aber selbst den verstehen sie nicht.»

«Inwiefern?»

«Ja, schau dich doch mal um in den Kirchen! Harmlose Spielereien, liebliche Gefälligkeit, immer schön nach den neuen Regeln, um bloß nicht bei der Zensur anzuecken. Was ich bisher gefunden habe, zeigt mir nur, was ich nicht will. Keine Hingabe, keine Ideen, perfekte Formen ohne Inhalt, überall erzwungene Harmonie. Das ist keine Kunst, das ist Bibelunterricht für Analphabeten. Die Welt ist nicht harmonisch. Was Michelangelo vor zwanzig oder dreißig Jahren geschaffen hat, das würden sie ihm heute um die Ohren hauen. Du kannst mich ja mal bei Gelegenheit in die Sixtina begleiten, dann zeige ich dir, was ich meine.» Er ließ sich auf einen Stuhl fallen. «Deswegen liebe ich Tizian. Der ist jetzt über achtzig und immer noch auf der Suche, genau wie Michelangelo damals, nur auf anderen Wegen. Der malt sogar mit den Fingern, wenn es ihm in den Sinn kommt.»

Er stand wieder auf, ging zu einem hochkant gestellten Stapel mit gerahmten Gemälden, die an der Wand lehnten, zog eins hervor und hielt es mir vor die Nase. Aus der Nähe konnte ich nur ein schäumendes Meer von Farben erkennen. Dann trat der Grieche ein paar Schritte zurück, und das Bild sprang mich an: Tarquinius, der mit dem Dolch in der Hand über Lucrezia herfiel, eine Darstellung von wütender Brutalität. Ich musste an Severina denken und war froh, als er es wieder einsortierte.

So verbrachten wir die nächsten drei Stunden. Die Arbeiter hatten sich längst getrollt, und er redete ohne Unterlass immer weiter, während er seine Utensilien sortierte. Angestachelt von meinen Zwischenfragen brachte er mir sein Verständnis von Kunst nahe. Er zeigte mir Stiche von den Werken seiner Vorbilder, Gemälde, die er mit eigener Hand im verkleinerten Format kopiert hatte, und eigene Entwürfe, in denen er die Figuren aus den Stichen neu zusammengestellt oder gleich gruppenweise übernommen hatte, um sie mit kraftvollen Farben zu füllen: Himbeerrot, Zitronengelb, Malachitgrün, Ultramarinblau, überzogen von Lichtblitzen aus Bleiweiß. Seine Meisterschaft im Umgang mit den Farben war beeindruckend, aber die Ungeniertheit, mit der er sich aus den Schöpfungen anderer bediente, befremdete mich, und das merkte er.

«Ich brauche Modelle», sagte er.

«Die kriegst du hier», sagte ich. «So viele du willst.»

«Was ist mit dir?», fragte er. «Ich hätte da eine Idee.» Ohne weiter nachzufragen, drückte er mich auf einen Stuhl, holte blaues Zeichenpapier und Kohle und nahm mir gegenüber Platz.

«Kopf etwas nach rechts.»

«Blas mal die Backen auf.»

«Stillhalten, ist gleich fertig.»

Als er zum Abschluss gekommen war, zeigte er mir das Blatt. Ich war beeindruckt, wie schnell und treffend er mein Bildnis auf das Papier gebracht hatte. Mein Kopf tauchte aus einem dunkel schraffierten Hintergrund auf. In die linke Hand hatte er mir einen glühenden Holzspan gegeben, den ich anpustete, um eine Kerze anzuzünden. Am beeindruckendsten war die Sicherheit, mit der er Licht und Schatten verteilt hatte: Alle Helligkeit ging von der Glut aus, deren Widerschein mein Gesicht, meine Hände und meine Brust beleuchtete, während Schultern und

Haare im Dunkeln lagen. Gennaro hatte recht gehabt. Sein Talent war so groß wie seine Klappe. Und inzwischen hat der Rest der Welt das ja auch begriffen.

Der Grieche nahm mir das Blatt aus der Hand und betrachtete es kritisch.

«In Öl könnte das richtig gut aussehen.»

Während er ein paar Nachbesserungen vornahm, flog auf einmal die Tür auf, und überfallartig platzte die gesamte Hausgemeinschaft herein: Mercuria vorneweg, dahinter Antonella, gefolgt von einem sperrigen Gespann aus Bartolomeo, Gianluca und Gennaro, der seine Arme über die Schultern der beiden anderen gelegt hatte und wie ein lahmer Vogel kleine Hüpfer mit dem gesunden Bein machte. Bei jeder Erschütterung verzog er den Mund.

Mercuria machte ein feierliches Gesicht. «Es ist bei uns Tradition, neue Mitbewohner mit einer kleinen Feier zu begrüßen.»

Man konnte deutlich sehen, dass der Grieche gerührt war, eine Regung, die gar nicht zu seinem sonst so kühlen und überheblichen Gesichtsausdruck passte. Ich fühlte mich an meinen eigenen Einzug erinnert. Vielleicht verspürte er dasselbe wie ich damals: das Gefühl, ein Zuhause gefunden zu haben, auch wenn er so tat, als wäre er nirgendwo und überall zu Hause.

Speisen und Getränke wurde hereingetragen, Tische und Stühle zusammengerückt. Bartolomeo hatte ein paar Forellen aufgetrieben, Gianluca eine Lammschulter. Mercuria hatte einen spanischen Wein aus ihren Beständen beigesteuert und Antonella einen Korb mit ofenwarmem Brot besorgt.

Für Gennaro bauten wir aus Kisten und Polstern eine Liege, auf der er sich mit viel lustvollem Gestöhne bettete, um sich für den Rest des Abends bedienen zu lassen wie ein Sultan.

Die Feier nahm den vorhersehbaren Verlauf: Der Wein floss in Strömen, die Bäuche wurden voller, die Anekdoten deftiger; Bartolomeo stritt sich mit Gennaro über dessen angebliche lutherische Neigungen und anschließend mit dem Griechen über die Vorzüge von Skulptur oder Malerei. Antonella gab eine Kostprobe ihrer neuesten Besessenheitsnummer, die den Griechen sichtlich beeindruckte. Nur Mercuria war an diesem Abend in sich gekehrt. Ich spürte, dass sie angespannt war, auch wenn sie es ganz gut überspielte.

Auch Gianluca sagte mal wieder nicht viel. Besonders oft machte er ja ohnehin nicht den Mund auf, aber an diesem Abend schien ihm zusätzlich die offensichtliche Tatsache zu missfallen, dass der Grieche seiner Antonella schöne Augen machte. Auch er gefiel ihr offensichtlich, und ich fragte mich, was wohl passieren würde, wenn Gianluca das nächste Mal im Auftrag eines zahlungskräftigen Sünders zu einer fernen Pilgerstätte aufbrechen würde. Würde Mercuria wieder ihre Pelzkappe auf irgendeinem Stuhl vergessen müssen, um gerade rechtzeitig reinzuplatzen, weil sie keinen Zirkus wollte?

Zu Gianlucas großem Missbehagen kündigte Antonella dann auch noch an, die Runde bald verlassen zu müssen, weil sie für eine kleine Teufelsaustreibung im privaten Rahmen zu mitternächtlicher Stunde gebucht worden war. Die Veranstaltung finde im Freien statt, und der Auftraggeber habe sicherlich nichts dagegen, wenn sie ein paar Freunde mitbrächte. Ob irgendjemand Interesse habe?

Mercuria winkte ab. Gennaro zeigte auf sein Bein. Bartolomeo gähnte. Der Grieche aber war begeistert, wohl wegen der Aussicht auf neue Erkenntnisse im Hinblick auf Lichtführung und Kolorit am Beispiel von Antonellas Körper.

Ich für meinen Teil war nach den Enttäuschungen der letzten Tage genau in der richtigen Stimmung für ein bisschen Theater. Um Gianluca keine Gründe für weitere Eifersucht zu liefern, behauptete ich, eine Teufelsaustreibung sei eine gute Inspiration für meine nächste Gazette – eigentlich kein besonders überzeugender Vorwand, zumal ich dieses Thema in den letzten Jahren schon mausetot geritten hatte.

Gianluca blieb nichts anderes übrig, als gute Miene zum bösen Spiel zu machen und sich anzuschließen, wenn er Antonella nicht allein mit uns losziehen lassen wollte. Seinen Ärger spülte er mit Wein herunter. Bald darauf machten wir uns auf den Weg.

Antonellas Kunde, ein reicher Antikenhändler, hatte für die Vorführung eine ganz besondere Kulisse ausgewählt: die Ruinen der Trajansthermen. Religiöser Eifer schien ihn nicht anzutreiben; das Duo, das aus Antonella und dem Exorzisten bestand, hatte er nur engagiert, um seinen Gästen nach einem Festmahl ein unterhaltsames Spektakel zu bieten.

Als wir bei den Ruinen eintrafen, war schon alles vorbereitet: Ein paar gemietete Schläger hatten das Gelände von Herumtreibern gesäubert und mit Fackeln einen großen Kreis abgesteckt. Das flackernde Licht leckte in der Kassettendecke eines halb eingestürzten Gewölbes. Die Schatten der ringsum wuchernden Sträucher tanzten an den Ziegelwänden der Thermen. Dahinter ragte das Colosseum als gewaltiges Schattengebirge auf. Die Luft war angenehm und mild.

Antonella wies uns an, beim Fackelkreis zu warten, dann verschwand sie. Wir standen ein bisschen herum und redeten nicht viel. Gianlucas Missmut war mit Händen zu greifen.

Zum Glück tauchten bald darauf die Zuschauer auf, eine kleine Schar aus gutgekleideten Damen und Herren, die offenbar gerade ausgiebig getafelt hatten, jedenfalls wirkten sie sattgegessen und angeheitert.

Angeführt wurde die Gruppe vom Gastgeber, einem Fettsack mit einer Vorliebe für wallende Gewänder, zu dessen Marotten es gehörte, sich außergewöhnliche Haustiere zu halten. Als er herangewackelt kam, konnte ich kaum glauben, was ich sah: Er führte einen Dachs an der Leine.

«Antonella sagt, ihr wollt zuschauen?»

Wir nickten.

«Kein Problem. Aber quatscht nicht dazwischen. Das ist eine ernste Angelegenheit.» Und mit einem schmierigen Lächeln fügte er hinzu: «Obwohl ich nicht glaube, dass man der wirklich den Satan aus dem Leib treiben kann.»

Er zwinkerte uns zu, während der Dachs hierhin und dorthin watschelte und im Gebüsch herumschnüffelte. Gianluca machte ein Gesicht, als würde er den Dicken gleich niederschlagen.

Die Gäste, eine Schar von vielleicht zwanzig Leuten, standen in kleinen Gruppen herum und brachten sich mit schlüpfrigen Andeutungen in Stimmung. Ein paar gleichgültige Blicke streiften uns.

Und dann begann die Vorführung. Der Dicke trat in die Mitte des Kreises und bat mit einem Handzeichen um Ruhe. Der Dachs zog an der Leine, als wäre die Aufmerksamkeit ihm unangenehm.

«Wie ihr alle wisst, leben wir in Zeiten, in denen der Satan wieder sein keckes Haupt erhebt und seine Dämonen in die Welt hinausschickt, um die Christenheit zu verderben!», rief der Dicke.

Zustimmendes Gemurmel kam aus der versammelten Christenheit. Einer schlug das Kreuz. Zwei andere kicherten.

Der Dicke brachte seine Einleitung mit ein paar launigen Worten zu den Unbillen und Bedrängnissen der Zeit zum Schluss und kündigte an, was bevorstand: Seine Bediensteten hätten an diesem Abend in seinem Garten eine offensichtlich vom Teufel besessene Frau aufgegriffen. Als man sie angesprochen habe, habe sie zu toben begonnen, und man habe sich nicht anders zu helfen gewusst, als sie in den Keller zu sperren. Glücklicherweise habe man in der Zwischenzeit einen Priester herbeirufen können, der nun den Versuch unternehmen werde, den Satan aus dem Leib der jungen Frau zu treiben, die, nebenbei gesagt, von außerordentlicher Schönheit sei.

Zwei finstere Gesellen mit Kapuzenmänteln kamen hinter einer Ecke hervor. Sie führten Antonella in ihrer Mitte, die in der Zwischenzeit ein halb durchsichtiges Gewand aus fließendem Stoff angelegt hatte. Sie hatte die Augen niedergeschlagen. In der Mitte des Kreises blieben sie stehen. Die Zuschauer drängten heran. Wir stiegen auf einen herumliegenden Steinblock, um besser sehen zu können.

Der Exorzist trat auf. Wenn er wirklich Geistlicher war, dann nahm er es mit den Vorschriften für das Ritual nicht allzu genau, denn was nun folgte, war die stark abgekürzte Variante einer Teufelsaustreibung.

Der Exorzist baute sich vor Antonella auf und hielt ihr das Kruzifix unter die Nase. Sie blickte verstockt zu Boden. Er sprach ein Gebet. Sie riss die Arme hoch und hielt sich die Ohren zu. Schließlich holte er eine Flasche mit Weihwasser hervor und begann, sie zu besprenkeln. Zur Freude der Zuschauer wurde ihr Kleid dadurch noch ein bisschen durchsichtiger, gleichzeitig kam Bewegung in ihren Körper, sie zuckte und zitterte wie in Krämpfen und hob langsam den Kopf.

Ein Schreckensschrei kam aus der Zuschauermenge. Ich weiß bis heute nicht, wie Antonella das machte, aber sie schaffte es tatsächlich, ihre Augen so zu verdrehen, dass man nur noch das Weiße sah, dann entrang sich ihrer Kehle ein unverständliches Gebrüll, das wahrscheinlich Altbabylonisch sein sollte; sie zerrte an ihrem Kleid, der Stoff riss, ihre prachtvollen Brüste erschienen, ihr Bauch hob und senkte sich; spuckend, schnappend und schreiend attackierte sie den Priester, der etwas auf Lateinisch zurückschrie. Die beiden Männer an ihrer Seite hatten einige Mühe, sie davon abzuhalten, ihm an die Gurgel zu springen.

«Wie ist dein Name?», schrie der Priester.

Die mit tiefer Stimme gebrüllte Antwort hatte eine Menge Vokale und klang nach irgendeinem Götzen aus alttestamentarischer Zeit. Antonella war wirklich gut.

Es folgte ein längeres Wortgefecht zwischen dem Dämonen und dem Exorzisten, der sich mächtig ins Zeug legte, mit dem Erfolg, dass ein Schauer durch Antonellas Körper ging und sie plötzlich mit lieblicher Stimme und zum Himmel verdrehten Augen zu singen begann. Aber der Priester durchschaute die satanische Finte, verspritzte noch mehr Weihwasser und fuchtelte noch heftiger mit dem Kruzifix herum, wobei sein Gewand verrutschte und offenbarte, dass der Anblick des teuflischen Wirkens nicht nur seine geistliche Seite in Erregung versetzte. Antonella erschauerte erneut. Der Dämon rumorte herum, als kramte er im Inneren ihres Körpers nach einer neuen Requisite, um die Austreibung abzuwehren, während der Priester mit einer schnellen Handbewegung sein Gewand zurechtrückte. Gleich darauf folgte der nächste vorhersehbare Akt: Antonella riss sich die Reste ihres Kleides von den Schultern, wölbte sich ihm entgegen, leckte sich über die Lippen, fiel mit offenem Mund vor ihm auf die Knie und forderte ihn mit lockendem Singsang auf, ihn ihr in den Mund zu stecken. Was er auch tat. Allerdings nur den Finger.

«Beiß zu, wenn du stärker bist als Gott!», schrie der Priester. «Wenn nicht, befehle ich dir zu entweichen! Fahr heraus aus diesem Leib und such dir einen anderen!»

Ein letztes Aufbäumen, ein letzter Schrei, dann brach Antonella zusammen. Auf ihrer Haut glitzerten die Tropfen des Weihwassers im Fackelschein.

Während die Zuschauer zu raunen begannen und der Priester den reglosen Körper mit grimmigem Gesicht und gezücktem Kruzifix in Schach hielt, erhob sich plötzlich Unruhe am Rand des Geschehens. Alle Köpfe fuhren herum.

«Napoleone!», schrie der Dicke. «Mein Gott, der Dämon ist in meinen Dachs gefahren!»

Ein schwarzweißes Geschoss aus Fell stob fauchend hin und her, überkugelte sich und raste, die Leine hinter sich herschleifend, in die Dunkelheit davon. Der Dicke raufte sich die Haare, watschelte hinterher und rief immer wieder den albernen Namen, den er dem Vieh verpasst hatte. Ich fragte mich, ob das auch zu der Inszenierung gehörte.

«Den Teil kannte ich noch gar nicht», murmelte Gianluca neben mir.

Damit war die Vorführung beendet. Einer der beiden Helfer warf eine Decke über Antonella, hob sie behutsam auf seine Arme und trug sie weg. Der Gastgeber tat noch ein bisschen entsetzt über den Verlust seines Dachses, richtete dann ein paar abschließende Worte an seine Gäste und bat sie, zu seinem Haus zurückzuwandern, wo noch ein kleiner Imbiss gereicht werden würde. Kurz darauf waren wir allein im Schein der herunterbrennenden Fackeln.

«Potz Blitz», sagte der Grieche anerkennend. «Das war beeindruckend.»

«Komm bloß nicht auf Ideen», knurrte Gianluca. «Als Modell kriegst du sie nicht.»

Der Grieche lächelte. «Schade. Ich brauche noch eine Madonna für eine Verkündigung.»

In diesem Augenblick erschien Antonella wieder im Fackelschein.

«Lasst uns nach Hause gehen», sagte sie. «Ich brauche was zu trinken. Dieser Dämon saugt mich jedes Mal aus.»

Auf dem Rückweg hakte sie sich demonstrativ bei Gianluca unter, was ihn ein bisschen versöhnlicher, aber immer noch nicht gesprächiger stimmte. Was sie an diesem Holzklotz fand, würde ich wohl nie begreifen.

Im Innenhof verabschiedeten wir uns voneinander.

Als ich mein Haus betrat, merkte ich gleich, dass etwas nicht stimmte. Ich weiß nicht, ob es der Hauch eines fremden Geruchs war, ein fast nicht wahrnehmbares Geräusch oder eine Stuhllehne, die meine Hand auf der Suche nach Feuerstahl und Zündwolle nicht mehr an der erwarteten Stelle ertastete – von einem Augenblick auf den anderen spannten sich alle meine Muskeln gleichzeitig an.

Das war meine Rettung. Denn als die schwarze Gestalt wie ein Geschoss aus der Dunkelheit auf mich zuflog, gelang es mir gerade noch, beiseite zu springen, sodass der Angreifer ins Leere lief und krachend über einen Stuhl fiel. Ich riss die Haustür wieder auf und rannte schreiend ins Freie, hinter mir wurde der Stuhl durch den Raum geschleudert, dann stürzte die Gestalt mir nach, und spätestens als im Mondlicht eine Klinge aufblitzte, war mir klar, dass ich hier nicht nur verprügelt werden sollte. Zum Glück kam in diesem Augenblick Gianluca aus dem Haus, ein schwacher Lichtschein fiel auf den Hof, sodass der Angreifer zögerte, vielleicht aus Angst, sein Gesicht könnte unter der Kapuze erkannt werden, oder weil er nicht mit einem zweiten Gegner gerechnet hatte, jedenfalls unternahm er keinen weiteren Versuch, sondern zog es vor, durch den Tordurchgang auf die Straße zu fliehen. Seine Schritte verhallten in der Via dei Cappellari.

«Wer war das denn?», fragte Gianluca.

«Ich weiß nicht», keuchte ich. «Der wollte mich umbringen.»

Gianluca lachte trocken auf. «Vielleicht bist du seiner Verlobten zu nahe getreten.»

Er überlegte kurz und schien sich überwinden zu müssen.

«Na, komm rein. Du schläfst heute Nacht mal lieber bei uns.»

29

Am nächsten Tag hatte Gianluca es eilig, mich aus dem Haus zu komplimentieren, bevor Antonella aufgestanden war; wahrscheinlich wollte er nicht, dass ich sah, wie sie im Hemd herumhüpfte, auch wenn nach den Ereignissen der vergangenen Nacht in dieser Hinsicht wohl kaum neue Einblicke zu erwarten gewesen wären, ganz abgesehen davon, dass meine Finger ein paar Wochen zuvor schon an ganz anderen Stellen gewesen waren.

Ich hatte die Nacht auf ein paar Decken im unteren Zimmer verbracht und war bei jedem Knacken der Holzbalken und bei jedem irgendwo im Wind schlagenden Fensterladen hochgeschreckt, obwohl Gianluca die Haustür verrammelt und einen Stuhl unter die Klinke geschoben hatte.

Nachdem ich einen Blick in mein Haus geworfen hatte, schleppte ich mich todmüde zu Mercuria, die auch an diesem Morgen schon wieder Obst schnippelte. Der Frühstückstisch schien neuerdings der Ort zu sein, an dem wir unsere Angelegenheiten besprachen. Doch an diesem Morgen konnte ich verständlicherweise kaum klar denken.

«Farnese steckt dahinter», sagte ich finster, während sie liebevoll ein paar Apfelscheiben auf einem Teller für mich drapierte.

«Kann ich mir nicht vorstellen», antwortete sie nachdenklich. «Das ist einfach nicht sein Stil.»

Warum nahm sie den Kardinal eigentlich immer noch in

Schutz? Er war völlig außer sich gewesen, weil ich seinen Arzt ausgefragt hatte, er hatte Erkundigungen über mich einholen lassen, um herauszufinden, wo ich wohnte, und nur ein paar Tage später lauerte mir ein finsterer Mordgeselle in meinem eigenen Haus auf, also ehrlich, da musste man sich doch wohl ganz schön anstrengen, keinen Zusammenhang zu sehen. Aber Mercuria ließ sich nicht davon abbringen, dass Farnese nichts mit dem Überfall zu tun hatte. Wollte sie sich nicht eingestehen, dass ihre Tochter sich mit einem Mann eingelassen hatte, der Attentäter in der Gegend herumschickte? Ich dagegen traute dem Kardinal alles zu, und auch die Möglichkeit, dass er irgendwie in den Mord an Severina verstrickt war, kam mir nicht völlig abwegig vor. Seine ergebnislosen Nachforschungen nach ihrem Tod erschienen mir bei genauerem Nachdenken verdächtig halbherzig. Schön und gut, er hatte den ganzen Gouverneurspalast zusammengebrüllt, um an das verschwundene Verhörprotokoll zu kommen, aber was hieß das schon? Hatte er es bekommen? Nein. Kam Mercuria nicht in den Sinn, dass das alles vielleicht nur Theater gewesen war?

«Wer könnte ein Interesse daran haben, dass du aus dem Verkehr gezogen wirst?», fragte Mercuria. «Piero Carafa?»

«Natürlich, aber der weiß noch nicht mal, dass es mich gibt.»

«Giordanas Vater?»

«Der hoffentlich auch nicht», sagte ich.

Sie lachte spöttisch auf. «Du bist mir ein Herzchen. Ihr seid nach Niccolò Francos Hinrichtung am helllichten Tag händchenhaltend durch die Stadt spaziert. Und auf der Piazza Scossacavalli? Was genau habt ihr da noch mal gemacht?»

«Ist ja gut», sagte ich.

«Nein, es ist nicht gut. Was ist, wenn er seine Tochter beschatten lässt, sobald sie einen Fuß vor die Tür setzt? Man könnte es ihm noch nicht einmal verdenken. Da steht der Ruf der ganzen Familie auf dem Spiel!»

«Welcher Familie? Sie hat mir nichts über ihre Familie erzählt.»

Außer, dass ihr Vater viel zu sagen hat und jeden umbringen würde, der seiner Tochter zu nahe tritt, dachte ich bei mir, sagte aber nichts.

«Stell dich nicht dumm», setzte Mercuria nach. «Sie wohnt auf dem Monte Giordano! Warum trägt sie diesen Namen? Sie ist eine Orsini! Du bandelst mit einem Töchterchen aus der Familie des berüchtigtsten Wüterichs im ganzen Kirchenstaat an und wunderst dich, dass sie dir aufs Dach steigen? Die schnippen einmal mit den Fingern, und du hast eine ganze Armee von Meuchelmördern auf dem Hals!»

«Es war aber nur einer», sagte ich bockig. Ich wollte nicht, dass der Anschlag etwas mit Giordana zu tun hatte.

«Stimmt», sagte sie ungnädig. «Und wahrscheinlich wollte er dir mit seinem Dolch auch nur die Fingernägel sauberkratzen.»

Ich sagte nichts. Die Vorstellung war beängstigend und leider auch ein bisschen aufregend. Ich sah mich schon wegen Giordana in einer Blutlache liegen. Jedenfalls war es wahrscheinlich keine gute Idee, irgendwelche Nachrichten auf dem Monte Giordano zu hinterlassen.

Mercuria drehte nachdenklich an einem kleinen Rubinring, den sie am Finger trug. Ich fragte mich, ob das der Ring war, den ihr der junge Bischof vor über vierzig Jahren geschenkt hatte.

«So kommen wir nicht weiter», sagte sie. «Wir müssen dafür sorgen, dass so etwas nicht noch einmal passiert.»

Mit diesen Worten stand sie auf und ging nach nebenan. Sie kramte ein bisschen herum und kam mit einem engmaschigen und innen mit Stoff gefütterten Drahtgestell zurück, das wie ein gepolsterter Geflügelkäfig aussah.

«Was soll das denn sein?»

«Ein Panzerwams. Hat vor Jahren mal jemand bei mir liegengelassen. War gar nicht so einfach, ihn da rauszuschälen. Das ziehst du von jetzt an mal besser an, wenn du vor die Tür gehst. Außerdem besorge ich uns einen Nachtwächter für den Innenhof.»

Ihre Fürsorge rührte mich. Sie grinste.

«Der hatte genau deine Statur.»

Ich zog mein Hemd aus und quetschte mich in das steife Kleidungsstück, wobei sie mich aufmerksam beobachtete.

«Aber nicht dein Format.»

«Danke.»

«Macht dich ein bisschen stattlicher», sagte sie, als ich das Hemd wieder übergezogen hatte.

Na dann, dachte ich und stolzierte ein bisschen im Zimmer auf und ab. Das Ding scheuerte auf den Hüften, an den Schultern und am Halsausschnitt, und ich konnte mir denken, wie meine Haut an diesen Stellen nach einem Tag aussehen würde. Aber natürlich war es besser als eine Klinge zwischen den Rippen.

«Vielleicht war es doch Piero Carafa», sagte Mercuria nachdenklich, als ich schon auf der Treppe war. «Du solltest Morone mal fragen, ob außer ihm irgendjemand von deinem Auftrag weiß.»

Und als hätte die Erwähnung des Namens genügt, um die Dinge wieder in Bewegung zu bringen, fand ich beim

Betreten meines Hauses einen versiegelten Brief. Er lag unter dem Stuhl, den der Angreifer beim Versuch, mir nachzustellen, beiseite geschleudert hatte. Auf dem Papier war ein Fußabdruck zu erkennen. Offenbar war der Brief nicht erst an diesem Morgen unter der Tür durchgeschoben worden.

Ich erbrach das nachlässig aufgedrückte Siegel. Es war dieselbe Schrift wie in den Instruktionen zu Piero Carafa, die der Kardinal mir mitgegeben hatte – wahrscheinlich Morones eigene Hand, denn es war ja wohl nicht anzunehmen, dass er diese Angelegenheit einem Sekretär anvertraute.

Nur zwei Sätze: *Er hat angebissen. Geh zu seinem Haus und behalt ihn im Auge.*

Verdammt, dachte ich. Wenn der Brief vom Vortag war, dann war es vielleicht schon zu spät, und Piero Carafa hatte die geforderten Dokumente mit triumphierendem Grinsen bereits abgeliefert. Andererseits konnte ich ja schlecht tatenlos hier sitzen bleiben, schließlich war es noch früh am Morgen. Also machte ich mich erneut auf den Weg nach Santi Quattro Coronati. Ich schlug ein paar Haken, blieb stehen und blickte mich um, um zu sehen, ob irgendwo hinter mir ebenfalls jemand anhielt, tauchte in menschenleere Seitengassen ab und lauerte in Hauseingängen auf um die Ecke biegende Verfolger, machte dann und wann unversehens kehrt und ging ein Stück in die entgegengesetzte Richtung. Als ich beim Colosseum anlangte, hätte ich schwören können, dass mir niemand gefolgt war, doch ganz sicher fühlte ich mich trotzdem nicht, schließlich konnte man nie wissen, was für Tricks einer auf Lager hatte, der sich für so etwas bezahlen ließ.

Als ich durch das Portal der Klosteranlage trat, liefen mir

Matteo und Lorenzo über den Weg, die mich beiläufig begrüßten, als gehörte ich hier schon zum Inventar. Glücklicherweise stellten sie keine Fragen.

Ich nahm meinen Platz ein. Das Haus von Piero Carafa lag friedlich und wie verlassen da. Aus der Kirche drang das Klimpern der Meißel herauf, mit denen die Steinmetze neue Steinplatten für den Boden zurechtschlugen.

Piero Carafa ließ sich den ganzen Tag über nicht blicken. Entweder er verließ das Haus nicht, oder er war schon weg. Der Gedanke, dass er vielleicht gerade in diesem Augenblick die Dokumente aus irgendeinem Versteck holte, machte mich ganz verrückt. Wie sollte ich Morone diesen Misserfolg bloß erklären? Und was, wenn die ganze Zeit über niemand im Haus war und ich gerade die beste Gelegenheit verpasste, mich dort umzusehen? Fast hoffte ich, dass sich wenigstens einer der Angestellten zeigen würde, damit ich sicher war, hier nicht meine Zeit zu vertun.

Die Sonne zog ihre Bahn, der Schatten des Glockenturms wanderte über den Innenhof. Ein junger Kerl mit farbverschmierten Händen erschien, wahrscheinlich der Maler, der die Kapelle mit einem Fresko verzieren sollte. Er trug ein paar Utensilien in den Klausurbereich und blieb verschwunden.

Die Zeit dehnte sich. Ich dachte an Giordana und stellte mir vor, wie sie plötzlich auftauchte, um mich auf dem Glockenturm zu verführen, den ich anschließend gegen die heraufstürmenden Meuchelmörder würde verteidigen müssen, die ihr Vater geschickt hatte. Weil niemand kam, sagte ich leise ihre Gedichte auf.

Jede volle Stunde schlug die Glocke. Ab und zu drangen Gesänge aus der Kirche herauf. Das Panzerwams lastete schwer auf meinem Brustkorb, aber ich wagte nicht, es abzulegen. Irgendwann gegen Nachmittag machte die schöne Köchin sich mit dem Korb auf den Weg. Und dabei kam mir eine Idee: Der Grieche suchte ein Modell für eine Madonna? Warum nicht diese hier?

Die Glocke schlug erneut. Piero Carafas Köchin kam zurück. Eine Schwester fegte den Innenhof. Die Steinmetze erschienen, schubsten sich übermütig herum wie ein Knäuel balgender Welpen und verschwanden. Besonders anstrengend schien ihre Arbeit nicht zu sein.

Während die Dämmerung hereinbrach, stieg ich ernüchtert von meinem Turm. Als ich an Piero Carafas Anwesen vorbeikam, trat plötzlich der Verwalter vor die Tür und blickte sich um, als erwartete er jemanden. Zum Glück kam genau in diesem Augenblick, angeführt von einem Priester, eine schwatzende Pilgergruppe auf dem Rückweg vom Lateran vorbei und blieb auf ein Handzeichen des Geistlichen genau vor dem Tor stehen, um sich von ihm eine begeisterte Zusammenfassung der an diesem Tag erlangten Sündenablässe anzuhören. Sie scharten sich um ihn wie eine Rinderherde um den Leitbullen. Ein paar misstrauische Blicke trafen mich, als ich mich dazugesellte. Wahrscheinlich argwöhnten sie, ich könnte ein Taschendieb sein, also tat ich ein bisschen interessiert, während ich zum Haus hinüberschielte.

Immer noch stand dort der Verwalter, wenn er das überhaupt war, und ließ seinen Blick über den Garten schweifen, die Hände mit den Handschuhen in die Hüften gestemmt. Unter der engen Hose zeichneten sich die Muskeln ab. Kontrollierte er die Arbeit des Gärtners? Oder wartete er darauf, dass der Hausherr zurückkehrte? War er etwa in die Erpressung eingeweiht? Waren sie Komplizen? Oder arbeitete er gar nicht für Piero Carafa, sondern war nur ein

Freund oder Verwandter, der hier beherbergt wurde, um beim Verprassen des ergaunerten Geldes zu helfen?

Eigentlich sah er nicht aus wie jemand, der sich von anderen aushalten ließ. Schon seine straffe Haltung verriet, dass er nicht gern herumsaß, sondern zupackte. Er war kräftig, obwohl er, den Falten in seinem harten Gesicht nach zu urteilen, die fünfzig schon weit überschritten haben musste. Breitbeinig stand er da wie ein Faustkämpfer in Erwartung des Gegners. Er hatte einen grauen Stoppelbart und einen kurzgeschorenen, ebenfalls grauen Haarkranz um den kahlen Schädel. Nur die Augenbrauen waren pechschwarz und in einem steilen Bogen geschwungen, was seinem ohnehin schon argwöhnischen Blick eine beunruhigende Gereiztheit verlieh. Er sah aus, als wartete er nur darauf, provoziert zu werden. Von dem wollte man auf keinen Fall bei einem Einbruch überrascht werden. Umso schlimmer, dass Gennaro ausgefallen war. Wenn dieser Kerl mich erwischte, würde er mich wahrscheinlich in der Latrine ertränken, da half auch kein Panzerwams.

Die Pilgergruppe setzte sich wieder in Bewegung. Um keine Aufmerksamkeit auf mich zu ziehen, ließ ich mich mit der Herde treiben, bis sie in einer Herberge verschwand wie die Rinder im Stall. Auf dem Heimweg mied ich unbelebte Gassen und blickte mich ständig um. Unbehagen, Enttäuschung und Müdigkeit überschwappten mich abwechselnd. Hätte ich geahnt, was diese Nacht noch für mich bereithalten würde!

Aus dem Durchgang zu unserem Innenhof drang ein flackernder Lichtschein. Vorsichtig näherte ich mich. Mercuria hatte ein paar Fackeln aufgestellt, und nicht nur das: Neben einer der Säulen ihres Altans stand ein bulliger Kerl in voller Soldatenmontur. Brustharnisch, Helm auf dem

Kopf, Säbel in der Hand, Messer im Gürtel, und zu allem Überfluss lehnte auch noch eine Arkebuse hinter ihm an der Wand, als rechnete er mit dem Angriff einer ganzen Kompanie. Er war offenbar im Bilde und nickte mir nur kurz zu. Mein Blick fiel auf die Arkebuse. Der Besitz solcher Waffen war streng verboten.

«Sondergenehmigung», sagte er. Es blieb das einzige Wort, das ich von ihm zu hören bekam.

Mir fiel ein Stein vom Herzen. Ich hatte schon gefürchtet, eine weitere Nacht ohne Schlaf zubringen zu müssen, aber an diesem Kerl würde niemand vorbeikommen. Wer von dem einen Kinnhaken bekam, der würde bis zum Mond fliegen.

Bei Mercuria brannte noch Licht, also klopfte ich an ihre Tür. Es dauerte eine ganze Zeit, bis sie, schon im Nachthemd, herunterkam und mir öffnete. Als ich ihr Gesicht sah, hätte ich fast einen Schritt rückwärts gemacht. Sie war so aufgewühlt, wie ich sie noch nie gesehen hatte. Ihre Augen flackerten, fast als wäre sie dem Irrsinn verfallen.

«Ich weiß jetzt, was Farnese verheimlicht», sagte sie mit rauer Stimme. Sie klang, als hätte sie drei Nächte lang durchgezecht.

Ich folgte ihr nach oben. Die Treppe schien ihr Mühe zu bereiten.

Auf dem Tisch lagen die Papiere meines Onkels, teils verstreut, teils auf verschiedene Stapel sortiert. Ein Blatt lag für sich allein da.

Es trug eine Art Zeichnung: ineinandergefügte Quadrate aus roten Linien, dazu Beschriftungen, Symbole und Zahlen. Ein Horoskop. Über dem großen roten Quadrat, das die anderen umgab, stand ein Name, doch um ihn entziffern zu können, hätte ich mich vorbeugen müssen. Ich wagte kaum, mich zu rühren. Meine Gedanken rasten.

Mercuria blickte aus dem Fenster. Sie sah älter aus, als sie mir jemals vorgekommen war.

«Sagt dir der Name Clelia Farnese etwas?»

«Nein.»

«Clelia Farnese ist eine Tochter des Kardinals», sagte sie heiser, «die er seit ihrer Geburt bei irgendwelchen Verwandten aufziehen lässt. Vor ein paar Jahren hat er sie legitimiert und mit einem Cesarini verlobt. Die Sache war für kurze Zeit Stadtgespräch, dann haben sich alle wieder beruhigt. Die Hochzeit soll nächstes Jahr stattfinden. Sie ist das einzige Kind, das er jemals anerkannt hat. Wie viele er sonst noch hat, weiß er wahrscheinlich selbst nicht.»

Mercuria griff nach dem Blatt auf dem Tisch. «Das hier ist ein Horoskop, das er von irgendeinem dieser überbezahlten Pfuscher hat erstellen lassen. Es war zwischen den Unterlagen deines Onkels. Ich nehme an, dass er es für einen seiner Berichte kopiert hat. Diese Art von Hokuspokus war wahrscheinlich unter der Würde von Antonietto Sparviero. Eine der vielen Spielereien, für die Herrschaften wie Alessandro Farnese ihr Geld zum Fenster hinauswerfen.»

Sie reichte mir das Blatt. Über dem Ganzen stand *Illustrissima Domina Clelia Farnesia*. Ich blickte auf die Quadrate und Rauten, die Tierkreiszeichen und Zahlen und kam zunächst tatsächlich nicht darauf, was das sollte.

«Das Geburtsdatum», sagte sie ungeduldig.

«Zweiundzwanzigster Oktober fünfzehnhundertsiebenundfünfzig.»

Als ich begriff, was sie meinte, setzte mein Herz einen Schlag aus.

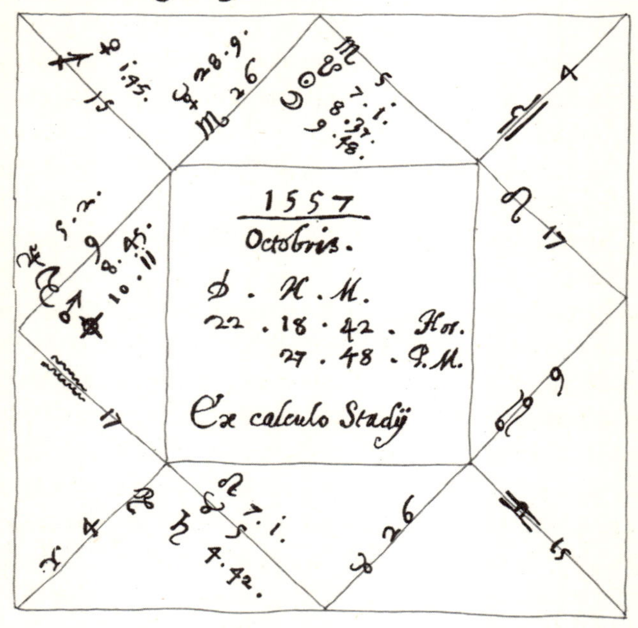

«Das Todesdatum deiner Tochter», flüsterte ich.

«Meiner hochschwangeren Tochter, die sterbend zu Farneses Arzt gebracht wurde», sagte Mercuria. «Einem hervorragenden Chirurgen.»

«Wann hast du das entdeckt?»

«Gerade eben.»

Ich mochte mir gar nicht ausmalen, wie das damals abgelaufen war. Für den Kaiserschnitt hatte der Arzt wahrscheinlich höchstens ein paar Minuten gehabt. Dafür hatte er bei dem Eingriff keine Rücksicht mehr auf die Mutter nehmen müssen. Es war eine grauenhafte Vorstellung.

Mercuria war deutlich anzusehen, dass sie kurz vor

einem Weinkrampf stand. «Ich muss mich hinlegen», sagte sie mit belegter Stimme und verschwand nach nebenan. Eine Weile stand ich unschlüssig herum. Wollte sie allein sein? Sollte ich mich herausschleichen? Durch die angelehnte Tür sah ich, dass sie sich aufs Bett hatte fallen lassen. Sie lag auf dem Bauch, das Gesicht in einem Kissen verborgen, unter dem sie ihre Hände verschränkt hatte. Ihre Schultern zuckten.

«Jetzt komm schon her.» Ihre Stimme war kaum zu verstehen.

Zögernd trat ich ins Schlafzimmer, nahm auf der Bettkante Platz und streichelte linkisch ihren bebenden Rücken, unschlüssig, was ich denn nun tun sollte. Ihre Hand kam unter dem Kissen hervor und zog mich heran. Ich legte mich neben Mercuria und nahm sie in die Arme. Wäre in diesem Moment irgendjemand hereingekommen, hätte sich ihm das Bild eines ineinander verschlungenen Liebespaares geboten. Aber das waren wir nicht, obwohl ich ihr in diesem Augenblick wahrscheinlich näher war als jeder, mit dem sie dieses Bett zuvor geteilt hatte.

Nach einer Weile drehte sie mir das Gesicht zu. Ihre verweinten Augen begannen zu lächeln, und auf einmal wirkte sie nicht mehr zerbrechlich, sondern so unerschrocken, wie ich sie kennengelernt hatte. Und ich begriff, dass sie in ihrem unerschütterlichen Glauben an das Gute zu der Erkenntnis gekommen war, dass ihr etwas geschenkt worden war.

Ich weiß nicht, wie lange wir so dalagen. Es war befremdlich und vertraut zugleich. Schließlich stand sie auf, richtete ihr Nachthemd und zog mich an der Hand hinter sich her in das Zimmer über dem Altan, als hätte sie beschlossen, dass es etwas zu feiern gab.

Sie griff nach einer Weinkaraffe und füllte zwei Pokale.

«Soll ich denen jetzt dankbar sein oder sie zum Teufel wünschen?»

Darauf hatte ich auch keine Antwort.

«Wahrscheinlich beides», sagte sie nachdenklich. «Der Arzt hat meine Enkelin gerettet, der Kardinal hat sie mir vorenthalten. Sie hätte bei mir aufwachsen müssen. Aber das konnte er natürlich nicht zulassen.»

«Was willst du jetzt machen?»

«Ich knöpfe ihn mir vor. Ich will sie sehen. Wenn er mir das verweigert, erfährt die ganze Stadt von der Geschichte. Das wird ein gefundenes Fressen für seine Gegner bei der nächsten Papstwahl.»

Lange sagte sie nichts. Dann hob sie ihren Pokal. Sie hatte feuchte Augen, aber sie lächelte.

«Worauf sollen wir trinken?»

«Auf das Leben», sagte ich.

«Einfallsloser geht's ja wohl nicht. Auf das Leben trinken meistens die, die am wenigsten Ahnung davon haben. Aber diesmal passt es. Also von mir aus.»

Als wir anstießen, liefen ihr wieder die Tränen über die Wangen. Meine Mercuria.

Wir tranken aus. Ich war todmüde.

Mit einem Kopfnicken wies sie in die Richtung des Tordurchgangs. «Den Kerl da unten hat mir ein alter Freund empfohlen. Der ist noch dümmer, als er aussieht, aber wenn sich heute Nacht noch einmal jemand in der Tür irren sollte, dann wird er von ihm zu Hackfleisch gemacht.»

«Das war deine Instruktion?»

«Nagel mich nicht fest. Vielleicht hab ich auch Mettwurst gesagt.»

«Danke», sagte ich gähnend.

«Heute Nacht wirst du ruhig schlafen können», erwiderte sie mütterlich.

Das war ein Irrtum.

Ich verabschiedete mich und ging herüber. Nachdem ich die Tür verschlossen hatte, leuchtete ich mit einer Kerze in jeden Winkel des Hauses und legte ein Messer neben dem Bett auf den Boden. Dann legte ich mich hin, ohne mich auszukleiden.

Trotz meiner Müdigkeit fand ich keinen Schlaf. Wieder und wieder drängten sich die Bilder von den schauerlichen Geschehnissen vor zwölf Jahren vor mein inneres Auge: Severinas blutiger Körper auf dem Pflaster, das hektische Gerenne der Hausangestellten, die sie in den Palast trugen, der abgebrühte Chirurg, der sofort gewusst hatte, was zu tun war. War sie schon tot gewesen, als sie auf seinem Tisch landete? Hatte er ihren letzten Atemzug abgewartet, bevor er das Messer angesetzt hatte? Oder war es am Ende der Kaiserschnitt gewesen, der sie getötet hatte?

Während solche Gedanken mich quälten, hörte ich von unten plötzlich ein gedämpftes Rumpeln. Von einem Augenblick auf den anderen war ich hellwach, griff nach dem Messer und lauschte in die Dunkelheit. In weniger als einer Sekunde spielte ich meine Möglichkeiten durch. Es wäre naheliegend gewesen, nach dem Wächter zu brüllen, aber dann wüsste der Eindringling, dass ich ihn gehört hatte, außerdem war die Tür verrammelt, sodass nicht so schnell Hilfe zu erwarten war. Also gab ich zunächst keinen Laut von mir, sondern lauschte angespannt in die Schwärze hinein.

Mein Herz hämmerte. In der Nacht zuvor war alles so schnell gegangen, dass ich die Angst gar nicht richtig gespürt hatte. Erst jetzt machte ich Bekanntschaft mit der Todesangst in ihrer ganzen Gewalt, weil sie die Gelegenheit bekam, mich vollständig auszufüllen.

Eine Weile passierte gar nichts, sodass ich fast schon glaubte, mich im Halbschlaf getäuscht zu haben. Dann aber quietschte es leise, und ich begriff: die kleine Tür unter der Treppe, hinter der sich das Holzlager befand! Er musste irgendwie von hinten in den winzigen Hof gestiegen sein, und jetzt kroch er dort unten heraus, um mir den Dolch zwischen die Rippen zu jagen. Ich sprang aus dem Bett, schnappte mir einen Schemel und postierte mich am Treppenaufgang, um den Vorteil zu nutzen, den die enge Stiege mir bot.

«Ich bin's», wisperte es. Das waren nun wirklich nicht die Worte, mit denen ein Meuchelmörder seinen Anschlag ankündigte. Und plötzlich begriff ich, wer da über das Holzlager in mein Haus geschlichen kam.

Die schmale Silhouette erschien am Fuß der Treppe. Es knackte und knirschte leise, als sie eine Stufe nach der anderen nahm.

Dann stand sie vor mir. Meine Todesangst war in grenzenlose Erregung umgeschlagen, und wahrscheinlich lässt sich dieser gleitende Übergang nur dadurch erklären, dass die Erregung von der Todesangst die meisten körperlichen Reaktionen gleich übernehmen konnte: Herzklopfen, Zittern und ein Kribbeln auf der Haut wie von tausend Nadeln.

Weitere Worte fielen nicht. Als ich etwas sagen wollte, legte sie mir den Finger auf den Mund, bevor ich überhaupt Luft geholt hatte. Wie bei unserer letzten Begegnung war sie es, die die Führung übernahm und die Richtung bestimmte, aber diesmal gab es kein Vorspringen und Zurückweichen, keinen Wechsel aus Liebkosungen und

Krallenhieben, keine Unentschlossenheit, die sich als Verspieltheit ausgab. Es war, als hätte sie Anlauf genommen und wäre von ihrem eigenen Schwung mitgerissen worden.

Sie küsste mich, zuerst behutsam, dann fordernd, und schließlich gab sie mir einen Schubs, sodass ich rücklings auf das Bett fiel. Es raschelte, dann schlüpfte sie zu mir, meine Hände ertasteten nur noch nackte Haut, während sie mich weiter mit Küssen bedeckte, so schnell und huschend, dass ich sie kaum erwidern konnte. Ihre Haare fielen auf mein Gesicht, sie wand und bog sich, ihre Haut war kühl und glatt wie aufgespannte Seide, die Muskeln darunter strafften und lockerten sich im Rhythmus ihrer Bewegungen. Sie zog mir das Hemd über den Kopf, während ich mich aus meiner Hose strampelte, und dann war sie auf mir, wölbte sich mir entgegen und warf sich zurück in die Dunkelheit. Wie von selbst fanden wir ineinander. Ihr Atem ging schnell, aber regelmäßig; fast schon kontrolliert, und als wollte sie sich selbst bremsen, stieß sie mit spitzen Lippen die Luft aus, mal direkt an meinem Ohr, dann weit entfernt über mir, ohne dabei mehr als ein Keuchen von sich zu geben, ganz mit sich selbst beschäftigt und doch eins mit mir, und genau in dem Augenblick, in dem auch ich nur noch Sterne sah, spannte sie sich an, ihre Finger krallten sich in meinen Nacken, und sie sank auf mich nieder.

«Das war das erste Mal, dass ich das wirklich wollte», sagte sie, während sie auf mir lag, viel schwerer, als ihre zarte Gestalt das hätte vermuten lassen.

Die schreckliche Bedeutung, die sich hinter diesen Worten verbarg, begriff ich vor lauter Benommenheit nicht.

Noch in der Nacht stahl sie sich davon. Wortlos suchte sie in der Dunkelheit ihre Sachen zusammen und zog sich an. Zum Abschied nahm sie meinen Kopf in die Hände und küsste mich, als wollte sie verhindern, dass ich noch etwas sagte.

«Sehen wir uns wieder?»

«Sicher.»

So war sie. Tauchte auf und verschwand.

Ohne einen Laut schlich sie die Treppe hinunter, noch nicht einmal das leiseste Knacken und Knirschen war zu hören, als wäre sie in der Zwischenzeit noch leichter geworden. Ich hörte wieder das Quietschen der Tür zum Holzlager und das gedämpfte Rumpeln, als sie über die gestapelten Scheite stieg, um anschließend an irgendeiner Mauer hochzuklettern und über die Dächer zu entschwinden wie ein Eichhörnchen.

Ich versperrte die Tür zum Holzlager mit einem Seil, das ich zwischen Klinke und Geländer festband, und stellte einen Stuhl mit einer Karaffe aus Keramik davor. Kein unüberwindliches Hindernis, aber wenn jemand versuchen sollte, die Tür zu öffnen, würde es ordentlich scheppern.

Natürlich konnte ich danach kein Auge schließen. Es war, als hätte Giordana eine leere Stelle in meinem Bett hinterlassen.

Als ich endlich doch einschlief, zwitscherten draußen schon die Vögel. Das Bett roch noch nach Giordana, und mein letzter Gedanke war: Hoffentlich kommt sie wieder, bevor der Geruch verfliegt.

30

Von diesem Tag an beschleunigten sich die Ereignisse in einer Weise, dass einem schwindelig werden konnte. Es begann damit, dass ich schon wieder einen versiegelten Brief von Morone hinter der Tür fand. Mit einem Blick aus dem Fenster überzeugte ich mich davon, dass der Wächter immer noch auf seinem Posten stand. Die Fackeln waren zu schwarzen Stümpfen heruntergebrannt. Schlief der eigentlich nie?

Auch diesmal hatte der Kardinal kein Wort zu viel zu Papier gebracht: *Komm sofort zu meiner Gartenvilla.* Das klang nicht gut.

Ich legte das Panzerwams an und machte mich unverzüglich auf den Weg. Ich hoffte, Morone würde nicht mir die Schuld dafür geben, dass ich Piero Carafa nicht hatte verfolgen können und noch nicht einmal Auskunft darüber geben konnte, ob er überhaupt das Haus verlassen hatte.

Als ich eintraf, stand Morone vor der Villa und betrachtete seinen Diskuswerfer. Er wirkte leicht gereizt, als hätte ich ihn durch meine Verspätung zur Tatenlosigkeit gezwungen.

«Und?»

Ich berichtete. Und weil es keine neuen Erkenntnisse zu Piero Carafa gab, schilderte ich umso ausführlicher den Überfall der vorletzten Nacht, um ein bisschen Mitleid zu schinden. Viel Erfolg hatte ich damit nicht. Er wirkte ungehalten.

«Wir haben die Gelegenheit verpasst. Die Dokumente wurden abgeliefert.»

«Von wem?»

«Von Piero Carafa persönlich. Sie wurden meinem Kaplan übergeben, und der hat sie mir auf den Tisch gelegt. So habe ich mir wenigstens sein triumphierendes Grinsen erspart. Und bevor du fragst: Natürlich sind sie echt.»

«Verdammt.»

«Allerdings. Du wirst nicht umhinkommen, in sein Haus einzusteigen.»

«Das wird schwierig. Es ist fast immer jemand da.»

«Ich werde ihn hinhalten. Selbst wenn ich wollte, könnte ich sein Anliegen nicht in ein paar Tagen erfüllen. Ich werde ihm sagen, dass ich Leute schmieren und Dokumente fälschen lassen muss. Er wird sich wohl oder übel gedulden müssen.»

Die Aussicht, die nächsten Tage oder Wochen auf dem Glockenturm von Santi Quattro Coronati zu verbringen, nur um die Ausgehgewohnheiten von Piero Carafa und seinem Personal zu studieren, stimmte mich nicht gerade begeistert. Ich hoffte nur, dass die Sache sich für mich lohnen würde.

Als hätte er diesen Gedanken erraten, reichte er mir einen weiteren Beutel. Damit schien das Gespräch für ihn beendet zu sein.

«Noch eine Frage», sagte ich.

«Wieder wegen dieses schwangeren Mädchens?»

«Ja.» Ich beschloss, nicht um den heißen Brei herumzureden. «Wussten Sie von diesen Festen?»

Er blickte mich erbost an. «Was soll das heißen?»

Ich nahm meinen Mut zusammen und wies mit dem Kopf in die Richtung, in der das ehemalige Anwesen der Carafa lag. «Es war fast nebenan. Wussten Sie, was da passierte?»

Meine Unverblümtheit brachte ihn in die Defensive.

«Nein. Das wollte auch niemand so genau wissen.»

Es war zum Haareraufen. Wahrscheinlich hatte Pallantieri ihm im Gefängnis erzählt, was er aufgedeckt hatte, und Morone hatte geschwiegen, wie der ganze Rest der Nachbarschaft. Wenn man etwas nicht wissen wollte, dann konnte man hinterher tatsächlich behaupten, es nicht gewusst zu haben.

Ich wandte mich zum Gehen.

«Es war falsch», sagte er.

Ja, dachte ich. Das war es wohl.

Als ich wieder zu Hause ankam, standen bei Mercuria alle Fenster offen. Ich klopfte an und stieg hinauf.

«Sie haben es alle gewusst», sagte Mercuria, nachdem ich mit meinem Bericht fertig war.

«Was willst du jetzt machen?», fragte ich.

«Abwarten. Bevor ich mit Farnese spreche, sollten wir sicher sein, dass er nicht hinter dem Anschlag steckt. Wie gesagt, ich glaube das nicht. Aber auf eine Woche mehr oder weniger kommt es nach zwölf Jahren nicht mehr an.» Sie strich sich die Haare aus der Stirn und blickte zum Fenster. «Auch wenn ich kaum an etwas anderes denken kann. Ich frage mich die ganze Zeit, welche Lügen sie ihr über ihre Mutter erzählen, damit sie nicht weiterfragt. Falls sie überhaupt fragt.»

Die letzte Bemerkung hatte unendlich niedergeschlagen geklungen. Ich konnte ihre Traurigkeit verstehen: Ihr war eine Enkelin geschenkt worden, aber sie konnte dieses Geschenk nicht annehmen, ohne enttäuscht zu werden. Ich verspürte das Bedürfnis, sie irgendwie zu trösten, aber die richtigen Worte wollten mir nicht einfallen, und Mercuria machte keine Anstalten, sich von mir in die Arme nehmen zu lassen, also ließ ich es sein und wechselte das Thema, vielleicht etwas zu brüsk, aber sie ging darauf ein.

«Wie geht's Gennaro?»

«Gestern Abend war seine Süße da, um nach ihm zu schauen. Und den Geräuschen nach zu urteilen, ist es nicht beim Schauen geblieben, also lass ihn schlafen.»

«Und du? Kann ich dich allein lassen?»

Sie lachte bitter auf. «Meinst du, ich springe wieder von der Brücke, oder was? Dafür ist der Wasserstand ein bisschen zu hoch.»

Es war nicht unbedingt so, dass ich Gesellschaft suchte, aber die Aussicht auf einen ereignislosen Tag auf dem Glockenturm war nicht allzu verlockend, sodass ich ganz erfreut war, als mir im Innenhof der Grieche über den Weg lief und mich einlud, mit ihm zusammen der Sixtina einen Besuch abzustatten. Er hatte seine Zeichensachen dabei und war voller Tatendrang.

Auf dem Weg zum Vatikan erzählte er mir, dass er schon ein halbes Dutzend Male dort gewesen war, um den Kräften auf den Grund zu gehen, die Michelangelo angetrieben hatten. Auch für mich war es nicht das erste Mal: Vor Jahren hatte mein Vater mich an einem der wenigen freien Tage, die Salviati ihm gewährt hatte, in die Kapelle mitgeschleppt, beseelt von der Hoffnung, dass beim Anblick der gewaltigen Fresken doch noch ein Funke überspringen und die Flamme eines Talents entzünden würde, das ich nun einmal nicht hatte.

Ein Schweizer mit kindlichem Bauerngesicht begleitete uns ohne weitere Fragen hinein. Ich staunte, wie einfach es war, hier eingelassen zu werden. Eingehüllt in das leise Echo unserer Schritte, stiegen wir eine Treppe hinauf, die für Riesen angelegt schien und auf diese Weise das Gegenteil bewirkte: Selbst Botschafter und Könige sollten sich wie Zwerge fühlen, wenn sie im großen Audienzsaal ankamen, um dem Oberhaupt der Christenheit gegenüberzutreten. Salviati hatte sich mit den anderen Größen seiner Zunft um die Aufträge zur Ausmalung dieses Saals gerissen, der Grieche dagegen bewegte sich, als wäre er der Hausherr persönlich. Und wie der wahre Hausherr schien er diese Räume und ihre Gestaltung nicht besonders zu schätzen, wenn auch aus anderen Gründen: Ghislieri stieß der Prunk ab, weil er von der Botschaft des Evangeliums ablenkte und mit pompöser Willkür der weltlichen Macht sekundierte, den Griechen die Farben, weil sie von der Botschaft der Bilder ablenkten und mit billigen Effekten der Zeichnung sekundierten. Ghislieri wollte die Kirche reformieren, der Grieche die Kunst.

Durch eine Flügeltür betraten wir die Sixtina, und sofort stürzte die Pracht der Decke auf mich herab: die schillernden Gewänder der Propheten und Sybillen, die unter der Last der Gesimse ächzenden Figuren, die Nackten, die in den Nischen kauerten und sich auf den Podesten rekelten, die großen Felder mit den Geschichten von Schöpfung, Sündenfall und Bestrafung, und überall dieser schlechtgelaunte Gott in seinem rosa Gewand, herrisch hierhin und dorthin zeigend und selbst in der Rückenansicht immer noch irgendwie ungehalten, als seien die Scheidung von Licht und Finsternis und die Schöpfung von Himmel und Erde lästige Pflichten, deren Erledigung man nicht schnell genug hinter sich bringen konnte, um zum größten Ärgernis von allen zu schreiten: der Erschaffung des Menschen. Während Gottvater, hin und her gezerrt von einer aufgeregten Engelsschar, über den ausgestreckten Zeigefinger das Leben in Adam strömen ließ, schien er ihm auch gleich die Freude daran verderben zu wollen. Mach mir bloß keine Scherereien, das sagte dieser finstere Blick.

Auf der Altarwand war dann zu sehen, wohin diese mit der Ursünde begonnenen Scherereien am Tag des Jüngsten Gerichts führen würden: Verzweiflung, wohin das Auge blickte, von froher Botschaft keine Spur, noch nicht einmal bei den Heiligen, die sich, teils ratlos, teils grimmig, um einen Erlöser scharten, der viel zu sehr mit seiner Pose beschäftigt war, als dass er sich den Seelen hätte widmen können. Unter dem Geschmetter aufdringlicher Posaunenbläser wurden die besagten Seelen auf der linken Seite von Engeln nach oben und auf der rechten von Dämonen nach unten gezerrt, wo das Höllenfeuer loderte, während ein wütender Charon eine Bootsladung von Verdammten mit dem Ruder ins ewige Verderben prügelte. Der Grieche wollte wissen, was Michelangelo angetrieben hatte? Hier war die Antwort: maßlose Furcht und endlose Qualen.

Wir waren nicht allein. Ein halbes Dutzend Künstler saß auf Hockern und Schemeln herum und kopierte, was das Zeug hielt. Direkt hinter dem Altar war ein schmales Gerüst aufgebaut, auf dem ein alter Maler gerade seine Utensilien in einen Beutel packte, um sich anschließend über eine wackelige Leiter nach unten zu mühen.

Als sein Blick auf den Griechen fiel, hellte sein Gesicht sich auf.

«Na, Girolamo?», fragte der Grieche. «Hast du noch

einen nackten Hintern gefunden, den die anderen übersehen haben?»

«Willst du mich ablösen, oder was?»

«Lieber nicht. Ich würde das …»

«Ja, ja, ich weiß. Ganz anders machen. Ihr Venezianer redet doch ständig von der Farbe. Also freu dich, dass es ein bisschen bunter wird.»

Ich begriff. Girolamo war einer der Maler, die die undankbare Aufgabe hatten, die Kirchenreform auch an dieser berühmten Wand durchzusetzen. Kurz vor dem Abschluss des Konzils hatten die versammelten Kardinäle, Bischöfe und Äbte sich in einer eigenen Sitzung mit dem Jüngsten Gericht befasst und beschlossen, dass dieses Werk einer Überarbeitung bedurfte. Wenige Wochen vor Michelangelos Tod war der Beschluss ergangen, die Blößen von Heiligen und Sündern überdecken zu lassen. Und das war gar nicht so einfach, weil die unerwünschten Teile an einigen Stellen immer wieder zum Vorschein kamen, als hätten die Nachbearbeiter die Farben für ihre Schleier absichtlich zu dünn angerührt, um dem Alten die Genugtuung zu geben, sich noch aus dem Grab heraus über seine Kritiker lustig zu machen. Es war wie im richtigen Leben: Die Unkeuschheit fand immer ihren Weg an die Oberfläche. Also wurde in unregelmäßigen Abständen nachgebessert.

Während Domenikos und Girolamo sich über den Stand der Arbeiten austauschten, betrachtete ich das Fresko. Bunte Tücher und Schleier wehten kreuz und quer über die Körper der Figuren, wie es gerade nötig war, um die betreffenden Stellen knappstmöglich zu verdecken. Teilweise sah es aus, als leckten Zungen aus Stoff darüber, und Johannes der Täufer trug einen winzigen Schurz aus Fell an hauchdünnen Bändern um die Lenden. Es war lächerlich.

Girolamo bemerkte meinen Blick. Unaufgefordert gab er mir eine Zusammenfassung der Argumente, mit denen die Reformer zum Sturm auf das unkanonische Werk meines unsterblichen Namenspatrons angesetzt hatten: Wie konnte es sein, dass selbst die Gerechten so ängstliche Gesichter machten? Seit wann hatten Engel keine Flügel? Was hatten Gestalten der heidnischen Mythologie in dieser heiligen Umgebung zu suchen? Warum hielt der Erlöser das Gericht im Stehen ab, noch dazu glatt rasiert wie ein zweiter Apollo? Was brachte die Gewänder der Märtyrer zum Flattern, wo doch in der Heiligen Schrift nirgendwo von Wind die Rede war?

«Aber am schlimmsten waren natürlich diese Nackten», schloss Girolamo seinen Vortrag. «Das war ein Gewimmel wie im Badehaus. Die Heilige Katharina hatte gar nichts an.» Und nach einer kurzen Pause fügte er hinzu: «Nicht dass mir das missfallen hätte.»

«Warum machen Sie dann überhaupt dabei mit?», wagte ich zu fragen.

Der Alte betrachtete traurig das Fresko. «Du stellst vielleicht Fragen. Meinst du, es macht mir Spaß, an der Verhunzung dieses Meisterwerks mitzuwirken? Ich brauche Geld, was denn sonst? Die Aufträge sprudeln nicht gerade. Seit dem Sacco geht alles nur noch den Bach runter. Ich bin einfach vierzig Jahre zu spät geboren worden.»

Die Erwähnung der Plünderung machte mich hellhörig.

«Waren Sie damals schon in Rom?», fragte ich.

«Allerdings. Und ich hatte noch Glück, wenn ich daran denke, wie es den anderen ergangen ist. Die wurden gefoltert und ausgeraubt, und einige hatten hinterher einen Dachschaden. Die meisten sahen zu, dass sie aus der Stadt kamen, danach war ohnehin kein Geld mehr da. Aber wie gesagt, ich hatte noch Glück.»

«Inwiefern?»

«Ich fand Unterschlupf im Palast der Colonna. Ich kannte jemanden in der venezianischen Botschaft, der sich bei Isabella Gonzaga für mich verwendete.»

Mir verschlug es fast die Sprache. Was war das denn wohl bitte für ein Zufall? Und es kam noch besser.

«Hieß der Mann zufällig Antonio Francavilla?», fragte ich aufs Geratewohl.

Nun war es Girolamo, dem die Worte fehlten. Er schob sein altes Gesicht vor wie eine Echse beim Anblick eines Insekts. Der Grieche blickte mit gerunzelter Stirn zwischen uns hin und her, als verfolgte er einen Dialog zwischen zwei Schwachsinnigen.

«Ja, verdammt. Wie zum Teufel kommst du jetzt auf den?»

«Ich habe von ihm gehört», sagte ich vage. «Er hatte doch …»

«Ja, ja, ich weiß. Schon damals ritten alle immer nur darauf herum. Er hatte halt ein paar Finger zu viel.»

«Ein paar Finger zu viel?», mischte sich der Grieche ein. Er betrachtete seine schlanken Hände, als versuchte er, sich die zusätzlichen Finger daran vorzustellen.

Ich überging seine Bemerkung und fasste Girolamo am Arm. «Waren Sie mit ihm befreundet?»

«Befreundet ist zu viel gesagt. Wir kannten uns, weil ich den Botschafter einmal porträtiert hatte.»

«Venier», sagte ich.

«Genau. Du weißt ja richtig gut Bescheid. Warum die Fragerei?»

«Nur so. Die Finger.»

«Wie viele waren es denn nun?», fragte der Grieche.

«Zwölf», sagte Girolamo. «Für jeden der Stämme Israels einen. Wer weiß, was Gott sich dabei gedacht hat.»

«Wissen Sie sonst noch irgendetwas über Francavilla?»

Girolamo legte die Stirn in Falten. «Antonio hatte einen Freund», sagte er. «Einen ziemlich guten Freund, wenn du verstehst, was ich meine. Der war damals Gärtner in einer Villa auf dem Quirinal, die früher den Carafa gehört hatte und später von Farnese und dann von Este gemietet wurde. Ich hatte da mal eine kleine Aufgabe, die hatten eine Grotte mit Brunnen, die ausgemalt werden musste, darum erinnere ich mich noch.» Er blickte traurig vor sich hin und wies mit dem Kopf auf das Fresko. «Das ist wohl mein Schicksal. Immer nur Kleinkram. Als ich als Zwanzigjähriger nach Rom kam, hatte ich mir das anders vorgestellt. Und auf einmal hat man Frau und Kinder und muss jeden Auftrag annehmen. Überlegt euch das gut.»

Carafa, Farnese, Este. Ständig fielen dieselben Namen. Und ständig waren irgendwelche Gärtner, Verwalter oder Hausdiener im Spiel, die entweder Auskunft gaben oder im Weg herumstanden.

«Erinnern Sie sich noch, wie dieser Gärtner hieß?»

«Nein. Der wohnte da oben in einem Gartenhaus und stand immer im Weg herum. Aber jetzt sag mir doch endlich mal, warum du das alles wissen willst.»

«Eine Freundin hat mich danach gefragt.»

«Ach was. Eine Freundin. Ihr Brüder habt echt immer die gleichen Ausreden.»

Girolamo zwinkerte uns zu, schulterte seinen Beutel und verabschiedete sich. Der Grieche fragte nicht weiter nach, die Arbeitswut schien ihn gepackt zu haben. Er kramte seine Sachen heraus, postierte sich im Schneidersitz in der unteren rechten Ecke des Wandbildes und begann, einen alten Mann mit Eselsohren abzuzeichnen, der neben dem Höllenschlund stand und von glupschäugigen Dämonen mit ihren Einflüsterungen traktiert wurde, während eine Schlange sich in sein Gemächt verbiss. Wieder staunte ich, wie schnell der Grieche war.

«Minos», sagte er konzentriert.

Von da an war ich Luft für ihn. Die einzigen Geräusche in der Kapelle waren das Kratzen der Stifte auf dem Papier und das gelegentliche Gemurmel der Zeichner. Ich betrachtete das Gewimmel auf den Fresken, und der Raum erschien mir auf einmal wie ein Abbild der ganzen Welt: unendlich groß und unbegreiflich in seiner Verworrenheit. Ich hätte mich gern auf die Einzelheiten eingelassen, aber die Worte des Malers ließen mich nicht zur Ruhe kommen. Antonio Francavilla hatte sich zurückgemeldet.

Da der Grieche so vertieft in seine Arbeit war, dass ich ihn nicht unterbrechen wollte, machte ich mich allein auf den Heimweg. Erst als ich in unserem Innenhof den Wächter erblickte, fiel mir auf, dass ich ganz vergessen hatte, mich nach Verfolgern umzublicken. Ich wurde schon wieder nachlässig.

Gennaros Tor stand offen, also hatte er seinen Genesungsschlaf offenbar beendet. Ich trat ein in das Durcheinander aus unvollendeten Arbeiten, Modellen, Entwürfen und Zeichnungen. Aus dem Zimmer im oberen Stock drangen gedämpfte Stimmen. Ich stieg die Treppe hinauf.

Gennaro lag im Bett, das verbundene Bein auf einem Holzklotz, die Decke bis zum Kinn hochgezogen. Vor seinem Bett saß ein Mann im fortgeschrittenen Alter, stattlich, gutaussehend und gekleidet wie ein Aristokrat. Sein Blick war wohlwollend und herablassend zugleich, als hätte er in mir einen altgedienten Bediensteten vor sich, der ihn nie enttäuscht hatte, dem gegenüber er sich aber auch keine Vertraulichkeiten leistete. Wahrscheinlich behandelte er die ganze Welt wie seine Dienerschaft. Und noch bevor Gennaro uns vorstellte, wusste ich, wen ich vor mir hatte: Bonifacio Caetani, seinen Auftraggeber, den Mann, mit dessen Tochter er sich vergnügte.

Gennaro war bemüht, das Gefälle zwischen uns auszugleichen, indem er mich als besten Freund und vielversprechenden Novellanten anpries, nicht ohne meinen Onkel zu erwähnen und die Bedeutung meiner Tätigkeit aufzublähen. Es klang ein bisschen anbiedernd.

Bonifacio Caetani war augenscheinlich wenig beeindruckt, tat aber interessiert und verlor ein paar anerkennende Worte über die Arbeit von Antonietto Sparviero.

«Und jetzt halt dich fest», sagte Gennaro zu mir, als müsste er nun seinerseits ein bisschen Werbung für seinen Gast machen. «Er kennt Gabriele Sannazaro.»

Das war zugegebenermaßen ein Paukenschlag. Ich vergaß für einen Augenblick meine eigenen Neuigkeiten und blickte den Besucher erwartungsvoll an.

Bonifacio Caetani genoss es sichtlich, dass ihm die Enthüllung des Geheimnisses zukam, das Gennaro ihm entlockt hatte. «Gabriele Sannazaro», sagte er und tat ein bisschen nachdenklich. «Einer der besten Hauptleute, die Alba in seinen Diensten hatte. Ein unangenehmer Kerl, verschlagen und eitel, aber ein Draufgänger. Der hat damals bei Mühlberg den Kurfürsten von Sachsen gefangen genommen. Hat ihn übrigens zwei Finger gekostet. Und wenn Alba zehn Jahre später vor Rom keinen Rückzieher gemacht hätte, dann wäre Sannazaro wahrscheinlich als Erster über die Mauer geklettert. So einer war das.»

«Das wissen wir schon», sagte ich. «Aber was hat er nach dem Friedensschluss gemacht?»

«Er hat sich hier niedergelassen. Man erzählte sich, dass er auf der Suche nach etwas war, irgendein Schatz, der beim Sacco verlorengegangen war. Keiner hat das so richtig ernst genommen, das war ja ewig her. Kurz nach der großen Überschwemmung ist er aus dem Dienst ausgeschieden.»

«Und dann?»

«Er fand Unterschlupf bei Carlo Carafa. Die kannten sich noch aus Mühlberg und verstanden sich prächtig, obwohl sie zuletzt auf verschiedenen Seiten gestanden hatten. Aber das hieß bei einem wie Sannazaro nicht viel. Er war Söldner, für Geld machte der alles, und da traf es sich ganz gut, dass er Carafa kannte, denn der hatte ja damals noch Geld. Es heißt, dass Sannazaro eine Zeitlang die Dreckarbeit für den Kardinal erledigte. Als es dem an den Kragen ging, verschwand er von der Bildfläche. Es gibt Gerüchte, dass er sich unter falschem Namen bei irgendwelchen Verwandten der Carafa eingenistet hätte. Aber mehr weiß ich auch nicht. Ich hatte selbst genug Ärger, und es brachte nur Scherereien, mit denen in Verbindung gebracht zu werden.»

«Es kann also sein, dass er noch in der Stadt ist?», fragte ich.

«Möglich. Ich könnte mich umhören.» Mit einem gönnerhaften Kopfnicken erhob er sich und wandte sich zum Gehen.

Kaum hatten sich seine Schritte auf der Treppe entfernt, ballte Gennaro triumphierend die Fäuste und ließ einen Hagel aus übermütigen Boxhieben auf mich einprasseln.

«Er macht das Geld locker!», rief er.

Ich wusste zuerst gar nicht, was er meinte.

«Die Versuchung Christi! Er bezahlt mir den Stein! Tausendfünfhundert Scudi! Sobald das Bein wieder in Ordnung ist, fahre ich nach Carrara und suche mir den feinsten Marmorblock aus, den ich kriegen kann! Schneeweiß! Und dann fliegen hier Tag und Nacht die Splitter!»

«Musstest du dich vor ihm niederwerfen und ihn anbeten?»

Gennaro versetzte mir einen letzten Hieb, der mich beinahe von der Bettkante warf.

«Von wegen», sagte er großspurig. «Er hätte sich fast vor mir niedergeworfen, damit ich ihm die Skulptur mache. Und weißt du, was seine Bedingung ist? Der Teufel soll sein Gesicht bekommen! Der ist völlig übergeschnappt! Schert sich kein bisschen um die Zensur!»

Ich versuchte, mir Caetani mit Widderhörnern, Drachenschwanz und Ziegenfuß vorzustellen. Es war gar nicht so schwer.

«Und wen willst du für den Jesus nehmen?», fragte ich.

«Dich, mein Lieber. Du siehst aus, als hättest du vierzig Tage gefastet.»

«Ich fühle mich eher, als hätte ich vierzig Tage nicht geschlafen.»

«Oho. Hattest du nächtlichen Besuch? Gibt's was zu berichten?»

Natürlich gab es etwas zu berichten, aber ich war nicht in der Stimmung, mir seine schlüpfrigen Kommentare dazu anzuhören, also erzählte ich, was ich beim Besuch in der Sixtina von dem alten Maler erfahren hatte.

«Ha!», rief er. «Jetzt wissen wir, wohin Francavilla unterwegs war!»

«Wir wissen gar nichts», wiegelte ich ab.

«Denk doch mal nach! Die Leiche lag zwischen dem Palast der Colonna und dem Quirinal, wo Francavillas Freund wohnte. Es ist doch völlig klar, wie das gelaufen ist! Francavilla wollte gar nicht mit Sannazaro teilen! Er ist zu Venier gegangen, hat das Versteck geleert und sich zum Quirinal geschlichen, um die Beute zu verstecken. Und hinterher wollte er Sannazaro erzählen, dass bei Venier nichts mehr zu holen gewesen war. Mein Gott, jetzt knöpf dir diesen Gärtner vor! Wenn ich laufen könnte, wäre ich schon längst da!»

31 Hinter dem Tor zum Park von Kardinal Este begann eine andere Welt. Der stadtseitige Hang des Quirinals war aufgeschüttet und mit Mauerwerk abgestützt worden, sodass die ganze Anlage von außen wie eine Burg aussah und von innen wie ein über der Erde schwebender Paradiesgarten. Hohe Mauern grenzten das Grundstück ab. Über mir wölbte sich der wolkenlose Himmel.

Kardinal Este liebte es regelmäßig. Fast alle Wege verliefen schnurgerade, trafen in rechten Winkeln aufeinander und grenzten von niedrigen Hecken gesäumte Rasenflächen ab, deren Mitte durch Brunnen oder Pavillons markiert wurde. Nur wo es sich gar nicht vermeiden ließ, wurde diese Geometrie aufgelöst und ging in einen Saum aus Gebüschen über. Zwei große Gartenvillen beherrschten die weite Fläche, dazu kam eine ganze Reihe von Nebengebäuden, die vor die Mauer gesetzt waren, damit sie das Ensemble möglichst wenig störten. Statuen und Büsten auf Sockeln flankierten Wege und Mauern: Estes berühmte Sammlung, aufgestellt in wohldurchdachter Anordnung. Ausgestreckte Gliedmaßen lenkten den Blick von einer Statue zur anderen, alles schien eine Bedeutung zu haben.

Ich machte mir wenig Hoffnung. Die ganze Sache war jetzt dreiundvierzig Jahre her. Wahrscheinlich war der Gärtner, von dem ich noch nicht einmal den Namen kannte, längst gestorben oder in andere Dienste getreten. Andererseits war dieser Park so groß, dass es mehr als einen Bediensteten brauchte, um ihn in Schuss zu halten. Es war also immerhin möglich, dass irgendjemand sich wenigstens an ihn erinnerte.

Zwischen den Grünanlagen und den Gebäuden herrschte reger Betrieb. Offenbar wurde irgendeine Veranstaltung vorbereitet, denn vor der größeren der beiden Villen wurden Fässer und Säcke abgeladen, und überall stutzten fleißige Helfer an Hecken und Büschen herum.

Und schon kam einer auf mich zu, ein vielleicht fünfzigjähriger Diener mit verquollenem Säufergesicht, der ein Bündel Fackeln unter dem Arm trug und nicht den Eindruck machte, es besonders eilig zu haben. Vielleicht war es der Blick, mit dem ich die Statuen betrachtete, jedenfalls schien er mich für einen Künstler zu halten, der hier etwas abzeichnen wollte, und da mir diese Rolle in der letzten Zeit ganz gute Dienste geleistet hatte, setzte ich meinen Kennerblick auf und ließ ihn in diesem Glauben. Unaufgefordert wies er auf die schönsten und kostbarsten Stücke, erklärte mir, wo sie gefunden worden waren und wie viel der Kardinal dafür ausgegeben hatte. Schließlich nutzte ich eine Pause in seinem Redeschwall und fragte ihn nach einem alten Gärtner.

Er wirkte enttäuscht. «Wegen des Gartens bist du hier?»

«Könnte man so sagen», antwortete ich unbestimmt.

«Frag Alberto. Der behauptet seit über vierzig Jahren, dass er wegwill, ist aber immer noch hier und frisst sein Gnadenbrot. Der kennt hier jeden Grashalm und jedes Blatt.»

Ich konnte mein Glück kaum fassen. Vielleicht war dieser Alberto der, den ich suchte.

«Wo finde ich ihn?»

Er wies mit dem Kopf in eine abgelegene Ecke, in der zwischen ein paar Bäumen eine Holzhütte stand. Und tatsächlich: Dort saß ein weißhaariges Männchen auf einer Bank und hielt das Gesicht in die Sonne.

Ich bedankte mich und machte mich auf den Weg.

Der Alte war schon ziemlich klapprig, seine Finger hatte die Gicht zu Krallen gekrümmt, und schwerhörig schien er auch zu sein, denn er öffnete die Augen erst, als mein Schatten auf sein faltiges Gesicht fiel.

«Alberto?», fragte ich vernehmlich.

«Geh mir aus der Sonne.»

Das fing ja gut an. Ich trat einen Schritt zur Seite. Seine trüben Augen blickten weiter geradeaus.

«Was willst du? Schon wieder die Rosen? Ihr habt sie zu dicht an die Mauer gesetzt und wässert sie zu wenig, darum trocknen sie aus. Ich hab's euch tausendmal gesagt, also beschwert euch nicht, wenn der Kardinal euch wieder die Ohren langzieht.»

«Ich bin nicht wegen der Rosen hier», sagte ich.

Er streckte eine Klaue nach mir aus. «Setz dich mal, und gib mir deine Hand.»

Erst jetzt begriff ich, dass er blind war. Ich nahm neben ihm Platz und reichte ihm die Hand. Er betastete meine Finger.

«Du bist kein Gärtner.»

«Nein. Bin ich nicht.»

«Diese Schwiele am Mittelfinger. Du bist einer, der schreibt oder zeichnet.»

«Stimmt», sagte ich und fragte mich, wie er das eigentlich ertastet hatte, bei dem bisschen, was ich zu Papier brachte.

Eine Weile saßen wir ohne ein Wort nebeneinander. Alberto schien nicht besonders neugierig auf mein Anliegen zu sein, und so hatte ich Zeit zu überlegen, wie ich das Gespräch eröffnen könnte. Immerhin stand ich im Begriff, eine Todesnachricht zu überbringen.

Schließlich fragte ich vorsichtig: «Vor über vierzig Jahren hatten Sie einen Freund, der bei der venezianischen Botschaft gearbeitet hat.»

Sein Kopf wandte sich sehr langsam in meine Richtung. Es war, als hätte er jahrzehntelang damit gerechnet, dass eines Tages jemand kommen und ihn darauf ansprechen würde.

«Ist Antonio tot?», fragte er leise.

«Ja.»

Er blickte verbittert vor sich hin. «Lass mich raten. Du bist sein Sohn, und er hat dich auf dem Totenbett beauftragt, mir die Nachricht zu überbringen, nachdem er es dreiundvierzig Jahre lang nicht für nötig befunden hat, auch nur ein Lebenszeichen von sich zu geben. Ist es so?»

Die Frage überraschte mich. «Nein. Er ist beim Sacco ums Leben gekommen.»

Lange gab er kein Wort von sich. Die Verbitterung in seinem Gesicht machte einer tiefen Traurigkeit Platz. Schließlich sagte er: «Also habe ich ihm die ganze Zeit über unrecht getan.»

«Inwiefern?»

Alberto griff wieder nach meiner Hand. «Ich war überzeugt, er hätte sich davongemacht.» Er schüttelte langsam den Kopf. «Gott, Antonio. Wenn ich das gewusst hätte.»

«Was meinen Sie?»

«Ich weiß nicht, ob du das verstehst. Wir wollten weg, ihn kannten hier zu viele Leute, und es wurde schon geredet. Wir hatten Geld in Aussicht und malten uns aus, wie wir uns damit in Florenz niederlassen würden. Dort wurde unsereins weitgehend in Ruhe gelassen. Aber als er dann plötzlich spurlos verschwand, da dachte ich, er hätte kalte Füße gekriegt und das Durcheinander genutzt, um irgendwo ohne mich neu anzufangen, weil er die ganze Heimlichtuerei nicht mehr ertragen konnte. Ich war überzeugt, er hätte sich eine Frau gesucht, redete sich ein, dass unsere Freundschaft nur Spielerei war, und führte irgendwo ein zurückgezogenes Leben. Er fiel ja sowieso schon immer und überall auf. Er hasste das eigentlich.»

Ich war überrascht, wie offenherzig Alberto mit einem Unbekannten wie mir über seine verbotene Freundschaft redete. Die Tatsache, dass ich ihn aufgesucht hatte, schien ihm als Beweis für meine Vertrauenswürdigkeit zu genügen.

Nach einer weiteren längeren Pause fragte er: «Woher weißt du, dass er tot ist?»

«Seine Leiche wurde gefunden.»

Er nickte. Natürlich war ihm klar, woran der Tote zu erkennen gewesen war. Nach einem schweren Seufzer begann er, nach den Einzelheiten zu fragen. Ob ich es gewesen sei, der Antonios Leiche entdeckt hätte? Wo das gewesen sei? Ob er bestattet worden sei? Wie ich ihn, Alberto, gefunden hätte? Ich beantwortete seine Fragen, vermied es aber, Sannazaro zu erwähnen. Er nickte bei jeder Antwort, als hätte er das alles schon geahnt. Seine Niedergeschlagenheit steckte mich an; sein ganzes Leben lang hatte er wegen eines Irrtums getrauert, und sicherlich hätte er schon viel früher seinen Frieden mit dem Verlust seines Freundes machen können, wenn er die Wahrheit rechtzeitig erfahren hätte.

«Kann es sein, dass er zu Ihnen wollte?», fragte ich schließlich.

«Nein. Ich war nicht in der Stadt. Ich bin ein paar Tage vor dem Sacco zu Verwandten aufs Land geflohen.»

Ich schluckte meine Enttäuschung herunter. Doch dann fiel mir eine seiner Bemerkungen wieder ein.

«Sie sagten, Sie hätten Geld in Aussicht gehabt.»

Er lächelte betrübt. «Das war vielleicht nicht ganz der richtige Ausdruck. Es war nur eine unausgegorene Idee, ich weiß nicht, ob er das wirklich gemacht hätte. Es wäre riskant gewesen.»

Mit einem Mal ahnte ich, was kommen würde.

«Er hätte dafür seinen Dienstherrn bestehlen müssen. Der hatte im Keller ein Versteck für Geld und Schmuck unter einer Bodenplatte, und Antonio wusste davon. Wir hatten uns sogar schon ausgemalt, wo wir die Beute verbergen wollten, bis Gras über den Diebstahl gewachsen sein würde. Eine Stelle, an der wirklich niemals jemand gesucht hätte.»

Ich zerquetschte ihm vor Aufregung fast die Hand. «Wo?»

Er lächelte versonnen. Für einen kurzen Augenblick waren seine Erinnerungen so gegenwärtig, dass sie seine Traurigkeit überdeckten. Er schien sich noch nicht einmal über meine Frage zu wundern.

«Hier im Garten.»

Meine Gedanken überschlugen sich. Wenn Francavilla tatsächlich erst auf dem Rückweg vom Quirinal erschlagen worden war, dann lag das, was er aus Veniers Haus geholt hatte, vielleicht noch immer in diesem Versteck.

«Als ich gerade hier angefangen hatte, wurde bei Ausschachtungen dort drüben eine Statue gefunden. Ein

Priapos, bei dem das Prachtstück abgebrochen war.» Er kicherte wie ein kleiner Junge. «Ein Bildhauer wurde beauftragt, es zu ersetzen, was er auch tat. Kurz darauf kam bei einer weiteren Grabung das fehlende Gemächt zum Vorschein, und man wies ihn an, die beiden Stücke auszutauschen. Der Bildhauer war ein bisschen enttäuscht, weil er fand, dass sein Werk besser zu der Statue passte. Eines Nachts meißelte er einen Hohlraum in den Sockel, legte es hinein und setzte eine Platte davor, sodass es wie eine ganz gewöhnliche Ausbesserung aussah. Er freute sich diebisch, dass sein Stück für immer bei der Skulptur bleiben sollte, für die er es gemacht hatte. Ein rührender Gedanke. Wie die heimliche gemeinsame Bestattung zweier Liebender.»

Seine Augen wurden feucht. Ich wartete eine Weile, bevor ich die nächste Frage stellte. Ich fühlte mich wie ein gnadenloser Verhörbeamter, der ein unschuldiges Opfer nach den Einzelheiten einer grausamen Tat befragt, um das vorgeschriebene Protokoll schnell und vollständig abzuarbeiten.

«Woher wussten Sie davon?»

«Ich habe ihn erwischt, als er dabei war, das Fach wieder zu verschließen, da hat er's mir erzählt. Aber sonst wusste niemand davon. Und als Antonio und ich später herumgesponnen haben, wo man die Beute verstecken könnte, da fiel mir die Statue wieder ein.»

Mein Blick hetzte über die Skulpturen im Garten.

«Wo ist sie?»

«Weg. Nachdem die Farnese die Villa übernommen hatten, wurde sie irgendwann verkauft. Ich weiß nicht, wo sie heute steht. Aber wen interessiert das schon noch? Vielleicht taucht sie irgendwann wieder auf. Wie die Leiche von Antonio.» Tränen liefen ihm über die Wange. Immer noch hielt er meine Hand.

«Wussten Sie, was Francavilla bei Venier stehlen wollte?», fragte ich vorsichtig.

«Ich erinnere mich nicht mehr ganz genau. Irgendein Geschmeide, sehr wertvoll, aber schwer zu Geld zu machen. Darum brauchten wir ja auch ein sicheres Versteck.»

Ich musste mich zusammenreißen, um ihm meine Hand nicht zu entziehen. Es dauerte lange, bis er sie freiwillig losließ.

Zum Abschied bat er mich, ihm noch einmal genau die Stelle zu beschreiben, an der das Skelett von Antonio Francavilla lag. Er werde sich um die Bestattung kümmern. Kardinal Este werde ihm diese Bitte nicht ausschlagen.

Ich ließ meinen Blick ein letztes Mal von einer Statue zur anderen schweifen. Kein Priapos.

Als ich in unseren Innenhof zurückkehrte, sah ich durch das geöffnete Tor der Werkstatt des Griechen, dass er mit Mercuria in eine Diskussion verwickelt war. Auf einem großen Tisch lagen Zeichnungen, Gipsfigürchen und halbfertige Gemälde verstreut; er zeigte hierhin und dorthin und war offenbar mitten in einem seiner detailreichen Vorträge. Neben dem Tisch stand eine Staffelei mit einem unvollendeten Gemälde, das die Austreibung der Händler aus dem Tempel zeigte: Ein asketischer, fast unbeteiligter Jesus im grellrosa Gewand und mit leuchtend blauem Überwurf prügelte sich vor einer Kulisse aus wuchtigen Säulen mit der Peitsche den Weg durch die Menge der Händler frei, die vor ihm zurückwichen, umkippten, wegsackten, einknickten und übereinanderstürzten, flankiert von Figuren, die in ihren verdrehten Posen an die Nackten auf dem Deckenfresko der Sixtina erinnerten. Michelangelo trieb den Griechen offenbar schon seit einiger Zeit um, denn diese Komposition konnte er kaum über Nacht auf die Leinwand gebracht haben.

«Schau dir das mal an», rief Mercuria und winkte mich heran. Ihre Fröhlichkeit wirkte ein bisschen aufgesetzt, aber das bekam der Grieche wahrscheinlich gar nicht mit. Man musste sie schon kennen, um es zu merken, und außerdem war er viel zu sehr mit seinem Werk beschäftigt.

Ich trat ein und betrachtete das Bild näher. Wütende Pinselstriche konturierten die Gewänder, der Stoff schien von innen zu leuchten, jedenfalls war nicht zu ersehen, woher das ganze Licht überhaupt kommen sollte, das der Grieche in unvermischten Pigmenten aufgetragen hatte. In einer Bogenöffnung war der Widerschein eines abendlichen Sonnenuntergangs zu sehen, Wolken wie Rauchschwaden über einer untergehenden Welt. Im rückwärtigen Bereich des Tempels huschten ein paar unscharf hingezeichnete Gestalten durch das Bild.

«Wie es scheint, haben wir uns schon wieder so einen Ketzer ins Haus geholt», sagte Mercuria. «Die Tempelreinigung. Jesus mistet den Saustall aus, den die Priester aus seiner Kirche gemacht haben. Luther hätte seine Freude daran gehabt.»

Der Grieche protestierte zwar nicht gegen die Unterstellung, aber er wollte etwas richtigstellen. «Es geht nicht um die Kirche», sagte er.

«Natürlich nicht», sagte Mercuria ungnädig. «Es geht um dich. Du willst zeigen, was du kannst.»

«Nein. Ich will zeigen, was Jesus angetrieben hat, als er die Händler aus dem Tempel gejagt hat. Was andere daraus machen, ist nicht mein Geschäft. Mein Geschäft ist die Botschaft.»

Mercuria verdrehte die Augen. «Hör doch auf! Was meinst du, wie oft ich das schon gehört habe! Das hat vielleicht vor fünfzig Jahren mal gestimmt, als ihr Künstler euch noch nicht getraut habt, alle Möglichkeiten auszuschöpfen. Inzwischen geht es euch nur noch um euch selbst, und das ist euer Geschäft. Es gibt inzwischen einfach zu viele von eurer Sorte, also müsst ihr auf euch aufmerksam machen. Wahrscheinlich lacht ihr euch heimlich halb tot, wenn ihr den ganzen Blödsinn hört, der über eure Werke erzählt wird. Ihr seid eitle Virtuosen, sonst nichts.»

Der Grieche zuckte mit den Schultern. Mercurias Unterstellung schien für ihn nicht unbedingt ein Vorwurf zu sein. Ich dachte an das Jüngste Gericht in der Sixtina und wusste, dass sie unrecht hatte, aber das war ihr wahrscheinlich selbst bewusst. Sie liebte die Provokation einfach zu sehr, als dass sie vor Zeugen eingestanden hätte, dass man sich aus einem inneren Antrieb quälen konnte, ohne nach außen mit dem Ergebnis dieser Qualen glänzen zu wollen.

Mercuria betrachtete wieder das Bild. Sie war sichtlich beeindruckt vom Talent des Griechen, schien aber noch ein bisschen weitersticheln zu wollen. Sie zeigte auf einen bärtigen alten Mann mit einer schwarzen Kappe, der unten rechts in das Gemälde hineinragte und nachdenklich mit dem Rücken zum Geschehen ins Leere blickte. «Tizian, oder?»

«Gut erkannt.»

Mercuria lachte auf. «Was für eine Geste! Mal doch noch Michelangelo und Raffael dazu, dann ist für jeden Geschmack etwas dabei. Und vielleicht noch Clovio, der fühlt sich geschmeichelt und führt dich bei Farnese ein.»

«Den brauche ich dafür nicht», sagte der Grieche selbstbewusst. «Für Farnese habe ich schon gearbeitet.»

Mercuria zog die Augenbrauen zusammen. «Ach, wirklich?»

«Ja. Er gab uns ab und zu Aufträge für Porträts. Er schickte die Zeichnungen nach Venedig, und wir malten die Bilder danach. Einige davon hat Tizian selbst ausgeführt, andere hat er mir übertragen. Es war nicht die beste Art zu arbeiten, aber Farnese war zufrieden.»

Seine Bemerkung hatte sie offenbar hellhörig gemacht. «Wen habt ihr denn für ihn porträtiert, dein Freund Tizian und du?», fragte sie mit zusammengezogenen Augenbrauen.

«Vor allem den Kardinal selbst. Dann einmal seinen Bruder und einmal seine Tochter.»

Mercuria starrte ihn fassungslos an. «Clelia? Alessandro Farnese hat seine Tochter Clelia von Tizian malen lassen?»

«Nicht von Tizian. Von mir. Und das Bild war nicht für ihn, sondern für die Familie, in die sie einheiraten soll.»

«Cesarini», flüsterte Mercuria.

«Kann sein. Farnese hatte noch das Konklave abgewartet, bevor er die Verlobung bekanntgab, und nachdem Ghislieri die Wahl gewonnen hatte, rechneten wir damit, dass er den Auftrag zurücknehmen würde, um die Reformer nicht gegen sich aufzubringen. Aber das tat er nicht. Sie muss ihm viel bedeuten.»

Mercuria lachte bitter auf. «Der einzige Mensch, der Alessandro Farnese etwas bedeutet, ist Alessandro Farnese.» Und nach einer Pause fragte sie leise: «Hat er etwas über ihre Mutter gesagt?»

«Nein. Aber es gibt verschiedene Gerüchte. Die einen sagen, sie sei Wäscherin gewesen.»

«Das wird immer gern behauptet. Wenn eine Wäscherin mit einem Kardinal ins Bett geht, dann sieht sie zu, dass sie schwanger wird. Und was sagen die anderen?»

«Dass sie eine Kurtisane war.»

«Natürlich. Kurtisanen gehen ständig mit Kardinälen ins Bett, sehen aber zu, dass sie nicht schwanger werden. Ich weiß, wovon ich rede.»

Der Grieche blickte sie mit einer Mischung aus Neugier und Skepsis an, schien das Thema aber lieber nicht weiter vertiefen zu wollen.

«Also ist das Porträt jetzt bei den Cesarini?», fragte Mercuria.

«Das Original schon. Aber ich mache Kopien von allen meinen Bildern.»

Ich sah, dass Mercuria kaum an sich halten konnte.

«Zeig es mir», sagte sie rau.

Der Grieche hatte wohl gemerkt, dass es hier nicht um irgendeine neugierige Spielerei ging, und er machte sich hurtig daran, einen an die Wand gelehnten Stoß von gerahmten Gemälden durchzusehen, bis er gefunden hatte, was er suchte: das Porträt eines Mädchens mit rosa Wangen und vollen Lippen, nicht mehr ganz Kind und noch lange nicht Frau, anmutig und skeptisch zugleich. Das Gesicht hatte sie im Dreiviertelprofil dem Betrachter zugewandt, und nur der strenge Spitzenkragen, der ihren Kopf fast vom Rest des Körpers abtrennte, bändigte die Frechheit ein wenig, die ihr aus den Augen sprang. Für ein Verlobungsbild war das eigentlich nicht unbedingt geeignet: Das war keine anmutige Gattin, die beim Bankett dekorativ neben dem Hausherrn sitzen würde. Dieser Blick verhieß Eigenwillen und Widersetzlichkeit.

Mercuria betrachtete das Bild lange mit ausdruckslosem

Gesicht, ohne ein Wort zu sagen. Erkannte sie ihre Tochter darin wieder? Sich selbst? Welches ihrer Gefühle hatte die Oberhand gewonnen? Überwog nun das Glück, dass dieses Mädchen überhaupt existierte, oder die Verbitterung, dass sie das Kind nicht hatte aufwachsen sehen dürfen? Schmiedete sie Pläne, sich an Kardinal Farnese für seinen Betrug zu rächen? Oder wollte sie ihn zwingen, ihrer Enkelin endlich reinen Wein einzuschenken und sie zu ihr vorzulassen?

Zum Glück hatte der Grieche gemerkt, dass es sich für Mercuria nicht um irgendein Porträt handelte, und er war einfühlsam genug, sie nicht bei ihrer Betrachtung zu unterbrechen, und so standen wir herum und wussten nicht, wohin wir schauen sollten. Am liebsten hätte ich ihm einen Wink gegeben, Mercuria mit dem Bild allein zu lassen, aber ich wollte mich nicht in die Verlegenheit bringen, mich vor der Tür seinen Fragen auszusetzen.

«So war ich auch», sagte sie schließlich. «Damals.»

Der Grieche nickte, als hätte er alles begriffen, dabei hatte er natürlich nichts begriffen, wie denn auch. Sein Malerblick taxierte Mercuria. Es hätte wohl nicht viel gefehlt, und er hätte den Zeichenstift herausgeholt.

«Starr mich nicht so an», sagte sie. «Ich erkläre es dir gleich. Wenn einer von euch mal so freundlich wäre, uns einzuschenken. Ich brauche jetzt einen kräftigen Schluck.»

Der Grieche holte eine Karaffe und drei Gläser heran und goss großzügig ein. Schließlich lehnte Mercuria das Bild behutsam an die Wand

Und dann weihte sie den Griechen ein, so knapp wie möglich, aber ohne etwas auszulassen. Die Wahrheit, die das Horoskop ihr offenbart hatte, hatte sie inzwischen angenommen, und sie wusste, wie sie damit umzugehen hatte. Wieder war ich überrascht, mit welcher Gefasstheit sie inzwischen über den Tod ihrer Tochter sprechen konnte. Zwischendurch ging sie nach drüben und holte die Nachricht meines Onkels, in der von Severinas Ermordung die Rede war, wie zum Beweis, dass das alles tatsächlich passiert war. Als sie endlich geendet hatte, war der Grieche von ihrer Offenheit wie erschlagen, gleichwohl auch ein bisschen geschmeichelt, dass er ins Vertrauen gezogen worden war.

Mercuria griff noch einmal nach dem Blatt. «Mir ist da etwas aufgefallen, das mir keine Ruhe lässt.»

Sie hielt mir das Papier unter die Nase. «An welchem Wochentag hat dein Onkel seine Meldungen rausgeschickt?»

«Immer am Samstag», sagte ich. «Samstags geht die Postkutsche nach Bologna ab.»

«Eben», sagte sie. «Und jetzt lies das.» Sie zeigte mit dem Finger auf den ersten Satz, den ich inzwischen auswendig kannte.

Am gestrigen Samstag brach Kardinal Carafa nach Beichte und Kommunion und einem Abschiedsbesuch beim Papst gegen Nachmittag in Richtung Pisa auf.

«Und?», fragte ich.

«Das Datum», sagte sie ungeduldig.

«Dreiundzwanzigster Oktober fünfzehnhundertsiebenundfünfzig.»

«Nach der Datierung dieser Meldung hätte das ein Sonntag sein müssen. Es war aber ein Samstag, denn Severina ist in der Nacht von Freitag gestorben. Entweder er hat sich um einen Tag vertan, oder er hat die Meldung absichtlich falsch datiert. Warum?»

Ich verstand, was sie meinte. Ab und zu war es vorgekommen, dass mein Onkel seine Nachrichten nicht mehr rechtzeitig hatte fertigstellen können, weil noch etwas Mitteilenswertes passiert und die Postkutsche schon abgefahren war. Die Meldung hatte er dann entweder mit einem Eilboten hinterhergeschickt und über die Extrakosten geflucht oder der nächsten Postkutsche anvertraut, aber immer auf den Samstag datiert, weil die Kunden eine solche Regelmäßigkeit erwarteten. Bei dieser Meldung hatte er offenbar versehentlich den richtigen Wochentag unter dem falschen Datum gelassen, ohne dass es ihm aufgefallen war. Als mir klarwurde, was das bedeutete, wurde mir fast schlecht.

«Carlo Carafa war noch nicht abgereist, als Severina ermordet wurde», sagte Mercuria mit einer Stimme wie aus Eis. «Es ist auf seiner Abschiedsfeier passiert. Und was er in dieser Nacht getan hat, das hat er mit Sicherheit nicht gebeichtet.»

32 Nachdem wir ausgetrunken hatten, verabschiedete Mercuria sich von uns. Sie gab sich Mühe, Haltung zu bewahren, aber sie war vollkommen erschöpft. Natürlich schenkte der Grieche ihr das Bild. Sie trug es hinaus wie ihren kostbarsten Besitz. Im Hof zündete unser Wächter gerade die Fackeln an.

Wir blieben in einer merkwürdigen Stimmung zurück. Der Grieche wirkte verlegen und überrumpelt durch Mercurias Offenbarungen. Kein Wunder: Ein Bild, das für ihn nichts als eine Auftragsarbeit gewesen war, hatte Mercurias Enkelin ein Gesicht gegeben.

Auch ich war wie erschlagen von den Ereignissen des Tages. Um das Thema zu wechseln, erzählte ich ihm von Piero Carafas bezaubernder Köchin und pries sie ihm als Madonna für seine Verkündigung an. Er war sofort Feuer und Flamme. Ich beschrieb ihm das Haus.

«Du solltest ihr gleich morgen deine Aufwartung machen.»

Der Grieche zog eine Augenbraue hoch. Sein Gesichtsausdruck erinnerte mich ein bisschen an Morone. «Du kannst es ja gar nicht abwarten», sagte er. «Man könnte meinen, dass du derjenige bist, der noch was mit ihr vorhat.»

Nun, so war es ja auch. Wenn der Grieche sie tatsächlich zum Posieren überreden könnte, dann würde mir das eine Möglichkeit verschaffen, mich ganz unbefangen an sie heranzumachen, um sie über Piero Carafa und seine Gewohnheiten auszufragen. Aber das konnte ich dem Griechen ja schlecht erzählen, also schwafelte ich noch ein bisschen herum, schwärmte von ihrer madonnenhaften Schönheit und legte die künstlerischen Möglichkeiten dar, die sich mit solch einem Modell bieten würden.

«Na gut», sagte er. «Aber nur, wenn du den Verkündigungsengel spielst.»

«Sehr gern», sagte ich und gähnte. Besser konnte es ja gar nicht laufen.

Damit war die Sache für ihn geklärt. Er versenkte sich in die Betrachtung seiner Tempelaustreibung und schien auf einmal gar nicht mehr zufrieden damit zu sein. Mercurias Stichelei gab ihm offenbar zu denken.

«Eitle Virtuosen», murmelte er. Es war schwer zu sagen, ob er geschmeichelt war oder empört.

Trotz meiner Erschöpfung kamen meine Gedanken nicht zur Ruhe, als ich mich endlich verabschiedet hatte. Kurz überlegte ich, ob ich Gennaro noch schnell Bericht erstatten sollte, aber aus dem Zimmer über seiner Werkstatt drangen Stimmen. Vielleicht war der Arzt gerade bei ihm oder schon wieder Caetani, also verschob ich meinen Besuch auf den nächsten Tag und legte mich ins Bett.

Doch dort stürzten sogleich die Gedanken wieder über mich herein und ließen mich keinen Frieden finden. Carlo Carafa war in der Nacht von Severinas Ermordung noch nicht abgereist gewesen, und nach allem, was ich inzwischen über ihn wusste, war es wahrscheinlich, dass er an der Tat beteiligt gewesen war. Den Brief an Bentrovato hatte er nicht von unterwegs geschrieben. Er war noch in der Stadt gewesen und hatte die Sache auf seine Weise geregelt, bevor er nach Pisa aufgebrochen war, um dann nach Brüssel weiterzureisen. Wen deckte er außer sich selbst noch? Und vor allem: Warum hatte Severina vor Farneses Palast gelegen? War sie entkommen, und man hatte ihr jemanden hinterhergeschickt? Oder war alles ganz anders gewesen? Und wo war die verdammte Statue aus dem Garten von Kardinal Este gelandet?

Irgendwann dämmerte ich doch weg und schlief fast bis zum nächsten Mittag durch. Während ich die Fensterläden öffnete, betrat der Grieche mit zufriedenem Gesicht den Hof.

«Diese Köchin», rief er zu mir herauf. «Was für eine Schönheit!»

Ich eilte nach unten und bestürmte ihn mit meinen Fragen. Ob man ihn ins Haus gelassen habe? Ob er Piero Carafa oder den Verwalter gesehen habe? Nein, er hatte sie vor dem Haus abgepasst. Welch eine Anmut! Diese blonden Haare, das könne man mit Safran oder Bleizinngelb gar nicht wiedergeben, da müsse man ja fast mit Blattgold arbeiten!

«Ja, ja. Wann kommt sie?»

«Heute Nachmittag. Sieh zu, dass du bis dahin dein Gesicht in Ordnung bringst, ich will einen Verkündigungsengel für die frohe Botschaft und kein aufgequollenes Murmeltier! Was weiß ich, mach einen Spaziergang an der frischen Luft, leih dir von Mercuria ein bisschen Schminke.»

Statt seinen Rat zu befolgen, begab ich mich zu Gennaro, dessen Genesung offenbar ganz gut voranschritt, jedenfalls hatte er das Bett verlassen und machte erste Schritte an Krücken. Meinen Bericht nahm er begierig auf, und als ich bei der Statue angelangt war, schüttete er sich vor Lachen aus.

«Priapos!», rief er. «Schon wieder! Was ist, wenn es die Figur aus der Sammlung von Alessandro Farnese ist? »

«Alberto hat gesagt, die Farnese hätten sie verkauft.»

«Vielleicht haben sie das nur verbreiten lassen, weil sie inzwischen zu anstößig war. Der alte Farnese war Papst, und sein Enkel wollte ihn beerben, was er ja bekanntlich bis heute nicht geschafft hat. Sie haben sie nicht verkauft. Sie haben sie eingelagert.»

Ich wusste, was er dachte. «Vergiss es. Ich breche da nicht noch ein drittes Mal ein.»

«Schick doch wieder den Griechen vor. Den lässt du ja neuerdings den Laufburschen für dich machen.»

Aha. Die anderen hatten sich also schon wieder ausgetauscht, während ich noch geschlafen hatte.

«Wie viele Statuen von der Sorte gibt es wohl?», fragte ich.

«Keine Ahnung. Schauen wir doch mal beim guten alten Aldrovandi nach.»

Ich rannte nach unten und holte das Buch aus dem Regal. Fieberhaft durchforsteten wir das Verzeichnis. Priapos fanden wir in fünf Ausführungen: den in Farneses Magazin, einen weiteren in seiner Gartenvilla in Trastevere, einen in der Sammlung des inzwischen verstorbenen Kardinals Carpi und zwei weitere bei Herren, deren Namen mir nichts sagten.

«Klar», sagte Gennaro. «Farnese besitzt natürlich wieder gleich zwei von denen.»

«Wer weiß, vielleicht gibt es sogar noch mehr. Aldrovandi hatte ja wahrscheinlich nicht zu jeder Sammlung Zugang.»

Gennaro grinste. «Ich weiß, wen wir fragen können.»

«Wen?»

Das Grinsen wurde breiter. «Einen der größten Gelehrten unserer Zeit, der zufällig auch noch Fachmann für den Gott ist, den wir suchen.»

«Bitte nicht!»

«Oh doch. Fulvio Orsini.»

«Und wie kommen wir an den heran?»

«Du hast doch inzwischen Zugang zur Familie», sagte Gennaro mit anzüglichem Lächeln. «Ist Giordana nicht vielleicht zufällig seine kleine Lieblingsnichte?»

«Du hast sie wohl nicht alle! Den Teufel werde ich tun, mich an ihre Verwandten heranzumachen. Die bringen mich um.»

Der Gedanke, mich noch einmal in den Bannkreis von Kardinal Farnese einzuschleichen, gefiel mir ganz und gar nicht, jedenfalls nicht, bevor ich nicht ganz sicher sein konnte, dass er wirklich nichts mit dem Attentat auf mich zu tun hatte. Andererseits war Fulvio Orsini wahrscheinlich wirklich derjenige, der unsere Frage würde beantworten können.

Während ich noch nachdachte, waren von unten Stimmen zu hören. Ich ging zum Fenster und blickte hinaus. Gennaro humpelte mir hinterher und machte Stielaugen.

Da war sie, die Madonna. Der Innenhof erstrahlte. Es hätte mich nicht gewundert, wenn auch noch Harfenmusik erklungen und ein Engelsreigen am Himmel erschienen wäre.

Stattdessen erschien der Grieche. Sie wechselten ein paar Worte, die Köchin lachte scheu und sah sich neugierig im Hof um, während er den lässigen Künstler gab.

Ich eilte nach unten, verfolgt von Gennaros Protest.

«Und ich?»

«Schau vom Fenster aus zu!», rief ich über die Schulter.

Die Köchin hieß Laura. Sie war aufgeschlossen und redselig, was meine Hoffnung nährte, die gewünschten Auskünfte zu bekommen, wenn sie erst Vertrauen zu mir gefasst haben würde. Die Voraussetzungen dafür waren gut, schließlich sollte sie hier gleich die Maria geben und ich den Engel, und wenn das keine Grundlage für Vertrauen sein soll, dann weiß ich es auch nicht.

Laura scherzte mit dem Griechen herum und verhandelte ihm dabei eine üppige Entlohnung für ihre Dienste ab. Oben hing Gennaro im Fenster. Bald darauf klappten auch bei Mercuria die Läden auf.

Für die beiden Zuschauer wurde es eine unterhaltsame Vorführung. Der Grieche befand, dass das Licht in seiner Werkstatt nicht ausreichte, also werde man draußen für die Verkündigung posieren. Sodann schleppte er die Requisiten heran: weite Gewänder, ein Pult und ein Buch, denn Maria sollte vom Engel beim Lesen überrascht werden. Es hätte echt nur noch gefehlt, dass er mir ein Paar Flügel umgeschnallt hätte.

Auf seine Anweisung legten wir die Kleider an, die er für uns vorgesehen hatte. Anschließend schickte er Laura ans Lesepult. Und weil der Verkündigungsengel den Ort des Geschehens natürlich nicht durch die Tür betreten konnte, sondern von oben herabzuschweben hatte, wies er mich an, auf den Granitblock vor Gennaros Werkstatt zu steigen.

Dann begann er, uns herumzukommandieren wie die Arbeiter bei seinem Einzug. Von oben regnete es launige Kommentare, aber der Grieche nahm keine Notiz davon.

«Laura, das Gesicht noch ein Stück weiter nach links.»

«Greif dir mal ans Herz. Ans Herz, nicht an den Hals.»

«Ein bisschen mehr Ergriffenheit, bitte. Danke.»

«Michelangelo, streck die rechte Hand aus. Als würdest du ihr etwas Zerbrechliches reichen.»

«Den Kopf ein bisschen neigen.»

«Das sieht nicht aus. Stell dich mal auf ein Bein. Das andere nach hinten abwinkeln.»

«So kann ich nicht stillstehen», protestierte ich.

«Gennaro, wirf mal eine Krücke runter.»

Das Gewünschte kam im hohen Bogen geflogen. Der Grieche fing die Krücke geschickt auf und reichte sie mir.

So ging das eine Weile. Als der Grieche endlich nichts mehr an unseren Posen auszusetzen hatte, holte er Zeichenpapier und Rötelstift und machte sich an die Arbeit. Als mein Bein nach einer halben Stunde eingeschlafen war, gewährte er uns widerwillig eine Pause. Neben ihm lag schon ein halbes Dutzend Blätter mit schnell und sicher hingeworfenen Skizzen.

Ich nutzte die Gelegenheit, um Laura in ein Gespräch über ihre Tätigkeit bei Piero Carafa zu verwickeln. Ein angenehmer Arbeitgeber sei der, großzügig, höflich und korrekt. Über seine kulinarischen Vorlieben kamen wir zu seiner kleinen Hausgemeinschaft. Laura war arglos und auskunftsfreudig, also wagte ich mich weiter vor. Ob sie auch im Haus wohne? Nein, sie lebe bei ihrer Mutter. Und der Gärtner? Paolo, ja, der bewohne eine Kammer unter dem Dach. Der Verwalter? Vincenzo, ein etwas unheimlicher, wortkarger Kerl sei das, und eigentlich auch kein Verwalter, sondern ein alter Bekannter des Hausherrn, der vor ein paar Jahren auf einmal vor der Tür gestanden habe.

«Ob ihr euch vielleicht mal langsam wieder auf eure Plätze begebt?», drängelte der Grieche.

Es folgte ein zweiter Durchgang. Mercuria hatte inzwischen die Lust verloren, offenbar hatte sie ihren Vorrat an spöttischen Kommentaren aufgebraucht; nur Gennaro harrte am Fenster aus und konnte seinen sehnsüchtigen Blick nicht von der bezaubernden Laura abwenden.

In der zweiten Pause fragte ich sie über Piero Carafas Gewohnheiten aus. Ob er viele Freunde habe? Nein, nur wenige. Ein Geistlicher besuche ihn manchmal, so ein hagerer Kerl. Ob er gern ausgehe? Nein, selten. Und die anderen? Paolo so gut wie gar nicht. Vincenzo gehe dienstags immer in den Hortaccio, so einer sei das. Ob Piero Carafa nur dieses eine Haus besitze? Nein, er habe noch ein kleines Landhäuschen an der Via Aurelia, das er aber nur in der warmen Jahreszeit nutze. Am Samstag würden sie sich alle vier dorthin begeben, um den Garten in Schuss zu bringen, ein paar Ausbesserungsarbeiten zu erledigen und die Vorräte aufzufüllen. Ach was, alle vier? Ja, alle vier, da gebe es immer allerhand zu tun.

Innerlich hüpfte ich auf und ab, aber ich nahm mich zusammen und stellte noch ein paar Fragen über belanglose Dinge, um mein Interesse am Hausherrn weniger offensichtlich erscheinen zu lassen, bis der Grieche uns erneut auf unsere Positionen scheuchte.

Nach dem dritten Durchgang hatte er genug und entließ uns. Wir schälten uns aus den biblischen Gewändern und legten sie zusammen. Dabei fragte ich Laura beiläufig, wie lange sie eigentlich schon für Piero Carafa arbeite. Sie dachte kurz nach.

«Drei Jahre sind das jetzt schon. Wie die Zeit vergeht.»

«Und wie bist du an die Stelle gekommen?»

«Meine Mutter hat früher mal für seinen Onkel gekocht, für diesen Kardinal.»

Ich musste an mich halten, sie nicht am Arm zu packen. «Für Carlo Carafa?»

«Genau. Das muss ein ziemlich ekelhafter Kerl gewesen sein.»

Ekelhaft ist gar kein Ausdruck, dachte ich.

«Sie hat irgendwann gekündigt, und kurz darauf wurde er verhaftet und verurteilt. Ich war damals noch ziemlich klein. Sie sprach eigentlich nie über diese Jahre, aber sie blieb bei den Carafa hängen. Nach einiger Zeit bot ein Neffe des Kardinals ihr eine Anstellung an, Alfonso Carafa, der war ebenfalls Kardinal, hatte nach dem Prozess eine Zeitlang in Haft gesessen und sich freigekauft. Er hatte mit diesen anderen Sachen nichts zu tun.»

«Mit welchen anderen Sachen?»

«Na, mit denen, wegen denen Carlo Carafa und die anderen drei hingerichtet worden waren. Meine Mutter nahm die Stelle an, er war ohnehin fast nie da, also kochte sie nur für die anderen Angestellten und hielt das Haus in Schuss. Als Alfonso Carafa vor fünf Jahren starb, hörte sie ganz auf. Kurz darauf tauchte sein Cousin Piero auf und suchte eine Köchin. So kam ich in sein Haus. Meine Mutter hat ihm vorher auf den Zahn gefühlt.» Sie lachte.

Ich lachte nicht. Ich suchte eine Zeugin für die Vorkommnisse im Haus von Carlo Carafa. Und hier wurde mir ganz unerwartet eine auf dem Silbertablett serviert. Ich war fassungslos.

«Ich muss deine Mutter sprechen», sagte ich mit zitternder Stimme. «So schnell wie möglich.»

Laura sah mich entgeistert an. «Warum in aller Welt?»

«Das muss ich ihr selbst sagen.»

Laura zog die Augenbrauen zusammen. Begriff sie immer noch nicht, dass das hier keine Plauderei über ihre Person war? Glaubte sie vielleicht, ich wollte um ihre Hand anhalten?

Man konnte deutlich sehen, dass Misstrauen und Neugier in ihr kämpften. Nach einigem Zögern sagte sie: «Na gut. Wir wohnen in Ponte. Ist gar nicht weit von hier. Wir können morgen früh hingehen. Ich hole dich ab.»

Damit ließ sie mich stehen. Der Grieche hatte von unserem Gespräch nichts mitbekommen, weil er währenddessen seine Entwürfe in die Werkstatt gebracht und an der Wand aufgehängt hatte. Laura ging hinein und betrachtete die Blätter eine Weile, fand, dass ihre Nase nicht gut getroffen sei, und musste sich von ihm belehren lassen, dass es sich hier wohl kaum um ihre Nase drehe. Wie gesagt, wenn es um die Kunst ging, verstand er keinen Spaß. Trotzdem schenkte er ihr eine seiner Zeichnungen.

«Soll ich die Nase noch nachbessern, oder nimmst du sie so?», fragte er schnippisch.

Ich verabschiedete mich eilig und begab mich zu Mercuria. Sie hörte sich meinen Bericht mit versteinerter Miene an.

«Morgen werden wir die Wahrheit erfahren», sagte sie düster. «Ich komme mit.»

«Wer weiß, ob sie sich an diese eine Nacht erinnert», gab ich zu bedenken.

«Es war Carlo Carafas Abschiedsfeier. Am nächsten Tag ist er nach Brüssel abgereist und blieb monatelang weg. Natürlich weiß sie das noch.»

Ich war skeptisch, aber ich sagte nichts. Wir tranken noch ein Glas zusammen. Mercuria war nicht in der Stimmung für lange Gespräche, also verabschiedete ich mich und ging zu Gennaro, der inzwischen wieder im Bett lag. Ich berichtete, während er seine pochenden Schmerzen mit Wein betäubte und auch mir immer wieder nachschenkte.

Und auch dieser Tag ging nicht ohne eine weitere Überraschung zu Ende. Sagte ich bereits, dass die Ereignisse sich auf eine Weise beschleunigten, dass einem schwindelig werden konnte?

Als ich bei Gennaro aufbrach, war es schon dunkel, und schwindelig war mir zu diesem Zeitpunkt nur vom Wein, den ich aus freundschaftlicher Verbundenheit mit ihm getrunken hatte. Ich spielte noch kurz mit dem Gedanken, mich der nächsten Gazette zu widmen, aber außer Marienerscheinungen fiel mir nicht viel ein. Ich heizte den Kamin an und verfügte mich ins Bett. Das Licht der Fackeln im Innenhof tanzte an der Zimmerdecke.

Offenbar wiegte die Anwesenheit des Wächters mich derart in Sicherheit, dass der Schlaf mich tiefer in sein Reich ließ als in den Nächten zuvor. Ich träumte von einer wilden Jagd über die Dächer; Hand in Hand flohen Giordana und ich vor Fulvio Orsini, der in diesem Traum ihr Vater war und mit steinernen Geschlechtsteilen nach uns warf. Irgendwann lagen wir nebeneinander im Bett. Giordanas schlanke Finger spielten in meiner Hand.

Ich schlug die Augen auf. Von draußen wehte ein kühler Windhauch herein. Giordanas schlanke Finger spielten in meiner Hand.

Ich fuhr hoch.

Sie lag neben mir und blickte an die Decke. Wenn es noch eines Beweises bedurft hätte, dass sie kam und ging, wie es ihr passte, dann war der hiermit wohl erbracht.

«Ich wollte dich nicht wecken», sagte sie, als teilten wir seit Jahren dieses Bett.

Auf die Schnelle fiel mir keine gescheite Antwort ein.

«Vielleicht wird's mal Zeit, dass ich dir etwas erkläre.»

Sie rückte ein Stück von mir ab, und ich spürte, dass es ernst wurde. Ich rechnete damit, dass sie mir erläutern würde, warum das alles keinen Sinn hatte, was alles dagegensprach, dass wir so weitermachten, und dann würden wir genau so weitermachen. Aber da hatte ich mich gründlich getäuscht.

«Auf der Piazza Scossacavalli habe ich dir gesagt, dass ich alle immer nur vor den Kopf stoße. Weißt du noch?»

Ich nickte. Keine Ahnung, ob sie es im schwachen Widerschein der Fackeln im Hof überhaupt sah.

«Ich hasse diese Gesellschaft da drüben auf dem Monte Giordano. Ich hasse ihren Dünkel und ihre Selbstgefälligkeit, ihre Überheblichkeit und Ignoranz, ihre Scheinheiligkeit und Verlogenheit, ihr albernes Gebaren, ihre lächerlichen Rituale, ihre zerstörerischen Ehrenhändel. Ich will nicht, dass sie mich anschauen, ich will nicht, dass sie mich ansprechen, ich will nicht, dass sie mir Komplimente machen, während sie hinter meinem Rücken über die widerspenstige kleine Kratzbürste lästern, die nicht unter die Haube zu kriegen ist. Wenn ich könnte, würde ich diesen ganzen Palast in die Luft sprengen, mit allen seinen Bewohnern, bis auf meinen Vater. Verstehst du das?»

«Noch nicht ganz», sagte ich.

«Niemand soll mir zu nah kommen. Aber bei dir ist das anders. Ich weiß nicht, warum. In deiner Nähe gibt diese ständige Wut in mir endlich Ruhe.»

«Und warum bist du so wütend?»

Sie nahm meine Hand und schwieg lange. Der Widerschein der Fackeln waberte an der Wand vor sich hin. Der Wächter hustete.

Leise fuhr sie fort: «Ich war zwölf. Mein Vater gab ein Fest. Jede Menge hohe Herrschaften. Ich hätte längst im Bett sein sollen. Aber ich war neugierig und übermütig, also sprang ich zwischen den Gästen herum. Einer war besonders nett zu mir. Er scherzte mit mir, sagte Gedichte auf, erzählte von seinen eigenen Kindern, machte mir ein paar harmlose Komplimente und lotste mich in einen Nebentrakt, um mir etwas zu zeigen, was mich interessieren würde. Und dort fiel er plötzlich über mich her.»

«Mein Gott.»

«Als er fertig war, kam die Wut.»

Den letzten Satz hatte sie mit einer Sachlichkeit gesagt, die mich an Mercuria erinnerte, nachdem sie mir die Geschichte von ihrer Tochter erzählt hatte. Es war, als würde sie sich von außen betrachten.

«Hast du es deinem Vater nicht erzählt?», fragte ich vorsichtig.

«Nein. Niccolò Franco war der einzige Mensch, dem ich es gesagt habe. Er verstand diese Wut. Er trug sie selbst mit sich herum.»

«Aber warum nicht deinem Vater?»

«Um ihn zu beschützen.»

Ich war nicht sicher, ob ich richtig verstanden hatte. «Deinen Vater?»

«Ja. Ich bin eine Orsini. Mein Vater hätte ihn sofort erschlagen, und das hätte er mit dem Leben bezahlt.»

Ich begriff immer noch nicht ganz. «Warum?»

«Gegen diese Familie war damals kein Kraut gewachsen.»

Es durfte nicht wahr sein.

«Wer war es?», flüsterte ich.

«Giovanni Carafa. Der Bruder des Kardinals.»

33

Lauras Mutter hieß Beatrice und war rund wie ein Kürbis. Offensichtlich hatte sie ihr Leben lang nicht nur gelegentlich abgeschmeckt, sondern ausgiebig vorgekostet, was den Herrschaften kurz darauf aus ihrer Küche serviert worden war. Der Zustand ihres Hauses verriet, dass Ordnung und Sauberkeit für sie die höchsten Tugenden der Christenheit darstellten. Man konnte sich vorstellen, dass schlampige Küchenjungen und schwatzhafte Dienstmädchen unter ihrem Regiment wenig zu lachen gehabt hatten.

Giordana hatte sich kurz vor dem Morgengrauen wieder davongeschlichen. Nach dem, was sie mir erzählt hatte, hatte ich kaum gewagt, sie zu berühren; meine Angst, etwas gegen ihren Willen zu tun, hatte jede Initiative gelähmt und jeden Vorstoß erstickt, und als wir am Ende nichts anderes taten, als uns in den Armen zu halten, beschlich mich das Gefühl, dass sie es war, die hier Rücksicht auf mich nahm und nicht umgekehrt.

Giovanni Carafa. Diese Familie schien direkt aus der Hölle gekrochen zu sein. Ich war so aufgewühlt, dass ich nicht in der Lage war, mich auf das zu konzentrieren, was Mercuria und mir nun bevorstand.

Mercuria dagegen war kühl und entschlossen. Auf dem Weg hatte sie kaum gesprochen und Laura damit so eingeschüchtert, dass diese bald nicht mehr nachzufragen gewagt hatte, was wir denn nun eigentlich von ihrer Mutter wollten. Kaum waren wir bei dem kleinen Häuschen unweit des Gefängnisses von Ripetta angekommen, da war sie ganz in den Hintergrund getreten. Beatrice wiederum hatte sofort gerochen, dass wir nicht wegen irgendwelcher Küchenrezepte gekommen waren, und sie hatte ihre Tochter wie ein kleines Mädchen auf einen Besorgungsgang geschickt.

Nun saßen wir also in dieser aufgeräumten Stube mit der niedrigen Decke, während im Hintergrund irgendetwas über dem Feuer köchelte. Mercuria trug ein teures Kleid, als wollte sie Beatrice den Unterschied zwischen einer Dame und einer Bediensteten vor Augen führen, damit Beatrice gar nicht auf die Idee kam, sich unserem Anliegen zu widersetzen oder die Ahnungslose zu spielen. Ihr Gesichtsausdruck war fast schon feindselig.

Beatrice tat zunächst unbeeindruckt. Die einleitenden Fragen nach ihrer Anstellung bei Carlo Carafa beantwortete sie abweisend und mit wachsendem Misstrauen. Doch als die Rede auf die besagte Nacht kam, schlug ihr Widerwillen in Beklommenheit um.

«Ich erinnere mich nicht.»

«Doch, das tun Sie», sagte Mercuria bestimmt.

Beatrice blickte zum Fenster. «Ich kann darüber nicht reden.»

«Dann sind wir schon einen Schritt weiter. Sie erinnern sich also.»

«Ich darf nicht.»

«Sehen Sie, wir kommen voran», sagte Mercuria kalt. «Wurden Sie bezahlt? Wie viel hat man Ihnen gegeben? Hundert Scudi? Ich zahle zweihundert.»

«Nein, ich wurde nicht bezahlt», sagte Beatrice empört.

«Was dann? Bedroht?»

«Sie haben ja keine Ahnung», sagte Beatrice. Dann schwieg sie.

Mercuria schien zu spüren, dass es klüger war, die Strategie zu wechseln. Mit einem schnellen Seitenblick bedeutete sie mir, vor die Tür zu gehen. Im Hinausgehen sah ich noch, wie Mercuria mit ihrem Schemel nah an Beatrice heranrückte und ihre Hände nahm, was die Köchin widerwillig geschehen ließ.

«Wie heißt Ihre Tochter?», fragte sie, obwohl sie es längst wusste.

«Laura.»

«Meine hieß Severina.»

Ich stand ein paar Minuten vor der Tür herum und beobachtete die vorbeigehenden Menschen. Vögel zwitscherten von den Dächern. Eine Glocke rief zur Messe.

Als Mercuria mich wieder hereinrief, hatte Beatrice rot geweinte Augen.

«Kannst du es uns jetzt erzählen?», fragte Mercuria sanft.

Und dann redete Beatrice. Von Weinkrämpfen unterbrochen, berichtete sie von den Festen in der Gartenvilla des Kardinals, von den Mädchen, die in Kutschen auf das Anwesen gebracht worden waren, vom Geschrei der Frauen und vom Gelächter der Männer.

«Wenn das wieder losging, dann sahen wir alle zu, dass wir unsere Arbeit erledigten und verschwanden», schluchzte sie. «Man konnte ja nichts dagegen tun.»

Mercuria biss bei diesem Satz die Zähne zusammen. Es war offensichtlich, dass sie anderer Meinung war, aber sie widersprach nicht.

«Was passierte in der besagten Nacht?»

Beatrice schnäuzte sich, bevor sie weitersprach. «Ich

war dabei, die Küche sauber zu machen, als die Kutsche kam. Ich schloss alle Türen, aber ich hörte, wie sie wieder ein Mädchen reinschleppten. Hinten im Garten stand ein kleines Gästehaus. Da spielte sich das immer ab.»

«Hast du etwas gesehen?»

«Nein, aber ich weiß, dass sie zu viert waren. Carlo Carafa, sein Bruder Giovanni und zwei weitere Verwandte, Ferrante d'Alife und Lionardo di Cardine. Vorn in der Villa waren noch ein paar andere, aber die gingen nicht nach hinten. Ich putzte und polierte, und als ich fertig war, hörte ich plötzlich ein furchtbares Gefluche. Habt ihr den Verstand verloren, brüllte einer, habt ihr mal hingeschaut, wisst ihr, wer das ist? Dann redeten ein paar andere Stimmen durcheinander, und schließlich brüllte der Erste: Das ist die Kleine von Farnese, ihr verdammten Schwachköpfe!»

Mercuria hielt es nicht mehr auf ihrem Schemel. Sie stand auf, ging zum Fenster und krallte ihre Hände in das Sims.

«Weiter.»

«Der Kardinal fütterte damals ein paar alte Freunde aus dem Krieg bei sich durch, lauter Söldner, mit denen nicht zu spaßen war. Einer von denen war in dieser Nacht auch da. Ich hörte, wie Carlo Carafa durch den Garten herangestürzt kam und nach ihm rief. Er brüllte die ganze Zeit, Gabriele, du musst das regeln, Gabriele, mach dich endlich mal nützlich, Gabriele, du musst hinterher! Alle redeten durcheinander, Stühle polterten, dann rannte jemand zum Tor.»

Mercuria und ich tauschten einen Blick. Sie war weiß wie die Wand.

Beatrice begann wieder zu weinen. Ihre Stimme war nur

noch ein Fiepen. «Am nächsten Tag hörte ich, dass man diese junge Frau gefunden hatte. Und dass sie schwanger gewesen war.»

«Dieser Gabriele», sagte ich vorsichtig. «Wissen Sie sonst noch etwas über ihn?»

Beatrice schluchzte leise. «Nein», sagte sie, «der hielt sich meistens im Hintergrund. Ich erinnere mich noch nicht mal mehr an das Gesicht. Augenblick, doch, eins weiß ich. Dem fehlten zwei Finger. Die hatte er in irgendeinem Gefecht verloren.»

Es war nicht zu fassen. Da war er wieder, Sannazaro. Mercuria bedeutete mir mit einem Blick, die Sache nicht weiter zu vertiefen.

«Was ist dann passiert?», fragte sie.

«Alle sahen zu, dass sie verschwanden. Am nächsten Tag ging der Kardinal auf Gesandtschaftsreise, und die Feste hörten vorerst auf. Als er zurückkehrte, habe ich sein Haus verlassen. Ich weiß nicht, ob sie danach weitergemacht haben.»

«Und dieser Söldner?»

«Den habe ich nie mehr gesehen.»

Eine Weile sagte niemand etwas. Schließlich fragte Mercuria: «Und du hast das wirklich nie jemandem erzählt?»

Beatrice zögerte, als müsste sie sich durchringen, auch das letzte Geheimnis preiszugeben. «Doch», sagte sie schließlich. «Ein einziges Mal.»

«Wem?»

«Einem Priester. Das war alles ziemlich seltsam.»

Mercuria und ich beugten uns vor. Was kam denn jetzt noch?

«Kurz nach der Verhaftung der Carafa wurde ich von zwei Leuten des Gouverneurs mit einem Wagen abgeholt», sagte Beatrice. «Man brachte mich zum Palazzo Fieschi in Parione. Ich wurde in einen kleinen Raum geleitet und musste eine Weile warten. Und dann kam dieser Priester rein. Ich war furchtbar nervös, ich dachte zuerst, der wäre von der Inquisition, und jemand hätte mich wegen irgendwas angeschwärzt. Aber ich hatte ja gar nichts getan.»

«Aber unterlassen», murmelte Mercuria.

Beatrice blickte sie kurz irritiert an, dann fuhr sie fort. «Er war sehr freundlich. Ich müsste mir keine Sorgen machen, ich sollte einfach nur wahrheitsgetreu berichten. Er wollte wissen, was in jener Nacht passiert war. Er fragte nach den Namen der Beteiligten. Und ich erzählte ihm, was ich wusste.»

Die Namen der Beteiligten. Bevor sie weitersprach, begriff ich mit einem Schlag, wie alles zusammenhing. Bartolomeos Worte fielen mir wieder ein. *Carlo Carafa, Giovanni Carafa, Ferrante d'Alife und Lionardo di Cardine. Gianangelo Medici wollte genau diese vier Köpfe rollen sehen, und genau diese vier Köpfe bekam er.*

«Er hörte sich alles an, bedankte sich freundlich und ließ mich wieder hinausgeleiten. Ich musste ihm versprechen, niemandem etwas davon zu erzählen. Das war bis heute das einzige Mal, dass ich darüber gesprochen habe. Als die vier ein Dreivierteljahr später hingerichtet wurden, kam mir der Verdacht, dass es mit meiner Aussage zu tun haben könnte. Das war ja doch ein komischer Zufall. Aber wer bin ich schon?»

Mercuria hatte bei Beatrices Worten nachdenklich die Augenbrauen zusammengezogen. Es war ihr anzusehen, dass eine Frage sie umtrieb.

«Dieser Priester. Wie sah er aus?»

Beatrice gab eine ungenaue Beschreibung eines älteren

Mannes ab. «Der zuckte immerzu so komisch mit den Augen. Als wäre ihm da was reingeflogen.»

Mercuria lachte leise auf. Dann schüttelte sie langsam den Kopf, als hätte sie genau diese Antwort erwartet und könnte trotzdem nicht fassen, was Beatrice gesagt hatte.

«Das war kein Priester», sagte sie. «Das war der Papst.»

Beatrices Gesicht hätte man für die Ewigkeit festhalten sollen. Genau so mussten die beiden Jünger in Emmaus dreingeschaut haben, als sie am Tisch plötzlich feststellten, wer da vor ihren Augen das Brot brach.

34

«Frische Luft», ächzte Mecuria, als die Tür hinter uns zufiel. «Frische Luft, frische Luft, frische Luft.»

Bis zur Engelsbrücke waren es nur wenige Minuten. Ich folgte ihr wie ein dressierter Hund. Sie brauchte das Rauschen des Flusses, sie wollte das Wasser unter sich hören, wie immer, wenn sie klare Gedanken fassen musste.

Als wir auf der Mitte der Brücke angekommen waren, beugte sie sich weit über das Geländer und atmete mit geschlossenen Augen ein paarmal durch.

Schließlich sagte sie: «Ich habe Gianangelo Medici unterschätzt.»

Sie wies hinter sich, wo die dem Platz zugewandte Front des Palazzo Altoviti in der Morgensonne strahlte. «In der Nacht, in der Carlo Carafa hingerichtet wurde, habe ich dort gestanden», sagte sie. «Ich konnte nicht schlafen und machte einen Spaziergang. Genau in diesem Moment wurde er unter großer Bewachung aus dem Gefängnis geholt und zur Engelsburg gebracht, um dem Henker überantwortet zu werden. Er wurde direkt an mir vorbeigeführt. Ich blickte ihm in die Augen. Er sah aus, als verstünde er die Welt nicht mehr. Ich glaube, er wusste bis zuletzt nicht, warum das alles passierte.»

Sie stieß sich vom Geländer ab und sah hinüber zum Apostolischen Palast, dessen oberste Stockwerke sich neben dem Petersdom über die Dächer erhoben.

«Dort oben war alles erleuchtet. Als der Henker seine Arbeit erledigt hatte, wurde auf der Engelsburg ein Licht entzündet. Gianangelo Medici konnte wohl erst zu Bett gehen, nachdem er sich vergewissert hatte, dass die Schuldigen tot waren. Ich habe ihm unrecht getan. Jahrelang habe ich ihn verflucht, weil er nur seine Karriere im Kopf hatte. Aber so war es nicht. Er hat den richtigen Zeitpunkt abgewartet und dann zugeschlagen. Dieser ganze Prozess gegen die Carafa, das war keine Staatsaffäre. Es war seine persönliche Rache an denen, die seine Tochter auf dem Gewissen hatten.»

«Nur den Mörder hat er nicht erwischt», sagte ich.

«Nur den Mörder hat er nicht erwischt», wiederholte sie bedächtig. «Aber den kriegen wir. Ist das nicht unglaublich? Sannazaro geistert uns in den Dokumenten deines Onkels die ganze Zeit vor der Nase herum, wir verfolgen ihn bis zu Carlo Carafa, und dann verschwindet er. Die beiden Geschichten hingen die ganze Zeit zusammen, aber wir haben es nicht gesehen.»

«Es war ja auch nicht gerade offensichtlich.»

«Nein, war es wohl nicht.»

«Wie bist du eigentlich darauf gekommen, wer dieser Priester war?»

«Palazzo Fieschi in Parione. Gianangelo Medici hatte als Kardinal dort gewohnt. Auch danach ging er ab und zu noch hin, ohne Leibwächter. Man kannte ihn dort.» Sie lachte. «Ich nehme an, er hat die Miete immer pünktlich bezahlt.»

«Und wie ist er auf die Köchin gekommen?»

«Keine Ahnung, aber so schwer dürfte das nicht gewesen sein. Du hast es ja auch rausgefunden. Von Farnese hätte man allerdings mehr erwarten können. Den hat das offenbar nicht so lange beschäftigt. Übrigens ist mir damals in der Nacht von Carlo Carafas Hinrichtung auch dein Onkel über den Weg gelaufen.»

«Wirklich?»

«Ja. Der war ja immer da anzutreffen, wo was passierte. Er hat mir danach sogar eine Kopie seines Berichts über die Vollstreckung des Urteils geschickt. Und dich hat er auch erwähnt. Er wollte, dass du seinen Platz einnimmst. Aber er meinte, du wärst noch nicht so weit.»

Ich rechnete kurz nach. «Ich war sechzehn.»

Sie lächelte. «Mit sechzehn war ich schon im Geschäft.»

Wir lehnten uns ans Geländer und ließen den Fluss unter uns durchrauschen.

«Eins verstehe ich nicht», sagte ich. «Warum dieser ganze Umstand? Er hätte Carlo Carafa und die drei anderen wegen Vergewaltigung anklagen lassen können, anstatt einen solchen Schauprozess anzustoßen.»

Mercuria lachte auf. «Bist du so naiv, oder tust du nur so? Einen Kardinal wegen Vergewaltigung anklagen? Mit einer Köchin als Zeugin, die eigentlich nichts gesehen hat? Ich habe fünf Minuten gebraucht, um Beatrice weichzukochen. Was glaubst du, wie lange Carafas Anwälte gebraucht hätten, um sie in Fetzen zu reißen? Es wäre nicht das erste Mal gewesen, dass es so abläuft.»

Pallantieris Bemerkung im Gefängnis fiel mir wieder ein. Er hatte fast wörtlich dasselbe gesagt.

«Wie meinst du das?»

Mercuria stieß wütend die Luft aus. «Carlo Carafa war nicht der Einzige, der so etwas getan hat. Ein paar Jahre vor Severinas Tod wurde eine Bekannte von mir von einem halben Dutzend Männer auf der Straße überfallen, in einen Stall gezerrt und vergewaltigt. Es wurde ein Verfahren eingeleitet. Und als sich herausstellte, dass es sich bei einem dieser Männer um Alessandro Sforza di Santa Fiora handelte, war die Sache ganz schnell erledigt. Sie wurde unter Druck gesetzt und zog ihre Aussage zurück. Sie endete in der Gosse. Er stieg zum Kardinal auf.»

Das also war der Name gewesen, den Pallantieri mir verheimlicht hatte.

«Und selbst wenn es eine Verurteilung gegeben hätte, wäre es niemals zu einem Todesurteil gekommen», fuhr Mercuria aufgebracht fort. «Es ist gefährlicher, die falschen Bücher im Schrank zu haben oder den Hut nicht abzunehmen, wenn das Allerheiligste vorbeigetragen wird! Dafür kommt man aufs Schafott, nicht für Vergewaltigung!»

Ich nahm ihre Hand, um sie zu beruhigen. Sie atmete ein paarmal durch. Dann fuhr sie fort: «Und wer weiß, was da sonst noch alles ans Licht gekommen wäre! Wer war außerdem noch auf diesen Feiern? Kardinäle? Bischöfe? Äbte? Alle hätten davon geredet! Ein Fest für die Lutheraner! Schaut nach Rom! Das sind die Männer, die diesen Antichristen von Papst wählen! Die Gazettenschreiber in Deutschland hätten sich die Finger nach dieser Geschichte geleckt. Nein, nein, so war es besser. Gianangelo Medici bekam seine Rache und konnte es so darstellen, als wäre es ihm darum gegangen, den korrupten Laden auf Vordermann zu bringen.» Sie seufzte erschöpft.

«Aber immerhin hat er es getan», sagte ich.

Sie lächelte mich an. «Ja», sagte sie. «Und wir bringen es zu Ende.»

Nachdem wir zu Hause angekommen waren, trennten sich unsere Wege. Mercuria wollte allein sein. Und auch ich musste nachdenken.

Ich kann inzwischen kaum noch sagen, welcher Teil der

Geschichte mich am meisten beschäftigte, so sehr wirbelte alles durcheinander. Das Mädchen, das mir gerade den Kopf verdrehte, war als Kind von einem Mann vergewaltigt worden, der später seine Frau ermordet und in einem skandalösen Prozess zusammen mit seinem Bruder, einem Kardinal, zum Tode verurteilt worden war. Der besagte Prozess war in Wahrheit der Rachefeldzug eines Papstes gegen die Männer gewesen, die sich an seiner Tochter vergangen und ihr anschließend einen Mörder auf den Hals geschickt hatten. Diese Tochter war sterbend von einem Mädchen entbunden worden, dessen Vater, ebenfalls Kardinal, die Existenz des Kindes verheimlichte. Der Mörder wiederum hatte vor über vierzig Jahren zusammen mit einem Komplizen, dessen Skelett ich gefunden hatte, einen rätselhaften Schatz zu erbeuten versucht, der vielleicht in einer antiken Statue immer noch auf seine Entdeckung wartete. Das war die knappe Zusammenfassung meiner Erkenntnisse der letzten Wochen. Sonst noch was? Ach ja: Jemand versuchte, mich um die Ecke zu bringen, wahrscheinlich weil ich zu viel wusste. Hätte ich das irgendjemandem erzählt, er wäre wohl zu dem Schluss gekommen, dass ich unter Wahnvorstellungen litt.

Ich grübelte lange über alle diese merkwürdigen Zusammenhänge nach. Drei Fragen waren offen: Wo war diese Statue? Wo war Sannazaro? Und wer trachtete mir nach dem Leben? Die erste Frage sollte uns Fulvio Orsini beantworten, die zweite Bonifacio Caetani. Die Antwort auf die dritte würde ich vielleicht erst finden, wenn ich in einer Blutlache liegen und mein Mörder mir höhnisch den Grund für seine Tat ins Ohr zischen würde.

Fürs Erste gab es also nichts mehr, was ich tun konnte. Also hieß es warten, zumindest bis zum Samstag, wenn

Piero Carafa und seine kleine Hausgemeinschaft die Stadt verlassen würden, um mir ihr Haus zur Durchsuchung zu überlassen, damit wenigstens Kardinal Morone zufrieden war.

Weil mir nichts Besseres einfiel, stattete ich dem Griechen einen Besuch ab. Zu meiner Überraschung war er damit beschäftigt, die Zeichnung, die er vor vier Tagen von mir angefertigt hatte, auf die Leinwand zu bringen. Den Stoff hatte er in einen Rahmen gespannt und auf eine Staffelei gestellt. Eine Grundierung aus rötlichem Ocker hatte er bereits aufgetragen und mit feinen schwarzen Strichen die Konturen meines Gesichts mit den aufgeblasenen Backen darüber eingezeichnet. Es war ein befremdliches Gefühl, mich selbst in einem so unfertigen Zustand zu erblicken.

Als ich eintrat, mischte er gerade kräftig in den Töpfen. «Oho, der Verkündigungsengel», sagte er spöttisch.

«Sei gegrüßt, du Begnadeter», sagte ich.

Er lächelte selbstzufrieden, während er weiterrührte.

Wir witzelten noch eine Weile herum und schlugen einander die Zitate aus dem Evangelium um die Ohren, dann hob er wieder zu einem seiner langen Vorträge über Zeichnung und Farbe an und legte mir Stiche aus seiner beachtlichen Sammlung vor, um mir den Bildaufbau zu erklären. Ich habe selten jemanden gesehen, der sich für seine Kompositionen derart ungeniert bei Leuten bediente, an denen er sonst kaum ein gutes Haar ließ.

Als er endlich von mir abließ, verabschiedete ich mich mit dem angenehmen Gefühl, wenigstens für ein paar Stunden nicht mehr an die bohrenden Fragen gedacht zu haben.

Den Rest des Tages verbrachte ich bei Gennaro. Über unseren Besuch bei Beatrice war er von Mercuria längst informiert worden. Wir wälzten noch einmal den Aldrovandi, tranken Wein dazu und fabulierten über den Schatz, als hätten wir ihn so gut wie gefunden. Doch irgendwann hatte Gennaro genug von den Scherzen. Er blickte resigniert zur Decke und sagte: «Dir ist genauso klar wie mir, dass es diesen Schatz wahrscheinlich nicht gibt, oder?»

Ich nickte.

«Wenn wir Ockhams Rasiermesser ansetzen, bleibt nicht mehr viel übrig», sagte er. «Wir wissen nicht, ob in diesem Versteck überhaupt etwas war. Wenn ja, haben es sich vielleicht die Plünderer unter den Nagel gerissen, ohne dass Padovano etwas davon bemerkt hat. Wenn Francavilla es wirklich geborgen hat, könnte es ihm genauso gut von seinem Mörder abgenommen worden sein, bevor er es verstecken konnte. Falls ihm das vor seinem Tod doch gelungen sein sollte, und falls das Versteck wirklich diese Skulptur war, könnte es in der Zwischenzeit von jemand anderem gefunden worden sein. Und wenn es wirklich noch dort steckt, könnte die Statue inzwischen überall sein. Priapos ist keiner, mit dem man sich in diesen Zeiten beliebt machen kann.»

«Ich weiß», sagte ich. Und trotzdem wollte ich es nicht glauben.

«Wahrscheinlich ist die einfachste Lösung auch in diesem Fall die richtige», sagte Gennaro mit trübem Gesichtsausdruck. «Francavilla wurde schlicht und einfach von einem anderen Landsknecht erschlagen und ausgeraubt. Und der hat den Schatz anschließend im Suff verspielt. So einfach ist das.»

«Vielleicht auch nicht.»

«Ach, hör doch auf.»

Ich konnte ihm die schlechte Laune nachsehen, schließlich war er gezwungen, die ganze Zeit allein im Bett zu liegen.

Ich dagegen bekam auch in dieser Nacht wieder Besuch. Giordana kam früh, jedenfalls für ihre Verhältnisse. Wieder schlich sie sich in der Dunkelheit herein, und diesmal geschah alles ganz selbstverständlich, als hätte es der Offenbarung ihrer Erlebnisse bedurft, damit wir uns endgültig aufeinander einlassen konnten.

Und damit stellte sich unweigerlich die Frage, wie das alles eigentlich weitergehen sollte. Gab es eine Möglichkeit, ihren Vater irgendwie auf meine Seite zu ziehen? Ich wagte kaum, daran zu denken, und abgesehen davon war es ja immer noch nicht auszuschließen, dass er hinter dem Anschlag auf mich steckte. Schließlich gab ich mir einen Ruck und sprach sie darauf an.

«Mein Vater? Niemals. Das wäre nicht seine Art.»

«Und wenn uns jemand zusammen gesehen und ihm das hinterbracht hat?»

«Dann wäre er dir von Angesicht zu Angesicht gegenübergetreten», sagte sie mit grimmig verstellter Stimme.

«Um mich zum Duell zu fordern?»

Sie lachte auf. «Dich? Ein Orsini duelliert sich nur mit seinesgleichen.» Sie nahm meinen Kopf in ihre Hände, küsste mich und sagte: «Natürlich hätte er dich aufgespießt. Aber doch nicht von hinten. Du sollst ja schließlich wissen, wofür du stirbst.»

Damit war die Liste der möglichen Attentäter also um einen Namen kürzer. Und wo wir nun schon so angeregt über ihre Familie plauderten, konnte ich sie auch gleich nach Fulvio Orsini fragen.

«Klar kenne ich den. Verschrobener Kerl, nur Statuen und Büsten im Kopf.»

Allerdings, dachte ich.

«Der hat sich ziemlich unbeliebt gemacht in der Familie. Da haben wir etwas gemeinsam.»

«Ich muss mit ihm sprechen.»

«Was willst du denn von ihm?»

«Es geht um eine Statue.»

«Aha? Um welche denn?»

Klar, dass sie sich nicht mit einer einfachen Antwort abspeisen lassen würde, neugierig wie sie war. Schließlich erzählte ich ihr die ganze Geschichte. Als ich ihr sagte, wie es zur Verurteilung von Giovanni Carafa gekommen war, biss sie die Zähne zusammen.

«Dieser Widerling. Noch unter dem Galgen war er überzeugt, dass er sterben muss, weil er seine Ehre retten wollte. Dabei hatte er gar keine mehr.»

Als wir uns voneinander lösten, läutete draußen schon die erste Glocke. Giordana sagte zu, mich bei Fulvio Orsini zu empfehlen. So einfach war das also.

Zwei Tage lang ging es so weiter: Tagsüber schaute ich dem Griechen über die Schulter und kümmerte mich um Gennaro, um mich von meinen Grübeleien abzulenken, nachts kam Giordana und lenkte mich wiederum auf ihre Art von meinen Grübeleien ab.

Und dann kam der Samstag.

Kurz nach Sonnenaufgang schlich ich mich zum Glockenturm von Santi Quattro Coronati. Es war der Tag vor Ostern, die Luft war frisch und klar, und die Straßen waren so leer, dass ich jeden Verfolger sofort entdeckt hätte. Das Panzerwams spürte ich inzwischen kaum noch.

Auf dem Glockenturm musste ich nicht lange warten: Schon nach einer halben Stunde fuhr vor dem Haus von

Piero Carafa eine Kutsche vor. Der Hausherr, sein Gärtner und der Verwalter traten ins Freie und stiegen ein. Laura, die schöne Köchin, holten sie wahrscheinlich zu Hause ab. Damit hatte ich freie Bahn.

Mit einer Mischung aus Übermut und Beklommenheit überquerte ich die Straße. Ich hätte Gennaro gern dabeigehabt, aber das ging ja nun einmal nicht, und so versuchte ich, nicht daran zu denken, was passieren würde, wenn jemand mich beobachtete und die Knüppelmänner rief, oder, noch schlimmer, wenn die kleine Reisegesellschaft plötzlich wieder vorfuhr, weil irgendetwas vergessen worden war.

Die Tür war natürlich verschlossen. Ich umrundete das Haus und fand überall verrammelte Fensterläden vor. Mein Einbruch bei Piero Carafa würde also nicht geräuschlos vonstattengehen. Zum Glück war der Garten auf allen Seiten von Mauern umgeben, und ein paar Obstbäume verwehrten jeden Einblick aus den oberen Stockwerken der Nachbarhäuser, fast als hätte Piero Carafa sie absichtlich genau dort pflanzen lassen.

An der hinteren Gartenmauer befand sich ein überdachter Holzstapel mit einem Hauklotz, in dem eine Axt steckte. Weil ich selbst nur ein Messer dabeihatte, griff ich mir das Werkzeug, ging zum Haus und setzte die Klinge an einem Fensterladen an, der ein bisschen morscher aussah als die anderen. Und als wäre der Küster oben in Santi Quattro Coronati mein heimlicher Verbündeter, setzte in diesem Moment von der Klosterkirche aus das Geläut ein, sodass das Knirschen des Fensterladens vollständig vom rollenden Bronzeklang der Glocken übertönt wurde.

Einen Augenblick später stand ich in einer aufgeräumten Küche. Ich beschloss, mir zunächst einen Überblick zu verschaffen, und machte einen kleinen Rundgang durch das Haus. Durch die Ritzen in den Fensterläden fiel dämmriges Licht herein.

Im Erdgeschoss befanden sich neben der Küche mit angeschlossener Vorratskammer eine große Diele mit einem riesigen Kamin, ein Speiseraum, ein Waschraum mit einem Zuber und zwei kleinere Zimmer, in denen Truhen und Kisten gestapelt waren. Das obere Stockwerk beherbergte drei Schlafräume und eine Art Studierstube mit Regalen voller Schreibutensilien und Bücher. Am Ende des breiten Flurs führte eine Treppe ins Dachgeschoss. In das staubige Gebälk war ein Verschlag gezimmert worden, in dem offenbar der Gärtner hauste, jedenfalls lagen hier Gartengeräte und ein Schleifstein herum. Ansonsten fand sich dort oben nur Krempel, der bei irgendwelchen Ausbesserungsarbeiten liegengeblieben war: Dachschindeln, Eimer und unbrauchbare Werkzeuge. Der Glockenklang vom Kloster verhallte. Plötzlich war es unheimlich still im Haus.

Als ich gerade wieder nach unten steigen wollte, geschah das Schlimmste, was passieren konnte: Vor dem Haus fuhr die Kutsche wieder vor. Ein Wagenschlag klappte. Schnelle und schwere Schritte näherten sich. So energisch, wie die Stiefel da den Kies traktierten, konnte das nur der Verwalter sein. Ich ließ mich unter das Bettgestell des Gärtners gleiten und betete, dass er den aufgebrochenen Fensterladen in der Küche nicht entdecken würde.

Fluchend betrat er das Haus, fluchend erklomm er die Treppe, fluchend betrat er den Verschlag. Ich sah die Stiefel direkt vor meiner Nase und hielt den Atem an.

«Ein Gärtner ohne Gartenschere, was für ein Idiot.»

Er bückte sich. Einen Augenblick lang sah ich sein Gesicht von der Seite, als er das besagte Werkzeug vom Boden aufhob. Hätte er den Kopf nur um eine Vierteldrehung gewendet, er hätte mich entdeckt.

Dann stapfte er, immer noch fluchend, hinaus. Die Schritte verklangen. Die Tür klappte. Der Schlüssel knirschte. Die Kutsche fuhr an.

Um keine Zeit mehr zu verlieren, machte ich mich an die Durchsuchung des Hauses. Ich arbeitete mich durch die Truhen und Kisten im unteren Stock, fand aber nur jede Menge Kleidung und Schuhe für alle Jahreszeiten, Stoffe in den verschiedensten Farben und Mustern, zusammengerollte Teppiche, Decken und Tischtücher, Werkzeug, Kerzenleuchter, Öllampen und allerhand Plunder. Die Diele beherbergte außer einem langen Tisch mit Stühlen und einer Truhe voller Geschirr und Besteck nichts. Küche und Vorratskammer enthielten alles, was in Küche und Vorratskammer gehörte, und nichts, was dort nicht hingehörte. Ich suchte das ganze Erdgeschoss nach Falltüren und in der Wand verborgenen Fächern ab, fand aber keine. Zwischendurch lauschte ich immer wieder nach Geräuschen von draußen.

Im oberen Stockwerk wurde ich auch nicht fündig. Die einzigen Papiere, die ich in der Studierstube entdeckte, waren ein paar Verträge und Briefe aus früheren Jahren. Ich widerstand der Neugier, sie zu lesen, und der Versuchung, sie zu entwenden. Es war besser, wenn niemand merken würde, dass ich im Haus gewesen war.

Einer der drei Schlafräume war leer bis auf das Bettgestell und wurde offenbar nur gelegentlich genutzt. Piero Carafas Zimmer enthielt ein prachtvolles Bett und einen Schrank voller Kleidung, aber ohne doppelte Böden oder Geheimfächer. Das dritte Zimmer wurde vom Verwalter bewohnt und überraschte mich dann doch: Dieser Vincenzo hortete eine große Anzahl von Waffen, darunter auch zwei Arkebusen, deren Besitz verboten war, ferner eine Armbrust und ein Dutzend Schwerter, Säbel, Dolche und Messer. Das Zimmer sah aus wie die Rüstkammer einer Festung, die mit einer Belagerung rechnete. Mein Eindruck hatte mich nicht getäuscht: Mit dem war nicht gut Kirschen essen.

Sein Besitz an Kleidung war überschaubar, aber ausgesucht: In einer Truhe waren Hemden und Hosen, Wämser und Jacken sauber gestapelt, dazu zwei Pelzmäntel und drei bestickte Jacken. Handschuhe schienen es ihm angetan zu haben, er hatte eine große Auswahl davon in allen Farben, und auch an diesem Morgen hatte er welche getragen, obwohl es ein warmer Tag zu werden versprach. Ich zog aufs Geratewohl ein Paar hervor. Einer davon war merkwürdig schwer. Als ich ihn näher betrachtete, stockte mir der Atem.

Es war kein einfacher Handschuh. Es war eine Prothese. Daumen und Zeigefinger bestanden aus mit Stoff überzogenem Holz, darunter war ein kleiner Riemen angebracht, mit dem man den Handschuh auf Höhe des Handwurzelknochens befestigen konnte, um den falschen Fingern mehr Stabilität zu verleihen.

Sannazaro. Jetzt hatten wir ihn.

35

«Jetzt haben wir ihn», sagte Mercuria, nachdem ich ihr alles berichtet hatte. Natürlich hatte sie so lange nachgebohrt, bis ich mein Verschwiegenheitsversprechen gegenüber Kardinal Morone gebrochen hatte. Ich hätte sowieso keine glaubwürdige Ausrede für meinen Einbruch bei Piero Carafa zustande gebracht, aber in diesem Augenblick war mir das auch völlig bedeutungslos erschienen.

«Werden sie merken, dass du im Haus warst?», fragte sie.

«Nein.»

Ich hatte alles so hinterlassen, wie ich es vorgefunden hatte, und den aufgehebelten Fensterladen wieder geschlossen.

«Gut so.» Sie dachte nach.

«Was mache ich denn nun mit ihm?», fragte sie schließlich, als ginge es um die Frage, ob sie eine Lammkeule lieber mit Thymian oder lieber mit Rosmarin zubereiten sollte. Sie strahlte eine gefährliche Ruhe aus, und ich hoffte, dass sie nichts tun würde, was sie selbst an den Galgen bringen könnte.

«Lass das ein paar Leute erledigen», schlug ich vor.

Sie schüttelte langsam den Kopf. «Das wäre ja so, als würde der Papst morgen am Hochaltar die Ostermesse von einem Vikar lesen lassen. Nein, das muss ich schon selbst machen. Und er muss erfahren, warum er geschlachtet wird.»

Das hatte ich befürchtet.

«Ich könnte ihm in seinem Haus auflauern. Gleich heute Abend.»

Ich dachte an die vielen Waffen. Sannazaro war Söldner gewesen.

«Ich halte das für keine gute Idee», sagte ich. «Lock ihn lieber irgendwohin.»

«Danke für das Kompliment, aber dafür bin ich wirklich langsam zu alt.»

Mit einem Mal kam mir eine Idee. Lauras Worte fielen mir wieder ein.

«Dienstags geht er immer in den Hortaccio», sagte ich.

«Wer sagt das?»

«Laura.»

Ihr Gesicht hellte sich auf. «Na, was für ein Zufall, dass dann die Fastenzeit vorbei ist. Das wird ein schönes Gedränge.» Wieder dachte sie eine Weile nach. «Hat sie sonst noch irgendwas gesagt? Hat er eine Favoritin?»

«Nein. Sie wirkte ein bisschen verschämt.»

«Natürlich. Eure schöne, keusche Madonna. Das sind die Mädchen, die heutzutage gefallen. Aber ich finde es schon selbst raus.» Sie stand auf und griff sich ihren Umhang.

«Da ist noch zugemauert», gab ich zu bedenken.

Sie sah mich spöttisch an. «Für mich ja wohl kaum.»

Gern hätte ich ihr geholfen. Aber wie?

Nachdem Mercuria gegangen war, dachte ich lange darüber nach, wie man sie davon abhalten könnte, etwas Unüberlegtes zu tun. Plötzlich klopfte es an die Tür. Draußen stand einer, der so sehr nach einem Boten aussah, dass ich zuerst dachte, Morone ließe mich wieder rufen, stattdessen entpuppte sich der magere Jüngling als Mitarbeiter von Farnese. Aber es war nicht der Kardinal, der mich zu sehen wünschte, sondern sein Antikenverwalter.

Auf dem Weg zum Palazzo Farnese war ich reichlich nervös. Wenn der Chirurg mir dort über den Weg laufen würde, dann könnte es unangenehm werden. Es war immer noch kein endgültiger Beweis dafür erbracht, dass der Kardinal nicht hinter dem Anschlag auf mich steckte. Ich begab mich also in die Höhle des Löwen und hatte in der Eile auch noch vergessen, das Panzerwams anzulegen. Aber meine Neugier verbot mir umzukehren.

Als ich durch die Eingangshalle schritt, zog ich den Kopf ein, als könnte die gewaltige Kassettendecke jeden Moment über mir zusammenstürzen. Im Innenhof blickte ich mich hektisch um. Ein Leibwächter, zum Glück nicht Giorgio, lehnte an einer der Säulen und kaute an den Fingernägeln.

Fulvio Orsini empfing mich im großen Saal im ersten Stock des Palastes. Er hatte eine Brille auf der Nase und hockte auf dem Boden, wo Hunderte von Stichen ausgebreitet lagen: Porträts berühmter Männer, antike Ruinen und Statuen, Kirchenfassaden, biblische Geschichten, Szenen aus der griechischen Mythologie und Allegorien. Er schien irgendetwas zu sortieren und beachtete mich zunächst gar nicht, sodass ich mich einen Augenblick umsehen konnte.

Alles war mir auf einmal wieder vertraut, als wären nicht mehr als zehn Jahre vergangen, seit ich diesen Saal, der in meiner Erinnerung noch gewaltiger gewesen war, zum letzten Mal betreten hatte. Ich erwähnte ja bereits, dass mein Vater für Salviati dort die Fresken mit den Heldentaten der Farnese ausgeführt hatte. Ich ließ meinen Blick über das Gewimmel wandern und blickte mir selbst als Vierzehnjährigem ins Gesicht. Eine große Rührung überkam mich. Es war, als stünde ich dem Vermächtnis meines Vaters gegenüber. Ausgerechnet hier.

Orsini erhob sich ächzend, nahm die Brille ab und begrüßte mich.

«Oben im Kabinett ist einfach kein Platz, um das alles zu ordnen», sagte er, fast als müsste er sich mir gegenüber für die Belegung des Saales rechtfertigen.

Und dann gab er mir unaufgefordert einen Überblick über die riesige Sammlung, deren Verwaltung und Vermehrung ihm im Auftrag des Kardinals oblag; er schlug mir Namen und Daten um die Ohren, ohne auch nur ein einziges Mal nach dem Anlass meines Besuchs zu fragen. Wahrscheinlich hielt auch er mich für einen Künstler, der hier nach Anregungen suchte; der Hausherr war ja bekannt dafür, dass seine Tür solchen Leuten immer offen stand. Wusste Orsini überhaupt, dass ich derjenige war, den Giordana ihm angekündigt hatte? Hatte er schon wieder vergessen, dass er mir gerade einen Boten geschickt hatte, um mich abholen zu lassen?

Doch ganz so schusselig war er dann doch nicht.

«Du bist auf der Suche nach einer Statue?», fragte er, als er seine Ausführungen beendet hatte.

«Ein Priapos», sagte ich und beobachtete sein Gesicht, wobei ich ein Grinsen niederkämpfen musste.

«Oho. Ein pikantes Sujet.»

Es folgte ein weiterer Schwall von Erklärungen zur Geschichte des Gottes und seiner Darstellung. Meine Ungeduld bemerkte er nicht.

«Er stand vor etwa dreißig Jahren im Garten der Villa auf dem Quirinal, die heute von Kardinal Este bewohnt wird», schoss ich in einer kurzen Redepause dazwischen.

Fulvio Orsini nickte wissend und ließ einen erneuten Hagel von Informationen über die Entwicklung der Besitzverhältnisse des Grundstücks auf mich niederprasseln.

«Ich wüsste gern, was aus der Statue geworden ist.»

«Sie wurde von den Farnese an Kardinal Carpi verkauft. Der wiederum tauschte sie später gegen eine Madonnenfigur ein, die er von Kardinal Este bekam. In künstlerischer Hinsicht ein miserabler Tausch, in sittlicher Hinsicht selbstverständlich ein vorteilhafter. Este ließ den Priapos dann auch nicht mehr auf den Quirinal zurückbringen, sondern lagerte ihn ein. Später gab er ihn an Kardinal Morone weiter, warum auch immer. Der kann damit eigentlich nichts anfangen.»

Im Gegensatz zu dir, dachte ich.

«Die Aufstellung seiner ohnehin bescheidenen Sammlung zeugt von einem erschreckenden Mangel an Sachverstand», dozierte Orsini, offensichtlich betrübt über so viel Ignoranz. «Morone fehlt ein kompetenter Berater. Statuen müssen miteinander in Beziehung treten. Sie müssen atmen und sich entfalten können. Sie leben.»

Kein Zweifel, dass du das glaubst, dachte ich.

«Sie müssen der Ordnung der mythologischen Welt gehorchen und sie für den Betrachter wiedergeben, andernfalls sind sie nur beliebige Dekoration.»

«Und wo steht der Priapos jetzt?», fragte ich ungeduldig, um weitere Belehrungen über die sachgerechte Aufstellung von Skulpturen im Keim zu ersticken.

«In Morones Gartenvilla in Trastevere.»

Und mit einem Schlag erinnerte ich mich: Unter der Überdachung hatte er gestanden, trotz seines aufdringlichen Attributs ganz bescheiden zwischen Poseidon und Artemis.

Als Fulvio Orsini mein Gesicht sah, regte sich doch noch so etwas wie Neugier in seinen gelehrten Augen. Warum ich das alles wissen wolle? In der Sammlung seines Dienstherrn befänden sich zwei weitaus besser erhaltene Statuen des Gottes, die er mir gern zeigen werde, für den Fall, dass ich sie abzeichnen wolle.

Ich flunkerte mir eine lustlose Erklärung zusammen. Er war ein bisschen enttäuscht, dass ich kein Interesse zeigte, sein Angebot anzunehmen.

Auf dem Rückweg konnte ich mir einen Abstecher nach Trastevere nicht verkneifen. Morones Anwesen lag verlassen da, zum Glück, denn ich hatte keine Lust, den Kardinal weiter zu verärgern, indem ich seiner Weisung zuwiderhandelte, ihn nur angemeldet zu besuchen.

Und da stand er, der Priapos. Zwischen Poseidon und Artemis.

Konnte ich jetzt einfach wieder nach Hause gehen? Natürlich nicht. Ich zählte in Gedanken kurz nach: Es war mein vierter Einbruch innerhalb von ein paar Wochen. Gennaro würde stolz auf mich sein.

In der Straße war gerade niemand zu sehen, also stieg ich über das vergitterte Tor, das dabei ziemlich laut klapperte. Ich sprang in den Garten und verbarg mich hinter einem Rosenstrauch. Im Haus regte sich nichts. Offenbar war niemand da.

Nach einiger Zeit wagte ich mich hervor und rannte zum Vordach der Villa, unter der sich die Statuen in einer für Fulvio Orsini empörenden Beliebigkeit aneinanderreihten. Priapos stand vor der Wand auf seinem Sockel, leicht zurückgelehnt, um sein riesiges Gemächt noch besser vorzeigen zu können. Aufgrund der Pose war es nicht möglich gewesen, ihn so dicht vor die Wand zu stellen wie die anderen Statuen. Das war mein Glück, denn die zwei Handbreit Platz reichten aus, um Gewissheit zu erlangen: Der Stein war nicht massiv. Die Platte, die wie zur Ausbesserung eingesetzt worden war, verlief fast über die gesamte Breite des Sockels. Kein Zweifel, das hier war die Statue aus Estes Garten.

Leider war die Platte mit vier Metallhaken verankert. Eingequetscht zwischen Poseidon, Mauer und Priapos, ruckelte ich ein paarmal daran herum, während der Dreizack des Meeresgottes mich in den Rücken stach. Die Steinplatte bewegte sich kein bisschen. Ohne Werkzeug war hier nichts zu machen. Also stand mir ein fünfter Einbruch bevor. Zitternd vor Aufregung machte ich, dass ich vom Grundstück kam.

Es hätte nicht viel gefehlt, und Gennaro hätte sich die Krücken geschnappt, nachdem er meinen Bericht angehört hatte. Mit Mühe konnte ich ihm ausreden, bis nach Trastevere zu humpeln. Er wäre ohnehin unmöglich über das Tor gekommen. Schließlich sah er es ein. Er wies mich an, ein paar Werkzeuge von unten zu holen, und erklärte mir, wie ich damit die Haken lösen konnte, die die Platte hielten.

«Wehe, du weckst mich nicht», sagte er.

Gern hätte ich auch Mercuria von den Neuigkeiten erzählt, aber sie blieb den ganzen Tag über verschwunden. Der Innenhof lag wie ausgestorben da, an allen Häusern waren die Läden geschlossen. Unser Wächter war nicht auf seinem Posten.

Auf einmal dachte ich wieder an den Überfall vor ein paar Tagen, und mir wurde unwohl. Wenn jemand mich beobachtete, dann musste er wissen, dass jetzt ein guter

Augenblick war, um zuzuschlagen. Und während ich mich wieder in das Panzerwams zwängte, merkte ich mit Verwunderung, dass angesichts der Aussicht, hier gleich niedergestochen zu werden, meine größte Sorge dem Umstand galt, dass ich in diesem Fall niemals erfahren würde, was es mit Francavillas verdammtem Schatz auf sich hatte.

Den Rest des Tages verbrachte ich mit einem ausgedehnten Spaziergang durch die Stadt, um mich auf andere Gedanken zu bringen. Es gelang mir nicht. Ich widerstand der Versuchung, um den Hortaccio zu schleichen. Ich stieg auf den Gianicolo und ließ mir den Frühlingswind um die Nase wehen. Der Nerogiebel leuchtete in der Nachmittagssonne. Dort unten lag noch immer das Skelett von Antonio Francavilla, das demnächst wahrscheinlich endlich seine letzte Ruhe finden würde. Heute Nacht rückst du deinen Schatz raus, dachte ich. Und auf einmal glaubte ich wieder, dass es ihn gab, diesen Schatz.

Vielleicht würde Alberto es so einrichten können, dass er neben Antonio begraben würde, wenn es so weit wäre. Ich wünschte es ihm. Die heimliche gemeinsame Bestattung zweier Liebender.

Als es dämmerte, machte ich mich auf den Rückweg. Der Wächter hatte seinen Posten bezogen. Bei Mercuria war immer noch alles dunkel.

Ich ging wieder zu Gennaro, wir aßen und tranken zusammen und sponnen herum. Die meiste Zeit über ging ich dabei auf und ab, weil ich es auf dem Stuhl neben seinem Bett nicht aushielt. Die Zeit zog sich in die Länge, dass es kaum zu ertragen war. Irgendwo läutete eine Glocke.

«Frohe Ostern», sagte Gennaro und reichte mir die Werkzeugtasche. «Geh hin und wälz den Stein vom Grab.»

Bevor ich mich aufmachte, ging ich noch einmal zu

mir hinüber, um das Panzerwams abzulegen, das mir bei meinem Vorhaben nur hinderlich sein würde. Als ich mich gerade fragte, ob ich auch in dieser Nacht wieder auf Giordana warten sollte, fragte eine Stimme aus der Dunkelheit: «Sag bloß, du wolltest nicht auf mich warten?»

Es war berauschend, wie wir da Hand in Hand durch die Nacht wanderten.

Ich klemmte die Ledertasche mit dem Werkzeug zwischen die beiden Torflügel von Morones Anwesen, damit sie nicht klapperten, und stieg hinüber. Giordana folgte mir. Sie konnte klettern wie ein Eichhörnchen.

Als wir uns der Villa näherten, fasste sie mich am Arm und zeigte auf einen schwachen Lichtschein, der aus einem Seitenfenster in den Garten fiel.

«Da ist jemand», flüsterte sie.

Verdammt. Saß der Kardinal dort und bereitete seine Osterpredigt für den nächsten Tag vor? Warum musste er das ausgerechnet hier machen?

Wir schlichen zur Gartenmauer, vor der dichtes Buschwerk stand, und pirschten bis zu einer Stelle vor, von der aus man in das erleuchtete Fenster blicken konnte.

Es war nicht Morone. Es war sein hagerer Kaplan, der konzentriert über ein paar Papiere gebeugt dasaß.

«Wir müssen warten, bis er weg ist», flüsterte Giordana.

«Müssen wir nicht», flüsterte ich zurück. «Der ist taub.»

Sie schien nicht ganz überzeugt zu sein, folgte mir aber im Schutz der Büsche zurück in den vorderen Teil des Gartens.

Unter dem Vordach war es stockdunkel. Die Statuen hoben sich als dunkelgraues Spalier vor der Schwärze der Mauer ab.

«Welche ist es?», fragte Giordana.

«Man kann sie ganz gut ertasten», sagte ich, wofür ich mir einen Nackenschlag einfing.

Ich fand den Priapos und zwängte mich dahinter. Fühlte die Haken, die die Platte festhielten. Ertastete mit dem Finger den Abstand zwischen Metall und Stein, um Maß für den passenden Meißel zu nehmen. Als ich die Tasche öffnete, klimperte es leise. Giordana war nicht auszumachen.

Nur einen Augenblick später rumpelte es hinter der Ecke, als ein Stuhl zurückgeschoben wurde.

«Ist da wer?»

Schritte drangen aus dem Haus, dann wurde die Tür geöffnet, und der Schein einer kleinen Lampe fiel auf den Boden. Der Kaplan erschien und spähte mit zusammengekniffenen Augen in den Garten.

«Da ist doch jemand!»

Er trat einen weiteren Schritt vor, es folgte ein dumpfer Schlag, und er sackte zusammen. Die Lampe fiel zu Boden und erlosch.

«Von wegen taub», sagte Giordana.

Es raschelte eine Weile, dann war sie wieder bei mir.

«Keine Sorge», sagte sie. «Der wacht wieder auf.»

Mit einem Schlag begriff ich, wer mich überfallen hatte. Bartolomeos Worte fielen mir ein. *Manchmal glaube ich, der tut nur so taub, damit er umso ungestörter lauschen kann.* Und Laura hatte von einem Geistlichen gesprochen, der Piero Carafa manchmal besuchte. *So ein hagerer Kerl.* Morones Kaplan steckte mit Piero Carafa unter einer Decke. Die Dokumente, mit denen der Kardinal erpresst wurde, waren gar nicht abgegeben worden. Vielleicht hatte der Kaplan sie sogar in Morones Palast aufbewahrt, um sie im richtigen Moment hervorzuholen.

Aber jetzt war keine Zeit, das weiter zu erörtern. Ich nahm mir vor, Morone in den nächsten Tagen über seinen Kaplan zu informieren. Dann griff ich nach dem passenden Meißel und hebelte so lange an einem der Haken herum, bis er herausfiel. Als ich den zweiten Haken entfernt hatte, ließ die Platte sich ganz einfach herausstemmen. Dahinter lag tatsächlich ein Hohlraum.

Ich tastete fieberhaft darin herum und bekam natürlich als Erstes das bildhauerische Werk zu fassen, für das die Vertiefung überhaupt geschaffen worden war. Ich musste an Fulvio Orsini denken und murmelte grinsend: «Oho. Steinhart.»

«Was?»

«Nichts.»

«Nichts drin oder nichts gesagt?»

«Halt doch mal für eine Sekunde den Schnabel.»

Da war etwas. Ein großer Samtbeutel. Er klemmte fest, und weil ich nicht daran zerren wollte, fummelte ich so lange, bis ich ihn herausziehen konnte. Es klimperte, aber das waren keine Münzen.

«Was ist das?»

«Ich weiß nicht. Ovale Tafeln. Ziemlich schwer.»

Sie riss mir den Beutel aus der Hand, nestelte daran herum, aber es war ohnehin zu dunkel, um irgendetwas zu erkennen, außerdem begann der Kaplan im Hintergrund, sich stöhnend zu regen.

«Nichts wie weg», flüsterte ich. «Wir sehen uns das zu Hause an.»

So schnell wie in dieser Nacht habe ich den Ponte Sisto niemals zuvor und niemals danach überquert.

Bei Gennaro brannte Licht. Als wir hineinplatzten, saß Mercuria an seinem Bett.

«Nein!», schrie Gennaro.

«Doch!», schrie ich und hielt den Beutel hoch.

Und dann zog ich die erste ovale Scheibe hervor. Eine Kamee, in Gold gefasst und mit Perlen eingerahmt. Sie zeigte ein Paar auf einem Bett, nackt und in abenteuerlicher Verrenkung ineinandersteckend. Alle Einzelheiten dieser Verschmelzung waren haarklein aus dem kostbaren Stein herausgearbeitet.

«Ficken wir, meine Seele, ficken wir schnell», sagte Giordana.

Gennaro blickte sie entgeistert an. Da ich ihre Lektüren und Vorbilder kannte, wunderte mich ihre Ausdrucksweise nicht, aber Gennaro sah Giordanas Katzengesicht gerade zum ersten Mal, und dass er Schwierigkeiten hatte, diese Worte mit dem Mund in Einklang zu bringen, der sie aussprach, war wohl mehr als verständlich.

«Denn zum Ficken sind wir alle geboren», rezitierte Mercuria amüsiert.

Es folgte ein Dialog der allerderbsten Sorte in Sonettform, den die beiden Damen mit perfekter Intonation und voller Würde bis zum Schluss vortrugen. Sie verstanden sich wirklich.

«Was war das denn?», fragte Gennaro völlig entgeistert.

«Aretino», sagte Giordana. «Die unzüchtigen Sonette.»

«Seit über vierzig Jahren verboten», ergänzte Mercuria.

Ich zog die anderen Kameen heraus und legte sie auf dem Boden nebeneinander. Sechzehnmal dasselbe: Da wurde gerammelt und geschleckt, was das Zeug hielt, von vorn, von hinten, von oben und von unten.

«Unglaublich», sagte Mercuria. «Die hingen als Stiche bei diesem Bankier im Schlafzimmer, in dem Parmigianino mich gezeichnet hat. Er sagte mir, dass die Venezianer eine besondere Version davon hätten anfertigen lassen. Als Geschenk für den Papst. Jetzt begreife ich.»

«Was begreifst du?», fragte Gennaro.

Mercuria verdrehte die Augen angesichts von so viel Begriffsstutzigkeit.

«Von wem lässt ein Staat seine Geschenke überreichen?»

Gennaro riss die Augen auf. «Vom …»

«Genau. Vom Botschafter. Venier hatte sie bei sich deponiert, um sie bei Gelegenheit zu übergeben. Aber es war wohl kaum die richtige Zeit dafür. Und während er im Palast der Colonna den Stallburschen spielte, damit ihn bloß niemand als Botschafter erkannte, klaute Francavilla die Kameen, um sie mit seinem Freund zu Geld zu machen.»

«Was wohl ziemlich schwierig geworden wäre.»

«Ach», sagte Mercuria. «Ihr glaubt gar nicht, wofür Liebhaber so alles Geld bezahlen. Man muss ja nicht jedem zeigen, was man im Schlafzimmer an der Wand hängen hat.»

Wir saßen noch eine Weile am Bett von Gennaro und tranken. Doch während unser Übermut ins Grenzenlose wuchs, wurde Mercuria immer schweigsamer. Ich wusste natürlich, was sie beschäftigte, aber es war nicht der richtige Zeitpunkt, das in ausgelassener Runde zu erörtern. Sie verabschiedete sich.

36

An den folgenden beiden Tagen war Mercuria nicht aufzufinden. Was immer sie vorbereitete, was immer sie plante, sie wollte es offenbar allein tun. Ich muss zugeben, dass ich fast ein bisschen beleidigt war, schließlich war ich ihr Vertrauter, doch statt ins Vertrauen gezogen zu werden, hockte ich herum, ging auf und ab und fragte mich, was zum Teufel sie vorhatte. Und natürlich machte ich mir Sorgen. Von Hautabziehen hatte sie gesprochen. Ich fürchtete das Schlimmste und sah sie schon am Galgen.

Gennaro ging es ähnlich. Die Tatsache, dass er nach wie vor das Bett kaum verlassen konnte, machte ihn zusätzlich verrückt. Bartolomeo war mit seinen österlichen Verpflichtungen beschäftigt. Giordana ließ sich nicht blicken. Nur der Grieche war die Ruhe selbst.

«Sie weiß, was sie tut», sagte er, als wüsste er mehr als wir. Ausgerechnet er, der sie kaum zwei Wochen kannte. Es klang schon fast anmaßend, und doch sollte er recht behalten.

Erst am Montagabend traf ich Mercuria in ihrem Haus an. Als ich eintrat, stand sie am Fenster und blickte hinaus in den Fackelschein.

«Was hast du vor?», fragte ich.

«Kannst du dir das nicht denken?»

Ja, so ungefähr konnte ich das.

Hatte sie wirklich alles berücksichtigt? Wie wollte sie

Sannazaro überwältigen? Was sollte mit seiner Leiche geschehen? Wie wollte sie sicherstellen, dass sie bei der anschließenden Untersuchung nicht belangt wurde? War sie bereit oder vielleicht sogar entschlossen, die Rache für den Tod ihrer Tochter mit ihrem eigenen Leben zu bezahlen?

Sie sah mir meine Angst an und lächelte milde. «Keine Sorge. Ich werde dir erhalten bleiben.»

Es hätte wirklich nur noch gefehlt, dass sie mir über den Kopf gestrichen hätte.

«Du willst das im Hortaccio machen, oder?»

Sie nickte. «Sannazaro besucht dort eine Bekannte von mir. Er ist ganz versessen auf sie. Du kennst sie übrigens auch.»

«Wer ist es?»

«Bona la Bonazza. Sie ist eingeweiht. Und ein paar andere auch.»

«Darf ich mitgehen?»

«Es wird unappetitlich werden», sagte sie unheilvoll.

«Trotzdem.»

«Einverstanden. Aber du machst genau, was ich dir sage. Er darf dich nicht sehen. Morgen wird es voll werden, die Kunden sind ausgehungert nach sechs Wochen Fastenzeit. Wir gehen hin, sobald sie öffnen. Sannazaro wird zwei Stunden später da sein. Wir warten in einem Nebenraum, bis er drin ist. Den Rest mache ich allein.»

«Wie willst du das anstellen?»

«Er hat eine Vorliebe für gewisse Spielereien.»

«Was denn für Spielereien?»

«Er lässt sich gern fesseln.»

«Bitte?»

Sie schaute mich spöttisch an. «Nie gehört? Von der Sorte gibt es so einige.» Sie lächelte böse. «Er wird hilflos vor mir liegen und sich anhören müssen, was ich zu sagen habe.»

«Und dann?»

«Dann bezahlt er. Mein ganzes Leben lang habe ich die Kunden vorher bezahlen lassen. Er bezahlt mit über zwölf Jahren Verspätung. Und dann sind alle Rechnungen beglichen, die ich in meinem Leben zu begleichen hatte.»

Das klang, als sei ihr alles gleichgültig, was danach passieren würde.

«Man wird die Leiche finden», gab ich zu bedenken. «Es wird eine Untersuchung geben.»

«Das ist schon geregelt.»

Am nächsten Morgen brachen wir auf. Mercuria hatte wieder die Kutsche kommen lassen, mit der sie drei Jahre zuvor bei Santissimi Apostoli vorgefahren war, selbst der Kutscher war derselbe. Es war, als würde unsere erste Begegnung rückwärts ablaufen. Wir passierten den Kanzleipalast, die Piazza Navona und das Straßengewirr von Campo Marzio wie auf dem Weg zu einer feierlichen Messe.

Wie Mercuria vorausgesagt hatte, stauten sich vor dem Eingang zum Hortaccio die Männer, und aus den Gassen der Umgebung kamen immer mehr, allein und in Gruppen, verschämt zu Boden blickend die einen, schwatzend und lachend die anderen. Und auch diesmal teilte sich die Menge, als Mercuria der Kutsche entstieg und auf das breite Tor zuschritt. Ich eilte ihr hinterher wie ein Beiboot, das nervös auf dem Wasser tanzt, während die Galeone vorneweg mit geblähten Segeln ihre Bahn durch die Wellen schneidet.

Vor dem Tor standen zwei Knüppelmänner, die halb gelangweilt, halb neidisch auf die Eintretenden blickten und den einen oder anderen nachlässig auf Waffen durchsuchten. Auf dem Boden lagen Steinbrocken und Mörtelsplitter. Der zugemauerte Eingang war gerade erst aufgestemmt worden.

«Ihr habt meinen Knüppel gar nicht gefunden», witzelte einer, nachdem er eingelassen worden war.

Es war das erste Mal, dass ich das zugemauerte Viertel betrat, eine kleine Stadt mitten in der großen. Niedrige Häuser reihten sich rechts und links der Gassen aneinander. Es wirkte wie eine Theaterkulisse: hübsch dekoriert und irgendwie provisorisch. Hinter den Dächern ragten das Augustusmausoleum und ein paar Glockentürme auf. Innerhalb des Hortaccio gab es keine Kirchen und keine Paläste, nur diese Spaliere von Puppenhäusern.

Hinter den Fenstern und auf den Balkonen saßen, einige hinter halb durchsichtigen Vorhängen, die Frauen. Die meisten von ihnen waren höchstens so alt wie ich, sorgfältig zurechtgemacht, geschminkt und frisiert oder mit blonden Perücken ausstaffiert, mit falschen und echten Perlenketten behängt, die sie wie Rosenkränze durch die Finger gleiten ließen. Sie lächelten, zupften an ihren Kleidern herum, strichen sich Locken aus der Stirn und beugten sich vor, um tiefere Einblicke zu gewähren.

Die hereinströmenden Männer verteilten sich in die Gassen, schlenderten hierhin und dorthin. Einige beobachteten verstohlen die Frauen und schlüpften schnell durch die Türen, andere scherzten herum und handelten dabei in aller Ruhe die Preise aus. Alles ging geordnet vonstatten. Niemand wollte Ärger, denn jeder wusste, dass das Vergnügen hier auch ganz schnell vorbei sein konnte. Die Sittenwächter warteten nur auf den passenden Anlass, diesen Sumpf endlich trockenzulegen.

«Da sind wir», sagte Mercuria.

Ein gepflegtes Haus, für die Verhältnisse des Hortaccio schon fast ein kleiner Palast, sauber verputzt und mit verzierten Eisengittern vor dem Balkon, an dessen Geländer sich die Blumentöpfe aneinanderreihten.

Bona la Bonazza war herausgeputzt wie für ein Fest. Ihre Schönheit war so strahlend, dass man weiche Knie bekommen konnte, aber die hatte ich ja sowieso schon. Sie war dick geschminkt, hatte falsche Wimpern angeklebt und trug ein leuchtend blaues Kleid mit einem Ausschnitt, der noch tiefer war als damals in der Kirche.

Wir stiegen ins obere Geschoss hoch. Hinter einer kleinen Diele befanden sich drei Türen, eine davon war angelehnt. Dort stand ein Bett mit eisernem Gestell. Es duftete nach frischen Blüten.

«Alles bereit?», fragte Mercuria.

«Alles bereit», bestätigte Bona la Bonazza. Und mit einem Kopfnicken in meine Richtung: «Soll er mit rein?»

«Nein», sagte Mercuria. «Er leistet mir Gesellschaft, während ich warte.»

Das also war meine einzige Aufgabe. Mercurias Abgebrühtheit jagte mir einen Schauer über den Rücken.

Wir wurden in eins der beiden anderen Zimmer geleitet, in dem zwei Stühle und eine Kleidertruhe standen. An der Wand hing ein Spiegel. Ich zitterte am ganzen Körper. Mercuria drückte mich auf einen Stuhl und massierte mir den Nacken. Ihre Finger waren kühl. Im Spiegel sah ich, dass sie lächelte.

Wir warteten und sprachen dabei fast kein Wort. Immer wieder spielte ich in Gedanken durch, was gleich passieren würde und was dabei schiefgehen konnte: Was würde geschehen, wenn Sannazaro in Begleitung irgendwelcher anderen Kerle kam, die beim ersten verdächtigen Geräusch die Treppe heraufstürmen und ihm beispringen würden? Wenn er misstrauisch war und die anderen Zimmer kontrollierte? Wenn er heute keine Lust hatte, sich fesseln zu lassen? Wenn er sich losriss? Und wenn alles nach Plan lief, wie würde sich das anhören? Endloses Geröchel und Geschrei? Ich schob die Vorstellung beiseite, aber sie kam immer wieder zurück. So vergingen zwei Stunden, die mir wie zwei Tage vorkamen.

Schließlich erschien der Kopf von Bona la Bonazza in der Tür. «Er kommt. Keinen Laut.»

Mein Herz hämmerte so stark, dass es mir vorkam, als würde der ganze Raum davon widerhallen. Mercuria verschränkte die Arme vor der Brust und schloss die Augen.

Schritte erklangen auf der Treppe. Eine Männerstimme war zu hören. Die Tür klappte. Dann wurde es still, bis auf das gedämpfte Schwatzen, das von der Gasse heraufdrang.

Endlich schlüpfte Bona la Bonazza herein. Sie hatte eine Decke um ihren Körper geschlungen, darunter war sie nackt. Als sie mich sah, zog sie den Stoff enger.

«Zier dich mal nicht so, deinen Hintern hat er schon gesehen», kommentierte Mercuria. Wie schaffte sie es bloß, so ruhig zu bleiben?

Bona la Bonazza ging nicht auf die Bemerkung ein. «Er ist gut verschnürt und geknebelt», sagte sie. «Bring es hinter dich. Und veranstalte nicht zu viel Krach.»

Dann verschwanden die beiden. Türenklappen. Gemurmel.

Kurz darauf ertönte ein furchtbares Brüllen und Grunzen, wie von einem tobenden Tier. Es krachte, als das Bettgestell mehrmals gegen die Wand donnerte. Ich sprang von meinem Stuhl auf, zitternd wie ein Grashalm. Warum dauerte das so lange? Sie zog ihm doch wohl nicht wirklich die Haut ab? Konnte man das nicht mit einem schnellen Dolchstoß erledigen, verdammt noch mal?

Das Krachen wurde lauter. Metall kreischte und brach, ein Möbelstück zersplitterte, das Brüllen wurde lauter, eine Frau schrie auf. Ich stürzte hinaus in die Diele, und im gleichen Augenblick flog die Tür zum Schlafzimmer auf.

Es war schiefgegangen.

Das Bettgestell war zerborsten. Sannazaro stand mitten im Raum, unbekleidet, einen Knebel im Mund, die Arme an ein Metallgitter gebunden, das er wie wild hin- und herschwang, ohne sich davon losreißen zu können. Er musste sich mit solcher Gewalt in den Fesseln hin und her geworfen haben, dass das Kopfteil des Bettes abgerissen war. Jetzt wirbelte er es durch die Luft wie einen sperrigen Zweihänder. Er machte das geschickt, man sah, dass der Nahkampf sein Metier gewesen war und dass er nichts davon verlernt hatte, ein Soldat durch und durch, dem jede Klinge gleich gut in der Hand lag. Die beiden Frauen drängten sich in einer Zimmerecke aneinander, Bona la Bonazza war nackt, Mercuria hatte einen Dolch in der Hand und machte ein paar verbissene Vorstöße, musste aber immer wieder zurückspringen, um dem Bettgestell auszuweichen. Ich raste zurück ins Zimmer und schnappte mir ohne nachzudenken einen der Stühle, doch in den zwei Sekunden, die ich dafür gebraucht hatte, hatte Sannazaro sich schon durch die Tür gequetscht und war zur Treppe gesprungen. Jeder andere hätte sich wahrscheinlich mit dem Bettgestell am Geländer verkeilt, wäre ins Stolpern gekommen und krachend am Fuß der Treppe gelandet. Er nicht. Mit ein paar Sätzen war er unten, spuckte den Knebel aus und floh ins Freie.

«Verdammt!», schrie Mercuria, dann stürzte sie hinterher. Ich warf den Stuhl weg und folgte ihr.

Auf der Gasse empfing uns lautes Gelächter und Gejohle.

«Da ist er lang!», rief einer und wies nach rechts, wo Sannazaro zu entkommen versuchte.

«Immer im Voraus bezahlen lassen!», schrie ein anderer.

Sannazaro rannte weiter, das Bettgestell schwingend. Ein paar Kerle, die ihm im Weg standen, konnten sich im letzten Augenblick wegducken, bevor das Metall über ihre Köpfe sauste. Mercuria fiel hinter mir zurück, ich rannte keuchend weiter.

Er wollte zum Ausgang, aber dort war das Gedränge zu groß, sodass er sich anders entschied und eine Seitengasse nahm, in der wenig Betrieb herrschte.

In diesem Augenblick flog der erste Blumentopf von einem der Balkone, verfehlte Sannazaro knapp und zerschellte am Boden. Dann der zweite. Dann der dritte. Der vierte traf ihn an der Schulter und hinterließ eine Platzwunde. Sannazaro schrie wütend auf und rannte weiter. Der fünfte Topf und der sechste gingen wieder ins Leere, aber der siebte erwischte ihn im Rücken. Erdklumpen und Blüten flogen in alle Richtungen, und die Scherben rissen blutende Schrammen in seine Haut, während die Wucht ihn ins Taumeln brachte.

Ich verlangsamte meine Schritte und blickte nach oben. Da standen die Frauen, als hätten sie sich verabredet, auf ein Zeichen alle gleichzeitig auf die Balkone zu treten, blaue, rote und grüne Kleider leuchteten, Stickereien und Schmuck glitzerten, Arme wuchteten die Wurfgeschosse hoch und schleuderten sie hinab, eine wütende und immer weiter anschwellende Kaskade, die gewalttätige Parodie des Einzugs einer Braut in die Kirche, doch diese Brautjungfern waren keine Jungfern, und die Blüten, die sie warfen, wurden von Scherben und Splittern begleitet.

Sannazaro bog um eine weitere Ecke, seine Last machte ihm zusehends zu schaffen, doch er schwankte brüllend weiter. Um ihn herum hagelte es Blumentöpfe. Es war ein Bild des Irrsinns.

Zu spät merkte er, dass er in eine Sackgasse geraten war. Nach etwa dreißig Schritten endete der Weg vor der Mauer des Hortaccio, die direkt an die letzten Häuser stieß. In diese Richtung gab es kein Entkommen. Während immer neue Geschosse krachend, scheppernd und klirrend neben ihm einschlugen, wandte er sich um und hielt direkt auf mich zu. Ich wich zurück. Hinter mir schloss Mercuria auf, den Dolch noch immer in der Hand.

In diesem Moment flog ein besonders großer Kübel heran, mit enormer Wucht traf er Sannazaro am Kopf, als er nur noch ein halbes Dutzend Schritte von uns entfernt war. Ich konnte sehen, wie sein Schädel aufplatzte, es spritzte in alle Richtungen, und er kippte um wie eine vom Sockel gestürzte Statue. Unter seinem zertrümmerten Kopf breitete sich eine Blutlache aus.

Von diesem Augenblick an bewegte ich mich wie eine Marionette. Ich sah, wie die Frauen von den Balkonen zurücktraten; ich sah, wie Mercuria den Dolch wegwarf; ich sah, wie das Blut durch den Staub rann; ich sah das grausig verformte Gesicht von Sannazaro; ich sah, wie die Frauen auf die Straße traten und sich um uns versammelten; ich sah, wie Mercuria den Toten betrachtete und wie schön sie auf einmal wieder war: keuchend, das Gesicht gerötet, die Haare in wirrer Unordnung und dabei doch wie um mindestens zwölf Jahre verjüngt.

Sie wandte sich ohne ein Wort zum Gehen. Ich riss mich von dem furchtbaren Anblick der Leiche los und folgte ihr.

An der Einmündung der Gasse hatte sich schon ein

Auflauf gebildet, doch eine Reihe von Frauen, die bunten Kleider wie an einer Kette aufgefädelt, hielt die Neugierigen zurück. Da waren sie alle wieder: Biancarossanera stolzierend wie ein Klapperstorch, Gianna la Gazza Ladra ganz in Samtschwarz, Bona la Bonazza wieder in ihre Decke gehüllt, aber so nachlässig, dass die freiliegende Haut allein schon vierzig Peitschenhiebe gerechtfertigt hätte, Pasqualina Faccia d'Angelo die Unschuld selbst mit keusch gesenktem Blick und in Wahrheit doch wohl immer noch das größte Luder von allen, Venusia Vanesia schließlich in einem bodenlangen grünen Kleid, das vortrefflich mit der Farbe der überall herumliegenden Pflanzenreste korrespondierte.

Die Gaffer wichen zurück. Wie Quecksilber durchfloss Mercuria das Spalier, das sich ganz von selbst vor ihr auftat und hinter ihr wieder schloss.

Niemand behelligte uns, bis wir den Hortaccio verlassen hatten. Überall nur aufgerissene Augen und klaffende Münder, hinter uns Geraune.

Vor dem Tor stand eine Kutsche. Das Wappen auf dem Schlag war mit einem Tuch verhängt.

«Nach dir», sagte Mercuria.

Mechanisch stieg ich ein.

Und blickte in das Gesicht von Alessandro Farnese.

Er war gekleidet, als wäre er auf dem Weg zu einer Landpartie: enge Hose, ein schlichtes Wams und auf dem Kopf ein kleines Barett. Nichts verriet den Kardinal. Auf seinem Schoß lag ein Bündel Papiere.

Hinter mir bestieg Mercuria die Kutsche. Wir ruckten an. Die Hufe klapperten auf dem Pflaster. Draußen zogen glotzende Gesichter vorbei. Mercuria hatte die Augen geschlossen und atmete tief und regelmäßig, als schliefe sie.

Ich zitterte immer noch, konnte keinen klaren Gedanken fassen und wagte es auch nicht, den Mund aufzumachen.

Die Pferde fielen in einen schnellen Trab, es ging durch die Gassen von Campo Marzio, Ponte und Parione. Als wir schließlich anhielten, standen wir vor dem Palast des Gouverneurs. Erst jetzt öffnete Mercuria die Augen.

«Alle Dokumente beisammen?», fragte sie und wies auf das Papierbündel.

Alessandro Farnese nickte bedächtig. «Alle beisammen. Protokoll, Zeugenbefragung, Schlussbericht. Raubmord. Täter unerkannt entkommen. Ermittlungsverfahren abgeschlossen.»

«Niemand wird das glauben.»

«Niemand wird das anfechten.»

Mercuria schüttelte langsam den Kopf. «Ihr seid ein solches Pack», murmelte sie.

Der Kardinal lächelte milde.

«Denk an dein Versprechen», sagte Mercuria. «Ich will meine Enkelin sehen.»

«Nächste Woche, wie verabredet», sagte er.

Damit stieg Alessandro Farnese aus. Die Wachen am Eingang des Gouverneurspalastes standen stramm. Die Kutsche fuhr wieder an und brachte uns nach Hause.

«Ich muss jetzt schlafen», sagte Mercuria, nachdem der Kutscher uns vor dem Tor zum Innenhof in der Via dei Cappellari abgesetzt hatte. «Und zwar lange.»

Endlich gab sie es einmal zu.

«Erzähl es den anderen noch nicht. Wir machen das morgen zusammen.»

Mir war nicht danach, irgendjemandem zu begegnen, den ich mit Ausreden würde abspeisen müssen. Ich brauchte auch keinen Schlaf, sondern frische Luft. Also machte ich mich erneut auf den Weg zum Gianicolo. Während ich den Hügel erklomm und die Stadt unter mir kleiner wurde, ordneten meine Gedanken sich wie von selbst.

Über drei Jahre war es her, dass ich Mercuria das erste Mal getroffen hatte. Ungefähr drei Monate, dass ich bei ihr eingezogen war und Gennaro kennengelernt hatte. Zweieinhalb Monate, dass wir das Skelett von Francavilla gefunden und zum ersten Mal von Sannazaro gehört hatten. Zwei Monate, dass ich Giordana in der Dunkelheit des Tordurchgangs begegnet war. Drei Wochen, dass Mercuria mir die Geschichte ihrer Tochter erzählt hatte. Zwei Wochen, dass ich von Carlo Carafas furchtbaren Festen erfahren hatte. Anderthalb Wochen, dass Mercuria entdeckt hatte, dass ihre Enkelin lebte. Eine Woche, dass wir hinter die wahren Gründe für den Prozess gegen die Carafa gekommen waren. Drei Tage, dass wir Sannazaro enttarnt und die Kameen gefunden hatten.

Und heute war die Sache mit Sannazaros Tod zum Abschluss gekommen. Es war, als hätte sich die Zeit in den vergangenen drei Monaten tatsächlich rasant beschleunigt.

War ich in der Zwischenzeit jemand anders geworden? Wollte ich jemand anders werden? Ein seriöser Novellant nach der Art meines Onkels, wie Mercuria und Bartolomeo mir die ganze Zeit über einzuflüstern versucht hatten? Eines Tages vielleicht sogar das. Doch fürs Erste beschloss ich, die Geschichte von Mercuria aufzuschreiben, zum Andenken an den ehrlichsten Menschen, der mir je begegnet ist. Und so ist ausgerechnet diese unglaubliche Geschichte die einzige, bei der ich nichts dazugeflunkert habe.

Ich stieg den Gianicolo auf der Südseite wieder hinab und wanderte die Via Aurelia hinaus, um zu überlegen, wie ich dieses Vorhaben angehen könnte. Die Landschaft lag in der warmen Frühlingssonne da und duftete nach Piniennadeln und Orangenblüten. Überreste von uralten Grabmälern und Landvillen wechselten sich ab. In der Ferne stelzte ein Aquädukt über die Felder. Schwalben jagten sich am Himmel. Doch anstatt dass sich ein sinnvoller Anfang für meine Geschichte einstellte, kam mir schon wieder eine dumme Idee, für die Antonietto Sparviero sich im Grab umgedreht hätte.

Spät am Abend kehrte ich zurück. Es gelang mir, mich ins Haus zu schleichen, ohne jemandem über den Weg zu laufen. Dass der Innenhof nicht mehr erleuchtet war und unser Wächter nicht mehr an seinem Platz stand, das fiel mir gar nicht auf.

Ich zündete den Kamin an, schenkte mir ein Glas Wein ein, legte Tinte, Feder und Papier bereit und nahm am Tisch Platz.

Zwei Stunden später war ich fertig. Die Tinte war noch nicht getrocknet, da klopfte es an die Tür, und ohne eine Antwort abzuwarten, trat Giordana ein. Ich freute mich mehr als jemals zuvor, sie zu sehen. Die Tatsache, dass wir nun auch noch so etwas wie Komplizen waren, und der Umstand, dass sie durch den Innenhof gekommen war, anstatt durch das Holzlager zu kriechen, gab ihrer Anwesenheit eine Selbstverständlichkeit, die mich glücklich machte.

Ihre Nasenspitze und ihre Ohren waren rot von der Kälte der Nacht. Ihr Blick fiel auf das Blatt auf dem Tisch. Sie löste sich von mir, überflog es kurz und lachte auf.

«Was du dir immer für einen Scheiß ausdenkst.»

Sie zog mich zur Treppe. Und auf dem Weg nach oben

flüsterte sie mir einen Vers ins Ohr, den ich hier beim besten Willen nicht wiedergeben kann – von Aretino, von Franco, von ihr selbst, was weiß ich.

37 *Neue Zeitung von den wundersamen Vorkommnissen im Kloster von Santa Nafissa in Horto Impio, wo die gottesfürchtigen Ordensfrauen den Teufel vertrieben*

Ordnet euch also Gott unter, leistet dem Teufel Widerstand, dann wird er vor euch fliehen! Dieses Wort aus dem Jakobusbrief bewahrheitete sich kürzlich im römischen Kloster von Santa Nafissa in Horto Impio, wo die Bräute des Herrn in unermüdlicher Sorge um das Wohl & den Frieden der Stadtgemeinschaft im Allgemeinen & der Geistlichkeit im Besonderen zu jeder Stunde des Tages den von harten Bedrängnissen Geplagten ihre Pforten öffneten, um sie die Verheißungen des Herrn schauen zu lassen. Ohne Ansehen von Stand & Geburt fanden dort Einlass die Jungen & die Betagten, steif an Gliedern die einen; ungestüm, der Freuden des Paradieses teilhaftig zu werden, die anderen, sodass des Frohlockens kein Ende war & alle, die kamen, sich voller Seligkeit im Lobpreis des Herrn ergossen, gemäß dem Wort des sechsunddreißigsten Psalms: Du tränkst sie mit dem Strom deiner Wonnen.

Der Teufel aber, Verderber der Unverdorbenen & Verleumder der Unbescholtenen, beschloss, Unfrieden zu stiften unter den Bräuten des Herrn, die durch Reinheit des

Sinnes & Keuschheit des Leibes von jeher seinen Unmut erregt hatten. So fuhr er in den Leib eines wohlgestalteten Jünglings, lenkte seine Schritte zu besagtem Kloster, begehrte Einlass & bat die frömmste der Frauen, ihn in ihre Kammer zu führen, unter dem Vorwand, dort in Andacht & Gebet mit ihr so lange verharren zu wollen, bis die drängende Unrast aus seinem Körper gewichen & sein Geist zum Wohlgefallen des Herrn Frieden gefunden haben würde. In vorgetäuschter Demut entblößte er sich vor ihr & behauptete frech, auf diese Weise gleichsam seine Seele unverhüllt dem Herrn in Gestalt seiner Dienerin darzubieten, in Wahrheit aber in der Absicht, den Samen der Ausschweifung in ihr zu versenken. Sie aber durchschaute die niederträchtige Gaukelei, fesselte ihn an ihre Bettstatt & rief eine ihrer Mitschwestern, die sich in der angrenzenden Kammer der gottgefälligen Einkehr überantwortet hatte. Gemeinsam versuchten sie, den Teufel aus seinem Leib zu vertreiben, doch da er nicht davon abließ, schamlose & unflätige Reden von sich zu geben, knebelten sie ihn & hielten ihm das Kreuz vor, woraufhin seine wahre Natur hervorbrach: Hörner wuchsen aus seiner Stirn, Ziegenfuß & Drachenschwanz sprossen, & in unbändiger Wut sprengte er die Bande & floh in den Kreuzgang des Klosters. Dort aber hatten sich die anderen Schwestern versammelt, um der in Andacht versammelten Gemeinde das Loblied des Paradieses zu singen & sie zur Einkehr zu ermuntern. Beim Anblick des seiner Larve verlustig gegangenen Satans erklang ein vielstimmiges Gebet, & der Herr, bestrebt, seinen getreuen Dienerinnen die notwendige Hilfe zuteilwerden zu lassen, ließ Blitze aus ihren Händen fahren, die den Rasenden niederstreckten, sodass er durch einen Spalt in der Erde in die Hölle entfloh & fortan nie wieder gesehen wurde. Die gottesfürchtigen Schwestern von Santa Nafissa in Horto Impio aber priesen Gott für seinen Beistand in dieser Bedrängnis, & alle Anwesenden stimmten ein. Möge ihr frommes Wirken immerdar fortdauern. Im Namen des Vaters & des Sohnes & des Heiligen Geistes. Amen.

Nachwort

Die pikante Kulisse aus Glanz und Verruchtheit, die die Stadt Rom zu Beginn des 16. Jahrhunderts bietet, hat ganze Bibliotheken von Romanen mit Geschichten voller Leidenschaft, Ausschweifungen, Intrigen, Verrat, Betrug und Giftmord hervorgebracht. Betörend schöne Frauen werden von Kardinälen und Bankiers mit Perlenketten behängt, von exzentrischen Künstlern gemalt und anschließend von Bösewichtern entführt; finstere Geheimnisse werden gelüftet, die Dolche der Meuchelmörder blitzen auf, Spione spähen durch Gucklöcher in den Gobelins, krachend schließen sich die schweren Riegel der Verliese, und einer trägt immer eine Augenklappe.

Dem Glamour der Epoche und des Schauplatzes zu widerstehen, war auch für *Mercuria* unmöglich. Umso mehr sind zum Schluss ein paar klärende Worte dazu angebracht, wie Tatsachen und Fiktion hier ineinandergreifen und wo die Grenze zwischen beiden verläuft.

Mit der ausgiebig geschilderten Plünderung von 1527 wurde der Mikrokosmos aus Luxus und Libertinage, der das Rom der Renaissancepäpste und Kurtisanen einige Jahrzehnte lang gewesen war, in Trümmer gelegt. Die Darstellung dieser Ereignisse im Roman, vor allem die Besetzung des Colonna-Palastes durch Alessandro di Novellara und Alonso de Córdoba und das wenig rühmliche Verhalten von Domenico Venier, entsprechen bis ins Detail den historischen Tatsachen.

Die Katastrophe von 1527 bescherte den Moralisten Auftrieb, und in den folgenden Jahrzehnten wurden auch unter dem Druck der reformatorischen Umwälzungen die Richtlinien und Maßstäbe vorgegeben, die fortan den Lebenswandel der Geistlichen und ihrer Gläubigen und das Schaffen der Künstler bestimmen sollten. Nichts zeigt dies deutlicher als die Tatsache, dass 1564, unmittelbar nach dem Ende des Konzils von Trient, mit der Übermalung der anstößigen Blößen auf Michelangelos *Jüngstem Gericht* in der Sixtinischen Kapelle begonnen wurde, der unser Erzähler bei seinem Besuch beiwohnen darf.

Dieser tiefgreifende Mentalitätswandel, den die Stadt der Päpste und die gesamte katholische Welt im Lauf des Jahrhunderts durchmachte, ist das eigentliche Thema dieses Romans, und er manifestiert sich wie unter einem Brennglas in der Haltung der Obrigkeit zur Prostitution: Da man sie nicht abschaffen konnte, wurde sie durch eine Flut von Verboten und Einschränkungen ins Halbdunkel verdrängt. Kutschenverbote, Kleidervorschriften und schließlich die Verbannung in den ummauerten Wohnbezirk des Hortaccio sind die Meilensteine auf diesem Weg. Die aus dem Ruder gelaufene Bekehrungsmesse, auf der der Erzähler zu Anfang des Romans im November 1566 auf Mercuria trifft, ist ebenso wenig eine Erfindung wie das später in der Rückblende geschilderte Pfingstfest in Santissimi Apostoli, wenngleich ich jeweils einiges dazugedichtet habe.

Frauen wie die historisch belegte Luparella und eben auch Mercuria, denen es gelang, sich auch in den veränderten Zeiten ihr gesellschaftliches Ansehen zu bewahren, waren die Ausnahme. Abgesehen davon schadet es nicht, darauf hinzuweisen, dass dieses Geschäft auch in seinen goldenen Zeiten für die meisten kein Zuckerschlecken gewesen war. Wie Mercuria es einmal ausdrückt: Auf eine, die es zu Reichtum gebracht hat, kommen zwanzig, die in der Gosse gelandet sind. Francisco Delicados *Lozana die Andalusierin* und Aretinos *Kurtisanengespräche* beschreiben dieses Metier, und vor allem Aretinos Schilderung gibt bei aller satirischen Überzeichnung, bei allem schnodderigen Klamauk eine Vorstellung davon, dass schnelles Geld und leichtes Leben eine Kehrseite hatten, die aus Armut, Demütigung, Misshandlung und Vergewaltigung bestand.

Ein weiteres Thema des Romans ist das Nachrichtenwesen dieser Zeit. Es gab sie, die Novellanten wie Antonietto Sparviero, deren Tätigkeit dem heutigen Journalistenberuf näher kommt, als man es der Zeit zutrauen würde. Diese Männer saßen vor allem in Rom und Venedig und versorgten zahlende Kunden auf dem ganzen Kontinent mit Meldungen aus der Welt der Fürstenberater, Diplomaten, Militärs, Kaufleute und Bankiers. Ihre Sprache ist verblüffend sachlich und die Methoden ihrer Informationsbeschaffung investigativ. Sie nutzten ein Netz von Zuträgern, das bis in die höchsten Kreise reichte. Die Vatikanische Bibliothek besitzt eine riesige und über weite Strecken lückenlose Sammlung solcher Meldungen ab 1554, aus der sich Generationen von Historikern bedient haben; sie ist heute auf der Website der Bibliothek (http://www.mss.vatlib.it/guii/scan/link1.jsp?fond=Urb.lat., Bd. 1038 A ff.) einsehbar und wird fortlaufend weiter digitalisiert; eine weitere Sammlung befindet sich im Fugger-Archiv (https://fuggerzeitungen.univie.ac.at/faksimiles). Die zwischen den Zeilen eingestreuten Kolportagen und Meldungen über das Alltagsleben der Zeit sind dabei genauso faszinierend wie die Nachrichten aus dem innersten Kreis der Macht, und ich habe sie für *Mercuria* ausgiebig ausgeschlachtet.

Ein ganz anderes Medium sind die gedruckten Gazetten. Will man einen Vergleich zur Gegenwart ziehen, dann entsprechen die handschriftlich kopierten und zumeist mit der Postkutsche beförderten Nachrichten der Novellanten an ihre Kunden am ehesten den Meldungen der Korrespondenten von Presseagenturen, während die Gazetten das Pendant zur Boulevardpresse darstellen: Sensationen und Wundergeschichten mit dem Ziel möglichst großer Verbreitung, ohne Rücksicht auf Tatsachen. Dass sie die Zensur passierten, lag vor allem daran, dass die Obrigkeit nichts gegen die haarsträubenden Räuberpistolen einzuwenden hatte, sofern sie nur die richtige Moral unter das Volk brachten. Beide Arten von Quellen habe ich in das Buch eingestreut; ihrem Inhalt nach sind sie erfunden, um der Romanhandlung zu sekundieren, der Form nach entsprechen sie Stil und Tonfall der damaligen Verfasser.

Größte Probleme mit der Zensur dagegen hatte die Satire. Ihr bekanntester Vertreter ist Pietro Aretino, der auf diesem Gebiet stilbildend wirkte. Seine *Unzüchtigen Sonette*, die von Mercuria und Giordana gegen Schluss des Romans zitiert werden, dienten als Bildunterschriften für die erwähnte Sammlung pornographischer Stiche von Marcantonio Raimondi; die Luxusversion auf Kameen habe ich erfunden.

Ein weiterer berühmter Satiriker war Niccolò Franco, der in *Mercuria* seinen Gastauftritt am Galgen hat. Liest man seine Werke heute und macht sich bewusst, dass sie vor fünf Jahrhunderten entstanden sind, bleibt man sprachlos zurück: Kanonaden voller Zoten, mit denen Franco seinen Gegnern auf den Leib rückte, und dabei formvollendet wie die Liebesgedichte von Petrarca an Laura. Die Verse, die einige Zuschauer im Roman bei Francos Hinrichtung zitieren, sind von mir übersetzte und leicht abgewandelte Originalverse aus seiner Feder. Giordanas Sonette stammen von mir.

Die Pasquino-Statue steht inzwischen seit mehr als fünfhundert Jahren an ihrem Platz vor dem Palazzo Braschi, südlich der Piazza Navona. Noch heute ist es üblich, dort Satiren in Wort und Bild anzukleben, die der Skulptur zu Ehren als Pasquinate oder Pasquillen bezeichnet werden. Viele dieser Werke, die den Pasquino und ein halbes Dutzend weitere «sprechende Statuen» im Lauf der Jahrhunderte geziert haben, sind später im Druck veröffentlicht worden. Und wieder einmal wundert man sich, mit welcher derben Unverblümtheit die Römer dort über die päpstliche Obrigkeit herzuziehen wagten.

Im Zentrum der Handlung von *Mercuria* steht die Carafa-Affäre, die zwischen 1559 und 1561 für erheblichen Wirbel sorgte. Der zeitliche Ablauf und die Ereignisse sind im Roman den historischen Tatsachen gemäß, allerdings stark vereinfacht dargestellt. Die etwas undurchsichtigen Motive von Pius IV. für das Verfahren gegen die Carafa lassen der Phantasie einigen Spielraum, sodass ich die von mir konstruierte Geschichte um die Vergewaltigung und den Mord an Mercurias Tochter Severina in die Carafa-Affäre einbauen konnte, ohne die historischen Tatsachen allzusehr verbiegen zu müssen. Angesichts von Carlo Carafas Charakter und seiner 1557 noch völlig unangefochtenen Machtfülle sind eine solche Tat und ihre anschließende Vertuschung durchaus vorstellbar.

Einige weitere historische Tatsachen fügten sich so gut in diese Geschichte ein, dass ich dankbar zugreifen konnte: Clelia Farnese, die Tochter des Kardinals Alessandro Farnese, wurde höchstwahrscheinlich am 22. Oktober 1557 geboren, jedenfalls trägt das auf S. 400 abgebildete Horoskop, mit dessen Hilfe Mercuria der Identität ihrer Enkelin auf die Spur kommt und das in einem Manuskript der Vatikanischen Bibliothek (https://digi.vatlib.it/view/MSS_Vat.lat.14925, fol. 57r) einsehbar ist, dieses Datum. Offensichtlich hing Alessandro Farnese tatsächlich an seiner Tochter, denn er legitimierte und verheiratete sie mit Giovan Giorgio Cesarini, obwohl das angesichts der gewandelten Moralvorstellungen nicht unbedingt ein Pluspunkt für die nächste Papstwahl war. Die Identität ihrer Mutter aber hielt er geheim, und bis heute ist kein Licht in dieses Dunkel gebracht worden. Clelia Farnese starb 1613.

Aufmerksame Leser werden vielleicht gemerkt haben, welche Berühmtheit sich hinter dem Namen Domenikos Theotokopoulos verbirgt. Über El Grecos Zeit in Rom ist wenig bekannt; auch über die Dauer seines vorherigen Aufenthalts in Venedig und über die Frage, ob er tatsächlich in Tizians Werkstatt gearbeitet hat, herrscht Uneinigkeit. Tatsache ist, dass der kroatische Maler Giulio Clovio ihn im November 1570 in einem Empfehlungsbrief an Kardinal Alessandro Farnese als Ausnahmetalent empfahl und dass der Grieche anschließend in dessen Dienste trat, aus unbekannten Gründen im folgenden Jahr aber wieder vor die Tür gesetzt wurde. Danach eröffnete er eine eigene Werkstatt in Rom, und einige Jahre später reiste er weiter nach Spanien, wo der einzigartige Stil, der seinen Weltruhm begründete, zur vollen Entfaltung kam. El Grecos römische Jahre sind eine Zeit der Suche nach seinem persönlichen

Weg zwischen den Farben Tizians und der Zeichnung Michelangelos. Alle Werke von El Greco, die in diesem Roman erwähnt werden, existieren wirklich; dasselbe gilt für die Bilder von Tizian, mit Ausnahme des Porträts von Clelia Farnese. Der Engel aus Parmigianinos *Madonna mit dem langen Hals*, in dem Mercuria Giordana wiederzuerkennen glaubt, hat starke Ähnlichkeit mit der *Antea*, die auf dem Cover des Romans abgebildet ist.

In Ulisse Aldrovandis Aufstellung der antiken Statuen in Rom ist auch die Sammlung in Alessandro Farneses Gartenhaus beschrieben, allerdings habe ich sie etwas abgewandelt. Die Stierbändigergruppe, der Herkules und der Priapos aber standen tatsächlich dort; auch die anderen Standorte der Priapos-Statuen entsprechen dem von Gennaro zitierten Inventar, einen davon habe ich dann Kardinal Morone untergeschoben.

Farneses Antikenverwalter Fulvio Orsini war in der Tat einer der größten Gelehrten seiner Zeit. Dass er jedoch seine sexuellen Gelüste an den von ihm so verehrten Skulpturen befriedigte, ist eine von mir erfundene Unterstellung, für die ich mich nachträglich bei ihm entschuldigen möchte.

Die gewaltige Kollektion der Farnese – einschließlich der hier erwähnten Prachtstücke – ist inzwischen im Archäologischen Nationalmuseum von Neapel gelandet, während die Kollektionen von Päpsten und Kardinälen zu einem guten Teil in Rom geblieben sind und in den Kapitolinischen und Vatikanischen Museen und im Römischen Nationalmuseum in endlosen Reihen aufgestellt sind. Als Michelangelo und Gennaro sie bewunderten, waren sie schon anderthalb Jahrtausende alt.

Das Schöne dabei ist: Um sie zu sehen, muss man nicht

mehr über Mauern steigen und sich die Knochen brechen wie der arme Gennaro, der, so stelle ich es mir vor, ein paar Monate nach dem Ende meines Romans wieder auf den Beinen ist und zusammen mit Michelangelo und Giordana in fremden Gärten wildert.